SEI QUE TE ~~ODEIO~~, MAS... ACHO QUE *te amo.* ♥

JULIE CASTRO

SEI QUE TE ODEIO, MAS... ACHO QUE te amo.

ns

São Paulo, 2023

Sei que te odeio, mas... acho que te amo
Copyright © 2023 by Julie Castro
Copyright © 2023 by Novo Século Editora Ltda.

Editor: Luiz Vasconcelos
Gerente editorial: Letícia Teófilo
Produção editorial: Gabrielly Saraiva
Preparação: Andréa Bassoto Gatto
Revisão: Thiago Fraga e Érica Borges Correa
Capa: Luísa Fantinel
Diagramação: Marília Garcia

Texto de acordo com as normas do Novo Acordo Ortográfico da Língua Portuguesa (1990), em vigor desde 1º de janeiro de 2009.

Dados Internacionais de Catalogação na Publicação (CIP)
Angélica Ilacqua CRB-8/7057

Castro, Julie
    Sei que te odeio, mas... acho que te amo / Julie Castro. -- Barueri, SP : Novo Século Editora, 2023.
    368 p.

ISBN 978-65-5561-494-7

1. Ficção brasileira 2. Adolescência I. Título

23-0543   CDD B869.3

Índices para catálogo sistemático:
1. Ficção brasileira 2. Adolescência

GRUPO NOVO SÉCULO
Alameda Araguaia, 2190 – Bloco A – 11º andar – Conjunto 1111
CEP 06455-000 – Alphaville Industrial, Barueri – SP – Brasil
Tel.: (11) 3699-7107 | E-mail: atendimento@gruponovoseculo.com.br
www.gruponovoseculo.com.br

Este livro é dedicado a todas as pessoas incríveis que passaram pela minha vida e que, de alguma forma, tornaram a jornada mais leve.

Em especial, dedico à Karen e à Fernanda, por acreditarem em mim quando nem eu mesma acreditava.

E dedico a você, que vai ler esta história.

A Deus, por me dotar de uma imaginação fértil.

A minha mãe, por me apoiar incondicionalmente.

A Lays, por simplesmente me ouvir.

> Nunca acendas um fogo que não possas apagar.
> (Provérbio chinês)

Em maus lençóis

Acende. Apaga. Acende. Apaga. Acende. Apaga. Acende. Apaga. Acende. Apaga.
O rapaz insiste nos movimentos sincronizados, riscando o isqueiro metálico – o único pertence que herdou do pai após sua morte – e fazendo com que uma chama pequena e azulada surja. Instantes depois a chama é extinta, quando ele desce a tampa do isqueiro com força suficiente para provocar um barulho contínuo. Esse objeto, velho e gasto, tem mais valor para ele do que qualquer outra coisa no mundo, porque o faz lembrar do pai fumando na porta de casa enquanto ouvia músicas antigas no radinho de pilha, um hábito trazido da própria infância, no interior do Centro-Oeste brasileiro.

Sempre que se sente ansioso ou irritado, o garoto enfia a mão no bolso da calça, onde habitualmente o isqueiro está. Nos casos mais críticos, o acender e o apagar constantes funcionam como uma espécie de relaxante natural, capaz de controlá-lo e de descarregar suas emoções mais fortes. Isso é exatamente o que ele tenta fazer nesse momento, ao encarar a porta fechada do outro lado da recepção.

As persianas estão lacradas, e isso só pode significar que a sogra de Ângela não facilitará as coisas. Não se pode dizer que isso seja alguma novidade, já que ela nunca negou o descontentamento com a presença do rapaz no Colégio Sartre, seu tesouro pessoal. Alguém como ele, afinal de contas, mancha a imagem do melhor colégio de Brasília, fundado por um dos grandes mestres da educação no Brasil, o finado Érico Marques Teixeira.

Não é difícil imaginar o tipo de conversa que acontecia do lado de dentro da sala. É bem provável que dessa vez tenha sido a gota d'água. Talvez sua lista crescente de atos rebeldes tenha, enfim, terminado, e com ela sua chance de cumprir a promessa que fizera ao pai pouco antes de sua morte. Uma promessa que, por algum tempo, ele tentou ignorar, até os pesadelos começarem a privá-lo do sono. A verdade é que o rapaz aguentou muita coisa para chegar até ali, e imaginar a possibilidade de adiar mais uma vez a concretização de seu compromisso o deixa aborrecido.

De olhos fechados e pernas cruzadas balançando nervosamente, a garota tenta, a todo custo, ignorar o barulho irritante que o rapaz ao seu lado insiste em fazer com aquele isqueiro. Ela imagina que seja utilizado para acender cigarros de origem duvidosa. Qualquer outra pessoa com o mínimo de bom senso notaria, pelos sopros repetitivos que ela dá, o quanto está incomodada com o barulho angustiante, mas não o garoto ao seu lado. Não, a opinião alheia simplesmente não o afeta em nada, porque ele não é capaz de enxergar nada além de si mesmo.

— Pode parar com isso?

A voz pouco amistosa da garota rompe os pensamentos do rapaz fazendo com que ele se recorde de que, infelizmente, não está sozinho na sala.

— Não sei do que tá falando.

Ele faz pouco-caso, sem ao menos encará-la. Mas a conhece bem o suficiente para saber que ela se refere aos batuques ritmados que ele faz ao acender e apagar o isqueiro. Conhece bem suas manias de boa garota, sua obediência cega às regras, seu comportamento invejável de representante de turma, seu cabelo cor de "algodão-doce", seu tamanho em miniatura e, obviamente, seus olhos: duas safiras grandes e brilhantes que parecem enxergar absolutamente tudo, inclusive a alma.

— Esse batuque aí — ela fala, respirando fundo enquanto aperta os lábios.

O rapaz sabe exatamente como tirá-la do sério e, pior, parece fazer de propósito. Desde o primeiro instante em que se olharam a aversão foi mútua. Ela se recorda bem do jeito como ele caminhava, parecendo se achar o dono do mundo, ainda que usasse chinelos de dedo e uma roupa surrada, embora bastante limpa. À época, os cachos escuros desciam até a base do pescoço e o corpo magro ostentava alguns músculos, hoje bem mais definidos. Naquele primeiro momento, a garota pensou que os olhos dele fossem verdes. Contudo, um dia depois, enquanto os dois estudavam, ela se deu conta de que eram, na verdade, um tipo de castanho radiante que, dependendo da forma como a luz incidia sobre eles, assumiam uma tonalidade esverdeada graças às pigmentações espalhadas por suas íris.

— Não sei do que tá falando — ele repete, persistindo no movimento com as mãos. Como sempre, sua única intenção é aborrecê-la. Desde a primeira vez em que a viu nunca perdeu a chance de alfinetá-la. Lembra-se muito bem do ar comportado que ela apresentava, com uma mochila que parecia pesada demais pendurada no ombro e o uniforme impecável.

"Esta é minha filha sobre quem lhe falei", disse Ângela, enquanto um sorriso coruja tomava-lhe o rosto. Isso, o rapaz não soube dizer por que, provocou-lhe um misto de desgosto e inveja. "Vai ver só como ela é inteligente. Com a ajuda dela é impossível que não passe na prova."

"Tanto faz", ele respondeu displicente, sem se incomodar em corresponder o sorriso amistoso da menina, que imediatamente ergueu a sobrancelha direita, na certa, abalada pelo atrevimento dele. "Se tivesse me dito que eu ia ter de fazer prova pra entrar, eu tinha procurado vaga numa escola pública." O rapaz sabia que soava ingrato, no entanto não conseguiu evitar. A velha rabugenta que o bombardeou com perguntas das quais provavelmente não gostaria de saber as respostas o deixou mal-humorado.

"Sobre isso, eu sinto muito, mas como você não tem histórico escolar, a Marta achou melhor avaliá-lo", Ângela disse sorrindo, como quem se desculpa, levantando os óculos de armação branca. Ela parecia ser muito mais jovem do que realmente era quando sorria daquele jeito. "Mas isso vai ser importante até pra vermos se realmente vai entrar no ensino médio ou se precisa repetir alguma série por causa do tempo que esteve afastado da escola, sabe?", comentou, ainda sorrindo. "Mas não há com que se preocupar. A minha filha vai te dar toda a assistência necessária, né, querida?"

"Achei que fosse a diretora do Sartre, mas, pelo visto, é só a *nora* da dona", o garoto criticou, sacudindo a cabeça enquanto, mais uma vez, a menina abria a boca para se apresentar. Ela novamente foi interrompida pelas palavras grosseiras dele. Sua feição amistosa desapareceu no mesmo segundo e ela apertou os lábios, indignada com a forma como ele falava com sua mãe. O rapaz achou engraçado, pois a menina, ao que parecia, não estava acostumada com pessoas como ele: curtas e grossas.

"Tem alguma coisa pra me dizer, ô cabelo de algodão-doce?", ele provocou, petulante, cruzando os braços e observando as mechas rosa-chá que disputavam espaço com os fios dourados na cabeça dela. Era uma miniatura prototípica de um dos clipes da Katy Perry. *Devia ser muito mimada*, ele pensou, considerando, de repente, o quanto estaria disposto a aguentar por aquela vaga no colégio, ainda que fosse um colégio de alto nível.

"Então tá tudo resolvido, né?", Ângela falou antes que a menina pudesse rebater o comentário dele. "Amanhã, às 14h, na biblioteca. Vou deixar seu nome na portaria para que o Sebastião libere a sua entrada", finalizou. Em seguida, despediu-se da garota e empurrou o rapaz em direção à saída. Espiando por sobre o ombro, ele ainda pôde ver a menina agitando a cabeça, a expressão franzida em sinal de antipatia.

– *Por favor.*

O tom suplicante o traz de volta à realidade. A menina consegue fazer de tudo um grande drama. Isso o irrita mais do que o ar de gente sempre certa que ela exibe como se fosse um troféu.

– Não sei do que tá falando – ele volta a dizer, ainda sem se atrever a levantar o rosto para encará-la.

– Isso já tá irritante! – ela diz, cruzando os braços, aborrecida.

– A única coisa que está irritante aqui é você, Tampinha – ele rebate, rabugento.

A garota lança ao rapaz um olhar ofendido. Quer muito entender por que ele é tão implicante, mas parece ser um esforço dispendioso e inútil, já que ser implicante, para ele, é tão natural quanto respirar.

— Sabe, eu não gosto que me chamem assim — ela comenta, fechando o semblante. Tenta tratá-lo com o mínimo de empatia, mas é impossível.

— *Tampinha, Tampinha, Tampinha* — ele cantarola, sorrindo com deboche.

A irritação finalmente vence o autocontrole e ela grunhe, dando ao rapaz a satisfação de vê-la perder a compostura. E ela detesta dar esse gostinho a ele.

— Não adianta. Eu sempre venço. Você sabe disso. — ele sorri com divertimento. — Você é fraca.

— Eu não sou fraca — ela resmunga. — E você devia ser menos insuportável.

— Em troca de?

— De não fazer as pessoas te odiarem.

Ele ri debochado.

— Se por "pessoas" quer dizer você mesma, então valeu, prefiro que me odeie. Você é chata demais pra eu querer que goste de mim.

— Você é tão detestável — ela diz, cada vez mais estressada. — Eu nem devia estar aqui pra começo de conversa.

— Pra sua informação, eu também não estaria se você não tivesse aparecido e ferrado tudo — ele resmunga, recordando-se de que ela estragou seus planos de passar despercebido pelas inspetoras de corredor.

— Você é um vândalo, Cristiano, sabia disso? — Marina o censura, franzindo o rosto para ele. — Devia ter vergonha do que fez.

— Vergonha? — ele agita a cabeça enquanto sorri, deixando os dentes branquíssimos à mostra. — Garota, eu tenho *orgulho* de fazer alguma coisa pra tentar mudar o que não aceito. É injusto a gente ficar sem a lanchonete. Aquilo é um protesto.

— Grande atitude! — Marina revira os olhos. Ela odeia o tom que ele usa para se sobrepor aos outros, como se só ele fosse capaz de grandes feitos, como se fazer o tipo de coisa que ele faz fosse algo de que se orgulhar. Você é mesmo um vândalo! — Além do mais, não vamos ficar sem a lanchonete. O Sartre só vai passar a servir comida saudável, o que é algo bom, porque o que as pessoas comem hoje em dia...

— Blá-blá-blá... — Cristiano a interrompe, sem paciência para o papo natureba da garota. Como ela é chata! Não é de se admirar que tenha tempo de sobra para amolar os outros, afinal, nenhum cara se candidataria a um encontro com a *Miss-sou-cem-por-cento-certinha*. — Aprende uma coisa, menina: só porque *você* gosta de comer troços vegetarianos que *dizem* ser saudáveis, não quer dizer que Brasília inteira goste. É um absurdo a gente não ter o direito de escolher o que comer. Isso deve ter o dedo daquela velha, certeza!

— Ei, *aquela velha* é a minha avó! — Marina o repreende, estreitando os olhos mais uma vez. Tudo bem que o relacionamento das duas não é dos melhores, mas, ainda assim, não pode aceitar que Cristiano a desrespeite.

— Meus pêsames.

— Realmente, não dá pra conversar com você. — Irritada, a garota bufa com força.

— Que tal calar a boca, então? — Cristiano propõe, arqueando as sobrancelhas.

Zangada, Marina levanta-se e caminha para o outro lado da sala, a fim de afastar-se dele e de sua antipatia gratuita.

— Não sei como ainda mantém uma bolsa de estudos tendo um comportamento assim — ela murmura para si mesma, sabendo que não faz sentido. Talvez seja o fato de ele conseguir tirar boas notas, ainda que matando mais aulas do que um estudante normal o faz normalmente. Acima da média, na verdade. Essa é a explicação mais plausível na qual Marina consegue pensar. Ou isso, ou sua mãe tem um crush no rapaz.

— Você sabe que sou mais inteligente que você, Tampinha — ele responde com um sorriso zombeteiro, lembrando-se da cara que ela fez quando, com uma tremenda facilidade, ele compreendeu as regras matemáticas que ela explicou na época em que se preparava para a prova de ingresso no colégio.

Na verdade, Cristiano sempre teve facilidade para aprender, especialmente as matérias relacionadas a números. Uma de suas professoras do ensino fundamental atribuiu isso a altas habilidades, mas o caso nunca foi investigado a fundo. Ângela até tentou incluí-lo em programas do Sartre voltados para o desenvolvimento de alunos superdotados, no entanto ele não é alguém que goste de trabalhar em grupo. Ele só quer passar pelo ensino médio de uma vez. Não espera nada de excepcional para o seu futuro, exceto o que já tem até o momento, que, a bem da verdade, não é pouco. Qualquer um mataria para estar em seu lugar. Está de bom tamanho. Não fosse a maldita promessa, nem estaria ali, sendo sincero. Estaria num cruzeiro aproveitando os prazeres da vida. Ou numa ilha paradisíaca.

— Um verdadeiro desperdício — Marina rebate, rompendo seus pensamentos mais uma vez.

— Impressão minha ou senti uma pitadinha de inveja? — ele pergunta, erguendo uma sobrancelha e alargando o sorriso. — Sabia que inveja é *pecado*?

Ela sacode a cabeça, desviando o rosto para o outro lado.

— Tomara que a minha mãe te suspenda — Marina diz. Mas isso só faz com que o sorriso dele aumente.

Quando o dia começou, Ângela, por algum motivo, sabia que não seria um dos mais tranquilos que teria de enfrentar. A começar pelo pesadelo que a despertou por volta das 5h. Como sempre, João, seu marido há dois anos, passou os minutos seguintes tentando distraí-la das más lembranças.

Mais tarde, no Colégio Sartre, Ângela teve de reunir as turmas para avisar da mudança no cardápio da lanchonete. A notícia não foi bem recebida, como já imaginava, porque a maioria dos adolescentes não gosta de coisas saudáveis, especialmente quando lhes são impostas. Houve vaias e reclamações, mas nada com que não estivesse habituada a lidar como diretora do Sartre há seis anos, desde que Marta sofreu um AVC. Apesar dos protestos, a decisão foi tomada com o conhecimento do conselho escolar, do qual muitos pais fazem parte, e com o apoio total de todos eles.

Por mais que Ângela soubesse que teria de lidar com a desaprovação da maioria dos estudantes, não imaginou que um deles, nem mesmo o mais rebelde de todos, pudesse chegar ao extremo.

Essa é a razão pela qual, neste momento, está acontecendo mais uma discussão desgastante com Marta, sua ex-sogra e mãe de Heitor, que era seu ex-marido e pai de sua filha. Ambos, apesar de divorciados, continuam sendo amigos. Sempre foram. O relacionamento dos dois se pautou na amizade desde o início. Essa também foi a causa de terem optado pela separação há cinco anos.

— Marta... — começa a dizer, depois de um longo suspiro fatigado.

— Não me venha com esse tonzinho — Marta fala intransigente, sacudindo a cabeça com o cabelo esbranquiçado cortado num estilo moderno. A incapacidade de Ângela de lidar de forma ferrenha com atos extremos a deixa irritada. — Dessa vez foi a gota d'água e você não pode negar!

— Eu já disse que tenho tudo sob controle — Ângela diz, apesar de achar exaustivo tentar explicar, a cada vez que conversam, se é que se pode chamar assim, as razões pelas quais tenta o caminho pacífico ao lidar com crises do colégio.

— É o que sempre diz — Marta rebate com impaciência.

— Acontece que dessa vez...

— Ah, me poupe, Ângela! — A sogra a interrompe novamente. — No final das contas, você só quer passar a mão na cabeça daquele baderneiro. Não sei o que vê nesse garoto.

— Ele é muito inteligente — Ângela esclarece, olhando-a por detrás de seus óculos. — Só precisa de uma chance. Chance esta que, desde o início, a senhora se recusa a dar.

— É difícil enxergar a razão? — Marta pergunta. — Você chegou a ver o muro do colégio?

— Não foi um grande estrago. — O argumento de Ângela não poderia ter sido pior.

— Ah, não? – Marta comprime os lábios até formar uma linha fina. Depois de uma longa respiração, profere, ao olhar para a outra mulher: – Este é o meu patrimônio, Ângela! Meu e dos meus filhos. Dos meus *netos* – enfatiza, e Ângela sabe exatamente o que ela quer dizer.

— Eu entendo suas preocupações, juro que entendo. – Volta a argumentar, estendendo as mãos sobre o tampo da mesa. – Mas não há necessidade de fazer com que isso assuma proporções tão grandes. O próprio Heitor acha um exagero...

— O Heitor apoia qualquer coisa que você diz, não importa o quanto seja ridículo – Marta diz, cortando as palavras da outra sem se incomodar com boas maneiras.

Ângela suspira novamente enquanto tenta conter a impaciência com a mania irritante que Marta tem de não permitir que ninguém fale além dela mesma. Depois de um silêncio pesado, a velha senhora retoma:

— Pelo que me consta, a sua filha está envolvida.

Ótimo! É mais do que óbvio que a fofoqueira de plantão – Janaína, uma das inspetoras de corredor – daria todos os detalhes para a sogra. Afinal, odeia que Ângela seja a diretora tanto quanto a própria Marta, mesmo que tenha sido eleita com a aprovação quase unânime do conselho de pais, alunos e professores.

— Não é bem por aí – Ângela discorda. Quando se trata de Marta, é comedida até demais, no entanto não vai tolerar que ela fale algo contra sua filha. – A senhora sabe que a Marina é uma garota responsável demais pra tomar parte em qualquer coisa que seja suspeita.

— O que eu sei é que houve um ato de vandalismo no meu colégio e isso é inadmissível! – Marta bate a bengala no chão ao encarar Ângela com raiva nos olhos.

Para Marta, é claro que Ângela não tem fibra para lidar com situações como aquela, assim como é evidente que não deve ocupar a função de diretora do Sartre, especialmente depois de ter se divorciado de seu filho. Detesta saber que seu patrimônio está sob o comando de alguém que não é da família. Por isso procura se inteirar de tudo que acontece ali, pois isso é o melhor que pode fazer pelo colégio, para tentar impedir que más decisões sejam tomadas e terminem por arruinar a reputação do Sartre.

— Este colégio era a vida do seu padrinho, a pessoa que te acolheu quando você não tinha pra onde ir. – Marta procura lembrar Ângela, a quem considera uma ingrata. – E eu sei que ele jamais permitiria um ato como esse aqui dentro. Em sua memória, eu também não posso permitir.

— Você simplesmente não consegue, né? – Ângela pergunta, olhando-a nos olhos escuros. – Não consegue aceitar o que aconteceu, nem o fato de o Heitor ter se casado comigo. Ou o fato de eu ter sido eleita diretora do Sartre.

Nada. – ela retira os óculos do rosto e encara Marta, acrescentando, com suavidade: – Ele é só um garoto, Marta.

– Acha mesmo que mandá-lo passar algumas horas fazendo caridade vai resolver um problema de delinquência juvenil? Porque eu duvido muito. E seja como for, só quero o bem do Sartre.

Ângela desvia os olhos para longe do rosto severo de Marta. As rugas que ela exibe provavelmente se devem muito mais ao tempo que despende com o semblante fechado do que à idade em si.

– É isso que é ser educador pra você, Marta? Excluir um garoto que precisa de ajuda?

– Não é papel do colégio lidar com um infrator – Marta responde, revirando os olhos. – Aparentemente, ele é um caso de polícia.

– Não está sendo um tanto reacionária? – Ângela questiona, franzindo as sobrancelhas.

– Essa é a minha opinião, você querendo ou não aceitar – Marta fala, apoiando as duas mãos na bengala, indicando que não adianta insistir.

Ângela já entendeu isso. Assim, sacode a cabeça, encarando o tampo escuro da mesa. Há uma pilha de documentos para serem lidos e assinados.

– Pelo que estou vendo, esta conversa é inútil – diz Ângela, comprimindo os lábios. Em seguida, levanta-se da cadeira, indo em direção à porta e parando de costas para Marta. – Não adianta insistir. Assim como não adianta a senhora se posicionar contra mim. Eventualmente, vai ter que aceitar que eu sou a diretora do Sartre. Eu não vou expulsar o Cristiano, a menos que ele me dê uma boa razão pra isso.

Marta se irrita, indignada por Ângela desafiá-la.

– Vai ser assim, então? – pergunta, se levantando com o auxílio de sua bengala. Seu ar elegante acompanhando os movimentos.

– A senhora não me dá escolha – Ângela responde, dando de ombros. – Eu não queria que...

– Quando você fracassar... – Marta inicia, lançando a bolsa sobre o ombro. – Porque eu sei que você vai fracassar, não diga que eu não avisei – diz, e logo em seguida passa pela nora e abre a porta, caminhando para fora com seus sapatos batendo no piso encerado.

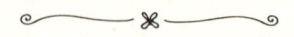

Marina salta ao ouvir o barulho da porta e vira-se para encarar quem está saindo. O olhar mordaz de Marta a faz se sentir péssima. Ensaia dizer algo em sua defesa, mas a avó não faz a mínima questão de parar para ouvir. Deixa a diretoria sem olhar para trás.

– Nossa! Pelo visto eu não sou o único que ela detesta – Cristiano comenta sorrindo, como se aquilo fosse engraçado.

Marina abre a boca para responder ao comentário, mas a grosseria (e, mais precisamente, a verdade) das palavras a deixa sem reação.

– Que foi? – ele pergunta, incapaz de entender a mágoa nos olhos da menina. – Eu disse alguma mentira?

Nesse momento, a voz de Ângela captura a atenção dos dois:

– Entrem – pede, suspirando. – Vamos resolver essa confusão de uma vez.

> O amor é a única força capaz de transformar
> um inimigo em amigo.
> (Martin Luther King)

Saindo com o inimigo

Leo observa o prato de Ayumi, no qual três fatias generosas de pizza de calabresa brigam por espaço, e abre a boca para dizer que não, que aquilo não é almoço, mas a conhecendo tão bem quanto conhece, sabe que não é uma boa ideia, por isso desiste no último segundo. Em vez de contrariá-la, pergunta:

— Posso ficar com o seu almoço? — O garoto dirige os olhos castanhos para a sacola térmica da menina, onde sabe que há alguma coisa saborosa e saudável preparada pelo Sr. Akira, o pai dela, dono de uma loja de produtos orientais no Cruzeiro.

Ayumi direciona os olhos para a sacola térmica sentindo uma pitadinha de culpa ao se lembrar das palavras da mãe durante o café da manhã: *Cuidado, Ayumi, com o que você vai comer. Afinal, você é o que você come. Não é porque não estou por perto que vai se descuidar.* A garota sacode a cabeça a fim de afastar a voz de Yoko das lembranças. A comida lhe oferece um tipo de consolo que a mãe nunca entenderá por ser uma ex-modelo fotográfica tão magra quanto um cabo de vassoura. Mas, afinal, Ayumi não precisa se sentir culpada por querer se despedir das boas refeições servidas pelo Sartre, já que, na semana seguinte, tudo será diferente. Mais colorido e sem graça, como todas as comidas saudáveis são, indiscutivelmente.

— Claro — ela responde, dando uma mordida numa das fatias de pizza enquanto empurra a sacola com o cotovelo em direção ao amigo. Ayumi não faz questão de usar guardanapos ou talheres, mas Leo não quer repreendê-la por causa disso. Contanto que ela mantenha aquelas mãozinhas engorduradas longe de seus fones de ouvido está tudo bem.

Nesse instante, Marina para diante da mesa deles e deposita a bandeja com gestos mais bruscos do que o habitual. Geralmente a garota está sorrindo, cantarolando ou se desculpando com objetos por tê-los chutado, até perceber que não são seres vivos com quem precise gastar sua boa educação. Esse fato – e a tromba em seu rosto – faz com que Leo arqueie as sobrancelhas cheias e escuras.

— Tudo bem, prima? — pergunta ele enquanto remove os talheres do saco plástico que os acondiciona e observa Marina se sentar ao lado de Ayumi.

— Estou tendo o pior dia da minha vida — ela responde, fechando os olhos por alguns segundos. — Com certeza, é o pior dia da minha vida.

— O que o Cristiano fez dessa vez? — Ayumi indaga de boca cheia, pousando na garota os olhos puxados, escuros e brilhantes. Sua franja reta quase os esconde por completo, o que a obriga a, volta e meia, colocá-la atrás das orelhas. Mas seu cabelo quase nunca fica lá porque é muito liso devido à descendência oriental.

— Eu já disse que odeio o Cristiano? — Marina profere furiosa, olhando de Ayumi para Leo.

— Só umas setecentas vezes — Leo responde, irônico. — Mas hoje é a primeira.

— Hoje foi a gota d'água — a garota diz veementemente, enquanto começa a explicar: — O professor se atrasou na troca de aula e vi que o Cristiano se aproveitou disso pra sair da sala, o que não me chamaria atenção se eu não tivesse visto que ele estava escondendo algo embaixo do casaco.

Leo tenta pensar num motivo razoável para a prima observar Cristiano durante as aulas, contudo nada lhe ocorre...

— Daí, como representante de classe, decidi segui-lo pra saber o que ele estava aprontando. E eu estava certa. Ele foi pichar o muro dos fundos do colégio pra "protestar pela mudança na alimentação do Sartre". — A menina revira os olhos ao recordar-se das palavras de Cristiano.

— Ele não está totalmente errado — Ayumi deixa escapar, bebendo um gole de refrigerante.

Marina, chocada, encara a amiga.

— Você tá falando sério?

— Nem todo mundo é vegetariano, Marina.

— A minha mãe só tá tentando melhorar a alimentação do colégio, Ayumi. Isso não quer dizer que vai cortar a carne do cardápio — esclarece, sacudindo a cabeça, descrente da amiga.

— Desculpa, Marina, mas é que a minha mãe já controla tudo que eu como dentro de casa, então... — Ayumi não termina a frase, porque os amigos já conhecem sua vida de cor e salteado. Ou, pelo menos, parte dela... — Mas continua. O que houve depois?

Suspirando, Marina prossegue:

— Eu tomei a lata de spray da mão dele e a Janaína chegou bem nessa hora. Aí o Cristiano disse que *eu o estava ajudando*, o que é uma mentira, mas a Janaína não quis saber e levou a gente pra direção. Agora a minha mãe *determinou* que o Cristiano me acompanhe até a ACSUBRA durante dois meses como punição "pelo que fizemos" — Marina diz, desenhando as aspas no ar.

— Caramba! — Leo exclama, e seus olhos brilham com uma expectativa que as amigas julgam inapropriada.

Não é segredo para as duas que ele tem uma queda por Cristiano, porém elas vivem o aconselhando para parar de fantasiar com um relacionamento que não pode se concretizar, já que Cristiano não é gay. Pelo menos, não que se saiba. Além do mais, antes de ter um namorado, Leo precisa resolver sua situação. Sair das sombras, como Ayumi diz. Mas, ao que parece, é mais complicado do que podem imaginar. Marina sabe que, no fundo, o problema não é tanto sua tia Cláudia ou os irmãos do garoto, mas o pai, Marco Antônio. Ele é um homem tão rígido que, durante anos, Leo teve receio até de falar com ele. Os únicos interesses que o tio parece ter pelos filhos são sobre a média das notas no colégio e decidir uma profissão para o futuro. Marina não pode negar que, comparando-o ao próprio pai, entende por que o amigo tem medo de contar a verdade.

— Mentira! A sua mãe não acreditou em você?! — Ayumi interroga dramaticamente, parando o que resta da fatia de pizza a dois centímetros da boca.

— Ela acreditou, sim — Marina explica, suspirando frustrada. — Mas disse que a punição foi aplicada ao Cristiano, não a mim, já que é ele quem terá de me acompanhar para a ACSUBRA, que é minha rotina normal. Eu só não tive escolha.

— Ela não está errada nesse ponto — Leo comenta.

— O garoto-problema não deve ter gostado nem um pouco. Diga lá. — Ayumi dá um sorrisinho matreiro.

— Claro que não — Marina responde, recordando-se da reação exagerada do rapaz quando Ângela disse qual seria sua punição. — Com certeza ele preferia perder um braço a ter de conviver comigo, ainda mais fazendo serviço voluntário. Mas minha mãe não deixou opção pra nenhum de nós dois. Assim, até o final do próximo mês estaremos presos um ao outro. — Marina deixa a cabeça pender para trás, desolada.

— Joana vai ficar irada quando souber disso — Ayumi diz, ainda se divertindo. — Você vai passar mais tempo com o *pseudonamorado* dela do que ela mesma.

— Eles não são namorados — Leo contraria, franzindo o rosto ao perceber que disse isso em voz alta. — Quer dizer, pelo que falam é um lance aberto. Eu mesmo já vi a Joana saindo com outros caras. Não que isso seja da minha conta — acrescenta, com um pigarro. Em seguida, usa a tática de Ayumi para não ter de falar mais nada: enche a boca de comida.

Nesse momento, Dinho, irmão mais velho de Leo, se convida para se sentar à mesa com os três. Como o irmão, tem cabelo castanho-claro e liso e sobrancelhas grossas num rosto ovalado de pele levemente sardenta. É dono de um físico invejável e, para muitas garotas do colégio, uma das razões de ser tão charmoso é o brinco que usa na orelha esquerda.

— E aí, pessoal — cumprimenta, olhando-os rapidamente, ocupando-se, em seguida, de analisar a alimentação nada saudável de Ayumi. — Isso vai acabar te matando — fala, apontando para o prato dela com o queixo. — Devia seguir o meu exemplo — finaliza Dinho, cujo prato é composto de legumes, verduras e carne grelhada.

Pronto. Isso é o suficiente. Não precisa mais do que uma rápida avaliação de seu prato para fazer com que Ayumi se sinta péssima (e arrependida) o bastante para ter vontade de colocar tudo para fora.

E eles não são íntimos nem nada. Mal conversam, pois Ayumi só o vê nas aulas de Educação Física — de onde sempre tenta se ausentar com uma desculpa de cólica ou dor de cabeça, a fim de evitar ser a última a ser escolhida nos esportes — ou quando vai à casa de Leo, o que é mais raro ainda, já que o amigo não gosta muito de estar na própria casa. Assim, Ayumi não entende como uma pessoa que mal troca duas palavras com ela é capaz de fazer-lhe uma crítica como se a conhecesse bem o bastante para tomar essa liberdade. Nem os amigos fazem isso — e ela adora ambos por respeitarem seu espaço —, como Bernardo se acha no direito?

— Dinho! — Leo recrimina-o, trocando um olhar com o irmão.

— Que foi? — o rapaz questiona sem entender.

— Você acha que só porque eu sou gorda não posso comer pizza, Bernardo? — Ayumi indaga sem encará-lo, ocupando-se de limpar as mãos num guardanapo.

— Ei, não foi o que eu quis dizer. Eu só...

— Eu tenho que ir — Ayumi o interrompe, levantando-se sem encarar nenhum deles. — Preciso resolver umas coisas. — E sai sem esperar resposta.

— Alguém entendeu o que acabou de acontecer aqui? — Dinho pergunta, observando Ayumi ir embora.

— Simples. Você fez a única coisa com a qual ela não consegue lidar: uma crítica ao que ela come — Leo explica, imaginando onde a amiga irá se esconder.

— É isso — Cristiano conclui o relato do episódio enquanto termina o sanduíche. Percebe alguma faísca nos olhos escuros de Joana, mas não tem muita vontade de perguntar do que se trata. Evitar conversas desnecessárias, esse é seu lema. Só entrou no assunto porque, como todas as suas ações no Sartre, essa última gerou repercussão pelos corredores. — Agora estou preso à sua irmã por infinitos dois meses.

Joana o examina com cautela a fim de verificar o quanto aquela contrariedade é verdadeira. Mas é óbvio que Cristiano não suporta Marina, pois ela é chata demais para que pessoas como ele gostem dela.

— Já te disse mil vezes que ela não é minha irmã — a garota o repreende, revirando os olhos enquanto prende o cabelo crespo no alto da cabeça.

Cristiano ignora. Não entende bem o motivo da desavença entre Joana e Marina, mas não quer gastar energia tentando compreender. Já acha que o lance entre Joana e ele ultrapassou muito o limite que estabeleceu, imagina se se atrever a fazer perguntas pessoais.

— Como é que você foi ser pego pichando o muro? — a garota pergunta, sabendo que é algo estúpido demais para Cristiano.

— A culpa foi daquela idiota da Tampinha — Cristiano explica, sacudindo a cabeça. — Ela me seguiu e fez o maior escândalo.

Joana reflete por alguns minutos, tentando entender por que Marina se deu ao trabalho de seguir Cristiano, de tê-lo observado a ponto de notar sua escapada da sala de aula. Isso era algo curioso e, se Marina não fosse quem fosse, Joana poderia jurar que ela se sente atraída pelo garoto.

— Parece que ela anda de olho em você, né?

— Com uma vida chata como a dela não me admira. — Ele ri. — Mas eu sei qual era a intenção da Tampinha. Ela é igualzinha à avó. As duas só querem me ver fora daqui. Azar o dela, que vai ter de me engolir em dobro. Vou fazer questão de tornar a convivência bem insuportável. A Tampinha vai se arrepender de ter me seguido. Isso eu garanto. — O tom de humor da voz dele irrita Joana.

— Se eu não te conhecesse, gato, ia dizer que tá gostando da situação — comenta, adentrando em território perigoso.

— Você só pode ser maluca pra achar que eu curto a companhia daquela garota *brochante* — ele declara com acidez, enraivecido pelo comentário.

— Bem... Se não tá a fim de passar suas tardes com ela é só não ir. O que tem de mais? — Joana diz.

— Eu não sei se ficou claro, mas a Ângela não tá aberta a negociações, Joana. Eu não tenho escolha. Ou faço serviço voluntário ou vou ser *expulso*. E, dado o meu histórico, tenho certeza de que não vou arranjar vaga em qualquer outra escola. Sacou?

— Eu só não entendo por que você faz questão de estudar — Joana fala. — Se eu tivesse a sua vida estaria fora do colégio há um tempo. Eu odeio o colégio. Odeio tudo aqui.

Cristiano a encara, pensativo. Sabe que ela está certa. Alguém como ele não precisa terminar o ensino médio, mas há uma maldita promessa que precisa cumprir. Do contrário, corre o risco de ser assombrado por novos pesadelos com o pai, e isso é capaz de ameaçar sua sanidade mental.

— Achei que gostasse do seu grupo de dança — o rapaz comenta, bebendo um gole de refrigerante e mudando de assunto.

— Gosto — ela diz, honestamente. — É a única coisa de que gosto no Sartre. Mas não vai durar muito, no que depender da minha *madrasta*. Ela ameaçou me cortar da equipe se minhas notas não melhorarem em Física.

Cristiano faz um esforço para parecer interessado na conversa. Enquanto Joana fala de seus infortúnios, não faz perguntas sobre ele.

— Então melhore as notas, ué – diz ele, simplesmente.

— Você me ajudaria?

— Sem chance, gata. Não sou muito paciente pra ensinar. E algo me diz que você não é uma boa aluna – Cristiano fala com a honestidade de quem não se preocupa em amenizar as palavras. – Melhor falar com outra pessoa, tipo a Tampinha. Tenho certeza de que ela vai te ajudar felicíssima. Aquela lá gosta de uma caridade, meu Deus.

— Jura? Essa é a sua melhor ideia? Me mandar pedir ajuda pra garota que eu mais detesto na vida? – Joana revira os olhos, agastada.

— É... Então você vai ter de arrumar outra maneira de melhorar suas notas. Talvez colar de alguém mais esperto – Cristiano responde, limpando as mãos nos restos da embalagem do sanduíche, como se a ideia realmente fosse plausível. – Agora eu tenho que ir nessa. Encontrar a chata da Tampinha pra ir até a tal instituição.

— Você se enfia em cada roubada... – Joana balança a cabeça, mordendo o lábio inferior.

— Eu sei – ele responde suspirando. Em seguida, inclina-se na direção dela para beijá-la.

— Vai me ligar mais tarde?

— Provavelmente estarei ocupado – Cristiano comenta e, beijando-a mais uma vez, ergue-se.

— Posso perguntar com o quê? – ela indaga, já sabendo que as chances de obter uma resposta são mínimas. Conseguir qualquer coisa de Cristiano é praticamente impossível, especialmente se tiver algo a ver com sua vida pessoal.

— Tem certas coisas que é melhor você não saber. – Cristiano pisca para ela e se dirige à saída do ginásio.

Marina, impaciente, consulta o relógio do celular pela centésima vez. Cristiano vai fazê-la chegar atrasada à ACSUBRA. Devia ter insistido para ele anotar o endereço da instituição, mas o rapaz estabeleceu que ambos iriam juntos e, como sempre, ela não conseguiu fazer absolutamente nada, a não ser acatar sua vontade. Precisa aprender a se impor. Especialmente quando o assunto envolve aquele garoto antipático.

— Ah, até que enfim! – ela exclama, vendo-o dobrar o corredor em direção à portaria.

— Ansiosa pra me ver? – o menino provoca, dando um sorriso torto que faz o estômago de Marina se contrair.

— Claro que não. É que eu vou chegar atrasada por sua causa — ela responde enquanto franze o rosto. — Você não consegue ser responsável pelo menos uma vez na vida?

Cristiano bufa com força, já imaginando como sobreviverá por tanto tempo ao lado de alguém tão insuportável quanto aquela menina.

— O mundo vai acabar se você não for chata por cinco segundos, garota? — ele indaga ironicamente.

Marina ergue o braço, contando cinco segundos nos dedos. Em seguida, prossegue com seu discurso:

— Só quero que saiba que a ACSUBRA não é como o Sartre, que você faz o que bem entender. Lá é o meu trabalho e eu não vou deixar você agir feito um idiota pra chamar a atenção, entendeu? — Quanto mais Marina fala, mais Cristiano tem vontade de bater a cabeça contra a parede. — É sério, Cristiano. Você não pode pichar, não pode depredar, não pode...

— Tá bom. E o papo de chegar atrasada? — ele a interrompe, estalando a língua, impaciente. Se deixar, ela ficará falando para sempre.

— Tem mais uma coisa — ela acrescenta enquanto começam a caminhar para fora do colégio. — Já que a gente vai ter de trabalhar juntos gostando ou não, tomei a liberdade de criar algumas regras de convivência pra fazer isso dar certo. — Enquanto fala, Marina puxa um papel do bolso do casaco.

— O que é isso? — Cristiano pergunta, observando-a desdobrar uma folha de caderno que parece conter mais palavras do que linhas.

— São as regras que vamos seguir — ela responde, como se fosse uma coisa óbvia demais para ser perguntada. — Toma, lê. — Marina estende o papel em direção ao rapaz.

Ele arqueia as sobrancelhas sem acreditar que a garota fala sério. Não faz menção de pegar a folha.

— Tudo bem, vou ler pra você — Marina diz, sem se deixar abalar. — Regra número um: Cristiano e Marina vão se respeitar como pessoas civilizadas.

Quando ela termina de ler a primeira exigência, Cristiano gargalha. Será que aquela menina se leva a sério?

— Tampinha, não acredito que gastou tempo escrevendo uma besteira dessas — Cristiano diz, sacudindo a cabeça, ainda risonho. — Se fosse um pouco mais inteligente saberia que não sou uma pessoa civilizada.

— Regra número dois: Cristiano *não vai* chamar Marina de *garota*, *careta*, *chata* ou, especialmente, *Tampinha*. — Ela ignora o comentário sarcástico dele e continua lendo: — Regra número três: Cristiano não vai fazer nada de errado quando estiver perto de Marina a fim de poupá-la das consequências desastrosas de seus atos.

Novamente ele ri. Ela é tão ridícula que chega a ser cômica.

— Sério? É melhor parar antes que me faça mijar nas calças — pede, sem conter o riso.

— Regra número quatro: Cristiano não vai usar palavras desrespeitosas quando se dirigir à Marina — ela fala, sentindo-se levemente irritada com as risadas dele. Será que não percebe que ela não está de brincadeira? — Regra número cinco: Cristiano vai se comportar na ACSUBRA para não prejudicar a imagem de Marina perante a coordenação do abrigo.

— Chega, Tampinha, por favor! — Cristiano implora. — Eu estou passando mal!

— Você não tá me ouvindo? — ela questiona, interrompendo os passos e a leitura enquanto o encara com censura. — Isso não é uma piada!

— Você é que é uma piada, garota — ele fala, sacudindo a cabeça. — Tem noção do quanto isso aí é ridículo?

— São coisas simples que qualquer idiota consegue seguir. Até mesmo você — Marina responde, irritada, cruzando os braços.

— Ah, é? Pois tenho uma sugestão pra incluir nessa sua listinha estúpida. Regra número seis: a *Tampinha* vai parar de encher o saco do Cristiano — dizendo isso, ele volta a caminhar sem se preocupar em esperar por ela.

— De quem é esse carro? — Marina pergunta curiosa assim que param diante de um Jeep preto no estacionamento do Sartre. Cristiano se aproxima para conferir um dos pneus dianteiros pouco antes de recolher um panfleto de propaganda preso no vidro. Ela sabe que ele não tem condições de comprar um automóvel daqueles justamente porque parece custar uma fortuna.

— É meu — ele responde com descaso, arrancando o panfleto do vidro e atirando-o no chão enquanto finge ignorar o olhar descontente que ela lança diante da atitude.

— Desde quando você tem um carro? — Marina abaixa-se para recolher o papel do chão.

— Desde quando é da sua conta? — Cristiano responde, arqueando as sobrancelhas.

— Eu não sabia que tinha condições de comprar um — ela conjectura, mordendo o lábio.

— Vou tentar ignorar o julgamento das suas palavras — Cristiano comunica, abre a porta do motorista e entra no automóvel. — Vamos?

— Não vou entrar com você em um carro que pode muito bem ser roubado — Marina diz, cruzando os braços.

Cristiano suspira pesadamente.

— Este carro não é roubado — diz, ligando a ignição. — É meu. Agora entra de uma vez.

— Eu não sou idiota, Cristiano — Marina fala, aumentando a voz. — Você não pode ter um carro desses sendo que não tem... — Não completa a frase, deixando suas palavras pairarem no ar. *Sendo que não tem pais ou família*, foi o que pensou.

— Será mesmo que não é idiota, garota? — O tom dele soa carregado porque está começando a se estressar. — Se eu tivesse roubado este carro teria me livrado dele num desmanche. Que ladrão rouba um carro e fica com ele, correndo o risco de ser preso, me diz? — A forma como o rapaz a olha faz com que Marina se sinta, de fato, uma estúpida.

— Ok. Mas se estiver mentindo pra mim, testemunho contra você quando for preso — declara ela e, em seguida, entra no automóvel. Cristiano não consegue não sorrir do que ela diz, mesmo tendo certeza de que não se trata de uma piada. Sacudindo a cabeça, manobra o carro e sai do estacionamento, pegando a via principal em busca do próximo retorno.

— De qualquer maneira, eu *sei* que este carro não é *seu*. — Marina insiste no assunto. — E quero saber de quem é.

— Tá me chamando de mentiroso?

— Pra dizer o mínimo — Marina responde, dando de ombros. — Não conheço nenhum cara que tenha 20 anos e um carrão desses sem ser filhinho de papai. Como um bolsista vai ter? — Marina só percebe como a frase soa ofensiva depois de tê-la proferido, mas se Cristiano se sente de alguma forma menosprezado não demonstra, pois permanece com os olhos fixos no asfalto.

— Na verdade... na verdade, é bem simples — o rapaz diz, tentando encontrar uma desculpa para dar a ela. Saía há um ano com Joana, antes mesmo de comprar o automóvel, e ela jamais questionou a origem dele. Contudo, na primeira vez em que leva Marina, ela o bombardeia com perguntas que ele não sabe ao certo como responder. — Eu ganhei num sorteio.

— Sorteio? Ah, conta outra, Cristiano. — Ela move a cabeça, descrente.

— Olha, não tenho de ficar te dando satisfação da minha vida, tá bem? — Ele se irrita, sentindo-se pressionado. — Nem a sua irmã me faz tantas perguntas assim.

— A Joana não é minha irmã — Marina responde tranquilamente. — E isso é só mais um motivo pra eu não confiar em você. Ela é minha inimiga declarada.

— Achei que a "certinha" não tivesse inimigos — ele provoca, risonho.

— Pra sua informação, tenho *dois*.

— E eu sou o segundo da lista?

— Você é o primeiro, na verdade — Marina retruca.

Ele examina a expressão no rosto dela para identificar alguma brincadeira, no entanto já percebeu que Marina não é do tipo que faz piadas.

— Posso saber o motivo de tanta raiva?

— Porque você é detestável, grosso, idiota, insuportável *e* arrogante... — Marina responde no automático, já que todas as vezes que xinga Cristiano são exatamente essas as palavras que escolhe, mesmo mudando a ordem.

Cristiano dá um longo assobio, refletindo sobre as palavras de Marina.

— Tá, eu posso até ser detestável, grosso e arrogante — concorda espirituoso. — Mas idiota e insuportável é demais, não acha?

— É a minha opinião — Marina fala, cruzando os braços, observando-o. — Se quiser que mude, faça por onde.

— E quer saber a minha opinião, Tampinha? Você tem uma queda por mim. — Um sorriso perigoso brinca nos lábios do rapaz. — Como é mesmo aquele ditado? "Quem desdenha quer comprar."

Com esse comentário, Marina não consegue evitar que uma risada escape de seus lábios.

— Você não é esse deus grego que imagina, Cristiano — diz, olhando-o de relance.

— Mas tenho meu charme — ele argumenta, movendo a cabeça, ainda sorrindo. Os cachos, como sempre, cobrem a testa, agitando-se com o vento que entra pela janela aberta do veículo. Ele é, sim, bem charmoso... — Falando nisso, aquele seu amigo, o Leo, ele é gay? — Cristiano traz o assunto com uma naturalidade que faz com que o sorriso de Marina congele na face. Ela ensaia uma resposta por diversos segundos, ao passo que ele alterna o olhar entre ela e o trânsito.

— Por que está me perguntando isso? — Marina, por fim, consegue dizer algo.

— Sei lá. É só que eu o vi me encarando no banheiro dia desses. — Cristiano dá de ombros, como se isso não fosse nada demais. Não é sem alguma surpresa que Marina ouve sua declaração. É algo que ela não esperava de alguém como Cristiano, para ser honesta. Talvez o tenha julgado pior do que deveria...

— Bem, hã... — Marina encara as próprias mãos, nervosa, enquanto o rapaz ainda parece esperar uma resposta.

— Deixa pra lá — ele fala, dispensando a confirmação ou a negação com um gesto de cabeça. — Não é da minha conta mesmo.

A menina o observa por mais algum tempo, concluindo que, muito provavelmente, há uma chance de ele não ser tão idiota no final das contas.

— Por que tá me olhando desse jeito? — Cristiano pergunta, incomodado com a forma como ela o olha pensativamente.

— Por nada — Marina desconversa.

Eles ficam cerca de cinco minutos em silêncio, até Cristiano perguntar, apenas para quebrar o clima:

— O que você faz nesse lugar pra onde estamos indo?

— Serviço voluntário – Marina começa a explicar, assumindo uma expressão empolgada. – A Associação de Crianças Surdas de Brasília, ou ACSUBRA, tem por objetivo cuidar de crianças de 5 a 9 anos que são surdas ou tenham um nível muito baixo de audição pra serem consideradas ouvintes.

— E não tem cirurgia que resolva o problema? – Cristiano pergunta, demonstrando algum interesse na conversa. – Aparelho auditivo, sei lá.

— Alguns até têm aparelho, mas ainda assim não ouvem normalmente. Isso é quase impossível, mesmo com o implante coclear, que não é tão fácil de se conseguir pela rede pública, diga-se de passagem. Além do mais, os surdos têm uma cultura própria, e é o que a gente tenta incentivar nas crianças, independentemente de tudo. Elas não precisam ouvir para estarem integradas com a sociedade.

— E como funciona a rotina nessa ACSUBRA?

— Bem, as crianças estudam, mas a maioria das escolas não dispõe de intérpretes que as auxiliem, por isso nós tentamos trabalhar voltados para a prática da Libras, a Língua Brasileira de Sinais. Então nós ajudamos com as tarefas escolares e oferecemos atividades recreativas. Além disso, a mãe de uma das voluntárias é fonoaudióloga e vai até lá uma vez por semana pra oferecer assistência às crianças.

— E é só isso? – o rapaz questiona, erguendo uma sobrancelha.

— Pode parecer pouco, mas, acredite, para aquelas crianças e suas famílias é muito. – Marina responde, comprimindo os lábios.

— Não, não foi o que eu quis dizer. É só que... Isso não parece uma ONG. – ele diz.

— E não é. Quer dizer, a fundadora da ACSUBRA tem interesse em fazer com que a instituição exista de verdade, mas é muito burocrático. E exige um dinheiro que não temos. Então, por enquanto, vamos atuando assim mesmo. O importante é o trabalho.

— E é por isso que você se tornou voluntária nesse lugar?

— Não só. O meu sonho sempre foi fazer algo por alguém além de mim mesma. Algo pelo mundo em que vivo. Fazer a diferença. Sentir que a minha vida não é inútil para os outros. Quando eu vejo a carinha deles quando me veem chegando, o sorriso de felicidade... É muito gratificante. Foi por causa delas que aprendi Libras.

— Você se dedica mesmo quando se interessa por alguma coisa, né?

— Não, Cristiano – Marina discorda, assumindo uma postura mais séria. – Eu me dedico em *tudo* que faço. Talvez essa seja a maior diferença entre nós dois. Acho que as coisas não funcionam com o improviso, com *pichações*. – Ela não perde a oportunidade de repreendê-lo. – Temos de saber fazer as coisas, saber negociar. Partir pra ignorância, para o vandalismo, nada disso...

– Tá legal. O papo ficou chato – ele a interrompe e, em seguida, liga o som do carro, aumentando o volume até cobrir a voz de Marina por completo.

Contendo a vontade de insultá-lo, a garota só consegue pensar em uma coisa: Cristiano pode até não ser um idiota, mas, definitivamente, é insuportável.

> Não há nada tão ruim que não possa piorar.
> (Autor desconhecido)

Ainda dá para piorar

Pela janela do carro, Cristiano olha para o casarão de aparência gasta, na Rua 24 do Polo de Modas, no Guará II. Possui dois andares e muitas janelas de madeira velha, algumas remendadas aqui e acolá. A pintura está descascando em vários pontos e, se um dia foi amarela, agora se assemelha a uma cor meio pálida que beira o branco. Parece um lugar fora de contexto. Brasília não combina com esse tipo de arquitetura, já que é moderna, e o lugar podia muito bem ter sido retirado de um livro de História da época colonial. Se fosse restaurado, talvez recuperasse parte da beleza de outrora.

— Tá um pouco derrubado isso aqui, né? — o rapaz comenta enquanto retira os óculos escuros e os coloca no painel do carro, preparando-se para descer. Ao parar diante dos portões enferrujados, conclui que a ACSUBRA não é nada do que se espera de um amparo social. Vários terrenos sem construções e cheios de mato cercam a instituição, o que aumenta a aparência de abandono do lugar.

— Não há dinheiro suficiente pra reformas — Marina explica, enquanto Cristiano se aproxima para ler a placa afixada nos portões.

CONGREGAÇÃO DAS FRANCISCANAS DO CORAÇÃO SAGRADO DE JESUS
E ASSOCIAÇÃO DE CRIANÇAS SURDAS DE BRASÍLIA

— Congregação das Franciscanas — Cristiano lê em voz alta, de forma pausada, como que tentando discernir o significado das palavras — do Coração Sagrado de Jesus — completa, achando o título muito extenso e igualmente estranho para uma instituição de caridade. — Isso é um *convento*? — pergunta, olhando para Marina com uma expressão alarmada.

— Algum problema? — ela responde, franzindo o cenho.

— Por que estamos aqui? — Cristiano pergunta, ainda atônito. — Eu achei que a sua mãe tinha dito que era uma instituição de caridade!

— Mas é — Marina responde, como se fosse óbvio. — Não leu a placa? A congregação é que toma conta da ACSUBRA.

— Por que não me avisou antes? — ele diz.

— E por que o espanto? – Marina cruza os braços, acrescentando, em seguida, num tom de provocação: – Tá preocupado por que terá de conviver com pessoas de Deus?

— Garota, isso não vai rolar de jeito nenhum, entendeu? – ele fala, fazendo o caminho de volta até o carro. – Eu vou dar o fora agora mesmo!

— Cristiano, você não pode dar pra trás!

— E por que não? É só falar com a Ângela pra mudar a punição, outro abrigo, o que for, desde que não seja nada relacionado à Igreja – diz, apoiando os braços no carro. Seu humor está alterado, porque pensar em freiras o faz recordar-se de Elaine, e lembrar-se dela é como passar por tudo de novo: todos os excessos, todas as privações...

— Posso saber por que o medo? – Marina interrompe os pensamentos dele, levando a sério sua reação pela palidez e lábios trêmulos de Cristiano. Ela achou que ele queria apenas chamar a atenção, mas percebe que ele está apreensivo de verdade, como ela jamais o viu.

— Não é medo – ele responde em voz baixa, desviando os olhos e apertando os lábios. – É só que... não suporto pessoas me dizendo como me comportar. – Cristiano engole em seco, parecendo prestes a acrescentar alguma coisa, contudo se cala.

— Tem certeza de que é só isso? – Marina insiste, estreitando os olhos.

Ele afirma que sim, num ligeiro movimento de cabeça.

— Bom, então não se preocupe porque ninguém está aqui pra dizer como você deve se comportar. – Ela tenta tranquilizá-lo.

— Eu conheço pessoas religiosas, garota – Cristiano fala num tom sombrio, encarando-a profundamente. – Sei como são capazes de agir em nome do que acreditam.

— Você tá exagerando – Marina diz, dando um suspiro. – Elas são freiras, sim, mas viemos aqui por causa do serviço social que desenvolvem. Nada mais. Agora, é claro, se você fizer alguma coisa errada, como pichar as paredes da ACSUBRA, vai ser repreendido. A Madre Superiora é uma mulher linha dura e não vai aceitar você agindo como um selvagem aqui. – Cristiano ignora o olhar que Marina lança a ele enquanto faz o último comentário. – É sério, qual é o seu problema? – a menina pergunta, passando a mão pelo rosto, desgastada.

— Meu problema? – responde o rapaz, estressado. – Meu problema foi que você me fez ser pego fazendo aquela droga de pichação e agora olhe só onde eu vim parar! – Ele olha para o alto, irritado. – Sério, se a sua mãe acha que com isso vai me fazer virar cristão, tá enganada! – ele fala, esbravejando.

— Você é tão patético que me dá pena – Marina diz, agitando a cabeça mostrando descontentamento. – Escuta, não tenho tempo pra perder com esse seu chilique. Se quiser vir, venha, se não, boa sorte ao tentar convencer a minha mãe de não te expulsar do colégio – Marina fala sem saber se a possibilidade de ser expulso ou não fará alguma diferença para o rapaz, já que ele nunca foi do tipo que gosta de estudar. Mas, mesmo sem saber, tocou num ponto delicado para ele. Num ponto-chave. Porque havia a *bendita* promessa...

Suspirando profundamente, Cristiano se rende:

– Ok... Vamos fazer isso de uma vez.

Marina toca a campainha presa às grades enferrujadas do portão ainda refletindo sobre a reação de Cristiano ao descobrir que irão desempenhar o trabalho voluntário em um convento. Era como se ele tivesse algum tipo de trauma com relação a freiras e isso, definitivamente, não é normal. Nem mesmo para alguém como ele.

Um minuto depois, uma senhora franzina trajando um hábito marrom que parece grande demais para ela vem recebê-los. Cristiano a observa, desde o crucifixo enorme pendurado no pescoço, passando pela corda branca e fina cheia de nós que rodeia sua cintura estreita, até parar nas sandálias trançadas bastante gastas. O sorriso daquela mulher só não é maior que o grau de seus óculos, que são tão grossos que diminuem seus olhos verdes.

– Marina, que bom que chegaram! – ela diz com uma voz de timbre rouco ao abrir o portão para deixá-los entrar.

– Boa tarde, irmã Célia. – Marina cumprimenta, abraçando-a com gentileza. Ambas têm quase a mesma estatura, observa Cristiano, contudo não é com surpresa que ele nota que Marina é um tantinho menor.

– Boa tarde, querida – a freira responde, alargando ainda mais o sorriso. Em seguida, vira-se para encarar Cristiano, parado a alguns passos, olhando-a com desconfiança, como um animal olha um humano avaliando se ele é ou não uma ameaça. – Este é o garoto que a sua mãe disse que viria? – pergunta, subindo os óculos, com ar curioso.

Ótimo. Cristiano já devia saber que Ângela não correria o risco de ele não cumprir a detenção, certificando-se de avisar às freiras.

– Irmã Célia, este é o Cristiano – Marina o apresenta, cheia de formalidade.

– Muito prazer, meu filho – a freira cumprimenta-o, estendendo a mão para ele. – Vamos, querido, eu não mordo – ela fala, tomando a mão dele num aperto que Cristiano considera bem forte para uma mulher de aparência tão franzina. – É um prazer finalmente conhecê-lo após ouvir tanto a seu respeito.

Cristiano olha para Marina com uma sobrancelha elevada e ela sente a pele do rosto esquentar, constrangida com a sensação de ter sido desmascarada. Óbvio que a irmã Célia não imagina que os desabafos da garota deviam ser mantidos tão ocultos quanto os segredos de uma confissão.

O rapaz não se dá ao trabalho de perguntar qual o teor das conversas que a freira ouviu a seu respeito, pois, com certeza, vindo de Marina, só podem ser críticas: "Ele é boca-suja"; "Nunca pede desculpas"; "Se acha o dono da razão"; "É grosso o tempo todo".

– E que tal entrarmos? – A voz rouca da irmã traz Cristiano à realidade.

Ele espera que Marina vá primeiro, então, suspirando, segue-a passando pela entrada. O jardim em que entram é bem grande e cheio de plantas vivas, contrastando com o estado decaído da casa. Depois de percorrer todo o exterior, os três entram numa sala enorme e com algumas portas espalhadas pelas paredes que dão acesso a salas de atividades, como música e reforço. Não só a estrutura do casarão é velha, mas o aspecto dos móveis também não é dos melhores. Por todo o teto há marcas de infiltração e Cristiano tem certeza de que o lustre de ferro está bem próximo de despencar. As paredes também são marcadas por tintura descascando e manchas de infiltração. Além disso, há quadros de santos e beatos, e um deles retrata a Última Ceia, localizado na parede à frente. Num canto mais discreto há um pequeno altar com as imagens de Jesus Cristo crucificado e de Nossa Senhora, de braços estendidos, com o manto azul sobre os ombros.

– Nossa. Nem sei o que dizer do estado deste lugar – Cristiano comenta para ninguém em particular. Chega a ser pior do que sua antiga moradia. – E todas essas imagens me dão arrepios.

Marina o olha com impaciência, colocando o indicador nos lábios, sinalizando que faça silêncio.

– Sei que o ambiente não é dos mais bonitos, mas estamos tentando angariar fundos pra uma boa reforma – Irmã Célia vai explicando conforme cruzam a sala. – Mas é difícil conseguir ajuda pra alguma coisa boa neste país. O ser humano está mais preocupado com gastar dinheiro em escândalos do que aplicá-lo em coisas úteis aos irmãos. Mas vamos chegar lá, se Deus quiser. A paróquia ajuda, mas não pode fazer muito, e as doações que recebemos são escassas e as utilizamos para comprar comida, materiais de higiene e algumas coisas que usamos pra desenvolver atividades com as crianças. – Ela para de caminhar por alguns segundos para olhar Cristiano enquanto acrescenta: – Não cobramos nenhum tipo de taxa pra atender as crianças. Como pode ver, o espaço é bem grande e até gostaríamos de ampliar o atendimento para mais delas, mas a estrutura não é suficiente. – Irmã Célia suspira num tom de lamento; em seguida, retoma a palavra, explicando a Cristiano sobre as crianças e os cuidados de que necessitam – a ACSUBRA havia começado como um ponto de apoio às crianças surdas de famílias carentes que residiam ao redor do convento, apenas uma forma simples de assistência a elas enquanto os pais trabalhavam. Em pouco tempo a notícia se espalhou e chegaram cada vez mais crianças, até o ponto de ser necessário barrar as inscrições.

Irmã Célia mostra cada um dos cômodos da casa ao garoto e, depois de mais ou menos meia hora, Marina o conduz ao quintal para apresentar as crianças e os demais voluntários. O rapaz não pode negar que gostou mais do ambiente externo, porque não há tantas imagens associadas à religião, como busto de santos, crucifixos e quadros representando a Santa Ceia. Ali são apenas árvores, plantas e ar puro.

No quintal, vinte e seis crianças brincam de alguma atividade de roda, monitoradas por quatro jovens e quatro freiras que usam o mesmo vestuário que a irmã Célia. Marina se aproxima delas, cumprimentando as crianças com meia dúzia de sinais empolgados.

"Olá! Como estão?", questiona, sendo cercada por um grupo animado de crianças.

"Estamos bem, Marina", eles a respondem, gesticulando todos ao mesmo tempo.

"Que ótimo! Como foi na escola hoje?", ela prossegue, recebendo diversos sinais em resposta, alguns expressando empolgação, outros desânimo.

"Quem é ele?", uma garotinha negra de olhos brilhantes pergunta, apontando Cristiano com curiosidade.

"É o Cristiano, um colega meu que virá ajudar a gente por uns tempos."

"Ele é bonito, mas tem cara de malvado."

— O que estão dizendo? — Cristiano pergunta, atiçado por toda aquela gesticulação silenciosa cheia de caras e bocas.

— Estão perguntando sobre você — Marina explica, olhando para ele, que está parado a poucos passos, com as mãos nos bolsos, como sempre, acariciando seu isqueiro. Marina se pergunta o porquê de tal obsessão, no entanto ainda não conseguiu estabelecer nenhum significado. — Diz "oi", Cristiano.

— E aí — ele diz, como se falasse com um grupo de rapazes.

— Não seja bobo. Use a língua deles.

— Não seja boba. Eu não sei.

— Faça assim com sua mão. — Ela instrui, tocando os dedos dele de forma delicada enquanto fecha os quatro primeiros num "o" e deixa o mindinho levantado, imitando um "i".

Ambos se olham por alguns segundos, aparentando certo desconcerto pelo contato, até Marina afastar-se, desviando o rosto corado. Cristiano, ignorando a sensação esquisita em seu estômago, vira-se para as crianças, erguendo o braço para saudá-las.

Os olhos curiosos o percorrem de cima a baixo, examinando seus sapatos caros, seu jeans e a camiseta de uniforme do colégio, além do relógio e das pulseiras de fivela estilizadas. Parecem impressionadas, especialmente as meninas, que dão risinhos e desviam os olhos quando ele as encara. Cristiano acha isso um tanto engraçado.

Nesse intervalo de tempo, as freiras caminham até eles, acompanhadas de quatro jovens. Cristiano repara que uma das senhoras o analisa descaradamente.

– Este é o rapaz que sua mãe disse que viria? – pergunta, sem esconder a reprovação na postura dele, nos braços cruzados e no olhar severo. Tem meia-idade, é esbelta e alta como uma girafa.

– É, sim, irmã Érica – Marina responde, engolindo em seco, tão nervosa quanto Cristiano enquanto a freira ainda o olha. O que há de tão interessante na aparência dele, além das roupas de marca, da barba por fazer, do rosto de anjo e do corpo atlético? Há uma cicatriz que divide a sobrancelha esquerda, talvez adquirida em alguma briga, mas fora isso está muito bem apresentável, como sempre.

– É, sou eu mesmo – Cristiano fala, sem coragem suficiente para retirar uma das mãos dos bolsos e arriscar um cumprimento. – E aí, pessoal? Como vão? – Cristiano cumprimenta, acenando a cabeça para os outros integrantes do pequeno grupo de voluntários. Mais tarde vai descobrir que se chamam Gabriel, Enrico, Cássia e Joice e que são os demais (e únicos) voluntários do abrigo.

– Você precisa de uma roupa mais adequada pra vir aqui – a freira fala, sem rodeios.

– E o que há de errado com as minhas? – Cristiano pergunta, olhando-se, sem entender a causa do desagrado da irmã.

– Não sei se chegou a perceber, mas não somos de esbanjar nem valorizar coisas supérfluas, como os trajes que está vestindo. – Ela lança um olhar às crianças, com suas roupas simplórias, antes de voltar a dizer: – São Francisco já pregava a humildade e a simplicidade acima de tudo. Tentamos transmitir esse legado às crianças deste abrigo e não queremos que você destrua isso, não é mesmo, *rapaz*?

O tom cortante que a freira utiliza faz com que Cristiano se irrite.

– Desculpa, senhora. É que a Tampinha não me avisou que era pra vir pelado. – Ele mantém os olhos no rosto da irmã Érica, que fica vermelha de raiva.

– Eu sugiro que tenha mais cuidado com a sua língua, garoto! – ela replica, dando um passo à frente. – Porque não está nos ambientes com os quais está acostumado.

Antes que Cristiano possa responder, Marina toma a palavra, forçando uma risada:

– Desculpe-o, irmã Érica. Ele adora fazer umas piadas ridículas nas horas mais impróprias possíveis. Não o leve a mal. – Enquanto fala, Marina pousa a mão no braço dele, apertando discretamente.

– Pois trate de ficar de olho no seu colega, Marina. Ele é sua responsabilidade enquanto estiver dentro desta congregação – a freira declara, ainda fuzilando Cristiano com o olhar. Em seguida, gira nos calcanhares e se retira, acompanhada pelas outras irmãs.

– E que bicho mordeu essa daí? – Cristiano pergunta, observando-a se distanciar.

— Não liga, não. A irmã Érica às vezes é rígida, mas no fundo tem um bom coração – um dos rapazes fala, subindo os óculos.

— É, deve ter mesmo... – Cristiano comenta, desconfiado. – A mulher implicou até com as roupas que estou vestindo.

— Eu não tinha reparado que eram de uma marca tão cara – Marina diz, arqueando uma das sobrancelhas.

— Até você, Tampinha? – Cristiano revira os olhos.

— Tampinha? – Estranha uma das meninas. – O que é isso? Algum apelido, Marina?

— Nada, Cássia. É idiotice desse garoto. – Ela move a cabeça, fingindo sorrir.

— Bom, vamos continuar com a brincadeira – fala o outro rapaz, coçando a costeleta esquerda. Os quatro usam uma camiseta estampada com o nome da ACSUBRA nas costas e, na parte da frente, o desenho de uma mão com os dedos médio e anelar dobrados, e o mínimo, o indicador e o polegar esticados, formando o que Cristiano enxerga como um sinal bem parecido com o que simboliza o *rock and roll*. Ao redor do desenho há um coração vermelho. Ele tem vontade de perguntar o que significa, porém não quer fazer papel de ignorante na frente dos outros jovens.

— Vamos – Cássia concorda, falando em seguida com as crianças. Enquanto os quatro se afastam, Marina declara:

— Eu te amo.

Erguendo uma sobrancelha, Cristiano diz com sua sagacidade corriqueira:

— Isso é bem tocante, Tampinha, mas você sabe que não faz meu tipo.

Marina revira os olhos, suspirando.

— Tô falando do sinal na camiseta que eles estão usando – explica, demonstrando ter percebido a curiosidade de Cristiano quanto ao símbolo em questão. – Quer dizer "Eu te amo". Se observarmos separadamente, o dedo mindinho faz alusão ao I, que significa *eu*, em inglês. – Enquanto explica, Marina vai gesticulando para fazê-lo compreender o sentido. – Já o indicador e o polegar levantados formam um L, de *love*. Por fim, temos o mindinho e o polegar, que representam o y, de *you*. Logo, esse sinal é o símbolo universal do amor: *I love you*.

— Cara, quer dizer que até na língua de sinais o inglês predomina? – Cristiano agita a cabeça, fingindo frustração.

Marina sorri de leve.

— Mas valeu por me explicar – ele diz, olhando-a nos olhos.

A garota retribui o olhar com a mesma intensidade.

— Hã... Tem mais algum lugar pra eu conhecer? – Cristiano pergunta, rompendo o contato visual com ela enquanto acaricia a parte de trás da cabeça. A sensação que o fulgor nos olhos dela lhe provoca não é algo com o qual está acostumado a lidar. Por algum motivo, ele não vê isso como um bom sinal.

Cinco minutos depois, Marina e Cristiano entram na sala de pintura, na qual há três grandes mesas cercadas por bancos baixos e algumas prateleiras cheias de tintas guache e outros materiais para arte, como cartolinas, resmas de folha branca, pincéis, lápis de colorir, colas e giz de cera. Cristiano percebe que há, também, várias embalagens recicláveis vazias, como garrafas PET, caixas de leite e ovos, latas de leite em pó e outras coisas. Imagina que todos aqueles itens sejam usados para algum tipo de atividade lúdica.

Uma freira acompanha enquanto doze crianças, sentadas cada uma em um banquinho, pintam algo em uma folha sem pauta. Os desenhos parecem abstratos demais a Cristiano, mas talvez seja apenas o fato de serem crianças pintando, com a imaginação além de qualquer compreensão mundana. O silêncio no qual trabalham é assustador.

Quando percebem que Marina está entrando, têm a mesma reação das crianças que estavam do lado de fora da casa: largam o que fazem para abraçá-la e conversar utilizando as mãos de maneira frenética. É surpreendente para Cristiano que possa existir uma língua gesticulada, sem que o uso de palavras seja necessário.

— Olá, irmã Fausta! — Marina cumprimenta quando termina de falar com todas as crianças. Em dado momento, um deles aponta em direção a Cristiano, e ele apenas pode supor o diálogo que se segue enquanto a garota faz sinais com as mãos: "Ele é o Cristiano e fez uma coisa muito feia no colégio em que a gente estuda e agora precisa vir aqui comigo para fazer serviço voluntário como forma de punição pelo mau comportamento". Óbvio que Cristiano não faz ideia do que Marina falou, mas sua imaginação é um terreno fértil.

— Olá, Marina — a freira responde, sorrindo com animação. As rugas ao redor de seus olhos se acentuam. — Esse aí é o rapaz que sua mãe disse que viria?

Cristiano pensa em quantas vezes mais terá de ouvir essa mesma pergunta. Ao que parece, sua chegada foi alvo de muitos comentários. Não se admira, contudo, que isso tenha acontecido. Afinal de contas, uma pessoa com um histórico como o dele certamente seria vítima de uma verdadeira operação "fiquem de olho em cada movimento que ele fizer".

— Sim, é o Cristiano.

— Muito prazer — a irmã diz, apertando a mão dele. — Espero que possa realizar um excelente trabalho aqui durante esses dois meses — acrescenta, dando uma piscadela para o rapaz, que nada diz em resposta. — Agora que chegaram, vou deixá-los acompanhando a atividade das crianças enquanto ajudo a Hilda no preparo dos lanches, tudo bem?

— Tudo bem, irmã — Marina assente. Enquanto a freira desaparece pela porta, Cristiano observa Marina caminhando entre as mesas, gesticulando para as crianças, na certa elogiando suas nuvens coloridas e seus animais do tamanho de casas (ou casas do tamanho de animais, o rapaz ainda está se decidindo) como se fossem obras de arte feitas por artistas renomados. Há um brilho nos olhos dela que Cristiano jamais havia percebido, mesmo quando a via de longe, no colégio, conversando empolgada com os amigos na lanchonete ou no pátio na hora do intervalo. É um tipo de prazer tão espontâneo e sincero que o deixa intrigado. Isso tudo por causa de um trabalho voluntário?

Cristiano se deixa cair num banco, diante da mesa mais próxima, e fica observando as crianças desenharem, volta e meia se cutucando, a fim de comentar algo sobre os desenhos. Percebe, quando riem, que o som é rouco e gutural. É algo tão diferente que ele fica encarando, espantado.

Subitamente, um dos garotos, que aparenta ter cerca de 9 anos, vira-se para ele, fechando a cara de imediato, incomodado com a forma como Cristiano os olha. Começa a gesticular em direção ao rapaz, bravo.

— Ele tá dizendo que não é educado ficar encarando — Marina explica, sentando-se na cadeira ao lado de Cristiano.

— É que a risada deles soa tão estranha... — Cristiano deixa escapar, ainda observando o garotinho nervoso.

— Provavelmente porque não usam muito as cordas vocais — Marina fala. — Mas ainda assim é *feio* encarar.

— Foi mal. Não foi de propósito — Cristiano diz, movendo a cabeça.

— Não é a mim que deve desculpas — ela comenta, cruzando os braços.

— Desculpa, moleque — Cristiano diz, estendendo as mãos e olhando para o menino.

Marina suspira, pouco antes de levantar a mão direita, dobrando os dedos do meio e deixando estendidos apenas o polegar e o mínimo; em seguida, apoia a mão no queixo e faz uma expressão de desânimo.

— Este é o sinal de desculpas em Libras — informa, esperando que ele repita. Cristiano se apressa em obedecer. Marina não pode negar que acha bonitinho o jeito como ele sinaliza o pedido de desculpas ao menino, meio apressado, meio envergonhado.

— Viu, não é tão difícil quanto parece. — Ela sorri.

— Cara, eu me meto em cada roubada — Cristiano repreende a si mesmo, passando as mãos pelo rosto. — E pensar que, a uma hora dessas, eu poderia estar em qualquer lugar...

— Você podia pelo menos parar de reclamar. — Marina interrompe o rapaz, cansada. — Já deu, não acha? As coisas não vão mudar só porque você fica murmurando o tempo todo.

— Essa é a única forma que tenho pra descarregar minha frustração com tudo que tá acontecendo — Cristiano diz. — E você não vai tirar isso de mim.

— E que tal se tentasse enxergar o lado bom da situação? — Marina sugere, ajeitando-se no banco.

— E qual seria? — Cristiano desafia, apoiando o cotovelo esquerdo na mesa.

— Fazer uma boa ação, ajudar o próximo, dedicar um pouco do seu tempo a quem precisa — ela responde, ainda o olhando, buscando traços de compaixão no rosto dele. No entanto, Cristiano é uma máscara insondável. Se há compaixão, ela está muito bem guardada. — Às vezes você parece que não gosta de ninguém — Marina acrescenta, movendo a cabeça, desolada.

— Eu realmente não gosto — Cristiano rebate, franzindo os lábios. — Com exceção, talvez, da sua mãe. É, dela eu gosto — conclui, como se estivessem falando de sabores de sorvete, e não de pessoas.

— Eu ia me surpreender muito se não gostasse. Ela é praticamente a sua mãe no colégio — Marina comenta, olhando rapidamente para as crianças, concentradas em seus desenhos.

— Ela é muito nova pra ser minha mãe — Cristiano fala. — Aliás, ela é muito nova pra ser *sua* mãe — corrige-se, dando um sorrisinho cheio de insinuações.

— É, ela engravidou aos 18 anos — Marina comenta.

— Terrível a Ângela, hein? — Cristiano diz, sorrindo com malícia. — Com aquela carinha! E dizem que os adolescentes de hoje é que são movidos por hormônios. Aposto que ela engravidou na primeira vez.

— Ei! É da minha mãe que você tá falando. Tenha mais respeito — Marina exige, desviando seu olhar do dele.

— Fazer sexo é normal, Tampinha. — O rapaz aproveita a oportunidade para provocá-la. — Não precisa ficar vermelha desse jeito.

— E-eu não t-tô vermelha — Marina gagueja, deixando evidente seu desconforto com a conversa.

— Viu! Isso é o que acontece quando não se tem experiência com homens — Cristiano continua zombando dela. — Ai, ai, você é tão careta.

— Eu não sou careta — Marina responde, respirando fundo enquanto encara o tampo da mesa, ainda ciente de que seu rosto está vermelho pelo jeito como suas bochechas queimam.

— É claro que é — ele contesta, agitando a cabeça, achando engraçado como o rosto dela está cheio de manchas rubras. — A sua mãe perdeu a virgindade aos 18 anos e você já tem quase isso e sabe Deus se ao menos já beijou na boca — ele fala, sem tirar os olhos do rosto dela.

— Para de me encher! — Marina reclama, mas não se atreve a encará-lo.

— Você deve tá em crise de abstinência, né? — ele insiste, porque vê-la reagir é a válvula propulsora para as provocações. É sempre assim que funciona: quanto mais a pessoa se importa, mais divertido é tirar sarro dela.

— Eu já mandei você parar — Marina fala, respirando fundo e se irritando de verdade.

— Se quiser tirar o atraso qualquer hora dessas, me avisa. Eu posso tentar arrumar alguém pra te dar uns *amassos* — Cristiano continua dizendo, ignorando completamente os apelos da menina.

— Cristiano...

— Olha, não posso garantir nada, mas quem sabe alguém não te encare? Ou, se você me prometer deixar no *sigilo*, eu até topo fazer esse sacrifício.

Sem conseguir controlar a raiva, uma raiva que faz a pele de seu pescoço formigar, Marina agarra o pote de tinta guache mais próximo e o atira em Cristiano, tingindo sua blusa, antes branca, de vermelho.

— Quem sabe agora aprenda a ficar de boca fechada! — ela esbraveja, arfando furiosamente.

Dois minutos. É exatamente esse o tempo que Cristiano leva para se recuperar do choque, enquanto as crianças o observam, sorrindo.

Marina acompanha o olhar dele deslizando sobre o tampo da mesa, mas leva mais tempo do que deve para entender o que ele procura. Ela até tenta alcançar o pote de tinta azul antes dele, mas não é suficientemente rápida. Um minuto depois seu rosto está coberto de tinta, bem como os cabelos e a parte da frente da roupa. Em muito menos tempo, todas as crianças, encorajadas pelo exemplo dos dois, começam a atirar tinta umas nas outras, transformando tudo em uma algazarra incontrolável.

A confusão dura cerca de cinco minutos, até ser interrompida por uma presença que esbanja autoridade.

— Mas o que está acontecendo aqui? — A pergunta vem de ninguém menos do que a Madre Superiora. E Cristiano só precisa encarar Marina por meio segundo para perceber que estão muito, mas muito encrencados.

> Metade desta noite foi trégua,
> a outra metade, dialética.
> (Angela Natel)

Uma trégua

Duas vezes. Duas vezes no mesmo dia. Marina não consegue acreditar numa coisa dessas. Enquanto permanece sentada olhando furiosamente na direção de Cristiano, uma vontade incontrolável de pegá-lo pelos ombros e sacudi-lo a domina. Como ele foi capaz de fazer algo como aquilo? Como ele pôde agir daquela forma descontrolada e provocar uma confusão justamente na ACSUBRA? Será possível que ele nunca pensa antes de tomar uma atitude?

Ela respira fundo, buscando controlar suas emoções, ao passo que o rapaz lhe devolve o olhar, parecendo prestes a dizer alguma coisa.

— *Não se atreva a falar comigo agora!* — Marina ordena assim que Cristiano abre a boca, erguendo o dedo indicador para ele. Tem tinta em vários pontos do rosto e na raiz do cabelo, que está duro.

— A culpa foi sua dessa vez — Cristiano fala mesmo assim, ignorando-a. Ele também não está em melhor estado do que a garota. — Porque foi você quem começou com toda aquela...

— Não! — Marina o interrompe, tapando os ouvidos, embravecida. — Não quero escutar a sua voz!

Cristiano ergue uma sobrancelha enquanto a observa e está prestes a dizer que ela está bancando a infantil, mas a porta da sala se abre com um rangido seco e a Madre Superiora adentra com seus passos decididos. É uma senhora de pele negra e porte altivo, além de feições tão severas quanto as da irmã Érica. Ela caminha até o outro lado da escrivaninha de madeira, abarrotada de papéis e cadernos organizados em pilhas, e se senta, fitando os dois. Em seu rosto fino e comprido há uma expressão fechada, e isso deixa Marina nervosa, pois mesmo sendo uma mulher séria, a Madre raramente traz uma expressão como aquela na face, a menos que algo muito errado tenha ocorrido.

— Desde que a ACSUBRA foi fundada, nada semelhante a isso havia acontecido. Até *hoje* — ela diz, comprimindo os lábios enquanto estuda o ar culpado no rosto de Marina e a fisionomia indiferente de Cristiano.

— Bem, veja isso como um tipo de atividade artística. Arte corporal. — Cristiano procura brincar, sorrindo com a própria declaração, o que faz com que Marina arregale os olhos. Ela não pode crer que ele esteja fazendo piada com a Madre Superiora!

— Você está achando a situação engraçada? — a Madre pergunta, alinhando a postura severamente.

— As crianças se divertiram muito mais se pintando do que fazendo aqueles desenhos, vamos admitir. — Ele continua sorrindo.

— Talvez ache engraçado o fato de terem desperdiçado mais da metade do material de pintura que conseguimos comprar com um mês de doações, mas eu não! — a freira esbraveja. — Ou por acaso pensa que alguma coisa aqui vem de graça?

— Calminha aí, senhora — Cristiano pede, estendendo as mãos. — Nós podemos repor o material perdido. Não é pra tanto.

A Madre dá um sorriso enquanto agita a cabeça em desaprovação.

— E assim tudo se resolve, né?

— E não? — o rapaz responde, arqueando as sobrancelhas.

— Vocês dois *interferiram* na ordem da ACSUBRA e *incentivaram* atitudes *contrárias* à disciplina! Vandalismo, foi isso que fizeram! — a Madre exclama, subindo o tom de voz de uma forma que faz com que Marina fique ainda mais nervosa.

— E-eu sinto muito, Madre — gagueja Marina. — Eu não sei o que aconteceu, eu simplesmente...

— Tacou tinta guache na minha cara — Cristiano a interrompe, olhando-a, cheio de razão. — Olha, foi ela quem começou tudo, viu?

— Não interessa quem começou — a Madre Superiora diz, agitando a cabeça. — O que interessa são as consequências da atitude de vocês. Francamente, estou decepcionada, Marina.

— A senhora não tá exagerando? — Cristiano pergunta com genuína franqueza.

— Exagerando? — A Madre Superiora pergunta. — Acontece, rapaz, que o desperdício não deixa de ser pecado e *aqui* não incentivamos o pecado.

Ao som do comentário, Cristiano bufa com força, deixando-se recostar na cadeira. No fundo, ele sabia. Sabia que passaria por aquele tipo de sermão.

— A Ângela me contou a causa da sua vinda pra cá, garoto — a Madre fala, encarando-o com aspereza. — Um meio de punição por atitudes semelhantes na escola onde estuda. Não sei como funciona o tratamento para atos reprovativos em colégios, a não ser o serviço voluntário forçado, mas no meu abrigo não vou permitir que esse tipo de comportamento fique impune. Essas crianças precisam de pessoas dispostas a ajudá-las! Saiba que são filhos de trabalhadores cujo salário mal dá pra pagar as despesas básicas, isso quando não são presidiários, mães solo ou pais desempregados. — A Madre suspira, como se a conversa a cansasse. — A vida não é fácil pra nenhuma delas.

– Não fale como se eu não soubesse o que é ter uma vida difícil! – Cristiano diz, olhando-a duramente enquanto recordações de seu passado, do tempo em que passou maus bocados com a mãe e o pai, invadem sua mente. – Eu já passei por poucas e boas.

– Ah, é verdade? – ela questiona. – Porque você não parece nem um pouco com uma pessoa que vive de misérias – diz, avaliando cuidadosamente a aparência dele. Mesmo estando coberto de tinta, ela consegue discernir que as roupas são de boa qualidade, além dos acessórios de moda, coisas típicas de gente afortunada.

– Bem... É que agora eu tenho um bom emprego – ele diz, desejando que a desculpa seja aceita pela mulher dura diante dele. Francamente, às vezes ele acaba falando demais...

– Pois tenho plena certeza de que a sua vida é bem mais agradável do que a dessas crianças, garoto – a Madre comenta duramente. – E você dizer que conhece o sofrimento como elas só prova o quanto é egocêntrico.

– Com todo o respeito, a senhora não me conhece – Cristiano responde, agitando a cabeça de um lado pro outro. Sua mão, instintivamente, pousa no isqueiro em seu bolso. Quer acioná-lo, quer ver a chama se acendendo para em seguida deixar de existir, mas suspeita que, se acendê-lo neste momento, as coisas vão piorar significativamente.

– Não, eu realmente não te conheço – a Madre Superiora concorda, apoiando os dedos nos lábios. – Mas Deus o conhece muito bem.

Cristiano dá um sorriso arrogante.

– Vocês vivem falando de Deus como se Ele se preocupasse com as suas vidas, mas me diga: se Ele realmente se importa, por que há tanto sofrimento no mundo?

– E acha que as consequências das nossas escolhas são responsabilidade de Deus? – A Madre indaga, erguendo as sobrancelhas.

– Assim é mais fácil, né? Acreditar que as coisas pelas quais passamos são o resultado de nossas ações. – Cristiano desvia os olhos dos da freira. Há algo de sombrio nos traços de seu rosto e Marina imagina se todo aquele ressentimento tem a ver com seu passado. – Diga isso para as suas crianças que, mesmo inocentes, pagam pelas escolhas alheias.

Ouvir Cristiano falar de coisas que não sabe provoca uma sensação que se assemelha à exaltação no âmago da freira, mas ela se obriga a se conter, cerrando os punhos. Já conheceu muitas pessoas como ele, que simplesmente negam a existência de Deus por pensarem que uma figura divina permitir o sofrimento de inocentes seja contraditório demais. Essas mesmas pessoas não conseguem enxergar que o sofrimento entra no mundo por causa do pecado, das escolhas humanas, ele faz parte da vida de todos, inocentes ou não.

— Cristiano... — Marina tenta chamar-lhe a atenção, mas a Madre Superiora faz um gesto com a cabeça para impedi-la.

— Diga-me, rapaz — ela retoma a palavra. — Atribuir a Deus a culpa pelo que quer que tenha acontecido a você faz com que se sinta melhor? Alivia o peso que carrega nas costas?

— Me sinto muito melhor do que se imaginasse que a culpa de tudo é minha — revela, olhando para longe enquanto fecha a mão em volta do isqueiro, relembrando: "*Ore, Cristiano, e talvez Deus tenha misericórdia da sua alma...*".

— Pois seria bem melhor não crer em Deus do que crer num Deus atroz — ela fala, com um tom carregado de lamento.

Cristiano não consegue deixar de encará-la. Sente um gosto amargo na boca enquanto ela explora seus olhos como se enxergasse sua alma.

— Este papo acabou — diz, finalmente. — Não vim aqui pra ser convertido.

— Todo mundo passará por seu momento de conversão, garoto — a freira fala, cheia de certeza. — Você é muito jovem, tem tempo e *vai* reaprender a crer. Porque a ninguém é negado o direito de se redimir. E, acredite, não precisará de ninguém para convertê-lo. Vivenciará isso por si próprio.

O rapaz revira os olhos e Marina aproveita-se para tomar a palavra, porque, do jeito que as coisas vão, acabará sendo expulsa da ACSUBRA, e isso ela não vai suportar. Trabalhar naquela instituição é a única forma que ela tem de se sentir útil de verdade.

— Madre Superiora, a senhora tem toda razão. O que fizemos foi algo vergonhoso e injustificável. Eu prometo que vamos pagar por todos os prejuízos, não se preocupe. — O tom de voz da garota diminui enquanto fala. — Eu só peço à senhora que, por tudo que há de mais sagrado, não me expulse daqui. Eu adoro a ACSUBRA e o trabalho que fazemos e... seria difícil viver sem este lugar.

A Madre Superiora encara Marina, depois se volta para Cristiano, pensativa. Não tolera insubordinação, tampouco badernas, no entanto há algo no rapaz que a faz lhe dar um crédito. Talvez seja o olhar selvagem que parece esconder alguma dor ou, muito provavelmente, seja a voz interior que lhe diz que ele *precisa* ficar. Mais do que precisam de seu trabalho voluntário.

— Muito bem. Vou dar uma última chance pra você, garoto, porque é o que Deus está me pedindo neste momento — fala, vendo-o travar a mandíbula. — Você não acredita n'Ele, mas, por algum motivo, Ele acredita em você. Passar uma temporada na ACSUBRA poderá fazer bem à sua alma. E ao seu caráter. Ver um ponto além do seu umbigo. — ela suspira, recostando-se no assento. — Mas não ouse pisar fora da linha outra vez. Não terá uma terceira chance aqui. Isso serve pra você também, Marina.

— Obrigada, Madre — Marina agradece, sentindo-me mais aliviada, ainda que ser repreendida com tanta dureza a chateie.

— Agora vão arrumar a sala de pintura e só saiam quando ela estiver nas mesmas condições que a encontraram. Usem o tempo pra refletir sobre o que fizeram.

— Sim, senhora — responde Marina, já se erguendo, acompanhada de Cristiano.

Ao saírem da sala, encontram a irmã Érica do lado de fora, caminhando de um lado pro outro, esperando. Assim que vê Cristiano, vai logo dizendo:

— Espero que tenha recebido a punição que merece. Desde que pus meus olhos em você soube que era encrenca. Ainda bem que não ficará conosco.

Cristiano encara a freira sentindo uma combinação franca de raiva pelo tom acusatório que ela usa e prazer por saber que a animação daqueles olhos logo será substituída por decepção.

— Não que isso me deixe contente, senhora, mas está enganada. A sua chefe disse que posso continuar frequentando a ACSUBRA.

— Como é que é? — a irmã Érica pergunta, mal disfarçando o tom de indignação.

— É isso aí — ele responde, sorrindo pela frustração da freira e não por qualquer sentimento de alegria.

— Ela não faria isso! — a freira nega, contrariada.

— Não só faria como *fez* — Cristiano a provoca, balançando a cabeça confirmando.

— A Madre Superiora não pode tomar uma atitude dessas de forma alguma!

— Eu acho que ela pode, sim — ele fala, ainda sorridente. — Tem a ver com o fato de ser, a senhora sabe, *Superiora*. Querendo ou não, a senhora vai ter de me aceitar pelos próximos dois meses — Cristiano finaliza.

— Pois eu vou tirar essa história a limpo agora mesmo — dizendo isso, irmã Érica se encaminha para a sala da Madre.

— Rabugenta essa daí — Cristiano comenta, encarando a porta que ela acaba de fechar. Mas Marina não responde, pois está absorta em pensamentos. — Ei, o que há de errado com você? — o rapaz questiona, estalando os dedos no ar para chamá-la de volta à realidade.

— Por que você falou coisas tão horríveis sobre Deus, Cristiano? — ela indaga, olhando-o nos olhos e se dando conta de que o ressentimento dele contra a fé é mais sério do que julgou a princípio.

Mas, em vez de respondê-la, o rapaz declara:

— Eu disse que isso não ia funcionar, não disse?

— Por que tanta raiva? — Marina insiste, franzindo o rosto.

— Não se meta, garota! O problema é meu! — Cristiano esbraveja impaciente. — Fica tranquila que eu vou acertar minhas contas com Ele quando chegar a hora — dizendo isso, ele atravessa o corredor e entra na sala de pintura sem esperar por Marina.

Os dois terminam de limpar a sala e de organizar os materiais de artes quase duas horas depois. Não trocaram uma única palavra. Cristiano estava irritado demais e Marina ainda refletia sobre as causas de ele guardar tanto rancor dentro de si.

— Muito bem — irmã Célia declara ao observar o chão brilhante e em seguida fitar os dois jovens, apoiados em rodos ao seu lado. Marina está descabelada, suada e parece uma paleta de cores ambulante. Cristiano, por sua vez, tem a camisa lambuzada de tantas cores que o branco praticamente desapareceu. O suor escorre de suas têmporas e ele usa uma flanela suja para secá-lo. Sua calça está dobrada até os tornozelos e seus sapatos foram deixados de lado há muito tempo. — Parece que fizeram um bom trabalho juntos, afinal.

Ambos se olham rapidamente, mas não dizem nada.

— Aqui, comam alguma coisa — a irmã diz, colocando a bandeja que traz nas mãos sobre uma das mesas.

— Valeu, irmã. Tô faminto — Cristiano agradece, sentando-se num banquinho enquanto agarra um pedaço de bolo e morde uma porção que parece à Marina grande demais.

— E você, minha filha. Não vai comer?

Marina faz que não com a cabeça, sem muito entusiasmo para conversar. Senta-se no banco do outro lado da mesa, esperando pacientemente por Cristiano durante quinze minutos. Algum tempo depois, irmã Célia os acompanha até o portão da ACSUBRA.

— Boa noite, meus queridos. Vão com Deus — a freira fala, dando beijos nas bochechas de ambos. — E descansem bem, pois o dia de hoje foi uma aventura. — Ela sorri, piscando para Cristiano.

— Boa noite — o jovem responde. — Quer saber? A senhora é a única mulher bacana neste convento.

Irmã Célia balança a cabeça discordando e diz, com a experiência de alguém que já viveu muitos e muitos anos:

— Nem sempre a primeira impressão é suficiente pra definir as pessoas, filho. Você só precisa dar uma chance pra elas.

— Elas é que deviam me dar uma chance — ele rebate e, em seguida, dirige-se ao carro, enquanto a irmã detém Marina pelo braço.

— Não fique tão chateada, meu bem — pede docemente. — Procura levar na esportiva o que aconteceu.

— Acho que a Madre Superiora não concorda muito com isso — Marina responde em tom de lamento. — Ela ficou desapontada comigo. E não foi a única pelo que vi. — Marina engole com dificuldade, sentindo finalmente o peso do dia desabar sobre ela.

Irmã Célia a abraça com força e fala em seu ouvido:
— Pense que hoje foi apenas o primeiro dia, querida. Daqui a pouco o Cristiano vai se habituar. *Vocês dois irão.*
— Eu espero que sim, irmã. — Respirando fundo, Marina se encaminha para o carro.

Enquanto dirige em direção ao Plano Piloto, enfrentando o congestionamento típico do final do dia, Cristiano percebe que os olhos de Marina não saem de seu rosto. Há uma ruga no meio da testa da menina, o que indica reflexão.

— Sei que sou atraente, mas posso saber por que não para de me olhar? — O tom dele é tão ranzinza que Marina considera não responder. Enfim, cede:

— Eu só... queria entender. — Mesmo que Marina não seja clara, Cristiano compreende o que ela quer dizer.

— Não há muito o que entender ao meu respeito, garota. Eu sou do jeito que sou.

— Tá, mas...

— Será que dá pra parar de me amolar com essa história? Você, aquelas freiras, já tô de saco cheio!

— Acontece, Cristiano...

— Que você disse que ninguém tentaria me converter, mas isso foi exatamente o que aconteceu! E pra completar a dose, você tá parecendo uma droga de disco arranhado com essa ladainha!

— Eu só achei que talvez quisesse desabafar — Marina fala, mordendo o lábio.

— Você não é minha amiga. A troco de que eu ia querer desabafar? — Cristiano não contém a aspereza da voz.

— Eu sou uma burra mesmo. — Marina move a cabeça de modo negativo, olhando-o com condenação, e acrescenta: — Você me faz ser castigada pela minha mãe, levar uma bronca da Madre Superiora e ainda estou aqui tentando ser legal!

— Primeiro, sua mãe não te castigou, ela me castigou; segundo, não adianta tentar me culpar pelo que aconteceu lá porque foi você quem começou jogando tinta na minha camisa; terceiro, nunca te pedi pra ser legal comigo. Até prefiro que não seja!

— A minha conduta não é pautada nas suas atitudes, Cristiano. Nem nas de ninguém — Marina se justifica, magoada pelo tom dele.

— Isso realmente faz de você uma pessoa burra! — ele esbraveja de volta.

— Como você consegue ser tão estúpido? — Marina pergunta, fungando. — O que se passou na cabeça da minha mãe pra achar que... — ela se interrompe, sentindo os lábios tremerem.

— Eu também não entendo o que a Ângela quis forçando essa convivência – Cristiano rebate, ainda nervoso. – Se o intuito dela for me punir, acertou em cheio, já que te aturar é um tormento. Imagina fazer isso cercado por um bando de freiras!

— Eu também não queria que isso estivesse acontecendo, tá bom? – ela fala, chateada. – Mas isso não te dá o direito de ser um imbecil comigo. Tô tentando fazer a minha parte. Você devia fazer a sua!

— A sua parte? Então para de querer me culpar pelo que houve na ACSUBRA e para de querer arrancar de mim um pedido de desculpas porque isso não vai rolar! – Cristiano a olha enraivecido enquanto Marina mantém o rosto voltado para a janela, encolhida no banco do carro, com os braços cruzados. *Ela parece chorar. Será verdade? Não, é apenas fingimento. Ela só quer chamar a atenção comportando-se como vítima. É típico dela.*

Cinco minutos depois e a garota funga. Ainda que tente se controlar para não chorar na frente de Cristiano, as lágrimas começam a jorrar enquanto os pensamentos giram em torno dos acontecimentos do dia.

Cristiano decide parar o carro no acostamento. Em seguida, liga o pisca-alerta e fica encarando o painel, com as mãos agarradas ao volante.

— Posso saber por que tá chorando? – pergunta, respirando fundo, vencido.

— Você é tão cínico! – Marina diz enquanto soluça, puxando o ar com força. – Como é que ainda me pergunta uma coisa dessas depois de tudo o que fez?

— Você também é bem fresca, hein, garota? – Cristiano comenta, mas percebe que Marina está realmente abalada.

— Você não tem ideia do quanto aquele lugar é importante pra mim, né? Do quanto eu *amo* aquelas crianças! – ela fala de forma entrecortada, esfregando a mão no canto dos olhos, respirando profundamente, sentindo como se seus pulmões tivessem encolhido dentro do tórax. – E hoje eu quase fui expulsa de lá. Eu decepcionei cada uma daquelas freiras. Elas me olharam como se... Como se eu fosse igual a você!

Marina para de falar, arfando em busca de oxigênio. Sabendo que a crise asmática não passará sem que inale um de seus broncodilatadores, vasculha a bolsa até encontrar a bombinha de asma. Em seguida, borrifa o conteúdo dentro da boca, inalando profundamente.

— Você tá bem? – Cristiano pergunta, preocupado, enquanto ela respira fundo algumas vezes e recosta a cabeça no banco do carro, mantendo os olhos cerrados. – Quer que eu te leve a um hospital? – insiste ele, esticando a mão para tocá-la no ombro, mas muda de ideia no último segundo.

— Eu vou... ficar bem – Marina sussurra, engolindo saliva. – Só me dê... um tempo.

Cristiano fica calado por alguns minutos, observando-a, ainda preocupado. Talvez tenha pegado pesado.

— Escuta, tenho uma proposta pra te fazer – ele diz. – O fato é que a sua mãe não vai voltar atrás na decisão e, querendo ou não, estaremos presos um ao outro por dois meses. Que tal darmos uma trégua?

Marina volta o rosto em direção a ele.

— Que tipo de trégua? – pergunta Marina. Sua voz soa um pouco mais firme, o que é um bom sinal.

— Vamos tentar... conviver em paz na medida do possível. Respeito o seu espaço, você respeita o meu.

— Isso inclui parar de me chamar de Tampinha?

— Garota, eu te propus uma trégua, mas isso não quer dizer que eu vá ser bonzinho com você, tá? Não abusa – Cristiano responde, abrindo um sorriso. – E então? Aceita? – pergunta, depois de um minuto, estendendo a mão para Marina.

— Tudo bem. – Ela suspira, sabendo que não conseguirá dele mais do que aquela proposta de trégua.

— Ótimo! – Cristiano responde enquanto ela aceita seu aperto de mão. – Agora será que dá pra parar de chorar?

— Tá preocupado por eu estar chorando? – ela indaga, surpresa.

— Claro que não. Tô preocupado com o banco do meu carro – Cristiano responde, desviando os olhos para o trânsito e tratando de movimentar o automóvel. *Mas se isso fosse verdade*, reflete Marina, *por que ele não se queixou pelo estado das roupas dela, sujas de tinta?*

Cristiano desliga o motor do carro quando, por fim, para no estacionamento próximo ao residencial em que Marina mora.

— Vou te levar até a portaria.

— Não precisa.

— Não precisa, mas eu quero – ele diz, já saindo do carro. – Vai que você tem outra das suas crises de asma e passa mal antes de entrar no prédio? Não quero seu espírito chato me assombrando pelo resto da vida.

— Ei! O que aconteceu com a nossa trégua? – Marina pergunta, cruzando os braços e erguendo uma sobrancelha.

Cristiano não argumenta, sorrindo de leve e dando de ombros. Ambos caminham lado a lado até pararem na portaria do prédio. Ficam se encarando de uma forma esquisita, sem saber o que dizer.

— Então... Valeu a carona – Marina, por fim, agradece.

— Você fica me devendo – Cristiano diz, agitando-se sobre os pés.

— Como assim, fico te devendo? Foi você quem se ofereceu pra me trazer em casa, lembra?

— Não quer dizer que vai sair de graça – ele fala. – Sempre tem um dever de matemática ou inglês pra ser feito.

— Mas você é inteligente. Pode fazer os próprios deveres.

— Sou inteligente, mas preguiçoso.

Marina sorri, agitando a cabeça.

— Isso não é uma piada – ele informa, com as mãos presas nos bolsos do jeans.

— Na verdade, acho que é sim. Porque as coisas que você diz não podem ser levadas a sério. A maioria deve ser ignorada, outra parte deve ser desconsiderada e outra, ainda, corrigida. Mas nenhuma levada a sério.

Dessa vez ele dá um sorriso largo, o que ilumina sua expressão.

— Devia fazer isso mais vezes – Marina comenta, cruzando os braços ao sentir uma leve e esquisita oscilação no estômago.

— O quê?

— Sorrir com sinceridade. Deixa você...

— Gostoso? Atraente? Sexy?

— Com uma aura positiva – ela prossegue, ignorando as palavras dele. – Faz com que o "Não se aproxime" da sua testa pare de piscar em alerta.

Ambos fazem silêncio, ainda se encarando. Há um tipo de conexão naquele olhar e nenhum dos dois ousa interrompê-la com palavras. Mas eles não precisam, pois Joana, como se tivesse pressentido a chegada dos dois (ou apenas visto o carro pela sacada do apartamento), sai do elevador e cruza a recepção do prédio até parar diante de Cristiano, ofuscando a visão de Marina como se ela nem estivesse lá. Na maioria das vezes, Joana a ignora.

— Caramba! Por que demorou tanto? Ei! O que foi que aconteceu? Por que está todo sujo de tinta desse jeito? – as perguntas de Joana saem num rompante enquanto examina Cristiano com olhos clínicos, tentando imaginar uma causa para o rapaz estar desalinhado e imundo daquele jeito.

— Digamos que a gente teve um probleminha artístico – Cristiano comenta por alto.

— Bem, eu vou subir... Boa noite – Marina diz, acenando com a mão para o rapaz e se virando em direção à entrada do prédio.

— Boa noite, Tampinha – ele fala, observando-a afastar-se.

— Você precisa me contar tudo – Joana diz, encarando Cristiano com exigência. – Quero saber por que está cheio de tinta!

— Amanhã, tudo bem? – Cristiano suspira, passando a mão pelo cabelo. – Preciso de um banho, como está vendo.

— Tudo bem. – Joana concorda, pendurando-se no pescoço dele sem se importar com o estado de suas roupas. – Eu senti sua falta.

— Já tô aqui – Cristiano fala, agarrando-a pela cintura e aproximando seus rostos.

Joana sorri e, em seguida, dá um beijo intenso em seus lábios.

Marina está parada diante das portas de vidro da portaria. Essa cena é o empurrãozinho que faltava para fazê-la entrar.

> A vida segue acontecendo nos detalhes, nos desvios, nas surpresas
> e nas alterações de rota que não são determinadas por você.
> (Martha Medeiros)

Conhecendo mais a fundo o inimigo

Após fechar a porta do quarto, Marina se joga na cama, mesmo estando completamente suja. Está tão exausta que mal consegue raciocinar. O dia foi realmente um dos piores de sua vida: teve uma crise asmática, levou duas broncas, mesmo que apenas uma delas tenha sido verdadeira, desapontou pessoas com quem se importa e trabalhou feito uma condenada para limpar uma bagunça que sequer foi sua culpa. Realmente, o hobby daquele garoto era infernizá-la. O problema é que ele é tão perturbador que ela não consegue simplesmente ignorá-lo. Por menor que seja a provocação, irrita-se de tal forma que... é capaz das mais loucas atitudes, como jogar tinta nele.

De repente, seu celular começa a tocar dentro da bolsa. Levantando-se sobre os cotovelos, Marina o pega e o atende em seguida.

— Como foi o seu encontro com o Cristiano? — pergunta Leo, tentando demonstrar casualidade.

— *Eu não tive um encontro com o Cristiano!* — Marina dá ênfase à frase, franzindo o cenho. — E foi horrível, como eu te disse que seria.

— Por quê?

— Foi praticamente um jogo de *paintball*. Com a diferença de que as tintas usadas foram as da sala de pintura da ACSUBRA. O lugar ficou uma bagunça.

— Caramba! O que aconteceu depois disso?

— A Madre Superiora deu uma bronca na gente e isso me deixou chateada. — Marina suspira pesadamente. — Mas, felizmente, depois ficou tudo bem.

— Menos mal, né? — Leo pondera. — Pelo menos você vai poder continuar trabalhando na conversão dele.

— Eu não sei bem se isso vai ser possível — A garota responde, mordendo o lábio. — O Cristiano é estranho. Tem alguma coisa de muito errada com ele e não sei exatamente o quê. Nem sei se quero descobrir.

— Marina, o que quer dizer? — Leo pergunta, assumindo um tom sério.

— Precisa ver o desprezo que ele tem por Deus, a forma como ficou transtornado por descobrir que o trabalho voluntário seria num convento. Não sei explicar, é só... não é natural.

— Provavelmente ele é ateu.

— Não é isso, Leo — Marina discorda, suspirando com pesar. — Um ateu não crê em Deus, mas o Cristiano parece que... tem *raiva* de Deus. Pra mim é complicado conviver com uma pessoa assim. Me faz mal ver a maneira tóxica como ele enxerga o mundo, como distorce as coisas, como se todas as tentativas de fazermos algo bom fosse perda de tempo. Parece que, pra ele, se importar é perda de tempo.

Há um silêncio enorme do outro lado da linha e Marina fica ouvindo apenas a respiração suave do primo, que provavelmente pensa numa resposta para dar a ela.

— Ninguém disse que seria fácil — Leo, por fim, fala. — Mas, honestamente, Marina? Entendo o que a tia Ângela quis fazer quando juntou vocês dois nesse trabalho. O Cristiano é como um barco à deriva num oceano agitado. Ele só precisa de alguém disposto o bastante pra assumir o leme e traçar uma rota segura.

— Você acha que a mamãe acredita que eu seja essa pessoa? — Marina arrisca-se a perguntar.

— E ela não é a única — Leo responde, sem rodeios.

— Ai, tudo bem — Marina diz, suspirando, vencida. — Vamos ver no que dá. Depois, ninguém vai poder dizer que não tentei.

O garoto sorri.

— Mudando de assunto, a nossa tarde tá de pé amanhã? A Ayumi já confirmou.

— Claro que sim. O vestibular está aí. Precisamos estudar!

— Ótimo! Ih... Droga! — Leo murmura enquanto Marina ouve um barulho de algo se espatifando no chão. — Vou ter de desligar porque o Perseu acabou de quebrar um vaso da minha mãe e preciso esconder as evidências antes que ela volte.

A garota dá uma risada.

— Você acha que a tia Cláudia não vai reparar que o vaso sumiu?

— Com os 396 modelos que ela tem? — Leo pergunta, exagerando de propósito. — Acho pouco provável. Tchau, prima. Até amanhã!

O garoto desliga antes que Marina possa responder.

Os olhos escuros espreitam da sacada o rapaz que caminha vagarosamente com as mãos nos bolsos pela calçada ao lado do prédio, indo em direção ao estacionamento. Aquele garoto que, nas poucas vezes em que o viu parado diante do edifício, não simpatizou, pela feição que parecia dizer "encrenca das mais cabeludas". Que sequer apareceu para uma visita formal a fim de dizer que namorava sua filha, pelos seus cálculos, há sete ou oito meses. Um relacionamento tão sigiloso quanto tudo que ela faz. Rebeldia. Pura e simplesmente.

Há dois anos João tenta quebrar a casca em que a filha se isolou por sentir-se traída quando ele decidiu se unir legalmente à segunda esposa. Depois disso, a relação de ambos, antes baseada no amor e na amizade, deteriorou-se de uma forma que o mais próximo que João consegue chegar da filha é sentar-se ao lado dela durante as refeições.

Joana não o escuta mais, porque imagina que tudo que ele diga seja proveniente da madrasta, que ela detesta tanto quanto detesta Marina. Sua personalidade forte e temperamental custa a aceitar os acontecimentos, especialmente aqueles com os quais não concorda. Por isso nunca aceitou o casamento dele com Ângela. Por isso custa aceitar a ausência da mãe e seguir em frente sem olhar para trás. Revira o passado o tempo todo, atormentando-se e atormentando os outros também. Principalmente ele, que odeia a distância imposta pela garota.

O barulho da porta da sala indica que ela acaba de entrar. O destino de Joana é o quarto, sem nenhum desvio mínimo de caminho, pois não há nenhum lugar na casa em que se sinta à vontade, a não ser seu recanto. Porque tudo tem o toque de Ângela e sua filha, ou seja, nada a ver com ela.

A grande verdade é que Joana sente falta da época em que João era um pai solteiro que tentava a sorte em encontros na internet que ela mesma ajudava a arranjar. Naquela época, era quase uma brincadeira entre ambos. Mas, então, ela mudou de escola e o pai encontrou Ângela, e as coisas desandaram. Em menos de três anos estavam casados e ela começou a dividir espaço com uma garota que odeia.

Com um profundo suspiro, João volta à sala disposto, como sempre, a uma conversa amigável com a filha, para se inteirar um pouco dos acontecimentos em sua vida, como o fato de ter tirado nota baixa em Matemática, Inglês e Química e que, se não tomar cuidado, ficará de recuperação em Física. Na verdade, a única disciplina que ele tem certeza de que a filha passará direto é Educação Física, já que ela tem talento para atividades físicas, uma herança recebida da mãe, bailarina profissional. Isso rendeu a ela uma participação no grupo de dança contemporânea do colégio, no qual se destaca. Apesar de que Ângela ameaçou tirá-la da equipe caso não melhorasse as notas. É uma medida que João considera extrema, mas não vai se opor à esposa, porque sabe que, no fundo, ela tem razão.

Na verdade, Ângela já disse várias vezes que ele precisa ser mais enérgico com a garota, colocando-a de castigo, obrigando-a a melhorar as notas, mas ele não consegue. Teme que, com uma atitude dessas, piore a situação e Joana se afaste permanentemente. E isso, como pai dela, ele não pode admitir.

Apesar de todas as adversidades, João tenta à sua maneira recuperar o amor e o respeito da filha. Sabe que, mais cedo ou mais tarde, as coisas vão melhorar, pois o tempo e o amor são capazes de romper todas as barreiras. É nisso que acredita firmemente, menos nos dias mais difíceis.

Respirando fundo outra vez, cruza o corredor.

Marina está debruçada sobre seus cadernos, fazendo os deveres de casa, quando sua mãe dá duas batidas na porta do quarto e entra.

– Olá, filhota! – o tom de Ângela é diferente do que usa na escola porque, ali, sua função não é de diretora, mas de mãe. Às vezes tem a sensação de se dar muito melhor como dirigente de um colégio do que como mãe. *Tentativa e erro*, vive repetindo a si mesma, afinal, não existe um manual de instruções para ensinar as pessoas a serem pais. Isso só se aprende vivenciando na prática, no dia a dia.

– Oi, mamãe – Marina responde, ainda concentrada no que escreve.

– E aí, como foi na ACSUBRA? – Ângela pergunta, sentando-se na beirada da cama.

– Eu tenho certeza de que a senhora *sabe* como foi – Marina diz, olhando para o livro novamente e copiando alguma coisa na folha de borda rosa.

– É, a Madre Superiora me ligou contando sobre a brincadeira com as tintas – Ângela confirma, cruzando as pernas e observando Marina balançar as suas no ar, deitada de bruços na cama. Ela tem o hábito de fazer isso desde criança.

– Não foi uma brincadeira – Marina responde, finalmente se virando para a mãe. – O Cristiano é que... – começa a dizer, mas se interrompe de supetão. Não pode dizer que foi ele quem iniciou o conflito porque é mentira. – Ele quem me provocou e, por conta disso, a Madre Superiora ficou brava comigo.

– Não acha que tem aceitado as provocações do Cristiano demais ultimamente? – Ângela pergunta, avaliando o silêncio demorado de Marina antes de responder.

– Olha, a senhora tem a sua parcela de culpa nisso tudo, já que cismou que posso influenciar o comportamento dele. – Seu tom é irritadiço. – E, se não se importar, não quero mais falar sobre o que houve. Não precisa me dar nenhum sermão porque o da Madre Superiora já foi mais do que suficiente.

– Querida, eu não vim dar sermão, só conversar com você. Estressadinha. – Ângela se ergue da cama, beija a testa da filha e vira-se para a porta.

– Mamãe? – Marina chama, antes que ela saia. – Qual a justificativa que a senhora dá ao conselho escolar pra manter a bolsa do Cristiano? Ele não tem notas altas em todas as matérias e o comportamento dele é horrível. – Marina pergunta, imaginando como Ângela consegue tal proeza.

No primeiro ano de colégio, o rapaz ainda se esforçou para manter alguma disciplina, mesmo que fizesse mais piadas em sala do que um humorista num show de *stand up*. No entanto, nos últimos meses, não tem tentado fingir ser um bom estudante. Simplesmente despreza as regras e tira notas razoáveis para passar de ano, exceto pelas matérias de exatas, em que ele se destaca pela genialidade.

— Mas o Cristiano já não é bolsista há um ano — Ângela responde. — Pelo que eu soube, arrumou um bom emprego.

Joana ouve a batida ritmada da música iniciando-se e prepara o corpo para a dança. A respiração é suave enquanto executa os movimentos com precisão, apesar de a mente estar a quilômetros de distância. Já fez isso tantas e tantas vezes que a prática supera, e muito, o talento. Quanto mais carregada sua cabeça, mais ela tem a expressar: giros e piruetas, movimentos originários do balé clássico, da dança flamenca e de outros estilos mais modernos, tudo misturado num caleidoscópio de passos híbridos cuja composição artística é absurdamente linda. Enquanto dança, recorda-se, sem saber ao certo o motivo, do garoto. Recorda-se de sua altura mediana e de seu corpo magro, típico de alguém que não frequenta academias. Do cabelo castanho-escuro com um corte meio desconexo, com uma franja, num estilo que, a Joana, parece meio mauricinho. Dos olhos cor de âmbar que a sondaram com algum sentimento que ia além da compaixão, no entanto ela não soube ao certo do que se tratava.

O ensaio da equipe de dança havia acabado e enquanto Joana arrumava suas coisas para deixar o ginásio, a professora Fernanda, mais uma vez, trouxe à tona o assunto de cortá-la do grupo. A garota sabe que isso é uma tática da madrasta para fazê-la se dedicar um pouco mais aos estudos, contudo, não pode deixar de se sentir irritada pela chantagem, sabendo que nada mais surtirá efeito sobre ela, sejam as broncas do pai ou qualquer outro castigo que lhe imponham. Ângela joga baixo e isso ela não consegue engolir.

"Você sabe que isso não é justo, Nanda", Joana comentou, balançando a cabeça, indignada.

A professora fica em silêncio por alguns segundos, provavelmente pensando em algo que pudesse dizer sem se comprometer.

"Um conselho: pare de desafiar a Ângela. Apenas melhore as notas, se é isso que ela precisa pra sair do seu pé, ok?"

"Então você também acha..."

"Não coloque palavras na minha boca", Fernanda diz, apontando o indicador em riste para Joana. "Você sabe que ela é sua madrasta e só quer o melhor pra você."

Joana fingiu um bocejo entediado.

"Esse discurso batido cansa minha beleza. Ela só quer pegar no meu pé, isso sim."

"Independentemente das razões da Ângela, é isso. Você tem dois meses pra melhorar as notas em Física."

"Espera, mas a gente vai para o festival de dança daqui a dois meses", ela lembra à tutora.

"Se você não fizer por onde, Joana, estará fora", Fernanda a encara com pesar.

"Mas é pouco tempo, Nanda! Como vou melhorar assim, de uma hora pra outra?"

"Sugiro conversar com o Roger pra te passar algum trabalho extra, se for possível. E pedir ajuda a alguém que possa te dar aulas extras", a professora responde, suspirando, e acrescenta: "Ouça, você é muito talentosa e eu ficarei desapontada se não estiver conosco na competição, mas não posso fazer nada, a não ser torcer por você. Eu preciso ir. Até mais".

Enquanto observava a professora sair pela porta do ginásio, Joana deixa escapar um palavrão, furiosa com a madrasta. Porque Joana não era uma má aluna. Óbvio que não era brilhante e tinha de se esforçar para se concentrar em muitas aulas, porque os assuntos eram chatos demais para que pudesse apreciar, mas, ainda assim, mantinha-se dentro da média. Seu único ponto fraco era Física. E fosse porque o professor implicava com ela, fosse porque ela não queria gastar a paciência – que não tinha – tentando entender aquelas fórmulas estranhas, sabia que estava fadada a repetir aquela disciplina. Mas, realmente, nunca se importou com isso. No entanto, por causa dessa negligência, agora Ângela queria arrancar dela a única coisa que apreciava de verdade na vida: a dança. Isso tudo por causa de *uma* matéria. E ainda queria que ela a respeitasse. Francamente.

Tentando conter o ódio, mordeu o próprio braço até sentir que a pele cedia sob o dente e a dor irradiava pelo ferimento, causando formigamento por toda a sua extensão.

"O que você tá fazendo?", uma voz masculina chegou até seus ouvidos, vinda do meio das arquibancadas do ginásio. Apesar de saber que o rapaz ficava ali com frequência, Joana não deixou de se surpreender com o fato de ser observada.

"Não é da sua conta", respondeu secamente. "Por que tá me espionando?"

"Ei, eu só estava dando um tempo aqui", o garoto responde, erguendo-se e caminhando até ela. Joana percebe que ele trazia um caderno de desenhos a tiracolo. Ele estava sempre com aquele maldito caderno e a garota se perguntava o que tanto ele rascunhava. "Mas costumo ver os ensaios por causa da Tina, minha irmã. Ela tá na equipe."

"Eu sei quem é a Tina", Joana impacientou-se.

O garoto deu um sorriso constrangido.

"Suponho que sim", reconheceu e, em seguida, tratou se mudar de assunto: "Eu meio que ouvi um pouco da conversa com a Nanda e... acho que posso te ajudar."

"Por que quer me ajudar?", Joana pergunta, desconfiada das intenções dele. "O que tá pensando que pode conseguir em troca?"

"Você é sempre tão desconfiada assim?"

"Especialmente quando pessoas que não conheço vêm com papinho mole."

"A gente estuda na mesma sala há dois anos", ele comenta, arqueando as sobrancelhas.

"Isso deveria significar alguma coisa?"

Dessa vez, o rapaz deu um longo suspiro.

"Bem, mesmo que não queira a minha ajuda, eu acho que você não precisa fazer isso, sabe?", ele apontou para o braço dela, onde as marcas da mordida se destacavam contra a pele. "Se ferir não é a melhor maneira de resolver as coisas..."

"E o que pensa que sabe sobre mim?", Joana atacou, ainda mais enfurecida pela intromissão dele.

"Ei, fica calma. Só tô querendo ajudar", o rapaz fala, erguendo as mãos num gesto defensivo.

"Eu não te pedi ajuda, garoto. Se toca e fica longe de mim, entendeu? Você não é meu amigo, então não pense que tem o direito de me dizer o que devo ou não fazer." Em seguida, a menina deixou o ginásio pisando duro.

Relembrando o acesso de fúria, Joana não pode deixar de se sentir envergonhada. Talvez tenha sido mais agressiva do que o rapaz merecia.

Há uma batida fraca na porta pouco antes de João adentrar o quarto da filha, tão timidamente quanto se estivesse invadindo o quarto de uma estranha.

A garota finaliza sua dança, passando a mão pelo rosto; então desliga o som do celular, considerando que razão o pai tem para ir até ali. Mas não diz nada, apenas recolhe a garrafa de água na mesa de cabeceira e bebe um longo gole, ciente de que ele a observa com cautela.

João para de pé junto à porta, examinando por alto as paredes vermelhas do quarto, que cheira a excesso de perfume. O ambiente recebe pouca luz devido ao fato de a janela estar sempre fechada e escondida atrás das cortinas escuras. Há sapatos espalhados pelo chão e pilhas de roupas aqui e acolá, um contraste com o quarto da enteada, sempre muito organizada com seus pertences.

Por alguns minutos, João ensaia fazer um elogio à filha a fim de iniciar uma conversa com ela, mas não gostaria que suas palavras soassem mecânicas. Não se lembra de quando foi exatamente que falar com Joana se tornou algo tão difícil.

– O que quer? – a menina pergunta num tom carrancudo.

– Foi um belo ensaio – ele comenta após alguns minutos, sem conseguir pensar em mais nada para dizer, ainda detido na porta.

– É pra eu ficar contente com o elogio? – Joana devolve, menosprezando a presença do pai.

— Por favor, Joana — ele implora num tom cansado. — Eu só quero saber um pouco da sua vida, filha. Você nunca diz nada no jantar, nunca se senta com a gente pra ver TV...

— Você sabe muito bem que a gente não é esse tipo de família, pai.

— Poderíamos ser, se quisesse.

Joana ergue a cabeça para o pai, olhando-o de maneira hostil enquanto se recorda do tempo em que se divertiam juntos, desde as atividades mais corriqueiras até as viagens a praias e parques temáticos. Lembrou-se da cadela, da raça beagle, à qual foi tão apegada e que morreu de tristeza ao ser separada da família que tanto amou.

— Você acha que tem o direito de entrar no meu quarto depois de tudo que fez e me dizer isso? — Joana esbraveja, colocando as mãos na cintura.

— Eu entendo que esteja ferida, Joana, mas...

— Mas? — ela o interrompe, furiosa. — Você me obrigou a abrir mão da Maya, pai.

João sente o remorso corroê-lo por dentro ao encarar os olhos de Joana que, além de mágoa, refletem saudade. Por um segundo, ele se arrepende das escolhas que fez e que transformaram a filha em uma pessoa tão amarga. Suas lembranças o conduzem ao dia em que contou a ela que teriam de doar a beagle de estimação da garota.

"Mas, pai. Não é justo!", Joana, então com quase 15 anos, falou, mantendo-se agarrada à cadela. Seus olhos estavam cheios de lágrimas, no entanto ela se recusava a derramá-las porque se sentia no dever de ser forte. "A Maya é a minha melhor amiga", a voz da garota se tornou um murmúrio. "Por favor, papai, por favor...".

"Querida, a Marina é asmática, não temos como levá-la", João justificou, comprimindo os lábios diante da tristeza da filha.

"Por que a gente tem que ir?"

"Porque vou me casar com a Ângela."

"Mas por quê? A gente estava bem sem elas."

"Eu a amo, filha."

"E eu, pai?", ela perguntou com rancor, acariciando a cabeça de Maya delicadamente. "Não tenho mais nenhum valor pra você?"

"Joana, não diga besteira, filha. Você é o maior amor da minha vida", João declarou, tentando buscar palavras adequadas para consolar a menina, dizer que, no final das contas, tudo ficaria bem, mas não importava o esforço, nunca haveria palavras adequadas para dizer à filha que precisavam abandonar o passado e, com ele, todas as coisas que eram importantes para ela, especialmente o animal de estimação. No final das contas, não havia garantias de que tudo ficaria bem. "O que sinto pela Ângela é algo diferente, meu amor... Você não quer que o pai seja feliz?"

"E nós três não somos felizes? Eu, você e a Maya? Eu prefiro as coisas como estão, pai. Não quero que mude. Não quero!"

"Nem sempre a mudança é algo ruim, minha filha", João argumentou, olhando a menina, que o olhava de volta. Não sabia mais o que dizer.

"Pai, de todas as mudanças que ocorreram na nossa vida nos últimos anos, essa é a única que eu não posso aceitar." Joana respirou profundamente, tentando controlar a vontade de chorar. "Por favor, não... Não me faça te odiar."

O tom da menina deixava claro o quanto estava sendo sincera. Seria capaz de odiá-lo para sempre.

João passou as mãos pelo rosto, sentindo lágrimas brotarem.

"Eu sinto muito, querida, mas..." Ele hesitou por alguns instantes antes de completar: "Não há nada que possamos fazer a respeito".

"Você vai poder visitar a Maya sempre que quiser, Jojo", Nildete, a diarista que trabalhava na casa, disse com o coração partido pela tristeza da garota.

"O lugar dela é comigo!", Joana gritou de volta, furiosa. "Vocês não podem fazer isso, pai, não podem!"

"Joana, por favor, entenda", João pediu, ameaçando tocá-la, mas Joana se retraiu. Ela comprimiu os lábios, olhando do pai para Nildete e de volta para ele. Já estava tudo decidido. Nada do que ela dissesse mudaria a resolução do pai.

Então, engolindo o choro, ela deu um beijo no topo da cabeça da cadela, sussurrando em sua orelha que a amaria para sempre, e afastou-se do animal, assumindo uma postura retesada.

"Nunca vou te perdoar por isso, pai. Eu prometo", afirmou, deixando a sala e se trancando no quarto.

Desde então, o relacionamento de ambos nunca mais foi o mesmo.

– Joana, eu queria que você pudesse me entender, me perdoar... – João sussurra, fitando os próprios pés.

– Eu poderia até te perdoar por tentar colocar outra mulher no lugar da minha mãe só porque ela morreu – Joana diz, num tom amargurado. – Mas nunca, jamais vou te perdoar por ter tirado a Maya de mim.

– Pelo amor de Deus, Joana! Como pode dizer uma coisa dessas? Você sabe tanto quanto eu que a Ângela não quer assumir o posto de sua mãe.

– Não. Para ela só tem vaga de bruxa.

– Não vou permitir que a desrespeite, Joana! – ele responde, assumindo uma postura mais séria.

– Foi você quem entrou no meu quarto pra começo de conversa – Joana rebate. – Agora faça um favor pra nós dois e me dê licença.

João balança a cabeça, desanimado com mais uma tentativa inútil de diálogo com a filha. Em seguida, sai de lá. A esposa termina de fechar a porta do quarto de Marina. Apresenta o mesmo aspecto cansado e derrotado.

— Algum avanço, Chuchu? – ela pergunta, parando diante dele. É quase tão baixa quanto Marina. João move a cabeça negativamente, suspirando pesadamente.

— Nem você, pelo visto.

— Acho que a Marina nunca vai me perdoar por fazê-la conviver com o Cristiano. Eles não se dão muito bem.

— Eu também não gosto desse rapaz – João admite.

— Mas se ele vai ser o seu genro precisamos de métodos pra melhorar sua conduta – Ângela brinca, risonha. – No fundo, tô fazendo isso pela família.

— É uma forma de se ver a situação – ele concorda, dando um pequeno sorriso. Então questiona, desolado: – Será que somos pais tão ruins assim?

— Nós estamos fazendo o nosso melhor, Chuchu – Ângela responde, enlaçando-o pela cintura. – Não deixo de acreditar que no fim é isso o que realmente importa.

No dia seguinte, Marina se dirige à estação de metrô, onde pegará o trem para Águas Claras, região administrativa em que Leo mora. São duas da tarde de uma quinta-feira quente e seca em Brasília, como em todos os dias de agosto. E, como sempre, ela está atrasada. Hoje, no entanto, tem um bom argumento, já que precisou fazer nebulização antes de sair de casa. Nessa época, por conta do ar seco e da poeira, ela fica mais suscetível às crises asmáticas e, para prevenir, além de recorrer frequentemente à sua fiel escudeira, a bombinha, ela faz nebulização até mais de uma vez por dia.

Dez minutos mais tarde, Marina embarca no trem, que está razoavelmente vazio. Não há lugar para se sentar, mas pelo menos há espaço onde encontrar apoio. Ela se segura numa barra de ferro perto da porta por onde entra, olhando em volta automaticamente, analisando as pessoas que se transportam para destinos diferentes.

Um garoto encostado na segunda porta do vagão do lado oposto ao que está chama sua atenção. Ele usa óculos escuros com bordas retangulares, boné preto de aba curva, camisa jeans de botão e mangas curtas, bermuda branca e sapatênis de um tom que combina bem com a cor da camisa. As mãos estão dentro dos bolsos de forma distraída. Ele se parece com Cristiano e isso aguça a curiosidade da garota.

Cristiano ali?

Não poderia ser.

Mas uma estudada mais minuciosa no rapaz faz com que ela chegue à conclusão de que ele é realmente Cristiano.

"O que será que ele faz aqui? Ou melhor, para onde será que está indo? Para quê? *Por quê?*", ela se pergunta.

Curiosa, ela muda de lugar no trem para que o rapaz, alheio ao mundo exterior, não a veja e ela possa observá-lo discretamente enquanto reflete sobre seus prováveis destinos.

Quatro estações depois, ele se movimenta para fora do trem. Estação Shopping? Mas, afinal, qual será o destino de Cristiano?

Sem pensar duas vezes, Marina também se lança para fora enquanto as portas apitam antes de se fechar. Embora deva desembarcar na estação Arniqueiras e seus instintos digam para não se meter naquilo, Marina simplesmente não consegue obedecer à razão. Ela precisa descobrir o que Cristiano está aprontando. Quem sabe assim não descobre todos os segredos que ele esconde? Por exemplo, como tem um carro caríssimo e como arca com as despesas escolares, além das roupas de marca?

Não é questão apenas de curiosidade, mas de segurança, já que ela está convivendo mais do que gostaria com ele. E tem Joana também. Querendo ou não, preocupa-se com a segurança dela. E se o bom emprego que ele tanto diz for tráfico de drogas?

Ninguém saberá que ela fez isso. Será um segredo apenas seu.

O que pode dar errado?

Pensando assim, Marina caminha com passos apressados atrás de Cristiano, tentando não o perder de vista. Muitas pessoas caminham à sua frente, bloqueando sua visão devido ao seu tamanho. Desviando de um e de outro, ela passa pela catraca, ainda de olho no boné preto do rapaz. Ele vira no corredor, seguindo para a passarela que dá acesso ao ParkShopping. Atenta, Marina continua em seu encalço, até esbarrar em alguém.

— Me desculpe — fala a um homem cuja barba alcança o pescoço.

— Tudo bem — ele responde, agitando a cabeça e continuando seu trajeto em direção ao metrô. Marina olha de volta para a frente em busca de Cristiano, mas ele havia sumido. Lamentando-se, ela caminha para fora da passarela. Equilibrando-se nas pontas dos pés, procura por ele entre as pessoas que vêm e vão em direção ao shopping. Dá alguns passos, mas uma mão agarra seu cotovelo, assustando-a.

— Olá, Tampinha! — Cristiano cumprimenta, debochado. — Coincidência te encontrar por aqui, não?

— Eu não estava seguindo você! — ela deixa escapar, mordendo a língua logo após. — Quer dizer, eu só...

— Poupe-se do trabalho de tentar mentir pra mim — ele a interrompe, agitando a mão. — Eu sabia que estava me seguindo antes mesmo de se entregar de forma tão patética como fez agora. — Cristiano agita a cabeça, reprovando-a. — Eu soube que me seguiria desde que entrou no mesmo vagão que eu, no metrô — prossegue, sorrindo. — Porque, claro, não perderia a chance de tentar saber mais sobre a minha vida, afinal, eu sou o centro das suas atenções desde que entrei no Sartre.

Marina respira fundo, irritada com a própria incapacidade de seguir alguém sem ser pega em flagrante.

– Eu posso ter te seguido, mas não foi pelas razões que imagina – contesta ela.

– De qualquer jeito, isso foi uma violação clara da nossa trégua – Cristiano fala.

– Por? – ela questiona, arqueando as sobrancelhas.

– Porque combinamos de respeitar o espaço um do outro e o que aconteceu aqui foi um completo desrespeito ao *meu* espaço. Isso anula o acordo.

– Não é pra tanto, ok? – Marina diz, ainda envergonhada. – A gente pode fingir que isso não aconteceu? Eu vou embora e nunca mais tocamos no assunto.

– Espertinha. Não vai escapar tão facilmente dessa. Me deve um pedido de desculpas e uma justificativa. – O sorriso de Cristiano deixa claro o quanto a situação o diverte. – Ou, então, toda a escola vai saber que você tá tão caidinha por mim a ponto de me seguir pelas ruas de Brasília. Imagina a cara da sua irmã quando descobrir que você tá seguindo loucamente o namorado dela – Cristiano fala, ampliando ainda mais o sorriso.

– Ela não é minha irmã! – Marina repudia a ideia, erguendo o dedo em riste para ele. – E isso é golpe baixo – acrescenta, mordendo o lábio.

– Cada um usa as armas que tem – ele responde, sacudindo os ombros. – Então, o que vai ser?

Marina respira fundo, fechando os olhos por alguns segundos.

– Desculpa – resmunga.

– Hã? Eu acho que não ouvi o que disse. – Cristiano coloca a mão na orelha.

– Me desculpa por ter te seguido – ela repete de forma inteligível.

– Tudo bem. Eu *perdoo* você, afinal, as pessoas que se julgam certinhas também *erram*, né, Tampinha? – Cristiano alfineta, sem conseguir resistir.

– Ótimo. Agora eu vou embora.

– Ei! Não tá se esquecendo de nada? – Cristiano arqueia a sobrancelha. Como Marina não demonstra ter entendido, ele explica: – Não vai dizer por que me seguiu?

Marina meneia a cabeça, suspirando, resignada. Depois disso nunca mais inventará uma coisa como essa para não correr o risco de passar por algo tão constrangedor novamente.

– Eu só queria saber por que veio ao ParkShopping – explica, fitando o chão.

– Quer saber por que eu vim aqui? – Cristiano indaga, movendo a cabeça. – Sinto muito, mas vai ficar decepcionada.

―――― ✂ ――――

Marina para diante da entrada da sala de jogos sem acreditar que aquilo possa mesmo ser verdade.

— HotZone? Tá querendo me convencer de que vem ao ParkShopping por causa da HotZone?

— Eu disse que você ia se decepcionar – Cristiano diz.

— Mas o que um garoto como você quer num lugar como esse? – ela questiona, pois não vê sentido algum naquilo.

— Diversão? – Cristiano a olha com obviedade.

— Sozinho?

— Não nasci colado em ninguém – ele responde, ainda que não tenha a pretensão de ser grosso.

Marina não acredita que Cristiano vá ao ParkShopping para tal finalidade, porque é, além de infantil, totalmente... incoerente. Não condiz com a pessoa que ele é, ou finge ser – a essa altura, já nem sabe mais.

— Não é por nada não, mas... Não dá pra acreditar nisso.

— Que pena – ele diz, fazendo um bico. – Porque eu ia te levar pra se divertir talvez num dos melhores lugares de Brasília e, com toda certeza, com a *melhor* companhia.

— A modéstia, com certeza, não é o seu forte – Marina observa, cruzando os braços sobre o peito.

— Eu nunca disse que era um cara de virtudes.

— Mas não é mesmo. Você é um pecador incondicional.

— Então deixa eu te levar pra pecar comigo – Cristiano fala num tom de brincadeira enquanto segura a mão de Marina. Ambos permanecem numa troca de olhares intensa, até o sorriso morrer nos lábios dele e só restar o olhar incandescente que desperta formigamentos na pele da garota.

As bochechas dela ficam rosadas, mas ela mantém os olhos azuis alinhados aos dele, e Cristiano não se lembra de ter visto ou sentido algo tão perturbador em toda a sua vida.

— Você vai querer vir ou não? – questiona Cristiano, largando a mão dela de repente, como se tivesse levado um choque.

— E que jogo te diverte? – Marina pergunta, pigarreando enquanto tenta recuperar a compostura. Não deveria dar confiança para ele, mas... Não consegue evitar, está curiosa acerca desse lado de Cristiano.

— Só vai saber se entrar – ele responde e vai em direção ao HotZone.

E não lhe restou escolha senão segui-lo.

> O segredo da felicidade é saber
> cair nas tentações.
> (Autor desconhecido)

Caindo em tentação

O entrosamento de Cristiano com os brinquedos do parque é tão grande que Marina não tem como duvidar de que ele frequente de verdade aquele ambiente. Ele ganhou dela no futebol de disco, nos jogos de atirar e em todos os que disputaram um contra o outro. É simplesmente bom em qualquer tipo de jogo. Bem, a menos que fosse um jogo de raciocínio, como xadrez, por exemplo. Nisso, ela é muito boa.

Então eles ficam diante de uma máquina de bichinhos de pelúcia e Cristiano tenta, com a garra mecânica, pegar um deles.

– Tá, Cristiano, só porque eu disse que não acredito que um dia você conseguiu pegar alguma coisa nessa máquina *enganosa* não significa que precise tentar me provar o contrário – Marina informa, observando as unhas cor-de-rosa. O esmalte está lascado em alguns cantos.

– Questão de honra – ele resmunga, concentrado em manipular a garra mecânica. É a décima quarta vez que tenta, nos quinze minutos em que se encontram diante da máquina. No entanto, está disposto a gastar todo o seu dinheiro se for preciso para conseguir realizar o intuito. Já tinha conseguido e fazer Marina acreditar nisso significa tanto para sua reputação que o dinheiro gasto não importa.

– Ai, ai... – Marina retruca, bocejando. – Devia aceitar melhor que é uma pessoa limitada. Em toda a minha vida, nunca vi ninguém conseguir...

– Peguei! – Cristiano a interrompe, conduzindo a garra mecânica para a saída da máquina.

Marina ainda está de boca aberta quando ele, ostentando um sorriso vitorioso, entrega-lhe uma abelha de pelúcia.

– Eu. Não. Acredito. Como conseguiu? – pergunta, chocada com a façanha que ele acaba de realizar.

– Ei, eu sou um cara talentoso, apesar de você achar que não – Cristiano diz, dando risada. – Não precisa de todo esse assombro.

– Você bem que podia usar seus talentos pra coisas construtivas, né? – ela critica sem que possa se conter. Repreendê-lo é tão automático quanto ele a provocar.

— E que tal se, de vez em quando, não fosse tão chata? — Cristiano rebate enquanto começam a circular pelo espaço aleatoriamente.

— Bem, você realmente conseguiu.

— Cuidado quando me lançar um desafio. Eu não costumo perdê-los — ele responde, piscando para ela de maneira charmosa.

— Dá pra parar de flertar comigo? Você tem namorada — Marina ordena, sentindo as bochechas pegarem fogo.

Cristiano toca a aba do boné, sorrindo maliciosamente.

— E esse é o único motivo que me impede de flertar com você, né?

— Claro que não! — Marina replica rapidamente. — Você me odeia e eu não te suporto. Fim de papo, fim de história.

— Eu não te odeio — Cristiano diz, acabando por surpreendê-la. — A gente apenas... se repele. Personalidades diferentes, sabe como é.

— Você não me odeia? — Marina pergunta, agitando a cabeça. — Então como é que pega no meu pé, implica comigo e me faz passar por situações como as de ontem? Que tipo de sentimento é esse, senão ódio?

Cristiano olha para ela, analisando a expressão vincada de sua testa, suas sobrancelhas douradas e perfeitamente desenhadas unidas no meio dos olhos de um azul intenso e sua boca rosada entreaberta, deixando a superfície superior dos dentes à mostra. Neste momento, não pode deixar de pensar que ela não é tão repelente assim...

— É que você fica divertida quando tá brava — ele responde. — Bem mais do que no habitual. Devia parar de ser tão certinha, sabia? A vida é mais do que seguir regras. — Cristiano sorri, parecendo rememorar eventos passados.

— E você devia considerar que, se ninguém seguir as regras, o mundo vai virar um caos — Marina argumenta, cruzando os braços, muito convicta.

— Tampinha, o mundo é um caos — o rapaz comenta enquanto caminham sem destino certo pelo HotZone. — Basta ligar a TV num noticiário pra ver.

— Bem, eu não pretendo contribuir pra piorar a situação — ela fala. — Se não posso resolver todos os males, também não irei causá-los.

Cristiano a olha por alguns minutos, sorrindo. A pureza que transmite em suas palavras é quase absurda.

— Que foi?

— Você parece de outro mundo — ele avalia, agitando a cabeça. — Com ideias tão positivas sobre tudo. É sério, parece que não enxerga a realidade.

— Porque tenho fé de que as coisas podem melhorar. As pessoas podem melhorar.

— Delírio — Cristiano rechaça. — Sonhos bobos, garota. As pessoas não mudam e as coisas não vão melhorar. Nada nunca melhora. Você precisa aprender isso, antes que quebre a cara feio.

— Por que eu ter esperanças te incomoda? – Marina indaga, parando de caminhar. – Por que você é sempre tão negativo?

— Tenho meus motivos – é só o que ele diz.

— Posso saber que motivos são esses?

— Não é da sua conta. – Cristiano é direto, voltando-se para encará-la.

Ela mexe a cabeça de modo negativo, percebendo a forma como ele foge do assunto. Sempre que a conversa se aproxima de sua vida pessoal, ele a desvia. Isso só pode significar que há coisas que ele gosta de manter ocultas. E se ele tem essa necessidade, boas coisas não devem ser...

— E que tal, em vez de ficar me atazanando, você me ajudar numa missão?

— Missão? – Marina questiona, franzindo o rosto. – Que tipo de missão?

— Você sempre querendo antecipar as coisas – ele comenta, movendo a cabeça negativamente. – Só vai saber se topar.

— Eu devia ir pra casa – Marina diz, apertando os lábios. Afinal, já caiu em mais tentação do que devia ao segui-lo para o ParkShopping e, posteriormente, para o HotZone.

— Dever e querer são coisas diferentes – Cristiano discorre. – Eu, por exemplo, só faço o que quero.

— E eu não sei? Acontece que prefiro fazer o que devo.

— Tem certeza de que prefere? – o rapaz provoca. – Porque me parece que você tem curtido bastante esse tempo comigo. É normal, eu sou uma companhia excitante mesmo.

— Você poderia se achar um pouco menos, por favor? Porque, pelo que vejo, é você quem está insistindo em ter a *minha* companhia – Marina procura lembrá-lo.

— Tô tentando te fazer um favor, mas você não facilita – ele continua brincando.

A garota retribui o sorriso do rapaz, cuja aura leve a surpreende um pouco mais a cada minuto.

Eu não devia cair em tentação. Eu não devia cair em tentação. Eu não devia cair em tentação...

— Tudo bem, Cristiano – Marina diz, suspirando. – Você venceu. Vamos lá, me diga em qual missão precisa da minha ajuda?

Se alguém tivesse comentado com Marina que Cristiano era um cara adepto a compras ela não teria acreditado, porque isso parece o tipo de atividade que o entedia – como entedia a maioria dos homens –, ou seja, ficar horas e horas rodando de loja em loja atrás de roupas, sapatos e acessórios. Mas esse não é bem o caso. Na verdade, o rapaz demonstrou paciência e minúcia na escolha de meias, sapatos, cintos, pulseiras, bonés, cordões e relógios, além de ser bastante seletivo para escolher roupas, ainda que várias peças compradas não façam seu estilo, sugerindo que provavelmente ficarão jogadas no fundo do armário para sempre.

As vendedoras das lojas, por sua vez, demonstram conhecê-lo muito bem, seja porque o rapaz frequente assiduamente os ambientes, seja por já terem saído juntos em algum momento.

Marina se pergunta como Cristiano pagará por tudo aquilo, mas é óbvio que dinheiro não é um problema. O problema provavelmente é a origem dele. Ela fica sentada num canto, observando-o desfilar diversos trajes e, mesmo sendo garota, intimamente sente-se cansada disso.

– Ei, Tampinha – Cristiano chama, pois ela está perdida em pensamentos, numa loja de acessórios especializada em artesanato. – Venha até aqui.

– O que foi? – Marina pergunta, levanta-se e para diante do garoto.

– Vire-se – ele fala, fazendo com que ela enrugue a testa, pronta para questionar a razão de toda essa autoridade. – Vai, Tampinha, deixa de ser teimosa – ele continua a dizer, fazendo-a girar para encarar uma vitrine. Em seguida, gentilmente afasta o cabelo dela para um lado, roçando a pele de seu pescoço e fazendo com que ela segure a respiração.

Cristiano morde o lábio fortemente ao perceber a pele da nuca da garota se arrepiar com seu toque. "*Cuidado, Cristiano*", uma voz interior o repreende quando ele passa o colar pelo pescoço dela, prendendo o fecho com mais dificuldade do que devia. Sente uma vontade inexplicável de beijar a nuca pálida de Marina enquanto ela mantém a cabeça curvada, respirando profundamente. Será que se passam pensamentos estranhos na mente dela como acontece na dele?

– Bem, pode olhar – Cristiano anuncia, pigarreando em busca de recuperar o controle. *Ela é a Tampinha*, fica repetindo mentalmente até as palavras perderem o sentido.

Marina levanta a cabeça, encarando pelo espelho da vitrine o colar de vidro em forma de lágrima que contém, em seu interior, uma pétala de dente-de-leão.

– O que é isso? – ela pergunta, cruzando os olhos com os dele pelo espelho, tocando o objeto cuidadosamente.

– Um presente – Cristiano responde, buscando seu isqueiro no bolso da calça, ansioso de repente. – Por ter me acompanhado.

– É lindo, Cristiano, mas não precisa me dar isso. Eu vim porque quis. Não foi um favor – Marina fala, sentindo a garganta seca, ainda o encarando. Os olhos castanho-esverdeados são intensos, apesar de haver apenas claridade artificial no interior da loja.

– Não precisa, mas eu quero – ele diz, ainda olhando para ela.

– Eu não posso... Não posso aceitar – Marina murmura.

Cristiano nunca tinha reparado em como os cílios dela são cheios, ainda que não use maquiagem. Alguma coisa estranha corrói seu interior, provocando uma sensação forte em seu estômago. A maneira como ela o olha, como seu peito sobe e desce pela respiração, como sua mão está posicionada sobre o colar, o modo como ele toma consciência desses detalhes, tudo isso é novidade para Cristiano. O ponto discutível, no entanto, é que nem sempre uma novidade é algo positivo...

– Bom, eu já paguei por ele, então pode fazer o que quiser – o rapaz fala, indiferente. – Se quiser jogar fora, fique à vontade.

Ainda o encarando, Marina respira fundo e, em seguida, diz:

– Obrigada.

Ao deixarem a loja, eles vão à praça de alimentação para comerem alguma coisa. Marina monta um sanduíche vegetariano no Subway enquanto Cristiano escolhe algo mais gorduroso no Giraffas.

Deixando as sacolas embaixo da mesa, o rapaz ocupa-se em encher seu sanduíche com maionese, sem perceber a forma atenta como Marina o encara. Será que, algum dia, alguém desvendará o mistério que ele é?

Agitando a cabeça, Marina desembala seu lanche e acaba sujando o polegar direito com molho parmesão. Espontaneamente, coloca o dedo na boca e lambe, sem notar que agora é Cristiano quem a encara.

Ele acha o gesto um atentado às suas emoções, que se descontrolam por completo, deixando-o sem ação, algo que raramente ocorre, especialmente por conta de uma garota. Cristiano continua parado, fitando-a e imaginando se ela fez isso de propósito ou se não percebe a reação que está provocando nele.

Quando Marina se dá conta do olhar de Cristiano sobre si, tira o dedo da boca de imediato, pegando o guardanapo para limpá-lo, como devia ter feito desde o princípio.

– Me desculpe... – pede num sussurro, enquanto mantém os olhos nas mãos, encabulada por ter sido flagrada fazendo algo que pode muito bem ser considerado asqueroso. – É que... eu... Isso foi nojento, né? – Marina arrisca-se a olhá-lo, franzindo o rosto em sinal de repulsa.

Cristiano parece mais calmo, mas as mãos continuam apertando o hambúrguer, amassando-o até que o recheio começa a vazar pelas bordas. Ele o coloca de volta na bandeja, respira fundo, torcendo para Marina não perceber sua respiração descompassada. Com cuidado, ele avalia a expressão envergonhada dela, dando-se conta de que ela realmente não notou que havia mexido com ele. Mas como alguém consegue fazer um gesto daquele ser tão atrativo sem nem se dar conta disso?

– É, foi nojento mesmo – ele concorda, pigarreando algumas vezes enquanto se endireita no assento, procurando desviar a atenção para o movimento das pessoas na praça de alimentação. É melhor que ela acredite nisso do que deixá-la notar que o que fez foi tudo, menos nojento.

Sem querer continuar com o assunto, pois a faz se sentir envergonhada, Marina o dá por encerrado ficando em silêncio. Cristiano decide acompanhá-la, pois também não diz nada. Dois minutos calados e o clima esquisito aparentemente desaparece. Mais dois minutos e a pulsação de Cristiano volta ao normal, fazendo-o recuperar-se completamente.

— Eu posso senti-la me encarando — ele avisa, comendo batata frita, sem olhá-la. — Sei que sou um monumento à beleza, mas já tá me deixando sem graça — provoca, sarcástico.

Marina balança a cabeça negativamente.

— Eu só queria saber se... posso te perguntar uma coisa.

— Bem, perguntar você até pode, mas... responder, eu não garanto — Cristiano avisa, bebendo um gole de refrigerante. — Se mesmo assim quiser tentar...

— De onde vem tanto dinheiro?

— Foi só um colar artesanal, Tampinha. Não custa tanto assim. — Ele faz piada, mas ela não se deixa distrair.

— Não que eu estivesse de olho, mas... Você pagou todas as compras no débito — Marina observa. — Ainda teve o HotZone. Esses jogos não são baratos. Se considerarmos também o carro, a mensalidade do colégio, o material didático, os uniformes...

— Ei, essas informações não são sigilosas? — Cristiano pergunta, arqueando as sobrancelhas. — Não sabia que ser filho de diretor concedia o privilégio de saber da vida de outros alunos. — A crítica dele é mais uma brincadeira do que algo sério.

— Como consegue esse dinheiro, Cristiano? — Marina insiste, fixando os olhos nos dele, buscando algum sinal que denuncie o envolvimento com algo ilegal.

— Eu já disse, tenho um bom emprego — Cristiano responde, aborrecido.

— E eu já disse que não acredito nisso. Se trabalhasse de verdade, como estaria num shopping em plena quinta-feira à tarde?

— Já ouviu falar em trabalho de meio expediente? — ele questiona com um sorriso debochado.

— Pela manhã você estuda, à tarde vem ao shopping... Trabalha à noite?

— Pode ser. — Ele sorri mais levemente, pousando a mão na mandíbula e acariciando a barba por fazer.

— Ah, é? E com o que trabalha?

Ele hesita alguns minutos antes de responder:

— Podemos dizer que no ramo financeiro.

— Como assim "podemos dizer que no ramo financeiro"? — ela questiona, sem entender. — Por acaso trabalha num banco?

— Ahn... Mais ou menos isso.

— E como trabalha num banco à noite? — Marina apoia a mão na bochecha, encarando-o ceticamente.

— Eu não disse que trabalho à noite, disse que *pode ser* que eu trabalhe à noite.

Ela balança a cabeça, meio irritada. Quanto mais tenta desvendar Cristiano, mais se sente perdida em suas histórias, que, francamente, não têm nenhuma lógica. Arrisca-se a dizer que não têm nada de verdadeiro. Mas por que ele mente tanto? Apenas por mero prazer de enganar as pessoas ou por medo? Autodefesa? É algo que talvez Marina nunca saiba.

— As coisas que diz não têm o menor sentido — ela diz, com desânimo.

— E que interesse é esse na minha vida? Quer saber se temos algum tipo de afinidade? — Ele eleva uma sobrancelha, provocador, bebendo mais do refrigerante.

— Não mesmo — Marina rebate, sacudindo a cabeça. — É só que ultimamente temos passado muito tempo juntos e preciso saber se corro algum tipo de perigo.

— Corre. De se apaixonar por mim — Cristiano continua provocando.

— Incrível como tem gente que se acha no mundo — Marina fala, suspirando. Sabe que todo aquele papo é para desviar do assunto. Mas não faz nada para impedir a mudança, já que Cristiano não está inclinado a revelar a verdade a ela.

Os dois ficam calados por mais algum tempo, cada um comendo seu sanduíche.

— O que há entre você e a Joana? — subitamente, Marina questiona, querendo a todo custo que a pergunta tenha soado corriqueira.

Cristiano, por sua vez, ergue o olhar para o rosto dela, vermelho como um tomate, e então, sem perder a chance de afronta, fala, num tom de divertimento:

— Escuta, se esta conversa vai passar pra um nível mais íntimo, acho bom dizer que tenho perguntas muito picantes pra te fazer. Mas espero que não pule fora quando o clima entre a gente pegar fogo.

Querendo se convencer de que Cristiano está, como sempre, fazendo piada com sua cara ou tentando constrangê-la, Marina diz:

— *Eu tô falando sério!* Por que nunca foi em casa pra conhecer o pai dela, tipo um jantar? — Suas mãos abandonam o resto do lanche na bandeja e ela limpa a boca com um guardanapo.

Cristiano demora a responder, dirigindo o canudo do copo de refrigerante aos lábios, mas percebe que não há mais nada. Largando-o de lado, pensa no que pode dizer. Por fim, fala:

— Joana e eu temos um relacionamento aberto. E relacionamentos abertos não cobrem eventos familiares.

— Isso quer dizer que...

— Ah é! — ele fala, dando um tapa na própria testa. — Esqueci que você não deve saber esse tipo de coisa porque é uma *careta*.

Embora não diga nada, o rosto de Marina se converte num risinho irônico.

— Nosso lance não prejudica que tenhamos outros lances — ele esclarece com um riso incrustado à voz.

E Cristiano tem de ser sincero consigo: mesmo ela sendo uma chatinha de vez em quando, e mais, muito curiosa a respeito de sua vida, ele está se divertindo bastante em sua companhia.

— Quer dizer que se você quiser sair com outras garotas, ela não se incomoda, e o mesmo com você?

Ele confirma pesadamente.

— Tem noção do quanto isso é estranho? — Marina indaga, franzindo o rosto.

Ele não responde ao comentário dela, limitando-se a dar de ombros. Marina, então, abre a boca para fazer outra pergunta, mas é Cristiano quem fala:

— Agora é minha vez de perguntar. Você já teve algum lance com alguém ou sua caretice aguda não permitiu que alguém quisesse te dar uns amassos? — Ele sorri com malícia, inclinando o corpo para a frente e apoiando-se na mesa.

Ela novamente faz cara feia para ele, que alarga o sorriso.

— Por que você tem que ser tão... *ridículo*?

— Isso quer dizer que não? Ainda é BV? Se quiser, eu posso te ajudar com isso — Cristiano continua com o tom de deboche.

— Sim, eu já tive um namorado — Marina informa, suspirando.

— Caramba! E alguém conseguiu te namorar? — Ele não perde a oportunidade de irritá-la. Em resposta, Marina lhe dá um pontapé por baixo da mesa, arrancando-lhe uma risada.

— A Joana sabe dessa sua história de "lance aberto"? — ela indaga, desenhando aspas no ar.

— É claro que sabe — ele responde, ainda sorrindo. — Jogamos limpo um com outro. Mas e quanto a você? Já teve quantos namorados? Porque, pela sua cara, não parece saber beijar na boca.

Marina não sabe se fica brava ou constrangida com a pergunta dele.

— Eu só tive um — esclarece, por fim. Em seguida, pergunta: — Por que embarcou num relacionamento com a Joana se não consegue abrir mão das outras garotas? Qual o sentido disso?

Cristiano reflete sobre a pergunta de Marina por um momento, mas constata que não tem uma resposta que valha a pena ser dita em voz alta. O que sabe é que, um dia, Joana propôs namoro, mesmo Cristiano apresentando vários argumentos de que não podia oferecer o tipo de relacionamento que ela queria. Contudo, com alguns beijos, amassos e palavras sussurradas ao pé do ouvido, chegaram a um consenso: namoro aberto. Isso deixou os dois satisfeitos naquela época.

— Não é nada demais, Tampinha — ele fala, sem saber o que mais dizer. — Na verdade, é bem comum nos dias de hoje. Assim é mais fácil lidar com as coisas.

— Com *coisas* quer dizer sentimentos?

Cristiano afirma num movimento de cabeça pouco antes de revelar:
— Não quero me ligar a ninguém nem hoje nem nunca.

Marina observa profundamente a expressão amargurada dele quando diz isso, quase como se ocultasse... sofrimento. Será essa a razão de tanto distanciamento emocional das pessoas?

— E quanto ao seu namoro? Por que não deu certo? — Cristiano, interessado em saber mais sobre Marina, pergunta.

Marina suspira, em seguida olha para o outro lado da praça de alimentação.

— Eu acho que ele me pediu em namoro porque esperava mais de mim — Ela acaba confidenciando. — Talvez considerasse que estando num relacionamento comigo seria mais fácil. E todo mundo me disse que ele era um idiota, mas não acreditei. — Marina sorri com tristeza, sentindo uma oscilação desconfortável no peito, rememorando o sentimento de rejeição que se abateu sobre ela na época, quando jurou que seria incapaz de superar o término. Aos 15 anos tudo se torna maior do que realmente é. — Aí, um dia, ele me chamou pra ver um filme na casa dele. Mas ele não queria ver o filme. Ele não forçou nada, mas deixou claro que se eu não fosse levar o namoro adiante, tudo estava acabado. Então eu fui embora.

O jeito como Marina relata o acontecimento desperta em Cristiano uma vontade de tocá-la, de dizer que o cara, quem quer que seja, é um grande imbecil, mas ele se contém.

— Ele ainda estuda no Sartre? — Cristiano sonda, trincando o queixo.

— Não. Os pais dele se divorciaram e ele se mudou de Brasília com a mãe. Mas vamos falar de outra coisa. — Marina abana a mão, exorcizando os fantasmas do passado.

— Tá vendo? — Cristiano diz, olhando para longe. — É isso que quero dizer quando falo que amar e criar elos faz mal — conclui, com a certeza de alguém que sabe do que fala. De certa forma, ele sabe, pois já sofreu muito por causa desse sentimento. Para ele, o amor só conduz a dois destinos: à perda ou à rejeição. E os dois são dolorosos demais. Por isso, uma maneira mais fácil de lidar com ele é deixando-o de lado.

— Não acho que seja o amor que nos faz mal, mas a falta dele — Marina contesta, apoiando as mãos no queixo.

— Não é verdade. Porque são as pessoas que amamos as que mais podem nos ferir.

Marina fica calada por um instante, absorvendo com cuidado tudo que acaba de ouvir. É significativo. E é tão carregado de negativismo que não sabe mais o que dizer. Eles ficam calados por alguns minutos, sem saber como preencher o silêncio depois de tanta franqueza.

— Acho que devíamos ir — Cristiano diz, olhando o relógio de pulso. — Já são 17h10.

— Ah, meu Deus! — Marina exclama sobressaltada, pegando o celular dentro da bolsa. Há quinze chamadas perdidas, somando as de Leo e Ayumi, com quem, àquela hora, deveria estar estudando, e as de Ângela, que provavelmente foi alertada para o fato de que ela não chegou à casa do primo...

— O que foi? — Cristiano indaga, preocupado, pegando as sacolas embaixo da mesa e se levantando.

— Eu não devia estar aqui! Tinha um compromisso com meus amigos e acabei esquecendo completamente!

— Ah... É que o prazer da minha companhia provoca isso mesmo. — Ele não perde a chance de fazer piada, observando-a erguer-se apressadamente.

Eles deixam o shopping e caminham juntos em direção ao metrô. O silêncio estranho volta a acompanhá-los.

— Por que veio de metrô se tem carro? — Marina pergunta, dez minutos depois, enquanto aguardam o trem com destino à estação central.

— Nada em especial — ele responde, indiferente. — Quando não é horário de pico gosto de usar o metrô. Talvez hoje não tenha sido uma boa ideia — completa, mostrando as sacolas.

Marina assente.

Meia hora mais tarde, a garota salta em sua estação. Dá um passo rumo à escada rolante, mas então se volta para Cristiano e grita:

— Escuta, será que pode manter isso em segredo?

— E você acha que eu ia sujar a minha imagem dizendo que passei a tarde inteira com você? — Ele ergue uma sobrancelha, balançando a cabeça de maneira negativa.

A resposta de Marina é um sorriso sincero. Ela espera as portas do trem se fecharem antes de ir para casa.

Cinco minutos depois abre a porta do apartamento, dando de cara com Ângela, que está falando ao celular.

— Ai, Marina, graças a Deus! — Ângela suspira aliviada, deixando o celular cair ao atirar os braços ao redor da garota, apertando-a de forma protetora.

— Mãe, você tá me esmagando! — ela fala, forçando a respiração enquanto dá tapinhas nas costas de Ângela.

— Como é que você desaparece desse jeito?! — a mãe pergunta nervosa, afastando a garota apenas o suficiente para lhe examinar as feições. — Você tem ideia do quanto fiquei preocupada quando liguei pra Cláudia e você não estava lá? — continua dizendo, no mesmo tom carregado.

— Eu acabei me desviando um pouco — Marina fala por alto, sem querer dar detalhes sobre sua tarde, por mais agradável que tenha sido.

— Mas se você me diz que vai estudar na casa do Leo, Marina, é lá que você tem que estar quando eu tentar falar com você! — Ângela prossegue com o sermão, cada vez mais estressada com a atitude da filha. Ela não é dada a esse tipo de comportamento e, como mãe, não pode admitir que comece a agir como Joana. Se João não se incomoda com as escapadas furtivas da filha é um problema dele. Mas Marina não agirá assim.

— Me desculpa, mãe, é que acabei mudando de planos — Marina diz, como se não fosse nada demais. — Imprevistos acontecem.

— É para isso que serve um celular, Marina! Eu te liguei sete vezes e você não me retornou. *Sete!*

— É que nem sempre dá pra avisar. — A garota se defende. — Não precisa se preocupar tanto assim. Ainda nem são 19h.

— Não me venha com esse discurso! — Ângela irrita-se ainda mais. — Eu sou sua mãe, é meu papel me preocupar! Existem pessoas ruins, Marina, que podem se aproveitar de você e...

— Eu não sou tão idiota quanto pensa, mãe. Você pode confiar em mim, sabia? — a garota rebate, cruzando os braços, cansada do tom afoito de Ângela. Esse tipo de zelo a sufoca às vezes. — A tia Cláudia não fica no pé do Leo assim. Nem a mãe da Ayumi.

— Eu não me importo se as mães dos seus amigos não se preocupam com a segurança dos filhos delas. O que me importa é que eu me preocupo com você, queira ou não!

— Não tô dizendo pra não se preocupar, mãe. Só tô dizendo que me sinto sufocada. Sou a única que precisa ligar a cada duas horas pra dizer onde está. Sou a única que precisa pedir autorização pra ir a qualquer lugar.

— Não. — Ângela sacode a cabeça, encarando a filha com um olhar que a menina nunca havia visto. Algo entre mágoa e raiva. — Não se atreva a dizer que o meu excesso de cuidado é algo ruim, Marina. Perdi os meus pais quando tinha 9 anos e tudo que eu mais queria era que eles pudessem ter cuidado de mim como cuido de você, assim... — Ela se interrompe, tomando fôlego enquanto passa as mãos pelo rosto. — Quando tiver seus próprios filhos você vai escolher a forma como quer protegê-los, mas não me condene pela maneira como escolho proteger você. Então, por favor, me avise sempre onde está, com quem está e que horas voltará. Esse é o nosso acordo, não vou aceitar que não o cumpra.

Marina a observa, tentando entender todo aquele desespero.

— Depois eu que sou irresponsável — Joana comenta, cruzando os braços, parando no batente da porta, vindo da varanda. Ela adora se alongar ali enquanto o vento fresco sopra em seu rosto e o barulho das cigarras é intenso por causa da época do ano. Isso incomoda a maioria das pessoas que residem no Plano Piloto, mas, para Joana, é como uma sinfonia e serve de inspiração.

Marina faz cara feia para ela.

— Não se meta, Joana — o pai pede. — Isso é entre elas.

— Olha, mãe, sinto muito, de verdade — Marina declara por fim, querendo encerrar a discussão. — Eu sei que o acordo é que eu avise, mas acabei me esquecendo.

Não devia, mas aconteceu. – A garota espera que Ângela não peça mais detalhes de seu sumiço, pois não quer ser forçada a inventar alguma mentira.

– Tudo bem. – A mãe diminui o tom, aproxima-se e para diante de Marina. – Mas não quero que isso se repita, entendeu? Nunca mais. Não me deixe imaginar o pior. – Ângela apoia a testa na da filha. – Promete?

Marina sente-se culpada ao encarar os olhos assustados da mãe.

– Eu prometo. Isso nunca mais vai se repetir. – Marina suspira. – Bom, agora vou tomar um banho pra descansar. Estou morta – dizendo isso, caminha para o corredor.

– Filha, espere aí! – a mãe fala antes que ela alcance a segurança de seu quarto, livre de perguntas. – Não vai dizer onde se meteu a tarde toda?

– Ah, mãe... Eu tenho 17 anos, ok? – Marina responde, suspirando. – Isso deve me dar algum direito de não precisar fazer um resumo detalhado de todos os meus passos.

– Tudo bem, então... – Ângela fala, depois de alguns minutos, lançando à filha um olhar intrigado.

Marina nunca havia se esquivado de nenhuma pergunta que ela tenha feito. Isso só poderia significar uma coisa: onde quer que ela estivesse, a companhia era masculina.

– Obrigada – a garota fala e, em seguida, entra no próprio quarto.

Sentando-se na cama, abre a bolsa e pega a abelha de pelúcia, recordando-se do momento em que a ganhou. Um sorriso bobo toma conta de seus lábios. Afinal de contas, Cristiano se mostrou melhor do que ela julgava.

Ela toca o colar no pescoço. Muitas revelações para uma tarde que prometia ser trivial, como todas as outras, Marina pensa, alargando ainda mais o sorriso.

Enquanto conjectura, Joana escancara a porta de seu quarto e fica plantada na soleira com um olhar antipático na face, como se pudesse ler os pensamentos dela e considerasse condenável que esteja pensando justo em seu namorado.

– Você devia bater antes de entrar – Marina diz, escondendo a pelúcia atrás da bolsa sem que Joana perceba, com medo de que, mesmo sendo impossível, ela descubra que foi Cristiano quem lhe deu.

Joana mantém o olhar sério enquanto entra no quarto e fecha a porta às suas costas.

– O que quer? – Marina pergunta, umedecendo os lábios, ansiosa para se livrar da presença indesejável.

– Essa história de desvio do caminho... – Joana balança a cabeça de um lado pro outro. – Não engulo. Quero saber onde estava.

Marina observa atentamente o rosto de Joana, tentando processar se realmente escutou o que escutou.

— E no que isso te diz respeito?

— Não me enrola, não, Marina — Joana fala, estreitando os olhos. — O Cristiano também sumiu a tarde toda e não atendeu ao celular.

Marina engole em seco, atenta à garota parada diante dela.

— O que quero saber é... — O olhar inquisitivo de Joana se acentua conforme vai falando. — Por acaso vocês estavam juntos? E acho bom não mentir pra mim porque tenho um radar que capta cheiro de mentira a quilômetros — ela completa, o olhar severo colado na garota pálida à sua frente. Sinal de culpa no cartório.

> As decisões que realmente causam arrependimento
> são aquelas que não tomamos.
> (Hewil Llaugh)

Tomada de decisão

Aflita com a pergunta de Joana, Marina desvia os olhos dos dela, inquisitivos, limpando a garganta algumas vezes enquanto considera a possibilidade de a menina saber que ela esteve, durante toda a tarde, com Cristiano. Será que algum conhecido do colégio os tinha visto juntos e contado à Joana para causar intriga? Será que a *própria* Joana os tinha visto? Ela devia ter medido melhor as consequências de ceder aos apelos de sua curiosidade e ao convite de Cristiano.

— Por que tá pensando tanto numa resposta, Marina? — Joana, implacável, exige uma resposta, cruzando os braços sobre o peito. — Isso quer dizer que estavam mesmo juntos?

Mordendo o lábio inferior, Marina respira fundo, ainda sem encarar Joana, sentindo o coração aumentar os batimentos, sem saber o que dizer.

— Não pode entrar no meu quarto e achar que eu tenho de... dizer pra você onde eu estava – diz, dois minutos depois, no melhor tom de "você não tem esse direito" que pode empregar, dadas as circunstâncias.

Joana estreita os olhos, analisando a fisionomia de Marina, pouco antes de dizer:

— Você deve pensar que eu sou muito burra, né, Marina? Mas já te saquei faz um tempão.

Incapaz de compreender o que Joana quer dizer, Marina deixa os olhos repousarem no rosto dela, tentando encontrar o sentido de suas palavras em sua expressão. Contudo não há nada ali, além de raiva.

— O que quer dizer?

— Você pensa que eu compro essa sua pose de garota certinha como todos os outros? — Joana fala, sorrindo mal-humorada. — Pensa que engana todo mundo com essa mania de ser *boazinha*, de ser *amiguinha*, com seu serviço voluntário, querendo ser o centro das atenções?

— Isso não é verdade, Joana — Marina retruca, movendo a cabeça negativamente. — As coisas que eu faço não são pra chamar a atenção de ninguém. Eu só acho que vir ao mundo e não fazer nada pra melhorá-lo não é o que Deus espera da gente. É por isso que eu...

— Me poupe! — Joana a interrompe, erguendo a mão para Marina com desprezo. — Se gosta de bancar a *Alice no País das Maravilhas* problema seu. Só tem uma coisa que quero deixar clara pra você porque, ao que parece, você ainda não entendeu.

Dizendo isso, Joana caminha pelo quarto, correndo os olhos pela estante feita com caixotes de feira tingidos de branco abarrotada de livros velhos, advindos, em sua maioria, de sebos. Olha para a escrivaninha, também feita de material reciclável, com livros escolares e cadernos empilhados, além de algumas canetas dispostas num porta-objetos feito de garrafa PET. Examina os porta-retratos feitos de papelão, com fotos dela, dos pais e dos dois amigos, também distribuídos pelas prateleiras da estante. Em seguida se vira, observando a parede oposta à cama, em que uma cortina comprida esconde uma arara enorme cheia de peças de roupas, gaveteiros e organizadores contendo sapatos e itens de uso pessoal. Por último, Joana olha para o teto do quarto, de onde pende uma luminária feita com potes de vidro de maionese e lâmpadas coloridas. Mesmo quase tudo ali dentro sendo feito com objetos recicláveis, o quarto é perfeito. Organizado de uma maneira que deixa Joana desconfortável. Nada ordenado demais a agrada.

Marina suspira pacientemente enquanto espera que Joana termine a inspeção de seu quarto. Sabe que ela só sairá dali quando se fizer entender.

— O Cristiano não tem nada a ver com você — Joana diz, por fim, voltando os olhos para Marina. — Ele *não gosta* de você e vive me dizendo que te aturar nas aulas é insuportável com essa sua mania de regras.

— Eu não *criei* as regras, Joana, eu só as sigo — Marina diz, respirando fundo, incomodada com o rumo da conversa. — Como *todos* deveriam fazer.

— Tanto faz. — Joana faz pouco-caso. — O que importa é que ele não vai mudar só porque está indo com você naquele convento. Não pense que ele vai se tornar um par em potencial para você.

— Você só pode estar ficando doida — Marina diz, balançando a cabeça e revirando os olhos. — Eu não tenho culpa se o seu namorado foi pego pichando o muro do colégio e punido por isso.

— Disse bem: *meu* namorado — Joana frisa. — É bom não se esquecer disso.

Marina se lembra do que Cristiano disse sobre ter um relacionamento aberto com Joana. Está na cara que ambos não entendem o assunto da mesma forma. Não pode deixar de sentir pena da garota, defendendo um romance que não tem tanta importância para o rapaz quanto para ela. Pensa em como Joana consegue se contentar com as migalhas oferecidas por ele, mas é incapaz de chegar a qualquer justificativa aceitável para isso. Se a balança pende para um lado mais do que para outro, então não é suficiente. Não para Marina. É triste que Joana não perceba isso antes de se machucar.

— Não se preocupe, Joana — Marina fala, suspirando. — Mesmo que ache que sim, o Cristiano não me interessa.

— Ótimo! – dizendo isso, Joana se vira para sair.

Antes, no entanto, que ela se retire, Marina pensa em algo: talvez Joana, tendo um relacionamento com Cristiano (ainda que não nos moldes tradicionais), saiba um pouco mais sobre ele. O bastante para esclarecer o fato de ele ter um automóvel cujo valor excede bastante o orçamento de um adolescente órfão de origem humilde.

— Ei, Joana, só me tire uma dúvida. Como foi que o Cristiano comprou aquele carro?

— Por que tá perguntando isso? – Joana devolve a pergunta, arqueando as sobrancelhas enquanto vira-se para Marina num gesto automático.

— O Cristiano é só um garoto. É bem estranho ele ter um carro como aquele, principalmente sendo... Você sabe, órfão.

Marina sente-se incomodada com o fato de dizer em voz alta que Cristiano é órfão. O incômodo, ela sabe, é mais um sentimento de compaixão pelo rapaz não ter alguém a quem chamar de família. Ela tem consciência de que há muitas pessoas na mesma situação de Cristiano espalhadas pelo mundo, porque a vida, às vezes, tira mais do que deve de uma só vez. Ainda assim, não torna tudo mais fácil ou menos doloroso.

Marina não consegue ser indiferente ao sofrimento alheio. De alguma forma, ela se sente responsável pelo outro, ainda que seja apenas para chorar junto. Quando ela sai às ruas de Brasília e vê alguém dormindo embaixo da marquise de uma loja ou fuçando uma lixeira em busca de comida, ela sempre olha em volta para ver se alguém mais está prestando atenção em algo além de si próprio e na rotina de suas vidas conturbadas. Mas nunca, nunca há um par de olhos voltado para eles, a não ser para expressar o desgosto que a presença deles lhes causa, como quando uma pessoa em situação de rua entra num ônibus. Sempre há olhares condenatórios, tentando lhes tirar o direito de estarem ali. Isso a entristece porque, para Marina, não enxergar o outro, fechar os olhos para seus infortúnios, é inaceitável. Ainda que pouco possa fazer, ela não é imune ao sofrimento alheio. Para ela, um indivíduo em situação de rua nunca será parte da paisagem. Ela sempre os verá. *Sempre.*

Joana, que até então está encarando o rosto absorto de Marina sem realmente vê-la, pensa sobre sua pergunta, surpreendendo-se com o fato de nunca a ter considerado. É provável que isso tenha acontecido porque o colégio Sartre está repleto de adolescentes ricos e mimados que, com um simples estalar de dedos, têm tudo que o dinheiro pode comprar.

— Acho que ele ganhou num sorteio – diz Joana, incerta, porque se lembra vagamente de Cristiano ter dito algo assim, em algum momento em que ela esteve mais ocupada em beijá-lo do que em prestar atenção em suas palavras. Falando sério, a origem dos bens de Cristiano não lhe interessa, desde que ele seja seu namorado.

— Acha? — Marina franze o cenho.

— E daí?

— Não te preocupa não saber nada da vida do garoto que chama de *namorado*? Tipo, se ele é um traficante de drogas? — Marina indaga, porque está mais inclinada a acreditar nisso do que em uma estória de premiação qualquer.

— Fala sério! Você acha que eu e o Cristiano perdemos tempo conversando sobre a vida um do outro? — Joana pergunta, sorrindo com malícia enquanto move a cabeça de modo negativo. — Tem coisa mais interessante pra fazer do que isso.

Marina, descrente, aspira o ar de forma profunda e lenta. Joana é mais cabeça de vento do que ela tinha imaginado.

— Espero que você não vire manchete em nenhum artigo policial — comenta Marina.

Joana sorri para Marina com fingida simpatia e, em seguida, mostra-lhe o dedo do meio.

Ayumi respira fundo várias vezes, tentando acalmar a ansiedade que a domina. É sempre assim às sextas-feiras, dia de Educação Física. Enquanto ajeita a blusa retorcida do uniforme — mais apertada do que o normal –, elabora uma desculpa mentalmente para dar à professora Fernanda. *Estou com cólica, Fernanda. Será que pode me liberar para ir à enfermaria?* Talvez isso a convença, como em outras vezes. É menos arriscado do que alegar uma simples dor de cabeça. Aí evitará o embaraço de ser a última escolhida, caso tenham de jogar vôlei ou qualquer esporte que exija um time. E mesmo que a professora escolha os times, odeia ver a reação das pessoas quando ela é escolhida à equipe. Sempre fazem uma cara de que estão fadados à derrota. Só porque ela é gorda.

Prendendo os cabelos num rabo de cavalo, Ayumi sai do vestiário e caminha vagarosamente pela quadra em direção à professora, que prepara a turma para um aquecimento. Dinho, separando o material a ser utilizado na aula, encara-a, e ela desvia os olhos, sentindo-se incomodada por ser alvo do olhar dele. Ainda não havia superado a crítica que ele fizera ao seu almoço, dois dias antes.

— Montem duplas para o aquecimento — solicita a professora. — Depois quero dois times para a queimada.

Enquanto alguns alunos vibram de excitação, Ayumi morde os lábios, nervosa. Ensaia mentalmente sua desculpa e, quando acha que está pronta, aproxima-se da professora.

— Fernanda... — murmura, para que ninguém além dela a ouça. — Eu estou com...

— Sem desculpas hoje, Ayumi — Fernanda a corta, encarando-a com seriedade.

— Mas eu... – ela tenta dizer, mas é novamente interrompida.

— Por mais que ache que não, Ayumi, você precisa praticar atividade física. – O tom dela não é severo nem repreensivo, mas a garota só é capaz de ouvir a crítica presente em suas palavras.

Ayumi morde os lábios para evitar as lágrimas. Será que um dia alguém a enxergará além de seu peso? Por que as pessoas se importam e se incomodam tanto com isso?

— Dinho, ajude a Ayumi no aquecimento — solicita a professora, afastando-se em seguida para terminar algumas anotações.

O rapaz se aproxima dela, que não o encara. Só quer que aqueles cinquenta minutos passem de uma vez.

— E aí! – ele cumprimenta, parecendo não saber o que mais pode dizer.

Ayumi responde com um gesto de cabeça, mantendo os olhos cuidadosamente distantes do rosto dele. Percebe que algumas garotas cochicham entre si, provavelmente querendo estar no lugar dela nesse momento. Já reparou que elas fazem de tudo para chamar a atenção de Dinho, mas, talvez por ter namorada, o rapaz não dá a mínima, ainda que a maioria delas seja bonita.

— Pode me dar um de seus braços? – ele pergunta educadamente.

Ainda sem encará-lo, Ayumi obedece.

— Escuta, sobre anteontem, eu...

— Esquece – a menina o interrompe enquanto Dinho estica o braço dela com cuidado. Suas mãos são tão suaves que ela mal sente o toque.

— Não, eu realmente quero que saiba que não quis ser grosseiro nem nada, é que... Às vezes sou um idiota. Mas não falei por mal, então me desculpa.

O tom sincero na voz dele faz com que ela levante os olhos.

— Tudo bem, é que... É difícil lidar com certos comentários — explica ela, dando um sorriso constrangido. — Eu estou tão habituada a ser criticada que... Às vezes as pessoas falam uma coisa qualquer, mesmo não sendo por maldade, e minha mente interpreta da pior forma possível.

— Eu sei o que quer dizer. Em casa, meu pai ainda não engoliu o fato de eu ter trocado de curso — Dinho compartilha, dando um sorriso. — Mas sabe, Ayumi... Me perdoe a sinceridade... Mas você sempre me pareceu o tipo de garota bem resolvida, que não se deixa abalar por comentários alheios — ele fala enquanto alonga as costas dela.

— É fácil fingir que não se importa, Bernardo — ela diz, agradecendo o fato de estar de costas para o rapaz. — Basta dar um sorriso e sacudir os ombros que todo mundo pensa: "Nossa, ela não tá nem aí para o que dizem". Mas quando você tá sozinha, só consegue pensar nas palavras ditas, no quanto elas doem e no quanto você gostaria de corresponder às expectativas de todo mundo. No quanto gostaria de ser... bonita.

Enquanto ela fala, sente o aperto do rapaz se intensificar, num sinal de compreensão.

– Eu entendo – Dinho declara, quando a faz girar para encará-lo. Seus olhos puxados são tão escuros que ele, por um minuto, perde-se, contemplando-os; e sua pele parece de porcelana. – Mas eu acho que a opinião dos outros não deve ser tão importante. Bom, pelo menos não mais importante que nosso amor-próprio. Talvez, se você se olhasse um pouco mais, perceberia que é, sim, uma garota bonita.

Depois dessa frase, Dinho dá um sorriso e vira-se para sair. Enquanto o observa se afastar, Ayumi só consegue pensar no fato de que provavelmente o rapaz mais atraente com quem ela convive tinha acabado de lhe fazer um elogio.

Heitor analisa o semblante fechado de Elisa e sente uma pontada no peito. Gostaria de poder resolver as coisas com ela para que os encontros entre ambos não fossem tão desagradáveis como são.

– E o que quer dizer com isso? – ela pergunta, cruzando os braços na defensiva. – Não tá claro que o meu filho está passando por um momento difícil?

– Eu sei disso, Elisa. E sinto muito – Heitor diz com suavidade, observando a postura rígida dela. – Mas se te chamei aqui é porque me preocupo com o Vinícius.

– Bem, não precisa se preocupar com o *meu* filho – ela responde, subitamente irritada por Heitor se achar no direito de dizer aquilo só por ser o orientador educacional do garoto. – Não é porque ele perdeu o pai que está sem rumo na vida. Ainda tem a mim.

Heitor suspira.

– Não foi o que eu quis dizer – contrapõe, mudando de posição no assento. – E você, como tem suportado tudo?

– Não que seja da sua conta, mas eu estou muito bem.

Ele sabe que é mentira. Pode ver nas olheiras, nos cabelos presos num rabo de cavalo, na ausência de maquiagem.

– Mas não acredito que tenha me chamado pra falar de mim. Então, seja objetivo, por favor. Qual é o problema com o Júnior?

– É que os professores têm notado que ele anda distraído, deprimido e se ausentando mais do que o normal das aulas. Só queria conversar com você para oferecer assistência a ele. Não sei se vocês já têm um psicólogo, mas, para mim, seria uma honra atendê-los – dizendo isso, Heitor estende um cartão de sua clínica a ela, que permanece encarando sua mão estendida por muito tempo até recolhê-lo.

Elisa observa a inscrição no cartão e em seguida dá uma risada irônica, sem acreditar que Heitor pudesse mesmo tentar essa aproximação.

— Você não pode estar falando sério — enfatiza, sacudindo a cabeça. — O que te faz pensar que eu levaria o Júnior para ser atendido na sua clínica? Nós não somos amigos, Heitor, e o meu filho só estuda aqui por ser o melhor colégio de Brasília. Não se engane achando que tem algo a ver com você ou sua família.

— Há outros profissionais lá, Elisa, não apenas eu...

— Para — ela interrompe, olhando-o com desprezo. — Você está ouvindo o que estou dizendo? Eu nunca permitiria que o Júnior fizesse terapia com você ou com qualquer um que indicasse!

Heitor olha os próprios pés, recordando-se do tempo em que costumavam se dar bem. Do tempo em que se amavam e fizeram promessas que não puderam cumprir. Do tempo em que ele partiu o coração dela, transformando-a numa pessoa severa.

— Será que um dia você vai conseguir me perdoar? — pergunta ele, repentinamente.

— Por ter engravidado a garota que dizia que era como uma irmã pra você? — Elisa pergunta com rispidez. — Por ter me feito de idiota e por ter se casado com ela?

— Sim. Por não ter te tratado como eu deveria. Por não ter podido te explicar.

— E tinha explicação? — Elisa indaga, cada vez mais furiosa.

Heitor considera por alguns segundos, em seguida sacode a cabeça em descontentamento, fitando novamente os próprios pés.

— Eu sinto muito, Elisa — murmura, suspirando, porque sabe que não tem mais nada que possa dizer.

— Não sinta — ela contesta, apertando os olhos enquanto observa a aparente sinceridade dele. — No fundo, você só me fez um grande favor, Heitor. Eu tenho certeza de que teria sido muito infeliz com você.

— Talvez — ele concorda, entrelaçando as mãos.

Elisa revira os olhos.

— O seu casamento com a Ângela não deu certo. O nosso não teria sido melhor.

— O meu casamento com a Ângela deu certo, sim — discorda, comedido, levantando os olhos para encará-la. — Temos uma filha maravilhosa, somos bons amigos.

Ela sacode a cabeça, apertando os lábios.

— Que bom que a traição de vocês valeu a pena então — declara, apesar de parecer não achar nada bom.

— Elisa, tudo bem. Não precisa fingir que ficou tão magoada assim – Heitor finalmente fala, cansado do tom condenatório dela. – Afinal de contas, teve um filho pouco tempo depois, não foi?

Com a fala de Heitor, ela se levanta, parecendo ter sido atingida por um soco. Quem ele pensa que é para dizer aquilo para ela?

— Você não tem o direito de me julgar, seu cretino! Você, de todas as pessoas, é a única que não tem esse direito, tá ouvindo?

— Tem razão, me desculpe. É só que...

— Chega! Eu não vim aqui pra remoer o passado ou reatar seja lá o que for com você – ela o interrompe, jogando a bolsa sobre o ombro. – Nunca mais me chame pra falar algo que não seja relevante na educação do meu filho. Afinal, é pra isso que pago este colégio – ela diz e, em seguida, cruza a porta de saída sem se preocupar em fechá-la no caminho.

※

— Sabe, acho que tô começando a concordar com o garoto-problema – diz Ayumi, olhando com uma careta para o sanduíche de pasta de atum em sua mão. – É injusto mudarem o cardápio do colégio para essas coisas sem graça de que você gosta.

— Engano seu, Ayumi. Não gosto de nenhum tipo de carne. Nem de peixe. Só como carne de soja.

— Eca! – Ayumi fala, franzindo o rosto em aversão. – É sério, eu estou em fase de crescimento. Preciso de proteínas e carboidratos – continua a dizer, jogando o sanduíche na bandeja e bebendo seu suco natural sabor laranja. – Sua mãe pegou pesado nessa.

— A decisão não foi da minha mãe, embora a ideia tenha sido – Marina responde. – O conselho escolar aprovou. Isso quer dizer que a sua mãe, que faz parte do conselho, também votou sim para a mudança.

— É bem a cara dela apoiar esse tipo de coisa. Ela detesta que eu coma – Ayumi resmunga, franzindo a testa, desgastada. Um dos passatempos preferidos de Yoko é controlar o que a filha come; para isso, evita comprar qualquer coisa que possa despertar prazer quando ingerida. Ela só não conta com a pequena dispensa da filha, dentro do guarda-roupa. Um segredo só de Ayumi, porque não é da conta de ninguém que ela se farte de doces e besteiras sempre que está ansiosa ou deprimida ou chateada com alguma coisa. Algumas pessoas gostam de comprar; ela, de comer. – Se dependesse da minha mãe, eu viveria de fotossíntese.

— Isso não é exagero, Ayumi? – Leo pondera, olhando-a com desconfiança. – Porque, pelo que vejo, você adora besteiras. Nunca te vi comendo tomate, por exemplo.

— Eu odeio tomate! – Ayumi diz, fazendo careta.

— E a família dele toda, né? Tipo, beterraba, cenoura, pepino...

Ayumi o olha com rigor.

— Tomate é fruta, Leonel, e não legume. Ou seja, ele é da *sua* família, na verdade — a garota acrescenta, dando um sorrisinho, irritada.

Revirando os olhos, Leo responde, sem se ofender com o comentário:

— Você me entendeu, Ayumi. O que eu quis dizer é que precisa melhorar a sua alimentação não apenas pra controlar o peso, mas...

— Tá, senhor nutricionista. Quando eu for ao seu consultório você me passa uma dieta rigorosa. Enquanto isso não acontece, será que pode encerrar a consulta? — Ayumi, impaciente, ironiza.

— Não dá pra conversar com você. — Leo desiste, balançando a cabeça enquanto comprime os lábios em uma linha fina.

— Vocês dois podem parar com isso? — Marina suplica, segurando a ponta do nariz, desgastada pelo conflito incessante entre os amigos. Ambos estão sempre discutindo, independentemente do assunto em questão. Parecem discordar um do outro de propósito, apenas para incitarem confrontos que nunca têm um vencedor, apenas são deixados de lado. — Por cinco minutos? Só pra eu terminar o que estava contando sobre ontem?

Os dois fazem silêncio.

— Eu peguei o metrô — ela continua o relato, descartando um pote de iogurte vazio na bandeja. — E não imaginam quem encontrei no vagão, como uma piada do destino.

— Quem? — Ayumi pergunta, com a curiosidade aguçada pelo tom de Marina.

— O Cristiano.

— Sério? — Leo finge desinteresse, ainda que as amigas leiam em sua expressão facial que essa informação tem bastante relevância para ele. — E pra onde ele estava indo?

— Era o que eu queria descobrir — Marina confessa. Em seguida, vendo como a frase soa inconveniente, pelo menos aos seus ouvidos, reorganiza as ideias: — Quer dizer, como tenho passado um tempo extra com ele, preciso saber se ele é perigoso de verdade ou se tudo não passa de marra, né? Então eu o segui.

— Você o quê? — Ayumi e Leo perguntam em uníssono, descrentes de que a garota sentada diante deles possa ter feito aquilo de verdade. Não condiz com a personalidade dela.

— É, foi uma decisão meio que impulsiva, eu sei. — Marina reconhece, baixando o olhar por alguns segundos, tentando evitar o julgamento dos amigos. — Mas eu precisava fazer isso.

— E pra onde ele foi? — Leo questiona.

— Ao ParkShopping. Mais precisamente, na HotZone. — A garota se recosta na cadeira, sorrindo ao se lembrar do dia anterior, de como Cristiano demonstrou um lado dele que ela nunca imaginou existir, atencioso e simpático, ainda que não perdesse o humor sagaz. Ele a ouviu enquanto falava e compartilhou um pouco de si também. Algo dizia a Marina que aquilo foi muito mais do que Cristiano já ofereceu a qualquer um. E, por algum motivo alheio, a garota não pôde deixar de se sentir privilegiada.

Leo examina a fisionomia perdida de Marina e vinca a testa, enlaçando as mãos sobre a mesa. Há algo no sorriso dela que denuncia lembranças agradáveis. O rapaz se pergunta se isso tem relação direta com Cristiano e, tentando reprimir a sensação inoportuna que se instaura em seu estômago, prefere manter-se em silêncio.

— Eu não acredito! — a voz esganiçada de Ayumi rompe as divagações dos outros dois. — Quer dizer que o lobo mau é, na verdade, um garoto como qualquer outro que gosta de matar o tempo no fliperama? Só tenho uma palavra pra isso: decepcionante. — A garota agita a cabeça de um lado pro outro. — E eu que pensei que ele era líder de uma gangue.

— Espero sinceramente que esteja brincando. — Marina a censura.

— Mas e aí? Suas impressões sobre nosso Lobinho?

Marina dá de ombros, cruza os olhos com os de Leo e percebe alguma relutância nos dele. Pode vê-lo concatenando suas ideias, formulando teorias a respeito do que ela possa dizer. Por isso, precisa ser o mais indiferente possível para não ser descoberta.

— Ele é diferente fora do colégio — comenta, tomando o cuidado de não encarar nenhum dos dois. — Mais tranquilo, sei lá. Quer dizer, o humor ácido é o mesmo, mas ao mesmo tempo... me pareceu que ele poderia se tornar alguém melhor. Então, talvez eu consiga ajudá-lo — explica, indiferente. — Por isso, a partir de hoje, serei mais tolerante e farei de tudo para influenciá-lo positivamente.

— Acha que é capaz disso?

— Não sei, Ayumi, mas vou tentar. O Cristiano merece uma chance. Todos merecem.

— Até mesmo a Joana? — Leo brinca, dando um meio sorriso.

Nesse momento, por ironia do destino, Joana aparece na cantina, parece procurar por alguém, que eles imaginam ser Cristiano. Seu olhar cruza com o de Marina, e ela faz cara de antipatia, passando pela mesa deles sem nem os cumprimentar.

— Essa aí, só um milagre divino — Marina sussurra, agitando a cabeça.

— Gente, e que tal irmos ao "Strike!" mais tarde? — Ayumi propõe, mudando de assunto. — Preciso fazer uma coisa divertida hoje.

— Por mim, tudo bem — Marina responde.

— Legal! — Leo concorda.

Joana encontra Vinícius a três mesas de distância, sentado em companhia da irmã, conversando alguma coisa num clima que ela considera nostálgico, pela forma como parecem desanimados.

– Oi – diz, mordendo o lábio inferior, meio em dúvida de como agir depois de tê-lo destratado.

– Oi, Joana – ele a cumprimenta, olhando-a com certo espanto. – Tudo bem?

– Tudo – ela responde, e em seguida continua: – Será que a gente pode conversar, Vinícius?

– Claro – o garoto assente, dispensando a irmã com os olhos. Revirando os seus, ela se levanta, recolhe seus pertences e sai.

Joana se senta na cadeira que Valentina ocupava segundos antes.

– Eu andei pensando, Vinícius, e...

– Vini – ele interrompe. – Prefiro que me chame assim. É como sou mais conhecido. Quer dizer, a minha família me chama de Júnior, porque meu pai também se chamava Vinícius, então, é meio que uma forma de...

Quando percebe que está falando demais, o garoto se cala.

– Desculpa – fala, entre constrangido e ansioso. – Eu te interrompi. Continua.

Joana dá um sorriso, achando engraçado o nervosismo do garoto.

– Que foi? – Ele deseja saber, encarando-a com desconfiança.

– Nada – Joana responde. – O que eu queria dizer é que topo receber a sua ajuda com Física, se ainda quiser.

Vinícius a examina com curiosidade.

– Por que mudou de ideia?

– Não tenho muita opção – ela responde, com sinceridade. – E não vou dar à Ângela o prazer de me tirar do grupo de dança.

– Já pensou que ela pode estar fazendo isso para o seu bem?

– Os fins não justificam os meios – Joana argumenta, embora não saiba se a frase se encaixa perfeitamente ao contexto.

Ele balança a cabeça em concordância, sem saber mais o que dizer.

– Tudo bem – afirma em seguida. – Eu ajudo você.

– Eu vou pagar pelas aulas, é claro – Joana comenta, recordando-se de que tem o dinheiro de sua mesada guardado para emergências.

– Não quero seu dinheiro – Vinícius declara, apertando a boca.

– E o que quer, então?

– Por que age como se tudo tivesse algum interesse envolvido? – ele questiona, ajeitando-se na cadeira, incomodado.

– Porque sempre tem. As pessoas são assim. Interesseiras – Joana diz. – E eu não vou ficar te devendo nada.

– Já considerou que eu posso estar fazendo isso porque quero ser seu amigo apenas?

Joana o encara, descrente. Se isso for verdade, é a primeira vez que ela vê um garoto se aproximar de uma menina em busca de amizade.

– Você é gay? – questiona, inclinando-se em direção a ele.

– Não – Vinícius diz, sem entender o que essa pergunta tem a ver com o assunto.

– Eu não tô convencida de que quer apenas a minha amizade, portanto vou te pagar.

– Olha, entendo que esteja acostumada a lidar desse jeito com as pessoas com quem convive – Vinícius diz, suavemente. – Mas comigo não vai funcionar assim, Joana. Eu só vou te ajudar se aceitar isso como uma pessoa normal. Isto é, como a ajuda de um amigo. Não preciso do seu dinheiro nem que me pague com favores sexuais, se é isso que tá imaginando – ele acrescenta, e Joana acha divertida a maneira como ele desvia os olhos dos dela ao dizer isso. – Se pudermos ser amigos, ótimo.

Diante da declaração do rapaz, Joana se deixa convencer. Não é de confiar muito nas pessoas, mas imagina que Vinícius não ia se dar ao trabalho de elaborar todo esse discurso se pensasse de forma diferente.

– Tudo bem – concorda ela, suspirando em seguida.

Os dois fazem silêncio por um tempo e ela o observa brincar com o porta-guardanapos distraidamente.

– Eu vi que você e a Tina estavam meio que tendo "um momento" agora há pouco – comenta a esmo. – Aconteceu alguma coisa?

Vinícius a encara por um minuto, tentando decifrar se a pergunta é genuína ou apenas um modo de preencher o silêncio.

– Só estamos lidando com algumas coisas.

Joana continua encarando-o com olhos inquisitivos. Não vai se contentar com a resposta vazia de Vinícius.

– Eu perdi o meu pai mês passado e... ainda tá difícil segurar a barra.

– Poxa, eu sinto muito, Vinícius – Joana diz, compadecida. Afinal, ela sabe bem o que é perder alguém tão importante quanto um pai.

– Vini – ele corrige. – Obrigado.

– Quer falar a respeito?

– Não tem muito o que falar – ele declara, suspirando. – Meu pai era policial e morreu em serviço. Sempre que ele saía de casa, eu tinha a sensação de que era a última vez. Um dia, realmente foi – Vinícius responde, engolindo o nó em sua garganta.

Joana não sabe o que dizer. Na verdade, não há o que dizer. Por isso, segura a mão dele sobre o tampo da mesa.

– É por isso que você tem matado aulas?

O garoto se surpreende com o fato de Joana ter percebido sua ausência na sala de aula. Não imaginava que ela soubesse da existência dele até dois dias atrás, quanto mais que desse por sua falta num ambiente repleto de outras pessoas.

— Às vezes é complicado — ele fala, fechando os olhos e coçando a sobrancelha. — Mas não quero falar disso. Na verdade, era o que eu estava dizendo pra Tina.

— Eu entendo — Joana concorda. — A minha mãe faleceu quando eu tinha quase 2 anos, mal me lembro dela. Acho que o mais próximo que tenho de uma lembrança relacionada a ela é de um dia estar chorando no berço, chamando por ela. Nem sei se é uma memória ou se foi um sonho — confessa Joana, sem saber ao certo por quê.

— É... Pelo menos tive a sorte de conviver com meu pai por tempo suficiente pra criar boas lembranças — Vini comenta, dando um leve sorriso. — Mas chega desse papo. Vamos combinar os detalhes sobre as aulas particulares antes que o intervalo acabe?

Joana concorda, dando um sorriso, percebendo que aquele rapaz não é tão diferente dela, afinal.

─── ✘ ───

A água da piscina está fria, mas ainda assim a sensação de deslizar sob ela é agradável. As braçadas são ritmadas, reflexo da experiência de anos praticando essa atividade física a fim de dilatar e exercitar os pulmões.

Do outro lado, uma pessoa se equilibra na borda, observando a garota flutuando pela água como se fizesse parte dela. Há algo de sensual na forma como ela bate as pernas e os braços, virando a cabeça de um lado para outro, respirando.

Agachando-se enquanto a nadadora para próxima à margem, o telespectador retira os óculos de sol e sorri ante o ar incrédulo que ela lhe lança.

— Oi, Tampinha! — Cristiano cumprimenta ao morder a haste esquerda dos óculos.

— O que tá fazendo aqui? — Marina pergunta, ignorando a saudação dele não por indelicadeza, mas por não conseguir entender o motivo de Cristiano estar ali. Não é como se muitos estudantes visitassem a piscina após as aulas, principalmente por ela estar fechada. Justamente por isso, duas vezes por semana, Marina passa cerca de uma hora ali, exercitando-se para melhorar sua respiração, como orientou seu pneumologista.

— É que a gente tem um compromisso, né? — Cristiano comenta, ainda olhando para Marina com um sorriso provocante.

— E você não aprendeu como chegar à ACSUBRA da outra vez? — Marina pergunta, franzindo o rosto, desconfiada.

— Pensei em te dar uma carona.

– Posso saber por quê? – ela questiona, duvidando das intenções dele.

– Nada demais – Cristiano responde enquanto se ergue com o mesmo sorriso. – Não precisa agradecer.

– Mas não te pedi pra me esperar. – Marina cede à provocação, apertando os olhos. Em seguida, ao se lembrar de que, para influenciar positivamente o rapaz, precisa *parar* de cair nas provocações dele. – Aliás, como sabia que eu estava aqui?

– Tenho meus informantes. – Cristiano continua sorrindo. – Vem cá, não quer sair da piscina? A gente pode aproveitar e passar num armarinho pra comprar as tintas.

Marina permanece encarando o garoto parado diante dela, tentando compreender inutilmente por que ele estava sendo tão gentil.

– Qual é o seu problema? – questiona, estreitando os olhos.

– Meu problema? Nenhum.

– Então por que tá sendo simpático?

– Bem... – Cristiano começa a dizer, então caminha até o banco ao lado da piscina, pegando uma toalha amarela que está ali, supondo ser de Marina. – Acho que esqueceu que te prometi uma trégua – diz enquanto anda de volta para perto da piscina. – A gente até que se divertiu ontem, não foi?

Quanto mais explica, menos Marina confia em suas palavras. Essa mudança repentina de comportamento não a deixa confortável em nenhum aspecto.

– Não sei, não... – fala ela, apoiada nos ladrilhos em volta da piscina. – Eu já não confio em você quando está agindo mal, dando uma de bonzinho então...

Ao ouvir as palavras da garota, ele cai na gargalhada, como se a situação realmente o divertisse. Quando consegue se conter, estende a toalha diante do corpo, convidando Marina a sair da piscina enquanto declara:

– Eu sei que mereço ouvir isso, Tampinha, mas tô falando a verdade. Que tal se me desse um crédito? Por ontem.

Marina continua hesitando, e encara os dedos enrugados das mãos pelo tempo em contato com a água.

– Poxa, eu fiz um trato com você. Será que isso não quer dizer nada? – Cristiano insiste, estalando a língua não por impaciência, mas porque não sabe mais o que dizer para demovê-la. Por mais que Marina duvide, está sendo sincero. Quer realmente conviver em paz com ela até findar o período em que devem trabalhar juntos na ACSUBRA. Quando chegou à sua casa no dia anterior não conseguiu parar de pensar na conversa que haviam tido, na maneira como ela limpou o dedo na boca, inocentemente. Ele não se lembra de ter se divertido tanto há muito tempo. Pelo menos, desde a morte do pai.

Marina comprime os lábios de um jeito desconfortável. Não é exatamente por não confiar na palavra de Cristiano que não quer deixar a piscina.

— Tá bom, a gente pode ir junto pra ACSUBRA — concorda, sem olhar para ele, constrangida. — Mas me espera lá fora — completa.

Cristiano sorri provocador.

— Não seja malcriada, Tampinha. Tô fazendo a gentileza de abrir a toalha pra você, olha só.

— É, mas não precisa. Eu...

— Tsk, tsk, tsk. — Ele move a cabeça negativamente, depois consulta o relógio. — Desse jeito vamos nos atrasar. E acho que a Madre Superiora foi bem clara quando disse que não nos daria outra chance.

— Eu sei. É só me esperar do lado de fora e...

— Desista, Tampinha. Não vou sair daqui sem você. — O sorriso no rosto de Cristiano deixa claro que ele sabe exatamente por que ela não quer sair da água.

> Não havíamos marcado hora, não havíamos marcado lugar. E, na infinita possibilidade de lugares, na infinita possibilidade de tempos, nossos tempos e nossos lugares coincidiram. E deu-se o encontro.
>
> (Rubem Alves)

Encontros inesperados

Suspirando pesadamente, Marina, com o rosto numa carranca de mau humor, diz:

— Você é mesmo insuportável.

Ele ri, pouco antes de dizer:

— Qual é, Tampinha. Não precisa ter vergonha de mim. Prometo não ser muito rigoroso na inspeção.

— Idiota — ela responde. Em seguida, nada até a escada da piscina, parando pouco antes de iniciar a subida para falar: — Como é? Será que dá pra trazer minha toalha?

— Não, não... — Cristiano nega, ainda risonho. — Por que não vem buscar? Já tô sendo gentil demais por mantê-la aberta pra você.

— Eu te odeio, sabia? — Marina resmunga enquanto sai da piscina.

Francamente, não sabe se conseguirá fazer o que se propôs: ajudar Cristiano. Não com esse humor ardiloso que tanto a irrita.

Ela caminha ligeiramente até ele, com os braços ao redor do corpo por causa do frio. E porque está envergonhada pela situação que Cristiano está provocando. Que droga! Ele tinha mesmo que ter ido à piscina?!

Marina para a alguns passos e estende um dos braços, mantendo o outro ainda protegendo o corpo.

— Será que pode me dar minha toalha agora? — pergunta, com a voz trêmula, pois seu queixo bate de frio.

Mas Cristiano ignora sua mão, circulando-a e pousando a toalha em seus ombros, mantendo os braços em volta dela impensadamente.

Marina inclina a cabeça para cima a fim de olhá-lo. O rosto de Cristiano está curvado, fazendo com que ambos fiquem numa proximidade ameaçadora. O olhar dele hipnotiza enquanto o cheiro da loção pós-barba a faz pensar em coisas indistintas: banho de chuva e piqueniques, noites de lua cheia e vagalumes. A intensidade com a qual Cristiano a admira devora qualquer bom senso que ela tenha.

— Só tenho uma coisa pra te dizer — Cristiano sussurra contra a pele dela, soprando a respiração quente em seu rosto, fazendo com que Marina se arrepie.

— Um pouco mais de peito e você seria perfeita. A altura não importa porque te deixa delicada. – Ao fazer tal comentário, ele se separa, deixando-a constrangida e nervosa. Ela precisa de pelo menos um minuto para encontrar a voz e para conseguir encará-lo com um pouco de compostura.

— Guarde seus comentários pra você mesmo! – esbraveja, apertando a toalha sobre o corpo e caminhando para o vestiário.

A tarde na ACSUBRA está sendo um tanto quanto incômoda, pelo menos para Marina, que não consegue tirar os olhos de Cristiano. Para uma pessoa pouco adepta à prática do serviço voluntário, ele até que está se dando bem com as crianças, oferecendo-lhes apoio em diversas atividades, quando as compreende. Sua maior dificuldade, Marina percebe, está sendo a comunicação, pois Cristiano não sabe Libras.

— Espia só, Marina – pede irmã Célia, apontando com o queixo para Cristiano, brincando com algumas crianças, em companhia de Gabriel e Cássia. – Parece que a bronca da Superiora surtiu efeito, né?

Em resposta, Marina dá de ombros, ainda fixando Cristiano de braços cruzados, a certa distância, no quintal arborizado.

— A camisa da ACSUBRA ficou muito boa nele, não acha? – irmã Célia prossegue sorridente enquanto elas continuam observando-o.

Mais um dar de ombros da parte de Marina.

A irmã a observa momentaneamente, então dá um risinho discreto.

— Bem, vou ajudar a preparar os lanches – ela informa, virando-se para se afastar.

— Posso ir com a senhora? – Marina questiona, aproveitando a chance para se distanciar um pouco de Cristiano e de todos os pensamentos que lhe tomam a mente. Ela precisa tentar manter algum distanciamento emocional dele para ver qual a melhor maneira de pôr seu plano em ação para tentar ajudá-lo sem que ele saiba de suas intenções. Talvez a reação não seja muito positiva se descobrir que ela quer fazê-lo voltar a ter respeito por Deus. Esse, de todos, é o seu maior propósito.

— Claro, Marina – a irmã confirma, segurando-a pela cintura. – Assim você pode preparar alguns daqueles seus sanduíches vegetarianos. Aproveitar os últimos provimentos – acrescenta, tristemente.

— A comida tá acabando? Então tá na hora de fazer uma nova campanha de arrecadação no Sartre – Marina fala, sorrindo levemente. Essa não será a primeira vez, de qualquer forma, que ela pedirá apoio aos colegas de escola, e até ao próprio colégio. Ângela sempre dá um jeito de arrumar donativos para a ACSUBRA porque sabe a importância que aquele lugar tem para a filha.

– Ai, querida, sei que a sua intenção é a melhor possível, mas precisamos pensar em algo maior pra arrecadar fundos – irmã Célia pondera, apreensiva. Seus passos arrastados vão diminuindo de ritmo enquanto Marina percebe que há mais por trás de seu semblante preocupado do que a freira deixa transparecer.

– O que tá acontecendo, irmã Célia? – pergunta a jovem, parando para encarar a irmã.

– É que não é só com a alimentação das crianças que estamos preocupadas – ela revela. – Os recursos estão ficando cada vez mais escassos. A paróquia já não tem mais como nos auxiliar no projeto. O padre até entrou em contato com a Superiora, mais cedo. – A irmã suspira pesada e lentamente. – Disse que talvez fosse melhor suspender as atividades.

– Como assim? Essas crianças precisam da ACSUBRA! – Marina desespera-se ante a possibilidade de a instituição ser fechada. – Eu posso falar com a minha mãe, o Sartre talvez possa bancar as despesas do amparo ou então...

– Ei, Marina, acalme-se – pede a freira, segurando as mãos da garota entre as suas. – A Madre Superiora não cedeu. Ainda não. Você sabe que o sonho dela é transformar este lugar em algo que preste a devida assistência às crianças da comunidade surda.

– Eu vou falar com a minha mãe – Marina volta a dizer, decidida. – Vou ver o que ela pode fazer, irmã Célia. Talvez o Sartre seja o padrinho que a ACSUBRA tanto precisa.

– Tudo bem, meu anjo – irmã Célia concorda apenas para não decepcionar a garota. Afinal de contas, ela se importa tanto com aquele lugar quanto as freiras que ali residem. – Mas não pensemos nisso agora – ela fala, balançando a cabeça e tentando recuperar o humor. – Afinal, Deus está olhando por nós. E se Deus é por nós, quem será contra nós?

Assim que termina o preparo de três sanduíches, Marina coloca-os numa bandeja e vai para o refeitório abarrotado de crianças, freiras e voluntários. Procura um lugar para se sentar perto dos outros colegas, mas, percebendo Cristiano sentado próximo às crianças com as quais não pode falar – Marina suspeita de que seja proposital para não ter de conversar com ninguém –, percorre a curta distância até ele e se senta à sua frente.

– Às vezes você podia ser mais sociável, não acha? – Marina pergunta, então pega a jarra sobre a mesa e se serve de suco.

– Às vezes você podia parar de pegar no meu pé, não acha? – Cristiano emenda, suspirando com exagerada profundidade.

— É sério, Cristiano. Fazer amizades é algo saudável — Marina continua o sermão.

— Não vim aqui pra fazer amizade — ele responde, enquanto observa com estranheza os sanduíches na bandeja que Marina trouxe.

Ela franze o cenho para ele, agitando a cabeça, descontente. Nesses momentos, quando o rapaz age como uma criança birrenta, Marina sente vontade de desistir. Não tem muita paciência com joguinhos desse tipo e Cristiano é mestre em sair pela tangente.

— Isso é comestível? — ele pergunta, sem muita convicção de que seja, enquanto pega um dos sanduíches.

Marina o encara, sem acreditar que ele tenha feito essa pergunta.

— É tão... verde — ele critica, porque não é muito adepto à comida saudável.

— É um sanduíche vegetariano.

— Comidas vegetarianas não costumam ter sabor — ele contra-ataca, disposto a devolver o sanduíche para o prato em que veio.

— Então não coma, ok? — Marina reclama, suspirando. — Não é como se eu tivesse feito pra você.

Cristiano a encara mais uma vez antes de morder um pedaço pequeno. Não é tão ruim quanto pensa, apesar de não ter um sabor marcante como teria se tivesse carne no meio de toda aquela alface com tomate.

Enquanto comem, o rapaz olha para Marina, imaginando se ela sempre come aquelas coisas sem graça. Por sua cara, sim. Por isso é pálida desse jeito. Falta de proteína. Se tivesse oportunidade, gostaria de levá-la numa churrascaria para fazê-la se entregar aos prazeres do que é realmente saboroso: uma boa picanha!

— Não sabia que a senhorita Certinha cozinhava — ele comenta, forçando mais um pedaço do sanduíche goela abaixo.

— E não cozinho — Marina responde, indiferente. — Isso é só um sanduíche. Qualquer um sabe fazer.

— Eu faço um excelente — Cristiano concorda, pegando um copo descartável e servindo-se com suco. — Com hambúrguer, ovo, bacon, alface, tomate e muita, mas muita maionese!

Marina o encara, franzindo o rosto com aparente nojo.

— Dá pra parar de falar de carne enquanto eu estou comendo?

— Não sei por que se sente tão incomodada por falar de carne. — Ele agita a cabeça.

— Porque a carne que come já foi um ser vivo. Suponho que os animais não gostem de serem comidos. Pelo menos, eu não gostaria.

Ao ouvir a última declaração, Cristiano a encara e ri.

— Idiota — ela murmura, revirando os olhos. *Duplo sentido ridículo!*

— Eu não falei nada — Cristiano comenta, embora ainda sorria. — Mas, vem cá, não foi pra isso que Deus criou os animais? Para nos alimentar?

— Não fale de Deus pra mim, ok? — Marina pede, sentindo-se levemente irritada. — Você perdeu esse direito quando desistiu de acreditar n'Ele.

— Tá bom, Tampinha — Cristiano responde, contrariado.

— Ótimo! — Marina diz, mordendo mais um pedaço de seu sanduíche.

Nesse instante, um garoto cutuca Cristiano, gesticulando em Libras.

— Ei, Tampinha, o que ele quer? — ele pergunta, chamando a atenção da garota.

— Que você pegue suco pra ele — Marina responde. Mas ela mesma providencia a bebida para a criança.

"Obrigado", o menino agradece em Libras.

Marina, também em Libras, responde ao agradecimento.

Eles voltam a comer em silêncio e a garota fica pensativa.

— Que foi? — Cristiano pergunta. — Por que está me encarando desse jeito?

— Acho que você devia fazer um curso de Libras.

— Pra?

— Pra ficar mais fácil a sua comunicação com os garotos, pra não precisar pedir ajuda toda vez que um deles tentar te pedir alguma coisa.

— Tampinha, só vou ficar aqui dois meses. Não preciso aprender nada. Nem tenho tempo pra isso — ele diz, comendo automaticamente.

— Ah, claro, porque os seus passeios ao shopping são muito mais importantes do que isso, né? — Marina ironiza. — Francamente. É assim que se propõe a ajudar os outros?

— Parece que você tá se esquecendo da real causa de eu estar aqui — Cristiano fala, dirigindo à Marina um olhar bastante sério. — Não me propus a ajudar ninguém. Eu fui *obrigado* pela sua mãe a fazer isso.

— É, mas acontece que...

— Acontece que pra mim isso aqui é um *castigo* — ele a interrompe bruscamente, cansado das cobranças dela. — Não confunda as coisas, Tampinha. Não sou como você, o meu espírito não é de caridade. Eu sou egoísta e encrenqueiro e nada do que você fizer vai mudar isso. — Em seguida, ele se ergue da mesa e sai do refeitório.

Marina, aturdida, só consegue pensar em como as coisas acontecem entre ambos: num minuto parecem amigos e, no instante seguinte, tudo retrocede terrivelmente.

Marina está diante do espelho, analisando sua aparência com uma ruga de insatisfação no meio da testa. Não é dada à valorização exacerbada da beleza, no entanto Cristiano tem razão quando diz que ela tem pouco seio. É praticamente plana no quesito comissão de frente. Suspirando, caminha até a gaveta de meias. Pega algumas e distribui igualmente dentro do sutiã, analisando mais uma vez seu reflexo no espelho. Enquanto está plantada ali, indecisa sobre como seus contornos ficariam caso coloque silicone, alguém abre a porta do quarto sem qualquer aviso, deixando-a sem tempo para encobrir as evidências do que estava fazendo.

— Filha, a Ayumi... — Ângela corta sua frase pelo meio enquanto Marina arranca o bolo de meias de dentro da blusa e atira do outro lado do quarto.

— Ahn... Eu... Ok... — Marina tenta falar algo, umedecendo os lábios, constrangida. Seu coração está acelerado e suas faces em brasa. Sem saber o que dizer, continua fitando a direção contrária à da mãe.

— Desculpa, filha, eu devia ter batido — Ângela fala gentilmente, aproximando-se da garota, observando-a pelo espelho enquanto ajeita seus cabelos sobre os ombros de forma delicada, como só as mães sabem ser. — Meu bem, você quer conversar? Sabe... Sobre garotos e essas coisas? — Ângela tem a intenção de soar casual, no entanto mais parece preocupada.

— Por que tá me perguntando isso? — Marina questiona, desconfortável com o tom da mãe.

— É que, bem... Já tem um tempo que não... não me fala de seus interesses amorosos. Desde o Vítor — conclui, arqueando as sobrancelhas douradas.

— Porque não tive nenhum interesse amoroso desde o Vítor — Marina diz, virando-se para encarar a mãe.

— Tem certeza?

— Mamãe, sabe que é a primeira pessoa pra quem eu contaria, se tivesse — a garota fala, encarando-a. — É a minha melhor amiga e nós não temos nenhum segredo, certo?

Ao ouvir o comentário da filha, Ângela, por um minuto, fica alheia ao momento. Como se tivesse entrado em transe, perdida em reflexões distantes do presente. É tão rápido que Marina sequer percebe.

— Claro — concorda, sorrindo para a menina. — E como anda a "missão Cristiano"?

— Na mesma — Marina responde, perdendo o ânimo de imediato. — Tem horas que ele parece ser uma pessoa legal, mas aí, de repente, a agressividade volta sem nenhum motivo.

— É, eu sei como o Cristiano pode ser uma pessoa difícil — Ângela admite.

— Tenho medo de que fique desapontada se eu não conseguir ser uma boa influência para ele — Marina confessa.

— Que ideia absurda, minha filha! — Ângela responde, enquanto segura Marina pelos braços, encarando suas feições suaves. — Você nunca vai me desapontar pelo que quer que seja. Eu tenho muito orgulho de ser sua mãe, sabia? — acrescenta, comprimindo os lábios, ainda encarando os olhos azuis como topázios, brilhantes e cheios de vida. — Eu tenho muito orgulho de você, Marina, por ser tão generosa. — Ângela a abraça para esconder as lágrimas que brotam nos cantos dos olhos. Seca-as enquanto mantém os braços ao redor da filha porque não quer que ela a veja chorando.

– Eu aprendi tudo que sou com a senhora e com o meu pai. São meus exemplos e as pessoas que eu mais amo no mundo.

Elas ficam abraçadas por alguns minutos, tempo suficiente para que Ângela se recomponha.

– Tudo bem. Eu vim aqui pra te dizer que a Ayumi tá lá embaixo.

– Tá bom. Eu já vou – Marina responde, pegando a bolsa no cabide atrás da porta.

– Marina, 22h – Ângela fala, consultando o despertador da garota sobre a mesinha de estudos, que marca 19h15.

– Sim, mãe, eu já sei. Não se preocupe.

– Se o Dinho não puder te trazer me liga que eu te busco. Não venha sozinha, por favor.

– Eu sei, mãe! – Marina repete, levemente impaciente com toda essa preocupação que julga excessiva. – Tchau – diz, acenando e saindo pela porta do quarto.

Ângela confere o relógio novamente. Duas horas e quarenta e cinco minutos até a garota retornar. Nesse período, seu coração ficará apertado. *Vamos, Ângela, você consegue lidar com isso. Não pode trancá-la numa redoma porque se sente amedrontada todas as vezes que ela tem de sair. Respire fundo.* Concentrando os pensamentos em cozinhar algo para o jantar, Ângela sai do quarto da filha. Não antes de passar os olhos pelo relógio uma última vez.

Marina e Ayumi pedem um táxi até a quadra 505 Norte, localizada no bairro Asa Norte, onde um boliche foi inaugurado há mais ou menos três meses. É um lugar novo e muito bem frequentado, já que é um dos poucos ambientes de Brasília que tem boliche. Muitos de seus colegas de colégio, desde a inauguração, utilizam-no como ponto de encontro da galera.

Algum tempo depois, descem na entrada do "Strike!", o letreiro luminoso vermelho com o nome do estabelecimento ora acende ora apaga, acompanhado de uma bola de boliche e dez pinos, que brilham rodeados por uma luz azul. Conforme o letreiro pisca, a bola faz um movimento em direção aos pinos luminosos, derrubando-os, imitando um strike, daí a inspiração para o nome do boliche.

À esquerda da entrada há um conjunto de mesas coladas à parede do canto, com dez fileiras de duas mesas e quatro lugares em cada uma delas. Grandes janelas dão vista para o lado de fora, já completamente escuro, salvo pela eletricidade que provém de postes. Do lado oposto ficam as pistas de boliche. No total, são vinte. Diante delas, a sete metros de distância, está a lanchonete, cercada por um balcão e banquetas altas. Os materiais para jogar boliche (como sapatos, bolas e luvas) ficam em estantes presas à parede ao lado da lanchonete.

Marina e Ayumi notam Leo sentado numa das últimas mesas desocupadas, sozinho, olhando algo no celular. As duas caminham até ele.

— Cadê o Dinho? – Marina questiona, sentando-se de frente para ele enquanto Ayumi toma o assento ao seu lado.

— Saiu com a namorada, mas vai passar pra pegar a gente na volta – responde Leo. – Vocês vão querer comer alguma coisa? Eu já comi – diz apontando o cardápio.

— Tô morrendo de fome! – Ayumi responde. – A minha mãe me fez comer salada no jantar e acha que isso é o suficiente pra me manter nutrida pelo resto da semana. A primeira coisa que ela disse quando cruzei o corredor para sair de casa foi: *Cuidado com o que pretende comer na rua. Lembre-se, você é o que você come.* Odeio o que ela fala! – dizendo isso, sacode a cabeça, indignada, enquanto recolhe o cardápio, disposta a comer o que pareça ser a coisa mais calórica ali apenas para contrariar os desejos de Yoko.

— Se acalma, Ayumi. Ela só quer o seu bem. – A intenção de Leo com o comentário é suavizar a situação entre mãe e filha, no entanto o garoto consegue apenas despertar a ira da amiga ainda mais.

— Jura, Leo, que vai ficar do lado dela? – A garota exalta-se, batendo o cardápio sobre a mesa. – Você também acha que sou uma garota gorda demais e sem controle algum sobre o que come? Acha que ficarei sozinha porque nenhum cara vai querer namorar alguém com o dobro do tamanho dele?

— Ayumi, para com isso – o garoto pede, encarando-a seriamente. – Não coloca palavras na minha boca. Eu só disse que a sua mãe tá preocupada com a sua saúde, só isso. Deus, você distorce tudo que a gente fala. – Ele suspira.

Ayumi ri ironicamente, no entanto, antes que diga alguma coisa, Marina os interrompe:

— Chega, vocês dois! Não se cansam de brigar? É o tempo todo essas discussões bobas. Já tá ficando chato.

— Tem razão, Marina – Leo concorda, tocando o topo do cabelo, ajeitando-os com os dedos. – Ayumi, me desculpe. Eu não quis te irritar.

A garota apenas balança a cabeça. Em seguida, levanta-se para fazer seu pedido no caixa. Enquanto a aguardam, Leo pergunta:

— Como foi com o Cristiano hoje?

Marina não deixa de notar que a voz do primo sempre fica mais rouca quando falam sobre o rapaz.

— Achei que estivéssemos indo bem, mas... – Ela suspira, fatigada. – O Cristiano é uma muralha de gelo alta demais.

— Por que diz isso?

— Porque ele não se compromete, Leo. Nem parece interessado nisso. Você precisa ver como ele age na ACSUBRA. É como se o tempo gasto ali não fosse útil, sabe? Brinca com as crianças, faz o que as franciscanas pedem, mas... não tem nenhum envolvimento com nada.

— Porque pra ele a ACSUBRA não passa de um castigo, né, Marina? — Leo responde. — E, honestamente, você sabe que nem todo mundo tem perfil pra ser voluntário.

— Foi exatamente o que ele disse. Que era um castigo. Mas como é que ajudar os outros pode ser considerado castigo, Leo?

— Prima, não é todo mundo que tem esse seu coração enorme. — Leo toca a mão dela, sorrindo gentilmente.

— Se todas as pessoas fossem conectadas por um fio invisível que as permitissem sentir o que os outros sentem, aí eu queria ver, Leo, quem seria capaz de fazer mal a alguém ou mesmo ignorar a dor alheia.

O rapaz observa a garota, maravilhado com a forma como ela se coloca no lugar dos outros.

— Mas tudo bem. Eu não vou desistir tão fácil assim.

— Você se importa com ele? — Leo pergunta de repente, analisando a reação de Marina, que congela, olhando as próprias mãos.

— Eu me importo com todo mundo — ela responde, endireitando a coluna, ainda sem olhar diretamente para o primo.

— Mas você se preocupa com o caminho que ele pode tomar na vida, eu quero dizer. — Não é uma pergunta. — Porque, tipo, até ontem você não queria ter de ficar no mesmo ambiente que ele e agora, sei lá... o seu tom, o seu jeito...

A garota respira fundo, finalmente pousando os olhos nos de Leo.

— Primo, eu ainda não gosto da ideia de passar um tempo extra com ele porque sei que somos bem diferentes, mas, sim, eu me preocupo que o Cristiano se perca na vida. Ele não tem alguém pra se preocupar com ele, então... Acho que entendo por que a minha mãe meio que pegou pra si a responsabilidade por ele. Pelo menos, até onde ele deixa. — E conclui, resignada: — Vá em frente, me julgue.

— Como eu poderia? Você é a minha heroína por fazer isso.

Marina sorri em resposta, pouco antes de perguntar:

— Você gosta dele pra valer, né?

Com a declaração de Marina, Leo quase se deixa cair do assento.

— Que ideia, prima! Eu só... não... é que... — Enquanto olha para as mãos, o rapaz tenta juntar as palavras numa frase coesa, mas não consegue.

— Leo, não precisa esconder isso de mim. Não tenha vergonha do que sente... Ou do que é.

— É que... — Ele esfrega os olhos, sacudindo o corpo, nervoso. — É complicado.

— Por causa do meu tio? — Marina pergunta, ainda observando o rapaz, que para de sacudir as pernas, concentrando-se nas mãos. Marco Antônio é um pai exigente, principalmente no que se refere às escolhas dos filhos.

— Não só por ele. Você conhece a minha mãe. Ela pode ser doidinha, mas... Aposto que não vai querer ter um filho... — O garoto engole em seco, sem completar a frase.

— Como pode afirmar isso sem tentar conversar com eles antes? Talvez seja questão de esclarecimento e...

— Marina, você sabe melhor do que eu que não tem diálogo com o meu pai. Ele surtou quando o Dinho trocou o curso de Engenharia por Educação Física. Não fosse a vovó e a tia Ângela, as coisas tinham sido bem piores do que cortar mesada, carro e cartões de crédito. Depois disso, todas as atenções se voltaram pra mim naquela casa. — Leo despenteia os cabelos com os dedos, nervosamente.

— Mais cedo ou mais tarde eles vão saber. — Marina muda de abordagem.

— Prefiro que seja mais tarde. Agora vamos mudar de assunto — Leo pede, e Marina concorda num movimento suave de cabeça.

Nesse momento, Ayumi retorna carregando uma bandeja com dois pastéis e uma lata de refrigerante.

— O que eu perdi? — indaga, enquanto alcança o guardanapo sobre a mesa.

— Nada importante — Leo responde. Em seguida, acrescenta: — Marina, o que pretende fazer pra mudar a atitude do Cristiano?

— Bom... — Ela começa. — O primeiro passo é descobrir se ele tá envolvido com algo ilícito.

— Tipo, com tráfico de drogas? — Ayumi pergunta.

Marina não responde e comprime a boca.

— Você acha que o Cristiano realmente trafica drogas, Marina? — Leo questiona, pousando a mão no queixo, pensativo.

— Não é que eu ache isso, mas... Leo, até o ano passado ele era bolsista. Eu me lembro bem da dificuldade que foi pra vovó concordar com isso. Ela não achava que ele tinha pré-requisito para o Sartre ofertar uma bolsa de estudos.

— É, a tia Ângela cortou um dobrado pra conseguir domar a fera — o menino fala.

— Agora, sem mais nem menos, ele tem um carrão.

— Boatos de que ele ganhou num sorteio correm pelo colégio — Ayumi esclarece de boca cheia.

Marina a olha com ceticismo.

— Não quero parecer desconfiada, mas o Cristiano esconde alguma coisa.

— O Cristiano esconde *várias* coisas — Leo corrige, agitando a cabeça. — Não é como se ele comentasse da vida dele com alguém, né, Marina?

— Isso é verdade — Ayumi concorda, bebendo um gole de refrigerante. — A não ser a Joana, ninguém chega perto dele no colégio. E eu duvido muito de que os dois fiquem de papo fiado. – A garota dá um risinho cheio de significado, e Marina e Leo se obrigam a não pensar sobre o que os dois fazem quando estão juntos.

— Mas daí a achar que por isso ele é um elemento do mal? – Leo fala.

— Eu não disse que ele é um elemento do mal – Marina se defende. – Só disse que preciso descobrir de onde vêm todas as roupas de marca, os relógios, o carro, enfim, o dinheiro que ele gasta nessas coisas.

— É... Que é estranho o Lobinho ter todos esses bens, isso é – Ayumi concorda. – Uma coisa é se tivesse herdado, né? Outra bem diferente é ele chegar no colégio montado na grana de uma hora para outra.

Marina suspira pesado, passeando os olhos mecanicamente por todo o espaço em volta enquanto continua refletindo sobre o assunto. Seus olhos param na porta de entrada do boliche e imediatamente seus músculos travam quando ela vê Cristiano entrando acompanhado de Joana.

Ele também examina o ambiente meticulosamente e seus olhos recaem sobre a garota com cabelos de algodão-doce, que o observa com olhos assustados.

Ora, ora... Ou o mundo é realmente pequeno ou parece que o destino está se divertindo com os dois.

> Como ciumento sofro quatro vezes:
> por ser excluído, por ser agressivo,
> por ser doido e por ser vulgar.
> (Roland Barthes)

Ardendo de Ciúmes

Cristiano termina de pagar pela hora de jogo e vira-se para Joana, que não parece particularmente feliz com o fato de estarem no mesmo lugar que Marina e os amigos.

— Talvez seja melhor cairmos fora daqui — diz, olhando-os com evidente desgosto.

— Sem chance — Cristiano descarta a possibilidade, agitando a cabeça. — Viemos jogar e *vamos* jogar.

— Você é o único que parece não achar essa situação ruim — Joana aponta, franzindo o rosto. — Porque a cara deles não tá muito satisfeita desde que entramos — ela fala, olhando na direção dos três novamente.

— E daí? Eu não vim aqui por causa deles, muito menos vou embora por isso. E dar esse gostinho pra Tampinha? Não mesmo. — Cristiano sorri de um jeito que deixa Joana ainda mais desconfiada. — Além do mais, acho que a gente pode se divertir com os três.

— Como assim?

— Você já vai ver — ele responde e se dirige à mesa em que Marina, Leo e Ayumi estão.

— Ele tá vindo pra cá — Leo diz, olhando para Cristiano. — Por que ele tá vindo pra cá? — pergunta, parecendo se dar conta do que isso significa. Ele, pessoalmente, nunca trocou mais do que duas palavras com Cristiano e, francamente, não sabe se está preparado para que passe disso.

— Calma, amigo. Quer que eu veja se tá com mau hálito? — Ayumi provoca, sorridente.

Leo a fuzila com os olhos castanhos por causa dessa brincadeira de mau gosto. No entanto, disfarçadamente, confere se não está com o hálito desagradável.

— E o pior é que vem trazendo a nojenta da sua ir... — O olhar severo de Marina impede que Leo conclua a frase.

— A gente pode passar por isso como pessoas civilizadas — Marina diz, movendo a cabeça.

— Tem certeza? — Ayumi pergunta retoricamente. — Porque eu não — conclui, pouco antes de os dois pararem ao lado deles. Joana fica mais atrás, em pesado silêncio, enquanto Cristiano fala:

— Oi, Tampinha. Que surpresa te encontrar aqui. Se não te conhecesse bem diria que tá me seguindo. De novo.

Marina vira o rosto para ele ao mesmo tempo em que Joana franze a testa, tentando entender o motivo do comentário. *De novo?*

— Se não percebeu, chegamos aqui primeiro — Marina resmunga.

Cristiano a olha com curiosidade enquanto Marina desvia o rosto, incomodada com a forma como ele age na frente dos amigos e de Joana, demonstrando uma intimidade que, por algum motivo, para ela, é como se fosse algo errado.

Joana estuda a reação de Marina, depois se vira para o namorado, sem saber o que ele está pretendendo. Espera que seja algo mais do que ficar olhando daquele jeito para a garota que ela tanto detesta.

— Como é que é, Tampinha? Não vai me apresentar os seus amigos? — Cristiano indaga, olhando rapidamente de Leo para Ayumi, que limpa a gordura das mãos num guardanapo.

— Este é o Leo, meu primo, e esta é a Ayumi — Marina formaliza, apontando ambos sem grande entusiasmo.

— Muito prazer, cara — Cristiano estende a mão enquanto Leo se levanta para cumprimentá-lo, esbarrando na mesa por causa da ansiedade.

Joana agita a cabeça negativamente, cada vez mais desgostosa com a situação.

— P-prazer — Leo responde, voltando a se sentar. Ayumi recebe o cumprimento de Cristiano de onde está, pois acha mais favorável ficar sentada.

— Cristiano, será que pode se apressar? — Joana fala, batendo o pé, inquieta. Afinal, ele ainda não explicou o que quer com aqueles três.

— Bem, eu estava pensando... Já que a gente se encontrou aqui, que tal uma disputa no boliche?

Marina examina os olhos esverdeados dele tentando encontrar algo semelhante à chacota, no entanto só encontra expectativa.

Joana, por outro lado, parece ter levado um soco no estômago com a proposta feita pelo rapaz, pois ela não imaginava que ele os convidaria para jogarem juntos.

— Olha, a gente agradece muito a sua gentileza, mas vai ficar pra outro dia — fala Marina, coçando a testa, ainda que ela nem estivesse coçando. Ela só queria que Cristiano e Joana fossem embora.

— Tampinha, não seja grosseira — Cristiano diz, cruzando os braços sobre o peito pouco antes de acrescentar, cheio de autoridade: — Vamos esperar por vocês na pista 13 e 14. E não me faça voltar pra te buscar. — Então agarra Joana pela cintura, conduzindo-a para longe.

105

— Essa última frase soou bem ameaçadora – Leo declara, olhando de Marina para Ayumi. – Está claro que ele não vai aceitar um não como resposta. A gente vai ter que jogar com eles.

— Não mesmo – Marina discorda, sacudindo a cabeça negativamente.

— O Leo tem razão, amiga – Ayumi diz, mesmo que também não queira participar de um jogo com Cristiano e Joana.

— A gente não tem que fazer o que ele quer. – Marina resiste, cruzando os braços.

— Prima, você não falou que ia tentar influenciá-lo? – Leo rebate, arqueando as sobrancelhas. – Veja nisso uma oportunidade.

— Eu disse, mas não que faria isso com a Joana por perto. Isso não é uma boa ideia, Leo, e você sabe.

— O que eu sei é que o Cristiano veio em missão de paz. Pelo menos foi o que pareceu. – Leo continua disposto a persuadi-la. – Vamos, Marina, não seja covarde.

— Eu não sou covarde. Não sei por que todo mundo diz isso! – ela fala, franzindo o rosto com impaciência enquanto observa os dois amigos se levantando apesar de seus protestos. – Ótimo! Então é assim? Vocês vão simplesmente me ignorar?

— Marina, aceita que dói menos – Leo fala, estendendo a mão para a prima, decidido.

— Não sei por que se anima tanto quando se trata do Cristiano – Marina comenta mais para si mesma do que para os dois amigos. Em seguida, suspirando, aceita a mão estendida do garoto.

Os três caminham em direção a Cristiano. Em poucos minutos, colocam os sapatos e escolhem bolas de peso ideal para cada um sob os olhares rigorosos dos outros dois. Marina sente Cristiano acompanhando-a meticulosamente. Engole com dificuldade e mantém os olhos bem longe dos dele.

— Quem começa? – Leo indaga.

— Vocês – Cristiano responde, incomodado com a forma como Marina o evita. – Faremos apenas uma partida e revezaremos as jogadas com nossos colegas de equipe. Cada time em sua própria pista. – Ele dá as regras para Leo e Ayumi, os únicos que se preocupam em olhá-lo.

— Fechado – ambos concordam.

— Meninas, eu vou fazer o primeiro arremesso – Leo anuncia, caminhando até a área de arremesso enquanto enfia os dedos nos três buracos da bola.

Os demais se afastam, dando espaço suficiente para ele realizar a jogada. O arremesso de Leo derruba os seis pinos do meio, deixando dois em cada ponta do triângulo, o que caracteriza uma jogada um tanto quanto complicada. O segundo arremesso derruba os dois da direita, totalizando oito pontos, já marcados pelos monitores acima da pista.

— É, queridinho, a sua tentativa foi muito boa, mas pra fazer um strike precisa ser bem menos *delicado* – Joana provoca e, logo depois, caminha para a pista 14 a fim de fazer seu arremesso. Ela acerta cinco pinos no primeiro e os outros cinco no segundo, ganhando um sorriso perfeito de Cristiano em resposta.

Ayumi se aproxima da pista para realizar seu lançamento.

— Toma cuidado pra não cair – Joana zomba, sorrindo. Ela está decidida a infernizá-los o máximo que puder porque estão no lugar errado e na hora errada. Pelo visto, Marina não falou sério quando disse que não ficaria em seu caminho. — Não queremos um terremoto em Brasília, né?

Marina estreita os olhos, respirando fundo, começando a se irritar com as provocações estúpidas de Joana. Se ela quiser aborrecê-la, tudo bem, mas se meter com seus amigos, isso ela não permitiria. Não mesmo!

Ayumi comprime os lábios com mais força, fingindo não ouvir a piada maldosa de Joana, e alinha-se na área de arremesso. Seu lance manda a bola direto para a canaleta à esquerda, indo para o fundo da pista sem tocar nenhum dos dez pinos, tamanho o nervosismo que sente por ser observada. Como já suspeitava, Joana ri. Magoada, ela caminha até os amigos, de cabeça baixa, mordendo a parte interna da boca para conter a vontade de chorar. Não pode fazer isso ali, em público. Não, a Ayumi que eles conhecem não age assim.

— Calma, Ayumi. Ignora essa cobra. A gente sabe que você é ótima no boliche – Leo fala, massageando os ombros da amiga. — Não liga para os comentários estúpidos dela. O que ela quer é te desconcentrar.

— É isso aí, Ayumi – Marina fala, sorrindo com cumplicidade. — Afinal, foi você quem me ensinou a jogar, lembra?

A amiga sorri de volta, agitando a cabeça positivamente, entretanto a vontade de chorar não diminui.

— Vocês estão fazendo jogo lento – Joana cantarola, ainda importunando. Não pode evitar o sorriso de contentamento que invade seus lábios. Incomodar aqueles três lhe dá uma sensação de quase felicidade. Aliás, ser feliz é uma coisa que há muito tempo não sabe exatamente o que é. O máximo que consegue experimentar são pequenos momentos de prazer. Curtos, temporários, mas suficientes para tornar a vida um pouquinho melhor.

Marina olha para Joana, condenando-a, depois indica a Ayumi a bola, no retorno de bolas. A garota caminha até lá, recolhe-a e volta para a área de arremesso. Sua próxima jogada derruba apenas três pinos. Não porque seja uma má jogadora; são as companhias que estão atrapalhando. Não gosta de ser observada. Não dessa maneira.

— Tô sentindo que essa vai ser moleza – Joana diz, fitando Marina com desdém.

— Acho que vai mesmo — Cristiano também provoca, fixando os olhos em Marina. — Seu time não parece lá essas coisas, Leo. Acho que se você e a Ayumi não conseguiram, a Tampinha não vai nem chegar perto de um strike.

Leo sorri com a brincadeira, e Marina, de cara amarrada, olha para Cristiano. *Desse jeito é melhor,* ele pensa. A raiva vale mais do que a indiferença.

Durante aquele espaço de tempo, Cristiano faz sua jogada, conseguindo, como Leo, derrubar seis pinos. Os outros quatro também vão embora no segundo lance.

— Muito bom, gato — Joana cumprimenta, dando um beijo nos lábios dele.

— Marina, é a sua vez. Orgulhe a gente — Leo fala, apontando o indicador para ela. A resposta que Marina dá é um aceno discreto de cabeça. Não quer ser dominada pelo espírito competitivo, mas precisa calar Cristiano e Joana. Eles não podem agir desse jeito, zombando dela e de seus amigos.

Pensando nisso, ela toma a frente. Olha rápido para Cristiano, que cruza os braços, observando seus movimentos com um sorriso debochado. Isso a irrita ainda mais. Marina coloca os dedos nos buracos da bola escolhida e vira-se para a pista, estudando calmamente qual é a seta mais apropriada para tentar o arremesso.

— Você não acha que a bola é pesada demais pra você, Chaveirinho? — Joana tenta tirá-la do sério.

Marina não se dá ao trabalho de responder ao comentário. Ao contrário, fecha os olhos, concentrando-se em sua jogada, a única coisa que importa no momento. Ela fica ereta, segurando a bola junto ao corpo, na altura do peito, imaginando que os pinos são os adversários. Depois deixa o pé esquerdo um pouco à frente. Seu segundo movimento é conduzir a bola para a frente, saindo também com o pé direito. No segundo passo, ela desce o ombro, estica o braço direito, balançando a bola para baixo e para trás, ao mesmo tempo em que estende o outro braço a fim de manter a estabilidade física. Em seguida, sem flexionar o cotovelo, tenta fazer com que a bola ganhe impulso, permitindo que o movimento atinja o máximo possível a altura do ombro. Quando está próxima à linha de falta, traz o braço para a frente e solta a bola na pista, mirando os pinos centrais. Seu braço continua no movimento mesmo depois de a bola já estar voando a toda velocidade. A perna direita está flexionada atrás da esquerda enquanto os olhos observam a bola preta deslizando na pista e batendo nos pinos do meio, desestabilizando todos os restantes e espalhando-os num perfeito strike.

Marina e os amigos vibram de alegria enquanto Cristiano fica admirado. Ela olha sorridente para cada um dos adversários. Joana parece chocada, mas Cristiano retribui o sorriso. Essa reação inesperada a faz desviar os olhos. Não era para ele sorrir. Era para ele ter a mesma reação que ela!

Marina repete o strike mais duas vezes, não deixando dúvidas a Cristiano de que é uma jogadora experiente. Na jogada seguinte, contabilizando sete na partida que disputam, Marina derruba quatro pinos no primeiro arremesso e depois seis no segundo, passando a vez para seus adversários.

Cristiano se aproxima dela.

— Tenho que te dar os parabéns pela façanha – diz, com as mãos nos bolsos.

— Obrigada – Marina agradece, olhando para o chão, sem coragem para fitá-lo, sobretudo porque Joana está na outra pista, talvez os observando.

— O que há de errado com você? – Cristiano pergunta, franzindo o cenho.

— Não tem nada de errado comigo.

— Então por que não olha pra mim quando falo com você? – O tom de Cristiano sobe alguns decibéis, pois está se sentindo cada vez mais impaciente.

— Não sou obrigada a fazer o que você quer – Marina responde, finalmente levantando o rosto para encará-lo. Sua expressão é tão irritadiça quanto a dele. Será que ele não percebe que há mais pessoas ali e que uma delas é a *namorada* dele, alguém que pode imaginar *coisas*?

Ambos continuam se encarando com severidade por longos minutos. Então, para completo espanto de Marina, Cristiano sorri.

— Aposto contigo que sou capaz de corrompê-la muito antes de você conseguir me redimir – dizendo isso, ele se afasta ciente de que, mesmo que jogue bem, naquela disputa está fadado à derrota.

— É, Joana, pelo visto nessa você se deu mal – Ayumi tripudia, e ela e Leo riem quando os monitores mostram que os três tinham vencido com uma boa vantagem na pontuação.

— E pelo visto esse jogo não foi a única coisa que você andou ganhando ultimamente – Joana afirma, olhando-a com frio sarcasmo.

— O que quer dizer com isso? – Ayumi pergunta, parando de sorrir.

— Que você engordou mais, queridinha, é óbvio. Dá pra ver na forma como as costuras da sua calça estão espremidas – Joana fala, dando um risinho nada amistoso, analisando a outra de cima a baixo.

— Por que não cuida da sua vida, Joana? – Leo intromete-se, unindo as sobrancelhas, revoltado com o que ela acabou de dizer.

— Só tô dando uma dica – Joana diz. – Se ela quer ter um namorado devia controlar o apetite. Afinal, é a primeira japonesa acima do peso que eu conheço. Pelo visto, não deve comer só peixe cru – ela diz, maldosa.

— Para com isso, Joana! – Marina fala, tão revoltada quanto o primo.

— Tô falando alguma mentira?

Ayumi não quer continuar ouvindo os comentários cruéis de Joana e se dirige para a saída. Leo tenta detê-la, no entanto a garota pede para ser deixada em paz e sai apressada pela porta do "Strike!".

— Satisfeita? — Leo questiona, olhando-a atravessado. — Devia se envergonhar de ser tão imbecil.

— Você é quem devia se envergonhar de babar no *namorado* dos outros, ainda mais sabendo que ele não é gay — Joana responde, agressiva.

— Cala essa boca, sua cobra! — O rapaz dá dois passos em direção a ela, mas é imediatamente bloqueado por Marina.

— Leo!

— Essa, essa... — Leo respira intensamente enquanto alterna o olhar entre Joana e Cristiano, que segura uma bola de boliche nas mãos, assistindo o desenrolar da situação como se não tivesse nada a ver com ela. — Isso é mentira! — garante, nervoso.

— Mentira? Até parece. — Joana revira os olhos.

— Joana, será que não consegue fechar a droga da boca?! — Marina interpela, ainda contendo o primo.

— Você não tem o direito de... de falar essas coisas, de... — Leo desliza os dedos pelo cabelo, tentando controlar a respiração.

— Vem, Leo. Vamos procurar a Ayumi. A Joana não vale nosso tempo. Nem um deles vale — acrescenta, dando uma última olhada em Cristiano antes de puxar o primo pela mão.

Ayumi sente o vento frio golpear as bochechas enquanto caminha pelo estacionamento quase vazio, sentindo as lágrimas aflorarem nos olhos. Ela queria, de verdade, ser forte como finge que é.

"Você acha que meninos da sua idade se interessam por quilos extras?", recorda-se de a mãe dizer, mais cedo, à mesa do jantar, porque ela reclamou de ter de comer apenas salada enquanto Yoko e Akira comiam algo mais substancial.

"Yoko, por favor!", Akira pediu, endireitando os óculos. "Você sempre tem que transformar as refeições num momento desagradável?"

"Você mesmo, Akira", Yoko disse, apontando o garfo em direção ao marido. "Você só se interessou por mim porque eu era *magra*. Não te culpo por isso, porque é a natureza humana que seleciona o que é ou não belo e nós precisamos nos adaptar. A vida é assim desde que o mundo surgiu. Além do mais, não é questão apenas de beleza, mas de saúde. Ayumi, não vê a Marina? Toda delicada, como uma boneca. Você não tem vontade de ser como ela?"

"Claro, mãe. Se eu pudesse me transformaria nela. Assim, quem sabe, você me amasse." Dizendo isso, a menina se ergueu da mesa, pegou a bolsa que estava em cima do sofá e saiu, ainda ouvindo o pai dizer: "Contente?".

Ser sempre comparada aos outros, no final das contas, machuca mais do que o sobrepeso em si. O que a mãe pensa dela, as coisas que fala, as cobranças que faz, sem ter ideia do quanto ela se sente mal por não conseguir, apesar do esforço, agradá-la. Se Ayumi quer ser magra? Se ela acha Marina linda? Se ela está satisfeita quando se olha no espelho? Se gosta de piadinhas sempre que anda pelos corredores? Se está feliz consigo mesma? São perguntas que se faz todos os dias, perguntas para as quais já têm resposta. Yoko não precisa, então, torturá-la diariamente com o mesmo discurso porque Ayumi já faz isso o suficiente.

Depois de alguns minutos caminhando, ela para perto de um poste, forçando para fora tudo o que está no estômago, sentindo de imediato algum conforto com o gesto.

– Ayumi? – Ouve alguém chamar às suas costas, aproximando-se com passos ruidosos. – Você tá passando mal?

A garota limpa a boca na manga da blusa, imaginando que a situação não pode ficar pior. Respira fundo, ainda sem se virar, comprimindo os lábios numa linha fina. Tenta secar os olhos e se recompor minimamente antes de declarar:

– Eu tô bem. – Sua voz sai fina e ela engole em seco. Então ela gira lentamente para encarar a figura mal iluminada de Dinho, com seus cabelos dourados na altura das orelhas. De imediato, os olhos dele procuram em seu rosto algum sinal que indique que esteja doente. – Tô bem, não esquenta – Ayumi responde, voltando a limpar a boca, ainda que saiba que isso não anulará o gosto amargo que sente. – Deve ter sido... Só alguma coisa que comi. – Mente, forçando um sorriso.

– Vem. Acho melhor se sentar – ele convida, estendendo a mão para ela e ajudando-a a caminhar até o carro que pegou emprestado da mãe. Abre a porta do passageiro para que ela entre. Ayumi recosta a cabeça no banco enquanto ele dá a volta, entrando do outro lado.

– Tem de tomar cuidado com as coisas que come na rua – ele comenta, dirigindo a mão ao teto do carro a fim de acender a luz interna. No entanto, Ayumi o impede porque não gostaria de ser vista fora da penumbra.

– Até você? – questiona ela, franzindo cenho enquanto o encara no escuro. – Tem de me dizer o que devo ou não comer – esclarece, ríspida. – Tô realmente cansada disso!

– Talvez só estejam preocupados com você – Dinho fala. Em seguida, inclina-se sobre ela para abrir o porta-luvas do carro, vasculhando-o em busca de alguma coisa.

– Boa desculpa – ela resmunga enquanto Dinho lhe estende algo. – O que é isso?

– Bala de menta – ele responde, e não diz mais nada. Ela o encara por alguns segundos, então pega a bala na mão, agradecida. Assim que a coloca na boca, sente o gosto forte diminuir.

– Desde quando faz isso? – Dinho questiona depois de alguns minutos de um profundo silêncio, em que decidia o quanto sua intromissão seria bem-vinda.

Ambos não são próximos o suficiente para o rapaz tomar essa liberdade, no entanto se sente na obrigação de alertá-la.

— Isso o quê? — Ayumi pergunta, fingindo não entender a que ele se refere.

— *Isso* — ele repete com mais ênfase.

— Eu não fiz nada, ok? — ela nega, sentindo o celular vibrar dentro da bolsa. Vê que é uma mensagem de Marina e rapidamente responde, dizendo onde está. — Esquece essa história.

Dinho não responde, considerando a negação da menina um sinal de que as coisas são piores do que julgava. Ficam mais alguns minutos calados, então ouvem as vozes de Marina e Leo se aproximando.

— Você pode me fazer um favor, Bernardo? — Ayumi pede, mordendo o lábio inferior. — Não conte a eles o que aconteceu.

— Talvez *você* devesse contar — o rapaz fala após alguns segundos.

Observando-a endireitar-se no assento, ele percebe, ainda que não a conheça tão bem, que Ayumi guarda um grande sofrimento dentro de si. Sentimentos acumulados, ele sabe, são como uma represa cheia demais, prestes a se romper ao menor sinal de agitação.

> É inútil obter por piedade aquilo que desejamos por amor.
> (Victor Hugo)

Sentimentos secretos

— Qual é, gato? Não tô te reconhecendo — reclama Joana, mantendo os braços cruzados sobre o peito enquanto Cristiano para o carro num semáforo.

— Por quê? — ele pergunta, relaxando as mãos do volante por alguns minutos, tempo suficiente para que o sinal abra.

— Porque tá brigando comigo por algo que costumamos fazer o tempo todo.

— Não tô brigando com você — Cristiano nega, movendo a cabeça. — Só acho que passou da conta.

— Você não vive chamando a Marina de Tampinha?

— É diferente, Joana. Eu chamo a sua irmã de Tampinha apenas pra implicar com ela, não pra humilhar.

— A Marina não é minha irmã! — Joana rebate furiosa.

Ele suspira com força.

— Você anda muito estranho. Agora defende a Marina o tempo todo. Parece que...

— Parece que o quê, Joana? — Cristiano indaga, irritado. — Você sabe que não gosto de meias-palavras.

— Nada, nada — ela diz, comprimindo os lábios, não querendo aumentar a discussão. — Só acho que essa sua convivência com ela tá te tornando coração de manteiga.

— Não tem nada a ver — Cristiano fala, entrando no setor de Superquadras Sul. — Caramba, você não sabe nem se a Ayumi tem algum problema hormonal e sai falando que ela engordou! E quanto ao Leo, ele pode muito bem não ser homossexual. E, ainda que seja, isso não é da sua conta.

Joana segura a ponta do nariz, irritada. Em sete meses de relacionamento, era a primeira vez que ela e Cristiano pareciam não se entender.

— Você detesta a Marina a ponto de perturbar os amigos dela. Por quê?

Ela observa Cristiano, tentando decifrar o motivo da pergunta, mas, uma vez que a máscara bonita e fria dele permanece insondável, responde:

— Porque, por causa dela, perdi a única coisa que me importava.

— Por que a Joana te odeia tanto, prima? — Leo pergunta, de repente, enquanto o irmão dirige até a Asa Sul para deixar Marina em casa.

A garota respira fundo, olhando para o vidro do carro. Aquele assunto não é um dos seus preferidos, mas talvez seja a hora de compartilhá-lo com os amigos.

— Porque, por minha causa, ela perdeu a coisa mais importante na vida dela — revela, desanimada.

— Como assim? Explica isso direito. — Leo vira-se para trás, encarando-a. No outro canto do banco, Ayumi fita o vidro, absorvida nos próprios pensamentos.

Dinho olha para ela pelo retrovisor, movendo a cabeça imperceptivelmente.

— A Joana tinha uma cadela de estimação. Ela era praticamente da família. E quando nossos pais se casaram, o João a doou por causa da minha asma — Marina conta, sentindo-se culpada, como sempre se sente quando toca nesse assunto. — Enfim... Talvez ela tenha razão, né? Eu fiz com que perdesse o animal que tanto amava.

— Mas não é sua culpa — Leo responde. — Você não escolheu ter asma.

— Mesmo assim, não foi justo com a Joana.

— Eu não sinto nenhuma pena dela se querem saber — Ayumi finalmente se manifesta, voltando a atenção para o interior do carro. — A Joana é uma invejosa, isso sim.

— De quem você acha que ela tem inveja? — Leo pergunta, erguendo a sobrancelha.

— Da Marina, claro. Por ter a vida que ela gostaria de ter.

— Eu fico pensando... — Cristiano fala, depois de ouvir a história narrada por uma Joana cheia de rancor. — Será que isso não é inveja?

— E por que eu teria inveja da Marina? — Joana diz, franzindo o rosto.

— Porque ela tem uma mãe e você, não.

Joana permanece parada, olhando para Cristiano, que não a encara de volta, ocupado em dirigir. Os olhos dela umedecem pela aspereza das palavras. Pela verdade contida nelas.

— Eu *tenho* uma mãe — responde, trincando os dentes.

— Mas a sua mãe tá morta e a dela, viva — Cristiano fala, sem perceber como soa agressivo.

— Ela continua sendo a minha mãe, mesmo morta — Joana diz, contendo o choro.

Cristiano não responde, preferindo o silêncio de seus pensamentos.

— Você se lembra da sua mãe? — Joana pergunta, olhando para o vidro fechado do automóvel, magoada demais para confrontar Cristiano. — O cheiro, a voz...

— Infelizmente, sim — ele fala, secamente, mantendo as mãos firmes no volante. O cheiro de velas, a voz da mãe, repetidas vezes, ditando regras e castigos, não é algo fácil de se esquecer.

— Eu não tenho nenhuma lembrança da minha — Joana comenta com rancor. — A vida foi tão injusta que a tirou de mim antes que eu pudesse gravá-la em memória. — A menina faz uma pausa, olhando para o para-brisa, observando um ponto incerto. — A sua mãe... Do que mais sente falta?

— Joana, vamos deixar uma coisa bem clara: não gosto de reviver o meu passado, valeu?

— Desculpa. Eu sei que às vezes você me acha invasiva, mas... não aguento mais aquela casa, não aguento o meu pai, a Ângela ou a Marina. Eu queria ser como você. Sozinha. Não ter ninguém pra me aborrecer.

— Joana, você não pode querer isso — Cristiano contradiz ríspido, franzindo o rosto, aborrecido pelas palavras dela. Em seguida, para o carro no estacionamento do prédio em que ela mora e desliga o motor e os faróis, deixando-os na penumbra, iluminados apenas pelas lâmpadas do próprio estacionamento. — Você não é como eu. — Ele suspira, recostando a cabeça no encosto do banco, cansado.

— Como pode saber?

— Porque você tem uma família. E eles são os únicos que te amam de verdade. — Cristiano recorda-se por um momento do próprio pai. Como sente falta dele...

— Você faz questão de me lembrar de que não gosta de mim, né? — Joana rebate, apertando os lábios.

Com essa declaração, Cristiano abre os olhos, encarando a garota. Dentro do carro está um pouco escuro, mas é possível ver os olhos de jabuticaba brilhando intensamente.

— Eu gosto de você, Joana — explica, tocando os cabelos dela. — Pra caramba. Mas não te amo nem estou apaixonado por você. Como eu disse lá atrás, quando quis começar este relacionamento, não busco por um lance mais do que casual. O que há entre a gente é físico.

— Eu não me esqueci disso — ela fala, movendo a cabeça. — Meu ponto de vista não mudou: por mim, tá tudo bem, Cristiano. — Faz tanto tempo que ela não o chamava pelo nome que a palavra soa estranha aos próprios ouvidos.

— Sem cobranças, sem sentimentalismos?

Ela concorda num gesto de cabeça.

— Isso me deixa mais tranquilo — ele diz, sorrindo de leve enquanto toca o rosto dela.

Joana sabe. Foi por isso que não quis tirar satisfações com ele quando foi conversar com Marina mais cedo no boliche. Foi por isso que não questionou os sorrisos que ele deu para ela. Foi por isso que não perguntou o que ele quis dizer com *parece que está me seguindo. De novo.* Porque o lance de ambos é aberto, movido apenas por química, nada de amor. Faz tempo que Cristiano não ama. E faz tempo que ela abandonou a ideia de ressuscitar esse sentimento dentro dele. Não quando ela mesma não sabe se ama alguém àquela altura do campeonato. Tudo que sente é uma grande confusão de raiva, medo, ansiedade e outras coisas que nem pode nomear, mas que não parecem nem próximos de sentimentos bons.

Ambos fazem silêncio por um tempo.

— Sente muita falta da sua mãe, né? — ele pergunta, observando-a mover os cílios carregados de rímel.

— O tempo todo — Joana revela.

— É uma pena que não tenha lembranças dela — ele diz, e realmente parece falar sério.

Joana concorda num movimento sutil de cabeça. Com a morte de Lívia, João afastou todas as suas lembranças: fotos, pertences, absolutamente tudo. À Joana restou apenas o nome e as poucas histórias que ele lhe contou. Por mais que tenha pedido, nunca obteve mais do que isso. Nem a sepultura da mãe ela pode visitar porque fica no Sul, onde eles moraram até poucos meses depois da morte de Lívia, quando Joana tinha pouco mais de 1 ano.

Cristiano a encara com pesar. Se há algo em comum entre os dois é o fato de fingirem não se importar. Ele toca o rosto dela, deslizando a mão por seu queixo e parando ao alcançar o colo liso e moreno.

Joana inclina a cabeça em direção a ele, que completa a distância para beijá-la.

— Por que não podemos ir pra sua casa? Assim ficamos mais à vontade — ela pede, pulando para o colo dele enquanto puxa seus cabelos, curvando a cabeça para trás conforme a boca de Cristiano escorrega por sua garganta.

— Porque não faz parte do acordo — ele responde com a boca contra a pele cheirosa dela. Suas mãos deslizam pelas costas de Joana, encontrando a barra da blusa. Antes que possa tomar qualquer outra atitude, alguém bate no vidro do carro, do lado do carona. Há duas pessoas do lado de fora.

— Oh, ótimo. Papai veio buscar a filha — Joana diz, afastando-se de Cristiano a contragosto.

Cristiano desce o vidro elétrico do Jeep quando a garota volta para seu assento.

— Desce e entra — Ângela ordena, curvando o corpo para encarar o interior do carro. João, ao seu lado, tenta manter uma expressão impassível. Sua vontade, no entanto, é socar aquele rapaz por tomar liberdades com sua filha dentro de um carro, em frente à sua casa.

Joana desce de cara amarrada, passando por Ângela e João e entrando no *hall* do prédio.

— Bem, eu já vou — Cristiano fala, preparando-se para girar a chave na ignição do carro.

— Só um aviso, Cristiano — Ângela diz, detendo a mão na porta do carona. — Da próxima vez que sair com a Joana vai trazê-la *antes* das 23h. Estamos entendidos?

Cristiano afirma num gesto de cabeça, constrangido por ser repreendido, no entanto sem poder contrariar Ângela.

— Até amanhã — ela acrescenta, pouco antes que ele possa manobrar o carro e partir.

Leo e Dinho entram em casa conversando sobre uma trivialidade qualquer, mas se calam assim que notam o pai sentado no sofá da sala, lendo algo no tablet. O olhar dele avalia o rosto do filho mais velho com severidade.

— Achei que tinha ficado claro que não deveria pegar o carro pra sair — fala, retirando os óculos de leitura.

— Eu não usei o seu carro, pai — Dinho declara enquanto coloca a chave no aparador, dentro de um vaso de cristal.

— Não interessa de quem o carro é — Marco Antônio contesta, movendo a cabeça. — Não quero que pegue. Você foi claro quando disse que podia se virar sem o nosso apoio, então se vire.

— Eu tenho me virado, se quer saber. — Dinho sobe a voz, irritado.

— Diga isso quando viver debaixo de seu próprio teto — o pai fala, estreitando os olhos.

— Não esquenta, não, pai. Não vai demorar muito pra eu sair daqui.

— Com seu salário miserável de estagiário no colégio da sua avó? Pelo visto, não tem nenhuma noção de economia, né, Bernardo? Se não tivesse trocado seu curso por Educação Física andaria bem mais informado.

— Eu não vou ter essa discussão de novo, pai — Dinho fala, esfregando o rosto. — E não se preocupe. A partir de hoje não uso mais o carro da mãe. Boa noite — prossegue, indo para a escada e subindo com passos pesados.

Marco Antônio agita a cabeça. Em seguida, dirige-se a Leo, que estava calado até então.

— Você viu, não viu? Esse moleque devia aproveitar as oportunidades que recebe, mas não, ele joga tudo fora. E ainda acha ruim que eu não aprove.

— Talvez ele só queira que o aceite, pai — Leo responde, fitando o chão.

— Aceitar as escolhas absurdas que ele faz? Isso não é dever de um pai. Preciso ensiná-los o correto. *Mostrar* o caminho. Foi o que o meu pai fez comigo e o agradeço por isso. Se eu tivesse feito o que queria, hoje talvez não tivesse meu próprio negócio. Seria só mais um servidor qualquer. — Marco Antônio move os olhos castanhos diretamente para os do filho. — Espero que você não me desaponte também, Leonel. Vai fazer Engenharia, né? Vai trabalhar com seu velho pai e enchê-lo de orgulho.

— Claro, pai — o garoto fala, porque sabe que isso é o que deve dizer. — Eu vou subir. Boa noite.

— Boa noite, filho. Durma bem.

Às vezes, Leo gostaria que o irmão não tivesse tido coragem de enfrentar Marco Antônio para mudar de curso, porque aí não seria o alvo do pai. Não carregaria todas as suas expectativas. Não teria a obrigação de cumpri-las...

No topo da escada, o garoto encontra Giselly, ou simplesmente Gigi, de pijama e descalça, com um caderno e um lápis nas mãos.

— Leo, me ajuda a fazer o dever de casa? — a menina pede, bocejando. O cabelo castanho-claro escapa da trança, pois ela estava deitada até alguns minutos antes, quando ouviu os irmãos chegando.

— Você ainda não fez, Gigi? — O rapaz questiona, franzindo o cenho. — Cadê a mamãe?

— O papai disse que era obrigação da mamãe me ensinar e a mamãe pediu pra eu esperá-la terminar a meditação. Isso foi antes de ela se trancar no quarto e começar a passar aquele monte de creme na cara — a garota lamenta, meio cabisbaixa.

— Ah, Deus... — Leo diz, passando a mão no topo da cabeça da irmã carinhosamente. — Vai indo para o seu quarto que já chego lá.

A menina corre de volta pelo corredor enquanto Leo se dirige ao quarto da mãe. Bate à porta e ela vem abrir. O rapaz se assusta ao ver que há algo verde em seu rosto.

— Argila verde. Reativa o colágeno — Cláudia explica ante o olhar do filho, mal movendo os lábios porque a argila começava a secar.

— Você tá parecendo *O Máscara* — Leo diz, entrando pela porta que a mãe deixara aberta enquanto voltava para o interior do aposento.

— O importante são os resultados. Você devia usar também. Não faz mal os homens se cuidarem — ela comenta, e Leo faz uma careta. — Mas o que houve, amorzinho? O que você quer?

— Mãe, a Gigi tá acordada até agora sem fazer o dever de casa — ele responde, cruzando os braços enquanto Cláudia se encara no espelho do guarda-roupa, analisando a máscara que seca.

— Ai, caramba! Ela me disse mais cedo, mas me esqueci — a mãe fala, voltando-se para o filho. — Você pode quebrar o galho da mamãe nessa? Juro que depois te compenso.

— Mãe, o problema não é ajudar a Gigi com a tarefa — Leo diz, suspirando, enquanto passa a mão no cabelo. — São mais de 23h. Ela já devia estar na cama.

— Eu sei, filhote — Cláudia fala. — Mas isso não acontece todos os dias.

— Porque eu e o Dinho nos revezamos pra ajudá-la — o rapaz lembra, fazendo com que a mãe faça uma careta. — É sério, mãe.

— Eu sei, eu sei... — ela fala, revirando os olhos. Ela detesta quando Leo a repreende como se ela fosse a filha, não ele. — Também, a Lurdinha devia garantir que a Gigi faça o dever de casa antes de ir embora.

— Mãe, a Lurdinha é cozinheira, não babá — Leo argumenta, arqueando as sobrancelhas.

Ela suspira.

— Tá bom, Leonel, já entendi. Prometo que da próxima vez a ajudo. Agora, será que pode me deixar finalizar minha máscara sossegada? Tá deixando a minha pele tensa me fazendo falar assim — acrescenta, voltando-se novamente para o espelho. — Além disso, ficar nervosa vai fechar meus chacras.

O rapaz balança a cabeça e sai do quarto da mãe. Afinal, ela está muito mais preocupada em se manter jovem do que com a aprovação de um dos filhos na escola.

Depois de uma hora, Leo havia ajudado a irmã caçula com o dever de casa e a colocou na cama, lendo uma história para que dormisse. Ao voltar ao próprio quarto, ele toma banho e se deita, passando o braço esquerdo por trás da cabeça, encarando o teto escuro enquanto reflete sobre tudo que aconteceu naquela noite, desde que ele, Marina e Ayumi encontraram Cristiano e Joana no "Strike!".

Muito prazer, cara, lembrou-se da voz de Cristiano e do aperto de sua mão, tão firme quanto imaginou que fossem seus músculos. Encarou a própria mão, sentindo um frio estranho no peito, e respirou profundamente.

— É inútil, Leo. Para com isso — repreende a si mesmo. Em seguida, cobre a cabeça tentando, com isso, cobrir os próprios pensamentos.

O dia seguinte amanhece frio e um vento intenso sopra sem dar trégua, mas não há promessa de chuva nas nuvens do céu. Marina levanta-se por volta das 7h, com o barulho de alguém preparando o café na cozinha. Provavelmente seu padrasto, já que ele trabalhará até o meio-dia no escritório de Contabilidade que tem há mais de quinze anos. Toma banho, arruma-se e, quando chega à cozinha, tanto João como Ângela estão pondo a mesa, entre risadas e brincadeiras, num clima constante de lua de mel. No início, Marina sentiu ciúmes do relacionamento dos dois, mas percebeu que era algo desnecessário, já que a relação de mãe e filha é bem diferente da de marido e mulher.

Joana, como sempre, não se levantou cedo para o café da manhã a fim de evitar contato com a família. Geralmente, aos fins de semana, ela acorda às 10h, come qualquer coisa e sai, retornando somente no final do dia.

Ângela deixa Marina na região administrativa de Águas Claras, localizada a cerca de vinte quilômetros de Brasília, por volta das 9h, na casa do ex-marido, combinando com ele de aparecer outro dia para tomar um café. Marina ainda acha a relação dos pais estranha, não porque queira que ambos não sejam amigos apesar do divórcio, mas porque acha incomum que ex-marido e ex-mulher sejam tão próximos a ponto de trocarem confidências, como sabe que eles costumam fazer.

Marina e Heitor entram na casa, decorada num estilo moderno, com tijolos à vista. A sala de estar é integrada à cozinha e à sala de jantar, que tem uma mesa de quatro lugares e um aparador simples. Na sala de estar destacam-se uma estante antiga cheia de livros, uma mesinha de canto com um vinil, um sofá de três lugares e uma poltrona, na qual Heitor passa um bom tempo lendo. A TV está presa à parede, acima de um tapete felpudo de cor vinho. Perpendicular à porta de entrada há um corredor que conduz ao quarto de Marina e ao de Heitor, além do banheiro ladrilhado.

Marina retira a mochila das costas e se joga na poltrona do pai, contemplando o teto da sala por alguns minutos. Para ela, não há lugar no mundo que transmita maior sensação de paz do que a casa de Heitor.

— E aí, o que quer fazer hoje? — ele pergunta, sentando-se diante dela, no sofá. — Pensei em irmos ao Planetário e depois almoçar em algum lugar. Ou, se preferir, podemos ver um filme também.

— Só um minuto, pai. Deixa eu curtir um pouco esse sossego — Marina pede, respirando fundo.

Heitor a encara, arqueando as sobrancelhas.

— Como assim, filha? — Deseja saber, enquanto a observa tamborilando as unhas nos braços da poltrona.

— Ah, é que... Eu amo estar aqui, sabe? Amo essa sensação de quietude, de que as coisas estão tranquilas e que não haverá brigas logo no café da manhã. — Marina tenta explicar, dando de ombros. — E, mais do que tudo, amo não precisar lidar com a Joana. Juventude rebelde e essas coisas. Adolescentes são muito cansativos.

Heitor dá uma risada ao ouvir o tom sério com que a menina faz o comentário, como se não fosse ela mesma uma adolescente.

— Ai, Nina, você tá cada dia mais idêntica à sua mãe, sabia? — o pai profere, balançando a cabeça de um lado para outro. — Ela, com a sua idade, pensava do mesmo jeito. Sempre foi muito madura. Igualzinha a você.

— É, mas sendo mãe com dezoito anos, ela precisava ser madura. — Marina dá um risinho, e Heitor limpa a garganta. — Agora, fisicamente, a gente não tem nada a ver, né? — continua dizendo. — Não me acho parecida nem com o senhor. E de onde puxei esses olhos azuis?

— Uai, Nina, de algum parente distante — ele responde, dando de ombros com indiferença enquanto desvia os olhos dos dela por alguns segundos. – Sabia que pais com olhos escuros podem ter filhos com olhos claros? – questiona, em seguida, voltando a encará-la com um ar de sabedoria. – O que a genética diz que impossível é o contrário: pais com olhos claros e filhos com olhos escuros.

– Tem certeza, pai? – Marina insiste, estreitando os olhos enquanto inclina o corpo para a frente, assumindo um ar sério. – Que eu não sou adotada? Não que isso seja um problema pra mim, vai que sou uma herdeira multimilionária. Já pensou? – prossegue, num tom brincalhão.

– Ha-ha-ha, engraçadinha – Heitor diz, sacudindo a cabeça. Depois se levanta e caminha até o vinil, na mesinha de canto. – Pode desistir, não vai aparecer nenhum casal multimilionário reivindicando a sua guarda. – Acrescenta, procurando por um disco de que Marina goste.

– Sonhar não custa nada – Marina continua brincando. Observa enquanto o pai coloca para tocar a música "Você", de Tim Maia, a que ele e Ângela colocavam para ela para dormir quando ainda era um bebê, e que, por isso, acabou se tornando uma das favoritas dela.

– Vem, vamos dançar – Heitor chama, estendendo a mão para ela, que aceita.

Ele adora dançar. Marina sabe que, por estar morando sozinho, o pai sente falta de companhia. Às vezes considera morar com ele, porque Ângela tem João e, bem ou mal, Joana. No entanto, Ângela provavelmente não consentiria. Ela não consegue ficar longe da filha por mais do que algumas horas, o que às vezes é cansativo e desgastante para a menina, que se sente sufocada pelo excesso de cuidados. Imagina morar longe dela.

– Por que vocês não brigaram por mim? – Marina pergunta, de repente.

– Como assim, querida? – Heitor franze o cenho, sem entender.

– Ah, o senhor sabe... Como casais que se separam fazem, pra decidir quem fica com a guarda – ela responde enquanto o pai a faz girar. – Não quis ficar comigo em tempo integral?

Heitor para de dançar, encarando-a com seriedade.

– Você é minha filha. Claro que eu gostaria de tê-la aqui em tempo integral. É que a sua mãe ficaria infeliz.

– Pelo menos eu me livraria da Joana – Marina comenta, movendo a cabeça.

– Nina, você sabe como a Ângela é ligada a você. Acharia justo com ela, ainda que se livrasse da sua irmã postiça?

A garota faz uma careta. O pai sabe quais argumentos utilizar para finalizar qualquer discussão.

– O senhor provavelmente tá certo, pai – concorda ela, por fim. – Mas... preciso que converse com a mamãe – acrescenta, mordendo o lábio inferior.

– Sobre o quê, filha?

– Sobre esse excesso de proteção – responde Marina, suspirando. – Não é saudável, pai. Você sabe.

Heitor reflete por alguns instantes e sabe que Marina tem razão. Mas não pode dizer que não entende por que Ângela é uma mãe superprotetora.

— Ela não faz por mal, querida.

— Ainda assim me sinto sufocada. Daqui a pouco, ela vai colocar um rastreador no meu celular – Marina fala, sem duvidar de que a mãe seja capaz disso.

— Ângela tem os motivos dela – o pai comenta.

— Que motivos são esses, pai? – Marina pergunta, arqueando as sobrancelhas.

— A cidade é perigosa, Nina. Não finja que não sabe.

— Sim, mas eu tomo as precauções necessárias – Marina explica, como se fosse algo evidente. – Mas nem sempre vou conseguir avisar onde estou. Por isso, ela precisa se alarmar a ponto de chamar o Exército?

Ele suspira.

— Tudo bem, meu anjo. Vou conversar com a sua mãe. Mas não pense que com isso vai poder ficar sem dar notícias.

— Não é essa a minha intenção, pai. Só quero uma preocupação saudável, só isso.

Heitor assente e, em seguida, muda de assunto.

— E como tá a sua relação com o Cristiano?

Por um minuto, Marina hesita, preocupada com o que o pai quer dizer com o termo "relação".

— Pai, não tenho nenhuma relação com o Cristiano, tá bom? – declara, assumindo uma postura defensiva. – A gente só tá se tolerando, nada demais.

— Ei, calma, querida, foi só uma pergunta – Heitor fala, interrompendo a dança. Contudo, a reação da garota só deixa claro que, seja lá o que há entre os dois, é mais complicado do que ela quer deixar transparecer.

> A alma não tem segredo que o comportamento não revele.
> (Lao-Tsé)

Confusão

Marina termina de tomar banho e coloca a mesa enquanto aguarda o pai retornar do mercado com alguma coisa para comerem. Como vive sozinho, Heitor tem o hábito de comer na rua e por isso quase nunca há alimentos em sua despensa.

Quando está organizando os talheres ao lado dos pratos, a garota escuta seu celular tocar sobre o balcão da cozinha. Caminha até o aparelho e o atende.

– Alô?

– Marina, odeio a minha vida – Ayumi diz, choramingando, com a voz arrastada. Do outro lado da linha há o som abafado de vozes, risos e música alta.

– Ayumi? – Marina pergunta, sentindo-se tensa de imediato. – O que houve?

– Eu fugi de casa. – A menina funga, parecendo estar embriagada. – Juro que nunca mais vou voltar pra lá.

– O que aconteceu?

– A minha mãe descobriu que escondo doces no meu guarda-roupa e surtou. Disse que sou uma vergonha pra ela, por isso sempre inventa desculpas pra não me levar nos eventos dos quais participa. Acredita nisso? Só por causa do meu peso.

– Ayumi, me diz com calma onde você tá – Marina pede, preocupada, enquanto vai até o quarto à procura de seus sapatos. – Eu vou te buscar.

– Numa balada no Cruzeiro – explica Ayumi, enrolando a fala no final da frase.

– Como entrou aí se você só tem 17 anos? – A garota pergunta, já imaginando o trajeto que terá de fazer até a região administrativa do Cruzeiro, que não fica exatamente ao lado de Águas Claras.

– Eu nunca contei, mas tenho uma identidade falsa. Todo adolescente tem hoje em dia.

– Ayumi! – Marina a repreende, sem acreditar no que acaba de ouvir.

– Não briga comigo – A amiga pede, voltando a choramingar. – Já basta a minha mãe. Eu tô chateada, sabia? Por que as pessoas só enxergam meu peso, Marina? Eu odeio todo mundo. Até você, por ser tão perfeita.

– Eu não sou perfeita, Ayumi... – Marina começa a dizer, mas desiste da discussão sabendo que não é um bom momento para isso. – Quanto você bebeu?

— Uns quatro drinques e algumas doses de tequila. Ah! Adivinha! Descobri que *adooooro* tequila. *Arriba!*

— Tá. Não bebe mais nada e fica sentadinha num canto que eu já chego aí, tudo bem?

— Combinado. Mas não demora, viu? Meu celular tá quase descarregando.

— Me manda a localização antes que isso aconteça, por favor.

— Tudo bem. *Adiós*, Marinaaaa!

Um minuto depois de desligar, uma mensagem chega ao celular da garota com o endereço da balada em que Ayumi está. Marina deixa uma mensagem para o pai dizendo que precisou ir até a casa da amiga. Poderia tê-lo aguardado para que ele a acompanhasse, mas suspeita de que as coisas ficariam piores para Ayumi com a presença de um adulto. Reza para que seja capaz de contornar a situação sozinha.

A garota suspira profundamente, pensando que tudo que menos precisava ou queria era se meter numa balada às 20h30, porém não podia ignorar o fato de Ayumi estar alcoolizada em um ambiente cheio de estranhos que podiam, muito bem, ser perigosos. Soprando o ar com força, abre a localização da casa noturna no celular e, logo depois, pede uma corrida em um aplicativo.

⸻ ✄ ⸻

Quase quarenta minutos depois, o motorista para o carro próximo à entrada da balada, e Marina desce, observando o letreiro luminoso enorme que diz "Carpe Noctem". Tanto a música eletrônica que emana de dentro da balada como a fila extensa na porta de entrada são suficientes para indicar a Marina que o ambiente é bastante animado.

De repente, observando aquelas garotas com roupas descoladas, típicas das baladas noturnas em Brasília, Marina se sente ridícula com seu jeans, regatas e sapatilha. A fim de tentar ao menos melhorar um pouco a aparência, solta os cabelos do rabo de cavalo, deixando-os caírem pesados nas costas enquanto caminha ao longo da fila, em direção aos seguranças. Ouve alguns protestos das pessoas que aguardam a vez para entrar, mas ignora, porque buscar Ayumi dentro da balada é caso de vida ou morte para ela.

— Com licença — Marina chama, olhando para cima, sentindo-se intimidada pelos dois seguranças, que solicitam documentos aos jovens da fila. — Será que vocês podem me ajudar?

— O que quer, menina? — um deles pergunta, fazendo pouco-caso dela.

— É que eu tenho uma amiga que...

— Quantos anos você tem? Doze? — o outro corta, olhando-a de cima a baixo. — Vai para casa, por favor. Já está tarde para estar fora da cama.

— Eu tenho quase 18 — Marina responde, indignada com a forma como ele fala.

— Certo, certo. Mas *quase* não é ter 18 – responde um deles, erguendo uma sobrancelha para ela.

— Mas é que a minha amiga tá aí dentro e ela tem a mesma idade que eu. Eu só quero tirá-la daí, por favor – explica, torcendo para eles serem solidários a ela.

— Acredite, você não é a primeira a usar essa desculpa – um deles comenta, num tom rude. Está cansado de garotos perturbando o sossego para entrar na balada e ver o que acontece do lado de dentro, como se ir a uma festa fosse algo melhor do que ficar em casa, vendo TV e tomando cerveja. Jovens... – Dê o fora daqui.

— E que tal se você fosse lá dentro procurá-la pra mim?

— Será que não percebe que tá atrapalhando o trabalho? – ele eleva a voz, começando a se irritar de verdade. Será que os pais dessa criança sabem que ela está fora de casa tão tarde?

Marina estende as mãos, vencida, afastando-se da portaria, desapontada e preocupada. Como conseguiria resgatar Ayumi?

— Tampinha? – Subitamente, ouve alguém chamar. Nem precisa erguer a cabeça para saber que é Cristiano porque ele é a única pessoa no planeta que a chama por esse apelido bobo. – O que tá fazendo aqui? – ele questiona, vincando a testa enquanto se aproxima mais dela.

A forma como o destino conspira para nos fazer se esbarrar em cada esquina é muito estranha, reflete a menina, embora se sinta aliviada com a presença de Cristiano. *Talvez ele possa me ajudar de alguma maneira.*

— O que tá pegando, Tampinha? – ele pergunta, dando-se conta de que ela não tinha planejado ir até ali, pelas roupas que vestia e pela expressão em sua face, entre alívio e preocupação.

— A Ayumi tá lá dentro, bêbada, mas não me deixam entrar porque sou menor de idade – ela explica, apreensiva.

— E como ela entrou? – O rapaz arqueia a sobrancelha.

— Ela disse que... tem um documento falso – Marina responde, sentindo-se envergonhada pela atitude da amiga. Não imaginava que ela fosse capaz de cometer esse tipo de delito. – Será que pode, por favor, encontrá-la e trazê-la até aqui?

Cristiano prageja, fechando os olhos por alguns segundos enquanto segura a ponta do nariz aparentando – Marina acredita que pela primeira vez – ser alguém maduro.

— A sua amiga é bem instável, né? – comenta, suspirando profundamente.

— Ela tem os problemas dela – Marina responde, não se sentindo à vontade para discutir sobre isso com Cristiano. – Além disso, você também não é lá a pessoa mais equilibrada pra poder criticar alguém.

— Ei! Não foi crítica. Foi só uma observação – ele se defende, erguendo as mãos. – Vem comigo – diz, puxando-a pela mão.

— Pra onde? – Marina questiona, seguindo-o com passos incertos.

— Pra balada, claro – Cristiano responde, como se fosse algo evidente. – Ou você não quer resgatar sua amiga?

— Mas não vão me deixar entrar. Eu já tentei, não te disse? – Marina contesta, ainda o seguindo.

Dando uma risada cheia de satisfação, Cristiano arremata:

— Pra sua sorte, agora você tá comigo.

— Como você conseguiu? – Marina pergunta, assombrada, enquanto ela e Cristiano entram na Carpe Noctem dispensados da inspeção de segurança e do pagamento da entrada.

— Eu trabalho aqui – o rapaz explica. – Sou barman.

— Então esse é o seu trabalho noturno no ramo financeiro? – ela indaga, arqueando a sobrancelha direita enquanto o segue pelo salão.

— Algum problema? – ele responde, olhando-a de soslaio.

— De jeito nenhum – Marina diz, embora saiba que o emprego de barman numa balada não seja rentável o suficiente para que Cristiano possa arcar com todas as suas despesas. Contudo não era o melhor momento para discutirem sobre isso. – Você me colocou aqui dentro e sou grata. Agora vou procurar a Ayumi e dar o fora.

— Espera um pouco. – Cristiano a impede de se afastar. – Você é menor de idade e este lugar tem lá seus... inconvenientes. Além do mais, procurar a Ayumi aqui é o mesmo que tentar achar uma agulha num palheiro.

— Alguma ideia? – Marina pergunta, enrugando a testa e o encarando.

— Na verdade, sempre tenho uma ideia. – Ele dá um sorriso cheio de confiança. – Só me segue – diz, dirigindo-se em seguida para a área do palco. Quando chegam lá, Cristiano sobe para falar com o DJ.

Marina o observa conversar com um homem cheio de tatuagens e com um fone repousado no pescoço enquanto aponta em sua direção. O DJ levanta os olhos, encarando-a e, então, com um sorriso que parece à Marina muito suspeito, balança a cabeça em afirmativa. Enquanto Cristiano caminha de volta para perto dela, a voz do DJ se eleva sobre a multidão dançante, interrompendo a música eletrônica, convocando Ayumi, amiga da Tampinha, a garota mais *careta* do colégio Sartre, a se juntar a ela no bar.

As bochechas de Marina esquentam, ainda que o jogo de luzes do ambiente disfarce. Quando Cristiano completa a distância entre eles, ela estreita os olhos.

— Precisava disso? – pergunta, cruzando os braços.

— Só pra não perder o costume – Cristiano responde, dando um sorriso rebelde. – Agora vamos esperar sua amiga no bar.

Eles atravessam o salão, passando pela pista de dança, em frente ao palco, e Marina observa que na parte de cima fica a área de mesas, cercada por uma grade de segurança. O bar fica na parte dos fundos da balada e, naquele momento, está praticamente vazio. É provável que seja ainda muito cedo para a maioria dos frequentadores, que preferem se aquecer dançando. Enquanto se senta diante do balcão, numa das banquetas altas, Marina observa Cristiano cruzar a portinhola para a parte de dentro do bar, lavar as mãos na pia, caminhar até as prateleiras iluminadas por lâmpadas fluorescentes e pegar um copo comprido entre os diversos modelos e tamanhos. Depois ele caminha até um dos freezers horizontais e pega algumas caixas de suco, colocando tudo sobre uma mesa.

— O que tá fazendo? — Marina pergunta, vencida pela curiosidade.

— Um drinque pra você — responde, pegando morangos em uma geladeira. — Não precisa fazer essa cara, não vou colocar uma gota de álcool — explica. Então, com um desempenho que faz o queixo de Marina cair, coloca tudo dentro de uma coqueteleira. Ele tem uma agilidade admirável, atirando garrafas de um lado para outro como um verdadeiro profissional, acompanhado pela música que o DJ toca como um pano de fundo artístico. Mistura morangos, leite condensado e mais alguma coisa que Marina não sabe dizer do que se trata. Depois, coloca um morango inteiro na borda do copo, insere um canudo dentro e deposita o drinque no balcão, diante da garota boquiaberta.

— Onde aprendeu a fazer isso? — ela questiona, maravilhada, o que faz com que Cristiano, por algum motivo, sinta-se contente.

— Nada que um bom curso e dezenas de garrafas e copos quebrados não me pudessem me aperfeiçoar — diz ele, indiferente, debruçando-se no balcão diante dela, fazendo os rostos de ambos ficarem próximos.

— Você é uma caixinha de surpresas, Cristiano. Pensei que não soubesse nada além de arrumar confusão — Marina responde sincera, brincando com o canudo do copo. — Eu só queria que explicasse como consegue tudo o que tem trabalhando como barman em uma casa noturna. Mesmo que tenha talento para a coisa, não acredito que o salário seja assim tão alto — diz e o encara.

— Já se perguntou por que quer tanto saber sobre mim? — Cristiano pergunta, mantendo os olhos nos dela.

Marina engole em seco e desvia o olhar para o copo, ainda sacudindo o canudinho de maneira mecânica.

— Eu já disse — informa quase baixo demais para que o rapaz possa ouvir. — É só que a gente convive bastante e... preciso me sentir segura.

Cristiano coça o queixo, onde a barba por fazer pinica, então, como quem faz uma profecia, diz:

— Você nunca estará segura ao meu lado. Sempre correrá aquele velho risco de cair de amores por mim.

A garota suspira, vencida. Cristiano supera um assunto sobre o qual não quer falar fazendo piadas. Ela o conhece bem o bastante para saber disso.

— Não vai experimentar? — ele pergunta, apontando o copo com o queixo.

Marina concorda, então abaixa a cabeça, pousando a boca no canudo, sentindo o olhar de Cristiano preso em seus movimentos. Ela bebe um gole tão longo quanto consegue, na tentativa de acalmar o que sente diante do olhar dele, de seu sorriso provocante e das palavras sedutoras. Quando, afinal, ergue a cabeça, ele respira profundamente.

— Tá uma delícia — diz, umedecendo os lábios e, sem conseguir olhar para Cristiano por muito mais tempo, olha em volta em busca da amiga. O mais sensato é ir embora dali. Com ou sem a amiga... — A Ayumi tá demorando — comenta, enrolando uma mecha rosa do cabelo nos dedos. Cristiano não deixa de notar como a luz da balada incide sobre eles, deixando-os com uma mistura de tonalidades magníficas, como as cores do arco-íris. — Acho que vou tentar ligar para ela de novo — fala, retirando o celular da bolsa. Vai até o contato de Ayumi e clica, mas não se surpreende quando a ligação cai direto para a caixa postal. Minutos depois, percebe que há uma ligação perdida de Dinho e um áudio enviado por ele pelo WhatsApp.

— Sua amiga tem algum motivo pra vir aqui? — Cristiano pergunta, observando enquanto Marina coloca o celular no ouvido mais uma vez.

— Brigou com a mãe, mas não tenho detalhes — ela responde, ouvindo a mensagem do primo. — O Dinho, meu primo, a encontrou aqui por acaso e a levou pra casa — Marina explica, tentando processar a informação ela mesma.

— Melhor então, né? — Cristiano comenta.

— Tirando o fato de ela me fazer vir até aqui à toa — Marina pondera, suspirando. — A Ayumi já foi mais sensata.

— Ei, ela só queria se distrair. Eu sei como os pais podem ser um pé no saco.

— Há formas melhores de lidar com problemas em vez de encher a cara — Marina critica, sacudindo a cabeça. — Isso é o tipo de atitude que pessoas como você toma, não como a Ayumi ou eu.

— Estava demorando — Cristiano fala, revirando os olhos. — Todo mundo tem seus dias ruins, Tampinha. Eu, a Joana, você ou sua amiga. Ninguém escapa.

— Isso não dá o direito de fazerem o tipo de coisas que fazem — ela acusa, irritada, vincando a testa. — E falando em Joana, você devia ter feito alguma coisa — fala Marina, recordando-se do dia anterior, quando ele se calou enquanto Joana ofendia seus amigos.

— Sobre?

— Ontem, Cristiano, enquanto a sua namorada humilhava meus amigos e você assistia de camarote.

Cristiano suspira, finalmente alinhando a postura e se afastando do balcão.

— Pareceu que vocês se viraram muito bem, por isso não quis me meter.

— Foi pra isso que chamou a gente pra jogar? – Marina pergunta, sacudindo a cabeça. – Nos ofender?

— Eu não ofendi ninguém – Cristiano rebate, esquivando-se e colocando as mãos nos bolsos da calça. Marina já sabe o que ele procura... – Só achei que a gente podia se divertir, sei lá.

— Pois quando a gente testemunha os outros sendo idiotas tem de interferir.

— E por quê?

— Porque é o *certo*, Cristiano! – Marina se altera, batendo a mão sobre o tampo do balcão. – A gente não pode se omitir diante daquele tipo de comportamento. A Ayumi e o Leo, eles... eles têm seus problemas, mas isso não é assunto de domínio público. A Joana não devia expor os dois daquela forma!

— Eu não sei por que você tá brigando comigo. *Eu não fiz na-da!* – Cristiano soletra, também se alterando. – Eu não xinguei seus amigos; pelo contrário, tentei me enturmar com eles. Mas se eu soubesse que iria me encher o saco por causa disso não teria nem chegado perto de vocês ontem!

— É óbvio que você não entende. Você nunca entende, né?

— Entender o quê? Que você adora colocar a culpa de tudo que acontece em mim? – Cristiano não contém a aspereza das palavras. – Quer saber o que mais, garota? Se a sua amiga já foi embora, acho que você também pode ir.

Marina o encara profundamente, e não encontrando nenhuma hesitação em seus olhos, ergue-se da cadeira, procurando pela carteira na bolsa.

— Quanto custou a bebida? – pergunta, amargurada.

— Não esquenta. É por conta da casa.

— Imagina. Não quero que descontem do seu salário – fala, atirando uma nota de cinquenta reais sobre o balcão. – Pode ficar com o troco. – E anda para o mais distante possível dele.

A melhor coisa que pode fazer naquele momento é voltar para casa, já que Ayumi está em segurança. Além do mais, já são quase 22h e o pai mandou várias mensagens, preocupado.

Marina sai da balada, cumprimentando os seguranças na portaria, que ainda recebem as pessoas. O ar noturno é frio e ela instantaneamente se arrepende de não ter levado um casaco. Ela acaricia os braços enquanto espera pelo motorista de aplicativo chegar, caminhando de um lado para o outro no estacionamento.

— Oi, meu amor. Precisa de uma carona? – uma voz grossa soa ao lado de Marina ao mesmo tempo em que um estranho corpulento joga um braço pesado sobre seus ombros. Ele tinha, pelo menos, 20 anos e usava um alargador em cada orelha, além de ter os cabelos praticamente raspados.

Marina sente o coração disparar enquanto tenta manter-se calma.

— N-não esquenta. E-eu tô esperando um motorista – revela, gaguejando. Só depois se dá conta de que poderia tê-lo intimidado dizendo que estava aguardando um conhecido, o pai ou o namorado, por exemplo.

— Eu posso levá-la onde quiser, princesa – ele diz, sorrindo, ainda a segurando junto ao corpo. Marina tenta se separar, mas o sujeito a mantém firme, olhando por sobre o ombro a fim de observar se há alguém os vendo, mas ninguém se dá conta do que acontece ali.

— M-muita gentileza sua, m-mas não precisa. Ele já de-deve estar chegando – fala, respirando fundo, tentando disfarçar o medo. Nesse momento, ela pensa que devia ter escutado a mãe, que tantas e tantas vezes lhe disse para não andar sozinha por Brasília, especialmente à noite. Afinal, não é apenas com assaltantes que devemos nos preocupar...

— Claro, meu bem, eu entendo – ele diz, ainda sorridente, passando uma mecha do cabelo de Marina para trás da orelha dela. – Sabia que você é linda?

— O-obrigada – Marina responde, olhando desesperadamente para a frente, à procura do carro que pediu. – A gente podia ir até o meu carro. O que acha? Pra eu te mostrar... algumas coisas?

Ela nega num movimento brusco de cabeça.

— Que tal se você me pagasse uma bebida antes? – Marina fala de supetão. Afinal, em público, ele não poderá fazer nada com ela.

Ele sorri, entendendo as palavras dela como um tipo de acordo mútuo.

— Tudo bem, princesa. Você parece meio tensa mesmo – ele comenta, conduzindo-a de volta para a Carpe Noctem. – Depois, a gente pode se divertir um pouco. O que acha?

Marina força um sorriso, ainda mantendo os braços trêmulos cruzados. A respiração acelerada dá a ela a sensação de estar sem oxigênio, mas não consegue enfiar a mão na bolsa para procurar pela bombinha de asma.

Novamente do lado de dentro, o estranho sempre a mantendo por perto, caminham até o bar, onde Cristiano faz uma performance para um grupo de espectadores que vibram de entusiasmo. Assim que a nota, acompanhada por aquele cara enorme e ameaçador, ele sabe, pela expressão em seu rosto pálido, que ela não o conhece, tampouco está gostando da companhia.

— Uma bebida pra princesinha aqui – o cara diz, enquanto Cristiano se aproxima do balcão, uma das sobrancelhas arqueadas. Seus olhos se movem do rosto dele para o dela, assimilando a situação.

Marina move os lábios, um pedido mudo de socorro. Cristiano percebe como seu peito sobe e desce, como se a respiração estivesse difícil – ela está em pânico.

— Tire as suas mãos dela – ordena Cristiano, encarando o rapaz de forma ameaçadora, pousando uma garrafa de vodca sobre o balcão com mais força do que o necessário.

O estranho devolve o olhar, ainda com o braço em volta de Marina. Qualquer um pensaria que eles estão juntos.

— Como é?

— Ela não é para o seu bico, cara. Aliás, ninguém pode ser para o seu bico. — Cristiano corrige, dando um sorriso tão afiado quanto uma navalha. — Já se olhou no espelho? Você é assustador.

— Não faz ideia do quanto, *barman* — O homem diz, totalmente frio. — Acho melhor não se meter no que não é da sua conta e servir a merda da bebida que pedi!

Cristiano olha rapidamente para Marina, captando o medo em seus olhos lacrimejantes. Saber que aquele rapaz a abordou e a arrastou com ele contra a vontade dela o irrita profundamente. Caras como ele merecem sentir dor. Muita dor.

— Não vou dizer outra vez — Cristiano fala, respirando fundo, tentando se controlar. — Larga ela. Agora!

Olhando para a garota, o rapaz finalmente compreende que ela e o barman se conhecem pela forma como ela o olha, ansiosa, como se ele pudesse salvá-la. E percebe, então, que ela o levou até ali de propósito.

— Você foi bem espertinha — ele cochicha no ouvido dela, que estremece com o hálito que abriga um cheiro tóxico. — A noite ainda não acabou, barman — ele fala, piscando para Cristiano, então larga Marina e caminha para o meio da multidão.

A garota deixa-se cair sobre uma banqueta, pois as pernas estão trêmulas demais para continuar de pé.

— Você tá bem? — Cristiano pergunta, examinando-a com cuidado.

Marina continua respirando fundo. Em toda a sua vida jamais havia passado por uma situação tão assustadora. Ela vasculha a bolsa em busca da bombinha; em seguida, aspira o conteúdo profundamente. Alguns segundos depois, Cristiano coloca uma garrafa de água mineral diante dela.

— Beba — ele ordena, e ela obedece.

— Eu não devia ter vindo aqui — Marina murmura após alguns minutos, sentindo a respiração voltar ao normal vagarosamente.

— Você só estava preocupada com sua amiga — Cristiano diz, tocando a mão dela gentilmente. — Já estava tarde. Eu é quem não devia ter te mandado embora daquele jeito. A culpa foi toda minha. Eu sinto muito.

A garota ergue o rosto para observá-lo. Cristiano demonstra algo entre culpa e preocupação. Talvez seja a primeira vez que o veja manifestar sentimentos tão verdadeiros.

— Tá tudo bem — ela garante, procurando dar um sorriso. — Quem sabe eu... eu tenha me assustado à toa. Vai que aquele cara era só mais um idiota.

— Vai que não — Cristiano contrapõe. Não quer pensar nisso. Não quer imaginar Marina correndo algum tipo de perigo por ele ter sido um babaca. — Eu vou te levar em casa. É o mínimo que posso fazer — prossegue.

— Não, imagina. Não posso atrapalhar o seu trabalho — Marina fala, visivelmente mais calma. — Só preciso pedir um motorista. Eu até chamei, mas... — Ela não conclui a frase, mordendo o lábio.

— Então vamos fazer o seguinte... — Cristiano diz, depois de pensar por alguns segundos. — Você espera o meu turno acabar e eu te levo pra casa. Pode ser?

Ela o observa por alguns minutos.

— Ok. — Sem saber exatamente por que, Marina concorda. — Eu só vou avisar para o meu pai — fala, pegando o celular na bolsa.

— Tudo bem. Depois pode continuar me admirando — ele brinca, dando uma piscadela, e se afasta para preparar mais drinques.

Debruçada sobre o balcão, Marina observa as últimas pessoas deixando a balada enquanto Cristiano conversa com alguns colegas no fundo do bar. Parece mais dar ordens do que qualquer outra coisa, e Marina se pergunta se há algum ambiente em que Cristiano não se sinta superior a todo mundo. Comporta-se como o gerente, não como barman. Depois de mais alguns avisos, ele finalmente caminha até ela.

— Vamos? — diz, sorridente.

Marina quer saber de onde ele tira toda aquela alegria de viver às duas da manhã, mas prefere não perguntar, pois está cansada demais para manter um diálogo.

Ambos caminham para fora da balada enquanto os outros ficam para organizar e limpar toda a bagunça. Cristiano retira sua jaqueta e entrega à Marina quando ela estremece por causa do vento frio.

— Obrigada — ela agradece, aconchegando-se no agasalho, que tem o cheiro dele.

Os dois cruzam o estacionamento, agora praticamente vazio, até o Jeep de Cristiano. Porém, antes que consigam chegar até o carro, ouvem passos atrás deles.

— Eu disse que a noite não tinha acabado, barman — o estranho de mais cedo, acendendo um cigarro, fala, dando uma baforada longa enquanto encara as costas dos dois. Ele tinha ficado a noite toda de tocaia, esperando-os sair, porque não aceitava o descaso com o qual o trataram. Ou como o fizeram de idiota.

Cristiano e Marina param de andar, virando-se para encará-lo.

— Cara, pensei que tinha sido claro mais cedo. Ela não é para o seu bico — Cristiano fala, aparentando uma calma que está longe de sentir. Se o rapaz se deu ao trabalho de esperar por eles até aquela hora é porque estava a fim de confusão. As coisas não iam terminar bem. Não mesmo.

— Não costumo reagir bem a negativas — O estranho responde, fazendo pouco-caso, tragando o cigarro mais uma vez. — Nem a intimidações. Ainda mais de alguém que não tem colhões.

Cristiano dá um sorriso presunçoso.

– Cuidado com suas palavras, cara. Não quero fazê-lo engoli-las.

O estranho sorri enquanto traga o cigarro uma última vez. Em seguida, atira-o no chão e o tritura com o pé.

– *Tente* – diz, olhando Cristiano com ódio.

O rapaz suspira.

– Cristiano... – Marina, percebendo que alguém vai se machucar, e temendo por ele, chama-o. – Cristiano, por favor...

– Calma, princesa. Quando eu terminar com seu amigo dou um trato em você – fala o estranho, e isso é o suficiente para despertar a ira de Cristiano, que parte para cima dele.

O estranho o recebe com um soco no estômago e Marina grita quando ele cai. O desconhecido se abaixa sobre ele, mas Cristiano lhe acerta um chute na barriga e se levanta com dificuldade, preparando-se para socá-lo. Há um barulho seco quando ele acerta o nariz do rapaz, como se o osso se partisse, e uma dor descomunal faz Cristiano balançar a mão no ar. O sangue jorra de imediato, banhando o rosto do estranho, que parece ainda mais injuriado. Ele corre na direção de Cristiano, acertando outro golpe em suas costas, e enquanto ele se retorce, Cristiano segura sua cabeça e lhe dá um chute no rosto, esmagando sua boca.

Marina não consegue continuar testemunhando a briga, então corre em direção à casa noturna para buscar ajuda.

– Você vai se arrepender de quebrar o meu nariz, seu otário! – o cara grita, ainda chutando Cristiano, que está no chão. – Vai se arrepender! Eu juro!

Cristiano coloca as mãos no rosto, pensando apenas em proteger os olhos e a boca enquanto sucessivos chutes o acertam nas costelas, no estômago e nas pernas.

– Parado aí, cara! – alguém vem gritando ao longe. Dois seguranças da Carpe Noctem se aproximavam.

O estranho os observa e, após dar mais um chute em Cristiano, corre para o caminho oposto, entra numa picape e sai cantando pneus.

Quando retorna, Marina se ajoelha perto de Cristiano.

– Ah, meu Deus... – Marina fala, encarando as várias escoriações nas mãos dele, seu rosto inchado e sangrando, além das roupas rasgadas e sujas de terra, suor e sangue. – Cristiano, eu sinto muito, eu sinto muito, eu...

– Tá tudo bem – procura tranquilizá-la, cuspindo um punhado de sangue. – Eu tô bem, Tampinha, não esquenta – ele fala, tentando se levantar, mas uma pontada na costela o faz se dobrar e soltar um gemido.

– Você tá todo arrebentado! – Marina comenta, com a voz trêmula. – E a culpa é minha. Eu sinto muito mesmo!

– Para com isso – Cristiano pede, esforçando-se para transmitir segurança. – Não fui só eu quem apanhou, né?

— Chefe, talvez seja melhor ir a um hospital — um dos seguranças diz, aproximando-se para ajudá-lo a se erguer. Cristiano contém um murmúrio de protesto, porque não quer que Marina continue se responsabilizando pelo que aconteceu.

— Só preciso ir pra casa, Benício — responde Cristiano, apoiado no pescoço do segurança. — Preciso que chame um motorista de aplicativo porque não vou conseguir dirigir. O filho da mãe me acertou um belo chute nas costelas.

— Eu te acompanho até em casa — Marina diz de repente, já retirando o celular da bolsa. — Vou pedir um táxi.

— Não esquenta, Tampinha. Eu me viro.

— Eu não vou te deixar sozinho nesse estado, Cristiano.

— Estou bem, já disse! — ele insiste.

— E eu já disse que não vou te deixar sozinho! — Marina contesta, brava, franzindo o rosto para ele. — Pode espernear o quanto quiser.

Incapaz de reagir à bronca da garota, ele se dá por vencido. Sabe que não é uma boa ideia que ela vá até sua casa, mas também sabe que ela não desistirá disso. Não a defensora dos fracos e oprimidos. E, honestamente, ele deveria estar mais incomodado do que realmente está...

Quinze minutos depois, o motorista chega e Benício coloca Cristiano no banco traseiro do carro, ao lado de Marina.

— Tampinha — Cristiano chama, suspirando. — Já que vai pra minha casa, tem uma coisa que precisa saber sobre mim.

— Você é realmente traficante de drogas? — ela pergunta, encarando-o na semiescuridão do carro. Percebe que ele sorri, embora não esteja brincando.

— Você vai se surpreender.

Resisti à tentação de dizer que não, subiria também, não podia passar mais uma noite longe dela. Tentação de abraçá-la, esquecer tudo que havia passado, subir também. Mas alguma coisa me dizia que o meu lugar era em baixo, que eu era apenas uma testemunha, um espectador, o lado passivo do seu mistério.

(Fernando Sabino)

Uma longa noite na fortaleza do inimigo

Ao sair do carro, Cristiano apoia o peso em Marina e por pouco ela não perde o equilíbrio. O calor febril que emana do corpo dele a faz respirar fundo. Para apaziguar o desconforto, a garota encara os portões da casa luxuosa, cercada por jardins e gramados cheios de palmeiras e arbustos cortados de forma arredondada, além de bromélias e cactos em vasos de porte médio, e lampiões iluminando vários pontos do jardim com uma luz amarelada calorosa. A propriedade é cercada por cercas vivas tão altas quanto bem cuidadas.

Mesmo que Cristiano tenha explicado por alto o fato de morar num residencial caro da região administrativa do Lago Sul, nada teria preparado Marina para o que ela vê diante dos olhos. Ela solta a respiração que prendia enquanto ele procura o controle remoto do portão num dos bolsos do casaco que ela está usando.

— Não posso acreditar — sussurra enquanto ele aciona o controle, fazendo o portão se deslocar para a esquerda.

— Mais legal do que tráfico de drogas, né? — Ele brinca e ambos começam a se mover para o interior da propriedade com passos curtos. Marina analisa a área da piscina e o deck com um recanto para lazer, no qual sofás compridos alinham almofadas de tonalidade cinza. A casa, por sua vez, tem dois andares e é construída mesclando vidro, alvenaria e madeira, além de ter várias sacadas que dão vista para o Lago Paranoá, um lago artificial que corta boa parte de Brasília.

— Isso é tão... Ah, meu Deus! — Marina declara, ajudando Cristiano a se sentar, entre gemidos de dor, em uma espreguiçadeira diante da piscina. — *Ah. Meu. Deus!* Como é que... Quer dizer, como... — Marina não consegue juntar as palavras numa frase que transmita sentido. Está chocada demais para isso.

— Eu sou milionário — Cristiano explica, sem rodeios.

— Co-como assim você é milionário? — ela gagueja, sua cor passando de rosa a pálido. — Você entrou na escola como bolsista. Não faz nenhum sentido!

— Faz se eu tiver ganhado um prêmio — ele esclarece.

— Prêmio? — Marina repete, franzindo as sobrancelhas. — Mas... que prêmio?

— Loteria acumulada. O maior prêmio já oferecido.

Marina, ainda chocada, senta-se diante dele, encarando seus olhos esverdeados.

— Sozinho – ele arremata enquanto a menina registra suas palavras com certa descrença. Será possível? Mais possível do que ele ser um traficante bem-sucedido?

— M-mas como isso aconteceu?

— Ai, ai – ele suspira. – Vou te contar do início. Mas presta bastante atenção porque não vou repetir...

⁂

Marina termina de ouvir a história de Cristiano, que ela escutou atentamente, tentando encontrar a parte que não fazia sentido, a parte que revelaria que era tudo mentira. Mas não havia. Simples assim. Todos os detalhes se encaixavam, o que fazia com que ela se sentisse em uma dessas pegadinhas em que uma câmera escondida é revelada e todos riam da cara um do outro.

— E então é isso – Cristiano conclui, respirando fundo, percebendo que isso também causa dor. Será possível ele ter quebrado alguma costela? – Essa é toda a história de como me tornei milionário. – Devagar, ele observa Marina percorrer sua fisionomia com os olhos distantes, mergulhada em pensamentos. – Chocada por eu não ser um traficante? – questiona com um risinho, soerguendo a sobrancelha direita.

— Muito. Quer dizer, é que... – ela não conclui a frase, meio sem graça. Em seguida, encara a piscina. – Isso é... surreal demais pra acreditar! Você é um cara milionário. Quer dizer, com apenas 20 anos, tem dinheiro suficiente pra viver pelo resto da vida sem precisar se preocupar em fazer faculdade, arranjar trabalho e todas essas coisas que pessoas "normais" fazem... Entende como é espantoso?!

— Bem... Qualquer um que aposte na loteria pode se tornar milionário – Cristiano diz, sem aparentar dar importância à conversa.

— Não, não é somente isso. É... Tem ideia do milagre que aconteceu na sua vida? Você ganhou uma bolada sozinho! Como pode não acreditar em Deus depois disso? – Marina está pasma.

Cristiano enruga a testa, virando-se no assento e gemendo de dor.

— Probabilidade não tem nada a ver com milagres, Tampinha – diz, acariciando o lado do corpo. – É matemática pura e simples.

— Você é tão cabeça-dura – ela fala, suspirando. – Mas... Por que deixa todo mundo pensar que não tem grana?

— Porque não quero que dinheiro se torne um problema pra mim. Quero manter minha liberdade de ir e vir – ele responde, sincero. – O dinheiro traz coisas boas, mas muitas coisas ruins também.

Ela concorda, comprimindo os lábios, tentando assimilar tudo enquanto os olhos correm pela piscina. O vento provoca pequenas ondulações na água, ao mesmo tempo em que balança suavemente o cabelo de Marina. Mas ela está abalada demais para prestar atenção a esses detalhes. Fisicamente está ali, sentada, diante da piscina de uma mansão luxuosa, mas os pensamentos viajam na velocidade da luz, tentando digerir pelo menos um terço das informações que recebeu. Impossível. Quanto mais tenta achar um sentido para tudo, menos consegue ligar Cristiano à figura de um jovem milionário. Não o Cristiano. O garoto que implicou com ela desde o primeiro encontro, chamando-a de cabelo de algodão-doce, com suas sandálias de dedo. O mundo realmente é uma caixinha de surpresas.

– Há quanto tempo?

– Mais ou menos um ano.

– Uau! Por isso não é mais bolsista, usa roupas caras, o carro... Como é que não percebi antes?

– Não se culpe, ninguém percebeu. Sou bom em me manter em segredo. Apesar de que, devo admitir, tenho esbanjado muito ultimamente. A gente se acostuma à vida boa. – Ele sorri, voltando a sentir dor.

– Meu Deus... É muito estranho pensar que você, Cristiano, é milionário.

Ele move a cabeça em sinal afirmativo.

– Mas é muito melhor do que achar que é um traficante de drogas – ela comenta, o que o faz gargalhar e gemer ao mesmo tempo, dobrando o corpo.

Marina se levanta e caminha até a espreguiçadeira em que ele está. Preocupa-se que Cristiano tenha quebrado alguma costela.

– Dói muito? – Quer saber, sentando-se junto a ele, apreensiva. – Me deixa ver – pede, e Cristiano sobe a camisa, deixando boa parte da pele bronzeada de fora.

Marina sente a garganta secar ao se dar conta de que cada centímetro do corpo dele é só músculo. E é lindo, ainda que esteja inchado e com hematomas por causa dos golpes recebidos. Tudo para protegê-la... Sem poder se controlar, Marina toca a pele de Cristiano, sentindo-o estremecer. Imagina que seja por causa da dor, mas não deixa de notar que ele se arrepia com o contato. Por algum motivo, a menina sorri.

– O que foi? – Cristiano murmura, encarando-a enquanto ela desliza a mão por seu corpo, provocando uma sensação que apesar de estranha não é desagradável. Longe disso.

– Nada – ela diz, sacudindo a cabeça. – Acha que pode ter quebrado alguma costela? – pergunta, subindo os olhos para encará-lo.

– Espero que não.

– Não devia... ter feito aquilo – Marina fala. – Partido pra cima daquele cara.

– Queria que eu deixasse aquele otário fazer alguma coisa com você? – Cristiano a encara, desacreditado.

— Preferia que as coisas se resolvessem sem violência — ela responde, suspirando.

Cristiano não pode acreditar que, mesmo tendo passado por toda aquela situação, Marina ainda consiga ser tão ingênua.

— Em que mundo você vive, Tampinha, pra imaginar que tudo pode ser resolvido com conversa? — ele pergunta, balançando a cabeça enquanto se ajeita melhor na espreguiçadeira, o tom de voz assumindo certa raiva. — Antes que algo te aconteça, devia parar de ser tão boba!

Marina olha para Cristiano, imaginando o motivo de ele parecer tão furioso com ela. É óbvio que eles não enxergam o mundo pelo mesmo ponto de vista. Enquanto ela sempre espera o melhor das pessoas, ele desconfia da própria sombra. Deixa que eventos ruins se tornem maiores do que devem ser e faz deles um lembrete constante da natureza terrível do ser humano. E ela não pode ser assim, não consegue perder a fé nas pessoas, por piores que algumas possam ser. Se fosse, nunca mais conseguiria sair de casa. Mas entende honestamente por que ele agiu daquela forma. Entendeu quando ele disse que em alguns casos não dá para resolver tudo racionalmente.

Marina toca o rosto de Cristiano, trazendo os olhos dele para os seus e, enquanto se inclina em sua direção, sente o hálito morno que sai dos lábios dele, entreabertos, esquentando a pele de seu próprio rosto. Consegue perceber, mesmo não ouvindo, que o coração do rapaz bate muito rápido, pela maneira como ele respira e pela rigidez de sua coluna, como se o fato de a garota estar tão próxima fosse uma ameaça que obriga seu corpo a descarregar adrenalina, preparando-se para uma fuga ou — mais possivelmente, por se tratar de Cristiano — para o ataque.

Cristiano prende o fôlego quando Marina invade seu espaço, imaginando o quanto gostaria de beijar a boca dela de uma forma nada gentil. Fica imóvel, com medo de não ser capaz de resistir a tanta proximidade de alguém por quem, embora negue veementemente, sente algum tipo de interesse. Os olhos de safira estão presos nos seus, olhando-o com receio, avançando devagar. Ele pode sentir o cheiro de baunilha do xampu dela e o perfume, com alguma nota floral, misturado ao dele, na jaqueta que ela veste. Cristiano fecha os olhos no instante em que os lábios macios dela tocam seu rosto.

Com cautela, Marina pousa os lábios na bochecha dele, sentindo a barba crescente pinicar sua pele. Ela sente o cheiro de suor e sangue misturado ao perfume dele e se surpreende que isso lhe pareça atraente.

— Obrigada pelo que fez hoje — sussurra, afastando-se alguns centímetros para encará-lo.

Cristiano respira profundamente e, pela primeira vez na madrugada, a dor em seu corpo não o incomoda nem um pouco.

— Talvez eu devesse te mostrar o resto da casa — diz, pigarreando, enquanto tenta se levantar.

— É uma boa ideia — ela concorda, coçando a testa enquanto desvia os olhos e se ergue. — Acha que consegue andar sozinho?

Cristiano se força a assentir, porque sabe que um contato entre ambos não é uma boa ideia naquele momento. Não quando seus pensamentos estão uma bagunça.

Eles atravessam a área externa e caminham para o interior da residência. Se a garota se surpreendeu com o lado de fora é porque ainda não havia estado dentro da casa de Cristiano. É luxuosa, acarpetada, cheia de objetos decorativos e com cortinas drapeadas que combinam elegantemente com os móveis e os sofás de couro preto. Num canto localiza-se um pequeno bar, ao estilo da balada, com bebidas, copos e taças em prateleiras, além de uma bandeja sobre o balcão, diante do qual há três bancos de ferro. Marina supõe que ali Cristiano deva treinar, preparando coquetéis e bebidas diferentes para servir na Carpe Noctem.

— A sua casa é incrível — ela diz ao final do tour pelos dois andares de puro requinte. Ainda assim, é fria demais, não tem cara de lar. Apesar das dimensões e da beleza, não é um lugar no qual Marina gostaria de viver. Não se sentiria feliz ali. Talvez seja por isso que Cristiano compre tantas coisas diferentes, talvez tentando preencher a solidão que deve sentir.

— Valeu — ele responde.

— Você tem kit de primeiros socorros? — Marina pergunta, observando os hematomas e o sangue seco no rosto de Cristiano. — Precisa fazer um curativo. Alguns. Eu posso fazer... Se quiser — prossegue, encarando-o em dúvida. Afinal, o garoto não é lá muito adepto a gestos de afeição.

Ao contrário do que pensa, no entanto, Cristiano assente num movimento de cabeça, observando o modo como ela ainda parece preocupada com ele. Por algum motivo que prefere nem descobrir, aquilo o faz se sentir bem.

— Tá na minha suíte — fala, apontando o polegar por sobre o ombro. Então, gira nos calcanhares, e Marina o acompanha em silêncio. Quando entram no dormitório, Cristiano se dirige ao banheiro e ela espera perto da porta, examinando a forma neutra como o ambiente é decorado, diferentemente do que se espera do quarto de um jovem.

Um minuto depois, o rapaz retorna e estende o kit de primeiros socorros para ela enquanto se senta na cama. Marina o abre e retira uma gaze, embebendo em um pouco de antisséptico. Em seguida, para diante de Cristiano e aperta a gaze contra o rosto dele, arrancando-lhe um gemido de protesto.

— Ai! — resmunga, colocando a mão sobre a dela e impedindo que continue. — Isso dói, sabia?

— Não seja um bebê chorão, Cristiano — Marina pede, movendo a cabeça e tentando segurar o riso. — O que é um pouco de antisséptico comparado à surra que levou?

O garoto a encara, estreitando os olhos diante do comentário sarcástico.

— É que a sua mão é bem mais pesada que a daquele cara — rebate, franzindo o rosto. — E eu que pensei que fosse mais suave.

— Eu reservo minha suavidade para as pessoas que merecem — Marina devolve a alfinetada.

— *Touché* — Cristiano responde, arrancando um sorriso dela, finalmente permitindo que retome o curativo. Quando Marina volta a apertar a gaze contra os ferimentos do rapaz, porém tenta ser mais gentil.

Alguns minutos depois, coloca um Band-Aid em cada um dos machucados.

— Prontinho. — Finaliza, fechando o kit.

— Valeu, Tampinha.

— Imagina. Agora eu preciso realmente ir embora — completa, descartando o lixo numa lixeira próxima à cama. — Já te trouxe pra casa e cuidei de você. Minha missão aqui tá cumprida.

— Por que não fica aqui hoje? — Cristiano sugere, levantando-se. — Eu te levo pela manhã, prometo. Vou me sentir melhor até lá.

— Eu não posso, Cristiano — ela nega, sacudindo a cabeça. — Já demorei mais do que devia. Meu pai me mandou várias mensagens já.

— É só você avisar que tá cuidando de um amigo, tenho certeza de que ele vai entender.

Marina o encara com ceticismo.

— E agora nós somos amigos? Porque, um tempo desses, eu me lembro bem de você dizer com todas as letras de que eu não era sua amiga. — Ela não perde a chance de relembrá-lo.

Para sua surpresa, o garoto a encara, assumindo um ar solene.

— Eu te contei coisas da minha vida que ninguém mais sabe, Tampinha. Isso é um privilégio. Então eu diria que, sim, somos amigos.

Marina o observa por mais alguns minutos, refletindo. Ela sabe que devia resistir à tentação de ficar ali, mas a vontade de estar com ele, conhecer um pouco mais sobre sua vida, sua rotina, é mais forte do que qualquer consciência do quanto aquela proximidade é arriscada, já que é a única que pode sair ferida naquela história.

— Tudo bem, você venceu, vou falar com ele — declara suspirando, ao passo que retira o celular do bolso.

— Eu sempre venço, Tampinha, eu sempre venço... — Cristiano profere, fazendo com que Marina agite a cabeça de um lado para outro, embora esteja sorrindo. — Escuta, enquanto fala com seu pai, eu vou tomar um banho. Se quiser ver TV ou algo do tipo, fica à vontade. Marina concorda enquanto Cristiano gira nos calcanhares, entra no banheiro da suíte e fecha a porta.

Depois de falar com o pai, Marina desce as escadas e caminha até a cozinha bem aparelhada, abrindo o refrigerador em busca de gelo. Em seguida, caminha até as gavetas do armário sob a pia, procurando algum pano de prato. Percebe embalagens de comida sobre ela, algumas com restos, aparentemente, daquele dia. Franze o cenho, recolhendo-as e atirando-as numa lixeira próxima.

Nesse momento, sente o celular tocar no bolso. É uma ligação de Dinho.

– Alô? – diz, estendendo um pano de prato sobre o mármore da pia e despejando os cubos de gelo.

– Oi, Marina – A voz de Dinho, do outro lado da linha, parece cansada.

– Oi, Dinho. Cadê a Ayumi?

– Dormindo agora. Ela bebeu pra caramba.

– Você a deixou em casa?

Há um momento de hesitação do outro lado da linha e Marina tenta imaginar um motivo para isso, mas nada lhe ocorre.

– Na verdade, ela tá na minha cama.

– Alguém sabe que ela tá aí?

– A Dani, e isso me rendeu uma briga terrível. – O rapaz suspira do outro lado da linha, tentando pensar numa boa razão para ainda aguentar os surtos da namorada. – Como se eu pudesse largar a Ayumi bêbada numa balada qualquer.

– Alguém *mais*?

– Marina, já estava todo mundo dormindo quando cheguei em casa. E era bem capaz que o meu pai me mandasse despachar a Ayumi pra casa dela ainda hoje. Você sabe como ele é. Acho que a briga com a mãe dela foi feia. Ela parecia bem perturbada quando a gente se encontrou.

– Por que não acordou o Leo?

– Porque ela me pediu – Dinho responde. – A Ayumi não tá muito bem, Marina. Acho que devia conversar com ela. Ao que me parece, ela tem distúrbios alimentares – ele revela por alto.

Marina fica pensativa, tentando compreender desde quando Dinho e Ayumi são tão próximos para que ele saiba coisas que ela não sabe. No entanto, está sempre ocupada falando de si e de Cristiano, é óbvio que Ayumi não acha espaço para se abrir.

– Eu vou falar. Obrigada por cuidar dela, Dinho. Você é uma boa pessoa.

Dinho sorri.

– Boa noite, Marina.

– Boa noite – Marina deseja. Fica alguns segundos encarando o aparelho celular, pensando nas escolhas que não pode fazer pelos amigos para protegê--los das consequências desastrosas das más decisões.

– Algum problema? – Cristiano pergunta, entrando na cozinha com passos vagarosos por causa da dor que sente ao se movimentar. Usa camiseta e short e está descalço. Os cabelos úmidos emolduram o rosto e hematomas sombreiam a bochecha esquerda e o olho direito. O meio do lábio inferior está cortado e inchado.

— Nada. Era o Dinho pra avisar que a Ayumi tá bem — ela desconversa, sacudindo a cabeça e enrolando o pano de prato em torno do gelo. — E você, como se sente?

Cristiano observa Marina virar-se para encará-lo. Sente-se dolorido, mas sabe que não quebrou nenhuma costela, como considerou a princípio, pois, do contrário, a dor seria insuportável. Uma coisa que não pode negar, no entanto, é que ver Marina tão preocupada com sua saúde o faz se sentir bem. Reprimindo a sensação, responde:

— Já estive pior.

— Ahn... Eu tomei a liberdade de... — Marina mostra a mão, na qual segura a compressa de gelo recém-preparada. — Acho que devia colocar no olho, pra diminuir o inchaço.

Cristiano olha Marina com certa ternura, sensibilizado por sua iniciativa.

— Obrigado — agradece, estendendo a mão e aceitando a compressa. Coloca-a sobre o olho por alguns minutos enquanto se encaram.

— Você me agradecendo pela segunda vez no mesmo dia? Quem te viu, quem te vê, hein, Cristiano? — a menina brinca a fim de atenuar o clima estranho.

— Não se acostuma com isso — Ele diz, correspondendo o sorriso. — Tá com fome?

Marina faz que sim com a cabeça, pois faz muito tempo que comeu.

— Tentei assaltar a sua geladeira, mas só tem ovos — ela fala dando risada.

— Pois saiba que faço uma omelete incrível.

— Você? Essa eu pago pra ver.

— Desafio aceito — ele responde, atravessando a cozinha em direção aos armários sob a pia. Ele abaixa-se para pegar algumas tigelas e utensílios domésticos, mas a dor o faz se levantar novamente.

— Que tal uma ajudante? — Marina questiona, observando-o, compadecida.

— Seria bom — Cristiano concorda, agradecido, enquanto ela se aproxima e abre as portas do armário. Ele, por sua vez, vai até a geladeira e pega uma das cartelas de ovos.

— Por que escolheu morar num lugar tão grande se vive sozinho? — Marina pergunta enquanto o rapaz quebra alguns ovos numa tigela com uma praticidade de quem está habituado a fazer aquilo.

Ele responde, com indiferença:

— Eu gosto da solidão. Gosto de ficar sozinho no meu espaço sem ter de dar satisfações do que faço ou deixo de fazer.

Marina arqueia as sobrancelhas, insatisfeita com a resposta. Algo lhe diz que não se trata apenas de gostar da solidão. E sabe que se insistir ele revelará.

Depois de alguns minutos retribuindo o olhar da garota, Cristiano suspira derrotado. A facilidade com a qual ela o faz se abrir é completamente desagradável.

— Tudo bem, Tampinha — ele fala, adicionando sal e pimenta à mistura de ovos, cebola, tomate e muçarela. — É que passei boa parte da minha vida numa casa minúscula e você não faz a mínima ideia do que é isso. — Cristiano se detém por alguns instantes, com as recordações presentes em sua memória. — Não foi uma época boa — ele comenta, balançando a cabeça como se, assim, pudesse mandar as lembranças de volta para o fundo de sua mente. — Depois de ganhar na loteria, só pensei que queria espaço.

Marina o encara, imaginando tudo pelo que passou sendo ainda tão jovem.

— Faz muito tempo? — indaga ela sem pensar.

— Quê? — Cristiano fala, acendendo o fogão e colocando a frigideira sobre a chama.

— Os seus pais morreram?

O rapaz para momentaneamente, pensativo. Não gosta de falar de sua vida, especialmente de seus pontos fracos.

— Não precisa responder — Marina se apressa em falar, estendendo os braços, desculpando-se por ser tão enxerida.

Mas Cristiano move a cabeça em sinal negativo, pouco antes de revelar:

— Eu tinha quase 18 anos quando meu pai morreu de câncer no estômago. Ele bebeu uma boa parte da vida — a voz de Cristiano está seca, despida de emoções, como se fosse um apresentador de jornal anunciando a previsão do tempo. — Ele não ficava violento quando bebia nem nada disso, mas era difícil ter de catá-lo na sarjeta, levá-lo para casa, dar banho. As pessoas na rua o maltratavam, pegavam o dinheiro dele que sobrava das noitadas nos bares. Para elas, ele não era ninguém, e isso me deixava louco. Um tempo depois, ele começou a passar alguns períodos sóbrio, sabe? Eu achei que ele estava se curando do vício, mas já estava doente. Começou o tratamento contra o câncer, indo às consultas, às sessões de quimioterapia, tudo sozinho. Mas ele não reagiu à medicação e o câncer continuou progredindo. Quando ele finalmente me contou, quando eu percebi, já não havia mais nada a ser feito. — Cristiano para por alguns minutos, sentindo os olhos arderem, mas se obriga a repelir a súbita emoção. — Depois disso, meu pai ficou internado uns três meses no Hospital de Base, mas morreu de infecção generalizada — ele conclui, concentrando-se na panela sobre o fogão. Suas memórias voltam ao dia em que o pai contou sobre a doença. Compraram cachorro-quente numa barraquinha e estavam caminhando para casa, Cristiano falando sobre o último jogo de seu time de futebol, reclamando da classificação ruim, e Túlio deu a notícia da forma mais direta que pôde.

Cristiano se lembra de ter ficado muito tempo em silêncio, digerindo as palavras do pai, que ele pegou em seu ombro com firmeza, interrompendo a caminhada.

"O senhor pode fazer o tratamento, não pode?", ele perguntou, voltando-se para Túlio, a fome de repente esquecida.

"O pai já fez", declarou calmamente, enquanto mordia o cachorro-quente mais uma vez. De boca cheia, acrescentou: "O doutor já fez o que podia, mas o danado tomou conta de tudo", Túlio deu uma risada bem-humorada e Cristiano teve vontade de socá-lo por rir numa hora daquelas.

"O que o senhor tá me dizendo, pai?", perguntou, sentindo-se fraquejar.

"Que eu vou morrer, filho. É duro, mas é verdade", o pai disse de maneira pausada, mantendo os olhos nos do filho. Precisava que ele assimilasse.

Cristiano examinou a expressão do pai, procurando pela piada de mau gosto, mas não havia nada em seus olhos que mostrasse isso. Porque não era piada, era tudo verdade.

"E agora?", o rapaz indagou, perdido e desesperado. "E agora? O que eu vou fazer?"

"Agora vai me prometer algumas coisas."

Enquanto Túlio falava, o mundo de Cristiano ia desabando. "Primeiro, vai voltar a estudar."

"O senhor sabe que parei de estudar pra ajudar nas despesas..."

"Não importa o motivo, vai voltar pra escola", Túlio disse, sem deixar espaço para contestação. "Não quero filho meu com uma vida de merda, tá entendendo? Essa é minha última vontade, você vai cumprir."

Cristiano sacudiu a cabeça, em negação.

"Não, não. Tem de haver outro jeito. A gente vai consultar outro médico, a gente vai tentar outros tratamentos..."

"Filho, presta atenção", Túlio pediu, segurando a nuca do rapaz e o forçando a encará-lo. "A gente não é rico pra tentar tratamento alternativo ou essas coisas, e o médico que me tratou é muito bom, ele sabe o que faz. Se disse que não tem mais o que fazer, eu acredito."

"O senhor não pode fazer isso comigo, pai", Cristiano continuou negando enquanto sentia os olhos se encherem de lágrimas. "De jeito nenhum."

"Ei, psiu, não quero que fique triste, meu filho", Túlio disse, sorrindo para Cristiano, oferecendo consolo. "Eu tive uma boa vida."

"Você é um egoísta fodido, isso sim!", Cristiano respondeu, afastando a mão do pai com brusquidão. "Por que tinha que beber tanto, hein? E aquela miserável, que me obrigou a orar tanto pra você largar essa maldita cachaça..."

Cristiano sentiu a força da bofetada antes mesmo de concluir seu raciocínio. O rosto ficou em brasa e ele não soube dizer se se sentiu pior pela humilhação de apanhar no meio da rua ou pela dor que o tapa lhe infligiu.

"Respeita a sua mãe, moleque", Túlio ordenou num tom contundente, apontando o dedo na cara dele. "Ela cuidou de você a vida toda, te ensinou a ser uma pessoa de bem."

"Claro", Cristiano disse, dando uma risada sarcástica. "Ela é uma excelente mãe."

"A Elaine tem lá os defeitos dela, mas não é culpada do meu vício. E sei que devia ter parado, como prometi tantas vezes, mas é mais fácil prometer do que cumprir", o pai explicou. "Mas também não adianta reclamar. Agora a Inês é morta", dizendo isso, Túlio retirou o isqueiro que guardou durante tantos anos, herança do próprio pai, do bolso da calça, e com ele um velho pedaço de papel. Pegou a mão do filho e os depositou sobre ela, acrescentando com mais brandura: "Essa é a única herança que o pai tem pra te deixar, meu filho. O isqueiro que era do meu velho e meus números da sorte. Quero que continue jogando, porque um dia vai conseguir o que eu não consegui".

Cristiano encarou os pertences em sua mão enquanto sentia os olhos marejados. Não conseguiu mais resistir. Entregou-se ao pranto enquanto o pai o abraçava apertado.

— Quanto à... minha mãe, ela ficou doente e morreu depois disso – Cristiano conclui a história, sacudindo a cabeça para afastar as lembranças dolorosas.

Marina morde o lábio inferior até machucar, imaginando a dor com a qual Cristiano tem de lidar todos os dias. Sente-se mal por ter adentrado num lugar tão particularmente doloroso da vida dele. Quer dizer que sente muito, mas as palavras se embolam no fundo da garganta. As lágrimas vêm até os olhos e ela tenta contê-las.

— Não quero que tenha pena de mim, Tampinha. – Cristiano interrompe os pensamentos dela, olhando-a com um ar enraivecido. – Não preciso de pena.

— Não, não precisa – ela concorda, parando diante dele, que a princípio não entende o que ela pretende fazer. Marina coloca os braços ao redor da cintura dele cuidadosamente, puxando-o para perto e apoiando a cabeça em seu peito. – E de um abraço, Cristiano? Acha que precisa? – murmura, sentindo o coração do rapaz disparar.

Cristiano está tenso, porque mais uma vez Marina o surpreende. Quer corresponder, mas tem medo de não resistir e fazer algo que há algum tempo ronda sua mente de forma arriscada. Ela é tão pequena que se encaixa perfeitamente no entalhe de seu corpo. Parece pertencer àquele espaço.

Quando Marina se afasta, Cristiano se sente aliviado e incomodado ao mesmo tempo.

— Tá tudo bem. Só não me olhe com essa cara – pede, então dá as costas à Marina, indo em direção ao fogão para continuar o preparo das omeletes.

— O quarto tá confortável? — Cristiano pergunta enquanto observa Marina arrumar as cobertas para se deitar. Já passa das quatro da manhã e o único pensamento de Marina é que não sente um pingo de sono. A adrenalina corre em suas veias com os acontecimentos das últimas horas.

— Sim, obrigada.

— Precisa de alguma coisa?

— Não, obrigada.

— Ok. Boa noite, então — ele diz e se dirige à porta.

— Boa noite, Cristiano.

O rapaz sai do quarto, fechando a porta, e permanece parado diante dela, em silêncio. Ter aquela garota ali é familiar como tomar banho de chuva no verão. Ou como chocolate quente no inverno. Faz tanto tempo que ele está sozinho que nem imaginava mais o que é ter companhia em casa. Não sabia que seria tão... *bom*, que se divertiria com ela, a garota mais chata que já conheceu na vida.

Você só pode estar ficando louco, Cristiano, ele pensa, agitando a cabeça. Ele vai em direção ao próprio quarto e ao entrar anda até uma das mesas de cabeceira, recolhendo seu isqueiro, caminhando novamente para fora. Precisa organizar os pensamentos.

Então ele dirige-se a uma escada de inox e vidro que conduz ao terraço. Lá em cima há uma mesa redonda, na qual, centralizado, encontra-se um bonsai. Ao redor da mesa, três cadeiras e, em uma das pontas do terraço, duas poltronas de couro branco, reclinadas. E a vista que se tem dali é perfeita: a Ponte JK, em toda a sua magnitude, sobre o Lago Paranoá. As luzes dão uma coloração acinzentada à água, tornando tudo ainda mais belo.

Cristiano sabe que tem muita sorte por ter uma vista tão esplendorosa como aquela. Apoia-se no muro da sacada, acendendo e apagando seu isqueiro repetidas vezes. Pensando em como havia se exposto levando Marina ali; em como havia se exposto contando coisas de sua vida que ninguém mais sabia; na maneira como ela tinha consolado-o, abraçando-o com intimidade, de um modo que Joana jamais havia feito, provocando uma sensação que nenhuma outra garota fora capaz de provocar até então, fazendo-o se sentir... importante. Cristiano sabe que é errado ter todos esses pensamentos, sabe os riscos que corre, mas não está conseguindo se controlar.

Um ruído indica a Cristiano que ele não está mais sozinho. Ele não se vira para olhar enquanto Marina caminha até parar ao seu lado, debruçada sobre a sacada, também admirando a ponte.

— Ela é tão incrível... — comenta, maravilhada. — Nem parece obra de um homem.

— Sabe por que a ponte tem essas estruturas em forma de arcos? — Cristiano indaga, acendendo e apagando seu isqueiro de maneira automática.

— Confesso que não me lembro — a garota admite, enlaçando as mãos e olhando para ele.

— Para imitar o movimento de uma pedra quicando sobre o espelho d'água.

Ela encara a ponte, a pouca distância, assumindo uma expressão de descoberta. É verdade, os arcos trançados da Ponte JK simbolizam bem uma pedra quicando na água. A originalidade do projeto arquitetônico impressiona até mesmo quem viveu em Brasília durante toda a vida, a menina conclui, voltando a olhar para Cristiano.

— Eu li em algum lugar — ele diz antes mesmo que ela pergunte.

— A cada segundo que se passa me surpreendo mais com você. — Marina o encara com afeição nos olhos. Toda a raiva que sentia por ele desapareceu completamente, deixando espaço para um sentimento de ternura. Cristiano não é tão mau quanto ela pensava, afinal.

— Cristiano também é cultura — ele fala, sorridente. Os dois se calam momentaneamente. — Também não consegue dormir? — ele pergunta, parando de acender e apagar o isqueiro por alguns minutos.

— Aconteceu muita coisa hoje — Marina responde, chateada.

— Algo me diz que não tá falando do fato de ter ido parar na Carpe Noctem atrás da sua amiga — Cristiano diz, olhando-a.

— Não é nada — ela desconversa.

— O que é? Vamos, fala — Cristiano insiste. — Não é como se a gente tivesse algo mais interessante pra fazer além de trocar segredos.

— É que me preocupo com a Ayumi. Sei que ela esconde muitas coisas e sempre me vi no papel de dar espaço pra ela, mas... Às vezes fico pensando que espécie de amiga eu sou que não interfiro no que acontece. Ou por que ela não conta as coisas, sabe? Pensei que ela confiasse em mim.

— As pessoas sempre têm segredos, Tampinha — Cristiano afirma. — Isso faz parte da natureza humana.

— Segredos são ruins — Marina fala.

— Não necessariamente — o rapaz diz. — Às vezes são um mal necessário.

— Eu achei que fôssemos melhores amigas.

— Uma coisa não anula a outra. Talvez a Ayumi só não queira te contar as coisas porque sente vergonha.

— Como posso ajudá-la desse jeito?

— Continue dando espaço pra ela. Quando ela se sentir confiante, vai falar.

— As coisas não funcionam assim — Marina fala, incapaz de pensar em não fazer nada para tentar ajudar sabendo que a amiga tem um distúrbio alimentar. — Você não tem como entender.

— Só porque não tenho amigos? — ele indaga, examinando o rosto dela enquanto, aborrecido, retoma a brincadeira com o isqueiro. — Você deve ter razão mesmo.

Marina morde o lábio, repreendendo-se em pensamento pela declaração infeliz.

— Me desculpa. Não foi o que eu quis dizer — sussurra, torcendo para que ele não se abrigue atrás da máscara de sempre, longe demais para ser alcançado.

Cristiano agita a cabeça, ignorando as palavras dela. Mantém sua concentração no isqueiro.

— Por que faz isso? — Marina questiona, tentando trocar de assunto para algo mais ameno.

Cristiano permanece alguns minutos em pesado silêncio. Ela chega a pensar que ele não irá responder ou que a mandará deixá-lo sozinho, no entanto, para sua surpresa, Cristiano diz:

— Este isqueiro foi a única coisa que restou do meu pai. Fazer isso me acalma. Ajuda a pensar em outra coisa quando a minha cabeça está a mil.

— A sua cabeça está a mil agora? — ela pergunta, virando-se de costas para o muro para observar Cristiano melhor. Ele parece ansioso.

— Pode apostar que sim — responde, suspirando.

— Por minha causa?

Depois de hesitar alguns segundos, ele responde:

— Um pouco.

— Olha, Cristiano, sei que não queria que eu soubesse da sua vida secreta, mas juro que não vou contar pra ninguém. Nem para os meus melhores amigos. Pode confiar em mim.

Cristiano se vira para ela, abismado. Então Marina pensa que ele está apreensivo por ela descobrir que ele é milionário. Como está longe da verdade...

— Espero que sim, Tampinha, espero que sim — murmura. — Bem, acho que devemos tentar dormir um pouco. Logo mais vai amanhecer.

Ainda que por algum motivo Marina prefira continuar conversando com Cristiano, ela concorda.

Seu olhar de decepção, no entanto, não escapa aos olhos do rapaz.

Em silêncio, retornam para dentro da casa.

> Eu quase que nada não sei.
> Mas desconfio de muita coisa.
> (Guimarães Rosa)

Desconfianças

Ayumi sente o peso na cabeça antes de abrir os olhos. O quarto está escuro por conta das cortinas que ocultam a janela. Devagar, rola na cama de casal e o estômago revira, provocando náuseas que enchem sua boca de saliva. *Nunca mais bebo tequila*, pensa, deslizando até a borda a fim de se levantar.

Espera. Sua cama não é de casal...

Nesse exato minuto, a garota percebe que não está no próprio quarto.

Cautelosamente, observa o espaço à volta: o guarda-roupa, a escrivaninha, as estantes de parede com miniaturas de carros colecionáveis, a porta do banheiro. Aos poucos, recorda-se vagamente da noite anterior, quando encontrou Dinho e a namorada na balada onde pretendia beber até perder a noção de quem era e do quanto sua vida era horrível.

Dando-se conta de onde está, Ayumi gira o corpo na cama, notando que Dinho está adormecido ao seu lado, a apenas alguns centímetros de distância, com a respiração regular, indicando um sono profundo. Ele está deitado de lado, virado para ela com uma das mãos sob a cabeça. Não usa camisa, apesar da calça de moletom cinza, e Ayumi prende o fôlego ao contar a quantidade de gominhos que há em sua barriga sarada.

— Isso só pode ser um sonho – sussurra para si mesma, sacudindo a cabeça, o que intensifica o enjoo que sente.

A próxima coisa que percebe é a roupa que está vestindo: uma camisa do rapaz que, apesar de grande, cai-lhe como uma luva.

— Merda! – deixa escapar, entrando em pânico. – Merda, merda, merda!

Desesperada para sair daquela situação desagradável, levanta-se, mas acerta a canela na mesa de cabeceira ao lado da cama.

— Caceta – prageja enquanto a dor a faz se sentar novamente, esfregando a canela, sem fôlego.

— Ayumi – a voz sonolenta de Dinho a alcança. – Tá tudo bem?

— Sim – ela murmura, tentando conter a vontade de xingar e chorar ao mesmo tempo. – Não se preocupa. Tô juntando minhas coisas pra ir embora. Pode voltar a dormir.

O garoto se encosta na cabeceira da cama, espreguiçando-se.

— Ainda é cedo – diz, bocejando.

— Onde tá minha blusa? – Ayumi pergunta, mordendo o lábio inferior, nervosa.

— Eu coloquei pra lavar porque você vomitou nela – Dinho responde tranquilamente.

Constrangida, a menina permanece em silêncio, imaginando por que tinha de ser Dinho a vê-la naquela situação deplorável. Imagina-o tirando sua blusa e vendo seu corpo acima do peso. Nunca mais terá coragem de encará-lo novamente, isso é certo.

— Será que pode buscar, por favor? – Ayumi pede, tentando controlar o tom de voz.

— Por que tá brava?

— Porque você não devia ter trocado a minha roupa!

— Eu precisei – ele responde. – Não podia te deixar dormir naquele estado. E não é o fim do mundo também.

— Eu preferia que não tivesse feito isso – ela argumenta.

— Não precisa se preocupar. Eu nunca tocaria em você – Dinho fala, e as palavras atingem a garota em cheio, fazendo-a sentir-se ainda mais humilhada.

— Eu sei disso, ok? Não precisa jogar na minha cara que não faço seu tipo.

— Ei, eu só...

— Esquece. Só me traz a porcaria da blusa – Ayumi o interrompe, zangada, esforçando-se para não chorar na frente dele.

Suspirando, Dinho sai do quarto.

―――― ✖ ――――

Quinze minutos depois, a garota sai do banheiro vestida e com o rosto lavado. Ainda sente o estômago enjoado, mas a sensação vai diminuindo aos poucos. Dinho está sentado na cama, vendo algo no celular. Está de camisa e colocou um short em vez da calça de moletom.

Ao vê-la, pega uma caneca fumegante sobre a mesa de cabeceira e estende em sua direção.

— Não quero.

— Vai te fazer se sentir melhor, acredite – o rapaz insiste.

A contragosto, ela aceita.

— Dei uma sondada e tá todo mundo dormindo ainda – Dinho diz, observando-a beber um gole do café e fazer careta.

— Amargo – ela fala, estendendo a caneca de volta para ele.

— É um café cura-ressaca – o rapaz explica. – Precisa ser amargo.

Ayumi espera que cure a ressaca moral também.

Depois de terminar a bebida, ela diz:

— Bem, obrigada por ter me trazido e cuidado de mim ontem à noite. Agora vou pra casa encarar a ira da minha mãe.

— Eu vou te dar uma carona.

— Não precisa, Bernardo. Já fez muito por mim — Ayumi fala, não querendo incomodar o garoto ainda mais.

— Não é nenhum problema. Além do mais, você precisa comer alguma coisa antes de ir. Só me dê dois minutos — ele fala, entrando no banheiro em seguida.

Enquanto Dinho faz a higiene matinal, Ayumi analisa com mais cuidado o quarto dele, observando alguns troféus e medalhas ganhados em campeonatos de vôlei, além dos carrinhos de coleção nas estantes de parede. Há algumas fotos dele e da namorada espalhadas aqui e ali.

Daniela é uma garota de sorte por namorar alguém tão atencioso, Ayumi pensa.

Alguns minutos depois, ambos descem as escadas com cautela para não acordar ninguém na casa.

— O Leo disse que o seu pai te proibiu de pegar os carros da família — Ayumi murmura ao observá-lo procurar pelas chaves num vaso sobre o aparador da sala de estar.

— Sim — Dinho concorda. — Mas a minha avó me emprestou o dela. Ela não dirige desde o AVC, então não se importa que eu use.

— Entendi — a menina fala.

Os dois param numa padaria da quadra comercial para tomar café da manhã. No bufê, cada um se serve com o que quer e Ayumi tem o cuidado de escolher coisas que comumente não escolheria para o café da manhã com medo do que seu estômago irá sentir caso decida comer algo pesado.

— Já que estamos aqui, não quer me contar sobre ontem? O que rolou pra você ir parar numa balada sendo menor de idade e tudo mais? — Dinho pergunta, sentando-se de frente para ela numa das mesas de madeira.

— A propósito, quero minha identidade de volta — Ayumi comenta, tomando um gole de suco de laranja. — Paguei caro por ela.

— Eu não vou te devolver — Dinho diz sem alterar o tom de voz. — Não vou deixar que se enfie em mais confusão. Sabia que portar documento falso é crime?

— Me denuncia — ela responde, arqueando as sobrancelhas, cansada de tantos julgamentos por parte dele.

— Ei, eu tô do seu lado, ok? Pode tirar essa armadura aí — Dinho comenta, suspirando pesadamente, o que faz com que Ayumi se sinta envergonhada, afinal de contas, ele a está ajudando sem ter nenhuma obrigação.

— Me desculpa, é só que... Como eu disse, é duro lidar com repreensão ou críticas.

— Acredite, Ayumi, eu sei. O Leo já te contou que o meu pai mal fala comigo desde que troquei de curso?

— Um pouco – ela responde. – Mas eu queria que minha mãe fizesse isso. Pelo menos eu me livraria de tanta cobrança. Tentar me encaixar nos padrões sociais só pra corresponder às expectativas dela é tão desgastante que às vezes eu só queria sumir. Mas a culpa é minha. Se eu não fosse uma exceção à regra as coisas seriam diferentes.

Dinho franze o rosto, incomodado pela forma como ela fala de si mesma.
— Por que fala assim?
— Ah, qual é, Dinho. Não finja que não notou que sou uma mulher gorda. – Ayumi agita a cabeça. – Não finja que garotos não preferem as magras.
— É você quem tá pressupondo isso – ele diz, comendo uma porção de fruta.
— É a sociedade que *impõe* isso. Sou apenas mais uma vítima, alguém que quis fingir que poderia ser diferente com ela, mas que não é. Nunca será.
— Pelo que o Leo me falou, autopiedade não combina com você – Dinho comenta, apertando os lábios.

Ayumi sorri, movendo a cabeça enquanto diz:
— Isso só prova que sou uma boa fingidora. Mas a verdade é que é bem simples fingir que tá tudo bem, que não importa ouvir uma piada de mau gosto ou receber um "apelido". Isso é o que chamam de ser descolado. E é muito mais fácil fingir ser descolado do que explicar as causas de se sentir péssima todas as vezes que se olha no espelho, ou do que ouvir um discurso pré-fabricado dos seus amigos dizendo que tá exagerando por pouca coisa, ou do que lidar com a sua mãe regrando tudo que come e criando receitas malucas pra que perca peso e seja uma garota atraente. – Ela se cala, fechando os olhos por alguns segundos, pensando em como as palavras foram simplesmente saindo.
— Há muitas formas de ser atraente – Dinho fala, encarando-a com firmeza. – E, definitivamente, se autodepreciar não é uma delas.
— A sua namorada, Dinho – Ayumi murmura, engolindo o bolo em sua garganta –, parece uma modelo, com aqueles cabelos longos e a cintura fina, além das pernas espetaculares – ela prossegue, mordendo os lábios. – O Leo disse que a acha insuportável e que você e ela têm brigado muito ultimamente. Daí eu te pergunto: por que ainda se mantém nessa relação?
— E com isso tá me dizendo que só namoro a Dani por conta da aparência? Acha que me conhece tanto assim, Ayumi, a ponto de afirmar esse tipo de coisa? – Dinho não esconde a irritação pela suposição da garota. – Nossa relação tá complicada, sim, mas a gente se ama. A Dani não é essa pessoa tão horrível que o Leo diz – acrescenta, sabendo que o irmão com certeza exagerou na descrição da sua namorada, ou Ayumi não teria aquela opinião sobre seu relacionamento. – Esse é o motivo de estarmos juntos.
— Claro – Ayumi concorda com ironia.

— Quer que os outros gostem de você do jeito que é, mas nem você mesma se gosta, Ayumi — O rapaz comenta enquanto afasta o prato.

O problema dela é muito mais sério do que baixa autoestima.

Diante das palavras de Dinho, a garota fica em silêncio, pois sabe que é verdade. Odeia o próprio corpo, odeia não conseguir se controlar diante da comida e odeia que as pessoas valorizem tanto o culto ao corpo perfeito. Odeia que a *mãe* valorize tanto o culto ao corpo perfeito.

— Você provavelmente tá certo — ela assente, sorrindo sem humor. — E talvez se a cobrança da minha mãe não fosse tão exaustiva, eu nem me sentisse na obrigação de tentar me encaixar. Não me sentisse na obrigação de... contrariá-la — diz, pois sabe que, muitas vezes, come apenas para se vingar de Yoko, que não a trata como uma mãe deveria tratar uma filha, com respeito e, acima de tudo, com amor.

— Entendo que a cobrança dos pais é um fardo muito pesado pra se carregar — Dinho concorda, suspirando. — Mas, Ayumi, isso não é motivo pra desrespeitar o seu corpo, pra colocar em risco a sua saúde.

— O que quer dizer? — Ayumi questiona, entrelaçando as mãos sobre a mesa, na tentativa de fugir dos olhos dele.

— Você sabe o que quero dizer — ele responde, analisando o rosto dela, que mantém o olhar nas mãos entrelaçadas. — Aquilo que fez no "Strike!" — Dinho acrescenta, ainda a observando.

Ambos fazem um longo silêncio, e quando o rapaz acredita que ela não dirá nada, fechando-se novamente, Ayumi diz:

— Não é assim tão ruim. Eu não faço sempre.

— Isso não alivia o fato de ser algo ruim, Ayumi — Dinho contrapõe, agitando a cabeça de modo negativo.

— Não é ruim se me faz sentir bem, é? — pergunta ela, sentindo o lábio trêmulo e lutando para não chorar. — Às vezes é a única coisa que me conforta.

— Ayumi...

— Eu sei — ela o interrompe, esfregando as mãos, angustiada por se sentir exposta. — Eu estou tentando. Mas é tão difícil, Dinho. Entre fingir que tá tudo bem e lidar com o que se passa na minha cabeça, eu me sinto tão esgotada...

— Mas você não precisa fingir que tá tudo bem — Dinho fala, tocando as mãos dela. — Você tem amigos que te amam, que podem te ajudar a superar tudo isso.

— Não — ela nega veementemente. — Não quero que eles saibam que... não sou a fortaleza que imaginam.

— Mas...

— É a única coisa que sou, Dinho — Ayumi declara, sentindo as lágrimas descerem. — É o que me torna especial pra eles, entende? Ser a garota descolada, a rocha do grupo. Não posso perder isso. Por favor.

O garoto fica em silêncio, pensando. Sabe que a menina sentada diante dele tem muitos problemas e que precisa de ajuda profissional. O que ela sente, como se vê, nada disso é algo que se resolva do dia para a noite, num passe de mágica, apenas por desabafar com alguém. Talvez, com paciência e persistência, consiga fazê-la dar o primeiro passo em busca de ajuda. Para isso, sabe que não deve traí-la, pois ela nunca disse a ninguém o que acabou de revelar.

— Tudo bem, Ayumi — Dinho fala, suspirando. — Eu entendo que não quer que o Leo e a Marina conheçam essa parte de você, mas... Será que pode me deixar ajudá-la?

— Por quê? — a menina pergunta, finalmente levantando os olhos para encará-lo.

— Porque eu gosto de você. E preciso que você também goste.

Ela sorri, secando as lágrimas nos cantos dos olhos. O primeiro sorriso sincero desde que começaram a conversar.

— E como acha que pode me ajudar? Sendo meu confidente?

— Sim, mas não apenas isso — ele responde. — Quero que procure ajuda profissional, sabe, com terapia e o que mais for necessário.

Ao som da última frase, Ayumi se retesa no assento.

— Dinho, se não consigo falar disso com meus melhores amigos, imagina com um estranho — Ayumi comenta, sacudindo a cabeça com desolação.

— Precisa tentar.

— Não preciso de terapia. Preciso fechar a droga da boca e emagrecer — a garota deixa escapar, apertando as mãos.

— Ayumi. Para. — O garoto é efusivo. — Não vai mais agir assim com você mesma. Você me disse uma vez que pessoas demais já te criticavam, então, a partir de hoje, não vai fazer parte dessa estatística. Vai se tratar melhor.

— E você não precisa se esforçar tanto pra me ajudar, Dinho. Não é sua obrigação nem nada — a menina diz, suspirando pesadamente.

— Não, não é. Mas eu quero te ajudar porque é minha amiga. E é isso que os amigos fazem. Se ajudam.

Ayumi fica alguns minutos em silêncio, considerando as palavras de Dinho.

— Vamos fazer o seguinte — o rapaz sugere, mudando a abordagem, na tentativa de demovê-la de alguma forma. — Uma sessão. Se não gostar, eu não insisto mais.

— Ok, Dinho. — Ayumi finalmente cede. Talvez, com a ajuda dele, consiga resolver seus conflitos internos e então possa fazer algo por si mesma, como ter disciplina nos exercícios e na dieta o bastante para perder peso. — Uma sessão. Mas não pode ser na clínica do pai da Marina — adverte, encarando-o nos olhos.

— Tudo bem. Temos um acordo? — Dinho adiciona, estendendo o punho para que ela bata o seu.

— Sim. — Ayumi aceita o cumprimento, pensando no quanto aquele rapaz, que há poucos dias não passava do irmão mais velho de seu melhor amigo, tem se tornado especial para ela.

Ayumi e Dinho param na porta da casa e ela o encara, sem saber ao certo o que dizer a ele. Já havia dito tanto. Coisas que jamais disse nem para os amigos mais próximos por não querer demonstrar fraqueza. No entanto, havia confidenciado suas maiores angústias a alguém com quem, até pouco tempo, não havia trocado mais do que algumas palavras. Como a vida é engraçada...

— Escuta, sobre o que eu disse mais cedo, eu só estava tentando deixar claro que não tocaria em você desacordada, não que não dormiria contigo — Dinho tenta esclarecer, porque sabe que sua declaração a incomodou profundamente. — É só que não faria isso com você inconsciente. Ou com qualquer outra garota. — Quanto mais tenta explicar, mais as palavras soam estranhas aos próprios ouvidos.

Mas, por alguma razão, Ayumi gostou do que ouviu. Depois de se despedir do rapaz, entrou em casa sentindo-se feliz pela primeira vez em muito tempo.

— Bom dia — Marina cumprimenta ao entrar em casa e encontrar a mãe e o padrasto retirando a mesa do café da manhã em meio a uma conversa animada.

— Bom dia — respondem, e Ângela a encara, esperando que conte o motivo do sumiço na noite anterior.

— Que foi?

— Não vai me contar sobre a sua aventura de ontem?

Suspirando, Marina fala:

— Se o meu pai já te contou, por que preciso repetir a história?

— Porque quero ouvir os detalhes — Ângela informa, subindo os óculos. — E quero, com toda certeza, saber onde passou a noite.

Marina passa a mão no rosto, estressada.

— Pelo amor de Deus, mãe. Eu tô aqui, não tô? Por favor, para de me tratar como criança!

— Marina, você não era assim, evasiva nas respostas. — A mãe a condena, apontando o dedo em direção à garota. — O que tá acontecendo? Por que tá tão cheia de segredos ultimamente?

— Eu não me importo de dizer as coisas, mãe, mas também preciso de espaço — Marina esclarece, esperando francamente que ela entenda. — Eu não fiz nada demais, ok? Só fui ver a Ayumi porque ela precisava de mim. Satisfeita?

Depois de alguns segundos, Ângela concorda, embora saiba que há algo que não se encaixa na história da filha.

— Eu espero, sinceramente, que um dia me conte o motivo de tanta superproteção — Marina fala e vai para seu quarto.

Joana encara o celular mais uma vez pensando em ligar para Cristiano, mas sabe, por experiência própria, que aos domingos ele costuma dormir até mais tarde, por isso odeia ser incomodado. Um Cristiano irritado não é a melhor das companhias, mesmo para Joana. A garota não o culpa por querer descansar aos domingos já que trabalha algumas noites por semana como barman numa balada do Cruzeiro. É um dos meios que ele tem para financiar sua vida. Uma vez, contrariando o desejo de Cristiano, Joana apareceu na Carpe Noctem, porém não foi nem um pouco bem recebida.

"O que faz aqui?", Cristiano questionou, interrompendo a ligação dela quando chegou do lado de fora da balada e a viu.

"Vim te ver, gato", Joana respondeu, guardando seu celular. "Mas confesso que esperava uma recepção mais animada." Após essas palavras, ela aproximou-se e o envolveu com seus braços.

"Não pode ficar aqui", Cristiano retorquiu, afastando as mãos de Joana. "É menor de idade, só vai trazer problemas. Eu te disse isso!" – seu tom soou carregado.

"Eu pensei em tudo, gato", Joana informou, sorrindo. "Tenho uma identidade falsa", completou, procurando-a na bolsa. Ao encontrar o documento, entregou a Cristiano, mordendo o lábio com malícia.

"Este é o meu local de trabalho, Joana", o rapaz censurou, sendo mais duro do que o necessário. "Qual é? Tá querendo ficar colada em mim o tempo todo?"

A garota o encarou, depois abaixou a cabeça, contrariada.

"Desculpa, só queria te ver."

"Isso não tem como dar certo", Cristiano reclamou, movendo a cabeça, descontente, enquanto respirava fundo. "Na boa, acho bom a gente parar por aqui."

"O que tá querendo dizer?", Joana indagou, franzindo a testa, sem compreender.

"Você tá misturando as coisas", Cristiano foi incisivo. "Nosso lance é aberto e não tenho a intenção de me amarrar a ninguém."

"Sei disso", Joana disse, desviando os olhos, incomodada com o modo como Cristiano falava, sem dar a mínima atenção para o que ela sentia. Talvez por não se importar realmente com isso ou porque não sabia o que ela sentia de fato.

"Não, não sabe", Cristiano devolveu, obrigando-a a encará-lo diretamente nos olhos. "Eu não gosto de ser controlado, não gosto de estar o tempo todo com uma pessoa só, não gosto nem que tentem me surpreender, pra ser sincero. Gosto que sigam o combinado à risca e se eu tiver dito não, é não. Comigo não tem meio-termo, Joana. É assim ou não é."

"Você já me falou isso, gato", Joana falou, fazendo-se de desinteressada.

"Mas preciso que entre na sua cabeça. Acho bom a gente deixar isso pra lá." Dizendo isso, o garoto deu dois passos para trás.

"Ei, ei, ei", Joana colocou as mãos na gola da camisa dele, impedindo-o de se afastar mais. "Qual é, gato? A gente tá se curtindo tanto", falou ela, pousando os lábios nos dele. "Temos muita química", continuou dizendo enquanto dava-lhe pequenos beijos. "Tem certeza de que quer perder isso?"

"Você mexe muito comigo, Joana", Cristiano confessou, colocando a mão no rosto dela para impedir que continuasse a provocá-lo. "Mas não vou abrir mão da minha liberdade por conta disso, entendeu?"

"Entendi, gato", Joana assentiu. "Só vim porque achei que tivesse a fim de sair pra algum lugar depois do seu expediente. Não é o fim do mundo", ela revirou os olhos. "De qualquer forma, se não quer, não apareço mais. Prometo."

"Assim é melhor", ele comentou, devolvendo a ela a identidade falsa. "Agora acho melhor você ir andando."

Foi a única vez que Joana tentou surpreender Cristiano. Depois disso, aprendeu a lição e, para não o perder, sabe que precisa manter distância.

Desistindo da ligação, ela apenas envia uma mensagem ao rapaz, dizendo que mais tarde irá ao Mistureba, uma lanchonete em que costumam se encontrar, e que, se ele quiser, pode aparecer.

Joana pega a bolsa sobre a cama e se encaminha para a porta do quarto. Do lado de fora, ouve uma parte de uma conversa entre João e Ângela, e isso a faz parar:

– A Marina tá desconfiando de alguma coisa. Posso sentir pela forma como me olha.

– Querida, é normal que a Marina ache exagerada a forma como se preocupa. Ela é adolescente. – João procura confortá-la.

– Mas você concorda com ela. – Não é uma pergunta. – O Heitor me disse que ela pediu que ele conversasse comigo. Ela está se sentindo sufocada com o excesso de proteção.

– Não sou a melhor pessoa pra te aconselhar sobre isso porque sou o seu oposto, né? Deixo a Joana livre até demais.

– Queria não me preocupar tanto, mas é impossível, Chuchu.

– Eu sei, querida. E realmente entendo.

– Queria que ela entendesse também. – Ângela suspira. – Às vezes tenho vontade de contar a verdade pra ela, sabe? Pelo menos parte dela, pra tirar esse peso do peito.

— Ângela, olha pra mim. Acha que a Marina vai entender o fato de não ser filha biológica do Heitor? De você ter escondido isso durante dezessete anos?

— Tem razão... Meu Deus, ela não pode saber. — Ângela concorda, num tom levemente ansioso. — Ela nunca me perdoaria se descobrisse.

Enquanto João procura tranquilizar a esposa, Joana retorna ao quarto vagarosamente, pensando em tudo que escutou.

— Quem diria, hein, dona Ângela? — ela comenta consigo mesma, agitando a cabeça enquanto tenta processar a conversa do pai com a madrasta.

Cristiano e Joana entram no carro em pesado silêncio. O rapaz percebe que há algo de anormal com a menina desde que se encontraram. Parece ansiosa de um jeito que não é comum a ela. Poucas vezes Joana demonstra seus sentimentos, e isso não é algo que Cristiano reclame. Desse jeito é muito mais fácil manter as coisas entre ambos apenas no nível físico.

— O que você tem? — ele pergunta enquanto prende o cinto de segurança.

Joana hesita alguns minutos, analisando se é interessante falar algo sobre Marina para Cristiano, especialmente quando considera que eles já estão passando muito tempo juntos.

— Então? — o garoto insiste.

— Não é nada.

— Joana...

— Descobri uma coisa absurda hoje — Joana acaba dizendo. — Você não vai acreditar.

— Fala de uma vez.

— A Marina não é filha do Heitor.

Cristiano, que quase nunca perde a fala, não sabe o que dizer diante da declaração de Joana.

— Espera aí. Isso é sério? — ele diz, franzindo o cenho para a menina. — Tem certeza de que foi isso que ouviu?

— Claro que tenho, Cristiano. A Ângela estava toda aflita porque a Marina está se sentindo sufocada pela superproteção dela. Aí disse que se contasse que a Marina não é filha biológica do Heitor as coisas seriam mais fáceis.

— Não é possível. — Cristiano continua cético.

— Pois é... Quem diria que a Ângela, com aquela carinha de sonsa, seria capaz de trair o marido? — Joana move a cabeça, cruzando os braços. — Daria tudo pra ver a cara da Marina se descobrisse que a linda família dela não passa de uma farsa. Ia parar de se achar a perfeitinha, com certeza!

— Você contou isso pra mais alguém, Joana? — Cristiano interroga, olhando-a, preocupado.

— Não.

— Ótimo. — Ele suspira com visível alívio. — E você nunca mais vai repetir essa história, entendeu?

— Mas...

— Joana, isso não é assunto seu.

— É assunto da Marina — ela fala, e fingindo inocência, completa: — Aposto que ela gostaria de saber a verdade.

— Eu não tô brincando — Cristiano contrapõe, a olhando com repreensão. — Se a família da Tampinha decidiu não contar isso pra ela, você não tem o direito de se intrometer. Vamos, prometa que não vai contar nada!

— E eu não tenho que te prometer nada, Cristiano — Joana declara, cruzando os braços, incomodada com o tom dele. — Até parece. Eu conheço a Marina, ela não gosta de mentiras. Mesmo que viva contando um monte por aí.

— Tudo bem, então não prometa — Cristiano diz, ignorando as últimas palavras dela. — Mas, se isso chegar aos ouvidos da Tampinha, vou saber de quem partiu. E pode ter certeza, Joana, de que vai se arrepender — Cristiano avisa, movendo a cabeça em afirmativa enquanto mantém o olhar fixo no dela.

— Você tá me ameaçando por causa daquela garota? — Joana pergunta, sentindo-se traída pela atitude de Cristiano.

— Não tô te ameaçando. — Ele aperta a ponte do nariz, desgastado com aquela história toda. — Só tô dizendo que a verdade pode custar um preço alto demais e que você pode não dar conta de pagar. Vai magoar a Tampinha, mas vai arrasar a sua família junto. É um conselho que te dou — ele responde, suspirando pesadamente. — Vou te levar em casa, acho que já deu por hoje — completa e, em seguida, liga o carro.

Marina despede-se de Leo e caminha em direção à sala de aula. Ayumi até então não chegou e, de forma intuitiva, Marina sabe que é apenas um modo que a amiga encontrou para evitá-los. Contudo há preocupações mais imediatas retorcendo o estômago da garota. Por exemplo, o fato de estar a poucos segundos de encontrar Cristiano. Será que ele a tratará diferente, agora que compartilhavam tanto?

Respirando fundo, Marina cruza a entrada da sala. Ver que Joana se atraca com o rapaz ao fundo do recinto não deveria surpreendê-la, porque não são raras as vezes que a menina mata o tempo antes das aulas na sala de Cristiano, aproveitando-se da ausência dos professores para se pegar com ele, mas a surpreende, sim, e de uma maneira desagradável. A sensação foi semelhante a um banho de água fria, ainda que ela não consiga saber exatamente por que se sente assim.

Desviando os olhos e respirando fundo mais uma vez, ela senta-se em seu canto rotineiro.

— Oi, Marina — Fábio cumprimenta educadamente. É um dos colegas de turma com quem ela costuma fazer trabalhos escolares e, embora não sejam muito próximos, Marina o acha uma pessoa legal.

— Oi — ela responde, apática, porque quer estar em qualquer lugar, menos ali, enquanto Cristiano e Joana se beijam. Mas ninguém além dela parece realmente se importar. Talvez já estejam habituados com aquela cena. Não é a primeira vez que acontece, mas é a primeira vez que Marina se sente incomodada com isso.

— Tá tudo bem com você? — Fábio quer saber, estranhando a careta que ela faz.

— Sim, só tô... com dor de cabeça — Marina inventa, olhando Cristiano e Joana. Por quê? Por que isso a incomoda? Será possível que... — Fábio, quer ir ao cinema na sexta? — Marina pergunta, interrompendo os próprios pensamentos, com medo de chegar a alguma conclusão desagradável.

O garoto parece chocado com o convite.

— Tá falando sério? — questiona ele, subindo os óculos.

— Claro — ela diz, sorrindo sem querer.

— Tudo bem. — Fábio corresponde ao seu sorriso. — Vai ser ótimo!

— Tenho certeza de que sim — Marina responde, ainda que esteja longe de pensar o mesmo.

―――― ✕ ――――

Algumas horas mais tarde, Marina sai do vestiário com roupas adequadas para a aula de Educação Física — short, regata e tênis — e prende os cabelos num rabo de cavalo alto pouco antes de ir à quadra de esportes.

— Alonguem-se em duplas! — a professora Fernanda orienta.

Fábio se dirige à Marina, porque é a colega mais próxima (e como irão ao cinema juntos, sente-se mais à vontade para aproximar-se dela), mas Cristiano é mais rápido.

— Vai se alongar comigo, Tampinha — diz, tomando-a pela mão antes mesmo que ela possa reagir.

Ele conduz Marina para o outro lado da quadra e ela sente as bochechas pegarem fogo com a demonstração de intimidade. Se isso chegar aos ouvidos de Joana as coisas podem ser mal interpretadas.

— Então, o que tanto você e o quatro-olhos conversaram na primeira aula? – Cristiano questiona enquanto segura uma das mãos dela e, com a outra, segura o próprio pé, mantendo o joelho dobrado.

— O nome dele é Fábio – Marina o corrige, arqueando a sobrancelha enquanto também dobra o joelho e agarra o pé.

— Quatro-olhos combina mais – Cristiano retruca, dando um sorrisinho sarcástico que faz Marina lembrar-se do velho e idiota Cristiano de sempre.

— Isso não é engraçado. Devia sentir vergonha.

— E você, iludindo garotos desesperados por um encontro – Cristiano responde, arrogante, auxiliando-a a alongar as costas. – Talvez *você* devesse sentir vergonha. Parece que não é tão boazinha, afinal de contas.

Com esse comentário Marina se afasta, encarando-o com um olhar enviesado.

— Eu não tô iludindo ninguém. Só vamos ao cinema – ela se defende, numa tentativa de não se sentir culpada.

— Todo mundo sabe o que garotos vão fazer no cinema.

— Acontece que nem todo mundo é igual a você, Cristiano – Marina sobe o tom de voz, começando a se incomodar de verdade.

— Acha que tá fazendo uma boa ação por sair com ele? Acha que usar as pessoas é algo legal? – Cristiano acusa, sem saber por que a raiva devora suas entranhas de um jeito incomum. Que tipo de sentimento irracional é esse?

— Não sou como você – Marina responde, apontando o dedo para ele, zangada.

— No fundo, somos mais parecidos do que pensa, garota. A diferença é que não engano ninguém. Joana sabe exatamente onde se meteu. O quatro-olhos, por outro lado...

Ainda que não saiba as reais intenções do rapaz, ele consegue fazê-la se sentir mal.

— Que tal me deixar em paz, Cristiano? – Marina pede, sem saber o que dizer e caminhando para longe do rapaz ao sentir o olhar intenso fuzilar suas costas.

⁂

Enquanto a professora separa os alunos em dois times para jogarem queimada, Cristiano observa a proximidade entre Marina e Fábio e sente-se levemente incomodado. Algo no sorriso do garoto o faz sentir vontade de socá-lo e ordenar que pare de arrumar desculpas para tocá-la de forma tão descarada. Ainda mais quando ela parece querer estar a quilômetros de distância dali. Conhece-a bem o suficiente para saber que o que disse provocou sua consciência. Marina é inocente demais para se imaginar usando uma pessoa. Cristiano é egoísta demais para imaginá-la saindo com outra pessoa. Reprimindo os pensamentos, o rapaz sacode a cabeça. Está ficando cada vez mais estúpido.

Marina olha Cristiano, achando estranha a maneira como ele a encara, parecendo irritado, já que ela, supostamente, é a única que tem motivos para isso. Foi ele quem plantou uma semente de culpa em seu coração. Mas o motivo disso lhe permanece um mistério. Enquanto a menina divaga, ignorando o jogo à sua volta, o incidente acontece: Fábio recebe a bola do time adversário e, ao se preparar para lançá-la de volta, acerta uma cotovelada no rosto de Marina, fazendo-a cair não somente pela força do impacto, mas também pela dor que sente.

> Quando tudo nos parece dar errado, acontecem coisas boas
> que não teriam acontecido se tudo tivesse dado certo.
> (Renato Russo)

Más notícias

Em poucos instantes, as pessoas se aglomeram ao redor de Marina enquanto sua garganta se fecha por causa de algo quente e com gosto de ferrugem. Desliza a mão sobre o nariz e observa a quantidade de sangue saindo.

— Ah, meu Deus! Será que ela quebrou o nariz?! — grita uma das colegas histericamente.

— Ai! — Marina choraminga, respirando com dificuldade.

A professora se aproxima. E é exatamente nesse momento que Cristiano atira-se sobre Fábio, com raiva, como um animal cuja comida querem roubar. Ele não pode machucar uma criatura tão ingênua quanto Marina e sair impune.

— Seu imbecil! Olha o que fez! — grita, segurando-o pelo colarinho da camisa.

— N-não foi de p-propósito, cara. F-foi um a-acidente... — Fábio responde, gaguejando.

Ele olha Marina e sente-se nauseado por ver o sangue respingando no uniforme da garota.

— Você arrebentou o nariz dela, seu idiota!

— E-e-eu n-não fiz por m-mal...

— Pouco importa se foi por mal ou não. A Tampinha está ferida por sua culpa!

— Cristiano, chega! — a professora diz, encarando-o com seriedade. — Solte o Fábio agora mesmo. Foi um acidente, ninguém teve culpa.

A contragosto, ele obedece. Em seguida, aproxima-se de Marina, que se levanta, amparada pela professora.

— Posso acompanhá-la até a enfermaria? — Cristiano pede, preocupado.

— Não. É melhor que todos fiquem aqui e mantenham a ordem. Eu volto logo — o tom da professora não deixa espaço para qualquer discussão.

— Onde está minha filha? — a voz de Ângela soa preocupada quando ela entra na enfermaria, dez minutos depois da chegada de Marina. De imediato, a enfermeira a conduz até a maca em que a garota está deitada. Há três biombos hospitalares separando os leitos, contudo só Marina está ali.

— Ela tá bem, Ângela. Foi só um susto. — A enfermeira procura tranquilizá-la, sabendo que a mãe da garota fica nervosa facilmente quando o assunto é a segurança da filha.

— Não sei por que ainda permito esses esportes violentos nas aulas de Educação Física — Ângela murmura, movendo a cabeça, ao observar o nariz inchado da menina.

— Mãe, foi só um jogo de queimada — Marina explica, sentando-se na maca devagar, com medo de que o nariz volte a sangrar.

— Tem certeza de que não quebrou, Emília? — Ângela questiona, aflita.

— Absoluta. Foi mais um susto mesmo. Daqui a pouco a Marina está pronta para outra — fala a enfermeira, sorrindo. Ela está habituada a tranquilizar pais de alunos preocupados com pequenos ferimentos provocados na Educação Física. Ângela não é uma exceção, embora sempre demonstre ser a mais angustiada. — Só acho bom que ela vá pra casa mais cedo hoje para repousar — aconselha, olhando de mãe para filha.

— Eu vou com você, querida — Ângela diz, ao beijar a filha de leve na testa. — Espere um pouquinho só que vou resolver umas coisas na direção e já volto para te buscar.

— Tudo bem, mãe — Marina concorda. — E será que vou poder ir pra ACSUBRA mais tarde?

O olhar da mãe é uma resposta mais do que contundente para a pergunta. A garota suspira, chateada.

— Já volto — Ângela comunica e sai da enfermaria. Assim que Ângela se afasta, Fábio aparece na porta timidamente. Está cercando o ambiente desde que a professora trouxe Marina, mas sem coragem de entrar. Talvez a diretora Ângela o puna por ferir a filha.

— E-eu posso entrar? — o garoto gagueja para a enfermeira.

— Claro, Fábio. Fique à vontade. É bom que faça companhia para a Marina, pois vou precisar me ausentar alguns instantes — dizendo isso, ela dá uma piscadela para ele enquanto caminha para a porta.

— Marina, me perdoe, eu... eu não quis te machucar — o rapaz começa, cheio de reservas, parado diante da maca em que Marina está sentada.

— Ei, eu sei disso, Fabinho. Tá tudo bem. — Ela sorri para tranquilizar o colega.

— É que... O Cristiano... Ele...

— É um idiota — Marina diz, franzindo o rosto. — Ignore o que ele disse. É o que tento fazer na maior parte do tempo.

O garoto balança a cabeça, dando um pequeno sorriso.

— Isso quer dizer que... o cinema... ainda está de pé? — ele indaga, hesitante. Tem medo de que a garota tenha mudado de ideia depois do que aconteceu.

Suspirando, Marina assente. Ela não o está usando. Ambos são amigos e podem ir ao cinema juntos. Não há promessas além de uma tarde divertida.

— Tá, sim.

— Ufa! Que bom! — Fábio diz, sentindo-se realmente aliviado. — Bem, nesse caso, vou voltar pra aula, pra não te dar a chance de mudar de ideia. — E, após dar um sorriso, o garoto sai, deixando Marina pensando em como ele é simpático. Demora algum tempo para perceber que há alguém parado na porta.

— Idiota, hein? — Cristiano fala, com uma carranca enorme. — É isso que ganho por tentar te defender?

Marina o encara e, em seguida, agita a cabeça negativamente.

— Foi um acidente, Cristiano. Todo mundo viu. Não havia necessidade de agir daquele jeito estúpido.

O rapaz morde o lábio, com raiva pela forma como ela o trata.

— Você tem que pedir desculpas para o Fábio — Marina fala, ainda o fitando nos olhos. — É o mínimo que pode fazer depois de ter agido feito um animal.

— Pedir desculpas? — Cristiano repete, fechando o semblante. — Você é muito ridícula mesmo! Já me viu pedindo desculpas pra alguém?

— Mas...

— Pode esquecer, garota — Cristiano a interrompe, irritado. — Não vou pedir desculpas para o quatro-olhos! Nem pra ele nem pra ninguém, só por uma simples razão: não falo nada que não quero dizer! Não brigo sem ter vontade. Todos os meus atos são conscientes. Pode ter certeza!

— Conscientes? Você deve estar brincando, né? Porque só faz *idiotices!* — Marina responde, também exaltada. — Dá um passo pra frente e dez pra trás!

— Minha maior idiotice é ainda falar com uma garota chata, metida à certinha, que acha que tá acima do bem e do mal, vivendo num conto de fadas, em que todas as pessoas têm a obrigação de corresponder às suas expectativas! — Cristiano fala, cada vez mais zangado. — Você não controla o mundo, Tampinha! Acorda!

— Você é uma pessoa horrível, Cristiano. E jamais passará disso!

— Ei, ei, ei! Que gritaria é essa aqui? — Emília interrompe a discussão ao retornar à enfermaria.

— Não se preocupe, Emília — Marina responde, ainda olhando de maneira fria para Cristiano. — Ele já tá de saída.

Retribuindo o olhar da garota com a mesma frieza, Cristiano sai a passos duros.

— Nossa! Esse garoto tem um gênio, hein? — a enfermeira diz, acompanhando-o com os olhos.

Marina concorda num movimento de cabeça enquanto pensa que suas chances de fazê-lo se tornar alguém melhor caíram por terra.

Leo coloca os fones de ouvido no exato momento em que Cláudia, em toda a sua glória vespertina – usando um macacão carmim, brincos grandes e colares maiores ainda – entra em seu quarto com o telefone a tiracolo.

– Mãe! – o rapaz a repreende, usando o tom que comumente usa com ela. – Custa bater? Eu podia estar pelado.

– Não há nada aí que eu já não tenha visto milhares de vezes – Cláudia argumenta.

Leo revira os olhos mentalmente enquanto descarrega suas frustrações num longo suspiro.

– Tô tentando mixar algumas músicas. Será que pode ser rápida? – o garoto pede, apontando o aparelho de mixagem que ganhou no último aniversário. Ele sabe que o pai inicialmente foi contra o presente, alegando que atrapalharia nos estudos, no entanto Leo se comprometeu a se dedicar aos livros o dobro do tempo que passasse mixando, e isso foi tudo que Marco Antônio precisou para mudar de ideia.

– Quero saber do seu irmão – diz Cláudia, certa de que Leo sabe seu paradeiro.

– Não sei, mãe.

– Como não sabe? Vocês são irmãos, devem saber tudo um do outro – a mãe retruca, cheia de razão.

Leo a olha e fala:

– Oh, mãe, não sei se te contaram, mas os irmãos não funcionam assim. Não no século vinte e um. Não costumamos dar satisfação um para o outro. Já tentou ligar no celular dele? Talvez esteja na casa da Dani.

– É ela no telefone – Cláudia informa, apontando para o aparelho. – E adivinha? Ele não tá lá. O celular cai direto pra caixa postal.

– Vai ver ele tá fugindo dessa insuportável – Leo responde.

Cláudia agita a cabeça, tira o telefone do mudo e diz:

– Oi, Dani? Olha, flor, acabei de falar com o Leonel e ele me avisou que o Bernardo foi fazer um trabalho da faculdade na casa de um amigo. Ele não teve como te comunicar porque foi de última hora mesmo. Tudo bem, meu amor? Claro! Quando ele chegar peço pra te retornar, querida. – O excesso de adjetivos faz Leo revirar os olhos. – Tá bom, coração. Tchau, tchau!

– Mãe, me desculpa o termo, mas você é tão descarada – Leo diz, sacudindo a cabeça, desaprovando a mentira.

– Eu faria o mesmo por você caso precisasse – Cláudia diz, sorridente.

– E por que eu precisaria que mentisse em meu nome? – Leo indaga, arqueando as sobrancelhas grossas.

– Vai que você queira dar um perdido na sua namorada. – Ela pisca.

Leo tem vontade de dizer que esse tipo de comentário não combina na boca de uma mãe, mas fica em silêncio. Muitas vezes, o silêncio é a resposta preferida do rapaz porque é mais conveniente.

— Só pra constar, não tenho namorada.

— E aquela garota que mora na casa ao lado? — Cláudia indaga, cruzando os braços. — Vi vocês conversando hoje. Ela estava te dando mole.

— Mãe, pelo amor de Deus! A menina tem namorado. A gente só se cumprimentou, nada demais.

— Sério? Aquele olhar que ela te lançou não foi normal — Cláudia comenta.

Leo suspira.

— E quanto a Ayumi? Ela bem é uma gracinha, né? Com um rostinho de biscoito. — Cláudia sorri.

Leo revira os olhos.

— Ela é minha melhor amiga.

— Na minha época, homem só se tornava amigo de mulher quando queria alguma coisa com ela. — Cláudia o olha com desconfiança. — E a Marina?

Leo fica embasbacado com a pergunta da mãe.

— Ela é minha *prima*!

— Já fiquei com dois primos. Não é nada demais — Cláudia fala, sem entender o espanto do filho.

— Mãe, vamos deixar uma coisa clara, tá bem? A Marina e a Ayumi são como irmãs pra mim, não tem a menor chance de eu me relacionar com elas pra lá disso. Além do mais, já tô interessado em alguém. — A última frase escapa sem que Leo possa se controlar.

Os olhos de águia de Cláudia se arregalam enquanto seu semblante se ilumina.

— Sério? — ela pergunta, batendo palmas. — Quem é?

— Ahn... — Leo se pergunta se a mãe percebeu que ele usou o termo *alguém* em vez de *uma garota*. Imagina, por um segundo, qual seria a reação dela se descobrisse que seu interesse tinha quase 1,80 de altura. Provavelmente, surtaria. — Não é ninguém. Só uma... pessoa do colégio?

— Eu já vi? Qual o nome? Filha de quem?

— Ih, mãe, vamos parar por aqui, por favor? É minha intimidade e não tô a fim de discuti-la.

— Ok. Posso pelo menos perguntar o nome da felizarda?

— Tchau, mãe — Leo desconversa, apontando os olhos para a porta.

— Ai, quanto mistério sobre essa garota! — Cláudia fala e sacode as mãos no ar. — Mas tudo bem, vou dar um jeito de descobrir tudo sobre ela e fazê-la cair de encantos por você. Vai ver só.

Leo não evita um sorriso.

— Boa sorte com isso.

Uma vez em casa, Marina vai para o quarto com a desculpa de descansar, no entanto seu único intuito é ficar sozinha. Ela repassa mentalmente as atitudes de Cristiano várias vezes, mas não consegue achar uma explicação para o comportamento do rapaz. Em um dia, é simpático, cuida dela e a trata com respeito; no outro faz declarações mordazes, maltrata-a e insulta-a, despertando sua aversão. Ela não consegue passar dois dias sem odiá-lo. E Cristiano parece não querer que ela sinta qualquer coisa além de ódio por ele. Nem ela nem ninguém.

Contudo a discussão no colégio serviu ao menos para ela entender que seu plano de mudá-lo é tão absurdo quanto acreditar em duendes. Daquele dia em diante não faria mais nada por Cristiano, apenas tentaria suportá-lo até o castigo do rapaz acabar e eles voltarem às suas rotinas como se nada tivesse acontecido. Era o mais sensato a se fazer. Assim, ela não se machucaria.

Irritado, Cristiano reflete sobre como Marina consegue ser chata sem fazer nenhum esforço. É algo tão natural nela quanto respirar. E pensar que chegou a considerá-la uma garota bacana. Estava louco ao pensar isso. A menina só quer bancar a certinha, colocar o dedo em sua cara e julgá-lo por suas atitudes. Mas, se ela pensa que irá modificá-lo, colocar nele uma personalidade ao menos similar à dela, que é fraca, desprovida de estilo e totalmente previsível, isso só porque estão andando juntos de vez em quando, para fazer um serviço social, que sequer desperta seu interesse, ah, ela está bastante equivocada.

Combinaram de um respeitar o espaço do outro, mas, dos dois, Marina é a que menos cumpre sua parte do trato. Ora o segue, ora aparece onde trabalha, obrigando-o a levá-la para sua casa... Enfim, onde está o respeito ao espaço dele nisso tudo?

E aquela pose, aqueles olhos altivos, de quem sempre tem a verdade na ponta da língua, senhora da razão, como se fosse juíza do Universo, condenando aqueles que julga desajustados, inconsequentes? Quem ela pensa que é para dizer o que ele deve ou não fazer, como deve ou não agir?

De tudo que detesta em Marina, com toda certeza, o ar de imponência, de estar sempre certa, é o que mais desperta sua aversão. Agora consegue entender melhor como Joana se sente tendo um "modelo de perfeição" a ser seguido dentro de casa. Não lhe admira que a garota passe tanto tempo fora. Todo e qualquer deslize que comete deve ser imediatamente julgado e comparado ao comportamento nada menos que exemplar da irmã postiça. Nesse instante, Cristiano consegue sentir compaixão por Joana.

Saindo de suas divagações, o silêncio mórbido que emana da casa velha que as pessoas ali insistem em chamar de ACSUBRA é a primeira coisa que Cristiano percebe quando desce do carro, no quintal frontal.

Ainda é cedo, mas a algazarra das crianças já deveria ser perceptível. Talvez estejam fazendo deveres escolares ou tendo algum tipo de recreação silenciosa, o que o garoto julga pouco provável, porém não impossível.

Andando com suas botas de motoqueiro, Cristiano para diante da porta da frente, batendo com suavidade. Cássia vem abrir. Sua expressão desapontada é a primeira coisa que o rapaz nota.

– Oi, Cristiano – ela o cumprimenta, com um sorriso murcho.

– A Tampinha não vem hoje – Cristiano informa, atravessando a porta, procurando por uma das freiras na sala principal, mas não há nenhuma à vista.

– Eu sei. A irmã Célia avisou que aconteceu um incidente no colégio de vocês – Cássia diz, fechando a porta e virando-se para ele.

– Onde tá a garotada?

– Dividimos em grupos e estão fazendo atividades lúdicas.

Atividade lúdica, para Cristiano, quer dizer alguma coisa chata e educativa. As pessoas querem, sempre, ensinar coisas, até no momento da diversão. Por que as crianças não podem simplesmente brincar por brincar?

– E as freiras?

– Bem, Cristiano... – Cássia suspira, procurando uma forma resumida de explicar. – Acontece que hoje o clima aqui não tá dos melhores.

O rapaz não entende o que ela tenta dizer até que ela fala com todas as letras:
– A ACSUBRA será fechada.

> As boas ações elevam o espírito e predispõem-no a praticar outras.
> (Jean-Jacques Rousseau)

Boas ideias

Para resumir, a situação é a seguinte: a ACSUBRA não tem alvará de funcionamento e foi feita uma visita que identificou não apenas isso, mas também as péssimas condições da casa, além da falta de profissionais adequados para o cuidado das crianças. Agora a ONG dá um jeito de colocar tudo em ordem ou será fechada, independentemente de quantas crianças perderão com isso.

— Bem, é isso – Cássia diz, antes de acrescentar: – Além da falta de alvará, há muitos outros documentos que a gente não tem.

— O que acontece é que a ACSUBRA não passa de uma fachada, por assim dizer. – Enrico se junta à Cássia, explicando a Cristiano. De longe, eles observam as crianças divididas em pequenos grupos, ocupadas com algum tipo de jogo matemático que Cristiano não conhece. – As freiras se reuniram e decidiram criar uma ONG. Mas não se preocuparam com as "burrocracias". – O jovem faz aspas com as mãos. – Em parte porque não esperavam que fosse crescer tanto, em parte porque não esperavam que, um dia, isso pudesse acontecer. Algum oficial do governo vir aqui, assim...

— Na boa? Isso tem cara de denúncia – Gabriel fala, coçando as costeletas, pensativo.

— Como assim? – Joice pergunta, arqueando as sobrancelhas.

— Acho que alguém da vizinhança entrou em contato com a administração local. Só pode ter sido isso. O governo não ia simplesmente chegar aqui do nada sem que alguém falasse algo – o rapaz comenta. – Agora, cara, a troco de quê? Que mal este lugar faz?

— Faz todo sentido – Enrico concorda, suspirando. – E agora, com a falta de condições, a ACSUBRA já era!

Com o estado daquele lugar, Cristiano se admira que ainda não tenham condenado a casa de uma vez...

— Mas talvez seja melhor – Joice diz. – A paróquia já não tá mais conseguindo arcar com o mínimo que a ACSUBRA precisa para funcionar. E a gente não tem nenhum padrinho.

— Ai, Joice, para – Cássia pede, discordando da opinião da colega. – Como pode dizer que fechar a ACSUBRA é o melhor? As crianças *precisam* deste lugar! O que a administração tinha que fazer era ajudar a gente, fornecendo recursos. Poxa, pagamos impostos! Isso é um programa social, não estamos pensando na gente. Mas é difícil ajudar quando não se é ajudado.

Cristiano continua observando a conversa entre os quatro jovens voluntários. Estão todos igualmente preocupados com a possibilidade de a casa fechar as portas. Ele não pode dizer que sente o mesmo em relação à situação do abrigo, que só conhece há uma semana, e com o qual não tem tanto vínculo. Mas não pode negar que não é algo justo com as crianças. Por um instante, imagina a reação de Marina quando ela ficar sabendo de tudo isso. Ela ficará desesperada, já que trabalhar na ACSUBRA é muito importante para ela.

– E você? Não diz nada, Cristiano? – Cássia questiona ao olhar para o garoto e percebê-lo pensativo. – Vai ficar só aí, enterrado nos próprios pensamentos?

O rapaz volta à realidade, agitando a cabeça, antes de fitá-la.

– A situação é tensa – comenta, dando de ombros.

– As irmãs estão lá, tentando decidir o que fazer, mas não parece haver muitas opções. Mal temos dinheiro para o básico, imagina pra pagar toda a documentação que é exigida por lei – Enrico diz, triste com a situação.

– Fora a reforma do casarão – Gabriel completa. – E a multa pelo funcionamento indevido. Só não fechamos hoje porque a Madre conseguiu convencer o fiscal a nos dar um tempo pra tentar ajeitar as coisas. Mas, cá entre nós, isso será inviável.

– E o que tanto este lugar precisa, além do alvará? – Cristiano questiona.

Joice se levanta e caminha até uma mesa, pegando uma folha, precisamente, uma listagem de documentos, e a entrega a Cristiano, que descruza os braços para pegá-la.

– Isto tudo é o que uma ONG precisa pra funcionar – ela diz, suspirando.

Cristiano passa os olhos rapidamente pela folha.

– Estatuto, edital de convocação... Inscrição no cadastro de contribuintes mobiliários... CNPJ... – Ele para de ler por um instante e pergunta: – Como é que este lugar funcionou tanto tempo sem nenhuma dessas coisas?

Os quatro se entreolham.

– A gente também não sabe – Gabriel responde. – O interesse era apenas dar uma força para as crianças. Não sei se sabe, mas aqui em Brasília não tem muitos lugares especializados no cuidado de crianças surdas.

– Aliás, mais um dos motivos apontados como irregulares – Joice comenta. – Disseram que a ONG não está preparada para trabalhar a deficiência dessas crianças, o que não acho que seja totalmente verdade. A minha mãe é fonoaudióloga e uma vez por semana vem aqui pra ajudar. Ela mencionou que, mais cedo ou mais tarde, isso poderia acontecer – fala a menina.

– E eu estou no quarto semestre de Serviço Social. Isso devia ser considerado alguma coisa! – Cássia comenta, indignada.

— Gente, na boa: por que este lugar existe? – Cristiano pergunta, acrescentando em seguida: – Percebem que não há nenhum objetivo, por mais simples que seja?

— Ajudar. É esse o objetivo – Enrico responde, com obviedade.

— Sim, cara, sei disso. Mas veja bem: isto não é uma escola, também não é um local que preste assistência médica.

— É mais como uma ONG mesmo – Gabriel fala. – Além de ser o convento das franciscanas, claro.

— Também não é como se a gente pudesse chegar e escolher transformar isto em uma ONG, né, galera? Até porque não temos a menor condição de fazer isso. – Joice procura lembrar aos colegas. – Profissional de verdade aqui não há ninguém.

— Exceto a Madre Superiora, formada em Pedagogia com especialização em Libras – Enrico acrescenta.

— O problema de não ser ONG ou escola é a falta de orçamento – Cássia fala a Cristiano. – Sem dinheiro não há como fazer nada. Por várias vezes o pároco quis que as freiras desistissem da ACSUBRA, embora a Igreja nunca tenha deixado de apoiar o projeto.

— Cássia, acorda. Isto aqui não é um projeto – Joice diz, concordando com Cristiano. – Isto aqui não é nada! Só um amontoado de gente tentando fazer algo praticamente impossível. – O jeito como ela fala é desanimador.

— Mas acredito que um milagre possa acontecer – Cássia retruca, franzindo o rosto. – Afinal, estamos agindo em prol de uma boa causa!

Cristiano a observa com descaso enquanto gira a pulseira do relógio várias vezes.

— Se se apegar a crenças, então a causa já tá perdida, porque milagres não existem. O que existe é luta, correr atrás.

— Não. Tá enganado, Cristiano – ela diz, agitando a cabeça enquanto sorri. – Se você luta por algo, se corre atrás de alguma coisa, é porque tem *fé*. A fé é o que nos move, querendo admitir ou não.

O garoto bufa, fatigado.

— Se tem uma coisa que aprendi é que religião não se discute – Enrico comenta para apaziguar a discussão entre os dois. – Cada um tem a sua, ponto.

— Ou não tem nenhuma, né? – alfineta Cássia.

— É, tem gente que se recusa a ser bitolado.

— Você não tem a mínima compreensão do que seja fé e a bitolada sou eu? – Cássia pergunta, dando uma risada irônica.

— Ei, não acabei de dizer que religião não se discute? – Enrico torna a dizer, repreendendo os dois.

— A situação aqui é séria. Seria melhor que estivéssemos concentrados em bolar uma ideia brilhante pra salvar a ACSUBRA – Gabriel fala, suspirando.

— A verdade é que não há o que ser feito. Os prazos estão curtos e a realidade deste lugar é trágica demais pra ser resolvida do dia pra noite – Cristiano expressa sua opinião sincera.

— Se conseguíssemos um jeito de juntar fundos pra resolver os problemas mais urgentes, como a questão das licenças para funcionamento, talvez o resto se tornasse mais fácil – Gabriel comenta, num ar de desalento. Pensar no fato de a ONG, ou quase isso, estar correndo o risco de fechar as portas faz com que se sinta mal pelas crianças. Com quem ficarão se isso acontecer?

— Se ao menos a Marina estivesse aqui. É ela quem tem as melhores ideias – Joice lamenta.

— A coitadinha vai ficar mais arrasada do que nós todos juntos – Enrico diz ao se recordar o que ser voluntária naquele local significa para Marina.

Cristiano comprime os lábios, com o pensamento em Marina, no primeiro dia em que a acompanhou até a ACSUBRA. O sorriso dela quando cumprimentou as crianças, os olhos brilhando pelo simples prazer de vê-las. A forma como se expressava tão bem em Libras. A paciência, a dedicação, o empenho em ajudá-las. Apesar da chatice, a bondade de Marina é algo muito bonito de se ver.

— Quermesse! – Cristiano fala de repente, parando de girar a pulseira do relógio.

— O que foi que disse, cara? – Enrico pergunta.

— A gente podia fazer uma quermesse – Cristiano repete, a ideia tomando forma em sua mente. – Quem sabe consigamos arrecadar algum dinheiro se fizermos comidas pra vender e colocar umas barraquinhas com jogos, sei lá?

— Tá. E com que dinheiro? – Joice indaga, incrédula. – Duvido que a paróquia vá contribuir com isso sem certeza de retorno. É um tiro no escuro que ela não tem como arcar. Pensa bem, uma quermesse precisa de comida, bebida, brincadeiras, premiação, barraquinhas...

— Não precisamos pedir nada pra paróquia – Cristiano fala. – Faremos tudo com doações. No meu colégio as pessoas são cheias da grana. Aposto que boa parte participaria e, inclusive, levariam os pais. Carteiras recheadas.

— Sério? – Joice pergunta, descrente. – Acha que isso pode dar certo? Na boa, eu acho que não...

— Joice, espera. O Cristiano tem razão – Cássia concorda. – Podemos convidar o pessoal da faculdade também. Eles vão adorar!

— E, de quebra, talvez a gente arrume até uns padrinhos pra ACSUBRA! – Gabriel idealiza sorridente. – É uma boa ideia!

— Só precisamos da aprovação das irmãs – Enrico comenta.

— E quanto ao resto? – Joice pergunta, fitando Cristiano como se ele tivesse todas as respostas do mundo.

O rapaz pensa por alguns instantes antes de responder:

— Vamos dar um passo de cada vez, tudo bem? Primeiro a aprovação das freiras. Depois a arrecadação de doações. O resto, a gente vai improvisando.
— Será que vai dar certo? — A garota ainda duvida.
Cristiano toca seu ombro, sorrindo com malícia.
— Gata, a ideia foi minha. Isso já é 99% de garantia de dar certo.

───── ✕ ─────

Marina está fazendo o dever de casa quando seu celular toca. Olhando a tela, percebe que se trata de uma chamada da irmã Célia. A única coisa em que pode pensar é que, em sua ausência, Cristiano aprontou algo e que, dessa vez, foi expulso da ACSUBRA. O que não é ruim, já que, finalmente, vai se livrar daquele garoto encrenqueiro e a mãe não pode dizer que ela não tentou...
— Irmã Célia? — Marina diz, assim que atende. — O que o Cristiano aprontou dessa vez?
A freira dá um sorriso leve.
— Por que acha que ele aprontou alguma coisa?
— Não aprontou? — Marina fala, erguendo a sobrancelha direita, incrédula.
— Não. Você me pediu pra ligar e contar como ele se comportou, lembra?
— Porque já esperava um mau comportamento — Marina explica. — Mas, então, irmã, só está me deixando mais preocupada!
— Precisa ter mais fé nesse garoto, Marina — irmã Célia adverte. — Você tá parecendo a irmã Érica, que não dá um voto de confiança para o coitado. Como espera que ele mude dessa forma?
— Toda vez que acredito que o Cristiano pode melhorar, ele me prova o contrário, irmã Célia — Marina diz, ainda chateada pelo modo como Cristiano agira mais cedo.
— Você me contou que ele não quis se desculpar pelo incidente — a irmã comenta. — Mas Marina, você já elogiou alguma atitude positiva do Cristiano? Disse que o que ele fez foi admirável, coisas assim? Porque, ao que me parece, só se importa em listar os erros dele, exigir pedidos de desculpas. Não é possível que ele nunca tenha feito *nada* que merecesse um "Parabéns, Cristiano!".
Diante da declaração da freira, Marina se sente contrariada. Por que será que ela está defendendo Cristiano?
— Precisamos sentir que as boas atitudes são reconhecidas, assim, apreciamos fazer o bem e isso se torna um hábito. — A voz da irmã Célia contém uma pitada de otimismo.
— Tá, tudo bem, pode ser que não tenha feito tantos elogios assim ao Cristiano, mas, poxa, ele me tira do sério! Não sou eu mesma quando tô perto dele — Marina procura se justificar.

— Tente se lembrar disso da próxima vez que o vir — a freira diz. — Ainda mais diante do que vou contar.

— O que foi? — A garota deseja saber, curiosa.

— Bem, não vou poder te explicar tudo detalhadamente pelo telefone, mas o que acontece é que a ACSUBRA foi visitada por um oficial do governo e como não temos nenhum tipo de licença pra funcionar fomos notificados de que precisamos fechar as portas.

— O quê? — Marina se mostra indignada. — Não podem fazer isso!

— Ai, minha filha, o pior é que podem — irmã Célia responde, suspirando. — Mas tudo bem, eles nos deram o prazo de um mês pra correr atrás da burocracia toda. O casarão também vai precisar de reformas — a freira acrescenta.

— Ah, meu Deus! — Marina toca os lábios, preocupada. — O que vai ser da minha vida sem a ACSUBRA? Tem que haver alguma coisa que possamos fazer, irmã!

— Filha, filha, me escuta — irmã Célia interrompe as lamúrias de Marina. — Nem tudo está perdido. O Cristiano teve uma ideia pra salvarmos a ACSUBRA.

A última informação dita pela freira deixa Marina sem palavras. Cristiano. Uma ideia. Para *salvar* a ACSUBRA. Mentalmente ela faz um jogo de "ache o erro" para tentar descobrir onde falta nexo nas palavras da irmã Célia.

— O Cristiano?

— Sim, Marina, o Cristiano. Vamos organizar uma quermesse. Ele vai pedir o apoio do seu colégio e os meninos da ACSUBRA vão falar com o pessoal da faculdade em que eles estudam. Com o dinheiro arrecadado daremos entrada na papelada toda. A reforma da casa pode vir com a ajuda de algum padrinho. Quem sabe no evento não conseguimos um, né? Tenho fé de que essa quermesse será o primeiro passo para conseguirmos fazer essa instituição ir para a frente de vez. — A empolgação da irmã Célia é perceptível.

— A senhora tem certeza de que essa ideia partiu da cabeça do Cristiano? — Marina ainda duvida. É uma ideia brilhante demais para ter saído da mente de alguém que está apenas cumprindo um castigo escolar.

— Foi, sim, minha filha. O garoto tem um bom coração. Precisa ver a maneira como conversou com a Madre Superiora, todo cheio de ideias, com resposta pra tudo. Se sair do jeito como ele planeja será realmente um sucesso.

De repente, Marina sente uma pitada de ciúmes do modo como Cristiano rapidamente conquistou a simpatia da irmã Célia, ainda que ela seja simpática por natureza. Sinceramente, ela própria gostaria de ter dado uma ideia como a dele para ajudar a ACSUBRA, ou ter estado lá neste dia para ajudar a traçar os preparativos para a quermesse. Dar sua opinião. De qualquer maneira, ele teve uma boa ideia e, o melhor, nada que envolva pichações e protestos estúpidos, como é de seu feitio. Dessa vez ele acertou.

— Filha, agora preciso desligar. Mas creio que o Cristiano te deixará a par de tudo amanhã na escola. — Ela dá uma risadinha intrigante.

— Tudo bem, irmã. Obrigada por me avisar dessas novidades.

— Imagina. Ah! E lembre-se: elogio é um passo muito importante para ganharmos o coração de uma pessoa.

Marina ergue uma sobrancelha com o comentário da freira. Desde quando ela está tentando ganhar o coração de Cristiano? Apesar de discordar da irmã, não diz nada para corrigi-la, pois não quer ser censurada novamente.

— Boa noite, irmã Célia.

— Boa noite, Marina.

Ao encerrar a ligação, a garota refaz toda a conversa que teve com a irmã Célia em pensamento para digerir as informações. Se Cristiano é capaz de se preocupar com a ACSUBRA o bastante para dar uma ideia que pode salvá-la, significa que... nem tudo está perdido. Ainda deve haver um modo de... ganhar o coração dele.

> Contra os ataques é possível nos defendermos:
> contra o elogio não se pode fazer nada.
> (Sigmund Freud)

Elogios e fúria

Joana interrompe o beijo que dá em Cristiano, mas permanece com as mãos em volta do pescoço dele enquanto respira intensamente. Ambos estão escondidos numa cabine do banheiro masculino.

— O que acha de matarmos a primeira aula? — Joana propõe com um sorriso malicioso nos lábios carnudos próximos aos de Cristiano.

Ele sorri de volta.

— Tentador — responde antes de beijá-la mais uma vez e acrescentar: — Mas minha cota de faltas se esgotou há, mais ou menos, duas semanas.

Joana revira os olhos, falando, num tom prepotente:

— Você já foi mais radical.

— Não revire os olhos pra mim — Cristiano diz, segurando o queixo dela. — Caso não saiba, pretendo sair deste colégio este ano ainda. Não aguento um dia a mais de ensino médio.

Joana sorri com deboche.

— Pretendendo fazer faculdade? Vai se trancar num escritório, como o meu pai, e trabalhar nove horas por dia para o resto da vida a troco de uma existência segura? Esperava mais de você.

Cristiano ergue uma sobrancelha.

— Esperava o quê?

— Que fosse ser rebelde a vida toda.

— E eu não posso ser rebelde com um diploma na mão?

— Fala sério! Faculdade não é pra pessoas como a gente. Isso é algo muito padrão. E não somos nada padrão.

Cristiano balança a cabeça.

— Francamente? Não tô nem um pouco preocupado com isso. Só tô dizendo que não pretendo repetir o terceiro ano. Quero sair daqui. Aproveitar a minha vida fora dos limites deste lugar.

— Pois se eu fosse independente como você, já não estaria mais estudando há um bom tempo. Tanta coisa pra fazer enquanto estamos aqui dentro. — Joana faz pouco-caso. — Só faço isso porque sou forçada.

— Quem disse que não sou? — Cristiano fala, recordando-se do que o impulsiona a continuar estudando. — Eu prometi ao meu pai que terminaria os estudos e é o que vou fazer. Preciso honrar a memória dele.

Joana fica admirada por Cristiano falar algo de si além do habitual, afinal, ele é sempre muito fechado.

— Por que esse ar surpreso?

— Por nada — Joana desconversa, movendo a cabeça.

— Bem, acho melhor sairmos daqui antes que as aulas comecem.

A garota concorda.

— Vou te acompanhar até a sua sala — Cristiano diz, quando os dois saem do banheiro. Sua segunda atitude que surpreende a menina. Ele não costuma ser tão prestativo. Isso não pode significar algo realmente bom. Marina está exercendo uma força poderosa sobre ele. Isso precisa ser podado antes que o perca para ela definitivamente.

Na sala de aula, Marina olha para a porta a toda hora, esperando pela entrada de Cristiano. Não sabe exatamente o que pretende dizer a ele, no entanto está ansiosa por sua chegada para saber mais detalhes sobre a ideia que tanto empolgou a irmã Célia.

Cansada de tanto observar os rostos que pouco a pouco vão cruzando a porta de entrada da sala de aula — menos o de Cristiano —, Marina abre o caderno, rabiscando desenhos de flores na última folha. Quando não há mais espaço para preencher, Cristiano finalmente entra, com seu ar displicente e os cachos rebeldes adornando o rosto jovial. Examina os colegas apaticamente até os olhos castanhos-esverdeados recaírem em Marina, que morde o lábio, ainda o observando. Sem perceber, a garota aperta o lápis entre os dedos.

Cristiano acha que nunca a viu tão radiante, com as duas piscinas límpidas que são seus olhos brilhando intensamente. Sente vontade de se aproximar dela, dizer oi, mas não o faz. Em vez disso, passa por sua mesa, indo direto se sentar no fundo da sala de aula.

Marina respira profundamente ao vê-lo passar por ela sem nada dizer. Ainda que esteja errado, não dá o braço a torcer. Isso a deixa contrariada, mas é madura o suficiente para ignorar o gesto infantil. Pode lidar com isso. Pensando assim, levanta-se e caminha até parar diante dele.

— Olá — cumprimenta.

O rapaz levanta o rosto, olhando-a com indiferença.

— Oi — responde, depois de um tempo. — Posso fazer alguma coisa por você ou só tá a fim de ficar me olhando mesmo?

Marina respira fundo mais uma vez, trocando o peso do corpo de um pé para o outro.

— Queria conversar sobre a ACSUBRA — ela diz, cruzando os braços, sem saber o que fazer com eles.

O rapaz a olha atentamente, esperando que Marina diga mais alguma coisa, mas ela se cala.

— O que exatamente? — Cristiano insiste.

— Você sabe, os problemas da instituição e hã... a sua ideia.

Cristiano ergue uma sobrancelha, desconfiado.

— Como tá sabendo da minha ideia?

— Falei com a irmã Célia ontem — Marina confessa inocentemente.

Cristiano agita a cabeça, sorrindo com desdém.

— O que foi? — Marina perscruta.

— Ligou lá pra se certificar de que eu não tinha feito nenhum estrago? — pergunta num tom seco. — Afinal, sou uma pessoa horrível e jamais passarei disso — Cristiano prossegue, evocando as palavras ditas por Marina no dia anterior.

A garota engole em seco. Seria mais difícil do que imaginava.

— Foi a irmã quem me ligou pra contar as novidades — Marina argumenta. — Ela ficou muito impressionada com o seu empenho em...

— Claro, porque, ao que se parece, meu retrato foi muito bem pintado por você, né, Tampinha? — Cristiano a corta com ironia.

Ela massageia os braços, incomodada com o tom acusatório dele.

— Também não precisa exagerar. Não falei nada demais. Foi você quem não quis se desculpar.

— Se for pra voltar com esse papo é melhor dar o fora — Cristiano resmunga, zangando-se.

— O que tô tentando fazer é... — ela tenta dizer, porém o rapaz a interrompe mais uma vez.

— Se quiser falar sobre a ideia que tive, a gente conversa na ACSUBRA, com o resto do pessoal, porque, como já te disse, aquilo lá é um tipo de serviço social *temporário*, nada integral, então não temos razão nenhuma pra falar sobre isso aqui.

Marina deixa os ombros caírem enquanto abaixa a cabeça. A atitude de Cristiano é um tanto impetuosa, o que a leva a crer que esteja realmente chateado pela discussão que tiveram no dia anterior. Do modo como ele citou as palavras que ela disse, quase ao pé da letra, elas foram fundo em sua cabeça. Francamente, Marina não imaginava que Cristiano pudesse ficar contrariado com declarações alheias. Sempre achou que nada o abalava.

Vencida pela resistência dele, Marina vira-se para voltar ao seu assento, mas então, movida por um sentimento de gratidão, desabafa:

— Olha, Cristiano, só quero dizer que o que tá fazendo por aquele lugar, mesmo que seja apenas um *serviço social temporário*, é muito legal. Você mostrou que eu estava errada.

Surpreso, o rapaz franze o rosto, atento às palavras de Marina.

— Eu estava errada quando disse que você só faz coisas ruins. O seu coração é bom. E você só tem essa casca aí porque sofreu muito, perdeu coisas... que não pode repor. Eu nem me imagino passando por situações como as que você passou. — Ela faz uma pausa enquanto Cristiano ainda a olha, sério. — Peço desculpas pelo que disse ontem e digo, sinceramente, que tô muito, muito orgulhosa da sua atitude. — Marina coloca a mão no ombro do rapaz enquanto se inclina para olhá-lo mais de perto. — Eu posso ver o quanto você mudou desde que nos conhecemos. E sei que é capaz de mudar muito mais. Acredito em você e no seu potencial. — Dizendo isso, ela dá um beijo suave em sua bochecha e, orgulhosa de si mesma, volta para sua carteira.

Cristiano permanece na mesma posição, petrificado. *O que será que a garota quer com essa atitude? Pedir desculpas quando, em sua cabeça, está certa? Com certeza é algum truque. Ela pode ter uma carinha de anjo, mas está tramando alguma coisa. Provavelmente, algo a ver com seu plano de me transformar, de me tornar alguém mais nobre.* Esse é o único pensamento de Cristiano até a hora do intervalo.

⁓────✽────⁓

Marina, Fábio e mais duas garotas estão numa das cabines da biblioteca quando Cristiano chega, atrasado do intervalo. A aula de História está sendo utilizada para um trabalho em grupo.

— O Nélson pediu para eu ficar no grupo de vocês, que é o menor — o rapaz diz enquanto entra na cabine.

Marina dá um sorriso simpático, que novamente deixa Cristiano desconfiado. Sinceramente, essa simpatia toda está começando a deixá-lo irritado. Gosta mais de quando a garota briga com ele.

Fábio nota o sorriso de Marina e força um barulho com a garganta. Está sentado diante do computador, num canto da sala de estudos.

— Então, qual é mesmo a chave de pesquisa, Betina? — pergunta para uma das meninas, que está sentada ao lado de Marina.

— Revolução Russa.

Marina para de olhar para Cristiano, vira-se para os outros integrantes do grupo e diz, erguendo-se do assento:

— Vou procurar mais alguns livros.

— Eu acho que aqui já tem livro demais, você não? — Cristiano se intromete, franzindo o rosto para ela.

– Nada além do necessário – Marina responde, meio irritada.

– Ahn... Dez livros são necessários? – ele retruca. Quer apenas que Marina perca a paciência, como sempre, e o xingue de vários palavrões, batendo na boca em seguida, arrependida de ceder às provocações; enfim, a atitude rotineira que ele tanto adora. – Além do quê, quem precisa de livros quando se tem o Google? – prossegue. Mas Marina não está disposta a ceder. Não depois da conversa que teve com a irmã Célia.

– Você tá certo. Nós realmente temos muito material pra pesquisar – concorda a garota com um sorriso plástico no rosto. – De qualquer forma, vou tirar uma dúvida com o Nélson e já volto – acrescenta, caminhando para fora, respirando fundo enquanto xinga Cristiano mentalmente. Como consegue ser tão *insuportável?* Pelo visto, com ele nada funciona, nem mesmo fazer elogios.

Uma vez fora da cabine, ela dá uma olhada nos outros grupos, em busca do professor, porém não o encontra. Decide, então, dar uma volta entre os corredores de livros, na ala de História, para procurar mais algum material. Faz isso apenas para ganhar tempo antes de ter de voltar à cabine de estudos e aguentar Cristiano sendo imbecil apenas para tirá-la do sério.

Dois minutos depois, ele está ao lado dela, entre as estantes de livros, com um vinco enorme no meio da testa, em sinal de contrariedade.

– Posso saber o que é isso? – indaga rudemente.

– Isso o quê? – Marina responde com outra pergunta, observando, cheia de atenção, o conteúdo de um livro qualquer, apenas para ter uma desculpa e não olhar diretamente para Cristiano. Quando ele assume aquele ar bravo, o melhor a se fazer é evitar, nem que, para isso, tenha que se tornar evasiva.

– Que jogo é esse? – Cristiano questiona, cruzando os braços.

– Pode ser mais específico?

– Você me esculacha num dia e no outro me elogia, agindo como se gostasse de mim – Cristiano responde. – Era pra me odiar, lembra? – continua dizendo, disposto a pôr um fim na farsa da garota.

Marina finalmente levanta o rosto.

– Por incrível que pareça, não, não te odeio. Pensei que sim, mas, Cristiano, nós sabemos perfeitamente que você não é esse cara mau que às vezes finge ser.

– Não sou mau, mas também não sou bom – ele diz, cauteloso.

Marina sorri pouco antes de declarar:

– É sim. Uma pessoa capaz de se preocupar com os outros além de si mesmo é boa. E me mostrou que pode fazer isso. Preocupou-se comigo e depois com aquelas crianças. – Ela continua sorrindo.

Ele agita a cabeça, inconformado com a resolução dela.

– Por isso, a partir de hoje, serei grata, e essas atitudes ridículas que você tem só pra fazer com que os outros acreditem que é rebelde, elas não irão mais me afetar.

Cristiano permanece a encarando por mais algum tempo, pensativo, então fala, contrariado:

— Não sou como você, toda certinha, que quer agradar todo mundo. Não sou bom, legal ou me preocupo com os outros. E vou te provar isso. Pode esperar – ele avisa, deixando a biblioteca.

Marina o observa saindo e balança a cabeça, tentando ignorar o alerta que diz a ela mesma que vai se arrepender amargamente de ter tentado ser legal com Cristiano.

— O que aconteceu com o Cristiano? Dor de barriga? – Fábio debocha, olhando para Marina com atenção enquanto ela entra novamente na cabine, ainda apreensiva com a declaração de Cristiano.

A garota apenas move a cabeça, engolindo em seco.

— Bem, se ele não tá preocupado em tirar nota no trabalho, não sou eu quem vai se preocupar por ele, né? – O rapaz dá de ombros e volta a escrever no computador, sob a vigilância constante de Betina, que volta e meia pede que algo seja modificado.

Marina senta-se em seu lugar, ouvindo enquanto Fábio faz uma leitura em voz alta, para que ela e Sandrinha – a outra integrante do grupo – saibam o que já foi feito e, se for o caso, darem sugestões. Mas, por mais que Marina tente se concentrar no que o colega fala, ela não consegue. A ameaça feita por Cristiano funciona exatamente como ele planejou: intimida-a profundamente.

— Marina? – Fábio chama pela terceira vez, estalando os dedos para tirá-la do transe.

— Sim? – ela responde, encarando-o.

— Caramba, Marina – Sandrinha reclama. – Tá voando desde que o Cristiano saiu daqui.

— Desculpe. Você está certa, Sandrinha. Eu estou realmente distraída – ela responde, esfregando a têmpora esquerda. – Mas vou tentar me concentrar de agora em diante, prometo.

— Vocês brigaram? – Betina pergunta, desconfiada.

— Vocês quem?

— Você e o Cristiano. Ele saiu que nem um furacão e você tá com a cabeça no mundo da Lua – responde a garota.

— Isso não seria nenhuma novidade, né? – Sandrinha comenta, coçando o braço com uma caneta. – Vocês dois não se falam sem trocar alfinetadas.

— Nada a ver – Marina diz, desviando o rosto para longe dos olhos de Fábio, que acompanha seus movimentos com minúcia. – Não brigo com o Cristiano. Ele é quem não me deixa em paz.

— Se ele não namorasse a Joana, eu ia dizer que tem uma queda por você. – Betina dá um risinho irônico.

— Pelo que fiquei sabendo, o lance daqueles dois é aberto — Sandrinha comenta. — Tanto que já o vi ficando com uma menina do terceiro ano. E bem aqui, no colégio.

— Credo! Se fosse eu, o matava! Onde já se viu? Podia pelo menos escolher outro lugar para catar "peguetes".

— A gente pode se concentrar no trabalho? — Fábio pede, suspirando. — Falar daquele garoto não vai nos ajudar a passar de ano.

Nesse momento, começam a ouvir um som alto e repetitivo, vindo de fora da biblioteca.

— O que é isso? — Sandrinha pergunta, vincando a testa.

— Parece o alarme de incêndio — Betina responde, sem dar importância.

— Não parece, *é* — Marina diz, erguendo-se de repente e caminhando até a porta da cabine.

— Ei, ei, ei! Onde você vai? — Fábio questiona, também se levantando. — Acho bom ficarmos aqui. Como o alarme não está vindo deste prédio, estaremos mais seguros. — Mas os alunos das outras cabines já se agitam, indo em direção à saída.

— Eu preciso saber o que tá acontecendo — Marina comunica ao abrir a porta da cabine e precipitar-se para fora. Seu coração dispara enquanto desce as escadas em direção ao primeiro andar da biblioteca. Tem um mau pressentimento e sabe que se sente dessa forma porque, mesmo sem querer admitir, imagina quem está por trás do disparo do alarme. E em nenhum outro momento desejou estar mais enganada do que nesse...

— O laboratório de Química pegou fogo. — Marina ouve um garoto comentar com a bibliotecária ao passar rapidamente pelo primeiro andar. Ela está tão apressada que desce os degraus da escada de dois em dois. Uma vez no térreo, percebe um aglomerado de estudantes detidos na porta pela recepcionista.

— Laís, a gente quer saber o que tá acontecendo! — um colega de classe de Marina exclama.

— Eu sei, Maurício, mas é mais seguro esperarem aqui — a moça fala, plantada diante da porta. — O professor Nélson pediu para que a turma permanecesse lá em cima, fazendo o trabalho.

— Mas...

— Pessoal, não adianta, *ninguém* vai sair. — Laís é firme em sua resolução. — Agora podem voltar lá para cima.

Enquanto alguns alunos atendem à solicitação da recepcionista e outros continuam discutindo, Marina tem uma ideia. Não é algo justo, todavia é o único jeito de sair dali e investigar direito o que está acontecendo. Afinal, não conseguirá pensar em nada mais até confirmar suas suspeitas. Pensando nisso, começa a simular uma crise de asma.

— Laís... preciso sair... deixei... minha bombinha... na sala... de aula — pede, ofegando.

— Marina, você tá falando sério? — A recepcionista pergunta, incerta. Preocupação e desconfiança pairam em seu rosto, já que está habituada às mentiras dos estudantes do Sartre. Exceto Marina, a única que, aparentemente, é incapaz de contar mentiras.

— Depressa! — A garota insiste, subindo e descendo o peito intensamente. Nunca se deu bem tentando mentir, já que, por não manter esse hábito, as pessoas enxergam a verdade em sua expressão. No entanto, de ataques de asma ela entende muito bem, e isso faz com que seja bem-sucedida.

— Tudo bem, pode ir — Laís fala. — Precisa de alguém para acompanhá-la?

Marina nega num gesto de cabeça. Enquanto sai entre burburinhos de protesto, finge se dirigir ao bloco A, no qual estuda. Assim que se afasta o suficiente para não ser vista da biblioteca, Marina desvia seu curso, indo em direção ao bloco C, no qual se localiza o laboratório de Química. Não há alunos fora das salas porque, com certeza, os professores não permitiram a saída para não criar tumulto, o que é algo bom, pois ela consegue se esgueirar correndo até o local. Em seguida, sobe as escadas com o auxílio do corrimão e, uma vez dentro do prédio, começa a ouvir vozes alteradas de várias pessoas, dentre elas, sua mãe:

— Como pôde acontecer uma coisa dessas aqui?

— Ângela, se acalme — alguém pede.

Marina atravessa o corredor, parando apenas ao ver, pela abertura quadrada, na parte superior da porta, as chamas se alastrando por boa parte do laboratório. Os *sprinklers* já estão acionados, mas ainda há vestígios de fogo.

— Por sorte não havia aula programada para esse horário. Poderia ter acontecido uma tragédia — Ângela diz, alarmada. Nesse momento, nota Marina, olhando hipnotizada para as labaredas, que pouco a pouco vão se apagando.

Ele havia feito. Falou que faria e fez...

— Marina... O que tá fazendo aqui? — Ângela pergunta ao se aproximar da filha.

— Como... Como aconteceu? — Marina consegue balbuciar.

— Não sabemos ainda, querida — Ângela responde, desolada. — As causas serão apuradas com cautela assim que tudo estiver sob controle.

— Pode ter sido superaquecimento no exaustor — Suzana, professora de Química, diz. — Ou alguma tomada com mau contato.

Nenhum deles sabe a verdade, exceto Marina. Ela sabe como aquilo aconteceu. Foi ele. Como disse que faria para provar que não é uma boa pessoa...

— Marina, você deve voltar pra sua sala — Ângela fala, tocando o ombro da menina.

— Os alunos estão apavorados — outro professor comenta. — Acho que deve falar com eles, Ângela.

— Claro, farei isso — ela responde, afirmando num movimento de cabeça. — Mas vamos esperar o fogo acabar. Ver se conseguimos alguma pista do que aconteceu. — Suspirando, volta sua atenção para Marina, que continua pensando longe, sem acreditar que ele realmente tenha feito aquilo. — Tá tudo bem, Marina?

A garota agita a cabeça e comenta:

— Preciso ir — avisa e sai de imediato. Enquanto se distancia, tenta localizar o rapaz pelos corredores, mas sabe que é pouco provável encontrá-lo por ali. Inconformada, vai até o estacionamento para esperar que ele apareça para ir embora. Conhecendo Cristiano como conhece, sabe que ele não ficará para assistir ao restante das aulas. Não depois do que fez. Isso se já não tiver saído.

Mas a primeira coisa que nota, ao se aproximar do Jeep do rapaz, é que ele está lá dentro, debruçado sobre o volante. Furiosa, começa a bater no vidro do carona para chamar sua atenção. Cristiano ergue a cabeça, assustado. Destrava as portas para permitir que Marina entre.

Marina senta no banco ao lado dele, batendo a porta com violência. Seus olhos estão inflamados pela fúria.

— Por que fez isso?

O rapaz respira profundamente, antes de ensaiar uma resposta:

— Porque esse sou eu, Tampinha. Quebro as regras. Provoco caos e desordem. Eu não vou mudar. Não é porque tô fazendo trabalho voluntário, não é porque dei uma ideia que, no final das contas, pode não servir de nada, que vou ser como você. Não quero isso pra mim!

A respiração de Marina está curta e acelerada. Seu peito sobe e desce enquanto lágrimas se formam em seus olhos. De tudo, a expressão no olhar de Cristiano é o pior. Aquele ar de quem está com a consciência tranquila. Como pôde acreditar que poderia, de alguma forma, influenciar positivamente na reconstrução do caráter dele? Como a irmã Célia teve coragem de dizer que Cristiano merecia ser elogiado porque é uma boa pessoa? *Onde* está escondida a bondade nele?

Quanto tempo levará para o laboratório ser reparado? E o material que perderam, quando poderá ser reposto? Isso tudo por quê? Para provar que é um completo idiota, incapaz de medir as ações?!

— Você... Você podia ter matado alguém — ela murmura, amargurada.

— Claro que não. Tem *sprinklers* por todo o colégio. Dificilmente alguém se machucaria — Cristiano responde, deixando Marina enojada com a naturalidade com que trata o que fez.

— Como tem coragem de agir como se o que fez não fosse sério?

— Só quero que você saiba que não sou um anjo — ele responde, simplesmente. — Não me trate como se fosse e ficaremos bem.

Nesse instante, Marina sente a raiva crescer tanto dentro de si que transborda, transformando-se em ação antes mesmo que possa raciocinar direito. Em um minuto está encarando Cristiano, no outro começa a estapeá-lo, proferindo entre os dentes:

— Como pode ser tão babaca, seu cretino, idiota! — Conforme o golpeia com tapas, Cristiano se encolhe impressionado com a reação da garota. — Eu odeio você, Cristiano! Seu imbecil, estúpido! — Marina prossegue, numa fúria incontrolável. O rapaz tenta deter os golpes, mas ela está descontrolada demais para que possa ser impedida. Ele conhece o sentimento que a move: o ódio.

— Tampinha...

— Eu desprezo você, suas atitudes, seu modo de agir! É um completo imbecil! — ela fala enquanto lágrimas escapam de seus olhos. Sua respiração é dificultada pelo esforço contínuo em agredi-lo. — E eu me odeio mais ainda por... por achar que você... Que pudesse ser diferente!

— Tampinha, fica calma — Cristiano pede, ainda tentando se proteger dos tapas que ela desfere contra ele.

— Não me peça pra ficar calma depois de tudo que fez! — ela replica. — Você é o maior idiota desta escola! Você é o maior idiota do mundo!

— Eu já te disse que a sua mão é pesada, né? — Cristiano alerta, encolhido, tentando se desviar dos golpes.

— Eu queria enfiá-la bem no meio da sua cara, seu idiota! — Marina afirma, ainda enérgica.

— Tampinha, eu só fui honesto com você — procura explicar, ainda que ela não esteja disposta a ouvir. — Não tenho o menor saco para o seu espírito caridoso!

— Honesto? Você ateia fogo no colégio e diz que só foi honesto? É um estúpido mesmo!

— Para, vamos conversar.

— *Agora* quer conversar? — ela inquire, ainda o golpeando, apesar de cansada. — Pois eu vou matar você...

— Para, Tampinha! — Cristiano repete, olhando-a de soslaio, mas a garota parece inclinada a não o escutar. Todavia, aproveitando-se de um segundo em que ela busca retomar o fôlego, ele a abraça, para contê-la. — Para, por favor — sussurra, mantendo o rosto dela em seu peito. A menina ainda tenta resistir, mas logo se rende ao abraço. — Já chega, né? — ele completa.

— Eu te odeio! — Marina murmura, com a voz abafada, mesmo que esteja mais calma.

— Eu sei que odeia — Cristiano murmura de volta, deslizando a mão pelos cabelos dela enquanto mantém o outro braço em suas costas. — Eu realmente sou uma pessoa odiosa.

— Não precisava ser.

— É que você me tira do eixo, Tampinha — o rapaz revela. — E eu não sei lidar com nada disso como você lida. Que as outras pessoas lidam. Eu...

Queria que não me afetasse como me afeta, pensa Cristiano, mas não pode verbalizar essas palavras. Não quando estão tão próximos assim.

Marina afasta-se alguns centímetros, erguendo a cabeça para encará-lo, esperando que conclua a frase, mas isso não acontece. Seus olhos recaem na cicatriz que parte a sobrancelha dele, nos cachos que delineiam seu rosto. Na forma como ele a encara enquanto a respiração se acalma lentamente.

Cristiano observa cuidadosamente a maneira como ela devolve seu olhar, na mesma intensidade e no mesmo tipo de transe. Observa enquanto ela umedece os lábios, deixando-os levemente entreabertos, um convite a um beijo. Um convite que ele não consegue recusar. Ele completa a distância que os separa, pousando a boca na dela, que não oferece nenhuma resistência. O mesmo desejo, o mesmo anseio que o move, parece dominá-la.

Marina coloca as mãos ao redor do pescoço de Cristiano, enquanto ele aprofunda o beijo, segurando-o com uma firmeza que ele não esperava dela. Ela tampouco havia sentido algo como o que sente com os lábios dele deslizando possessivamente sobre os seus. O modo como tudo se encaixa é um aperto maravilhoso. Cada centímetro de seus corpos parece formar um só, mesmo tendo proporções diferentes. O coração de Marina ameaça sair do peito, acelerado. Seus pulmões necessitam desesperadamente de oxigênio, e isso é algo que não tem a menor importância para ela nesse momento. Mesmo sabendo ser insano, tem vontade de continuar ali, exatamente onde está, sendo beijada intensamente, como se pertencesse a ele.

Um gosto salgado invade a boca de Cristiano e ele abre os olhos num ímpeto, recobrando a consciência sobre seus atos. Afasta Marina observando sua face molhada por lágrimas. Ela está chorando. E, o pior de tudo, por algo que fez diretamente *com ela*. Dessa vez, a atingiu em cheio, mesmo que não tenha sido sua intenção... Com a consciência pesada, Cristiano constata que os tapas que ela havia desferido contra ele não foram capazes de feri-lo. Nem de longe. O que o feriu, na verdade, e por uma razão que ele sequer sabe dizer, foram os olhos dela. A tristeza contida neles.

Marina deixa escapar um soluço enquanto passa a mão pela face, tentando secá-la inutilmente. As lágrimas vêm espontaneamente e não pode dizer que saiba ao certo o motivo delas, afinal estava *gostando* do beijo. *Gostando!*

Não espera que Cristiano tome alguma atitude diante de seu choro nem quer que ele faça isso, porque seus meios sempre rendem algum tipo de atitude detestável. Por isso, engolindo o pranto, abre a porta do carro e desce disposta a fugir do rapaz e de tudo que está sentindo com relação a ele.

Ama-me quando eu menos merecer, porque será nessa altura que mais necessitarei.
(Dr. Jeckyll)

Culpados

Ângela observa o alvoroço de estudantes no pátio interno do colégio especulando o que tinha acontecido, quando Sebastião, zelador do Sartre há quase trinta anos, aproxima-se com passos vagarosos – pois tem uma perna mais curta do que a outra – e lhe cochicha algo antes de lhe entregar um objeto. Ela observa, por cerca de um minuto, o pequeno artefato prateado em sua mão e, em seguida, dirige-se aos alunos:

– Pessoal, um minuto de atenção, por favor. Ouçam, vocês já podem se acalmar, o incêndio no laboratório foi controlado.

– Mas o que foi que houve? – Uma garota pergunta.

– Isso será investigado, Marília – Ângela responde. – De qualquer maneira, providenciaremos um informativo sobre o ocorrido para colocar no portal digital do Sartre. Os pais de todos vocês terão ciência por meio dele. – Ao dizer isso, ela olha de forma geral para os alunos reunidos. – E como a única sala afetada já está interditada e o incêndio não provocou maiores danos à estrutura do bloco C, podem retornar às salas pra continuarmos com as aulas.

Alguns alunos soltam murmúrios de protesto.

– Há chance de esse incêndio ter sido provocado por alguém, diretora? – um garoto deseja saber.

– Não se preocupe, Paulo. Se tiver sido, com certeza descobriremos. E essa pessoa será severamente punida. Agora, por favor, voltem para as salas.

Com isso, todos os ânimos se atenuam e a garotada começa a se dispersar, comentando se o laboratório teria pegado fogo sozinho ou se alguém tinha tido a iniciativa de incendiá-lo.

– D. Ângela? – Sebastião chama antes que ela se afaste com uma comitiva de professores para avaliar os estragos.

– Sim, Tião?

– A senhora faz ideia de quem é o dono deste isqueiro?

Com um olhar pesaroso, Ângela balança a cabeça positivamente antes de dizer:

– Sei exatamente quem é o dono do isqueiro.

Caminhando de um lado para outro em frente ao rapaz, Ângela está uma pilha de nervos. Cinco minutos e ele não diz uma só palavra, apenas encara as mãos, cujos dedos torce, parecendo estar com o pensamento distante. Cristiano nunca esteve nesse estado de abstração nas diversas ocasiões em que foi chamado à direção. Não foram poucas as vezes, contudo, que ele fez piada e procurou dar desculpas, fossem as mais estapafúrdias possíveis, para justificar qualquer um de seus atos. No entanto, naquele momento ele não diz nada nem parece que dirá. Continua recluso em seus pensamentos. Talvez seja pela gravidade do que fez ou porque aconteceu alguma coisa a mais, Ângela não sabe. O que sabe é que, dessa vez, ele extrapolou todos os limites.

– Cristiano, a minha vontade, neste momento, é de dar umas boas palmadas em você – ela diz com uma expressão séria na face. – Como pôde? Será que nunca vai tomar jeito?

Por um segundo, o timbre de voz da Ângela o faz recordar-se de Marina, um tempinho antes, quando indagou por que tinha feito aquilo.

Ele hesita alguns instantes, parando de torcer os dedos, mas logo retoma os movimentos, sem nada dizer. Quer seu isqueiro. Quer acendê-lo e apagá-lo diversas vezes até o turbilhão de emoções em seu peito se acalmar.

– Cristiano, olha pra mim – Ângela pede. O rapaz obedece, pois não pode negar a ela o que quer que seja. Não depois de sua generosidade com ele, anos antes. Os olhos dela estão rasos de lágrimas, o que, mais uma vez, faz com que se lembre de Marina. Não devia tê-la beijado... – Eu... não sei mais o que fazer. Já tentei de tudo pra ajudá-lo, mas... tudo parece ser em vão, Cristiano! Tô de mãos atadas e... não vejo mais saída.

O tom de Ângela o deixa apreensivo. Ele permanece olhando para os olhos dela enquanto ela os limpa, querendo, a todo custo, vencer o choro, que, por algum motivo, machuca-o.

– Não vou mais livrar a sua barra – Ângela diz, num suspiro. – Desculpe, mas... não posso mais ser conivente com suas atitudes, fechar os olhos a todas as suas ações.

– Vai me expulsar? Vai se livrar de mim? – Cristiano pergunta, recordando-se do quanto já haviam tentado se livrar dele em diversas ocasiões...

– Nunca quis me livrar de você, mas, sim, livrar *você* – Ângela enfatiza, agitando a cabeça com desolação. – Das más escolhas, da rebeldia incontrolável... Desde aquela época, Cristiano, eu via potencial em você. Sabia que, se tivesse uma chance, podia ser alguém brilhante.

– *Via?* – O rapaz ergue uma sobrancelha. – Não vê mais?

– Francamente? Não. – Ângela abaixa a cabeça por alguns segundos, de olhos fechados, depois o observa mais uma vez. – Acho que desperdicei tempo e fiz a minha filha desperdiçar também.

A simples menção à Marina faz com que uma sensação incômoda aperte o peito de Cristiano.

— Faça logo — ele pede com impaciência. — Acabe com isso, Ângela.

— Muito bem — ela responde, agitando a cabeça. — Vou falar com a Iara pra que ela redija a sua suspensão. Três dias.

O garoto franze o cenho, sem compreender.

— Por mim, por este colégio e por minha filha, esta é a sua última chance. Não quero mais o seu nome envolvido em nada aqui no Sartre. Se isso acontecer, você será expulso definitivamente. — Ângela respira fundo. — Agora saia — pede, recordando-se de que precisa se preparar psicologicamente para lidar com Marta em poucos minutos. Essa, sim, será uma batalha difícil.

O rapaz se levanta e, em silêncio, caminha para a porta.

— Ei, Cristiano — Ângela chama. Quando ele se vira, ela atira algo em sua direção.

Seu isqueiro. Cristiano o apanha no ar. A única lembrança que restou de seu pai.

Do lado de fora da diretoria, Joana aguarda a saída de Cristiano. Assim que o vê, ergue-se do chão e vai ao seu encontro.

— E então? O que aconteceu? O que a Ângela fez? — A menina está visivelmente preocupada.

— Fui suspenso por três dias — Cristiano informa ainda abalado.

— Só isso?

— Acredite ou não, também fiquei bastante surpreso. Esperava, no mínimo, ser expulso.

Joana concorda num movimento de cabeça, pouco antes de perguntar:

— Por que fez aquilo?

— Esqueça, Joana, não quero falar sobre o assunto — Cristiano responde. — Tive meus motivos.

A garota aceita o silêncio dele mais uma vez, sem querer importuná-lo.

— Mas já que tá dispensado das aulas, a gente podia fazer alguma coisa, né?

— *Eu* fui suspenso, você não — ele rebate.

Joana ergue uma sobrancelha.

— Hoje não tô no clima, Joana. Outro dia, quem sabe — Cristiano responde, passando a mão no cabelo. Seus olhos não focam nenhum lugar específico, o que parece à garota algo bastante estranho. Aconteceu alguma coisa. Ela pode apostar que sim.

— Tudo bem então — diz, aproximando-se para beijá-lo. Cristiano não retribui, e isso é mais uma evidência de que algo aconteceu, além da suspensão.

Afinal, ele não ficaria nesse estado por conta de uma punição escolar. Pelo menos, não antes...

Independentemente do que houve, ela descobrirá. Custe o que custar.

─── ✕ ───

Marina está no vestiário, encolhida num dos compartimentos, com os braços em volta dos joelhos. Gostaria de ter ido até a sala de aula, pegado o material e ido embora, no entanto sabe que os portões da escola não se abrirão sem uma autorização prévia. E como explicar a alguém que precisa ir embora porque está decepcionada e com o coração partido?

Mais uma vez, sua fé nas pessoas lhe passou uma rasteira e a deixou em pedaços. Aos poucos, está percebendo que não é tão simples reconstituir feridas provocadas na alma. Aos poucos, está se convencendo de que não vale a pena ser extremamente bondosa. É muito fácil machucar uma pessoa frágil. E, aparentemente, é muito bom também, já que Cristiano insiste em machucá-la. Em uma hora finge estar mudando, em outra, age como alguém que não se importa com absolutamente nada. Nada nem ninguém. Ao que se parece, o que Cristiano realmente gosta é de alimentar as falsas esperanças dela. Seu prazer é partir corações ingênuos, como o de Marina.

> Preciso de você. Estou no vestiário. Pode vir aqui?

A mensagem de texto é enviada enquanto a garota passa a mão pelo rosto, secando o pranto. Dois minutos depois, recebe um "OK" como resposta. Ayumi chega cerca de cinco minutos depois. Bate à porta do banheiro e Marina se levanta para abrir.

Ambas trocam um olhar de mútua compreensão enquanto Ayumi estende os braços, estreitando a amiga contra o peito. Desliza uma das mãos pelo cabelo ondulado dela, consolando-a em silêncio. Não precisa que Marina fale para saber que a causa das lágrimas é Cristiano.

— Foi ele, Ayumi – a voz da menina é um fio quase inaudível. – O Cristiano colocou fogo no laboratório de Química. Vocês disseram que eu poderia mudá-lo, mas estavam errados desde o início – fala, afastando-se alguns centímetros da amiga. – Ele nunca vai mudar. Não importa o que eu ou qualquer um faça, o Cristiano *nunca* vai mudar.

— É, ele é muito inconsequente. Onde já se viu, incendiar um ambiente cheio de substâncias inflamáveis? Ele poderia ter causado uma tragédia! – Ayumi diz, provocando em Marina uma nova onda de lágrimas. – Marina, não fica assim, a culpa não é sua. Fez o que pôde, né? Deu o seu melhor, amiga. – Ayumi tenta consolá-la, como qualquer amiga faria.

Marina morde o lábio trêmulo enquanto, mais uma vez, seca o canto dos olhos.

– Sabe o que é pior? Eu sou tão burra que... pensei que ele pudesse ser alguém melhor. Eu acreditei nisso, de verdade.

Ayumi olha Marina com pesar. Tocando sua bochecha, diz suavemente:

– Amiga, você não é burra. Sabe muito bem por que tem tanta fé assim no Cristiano. Sabe por que quer que ele mude.

Marina observa a feição cheia de certeza da amiga, apertando os olhos enquanto se arrisca a perguntar:

– Do que tá falando?

– Você tá apaixonada pelo Cristiano, Marina. Vai fingir que não? – Ayumi sorri para ela com solidariedade.

– O que há de errado comigo, hein, Ayumi? Quer dizer, quem, em sã consciência, pode... Ele não é o tipo de cara que... Quer dizer, quem quer ser tratada como... – Ela não termina a frase, pois não sabe como verbalizar o que sente. Não quer sentir nada disso. Não quer aceitar que tenha sido tão estúpida a ponto de se apaixonar por Cristiano.

– Marina, não há nada de errado com você – Ayumi fala, tocando o queixo dela e obrigando-a a olhar em seus olhos. – Você só queria que ele sentisse o mesmo que você. É natural.

A garota move a cabeça, apertando os lábios. Depois de alguns segundos, revela:

– Ele... Ele me beijou. Eu correspondi.

– Uau! – É a única coisa que Ayumi consegue dizer. E sem que precise pedir, Marina explica como tudo aconteceu.

Ayumi ouve tudo em silêncio.

– Eu sabia que, mais cedo ou mais tarde, isso ia acontecer – a menina, por fim, diz. – Pela forma como o Cristiano te olha, dá pra ver que também sente algo por você, Marina.

– Não. Ele sente algo por *qualquer* garota – Marina responde, fungando. – Mas juro, Ayumi, vou esquecer o Cristiano! Até porque, depois do que aconteceu hoje, duvido que ele vá se atrever a falar comigo de novo.

– Vai contar para o Leo sobre o beijo? – Ayumi pergunta, olhando nos olhos vermelhos da amiga. Pela expressão em sua face, sabe que não.

– Marina...

– Ele é apaixonado pelo Cristiano, Ayumi. Eu não posso simplesmente dizer que... Não dá.

– Você bem sabe que o Leo não tem a menor chance com o Cristiano, Marina. É um sentimento platônico.

— Mas ele vai me odiar ainda assim. Não posso perder a amizade do meu primo por conta de um beijo, Ayumi!

— Tem certeza de que essa é uma boa ideia? Se ele descobrir por outro meio que não seja por você, não irá te perdoar.

— Prefiro correr o risco a encarar as consequências de admitir que me apaixonei pelo babaca do Cristiano — Marina pondera e, em seguida, cai no choro novamente.

Enquanto caminha para casa, Marina chega à conclusão de que o melhor a fazer é ignorar Cristiano completamente. Assim talvez pare de colecionar decepções em relação a ele. Tentou, mas não foi capaz de atingir o objetivo proposto: torná-lo alguém melhor. Ao contrário, só gerou transtornos a si mesma e às pessoas envolvidas na situação, simplesmente porque Cristiano não quer ser uma pessoa melhor. Ele gosta de ser do jeito que é. E, quanto a isso, não há o que se fazer.

Em casa, tenta inutilmente se desconectar dos acontecimentos vivenciados naquele dia. Mas não consegue. Não porque não queira, mas porque é impossível se desconectar de uma lembrança que, apesar de bastante dolorosa, faz com que se sinta viva.

As lágrimas explodem novamente, quando, mais uma vez, assume para si mesma que está apaixonada por Cristiano. Gosta dele, não pode mais negar, mesmo que não possa sair por aí gritando aos quatro cantos do mundo. Mesmo que não seja algo recíproco. Mesmo que ele já tenha um relacionamento, ainda que aberto.

Por volta das 17h, Ângela entra no quarto de Marina. Ela se apoia na porta, com um aspecto ligeiramente cansado. A conversa com Marta, como sempre, terminou em uma discussão sobre Marina e as escolhas feitas por Ângela no passado. Por mais que o tempo passe, Marta se nega a aceitá-las. Isso é doloroso para Ângela.

Devagar, Marina vira-se na cama para encarar a mãe.

— Foi o Cristiano — Ângela conta, depois de um tempo em silêncio. — Achamos o isqueiro dele no local. Mas acho que isso não é nenhuma novidade, é *sempre* o Cristiano — continua a dizer, suspirando mais por desânimo do que pelo cansaço.

Marina não diz nada em resposta.

— Filha, me desculpe — a mãe pede, agora caminhando até a cama e se sentando na borda. — Eu acreditava que o Cristiano pudesse... — Ângela morde o lábio inferior sem concluir o que pretendia dizer.

— Eu queria, mãe — Marina fala, trêmula. — De verdade, queria ter conseguido. Queria ter sido capaz de...

– Eu sei que sim, querida. Sei que fez o possível – Ângela a interrompe, sorrindo para ela.

– Por que ele tem que ser assim, tão cruel?

– Porque a vida foi cruel com ele também, minha filha. Porque não é fácil ficar sozinho tão jovem. As coisas que o mundo oferece, as pessoas... Infelizmente, muitas delas não contribuem positivamente para a construção do caráter – Ângela lamenta. – O Cristiano passou maus bocados na vida. Sofreu muito. Por isso, ele foi moldado desse jeito meio torto. Não é fácil se virar por conta própria. Precisamos de uma estrutura familiar, por menor que seja. Isso é a base de qualquer pessoa.

– Como sabe dessas coisas sobre ele?

– Digamos que conheci muito da vida do Cristiano. – Ângela dá um pequeno sorriso, sem querer revelar mais. – Bem, tentei torná-lo uma pessoa diferente por meio da convivência com você e o trabalho voluntário na ACSUBRA, mas não foi a melhor ideia que já tive. De qualquer forma, não vou mais forçá-lo a isso. Se ele quiser, irá por conta própria.

– Acha que ele vai voltar lá, mãe?

– Não sei, Marina. Mas, sinceramente, do Cristiano não espero mais nada.

– O que fez com ele por ter provocado o incêndio?

– Uma suspensão de três dias – responde Ângela, suspirando. – Decidi dar uma última chance.

– Essa já deve ser a décima última chance que dá a ele, não? – Marina observa, sem conseguir evitar um sorriso enquanto seca os olhos.

– Provavelmente – Ângela diz, também sorrindo. – Não consegui expulsá-lo. Falta tão pouco pra vocês finalizarem o ensino médio e... enfim, a vida se encarregará do resto. – Ângela sopra o ar para fora da boca mais uma vez. Pondera alguns minutos, de olho na filha. – Marina, vou te fazer uma pergunta e quero que pense bem antes de me responder. E, enquanto pensa, lembre-se de que sou sua mãe e não há nada, absolutamente nada, que não possa me dizer, tudo bem?

A garota faz que sim com a cabeça e engole em seco. A mãe só usa esse tom sério e calculado em duas situações: para lhe dar bronca ou para adverti-la de algo.

– Marina, preciso que me diga: você sente alguma coisa pelo Cristiano?

Na tarde seguinte, Marina sai de casa e pega o metrô até a região administrativa do Guará. Ela nem cogitou uma carona de Cristiano, considerando que as probabilidades de ele ter ido para a ACSUBRA eram praticamente nulas, uma vez que ele nunca gostou de frequentá-la e não precisava mais fazer isso, já que Ângela o liberara da punição.

Mas será que depois da ideia que deu para salvar o lugar, poderia ele, simplesmente virar as costas para o abrigo? Poderia Cristiano deixar desamparadas as crianças atendidas pela instituição? As respostas a essas indagações eram bastante óbvias para Marina.

O trem para na estação mais próxima ao shopping e ela observa um conglomerado de pessoas saindo e entrando enquanto se recorda da conversa com a mãe no dia anterior. Por mais que tenha tentado negar, não conseguiu fazer isso. Ângela a conhece bem.

"Foi minha culpa, mãe", Marina admitiu, soluçando. "Eu sabia que não devia, eu sabia que...", ela escondeu o rosto nas mãos, sem conseguir dizer qualquer coisa.

"Não, meu amor. Foi minha", Ângela declarou, abraçando a filha. "Foi minha culpa, porque não previ que isso pudesse acontecer. Vocês são tão diferentes que eu pensei que... o máximo que podia acontecer era o Cristiano aprender um pouco sobre o que é ajudar o próximo, sobre o que é seguir as regras. Eu entreguei você de bandeja para ele. Tão frágil, tão doce e tão ingênua", Ângela disse, abraçando Marina. "Querida, você sabe que, bem ou mal, ele namora a Joana."

"Eu sei", ela assentiu.

"Mesmo que não namorasse, ele não é um garoto adequado pra você. Aliás, Joana também poderia considerar romper esse relacionamento. Talvez ela mudasse a personalidade rebelde sem causa", Ângela acrescentou, movendo a cabeça. "Querida, sei que está triste e sei que vai ser difícil, mas... precisa se afastar do Cristiano."

"Não se preocupe, mãe", Marina diz, secando o rosto com as mãos. "Eu não quero nem ficar perto dele. Nunca mais."

As palavras que disse à mãe não eram mentira. Marina não queria mais ter nenhum tipo de contato com aquele garoto, a não ser que fosse extremamente necessário, como para fazer um trabalho escolar. Mas suspeitava que sua mãe daria um jeito de isso não acontecer.

Meia hora mais tarde, Marina está diante da ACSUBRA. Ela encara os portões enferrujados sentindo uma coisa estranha no estômago. Talvez nunca mais encare o lugar como antes, quando Cristiano era apenas um colega de sala imbecil, com o qual não tinha nenhum contato, exceto na sala de aula.

A irmã Érica vem abrir o portão e seu olhar é rígido. Talvez esperasse ver alguém além de Marina.

– Oi – a garota murmura ao entrar.

– Oi, Marina. Onde está aquele garoto hipócrita?

Então ele realmente não tinha ido. Apesar de saber que devia se sentir aliviada, uma pontinha de desapontamento invade Marina, que suspira profundamente.

– Acho que ele não vem mais, irmã – comunica a garota.

– Mas não eram dois meses de castigo?

Resignada, Marina apenas ergue uma sobrancelha.

– Bem, é um alívio, se quer saber. Aquele rapaz não é uma boa influência pra ninguém – a irmã diz, encaminhando-se para dentro da ACSUBRA com Marina ao seu lado.

> Essa tal de culpa adora nos pegar desprevenidos.
> (Rosa Berg)

Reações adversas

Duas horas depois, Marina está terminando de organizar um material de pintura no armário da sala de Artes quando a porta se abre. Instintivamente, vira-se para ver quem é, e congela ao ver Cristiano parado na soleira, com os olhos semicerrados.

Engolindo em seco, ela coloca o pote de tinta amarela dentro do armário sem dizer nada. *Fica calma*, pensa.

Mas o que será que ele faz ali?

— A gente pode conversar? — Cristiano pergunta enquanto a observa pegar um vasilhame com pincéis sobre uma mesa comprida e se encaminhar até o armário novamente. Ele encosta a porta da sala e para a certa distância de Marina, que se concentra em guardar o material sobre a mesa.

Não entre em pânico, fica calma, a menina repete em pensamento, tentando ignorar a vontade que sente de passar correndo por Cristiano e ir para o mais distante possível dele.

— Tampinha. Tô falando com você — ele diz, cansado por ter passado a noite em claro pensando no que havia acontecido. — A gente tem que conversar.

Eu discordo, pensa Marina.

— Tampinha! — Cristiano chama novamente, aumentando o tom de voz. — Acho bom não levar por esse caminho — adverte, respirando profundamente. Ela não sabe o quanto ele odeia ser ignorado. Cristiano cola a junta do dedo indicador nos lábios, mordendo até sentir dor. A dor sempre aplaca sua raiva. Não era isso que sua mãe dizia quando o castigava?

Marina respira fundo, ainda concentrada em sua tarefa. Talvez Cristiano vá embora se ela continuar o ignorando.

Incapaz de se controlar, Cristiano percorre os três metros que os separam e se posiciona diante dela.

— Por que tá me ignorando? — ele exige saber.

— Não é óbvio? *Eu não quero falar com você* — Marina responde, revirando os olhos enquanto troca o peso do corpo de uma perna para outra.

— Não precisa falar então. Só me ouvir. Dois minutos.

— Não, obrigada.

Cristiano respira fundo, contando até dez em pensamento, procurando controlar a raiva que sente pela atitude de Marina. Mas, como quem aprontou foi ele, então ele que lute.

— Pode, por favor, não me tirar do sério? Só uma vez. Eu sei que é demais pra Rainha da Chatice, mas tenta, vai. — Acaba por provocar, cedendo ao impulso.

Marina tem vontade de gritar até os pulmões explodirem, mas sabe que de nada adiantará. Cristiano não irá deixá-la em paz enquanto não disser o que o levou até ali.

— Você realmente acha que vai resolver alguma coisa desse jeito? — ela pergunta, pousando os olhos em Cristiano.

— Bem, eu tentei fazer do seu jeito quando entrei por aquela porta e não deu muito certo, né? — ele contra-argumenta, dando de ombros, apontando na direção em que veio. — Se não percebeu, tô tentando pedir desculpas desde a hora que cheguei, mas você me distrai com sua infantilidade.

Marina cruza os braços, na defensiva, mas não diz nada.

— Ontem foi um erro. Tudo — ele fala, finalmente, tentando se concentrar nas palavras que diz. Nas palavras em que passou a noite pensando, procurando um jeito de se desculpar. — Ontem eu estava com raiva.

— Não é nada novo, Cristiano. Você *vive* com raiva — Marina alfineta. — De Deus, do mundo, das pessoas...

— Ontem foi diferente — contesta, gesticulando as mãos. Seus olhos estão inquietos e não fitam Marina diretamente. — As coisas... estavam saindo do meu controle e... não quero que isso aconteça.

— Pode ser mais claro? — Marina pede, estudando o aspecto do rapaz. As olheiras se destacam e a barba está por fazer. Parece não ter dormido bem.

— Você me entendeu, Tampinha — Cristiano responde, encarando-a. — Você me conhece.

— Achava que sim.

— Não sou uma pessoa muito boa. Sou egoísta e tenho estado bem sozinho. E você... — Ele ergue a mão para tocá-la, mas desiste. — Não quero que me trate do jeito que me tratou ontem. Quero que continue me odiando, me achando uma pessoa ruim.

O que ele quer não é algo muito difícil, ainda que, no momento, a única coisa que passe pela cabeça de Marina é que gostaria de que ele a puxasse para perto e enterrasse a cabeça em seu pescoço.

— Bem, não se preocupe. Não é difícil sentir ódio de você — ela comenta, indiferente.

Ele consente e diz:

— Eu não devia ter incendiado o laboratório, tá bem?

Marina o encara, estudando-o com desconfiança. Cristiano estava *mesmo* reconhecendo um erro?

— E, acima de tudo, Tampinha, não devia ter te beijado. Foi a pior burrice que já fiz na vida.

A garota aperta os lábios, sentindo algo estranho no peito. Ela sabe que foi um erro, nisso concorda com Cristiano. Mas, agora que sabe que está apaixonada por ele, ouvir essa declaração dói.

Cristiano tenta compreender o que se passa na cabeça de Marina enquanto ela torce o rosto, parecendo prestes a chorar. Isso faz com que sinta vontade de abraçá-la, dizer-lhe que tudo terminará bem, mas sabe que isso pode não terminar bem. Talvez deva se desculpar. Talvez ela fique bem após ouvi-lo dizer que sente muito. Se assumir a culpa, Marina ficará tranquila. Tirará esse olhar triste do rosto, sorrirá e eles se xingarão e tudo voltará ao normal.

— Você tem que me desculpar — Cristiano pede, olhando-a fixamente.

A declaração faz com que Marina sinta a raiva inflamar por dentro de seu corpo. Suas bochechas tingem-se de púrpura e ela diz:

— Como é que é? Eu *tenho* que desculpar você? Tenho *mesmo*? — Marina franze o rosto e Cristiano revira os olhos.

— Será que dá pra deixar de ser tão chata e facilitar as coisas? — pergunta, bravo.

Marina move a cabeça em sinal negativo e se prepara para sair. No entanto, quando passa ao lado dele, Cristiano a detém, parando diante dela, com as mãos em seus braços. A distância entre eles é menos do que um metro e o bastante para provocar uma sensação de torpor na garota. A pele debaixo das mãos de Cristiano formiga enquanto sua respiração torna-se rápida.

Cristiano fecha os olhos por alguns segundos, imaginando como pode dizer o que ela quer ouvir. Um pedido de desculpas é demais para o seu ego, mas não há outro meio de substituir o ar ferido que ela está por aquele que é doce.

— Tudo bem, tudo bem. Me desculpa, eu vacilei. — Ele finalmente reúne coragem suficiente para dizer.

Marina respira fundo algumas vezes, ainda ciente do contato físico entre eles. Devagar, ergue a cabeça para que possa fitar o rosto de Cristiano, observando sua feição e se concentrando nos detalhes de sua aparência: os cachos caindo pelo rosto, por conta do corte médio; os olhos com pigmentações esverdeadas, nesse instante mais destacadas do que nunca; a cicatriz sobre a sobrancelha escura, que a garota imagina ter sido obtida numa briga de bar; as maçãs do rosto altas e o queixo oval; o nariz reto e os lábios entreabertos. Estudar a fisionomia de Cristiano assim, tão próxima, faz com que um pensamento lhe ocorra de modo automático: Joana é uma garota de sorte, apesar de tudo. Pensar isso faz com que sinta uma opressão no peito. *Isso não pode continuar*, pensa, pouco antes de dizer:

— Ok, Cristiano.

— Então você me desculpa?

Marina diz que sim num gesto de cabeça.

– E promete parar de me tratar como alguém legal?

Ela morde o lábio, afastando-se do contato com o rapaz.

– Prometo – responde, suspirando. – Mas, em troca, quero que fique longe de mim.

A expressão de Cristiano congela em pura descrença com a solicitação feita por Marina.

– Como é?

– Não quero que chegue perto de mim de novo.

Por alguns segundos, um olhar ferido cruza a face do rapaz, mas logo é substituído por uma expressão implacável. Quando fala de novo, sua voz soa dura:

– Acredite, eu até que gostaria, mas vai ser meio complicado, já que a gente estuda junto e vem pra cá três vezes por semana durante as tardes.

– Não tem que voltar aqui de novo – Marina contesta. – Minha mãe disse que o liberou da punição.

– E daí? – ele fala, com desdém. – Tenho uma ideia pra pôr em prática.

– Entendo – Marina diz, olhando para o chão. – Mas você não precisa falar comigo além do necessário. – E suspirando pesadamente, completa: – Será que pode fazer isso por mim?

Cristiano a encara, tentando decifrar se o que ela fala é sincero ou não. Então ele dá um sorriso sombrio antes de proferir:

– Talvez deva saber que não faço nada por ninguém além de mim mesmo – dizendo isso, dá o assunto por encerrado e sai da sala.

Marina está concentrada recortando bandeirolas em companhia de Cássia e Joice. Cristiano, do outro lado da mesa, cola-as num pedaço de barbante branco de cerca de dez metros. O processo é lento, uma vez que o restante dos poucos voluntários se ocupa de cuidar das crianças, no jardim dos fundos.

Depois de alguns minutos, o celular de Marina toca.

– Oi, Fábio.

Ao ouvi-la, Cristiano para o movimento com as mãos, apesar de ainda manter os olhos na mesa de trabalho.

– Tô bem. E você? Não, tô na ACSUBRA. É... – A garota vai respondendo às perguntas do rapaz de forma mecânica. – Claro, o cinema tá de pé. Às 18h30, no Píer 21. Não, posso pedir um motorista de aplicativo. Tá bem, se faz questão. – Marina dá um leve sorriso quando o garoto insiste em buscá-la em casa.

Cristiano trava a mandíbula. Não sabe explicar por que, mas tem vontade de socar a mesa ao ver Marina dar aquele sorriso frouxo por falar com o quatro-

-olhos. É uma boba se pensa que irá se divertir na companhia daquele garoto patético que, apesar de gostar dela perceptivelmente há muito tempo, só agora teve coragem de chamá-la para sair. Aliás, *ela* o havia convidado. Ridículo. Rapazes como ele envergonham outros caras.

— Ok, agora eu preciso desligar. Tchau, Fábio. Até mais tarde.

Assim que a garota encerra a ligação, Cristiano volta ao trabalho, tentando pensar em algo além de Fábio tentando beijá-la no escuro do cinema.

A tarde na instituição foi trabalhosa. Eles cortaram, colaram, desenharam e pintaram. Ao final do período, tinham muitas bandeirolas e alguns balões de São João feitos à mão por Gabriel.

— Bem, vamos precisar de mais papel de seda e papel sulfite. Além de fitilho colorido. A nossa vaquinha mal deu para o começo — Enrico lamenta, lendo uma lista feita por Cássia.

— Fora que ainda nem pensamos nas barraquinhas, né? — Joice comenta. — Isso vai dar mais trabalho do que a gente previu.

— Nada disso — Cristiano discorda, passando a mão no cabelo. — Relaxem, amanhã compro o material que falta.

— Com que grana? — Gabriel levanta uma sobrancelha.

— Darei meu jeito — Cristiano diz, pegando a folha da mão de Enrico. — E quanto às barracas, vou ver o que arranjo.

— Simples assim? — Joice cruza os braços em sinal de descrença.

— Simples assim — ele responde, agitando as sobrancelhas e tocando o queixo da menina. Isso faz com que Marina solte um muxoxo baixo. — Agora vou nessa. Tenho um compromisso imperdível. — E Cristiano se dirige à saída sem nem olhar para Marina. Talvez ele a deixe em paz, finalmente.

Marina está diante do espelho, observando seu reflexo. Usa um vestido *evasê* amarelo com transparência na parte superior que o deixa sensual. Não tem mangas e é justo até a linha da cintura, com pregas na saia. Nos pés, uma sandália com salto baixo, apenas para lhe dar uma aparência mais delicada. Para finalizar, usa pulseira e brincos, e o cabelo está solto, caindo em ondas ao redor do rosto. Está pronta para o encontro com Fábio, no entanto não se sente empolgada. Não sente absolutamente nada, a não ser vontade de desistir.

Seus olhos vagam pelo espelho, recaindo sobre o colo, onde ostenta o colar com uma minigarrafa de vidro abrigando uma pétala de dente de leão. O colar que Cristiano lhe deu. Suas mãos percorrem o objeto enquanto a memória a transporta para o momento em que os lábios dele encontraram os seus. A sensação maravilhosa que sentiu, de formigamento, de pernas bambas, de calor queimando o corpo. A ânsia por mais, mesmo sabendo que não devia...

— Toc, toc – sua mãe fala, batendo à porta, apesar de estar aberta.

— Oi, mãe. – Marina se vira na direção dela.

— Como tá linda, filha!

Em resposta, a garota suspira.

— O que foi, querida? Sua cara não parece feliz – Ângela diz, franzindo o cenho.

— Isso parece tão errado, mãe – ela fala. – O Fábio e eu. Eu não gosto dele. Quer dizer, gosto, mas não desse jeito. Ele é gentil e educado, só que... – Marina não completa a frase, mas Ângela sabe perfeitamente o que ela quer dizer. De imediato, sente-se responsável pelo sofrimento da filha. Se não tivesse tido aquela ideia maluca há algumas semanas nada disso estaria acontecendo.

— Filha, venha até aqui – Ângela pede, pegando a mão de Marina e a levando até a cama. – Seu pai e eu fomos amigos antes de nos casarmos. Eu nunca imaginaria que um dia fosse me casar com o Heitor.

— E o que mudou? – Marina indaga, tentando entender melhor o relacionamento dos pais.

Ângela hesita por longos minutos, seus olhos atravessando Marina enquanto os pensamentos voam até o passado, até aquela noite, aquela visita...

— Eu... Eu fiquei grávida – revela, por fim. – Não foi nada planejado. Adolescentes, hormônios... Você sabe – diz, massageando a nuca.

— Quer dizer que você e o meu pai se casaram apenas porque você engravidou? – Marina pergunta, desviando os olhos do rosto da mãe.

— A gente se amava – Ângela responde simplesmente. – Foi um período muito complicado, querida. Mas conseguimos fazer dar certo. Pelo tempo que foi necessário.

Marina franze o rosto diante da declaração da mãe.

— Necessário? Você faz parecer que se casou porque foi forçada.

— Não me entenda mal, filha. Apenas me expressei errado. Não podia ter me casado com alguém melhor. Não podia ter escolhido um pai melhor pra você. Foram treze anos maravilhosos, você sabe disso. E a questão toda é que, se a gente não tivesse dado uma chance pra que a nossa amizade evoluísse para algo mais sério, eu nunca teria vivido tantas coisas incríveis. – Ângela dá um sorriso.

Marina, ainda indecisa, move a cabeça em concordância.

— Vamos ver...

— Ótimo! O Fábio já está te esperando lá embaixo.

A viagem até o Píer 21 foi silenciosa porque Marina não sabe o que dizer e Fábio é muito tímido para puxar assunto. Na única tentativa que fez, acabou perguntando algo sobre o dever de Biologia, o que não rendeu mais do que três ou quatro frases.

– Quer comer alguma coisa antes de ver o filme? – Fábio pergunta enquanto caminham para dentro do shopping.

– Pode ser – Marina responde.

Os dois vão até uma lanchonete e, após fazerem os pedidos, sentam-se em uma das mesas, encostadas numa grade de vidro, na parte central da praça de alimentação. Comem praticamente em silêncio enquanto Marina pensa que manter um clima natural com Fábio é praticamente impossível, já que ele não é muito adepto ao diálogo.

– Cara, você é péssimo nisso. – Subitamente, uma voz familiar rouba a atenção dos dois jovens. Cristiano fala diretamente com Fábio. O sorriso em seu rosto é tão sedutor quanto predatório.

> Os inimigos não surgem quando você resolve guerrear, mas, sim, quando você decide ser sincero!
> (Reinaldo Ribeiro)

ORGULHO FERIDO

Marina sente o coração disparar no mesmo instante. Algo lhe diz que o encontro não é somente uma coincidência e, apesar disso, não pode dizer que está exatamente zangada. Queria, mas não está. O que a incomoda, na verdade, foi o modo como Cristiano deixou a ACSUBRA, sem sequer falar com ela. Mesmo que não queira admitir, ficar longe dele é mais difícil do que aturar sua personalidade bipolar.

Fábio fica completamente tenso com a presença indesejada. Não pode acreditar que Cristiano esteja ali, atrapalhando seu encontro com Marina. Ele não pode ser tão cara de pau a esse ponto. Começa a pensar que há certo interesse por parte dele, se não, não se incomodaria tanto a ponto de seguir Marina. Não pode ser uma implicância entre colegas de classe. Até porque, se fosse, não ocorreria fora dos muros escolares...

— O... O que tá fazendo aqui? — Marina finalmente consegue questionar.

O rapaz dá uma boa olhada na menina, praticamente devorando-a com os olhos, em seguida, atira-se na cadeira mais próxima enquanto fala:

— Costumo frequentar o Píer 21. Nem imaginei que encontraria vocês aqui.

— Engraçado você dizer isso porque tenho uma sensação de que não foi nada casual — Fábio alfineta, irritado.

— Pensei que costumasse frequentar o ParkShopping — Marina comenta, sem encará-lo diretamente enquanto desliza uma das mãos pelo cabelo, nervosa.

— Frequento mais lugares do que pode imaginar — Cristiano diz, sorrindo e ignorando o comentário de Fábio sem a menor cerimônia. — Qualquer dia desses posso te levar pra conhecer alguns. Como a Carpe Noctem, lembra-se?

Marina sente vontade de dar um chute em Cristiano por baixo da mesa. Dois minutos de conversa e já está transformando a situação em algo desagradável.

— Fábio, você podia me trazer uma água, por favor? — Marina pede, tentando ganhar um tempo a sós com Cristiano.

Suspirando, o rapaz concorda. Então se levanta e atravessa a praça de alimentação.

— Não tem o direito de falar que estive naquela balada — Marina fala para Cristiano assim que Fábio fica longe o suficiente para não os ouvir. Seu tom é puro azedume.

– Desculpa, esqueci que era um segredo – Cristiano responde tranquilamente. A garota respira fundo.
– De verdade, por que tá aqui?
– Eu já disse, costumo vir aqui sempre que posso.
– Cristiano, eu não sou burra – Marina fala, agitando a cabeça. – Vai, fala logo.
– Ok. Se faz questão de saber – ele diz, fazendo pouco-caso –, eu vim apenas salvar você da noite detestável que estava tendo com o quatro-olhos.
– O nome dele é Fábio. Gostaria que decorasse isso, se não for demais para o seu cérebro.
– Que seja. – Cristiano balança a mão sem dar muita importância para ela. – O que conta é que vim lhe prestar um favor.
– Pra sua informação, estava tudo indo muito bem até você chegar – Marina resmunga, cruzando os braços.
– É, eu vi pelo papo superinteressante que estavam tendo – o rapaz ironiza, sorrindo com sarcasmo antes de acrescentar: – Quinze minutos de silêncio é um recorde para um encontro, não acha?
Marina franze o rosto quando depreende o significado de sua frase.
– Estava me espionando?
– A situação estava aí pra quem quisesse ver. – Ele dá de ombros, ainda sorridente.
– Achei que estava disposto a me deixar em paz depois de hoje.
– Sei que não falou sério – ele responde com simplicidade, capturando o olhar dela. – A gente forma uma boa dupla, você e eu. Não podemos deixar que um mal-entendido bobo atrapalhe o projeto que estamos desenvolvendo na ACSUBRA.
Se o rapaz quer enxergar tudo que aconteceu entre ambos como um "mal-entendido bobo", Marina não discordará. Especialmente sabendo que não adiantará nada tentar fazer o contrário.
– Eu queria, sinceramente, que pudesse perdoar o meu vacilo, Tampinha – Cristiano pede, abaixando o tom de voz. – Todos eles.
Marina o encara, tentando constatar se há truque por trás de suas palavras. No entanto, não há nada na fisionomia dele além de arrependimento.
– Você veio até aqui pra... isso? – ela questiona, ainda o observando.
– Eu... – Antes que Cristiano termine a frase, Fábio retorna.
– Sua água – ele diz, colocando o copo diante de Marina, que rompe o contato visual com Cristiano. – Acho melhor a gente ir pra não perder o início da próxima sessão – lembra Fábio.
– Claro – Marina concorda e se levanta.
– E que filme a gente vai ver? – Cristiano indaga, também se erguendo.
Marina e Fábio, boquiabertos, encaram-no.
– Como é? Eu não me lembro de ter marcado de ver um filme com você – Fábio contesta, respirando fundo.

— Ah, na boa, cara, mas você é um tremendo chato. Não sabe nem puxar conversa com garotas – Cristiano responde, sacudindo a cabeça. – A Tampinha estava bocejando quando cheguei. É óbvio que precisa de mim pra fazer o negócio fluir.

— Você não tem uma namorada? – Fábio pergunta. É visível, pela coloração avermelhada de seu pescoço, que está ficando nervoso. – Por que não vai atrás dela?

— Porque hoje é meu dia de folga – Cristiano brinca bem-humorado enquanto pousa um braço nos ombros do garoto. – Não esquenta, prometo que nem vão notar a minha presença.

A sessão começa e Marina não sabe como, mas acaba se sentando entre Fábio e Cristiano, que, ao que parece, comprou o assento à sua direita de um garoto que estava desacompanhado, já que, inicialmente, sua poltrona ficava bem distante da dela e de Fábio. A garota não sabe ao certo por que o rapaz fizera isso, pagar duas vezes para assistir a um filme, mas, como dinheiro não é problema para ele, não reflete muito a esse respeito.

A situação é tão estranha para Marina quanto para Fábio, mas, por alguma razão que ambos não compreendem, Cristiano está relaxado. Os trailers dos lançamentos futuros vão passando e ele assiste a todos, concentrado, enquanto come pipoca. Os olhos mal piscam, acompanhando, na penumbra, as imagens projetadas na tela.

Marina não consegue tirar os olhos dele, sem saber direito como tudo aquilo estava acontecendo. Ela imaginava que, depois da discussão dos dois, as coisas mudariam, que ele se afastaria. Mas Cristiano nunca faz o que se espera dele, Marina já devia saber disso.

Enquanto reflete, o garoto se aproxima e cochicha em seu ouvido:

— Sei que sou hipnotizante, mas se não parar de olhar pra mim vai perder o filme. – O tom de voz dele contém um quê de ironia.

Marina não responde o comentário, segurando os braços da poltrona com mais força do que é preciso. Tenta captar alguma coisa da história do filme, mas seus pensamentos a levam para longe a cada vez que pisca os olhos.

Cristiano gira o rosto, analisando o semblante de Marina. É peculiar perceber como se sente à vontade na companhia dela, fazendo programas que normalmente acha trivial demais. Se Joana sonhar que ele foi ao cinema com a irmã postiça terá um ataque. Honestamente, ele não se importa. Ainda que tenha aparecido sem avisar, ainda que seja um intruso, está achando divertido. Ao contrário de Fábio, pela carranca que apresenta. Honestamente, Cristiano também não se importa com isso. Tampouco Marina, ou o teria impedido de segui-los.

Sorrindo consigo mesmo, tenta voltar a atenção para o filme, ainda que o perfume de Marina esteja aguçando o seu olfato.

— Querem uma carona pra casa? — Cristiano pergunta quando saem do cinema, quase duas horas mais tarde.

— Não. Já mandei uma mensagem para o meu motorista pedindo pra ele vir me buscar — Fábio responde, colocando as mãos nos bolsos do short. Na verdade, ele tinha enviado uma mensagem há cerca de meia hora, portanto o motorista já devia estar aguardando do lado de fora do shopping. — Mas talvez você possa levar a Marina até a casa dela — completa, sem encará-la nos olhos.

Marina, perplexa, encara-o.

— Eu pensei que *você* fosse me deixar em casa — ela diz, desconcertada.

Fábio suspira. É óbvio que qualquer garota preferiria um cara como Cristiano a ele, todo desengonçado e tímido. É óbvio também que, com esse tipo de pensamento, jamais arranjará uma namorada. Cristiano, no fundo, está certo, ele precisa melhorar sua autoconfiança antes de tentar iniciar um relacionamento.

— A gente não precisa insistir em algo fadado ao fracasso — ele fala.

— Eu... — Marina tenta dizer, mas é interrompida por um gesto de cabeça de Fábio.

— Tá tudo bem — ele diz, ainda sem olhá-la nos olhos. — Acho que estamos muito bem como colegas de classe, de qualquer jeito. Até segunda. — E Fábio se afasta sem olhar para trás.

Marina o observa se distanciando com uma sensação de culpa comprimindo seu peito.

— Você estava certo — sussurra para Cristiano. — Esse encontro foi uma péssima ideia. Espero que o Fábio não me odeie.

— Como se isso fosse possível — Cristiano declara, pouco antes de pousar a mão na dela. — Vem, vamos sair daqui.

Cristiano desliga o carro e encara Marina, que está silenciosa desde que saíram do Píer 21. Por um instante sente vontade de tocá-la, beijar seus lábios tingidos de batom claro, contudo, conhecendo bem a garota, sabe que ela levará tudo para outro lado. Um lado que comprometerá toda a sua estratégia de viver sozinho. E, por mais que goste da companhia dela de vez em quando, não quer assumir um relacionamento com ela. Prefere a "segurança" que o relacionamento com Joana lhe transmite de não comprometer sua vida como um todo. E Marina e Joana são duas garotas completamente diferentes. Duvida muito que Marina aceite um relacionamento aberto.

— Estava pensando... — Marina começa a dizer, arrancando-o de suas abstrações. — Você se ofereceu para comprar o material de que precisamos para confeccionar o restante da decoração da festa junina. Por quê?

— Porque sou milionário — ele diz simplesmente.

— Mas você poderia ter doado o dinheiro, não poderia? Quer dizer, não precisava se oferecer pra ir até uma papelaria comprar tudo — Marina o confronta.

— Prefiro ir eu mesmo. Menos satisfação pra dar, se é que me entende.

Marina observa a lâmpada de um dos postes da área externa do prédio em que mora. A claridade atrai milhares de insetos.

— Tô tentando entender, mas confesso que tá bem difícil — revela ela, com um suspiro cansado.

— Entender o quê?

— Esse seu empenho repentino em ajudar a ACSUBRA. Você sabe que não faz sentido, não sabe?

— E por que não? — Cristiano pergunta. — Só por eu ser egoísta? Olha, cem reais não vão me deixar mais pobre. Posso comprar o que quiser, não fará a menor diferença no meu patrimônio.

Ela agita a cabeça, inconformada com a resposta.

— Não é pelo dinheiro, Cristiano — ajuíza enquanto estuda sua fisionomia. — Se quisesse, poderia doar uma quantia pra ACSUBRA sem precisar se envolver com o trabalho. Mas você *quer* se envolver — Marina enfatiza, olhando-o nos olhos. — Quer, porque se *importa*.

Ele desvia o rosto para longe, em silêncio.

— Tô errada?

Cristiano não responde de imediato.

— Tô errada, Cristiano? — Marina insiste, tocando o rosto dele e trazendo para o seu.

Ele toca a mão dela, encarando seus lábios entreabertos. Sente o coração ganhar velocidade, como uma locomotiva em movimento.

— Não — responde, sentindo a voz falhar. Pigarreia um pouco, antes de acrescentar: — O que não quer dizer que esteja completamente certa.

— Você é melhor do que imagina — Marina fala, suspirando.

Ao som do comentário, Cristiano dá uma pancada no volante.

— Será que dá pra parar com isso? — pede, impaciente. — Essa mania que tem de achar que as pessoas fazem certas coisas porque são boas! Será que pode parar de julgar minhas atitudes para me encaixar dentro de um parâmetro, positivo ou negativo? Sabia que existem duas forças dentro de cada ser humano, duas forças em constante disputa? Nem sempre somos maus, assim como nem sempre somos bons. Para de querer me rotular, droga!

Em questão de segundos, o clima dentro do automóvel fica pesado.

– Desculpa – Marina diz, movendo a cabeça, frustrada. Constata que Cristiano reage pior a elogios do que a críticas. – Obrigada pela carona – agradece e vira-se para descer do carro.

– Tampinha, espera – o rapaz pede, segurando seu braço. Ele nota que o simples contato provoca alterações na respiração dela. – É isso o que realmente quer? Que eu fique longe? – a voz de Cristiano sai carregada de incertezas. Não sabe por que pergunta isso, mas precisa da resposta.

– Importa o que eu quero? – Marina responde, olhando-o.

– Bem – Cristiano diz, dando um sorriso leve enquanto sobe a mão, colocando uma mecha de cabelo fora do lugar atrás da orelha de Marina – importa muito mais do que o que eu quero.

Ela suspira enquanto ele desliza a mão por seu pescoço, massageando sua pele com delicadeza. O rapaz sente uma euforia inexplicável quando a observa se entregar assim ao seu toque. Tem ciência de que não precisaria de muito esforço para fazê-la ceder. Poderia agarrá-la, roubar-lhe alguns beijos e garantir alguns minutos de divertimento sem compromisso, mas que consequências isso traria? Afinal, a garota não é adepta a lances casuais e sem o envolvimento de sentimentos. É careta na forma mais pejorativa da palavra, e isso é algo com o qual ele não sabe lidar.

– Diga, Tampinha – pede, voltando à realidade. – O que é que você quer?

Marina respira fundo, observando o rapaz por alguns minutos, em silêncio. Em seguida, segura a mão dele, ainda pousada no contorno de seu ombro.

– Que a gente conviva em paz – fala, por fim. – Sem brigas acaloradas, sem confusões. Vamos ajudar a ACSUBRA e depois... Bem, não interessa o depois – ela conclui e fica esperando a resposta dele.

Cristiano considera as palavras de Marina, pesando as implicações do que disse. Nada lhe parece muito grave, mas, ainda assim, sente que a garota quer colocar alguma espécie de distância entre eles. Isso não devia incomodá-lo, no entanto...

– Tá certo – ele concorda, coçando a testa com ar de desgaste. – Vamos fazer do seu jeito.

– Legal – Marina diz.

– Legal – Cristiano repete.

Os dois permanecem se encarando, até alguém bater com força no vidro do carona.

– Era só o que me faltava a essa altura do campeonato – Cristiano resmunga, observando Joana plantada do lado de fora com cara de poucos amigos.

– Ótimo – Marina fala, fechando os olhos por alguns segundos. – Boa sorte com ela – acrescenta, então abre a porta do carro e sai.

Joana entra, batendo a porta com mais força do que é preciso.

– Ei, isso não é a porta de uma geladeira! – o garoto a repreende.

— Nunca fechei a porta de uma geladeira por dentro — Joana devolve, implacável. — Posso saber onde estavam?

— Posso saber desde quando devemos satisfação um ao outro? — Cristiano fala, revirando os olhos. — Qual é, Joana? Não tô te entendendo.

— Você tá muito esquisito e não é de hoje — ela fala efusivamente. — Sempre tem algum compromisso inadiável e, na maioria das vezes, tem relação direta com a Marina.

O rapaz se vira para ela, um olhar feroz no rosto.

— Que cobrança ridícula é essa? — ele indaga, estressado. Cristiano não tolera cobranças, especialmente não tendo prometido exclusividade a Joana. Ou a qualquer outra garota. Não é uma das razões pela qual não se envolve a sério com ninguém?

— Não se trata de cobrança — Joana contesta, balançando a cabeça. — Só quero que me diga se tá dormindo com a Marina.

— Oi? — Por um segundo, Cristiano fica abobalhado com a pergunta. — Isso é algum tipo de piada? Porque se for, não tô vendo a menor graça.

— Vocês estão dormindo juntos ou não? — a garota repete, incisiva. — Será que pode responder à droga da pergunta?!

— E você não conhece a Tampinha? — Cristiano responde, estressado. — Ela não é esse tipo de garota.

— Diferente de mim? — Joana sugere, apertando os lábios.

— Não foi o que eu disse — Cristiano se defende, suspirando. — A Tampinha é careta, Joana. Aposto que o sonho dela é casar virgem.

— Vocês ficaram? — Joana continua a inquisição, porque precisa da verdade de uma vez por todas.

— Onde tá querendo chegar com isso? — Cristiano questiona, franzindo o rosto. — Porque esse tipo de surto não faz parte do nosso acordo.

— A verdade acima de tudo, lembra? — ela diz, respirando fundo. — Foi a primeira coisa que dissemos um ao outro quando começamos a sair: nada de mentiras. Jogo limpo, Cristiano. É só o que quero — Joana explica, abaixando a cabeça e concentrando-se nas mãos, a fim de controlar a tremedeira que toma conta dela desde que percebeu a presença de Marina no carro de Cristiano, minutos antes.

Ele respira profundamente, recordando-se do pacto que fizeram, de que a franqueza seria a base da relação de ambos. Não haveria exclusividade e, por causa disso, não haveria mentira.

— Rolou um beijo — ele finalmente admite, sabendo que deve isso a Joana. — E foi num rompante de raiva, nada mais.

A menina trava o queixo, sentindo os olhos marejarem. Mas não perderá a cabeça. Não, não brigará ou dará qualquer indício de que está magoada. Agirá como sempre agiu quando Cristiano lhe avisou que esteve com outra garota.

Porque é forte o bastante para passar por mais essa. Por mais que se sinta mais vulnerável do que das outras vezes...

— Doeu alguma coisa? — Joana pergunta, engolindo o orgulho ferido.

O tom da garota é tão superficial que dá a Cristiano a impressão de que está chateada pelo que acabou de ouvir. Talvez preferisse uma mentira qualquer. Algumas pessoas costumam pedir a verdade, mas nunca parecem estar preparadas o suficiente para lidar com ela.

— Joana... — ele tenta dizer, não para confortá-la, mas para relembrá-la de que o que há entre eles não comporta nenhum tipo de sentimento de posse. Mas ela é mais rápida.

— Não precisa dizer mais nada sobre isso.

— Então tá tudo bem?

— E por que não estaria? — ela replica, sorrindo falsamente. — Bom, vou subir — avisa e, sem esperar por resposta, salta do carro e se dirige à recepção do prédio.

Marina observa Ângela preparando alguma coisa, mexendo a panela de vez em quando. Ela não é uma mulher que cozinha com frequência, por isso a garota se detém à entrada da cozinha, divertindo-se com a visão. Ângela cantarola uma canção e parece se distrair com o ofício. Ao experimentar a receita, constata faltar doce e, enquanto se vira para pegar açúcar no armário, vê a filha.

— Ei, querida. Que bom que chegou — fala, consultando o relógio. Gosta quando Marina está em casa, em segurança. — Como foi o encontro?

Marina franze o rosto, aproximando-se da mesa. Prefere não encarar o cinema com Fábio como um encontro. Agita a cabeça negativamente, sem querer falar a respeito do assunto.

Ângela vira-se para o fogão apenas para desligá-lo. Em seguida, volta-se para a menina, observando seu aspecto cabisbaixo. Há dias ela anda distraída, alheia às coisas ao seu redor. Depois do incidente com o laboratório de Química as coisas pioraram. Não precisa ser nenhuma adivinha para saber que a causa disso é Cristiano.

— Quer conversar? — pergunta Ângela, sorrindo com delicadeza para a filha.

— Não acho que conversar vá ajudar — Marina responde. — Mas um abraço, talvez — dizendo isso, aproxima-se da mãe que, sem dizer mais nada, estreita-a nos braços.

> A amizade mais profunda e dedicada pode ser ferida por uma pétala de rosa.
> (Chamford)

Pacto rompido

Leo desliza pelos corredores do colégio, acompanhando com a cabeça o ritmo frenético que emana de seus fones de ouvido de última geração. O agito que o conduz é uma mixagem de sons feita por ele mesmo, no domingo, enquanto o pai ainda não tinha iniciado a discussão com Dinho. Seu passatempo predileto é juntar ritmos e fazer novos hits. Talvez, quando terminar o ensino médio, faça um curso de mixagem para, quem sabe, tornar-se um DJ profissional. Sabe que o pai nunca aprovará a ideia, claro, então às vezes considera que talvez a deserdação valha a pena.

Se a questão toda se resumisse a dinheiro, o rapaz não pensaria duas vezes. Mas teme que, caso siga os passos do irmão, a família se dissolva por completo, como poeira soprada pelo vento. O elo que prende a estrutura dos Ribeiro está tão enferrujado que ameaça ceder a qualquer pressão, por menor que seja.

Cláudia finge que não sabe que o marido é infiel, porque não considera que um ou dois casos sejam o bastante para acabar com um casamento de mais de vinte anos. E para que Marco Antônio não os abandone, aprova sua repressão aos filhos, ainda que indiretamente: "Querido, seu pai sabe o que é melhor para vocês", é uma de suas frases preferidas, especialmente diante de alguma discussão.

Dinho revida as afrontas do pai, porque está cansado demais de ser acusado por não corresponder às expectativas de alguém que sequer faz questão de esconder as canalhices. Gigi é uma criança e Leo... Bem, Leo se sente na obrigação de segurar o elo, apertá-lo, evitar que se rompa. Seu futuro bem-sucedido já está traçado e Marco Antônio não permitirá que ninguém, inclusive o próprio Leo, fique em seu caminho para atrapalhar. Não, ele fará Engenharia e trabalhará na "Ribeiro Engenharia".

Leo gostaria muito de saber se, realizando os sonhos do pai, será poupado caso Marco Antônio descubra que ele não é como a maioria dos garotos no que diz respeito a meninas. Será o suficiente ser um engenheiro talentoso tocando os negócios ambiciosos do pai? Continuará sendo chamado de filho? Continuará sendo amado?

Quer saber quando viverá num mundo sem tantos julgamentos e preconceitos, mas, provavelmente, ele não viverá num mundo assim. É melhor contentar-se com o fato de que nem todos pensam da mesma forma. Isso lhe dá certa esperança. Talvez, mesmo que o pai o odeie por conta disso, a mãe o apoie. Quer dizer, ela é diferente, não é?

Enquanto conjectura, o rapaz chega à porta da sala. Está prestes a entrar quando Joana se coloca em seu caminho, com toda a sua beleza brasileira salientada pelas peças do uniforme um ou dois números menores do que seus reais tamanhos. Masca um chiclete com tanta ferocidade que Leo chega à conclusão de que, mais cedo ou mais tarde, ela morderá a língua.

— Preciso levar um papo contigo — Joana fala, sem rodeios.

Leo coloca os fones de ouvido no pescoço enquanto a olha com desinteresse.

— Deixa eu adivinhar: quer que eu te dê minha lição de Matemática pra você copiar? Não, não faço isso por qualquer um.

Joana revira os olhos.

— Acha que eu pediria cola pra você, *mona*? Prefiro entregar em branco.

Leo fecha a cara.

— Escuta, garota, dá pra sair da minha frente? Não tenho tempo pra perder com gente da sua laia.

— É um assunto do seu interesse. — Joana continua parada diante dele.

— Duvido que tenha algum assunto que seja do meu interesse — Leo retruca impaciente.

— E acha que eu perderia meu tempo falando contigo se não fosse? — Joana sacode a cabeça. — Esqueceu que temos dois assuntos em comum? Cristiano e Marina.

Finalmente, a garota consegue despertar a curiosidade de Leo. Os olhos dele passeiam pela face dela tentando detectar o ardil que ela planeja, mas nada em sua expressão denuncia o que quer de verdade.

— Vejo um súbito interesse da sua parte — Joana observa, sorrindo.

— Não tenho tempo pra esse tipo de jogo, garota.

— Jogo? Odeio jogos, odeio falsidade, por isso quero te fazer o favor de falar a verdade, já que a sua prima e melhor amiga não acha que mereça saber.

Leo estreita os olhos.

— Bem, não vamos ficar batendo boca na porta da sala. Se quiser saber do que tô falando, me encontre na horta do colégio na hora do intervalo.

— E por que não fala de uma vez? — Ele quer saber, impaciente.

— Porque não quero testemunhas.

— E quem garante que eu vou?

— Se gostar de sinceridade tanto quanto eu, irá sim — Joana rebate enquanto se afasta, entrando na sala de aula no exato momento em que Ayumi se aproxima de Leo.

— O que ela queria? — a garota questiona, franzindo o cenho.

— Encher o saco, pra variar — Leo responde sem lhe dar muita atenção. Joana realmente conseguiu plantar uma pulga atrás de sua orelha.

―――❧―――

Leo se aproxima da horta com uma expressão de tédio estampando a fisionomia. O velho companheiro, seu fone de ouvido, está em seu pescoço, e os braços estão cruzados sobre o peito. Sabe que não devia ter ido até lá para ouvir o que Joana quer dizer porque é provável que se trate de pura implicância, já que ela detesta a irmã postiça e é obcecada por Cristiano, que está saindo com Marina por conta da punição que recebeu de Ângela semanas antes.

Sabe que tanto Marina como Cristiano não se suportam e está sendo uma verdadeira penúria para ambos conviverem, mesmo que eventualmente façam alguma coisa juntos além de discutir e trocar ofensas. É bem verdade que Leo incentivou Marina a dar uma chance ao rapaz a fim de tentar demovê-lo da rebeldia – Leo, em seu íntimo, considera isso um de seus atrativos, mas ninguém precisa saber – para que, quem sabe, Cristiano possa fazer parte de seu círculo de amizades, ficando um pouquinho mais próximo dele.

Leo sabe que Cristiano é heterossexual, mas não pode controlar as próprias fantasias. Em um mundo paralelo, poderiam ser reais, ainda que na Terra não passe do plano platônico. Além disso, se ele parar de sair com Joana, já se sentirá bem o suficiente. Vingado o suficiente.

Mas já faz um bom tempo que percebeu que as tentativas de Marina de fazer o garoto se tornar uma pessoa melhor só resultaram em desastres. Quanto mais procura influenciar seu caráter, mais o rapaz se rebela. Ele simplesmente tem aversão à palavra "regras". E isso, Leo também notou, deixa a prima bastante chateada. Parece que gastou toda a sua jovialidade tentando mudar Cristiano e agora não lhe restou um pingo de alegria nem para ser ela mesma. Vive distraída, quase sempre calada, e falta à boa parte dos programas que o trio fazia antes, como as tardes de estudo, às quintas-feiras.

Leo até procurou conversar com Marina para descobrir o porquê de tanta distância, mas ela só disse que o novo projeto que estão desenvolvendo na ACSUBRA a está deixando exausta, mas que passará em breve. O rapaz sabe que isso é apenas parte do problema, no entanto não quis cutucar a ferida. Ele conhece Marina profundamente e não conseguir fazer o que se propôs, isto é, transformar Cristiano em alguém melhor, é como ele não resolver uma das fórmulas matemáticas de que tanto gosta: deixa-a decepcionada consigo mesma.

"Sabe, Marina", Leo chegou a dizer para tentar confortá-la, alguns dias antes, quando estavam esperando Ayumi voltar do banheiro no quarto de Leo. Perseu estava aconchegado em seu colo, ronronando enquanto Leo lhe fazia cafuné. Ele e Marina estavam sentados no chão, em volta de um tabuleiro de War. Leo notou que ela se distraiu encarando uma região no mapa que ficava na Europa. Os lábios estavam apertados numa linha tão estreita que adquiriam uma coloração esbranquiçada. Algumas mechas do cabelo louro se desprendiam da trança, emoldurando o rosto angelical da menina. "Não há nada de errado em perder, às vezes. E também", acrescentou, quando os olhos de Marina focaram seu rosto, "precisamos desistir de certas coisas. Não porque somos fracos, mas porque precisamos abrir mão daquilo que nos machuca".

Quando disse isso, os olhos de Marina, que às vezes Leo não conseguia distinguir se eram cinza ou, de fato, azuis, brilharam. Ele não soube dizer se ela estava querendo chorar porque estava desapontada por sentir que, de alguma forma, havia falhado, ou por se sentir compreendida, mesmo que nunca tenha dito com todas as letras o que sentia em relação a Cristiano.

"Você sabe que tô do seu lado sempre, né?", o menino falou, achegando-se mais à prima. Perseu levantou a cabeça, incomodado com a repentina mudança do seu aconchego. Então ele saltou para longe do colo do dono e foi aninhar-se em sua cama.

"Sei", ela disse, esboçando um sorriso. "Obrigada."

Houve um silêncio entre os primos, que Leo utilizou para refletir sobre uma coisa que vinha ensaiando perguntar a Marina algumas vezes ao longo da última semana.

"Confia em mim?", o menino perguntou, olhando-a nos olhos. "De verdade?"

"Claro que confio, Leo", Marina nem precisou pensar para responder. Ambos são inseparáveis desde que nasceram. Poucas vezes brigaram e sempre fizeram as pazes ao final do dia, com um telefonema cheio de minutos silenciosos e conversas sobre deveres de casa a serem feitos ou sobre materiais necessários às aulas do dia seguinte, pretextos para se falarem. Mas nada de pedido de desculpas. Nunca foi necessário. Nunca será, porque nada na vida é capaz de abalar essa amizade tão importante aos dois. Dezessete anos de vivências únicas, que nunca serão apagadas ou perdidas.

Eles conheceram Ayumi aos 11 anos, quando ela foi estudar no Sartre. Excluída por ser muito tímida, Marina e Leo a acolheram, fazendo com que a dupla se transformasse num trio.

"Então por que sinto que tá me escondendo alguma coisa?", Leo perguntou, encarando a prima.

Marina engoliu em seco, preocupada com o que Leo queria dizer com essas palavras.

"Acho que não entendi."

"Não sei, é que...", Leo envolveu os joelhos ossudos com os braços compridos e Marina ficou observando os pés delicados do primo, com unhas bem cortadas e calcanhar liso. "Essa história de ajudar o Cristiano parece que mexeu muito com você. Tipo, *muito*." O rapaz enfatizou, olhando para ela por alguns segundos. "Eu sei que você se cobra bastante, e aí colocamos pressão em você e tal pra dar o seu melhor. E você é uma menina tão doce que... Talvez essas semanas com ele tenham feito que... Sei lá, você..."

"*Não*", Marina interrompeu, colocando a mão no braço dele e apertando. Não suportou a ideia de ouvir dos lábios do primo que se deixou seduzir pelo cara que jurou a si mesma jamais desejar, mesmo nas possibilidades mais remotas possíveis. Não suportou a ideia de que ele a julgasse. Agitou a cabeça, negando freneticamente, engolindo o nó que se formou em sua garganta. "Eu não quero que pense isso. Nunca. Jamais. Porque eu... Eu posso ser uma garota ingênua, mas... não há nada na figura do... Não há nada nele que combine comigo. Absolutamente nada."

Marina o encarou ansiosa para que acreditasse em suas palavras e aquele assunto pudesse ser esquecido.

"Eu acredito em você, Marina". Leo disse, acrescentando, em seguida: "Mas sei que tá abalada por tudo que tem vivido. Talvez devesse falar com a sua mãe pra que acabe com essa punição e..."

Ela o silenciou com um movimento de cabeça.

"Falta pouco pra festa junina que estamos organizando na ACSUBRA. Depois disso, o Cristiano não vai mais frequentá-la. Eu estarei livre."

Leo assentiu, ainda analisando a fisionomia de Marina. A garota sentia como se sua alma estivesse sendo sondada.

"Que foi?"

"Se um dia se apaixonasse por ele... me diria?"

Marina sentiu o oxigênio escapar dos seus pulmões. Seus olhos desviaram-se automaticamente, procurando um lugar seguro para pararem.

"Por quê?", ela conseguiu dizer.

"Ah, você sabe", Leo ficou sem graça e também desviou seus olhos. As bochechas ganharam um tom rubro. "Porque eu... bem... ahn..."

"Gosta dele", Marina completou, mordendo o lábio.

"É platônico." O garoto apressou-se em dizer. "Mas, é, gosto. Então, me diria? Porque, em tese, estaríamos em lados opostos", acrescentou, em tom de brincadeira.

Marina piscou algumas vezes, sem saber o que ou como dizer. Mas não precisou se preocupar em dar uma resposta, pois Ayumi retornou ao quarto.

"O que perdi?"

"Nada de interessante", Leo retrucou, dando uma piscadinha para Marina. "Estávamos divagando sobre a probabilidade de disputarmos um mesmo namorado."

A conversa se encerrou com aquele comentário e os três retomaram o jogo, falando sobre assuntos triviais.

⁎

Leo consultou o relógio mais uma vez. Será que Joana o enganou e não aparecerá? Será um bom preço a se pagar por ter mentido para Marina e Ayumi, dizendo estar com dor de barriga por ter comido uma porcaria qualquer na rua durante o fim de semana.

Sete minutos mais tarde, quando já desistia de esperar, Joana surge na entrada da horta, aparentemente mascando o mesmo chiclete de mais cedo.

— Eu sabia que ia vir — ela comenta presunçosa.

— Desembucha, Joana, que eu não tenho tempo a perder — Leo responde, sem paciência para ironias. — O que você quer comigo?

Joana o observa longamente, imaginando como o rapaz se sentirá ao descobrir que a prima não é a pessoa que ele imagina.

— Tenho tanta pena de você, meu querido — fala, agitando a cabeça. — Já não basta o fato de ser gay não assumido, é apaixonado por um cara que nem em sonhos vai ter e, ainda por cima, a melhor amiga é uma farsa.

Leo revira os olhos.

— Sabia que era perda de tempo vir aqui — diz, girando para ir embora.

— A Marina tá ficando com o Cristiano — Joana fala, impedindo que o rapaz dê mais um passo.

— Como é? — pergunta Leo, voltando a encará-la. — Você deve pensar que sou algum idiota pra acreditar nisso, né?

— E por que eu perderia meu tempo inventando algo desse tipo pra você? — ela indaga, analisando as unhas com atenção.

— Porque tá com ciúmes da Marina saindo com o Cristiano — Leo responde. — É normal, não? Afinal, você é louca por ele, mas o sentimento não é recíproco. — O garoto estreita os olhos enquanto acrescenta: — Joana, já se perguntou por que ninguém gosta realmente de você?

A garota o fuzila com os olhos por alguns minutos. Sente a fúria pinicar sua pele e aperta os dentes, como está habituada a fazer, para conter a mágoa. Sabe que Leo não está cem por cento errado, porque muitas pessoas não gostam dela. No entanto, o que revelou não é uma mentira. Foi o próprio Cristiano quem disse que ele e Marina se beijaram. Captou, no instante em que ele falou, que havia mais por trás do beijo. Desejos ocultos, talvez até paixão. Lutou dias para tentar compreender como Cristiano desenvolveu sentimentos por uma garota como Marina enquanto a mantém o mais distante possível de seu coração. Por que ele não é capaz de se apaixonar por ela? Por que não queria se apaixonar por ela?

— Escuta, Leonel — Joana finalmente diz, ácida como de costume. — Não vim aqui pra discutir meus problemas de relacionamento. Você pode dizer o que quiser de mim, mas não pode me acusar de ser mentirosa. Ao contrário da sua prima, que não hesitou em te esconder que tá caidinha pelo Cristiano.

— Você tá mentindo — Leo repete, sem acreditar que Marina o tenha enganado. — A Marina não me esconderia se estivesse ficando com o Cristiano. Somos amigos, confidentes. Conhecemos a vida um do outro.

— Ela pode até conhecer a sua, mas você certamente não conhece a dela. Não de verdade. Quem me disse tudo foi o próprio Cristiano — Joana continua a dizer, tentando acabar com a dúvida que paira na expressão do rapaz. — Diferentemente de vocês, *nós* contamos tudo um para o outro.

— Se isso fosse verdade — o garoto deixa escapar, respirando intensamente –, por que acha que me interessaria? Não tenho nada a ver com o Cristiano.

— Bem, você sabe que só quero atingir a Marina — Joana diz com naturalidade. — Alguém precisa enxergar que até a mais perfeita das criaturas pode ser egoísta. Ela sempre tirou tudo que é meu. Não importa do que se trata, aquela garota vai lá e simplesmente me toma tudo! Desde que éramos pequenas. E aquela carinha de coitada dela me dá muita raiva, como se ela fosse a vítima na história. Eu odeio a Marina! — Joana respira profunda e longamente.

Leo fecha os olhos, recordando-se das feições de Marina, sempre que falam de Cristiano. O ar de que dissimula algo. Ele crente de que se trata de fracasso, por não ser capaz de melhorar a postura dele. Na verdade, é culpa. Por fazer o primo de idiota. Por ter preferido mentir enquanto ele clamou pela verdade, porque, até então, não era nada demais. Leo não tem esperanças de namorar um rapaz heterossexual nem nada disso. O problema é que a prima, a melhor amiga, a confidente, enganou-o. Olhou em seus olhos e mentiu.

— Minha missão aqui já tá cumprida. — Joana o traz à realidade. — Eu vou nessa. — E sai, deixando-o na horta, sozinho, os pensamentos carregados de incertezas.

◦────✺────◦

Durante a aula seguinte, Leo só consegue martelar a declaração de Joana. Ayumi tentou chamar sua atenção algumas vezes, mas ele está absorto demais, o que a deixa perturbada.

Na saída, o rapaz junta os livros apressadamente, metendo tudo dentro da bolsa enquanto Ayumi o encara com desconfiança. Afinal, ele está estranho desde o intervalo.

— Escuta, Ayumi, não vai dar pra te esperar. Preciso muito resolver um assunto — Leo diz, atirando a mochila sobre o ombro.

A garota arqueia as sobrancelhas, imaginando o motivo pelo qual ele não pode esperá-la dois segundos para irem juntos até os portões de saída. Não que seja grande coisa, de qualquer jeito.

— Tudo bem, não tem problema. A gente se vê depois.

Assentindo, o rapaz acelera os passos até a porta de saída, torcendo para pegar Marina em sua sala de aula. Por sorte, ela ainda copia algum conteúdo da lousa. Ele espera que todos os colegas de classe dela saiam, então entra, observando-a anotar as últimas informações da lousa.

— Ah, oi, Leo — ela o cumprimenta ao perceber a presença dele. — Enrolei um pouco, né? Desculpa. Já tô quase acabando.

— Tudo bem. Eu precisava mesmo conversar com você em particular — ele responde, cruzando os braços.

Marina acha o tom de voz do rapaz esquisito. Há certa tentativa de controle, e isso faz soar um alarme no fundo de sua mente.

— O que foi?

— Você se lembra do pacto que a gente fez quando conheceu a Ayumi?

— De sermos amigos pra sempre?

Ele afirma num gesto de cabeça lento.

— Claro que me lembro. — Marina sorri, distraindo-se enquanto junta o material para colocar na mochila.

— Havia mais coisa no juramento — Leo fala, olhando para ela. — Não se lembra? Queríamos fazer um pacto de sangue, mas você achou radical demais.

Ela revira os olhos.

— Exagerado demais, eu diria.

— A gente prometeu não guardar segredos — Leo volta a falar, como se Marina nada tivesse dito.

Ao ouvir essas palavras, Marina para, encarando a mesa. Engole em seco, tentando manter a calma.

— Porque amigo confia um no outro, né, Marina? — ele persiste.

— O que... O que tá querendo me dizer? — ela pergunta, ainda sem encará-lo.

— Eu só queria saber se se lembra. Porque me lembro disso todos os dias. Por isso contei pra você que... tinha algo diferente em como eu me sentia perto de garotos. Por isso contei do meu primeiro beijo. Por isso contei que tenho medo de que os meus pais saibam que não sou o filhinho perfeito que pensam. Por isso contei que odeio o fato de o Bernardo ter desistido de cursar Engenharia, porque agora eu vou ter de realizar os desejos do pai. Por isso contei o que sentia em relação ao... — Leo se interrompe, um nó na garganta roubando as palavras.

— Leo, eu não...

— Você mentiu pra mim, Marina — Leo a corta, analisando a expressão dela mudar para algo entre remorso e tristeza.

— Do que... Do que tá falando? – ela pergunta, passando a mão no cabelo. Precisa saber até que ponto ele sabe.

Leo sorri com amargura.

— Não precisa bancar a ingênua mais, não – Leo responde. – Eu já sei que tá se pegando com o Cristiano.

Marina o olha estarrecida.

— I-isso não é verdade! – ela fala, erguendo-se do assento, trêmula.

— Eu não sou idiota, Marina. – Leo altera o tom de voz. – Acha que eu não notei que havia alguma coisa estranha com você desde que começaram a sair juntos?

A garota encara os sapatos, sentindo um bolo se formar em sua garganta. Como as coisas chegaram àquele ponto?

— Vai negar agora? Vai negar que mentiu pra mim esse tempo todo?

— Foi só um beijo, Leo – Marina admite, trêmula. – Mas não significou nada pra ele, então... – Marina interrompe o que pretende dizer, pensando em uma forma de consertar suas palavras, mas é tarde, Leo entendeu. Sorrindo com amargura, ele sentencia:

— Tá apaixonada por ele. E também escondeu isso de mim.

— Não queria ferir seus sentimentos.

— É muita presunção sua achar que me fazer de idiota seria me proteger! – ele responde, subindo o tom de voz enquanto caminha pela sala enraivecido.

Marina aperta os lábios, tentando inutilmente deter as lágrimas.

— Eu sei que eu...

— Você foi egoísta, Marina! Eu tentei conversar e você negou, olhando nos meus olhos! Como pôde ser tão falsa?!

— Eu estava com medo! – ela se defende, sacudindo a cabeça, desolada. – Não queria que ficasse com raiva de mim por algo que não vale a pena.

— Raiva? – Leo repete, parando de caminhar e trincando os dentes. – Raiva é o que eu tô sentindo agora depois de ter descoberto a sua traição.

— Não, Leo, olha só...

— Raiva não – ele se corrige, colocando o dedo em riste. – Ódio.

Diante da fala cortante do rapaz, os olhos da garota se arregalam. O que fez é digno de ódio?

— Você tá exagerando, Leo. Eu...

— Não ouse dizer isso, Marina! – Leo rebate, impaciente. – Você era a única em quem eu confiava. Era minha referência sempre que eu precisava tomar uma decisão. Era o meu orgulho pelo altruísmo, pela franqueza, pela amizade, mas... você, na verdade, é uma *mentira*. – Os olhos do rapaz estão cheios de água, um choro que não quer derramar.

— Coloque-se no meu lugar, Leo, por favor – Marina suplica, marchando na direção dele.

— Fiz isso inúmeras vezes desde que descobri a verdade — ele fala, balançando a cabeça, o queixo erguido em sinal de desafio. — Em todas elas, a minha decisão foi diferente da sua, Marina, porque, na minha cabeça, éramos melhores amigos. E não há nada maior do que isso. Nada! Eu teria entendido — Leo diz. — Porque, diferentemente do que pensa, eu sei que as pessoas são imperfeitas, Marina. Elas estão sujeitas a falhas. Mas você é estúpida demais pra enxergar isso — ele a ataca, mordendo os lábios. — Essa sua síndrome de mocinha não te deixa ver que é impossível ser perfeita. Tudo bem não reciclar, tudo bem comer carne, tudo bem falar meia dúzia de palavrões, tudo bem não gostarem de você. Isso se chama ser *humano*, Marina!

A garota sente-se arrasada ao ouvir as palavras agressivas do primo porque, de todos, imaginava que ele entendesse a sua tentativa de fazer a diferença. De não passar pelo mundo como quem nunca soube que morreria.

— Não tem o direito de dizer essas coisas sobre mim, Leo.

— Adivinha: eu posso falar o que eu quiser. Não sou como você, que se sente na obrigação de medir as palavras!

— Sei que tá magoado e que por isso acha que...

— Por favor, Marina, sem essa! Eu falo o que bem entender. Você pode achar que isso é só porque tô magoado, mas não. Faz tempo que você tá precisando ouvir umas verdades.

— Leo! — Marina franze o rosto para ele.

— Até os bonzinhos precisam ouvir a verdade de vez em quando.

Ela sacode a cabeça, limpando o canto dos olhos, cansada de tentar se defender, porque é óbvio que Leo não está disposto a ouvi-la, quanto mais absolvê-la do que considera um crime hediondo.

— Tudo bem, Leo — fala, enquanto suspira. — Tem razão, sou a única responsável pelas minhas escolhas. Mas — acrescenta, olhando diretamente para os olhos dele —, embora você não reconheça, a raiva que tá sentindo de mim não tem nada a ver com o fato de eu ter escondido o que aconteceu entre mim e o Cristiano.

— Do que tá falando? — ele diz, cruzando os braços diante do peito.

— Você tá assim porque também gosta dele — Marina fala com veemência.

— Não seja ridícula, Marina! — Leo retruca, agitando a cabeça, indignado.

— Acha mesmo que *eu* tô sendo ridícula? — ela pergunta, sentindo as emoções aflorarem. — É você quem tá estragando a nossa amizade por causa de um garoto. Só porque, no fundo, eu fiz o que você queria ter feito!

— Cala a boca! — o rapaz adverte, injuriado.

— Eu não tenho culpa se o Cristiano não é gay, Leo! — Marina continua reagindo.

— Ei! Vocês dois! O que tá acontecendo aqui? — subitamente, a voz de Cristiano ressoa pela sala, vinda da porta de entrada. Havia passado ali só para oferecer carona a Marina até a ACSUBRA, já que está suspenso do colégio por três dias.

Marina examina a expressão confusa de Cristiano e o rosto enraivecido de Leo.

— Vai, Leo. Aproveita a oportunidade e conta pra ele como se sente — Marina fala, virando-se para o primo, que fica chocado com sua audácia.

— O que acha que tá fazendo? — Leo pergunta, sentindo a pulsação acelerar.

— Facilitando as coisas pra você.

— Do que estão falando? — Cristiano pergunta, sentindo que o que quer que seja tem relação direta com ele.

— Do que ele sente por você desde que chegou aqui. — Marina acaba revelando enquanto encara Cristiano. — O meu primo te ama.

Cristiano ouve atentamente as palavras de Marina e fica imaginando se elas são verdadeiras. A julgar pela expressão chocada de Leo, são sim. Pensa rapidamente em algo para dizer e acabar com o clima denso que se instala no ambiente, mas não consegue falar absolutamente nada. Preencher aquele silêncio com algum comentário parece mais errado do que o fato de Marina ter acabado de trair o segredo do primo.

Leo sente as bochechas ficarem rubras enquanto o pescoço formiga pelo torpor. Não acredita que Marina tenha sido capaz de revelar aquilo para Cristiano. Não acredita que ela tenha usado uma informação pessoal para atingi-lo de maneira tão baixa.

— Eu... Eu te odeio! — fala Leo, olhando-a de forma sombria; em seguida, passa por Cristiano e sai furioso da sala.

> O beijo é um truque arquitetado pela natureza para interromper a fala quando as palavras se tornam supérfluas.
> (Ingrid Bergman)

Recaída

Com as palavras de Leo ainda ecoando em seus ouvidos, Marina deixa-se cair numa cadeira, colocando a cabeça entre as pernas enquanto respira profundamente várias vezes seguidas. Isso não pode estar acontecendo – reflete, sentindo seu diafragma trabalhar com cada vez menos eficiência em busca de oxigênio.

– Ele nunca vai me perdoar – a garota murmura, deixando escapar um soluço. Devia ter escutado Ayumi quando disse que omitir o que aconteceu seria um erro. Mas julgou que pudesse colocar um ponto-final no que sente só pelo fato de desejar isso. Julgou que esquecer Cristiano seria tão fácil quanto ter se apaixonado por ele. Julgou que isso seria uma lembrança em tão pouco tempo que não havia razão para causar um mal-estar entre ela e o primo. Ao que parece, quando se trata de Cristiano, todas as decisões que toma são erradas. Não importa o quanto lute para fazer as coisas da melhor forma possível, acaba sempre tropeçando em suas ações.

– Quer que eu fale com ele? – Cristiano indaga em voz baixa, depois de alguns minutos. – Ei, Tampinha – ele insiste, aproximando-se dela e agachando-se em sua frente, os olhos dilatados de preocupação. Ele quer fazê-la parar de chorar, mas seu cérebro o alerta para se afastar porque isso não é seguro, não é certo, não acabará bem.

– Você nem sabe o que aconteceu – Marina responde, apoiando o rosto nas mãos.

– Sei que brigaram por minha causa, e isso basta – ele diz, tocando o joelho dela com tanta sutileza que a garota mal sente.

– Ele descobriu que a gente se beijou – fala, sem encará-lo.

Cristiano permanece algum tempo em silêncio, esperando que Marina diga mais alguma coisa a fim de fazê-lo compreender a razão do conflito entre ela e o primo.

– Isso devia fazer algum sentido pra mim? – acaba perguntando, ao perceber que ela não dirá mais nada.

– Acontece que o que eu falei não é mentira – ela explica, sacudindo os ombros. – O Leo gosta de você.

Cristiano corre os olhos pelo rosto dela, pensando em suas palavras. Ele será cínico se disser que nunca percebeu o modo como o garoto o olha eventualmente. Um tipo de curiosidade atípica para o olhar de um rapaz. Não que tivesse achado que Leo sentia alguma coisa por ele. Imaginou que só significasse que seus interesses eram diferentes, e estava tudo bem. Os desejos não são coisas controláveis e, na maioria das vezes, desejamos o que não temos ou o que nunca poderemos ter.

— Bem, tenho minhas próprias preferências — Cristiano responde, erguendo-se. — Acho que ele sabe disso. Então não tem por que ficar desse jeito. Daqui a pouco o seu primo supera e vocês fazem as pazes.

Marina aperta os lábios, sacudindo a cabeça, segundos antes de dizer:

— Eu queria que fosse assim, tão simples, Cristiano.

— E por que não é?

Ela o encara. *Porque eu me apaixonei*, lamenta-se em pensamento, imaginando a reação do rapaz caso saiba disso.

— Porque se isso chegar aos ouvidos da Joana ela vai surtar — diz, limpando o nariz.

— Bem, não esquente com isso. Ela já sabe — Cristiano comenta, colocando as mãos nos bolsos.

Lentamente, Marina ergue a cabeça para encará-lo.

— Tá brincando comigo, não tá?

Ele nega.

Marina, que imaginou que não havia forma de as coisas piorarem, entra em pânico ao olhar direto nos olhos de Cristiano e perceber que ele não está mentindo.

— Não me olhe desse jeito — o rapaz pede, segurando o isqueiro entre os dedos, sentindo a textura do entalhe em forma de raposa. Acha a reação da garota demais para um acontecimento que tinham combinado de superar. — O meu lance com a Joana só funciona porque somos sinceros um com o outro.

— Ótimo! Agora o colégio todo vai ficar sabendo! — Marina ergue-se, agitada.

— Não dramatiza, Tampinha! A Joana não tem nenhum motivo pra espalhar uma besteira dessas para o Sartre — Cristiano fala, movendo a cabeça.

— Será que não percebe que o que ela mais deseja é prejudicar a minha imagem? — Marina comenta, caminhando de um lado para outro. — Quando a minha mãe ficar sabendo, ela...

— Foi só um beijo — Cristiano diz, demonstrando pouco-caso. — Não é o fim do mundo.

— Eu sou a filha da diretora, não vê? — Marina procura lembrá-lo, passando a mão no cabelo.

— E filhas de diretoras de escola não beijam na boca? — Cristiano arqueia as sobrancelhas, provocador. — Nossa! Muito divertido ser você.

— Você namora a *enteada* da minha mãe! — Marina fala, franzindo o rosto para ele.
— É um lance aberto — Cristiano argumenta, estendendo as mãos.
— Será que pode parar com isso? — ela ordena, elevando a voz. — Eu... não sou assim!

Com as palavras de Marina, Cristiano suspira. Não entende por que com ela as coisas têm de ser sempre tão complicadas. Está ficando cansado de tantos dramas. Não nega, no entanto, que ela está no olho do tornado, porque ele leva a vida sem compromissos, mas ela tem as amizades a serem preservadas, tem a relação com a família etc. E, como cereja do bolo, tem seus preceitos.

— Ei... — ele chama. — Vai dar tudo certo. Você vai ver.
— Não vai, não — Marina contesta, cruzando os braços, na tentativa de espantar a sensação ruim em seu peito.

As coisas não têm como dar certo enquanto ela sentir o coração bater descompassado todas as vezes que olha para Cristiano. As coisas não têm como dar certo enquanto ela desejar desesperadamente ser o centro das atenções dele.

Cristiano a fita por alguns minutos, indeciso entre se aproximar ou ficar onde está. Quer que ela pare de chorar e se acalme. Aquela expressão não combina com ela.

— Me diga como consertar — ele pede, observando enquanto uma lágrima desce pela bochecha dela.

Cristiano não se contém: caminha até parar diante dela e coloca as mãos em seu rosto, limpando o pranto com os polegares. Não pode fazer muito para consolá-la, porque não é do tipo que tem frases bonitas em seu vocabulário, e não sabe oferecer conforto porque faz tempo que não é confortado. Logo cedo, ele aprendeu que se importar é padecer, imerso em sofrimento. Afinal, amor e dor são faces da mesma moeda.

Assim, não é habituado a pensar nos outros em primeiro lugar, pois há tempos não está em primeiro lugar na vida de ninguém. Mas essa garota, ela tem alguma coisa de diferente, capaz de reavivar suas melhores memórias. Ela faz com que ele se sinta prisioneiro e, ao mesmo tempo, livre. Não sabe bem como explicar, mas olhar para ela é como caminhar à beira de um precipício sabendo que pode cair e, ainda assim, gostar da sensação do risco. É querer admirar a paisagem lá embaixo, sentindo o vento na face, dessa altura vertiginosa. É desafiar a lei da gravidade, brincando na borda desse abismo, sabendo que uma queda seria fatal, e continuar se arriscando, porque a ausência do perigo é como a abstinência de uma droga: torturante.

Por isso, não consegue ficar distante dela tanto quanto gostaria. Por isso acordou cedo naquela manhã, apesar de não ter de ir ao colégio, e tomou café na cozinha enquanto observava Salete lavar os pratos e conversar trivialidades.

"Oi?", ele indagou, olhando da rodela de abacaxi que colocou dentro do pão com presunto e queijo para o rosto de Salete, tentando entender suas palavras "O que foi que disse?"

"Que você passa muito tempo sozinho", a mulher de meia-idade repetiu, fechando a torneira e pegando um pano de prato sobre o ombro para secar a louça. "Não me leve a mal, Cristiano. Esta casa é enorme e muito bonita, mas... Do que adianta, se só tem você aqui?"

"Mas e você?"

"Fico agradecida por ter me incluído em seu círculo de amigos, mas... E o restante? E a sua namorada?"

"Você sabe as regras, Salete", foi o que ele respondeu, fingindo pouco-caso e tentando não demonstrar o desconforto diante da pergunta.

"Você quer se sentir seguro. Não confia em ninguém o bastante pra trazer até aqui", Salete falou, pois já o ouviu dizer isso dezenas de vezes. "Mas será que não tá se cercando de pessoas erradas? Digo, se não ninguém é digno de confiança, não deve expandir os seus olhares?"

"E qual a razão de ter gente próxima?"

"Ninguém pode viver isolado, Cristiano", Salete respondeu convicta.

"Tenho me dado bem dessa forma."

"Então nunca pretende se casar e ter filhos?"

"Não gosto de crianças", falou, ciente de que era mentira, já que se apegara às crianças da ACSUBRA.

"Você fala isso da boca pra fora que eu sei", a mulher respondeu, se apoiando na cintura. "Porque, um dia, mais cedo ou mais tarde, vai querer ver os seus filhos correndo nesta casa. Vai querer ter uma esposa pra dormir agarradinha com você", disse ela, sorrindo. "E, se não tiver, os fantasmas deles sempre vão ficar por aqui, nessas paredes frias. E você vai viver o resto da sua vida imaginando o que poderia ter sido se não tivesse desistido."

"Desistido de quê?", Cristiano foi idiota o bastante para perguntar.

"De ser feliz, meu querido. De ser feliz."

Essa declaração foi o suficiente para fazê-lo se levantar da cadeira, sem apetite, enquanto o estômago pesava como cimento seco. Na sala de treino, socou o saco de areia por quase uma hora, tentando clarear os pensamentos. Foi inútil. Não dava para resolver com o cérebro o problema que está alojado em outra parte do corpo, mais precisamente do lado esquerdo. Quando o cansaço físico o impediu de continuar, Cristiano tomou uma ducha e se vestiu para ir à ACSUBRA.

Então se deu conta de que faltava pouco para as aulas acabarem. Isso o fez se recordar de Marina e do beijo que trocaram. Da vontade insana de beijá-la novamente. Maldição. Estava com a cabeça atordoada demais. Nem a noite anterior, em que trabalhou na Carpe Noctem, foi capaz de relaxá-lo. Nem o encontro com uma garota da qual já não lembrava o nome, com sua maquiagem carregada, um rabo de cavalo alto e botas de cano longo. A garota aplaudiu freneticamente quando ele concluiu o preparo de seu drinque, jogando garrafas de um lado para outro com toda a habilidade que tinha, e isso o lembrou da noite em que Marina esteve lá, aplaudindo com a animação de uma criança assistindo a um show de mágicas.

Foram essas lembranças que tentou esquecer quando puxou aquela estranha para um canto e a beijou impetuosamente. Suas mãos exploraram vagamente o corpo dela, fazendo-a murmurar algo que ele sequer entendeu. Nada daquilo foi o suficiente para aplacar a sensação do calor do corpo de Marina colado ao seu. Sua boca pouco experiente, suas mãos hesitantes e seu cheiro suave como o toque da pele.

Dispensou a garota pouco tempo depois, decidindo que o melhor que tinha a fazer era voltar para casa e dormir. Imaginou que uma boa noite de sono o livraria dos pensamentos atormentados, mas nem chegou perto disso. Às 2h, levantou-se, elétrico pela intensidade das reflexões, e procurou um supermercado 24 horas. Comprou parte do material de que precisavam para organizar a festa junina, além de muitas outras coisas que provavelmente ficariam entulhadas em sua casa, apenas para acalmar a ansiedade.

Mas Cristiano sabia que só acalmaria aquele turbilhão de emoções quando a visse. E foi essa a razão que o levou ao colégio, no dia seguinte, ainda que estivesse suspenso. Foi a urgência em vê-la. Só não imaginou que encontraria o circo pegando fogo.

— Você não pode consertar. Quem errou fui eu.

— Você não fez nada errado, Tampinha. — Cristiano garante, limpando a garganta. Apesar de se sentir estranho com o clima entre eles, continua tocando o rosto dela o mais carinhosamente possível. — Tá me ouvindo?

— Fiz, sim — Marina contesta, soluçando. — Desde que a gente começou a trabalhar junto na ACSUBRA fiz muita besteira. Simplesmente não consigo mais fazer nada direito. — Ela morde o lábio inferior, chateada.

— Eu falo pra todo mundo que te agarrei — Cristiano diz, percebendo que suas mãos estão trêmulas. Ele torce para que ela não tenha percebido também. — De qualquer forma, você nunca quis que aquilo acontecesse.

— É mentira, Cristiano. — Sem saber a razão, ela discorda. Talvez seja a forma protetora como ele a segura. Talvez insanidade. — Eu correspondi. Sou tão culpada quanto você.

— Bem, é que não é muito fácil resistir a mim. — O rapaz brinca, procurando fazê-la sorrir. Precisa vê-la sorrindo para crer que ficará bem.

— Você é um idiota — ela fala. Mas o truque dá certo: Marina sorri.

Aquele sorriso regado por lágrimas é uma das visões mais lindas que Cristiano já teve. Marina é honesta em seus sentimentos, ainda que sofra por conta disso.

– Você é inacreditável, Marina – murmura, aproximando o rosto do dela, sentindo sua respiração quente.

– Tá me elogiando? Isso me deixa confusa – ela responde, respirando fundo.

Cristiano estuda o rosto dela. Os olhos de azul profundo, os lábios rosados, a pele avermelhada por causa do choro. É tão linda que chega a doer.

– Eu preciso perguntar – ele cochicha. – Você se arrepende?

Marina engole em seco, piscando algumas vezes. Ele mal sabe tudo que ela está sentindo: toda a confusão, o medo, o desejo. São muitos sentimentos brigando por espaço em sua cabeça. Mas Marina tem certeza, nenhum deles se assemelha a arrependimento. Não por tê-lo beijado.

Fechando os olhos, diz que não apenas movendo a cabeça. Não se julga capaz de falar.

Cristiano não resiste ao impulso de beijá-la. Sabe que é errado, precipitado, inoportuno, todavia não pode se controlar. Ela está muito perto. Física e emocionalmente perto...

Marina sente o hálito de Cristiano se aproximando e sabe que ele a beijará. Se fosse uma garota esperta, uma garota melhor, iria afastá-lo. Mas está desistindo. Perdoa a si mesma por ter se apaixonado. Não é mais criança e aceitará as coisas. Está pronta para aceitar. Mesmo que seja errado. Inclina os pés, enlaçando o pescoço dele, correspondendo o beijo intensamente.

– Marina... – Cristiano sussurra rouco enquanto toca os cabelos dela, na base do pescoço. Nunca tinha se sentido tão atraído por uma garota. Talvez seja o fato de ser proibido, por ela estar tão distante de seu universo habitual, tão individualista, ousado e indisciplinado. Marina é o oposto: altruísta, calma e obediente às regras. Alguém assim jamais lhe despertaria interesse. Mas o que pode fazer se ela é o oposto com o beijo mais doce que já experimentou na vida?

Com a boca pressionada na de Cristiano, Marina dá uma risada suave.

– Que foi? – ele pergunta, afastando os lábios, mas mantendo a testa apoiada na dela.

– Você me chamou de Marina... – ela explica, contente.

Cristiano fica em silêncio, pensando na declaração dela. Por quê? Por que será que não a chamou de Tampinha, algo tão automático desde que ficaram trancados na direção do colégio, aguardando a punição de Ângela quando ele pichou o muro? Não sabe responder.

– Bem, não se iluda. Foi puro reflexo – garante, beijando-a novamente.

– Você me chamou de Marina *duas* vezes – Marina completa, afastando-se e mordendo o lábio de um jeito que provoca Cristiano. Ele precisa desviar os olhos para não a agarrar mais uma vez. – O que me diz disso? – ela continua a dizer, arqueando as sobrancelhas, sorridente.

– Duplo reflexo – ele responde, mas também sorri.

Marina agita a cabeça querendo dizer "não". Os dois se calam, embora ainda se abracem. Cristiano sabe que ela não é o tipo de garota que beija por beijar. Se ela se entregou daquela forma, é porque sente algo por ele. Procura por palavras suaves para explicar que não é capaz de oferecer mais do que aquilo, no entanto, quando move os lábios para falar, Marina o interrompe com um gesto de cabeça.

– Você não precisa me dizer nada – ela fala enquanto afasta as mãos do pescoço dele. – Vamos deixar as coisas como estão.

– Tem certeza? – Cristiano indaga, erguendo uma sobrancelha.

– Tenho. Vamos sair daqui antes que alguém apareça pra limpar a sala.

A atitude de Marina o surpreende, mas ele não perde a chance de fazer piada com a situação:

– Que bom que pensa assim, porque dessa vez – Cristiano sorri malicioso, antes de completar a frase – não vou pedir desculpas.

> Para almas em crescimento, grandes brigas são grandes emancipações.
> (Logan Pearsall Smith)

Irmãs postiças

O porta-malas do Jeep de Cristiano está abarrotado de itens de decoração típicos de festa junina. E as coisas vão muito além de folhas de seda e barbante. A maioria do que veio está pronto para uso, afinal, ele não é muito adepto ao "faça você mesmo". Seu lema é: para que se dar ao trabalho de fazer se você pode comprar? Além disso, está sendo prático e economizando o tempo que levariam confeccionando o material.

— Quando dissemos que precisávamos de material, acho que não era disso que estávamos falando — Cássia comenta enquanto observa todo aquele amontoado de coisas decorativas. — Mas fico muito feliz que comprou tudo pronto porque não aguentava mais cortar papel. — Ela dá um sorriso envergonhado.

— Isso é bacana — concorda Enrico. — Assim podemos focar mais nas barraquinhas e na comida.

— Quanto a isso — Cristiano prossegue, apoiando-se no porta-malas do carro —, eu contratei uns caras pra prepararem as barracas de madeira, inclusive uma fogueira. Além disso, falei com um colega da escola, filho de donos de um bufê que organiza eventos, pra tomarem conta da cozinha. Até porque, estaremos muito ocupados tomando conta dos atrativos, né? Nosso real trabalho será preparar as brincadeiras e decorar o espaço. Mas, se quiserem, posso arrumar uma equipe pra preparar o ambiente. Vocês que sabem.

— Tá brincando, né? — Gabriel indaga, rindo com descrença.

— Não tô, não — Cristiano responde.

— Fala sério, Cristiano. Não pode ter contratado alguém pra fazer barracas e um bufê. — Cássia agita a cabeça.

— Contratei, sim — Ele diz. — Os caras vêm na próxima quarta pra montarem tudo.

Marina observa a reação dos demais voluntários, que analisam Cristiano como se ele tivesse ficado louco. Quer ver como ele irá se safar dessa situação. Avisou que não seria uma boa ideia levar todas aquelas coisas, mas ele, como sempre, não lhe deu ouvidos.

— Cristiano, não me leve a mal... — Enrico diz, estendendo a mão na direção dele — Mas como foi que conseguiu dinheiro pra comprar tudo isso e ainda contratar essas pessoas pra... Você sabe, fazerem o trabalho pela gente?

O rapaz coça a parte detrás da cabeça antes de dizer:

— Não foi nada demais. É que tenho alguns contatos. Tipo, a gente conseguiu ajuda no colégio, né, Tampinha? — Cristiano olha para Marina, fazendo um sinal disfarçado para solicitar apoio.

— Ah, sim. Muitas pessoas gostaram de nos ver empenhados em ajudar uma instituição que cuida de crianças carentes.

— Efetuaram algumas doações pra organização do evento e ainda prometeram participar — Cristiano acrescenta, mesmo que Marina saiba que é mentira. Não receberam muitas doações. Espera conseguir arrecadar mais dinheiro com a venda dos comes e bebes e com as brincadeiras na quermesse.

— E, com isso, ainda vamos economizar tempo — ela diz.

— Economizar tempo é bom — Gabriel concorda.

— Então, com isso fica faltando... — Joice consulta a lista com as pendências pra festa. — Apenas os panfletos pra divulgarmos a festa e as brincadeiras.

— Quanto aos panfletos, não se preocupem — Enrico diz. — Meu irmão trabalha numa gráfica. Acho que podemos imprimi-los lá.

— Sabem o que pensei também? Que a gente pode fazer alguma rifa — Joice sugere.

— Ótima ideia, Joice! — Cássia concorda, sorrindo empolgada. — Mas o que a gente vai rifar? Não pode ser nada caro.

— Gostei da ideia, Joice. — Cristiano dá uma piscadela em sua direção. — E já sei o que poderemos rifar. Podem deixar tudo comigo.

— Cara, você faz parecer tão fácil — Enrico comenta, movendo a cabeça, desconfiado.

— Parece até que é cheio da grana — Joice cutuca.

— Tudo é questão de contatos. — Cristiano sorri.

— Conhece algum agiota? — Gabriel brinca.

— Deixem por minha conta, eu já disse — Cristiano repete. — Por hora, vamos nos concentrar em preparar as brincadeiras e embalar os prêmios — dizendo isso, dá a conversa por encerrada.

— Um carro, Cristiano? Ficou louco? — Marina pergunta enquanto se dirigem para fora da ACSUBRA após se despedirem de todos, inclusive das freiras. Até a irmã Érica parece finalmente aceitar a presença de Cristiano, depois de ele se mostrar empenhado em manter a instituição funcionando. Fala com ele com mais frequência e às vezes se arrisca a colocar a mão em seu ombro, num gesto de afeto, quando se despedem para ir embora.

Cristiano também parece igualmente mais à vontade na ACSUBRA, apesar de que, quando se reúnem para rezar, ele procura outra atividade para fazer, mais precisamente do lado de fora do casarão. Está, afinal, integrando-se ao grupo. As pessoas agora pedem a sua opinião para a maioria das atividades realizadas com as crianças. Cássia até lhe ensinou vários sinais para se comunicar com as crianças, que interagem bastante com ele. Elas o chamam para brincar, na maioria das vezes, antes mesmo de chamarem Enrico ou Gabriel. Parecem gostar do espírito indomável dele e se divertem com as brincadeiras que ele faz, mesmo que não possam ouvir os sons bizarros que escapam de seus lábios quando imita monstros que os perseguem pelo quintal.

Nessas ocasiões, Marina gosta de observá-lo. E ele parece uma criança, correndo pelo terreno, os cachos balançando ao vento, os olhos iluminados pelo prazer de estar ali. A pele, em não raros momentos, molhada de suor pelo tempo correndo atrás dos garotos. Nenhum dos outros voluntários demonstra essa alegria que ele tem para brincadeiras ao ar livre. Cristiano, afinal, é uma caixinha de surpresas.

— Por quê? — ele pergunta quando atravessam o portão de saída.

— Porque um carro não é um brinquedo — Marina responde, balançando a cabeça, sem acreditar que ele tenha proposto isso. — Como justificaria um carro como prêmio para uma rifa de uma instituição que está afundada em dívidas e que mal consegue tomar conta de cinquenta crianças?

— Você se prende a cada detalhe — ele diz, coçando a cabeça. Mas não sabe o que dizer em sua defesa.

Marina dá um sorriso de deboche e fala:

— Claro! E você ainda quer manter seu disfarce de pobre coitado esbanjando desse jeito. Fala sério, Cristiano.

— Mas você é inteligente o bastante pra me ajudar a pensar em algo, né? — ele diz, pegando a chave do carro.

— Cristiano, não é só o carro. Será que não percebe? — Marina pergunta, parando na calçada ao lado dele. — Você contratou um bufê pra fazer a comida da quermesse e, além disso, gastou uma nota com itens decorativos. Sem contar as barraquinhas e a fogueira — ela enumera, contando nos dedos. — Desse jeito, a quermesse sairá mais cara do que o lucro que vamos obter com a vendas das comidas e da rifa. — O tom de Marina é carregado de ajuizamento. — Não acho que seja interessante.

— Mas vamos convidar muita gente. Todos da escola. E eles chamarão outras pessoas. Tem o pessoal da faculdade deles, os colegas de trabalho do Gabriel, da Joice e do Enrico. Enfim. — O rapaz revira os olhos, sem saber o que mais pode dizer para diminuir a resistência de Marina.

— As coisas não são assim, Cristiano — ela contraria. — Não seria mais fácil pegar esse dinheiro e doar pra ACSUBRA?

— Mas todo mundo se animou com a ideia da quermesse — Cristiano explica. — E podemos conseguir um investidor — ele completa, olhando para Marina com expectativa.

Ela, por sua vez, permanece em silêncio, apenas o encarando.

– Pensei que gostaria do meu empenho – ele diz e, por um momento, parece chateado pela oposição dela.

– Não é que eu não goste do seu empenho – Marina se apressa em dizer, deixando os braços caírem. – O problema é que não é fácil explicar tudo isso sem contar que você é milionário. E uma vez me disse que a sua segurança dependia do anonimato, lembra? Então não, não acho uma boa ideia.

Cristiano a observa com curiosidade. A julgar pela ruga no meio da testa, Marina está preocupada. Ele se aproxima lentamente, mantendo o rosto inclinado para poder olhá-la nos olhos. Marina se sente encolher com a aproximação de Cristiano. Ela ergue o queixo para encará-lo, percebendo que o máximo que o alcança em altura é o peitoral.

Cristiano toca uma mecha de cabelo de Marina, enrolando-a entre os dedos e conduzindo-a até o nariz, para aspirar o cheiro suave de xampu.

– Vamos, me deixa fazer isso, Marina... – sussurra, a respiração contra o rosto dela. – Por favor.

Marina sente a pele se acender pela proximidade de Cristiano. Um espasmo percorre seu corpo e a garganta parece se fechar, deixando a respiração descompassada. Usar o nome dela nesse instante é uma covardia...

– Ok... – ela concorda, finalmente. – Se me prometer que isso será o máximo que vai fazer. Nada mais de extravagâncias.

Ele dá uma risada baixa.

– Eu prometo.

Os dois permanecem próximos por mais alguns minutos, até ele perguntar:

– Posso te levar em casa?

– Acho melhor não – Marina responde, dando um passo atrás. Os braços estão na frente do corpo, de forma defensiva. – A Joana provavelmente estará em casa e, se me vir chegar com você, vai ficar louca da vida.

Cristiano parece desapontado.

– Posso pelo menos te dar uma carona até o metrô?

– Tudo bem. – Ela se dá por vencida.

A viagem até a estação Guará é tão silenciosa quanto rápida. Em poucos minutos, Cristiano está no estacionamento do metrô, girando a ignição para desligar o carro.

– Bem, obrigada pela carona – Marina agradece, desprendendo o cinto de segurança.

– Escuta, Tampinha... – Cristiano diz, após alguns segundos. – Sobre o seu primo... Vai ficar tudo bem.

– Você não conhece o Leo – ela fala com um tom triste. – Ele é a pessoa mais rancorosa do universo. Acho que nunca vai me perdoar por ter mentido.

– Eu não o conheço, mas sei que vocês são primos e isso não vai mudar por uma razão tão estúpida. Ele só precisa de tempo.

– O que me preocupa é quanto tempo – Marina comenta, olhando para o painel do carro. – Quanto tempo leva pra uma ferida no coração cicatrizar?

– E talvez de um namorado – Cristiano acrescenta para tentar arrancar a tristeza dos olhos dela. – Talvez um que estude Medicina com interesse em Cardiologia.

Marina sorri, cutucando as costelas dele, que se retrai enquanto também sorri.

– Mas mesmo que o Leo se negue a aceitar, todos têm seus segredos – Cristiano argumenta. – É normal do ser humano guardar certas coisas pra si mesmo.

– Talvez um segredo não seja um problema – Marina diz, suspirando de leve. – Mas uma mentira, sim. De qualquer forma, obrigada por tentar me animar.

A garota se despede com um aceno e sai do carro, entrando na estação. Enquanto espera na plataforma de embarque, Marina pensa em Leo. Ayumi já devia ter ligado para dar notícias sobre a conversa com ele. Se não o fez, provavelmente o garoto continua firme em sua decisão. Impaciente, digita uma mensagem para a amiga, perguntando como foi. A resposta é desanimadora.

> Amiga, dei o meu melhor, mas você conhece o Leonel. Aconselho a dar um tempinho pra ele digerir as informações. Mas não fica preocupada, não. Você sabe que ele não consegue ficar brigado com você. Daqui a pouco passa. De qualquer forma, se precisar de mim, é só chamar. Beijocas.

Marina suspira, sabendo que é impossível não ficar preocupada. Leo e ela nunca ficaram sem se falar por mais de um dia. A sugestão de Ayumi faz seu peito doer. Não quer ter que dar um tempo. Não quer ficar distante dele, por mais que saiba que é o mais sensato a se fazer.

Será que é uma amiga assim tão ruim por ter se apaixonado pela pessoa errada? Tudo bem que omitiu essa informação, mas o motivo foi por não saber o que Leo pensaria dela. Por não querer admitir que, mesmo lutando contra, foi suscetível aos encantos de um rapaz encrenqueiro.

O primo não pode ser tão insensível assim... Será que não vê o quanto a está fazendo sofrer?

Marina olha para uma das janelas enquanto o trem desliza rapidamente pelos trilhos, afastando-se em direção à estação seguinte. O Sol já desce no horizonte, banhando-o de um tom intenso de ouro líquido. Ela lembra-se de que ela e Leo costumavam admirar o pôr do sol enquanto passeavam pelas ruas de Brasília. Como o ar não é tão poluído, a visão magnífica despertava um sentimento de tranquilidade nos dois. Por isso, independentemente de onde estavam, se estivessem juntos, sempre paravam para ver o Sol sumindo no horizonte. Funcionava como uma espécie de pacto silencioso entre ambos e um sinal de respeito à natureza.

Não. Marina não pode simplesmente aceitar a decisão de rompimento de Leo sem, pelo menos, tentar se explicar. Ele precisa entender seu ponto de vista. Entender que não foi nada proposital. Que, se tivesse como escolher, não teria se apaixonado por Cristiano.

É isso que tem em mente quando salta na estação Arniqueiras e vai para as escadas rolantes que dão acesso à saída. Ela caminha cerca de quinze minutos até parar diante do portão preto da casa com muros de pedra. Toca o interfone duas vezes antes de a mãe de Leo atender. Tão logo a reconhece, Cláudia destrava o portão e Marina entra na garagem. Dois minutos observando o vaso de planta com um coqueiro ornamental e Cláudia abre a porta de carvalho, com seu sorriso rotineiro na face.

— Sobrinha querida! — fala, abraçando-a, empolgada.

— Oi, tia.

Cláudia abre passagem para ela, que entra no hall da casa, decorado com uma pequena estante de livros, um vaso de flores e vários quadros da família na parede. A casa de Leo é toda decorada num estilo que segue o feng shui, já que sua mãe é adepta à harmonização das energias humanas e materiais. Em cima da porta há um baguá com espelho, pois Cláudia leu em uma revista que isso traz proteção.

Marina gosta da forma como a casa é decorada e se sente bem ali, mesmo que não saiba explicar a razão. Suspeita muito de que a causa esteja intimamente ligada ao tal do feng shui.

— E a Ângela, como vai? — Cláudia pergunta, segurando o braço de Marina e a conduzindo para a sala de estar. — Nunca mais veio me visitar, aquela ingrata. Ainda diz que é minha melhor amiga.

— Você sabe, tia, como a minha mãe é envolvida com o Sartre — Marina comenta.

— Ai, não sei como a Ângela teve coragem de assumir a direção daquele colégio se a mamãe não para de dar palpite. Eu que fui sensata, minha querida, e fiz um curso de Dermatologia pra fugir da sua avó.

Marina ri.

— Acho que ela não gosta muito de mim — Marina deixa escapar.

Cláudia sacode a cabeça.

— Bobagem. A mamãe precisa de um homem na vida, isso sim. Dezessete anos de abstinência destrói o humor de qualquer pessoa que já tenha experimentado o sexo.

Marina não consegue não rir diante das palavras da tia.

— Mas veio ver o Leonel, não foi?

— Foi, sim, tia.

— Bom saber, querida. Tenta tirar aquele antissocial do quarto, por favor? Ele não saiu nem pra almoçar hoje. Todo mal-humorado. Contaminando as energias da casa. — Cláudia faz um gesto com as mãos pra espantar o astral negativo. — Espero que não sejam problemas com namoradas.

Marina aperta os lábios, desviando os olhos do rosto de Cláudia. O que será que diria se soubesse que a causa do mau humor do filho é ela própria?

— Bem, vou subir.

— Vai sim. Já preparo um lanchinho pra vocês — avisa. Não que tenha a pretensão de realmente preparar alguma coisa. Para isso contratou uma cozinheira.

Marina se dirige à escada ampla sem corrimão e com degraus de vidro que dá acesso a um mezanino (que funciona como sala de TV) e ao corredor dos quartos.

O quarto de Leo é o primeiro à esquerda, e de lá emana uma mistura de sons que indica a Marina que o rapaz está mixando. Ela para diante da porta, respirando fundo pouco antes de bater.

— Mãe, já falei que não tô com fome! — Leo grita, do outro lado da porta.

— Sou eu — Marina fala, depois de alguns minutos de hesitação.

Subitamente, o som de música do lado de dentro é interrompido. Marina pode ouvir Leo murmurando coisas (palavrões?) pouco antes de arrastar uma cadeira e andar pesadamente pelo quarto em direção à porta. Abre uma fresta e a olha.

— O que tá fazendo aqui, Marina?

— Posso entrar?

— Não é uma boa ideia — ele responde sem titubear.

— Leo, não acha que devíamos conversar sobre o que aconteceu?

— A gente já conversou tudo que precisava mais cedo.

— Aquilo não foi uma conversa. Foram trocas de ofensas — Marina diz, sacudindo a cabeça.

— Muito esclarecedoras, por sinal.

— Por favor, Leo! — ela suplica, a ponto de ajoelhar-se diante do primo. — Só dois minutos.

Impaciente, o rapaz permite que ela entre no quarto bem-arrumado (exceto pelo uniforme amassado e atirado num canto).

Perseu, Marina nota, ronrona na cama de Leo em meio aos travesseiros macios.

— O que você quer? — ele indaga, cruzando os braços. Sua raiva não diminuiu em nada.

— Prometemos não dormir brigados, lembra?

— Isso foi antes de quebrar outra promessa que a gente fez, né, Marina?

A garota corre os olhos pelos móveis, buscando um modo de explicar as coisas de uma forma que ele compreenda por que ela escondeu tudo. Por fim, diz:

— Eu só queria que entendesse que o que eu fiz foi porque... como eu poderia dizer que estava apaixonada pelo cara que você gosta? Eu estava tentando te poupar de...

— Não diga que pensou em mim quando mentiu, Marina! — Leo grita, franzindo o rosto com severidade. — Admita que só quis fazer o que era mais fácil pra você mesma!

Marina abaixa os olhos, envergonhada por se dar conta de que ele tem razão. O que ela fez foi para facilitar a própria vida. Fingir que nada aconteceu dava menos trabalho do que pensar a respeito. Do que admitir que tinha se envolvido com o único garoto com o qual se prometeu nunca ter nada.

Marina foi até a casa do primo disposta a conversar e resolver toda aquela situação, e, mesmo que soubesse que não seria uma coisa fácil, não imaginou que fosse encontrar tanta resistência por parte dele.

— Tá bem, Leo. Tem razão — ela concorda, entrelaçando os dedos nervosamente. — Eu tive medo, fui egoísta. Mas tô arrependida.

— De ter beijado o Cristiano? — Leo questiona, erguendo o queixo.

Marina o encara com pesar.

— Não faça isso comigo, por favor.

— É uma pergunta simples, Marina. Tá arrependida ou não?

Ela engole com dificuldade. Não responde à pergunta, pois sabe que Leo tem consciência da resposta.

O garoto a encara longamente, então diz:

— Eu poderia até te perdoar por ter sido tão hipócrita. De verdade. Mas não tinha o direito de me expor da maneira como fez para o Cristiano.

— Eu sei que fui invasiva, mas... de que outra forma você assumiria o que sente?

— Mas não era escolha *sua*! — Leo rebate furiosamente. — É a *minha* vida, Marina. *Minha!*

— Precisa parar de se esconder, Leo — Marina fala, aproximando-se dele. — Eu tenho certeza de que as coisas serão mais fáceis quando isso acontecer.

— É fácil falar quando se tem uma família perfeita — ele declara, amargurado. — Quando é criada cercada de atenção e afeto.

— Leo, a tia Cláudia...

— É uma cabeça de vento — ele completa. — É a minha mãe e eu a amo, mas... acha mesmo que ela vai contrariar o meu pai? Ela o venera, Marina.

— Você é o filho dela, Leo. É o filho *deles*.

O garoto revira os olhos, imaginando em que mundo a menina deve viver para achar que o simples fato de ser filho de Marco Antônio fará com que ele aceite sua orientação sexual.

— Não estamos falando de uma desistência da faculdade, Marina — ele diz, travando o queixo.

— Estamos falando do fato de você ser homossexual.

— Cala a boca! Quer que a minha mãe escute?

Marina balança a cabeça.

— Como espera que seja fácil pra eles se é tão difícil pra *você* lidar com isso?

Leo toca a cabeça, sentindo-a latejar por causa da conversa.

— Olha, Marina, a questão não é essa e não quero conversar sobre isso com você. — Dirige-se à porta e a abre. — Vai embora pra sua casa antes que fique tarde e me deixa em paz. Não preciso de uma amizade que espalhe minhas intimidades por aí e que esconda de mim coisas tão importantes.

As palavras dele fazem um buraco no peito de Marina. Talvez Ayumi estivesse certa quando disse para ela dar um tempo. De qualquer forma, precisava contar a Leo sobre a decisão que havia tomado para evitar futuros problemas por falta de confiança. Se é que eles têm um futuro...

— Decidi que vou lutar por ele — ela confessa, encaminhando-se para a porta. — Ele me beijou. Isso quer dizer que sente alguma coisa por mim também.

Uma sombra de mágoa perpassa o semblante do garoto, mas um ar indiferente assume seu lugar rapidamente.

— Você sabe que não tem a menor chance de ele mudar o estilo de vida por sua causa, né?

Marina dá de ombros.

— Aceito o risco — ela responde, parando na porta, esperando que ele diga mais alguma coisa.

— É, talvez a Joana tenha razão — Leo comenta, parando diante dela, pouco antes de acrescentar: — Você quer tirar tudo dela. — Em seguida, fecha a porta, deixando Marina do outro lado com a pior sensação do mundo.

Joana está alongando o corpo em seu quarto quando a porta abre e Marina entra sem pedir licença. Há uma expressão ressentida em sua face, mas Joana não dá a mínima para isso. Não precisa ser nenhum gênio para saber que ela e o primo brigaram. Provavelmente, nem são mais amigos. Todavia, ter ciência disso não faz com que Joana se sinta melhor.

— Eu sabia que não gostava de mim, Joana, mas não imaginava que chegaria a esse ponto — Marina comunica, sacudindo a cabeça.

— Poupe seu discurso moralista pra quem acredita que é superior em alguma coisa — Joana diz, ainda centrada em seu alongamento. — O que fiz foi contar a verdade ao seu amigo. Aliás — ela para e vira-se para Marina —, quem devia ter tido essa preocupação era você, não eu.

Marina comprime os lábios, imaginando a causa de tanta raiva. Provavelmente, Joana se sente tão traída quanto Leo, já que gosta de Cristiano, ainda que fique com outros garotos do colégio. Marina suspeita de que isso seja uma tentativa frustrada de chamar a atenção do rapaz.

— Não tinha o direito de se meter nisso.

— Não tinha o direito de beijar o Cristiano — Joana retruca, sem alterar o tom de voz. A única reação que demonstra seu estado de espírito é um leve tremor nas mãos.

Marina dá um sorriso amargo enquanto passa as mãos pelo rosto.

— Então foi isso. Vingança.

— Não se sinta tão importante assim, Marina. Você só foi mais uma — Joana diz, sorrindo com desdém. — Mais uma entre as centenas de garotas que o Cristiano teve vontade de beijar e beijou. Nada mais. O que tá esquecendo — acrescenta, e seus olhos negros brilham — é que é pra mim que ele volta. Foi comigo que ele aceitou namorar.

— Como pode dizer isso como se não se importasse? — Marina pergunta horrorizada. — Não te incomoda dividi-lo?

Joana dá um sorriso.

— Eu o aceito da forma como ele é. É por isso que o Cristiano tá comigo. Por isso não abre mão de mim. Não importa o que pense, Marina, ele *não vai* ficar com você — enfatiza, mas, provavelmente, o que ela está tentando é convencer a si mesma. — É muito idiota se pensa que sim, porque ele não gosta de se sentir preso. E não vai se prender a ninguém. Não da maneira que você gostaria.

Marina se sente enojada pelo modo como Joana aceita passivamente o relacionamento com Cristiano. Como alguém se submete a uma loucura dessas? Mesmo estando apaixonada por ele, jamais, em toda a sua vida, conseguiria aceitá-lo assim, pela metade. Não imagina como Joana consegue. Talvez Leo esteja certo, Cristiano nunca mudará por ela.

— Se ele te amasse de verdade, poderia...

Joana interrompe as palavras de Marina.

— Amor? É isso que espera dele? — Ela bate palmas, rindo como se tivesse ouvido uma piada. — Você é tão burra, Marina, que me dá pena. Cristiano não sente amor. Ele sente *desejo*. E, cá entre nós, você é puritana demais pra dar o que ele quer.

— Por que é tão cruel comigo, Joana? Eu já tentei tanto ser sua amiga. Tentei ser sua irmã quando nossos pais se casaram.

— Você *nunca* vai ser minha irmã! — Joana grita, sacudindo a cabeça com desprezo. — E, definitivamente, jamais será minha amiga.

Marina morde o lábio e diz:

— Isso é só por causa da Maya? Porque já pedi desculpas um milhão de vezes e...

— Não é só por causa dela — Joana interrompe Marina. — Foi a Maya, a minha casa, o meu pai, o Cristiano... — Ela para de falar, tentando controlar a respiração. — Você quer tirar tudo de mim!

— Isso não é verdade, Joana! Não pode me culpar porque os nossos pais resolveram se casar! — Marina a olha nos olhos, então acrescenta, num tom baixo: — Não pode me culpar porque perdeu a sua mãe...

— Não fala da minha mãe! — Joana esbraveja, com a voz trêmula. É a primeira vez que ela demonstra fragilidade. — Não *ouse* falar da minha mãe ou eu... — Ela engole o nó que se forma em sua garganta, respirando intensamente.

Marina sente-se compadecida com a reação de Joana. Tenta tocar o braço dela para oferecer consolo, mas a menina a afasta com brutalidade.

— Eu dispenso qualquer sentimento que venha de você, Marina — Joana fala. — Não sinta pena de mim, sinta de você mesma. A minha mãe pode ter morrido, mas tenho certeza de que ela era bem melhor do que a sua. Principalmente como pessoa.

— Por que carrega todo esse rancor aí dentro? Só porque a minha se apaixonou pelo seu pai? Só porque ela quis ser feliz com ele? Joana, aceitando ou não, somos uma família.

— Você gosta tanto de dizer que tem uma família, né, Marina? — Joana pergunta com descaso. — Gosta de saber que, apesar de separados, seus pais são *tão* amigos... — Joana balança a cabeça, sorrindo ironicamente. — Acha natural que continuem tão ligados mesmo depois do divórcio?

— O que tá insinuando?

— Que talvez o meu pai seja o marido mais idiota da Terra.

— Você não pode estar querendo dizer que... — Marina respira fundo, sentindo algo queimar por dentro. — Não tem esse direito, Joana. Os meus pais são pessoas íntegras.

— Tanto quanto você — Joana debocha. — Na real, a Ângela não é um exemplo de mãe como você pensa.

— Para com isso! — Marina aperta os lábios, tentando se conter. Não aceitará que Joana ofenda as duas pessoas mais importantes de sua vida.

— Não faça essa cara, não, Marina. A sua amada mãezinha traiu o Heitor. E agora, ironicamente, deve trair o meu pai com ele — Joana revela, com sarcasmo.

Antes que possa se controlar, Marina puxa os cabelos de Joana, que retribui com a mesma ferocidade. Em poucos segundos, elas estão rolando pelo chão do quarto, pernas e braços emaranhados. A briga só termina com a chegada de Ângela e João. Cada um agarra a própria filha, afastando-as.

— O que significa isso?! — Ângela pergunta, alterada, segurando o braço de Marina, que tenta se desvencilhar a qualquer custo, movida por uma onda repentina de ódio. Nunca imaginou que pudesse se sentir dessa forma com relação a alguém. É tanta raiva que pensa que pode explodir.

— Essa estúpida quem começou! — Joana reage, sendo contida pelo pai. Está ofegante e tem alguns arranhões no rosto e braços, bem como Marina.

— Porque você é uma mentirosa! — Marina a insulta, sentindo os olhos cheios de lágrimas.

— Você é que não aguenta lidar com a verdade, sua idiota! — Joana grita, arfando. — É ingênua demais pra isso.

— Cala a boca! — Marina berra, apontando o dedo para Joana.

— Joana, o que você fez com a Marina? — João pergunta, apertando o braço dela.

— Eu? Fiz um favor pra essa burra: contei a verdade sobre a mãe maravilhosa que ela tem — Joana responde, olhando para Ângela com acusação.

— Eu vou matar você! — Marina grita, tentando se soltar da mãe. — Eu juro que vou matar você!

— Marina, para com isso! — Ângela ordena, impressionada com a atitude da garota. — Mas o que deu em você, pelo amor de Deus?

— Ela não tem o direito! — Marina diz. — Não pode dizer o que disse!

— O que foi que você disse, Joana? — João pergunta, tentando entender a reação da enteada.

— Que a minha mãe traiu o meu pai! — É Marina quem responde, respirando profundamente em busca de oxigênio. — Isso é mentira, não é, mãe?

— Claro que é mentira, filha — Ângela responde, sem saber por que Joana contou uma história dessas para Marina.

— Você ficou louca, Joana?! — João a repreende, sem conter a fúria que sente com a atitude da filha. — Dessa vez você extrapolou todos os limites!

— Agora vai bancar a santinha, Ângela?

— Joana, não me faça perder a paciência! — João grita, apertando o braço da garota ainda mais.

— Eu não tô inventando nada. Ouvi vocês dois conversando sobre *ela* — Joana diz, apontando o queixo na direção de Marina.

A expressão de Ângela se torna grave e seu corpo fica tenso com a afirmação da enteada. De imediato, solta Marina e dirige um olhar significativo para o marido, procurando algum tipo de auxílio. Aquilo não pode ser verdade!

— Que conversa é essa? — Marina pergunta, contraindo o rosto.

— Você não sabe do que tá falando, Joana — João diz, respirando intensamente.

A menina dá um sorriso presunçoso.

— Acha mesmo? — pergunta. — Porque, ao que me parece, a única que não sabe de nada aqui é a Marina. Hein? O que me diz, Ângela? Sua filha merece ou não saber?

— *Cale a boca!* — Ângela ordena, sentindo a voz ficar trêmula. Joana não pode estar falando do que ela imagina que esteja, pode? Não, não há como ela saber a verdade. Ninguém pode saber! Ninguém tem o direito de se meter nessa história, que pertence a ela, e apenas a ela.

Marina observa a forma amedrontada com que a mãe encara a enteada, sem entender a razão para todo o pânico. A menos que a razão seja... Que Joana esteja falando a verdade. De alguma forma.

– O que eu não sei, Joana? – Marina questiona enquanto analisa a expressão de cada um dos três que a cercam: o terror nos olhos da mãe, a preocupação no semblante do padrasto e a certeza no rosto de Joana. Dentre todos ali, é a única que está perdida e desinformada. É fato que há algo por trás da alegação de Joana de que Ângela traiu Heitor no passado. Algo sombrio. Algo que talvez Marina não queira realmente saber. Mas precisa. Ou nunca mais conseguirá viver tranquila por saber que pode estar sendo enganada.

– Vamos, Joana! – Marina insiste.

– Eu te proíbo – João fala, voltando-se para a filha com o dedo indicador em riste. – Tá entendendo bem?

– Proíbe de quê? Ser a única pessoa sincera nesta casa? – O tom de Joana é pura ironia enquanto se desvencilha do pai.

– Não podem impedi-la de me dizer a verdade – Marina diz, apertando as mãos, sentindo a raiva crescer dentro si. – Não é justo! Vai, Joana, acaba com isso de uma vez! – Marina ordena, parando diante da garota.

– Tá, se você faz questão... – Joana dá de ombros. – O que eu disse, Marina, sobre a sua mãe ter traído o seu pai foi porque... você não é filha do Heitor.

> A verdade jamais é pura e raramente é simples.
> (Oscar Wilde)

Origens

Marina sente como se o mundo ao seu redor estivesse se desvaecendo. Não pode acreditar no que Joana acaba de dizer. Em pânico, busca os olhos da mãe para que ela negue a afirmação que Joana fez apenas para magoá-la – é no que Marina acredita, pois não há outra explicação. É pura implicância porque Joana a odeia. Aquela afirmação não é verdadeira. Não pode ser!

– Isso... Isso é verdade? – questiona, virando-se para Ângela, que esconde o rosto nas mãos. Basta olhar para a mãe para perceber. Basta olhar para cada um deles: João, com a mão sobre os lábios, e Joana, com ar de superioridade. Mas Marina precisa ouvir dos lábios de Ângela a confirmação. – Mãe, isso é verdade? – insiste, sentindo os lábios tremerem. Ângela está chorando. O choro indica culpa. E se há culpa, não é de uma confirmação que Marina precisa...

– Marina – João se aproxima, preparando-se para tocá-la, mas a garota se afasta, olhando-o com desprezo. Ele e Joana não têm o direito de saber aquilo se ela própria não sabia. Sente-se traída, profunda e inteiramente traída.

– Esse assunto não te diz respeito, João – Marina fala, arfando. Em seguida, vira-se para olhar para Ângela novamente. – Mãe, pelo amor de Deus, fala alguma coisa!

Ângela agita a cabeça de um lado para outro, com os olhos castanhos vagos. Suas mãos envolvem o próprio corpo, como se ela sentisse frio.

– Não é verdade. Não é verdade! – repete sem parar. – O Heitor é o seu pai. Ele é o seu pai. Somente ele, mais ninguém. – As palavras de Ângela não parecem tentar convencer ninguém além de si mesma.

– Mãe... – Marina chama, comprimindo os lábios enquanto as lágrimas continuam descendo por seu rosto. – Você o traiu? É isso? Traiu o meu pai com outro homem? – Marina sente o peito despedaçar, como se fosse feito de vidro e alguém tivesse atirado uma pedra contra ele com toda a força possível sem se preocupar com os danos que causaria. – Como foi capaz de fazer isso?

Ângela olha para a filha entre lágrimas, que não sabe como justificar, porque a acusação de Joana não é verdadeira. Ela jamais faria algo assim. Jamais trairia uma pessoa com quem estivesse se relacionando.

– Minha filha... – começa a dizer, aproximando-se de Marina, que a repele com um gesto de mão.

— Não! — Marina exclama, inspirando profundamente. — Não chegue perto de mim. Não depois de... Ah, meu Deus... — Ela coloca a mão trêmula sobre os lábios, tentando conter o choro. Não é possível que tudo aquilo seja verdade. Como as coisas perdem o sentido assim, de uma hora para outra? Não pode aceitar o fato de ser filha de outra pessoa que não Heitor. Ângela não pode ter feito isso com eles. Pode?

— Marina, eu...

— Eu não consigo acreditar que foi capaz de trair o meu pai e... — Marina fala, movendo a cabeça negando tudo aquilo. — E me fazer... Ah, meu Deus! — Ela não consegue concluir o pensamento. É doloroso demais descobrir daquela maneira que é fruto de uma traição.

— Sua mãe não traiu o Heitor — João se intromete, sem conseguir assistir as acusações de Marina contra a Ângela, tão frágil quando se trata desse assunto em especial. — Sabe que ela jamais faria algo assim, Marina.

— Como pode ficar do lado dela, pai? — Joana questiona num tom irritado. — Quem garante que você não seja traído também?

— Cale-se, Joana! Antes que eu perca o pouco de paciência que ainda me resta! — João vocifera, sentindo vontade de dar umas palmadas na filha por ter se intrometido em algo que não entende e do qual não conhece a verdade.

— Então diz pra mim que é mentira, mãe — Marina suplica, angustiada, enquanto Ângela a encara. — Diz pra mim que é mentira e que sou filha biológica do meu pai, por favor!

Mas mesmo que a mãe negue, a verdade está lá, estampada em sua expressão culpada, em seus olhos assustados e na forma como soluça num choro desesperado. Como pôde achar que essa história nunca viria à tona se foi compartilhada por tantas pessoas? Como imaginou que poderia viver pelo resto da vida sem que o passado pudesse retornar e roubar sua paz? Como imaginou que estaria a salvo de tudo que aconteceu há dezoito anos, quando a filha é a prova real de que tudo havia, *de fato*, acontecido?

Só que dessa vez não pode fugir da verdade, não quando Marina a olha com olhos tão desamparados que ferem a sua alma de mãe. Não sabia que pudesse haver tanto sofrimento condensado em um único olhar até aquele momento.

Conforme observa a mãe em sua frente, muda de tanto chorar, Marina sente raiva. Ela não tem coragem de se defender, tampouco procura uma forma de se explicar. Talvez não saiba o que dizer à filha devido à verdade. Afinal de contas, não há mais como escondê-la. Não há nada que Ângela possa dizer para enganar a filha, para fazê-la acreditar em suas palavras. Provavelmente, é a constatação disso que a mantenha em silêncio.

— E-eu te defendi — Marina sussurra, secando o canto dos olhos. — Achei que fosse a melhor mãe do mundo. Mas é mentira. É tudo mentira!

— Eu... Eu só queria te proteger – Ângela murmura com lábios trêmulos. – Por Deus, eu só queria te proteger, minha filha!

— Proteger de quê, me diz? Das suas mentiras? – A garota respira profundamente, apertando as mãos, tentando controlar a fúria. – Durante dezessete anos me fez acreditar que... A sua história com o meu pai era a coisa mais romântica do mundo e que o amava mesmo tendo sido criados juntos!

— Mas eu o amava, filha, juro! – Ângela procura se justificar.

— E a prova desse amor é uma filha de outro homem? – Marina indaga, irônica. – Fala a verdade. Foi dele que herdei os olhos, né? – completa. – Sim, porque ninguém que eu conheça na nossa família tem olhos tão claros!

Ângela a encara, agitando a cabeça intensamente, parecendo querer esquecer alguma coisa.

— Foi do seu amante que eu herdei os olhos, mãe? Por isso não tá conseguindo me encarar? Porque se lembra da besteira que fez dormindo com outro homem?

— Para com isso, Marina – Ângela implora, colocando as mãos nos ouvidos, agitada. – *Você não se parece em nada com ele!*

— Tem certeza? Não é melhor olhar direito? – Marina pergunta com desprezo, colocando-se diante de Ângela. – Devo me parecer mais com ele do que com você!

— Para! – a mãe grita. – Pelo amor de Deus, só para!

— O que foi? O seu amante não te quis mais quando descobriu que estava grávida? – Marina continua provocando. – Talvez o Heitor nem saiba o que fez, né?

— A sua mãe não fez *nada* de errado. – João defende Ângela, começando a se cansar do tom desafiador de Marina. Ela nunca havia agido dessa forma com a mãe. Mas também, nunca descobriu a verdade sobre sua origem. – E o Heitor sabe de tudo.

— Ótimo! – Marina sorri sem humor. – Você conseguiu enganar todo mundo direitinho, né, mãe? Contou alguma mentira pro Heitor e implorou que ele te perdoasse. Daí ele, como te amava, aceitou criar a filha bastarda. – As palavras saem rudes dos lábios de Marina. Nunca imaginou que pudesse falar tantas coisas assim apenas com a intenção de magoar a mãe.

— Chega, Marina – João pede enquanto abraça Ângela, que continua chorando sem conseguir reagir aos insultos da filha. A filha, por quem tanto fez e que agora não a reconhece, tratando-a dessa forma. Como uma garota tão doce pode agir desse jeito com a própria mãe?

— Por acaso o conhece, João? – Marina ignora os apelos que escuta. – O meu pai biológico? Talvez ele nem saiba que eu existo, né, mãe? Talvez, depois que você descobriu a gravidez, tenha achado que a brincadeira tinha ficado séria demais e decidido parar de vê-lo. E, com isso, arrancou dele o direito de me conhecer, de ser o *meu* pai!

— Ele nunca vai ser o seu pai, tá me entendendo?! – Ângela fala, ríspida, respirando superficialmente e apontando o dedo na direção da garota. – Aquele *monstro* nunca vai ser o seu pai!

— E por que ele é o monstro se foi você quem traiu? — Marina ergue o queixo, olhando a mãe com aversão.

— PORQUE EU FUI ABUSADA POR ELE, MARINA! — Ângela finalmente grita, cansada das acusações da filha.

Ângela não teve culpa do que aconteceu. Era uma garota de 18 anos...

Marina arregala os olhos, paralisada, tentando processar a revelação sombria que a mãe acaba de fazer. Achou que a situação não podia piorar, mas estava enganada. Sente as têmporas latejando e o coração aumentando a frequência cardíaca enquanto a visão apresenta algumas manchas negras, perdendo o foco ligeiramente. As pernas tremem e, por um minuto, acha que vai cair.

Joana encara a madrasta, em choque. É horrível demais para lhe ter ocorrido. Ela gostaria de acreditar mais numa Ângela infiel a uma Ângela vítima de abuso sexual. Mas isso justifica os espasmos no corpo, a feição pálida e os lábios trêmulos. Além do choro incontido. Isso explica por que, em algumas ocasiões, ela parece absorta demais em algo, ou como se assusta quando um estranho se aproxima dela, por exemplo. Por que mantém alguns comprimidos para dormir no armário do banheiro, coisas para as quais Joana nunca deu muita importância por crer que os problemas da madrasta se resumiam a dirigir um colégio.

Marina sente as pálpebras se moverem com lentidão enquanto lágrimas se precipitam de seus olhos. A sensação que tem é de que caiu dentro de um rio muito profundo, cuja água gelada invade seus pulmões, bloqueando suas vias respiratórias e desligando seus sentidos pouco a pouco. Queria apagar as palavras que a mãe gritou, mas estão impregnadas em seus pensamentos. É muita coisa para que possa dar conta. Mais do que é capaz de assimilar.

— Marina, eu... — Ângela tenta dizer, mas a menina não quer ouvir mais nada. Já não pode ouvir mais nada. Em poucos instantes, precipita-se para fora do quarto. — *Marina!*

Marina ouve a mãe gritar uma vez mais, no entanto já está pegando a mochila, jogada num dos sofás da sala e, então, corre para a saída do apartamento. Ela passa pelo corredor, ouvindo as vozes de Ângela e João gritando por ela, pedindo para que volte, mas ela não consegue ficar ali nem mais um minuto ou enlouquecerá. Uma vez dentro do elevador, aperta o térreo, observando a mãe surgir do outro lado, com o rosto pálido e desesperado, pouco antes de as portas se fecharem.

Esforça-se o máximo possível para não desabar ali mesmo enquanto observa as luzes do elevador marcando os andares pelos quais vai passando. Terceiro. Segundo. Primeiro. Respira profundamente, mandando oxigênio para dentro dos pulmões, por mais que respirar pareça algo impossível naquela circunstância.

Assim que as portas do elevador se abrem, ela toma fôlego o suficiente para correr, pois sabe que a mãe e o padrasto estão descendo pelas escadas para impedi-la de sair. Ela atravessa a portaria sem se incomodar em falar com o porteiro no caminho.

Marina corre até o metrô tão rapidamente quanto sua respiração lhe permite. Paga pelo bilhete de embarque e pega o primeiro trem que vê na plataforma. Não sabe ao certo para onde ir. Contudo, qualquer lugar lhe parece melhor do que o apartamento da mãe depois de tudo que acabou de descobrir.

Cristiano desfere mais um golpe no saco de pancadas preto, de mais ou menos 1,20 metro de altura. As mãos estão envoltas em bandagens brancas e ele usa apenas uma calça de moletom vermelha. O suor prega seu cabelo na testa e na nuca e desce pelas costas, pois está há, pelo menos, uma hora nessa atividade, tentando descarregar o excesso de pensamentos que o consome. Pensamentos com relação ao desejo que sente por Marina e que não pode controlar. Está chateado consigo mesmo por querê-la, indo contra todos os seus princípios. Ela não é nada adequada a alguém como ele, mesmo que os corpos tenham se encaixado perfeitamente mais cedo, enquanto se beijavam. Só de pensar nisso Cristiano sente a pele em combustão.

"Você me chamou de Marina", ela disse, sorrindo contra os lábios dele, parecendo genuinamente feliz por tê-lo ouvido dizer o nome dela após tanto tempo utilizando o apelido "Tampinha". Aquela foi a primeira vez que ele a chamou pelo nome. Mas por quê? O que havia mudado nesse período para que o apelido pareça não mais combinar?

O rapaz dá um soco violento no centro do saco de pancadas, sentindo, de repente, uma fisgada na mão.

– Droga! – xinga, acariciando o local ferido e mantendo a expressão franzida por causa da dor. Talvez seja melhor parar antes que acabe sofrendo alguma lesão séria, ele conclui. Em seguida, caminha até um banco em que há uma garrafa de água mineral e uma toalha, próximo ao saco de pancadas. Ele pega a toalha, esfrega no rosto e depois a coloca no pescoço. Ele pega a garrafa de água e bebe todo o conteúdo num único gole.

Quem sabe vá a Carpe Noctem mais tarde para dar uma olhada em como estão as coisas e, claro, praticar um pouco de malabarismos com garrafas de bebidas. Precisa ocupar a mente o máximo possível para não haver espaço para pensar em Marina e em seus lábios macios.

Cristiano sopra o ar com força, curvando a cabeça para trás. Nesse momento, ouve o interfone tocar. Acha esquisito, pois não pediu nenhuma encomenda de comida para essa noite.

Ele atende o interfone e conversa rapidamente com o porteiro. Sua garganta se fecha ao descobrir quem está do lado de fora. Seu cérebro lhe diz que há algo de errado nessa visita inesperada. Algo de *muito* errado.

Cristiano sai para os jardins e decide esperá-la em frente ao portão. Ela vem caminhando na penumbra, o corpo curvado, a cabeça baixa. Ele completa a distância entre ambos, observando-a subir o rosto para encará-lo. A imagem abatida da garota é mais do que suficiente para drenar toda a tentativa de autocontrole a que se propôs para recebê-la casualmente. É óbvio que não se trata de uma visita casual. Há um sofrimento imensurável na forma como o corpo dela se contrai em espasmos, na respiração ofegante, no rosto inchado e nos olhos e no nariz vermelhos.

— Eu... Eu... não sabia mais pra onde ir... — ela começa a dizer, num fio de voz.

Cristiano não diz uma única palavra. Não faz nenhuma pergunta. Faz a única coisa que pode nesse instante: aconchega-a em seu peito, como se pudesse afastar toda a dor que ela sente com esse gesto. O que quer que tenha acontecido, ele sabe que é grave, pois em nenhuma outra ocasião Marina o procuraria ali, em seu lugar particular. Não entende bem por que ela o procurou, mas, no fundo de seu peito, uma fagulha se acende.

A garota se apoia no peito de Cristiano sem se preocupar por tocar a pele nua dele. Em outro momento talvez ficasse constrangida, mas agora só se sente perdida. Seu mundo, as coisas que conhecia, as pessoas que amava, nada mais faz sentido. E, por mais que sua cabeça gire e gire em busca de uma saída, uma coisa é certa: não há meios de fazer tudo voltar a ser como era antes.

Cristiano desliza a mão pelo cabelo dela, sentindo a pele fria de seu rosto, molhado de lágrimas, encostada em seu peito. Gostaria de não ter tomado consciência de que está sem camisa e de que Marina o aperta daquele modo, mas infelizmente não há como não reagir a essa garota. Esforçando-se para controlar as emoções, ele pega em seus ombros, conduzindo-a para dentro da casa. Eles caminham juntos até a cozinha e Cristiano a faz se sentar à mesa enquanto pega água para ela.

Marina enterra o rosto nas mãos soluçando, lembrando-se da frase que a mãe gritou, cheia de fúria: "Porque eu fui abusada por ele, Marina!". Foi dessa maneira terrível que ela foi concebida. Um abuso sexual.

— Aqui, Marina — Cristiano sussurra, ajoelhando-se diante dela e estendendo o copo. As mãos da garota tremem tanto que ela mal consegue segurá-lo, então o próprio Cristiano conduz o copo aos lábios dela. Marina bebe um gole pequeno depois empurra o copo, e Cristiano o coloca sobre a mesa.

— Não sei mais quem sou — ela murmura, após alguns minutos em silêncio. – Eu nunca soube... quem sou – completa, soluçando.

— Claro que sabe — Cristiano diz, sentando-se na cadeira diante dela e segurando seu joelho de forma reconfortante. — Você é a Marina, a garota mais chata que já conheci. – A tentativa de fazer piada não funciona, pois ela continua em prantos.

– É tudo uma mentira. A minha vida é uma mentira, Cristiano!

O rapaz franze o cenho sem conseguir entender.

Marina respira fundo, sentindo o ar diminuir. No caminho para a casa de Cristiano havia inalado seu broncodilatador, mas está a um passo de usá-lo novamente.

Cristiano observa-a, esperando que explique o que aconteceu.

– A minha mãe mentiu pra mim – Marina consegue dizer ao final de alguns minutos. – A minha vida toda ela mentiu pra mim.

Cristiano torce para ela não dizer o que ele imagina, porque isso significará que Joana fez o que ele disse para ela não fazer.

– Não sou filha do meu pai – ela declara com tanta tristeza que Cristiano sente o coração se partir. – Não sou filha do Heitor – Marina se corrige.

Ela examina a expressão de Cristiano. Ele torce os lábios e agita a cabeça, no entanto nem por um segundo demonstra surpresa com a revelação. Subitamente, ela entende a causa. Cristiano já sabia a verdade. Claro que sabia, namora Joana.

– Você já sabia – ela diz, em tom condenatório. – Todo mundo sabia, menos eu. – Os olhos de Marina afastam-se da face de Cristiano, passeando pela cozinha sem focar nada específico. – Por que não me contou, Cristiano? – ela indaga, amargurada. – Por que se achou no direito de esconder isso de mim?

– Por dois simples motivos, Marina – ele responde sem se alterar. – Um, não era meu segredo pra que eu pudesse contar. Dois, não acho que seja algo que precisasse saber.

A sinceridade na fala dele faz Marina se irritar. Todos dizendo o mesmo, como se ela não fosse capaz de lidar com coisas difíceis. Talvez não consiga mesmo, mas, ainda assim, é sua vida, merecia saber.

Ela levanta-se da cadeira, encarando-o com rancor enquanto pergunta:

– Então não achou que fosse importante eu saber que a minha mãe sofreu abuso sexual? Não achou que fosse importante eu saber que sou fruto de um ato de violência e não de amor?

As palavras de Marina pegam Cristiano de surpresa. Que história é essa de estupro? Joana não havia mencionado isso quando lhe contou que a irmã postiça não é filha biológica do pai que a criou.

Ele também se levanta, alinhando os olhos com os dela, que queimam de raiva.

– Como assim, Marina? – pergunta, visivelmente confuso.

– Não sabia disso? Não sabia que o segredo que a minha mãe se esforçou tanto pra esconder era o fato de eu ser... – Ela não completa a sentença.

O rapaz suaviza a expressão, compadecido com o que Marina acaba de dizer. Agora ele entende quando ela disse, ali mesmo, em sua casa, que pena é diferente de compaixão. Porque não está com pena dela. Está *sofrendo* por ela.

— Marina... — ele fala, aproximando-se, mas é repelido por um gesto.

— Não me toca — ela murmura, fechando os olhos por alguns instantes. — Ela não devia... não devia...

— Não devia o quê, Marina? — Cristiano emenda, passando a mão pelos cabelos. — Ter tentado te proteger dessa crueldade toda? Qualquer mãe... Qualquer mãe que ama um filho teria feito a mesma coisa!

— Não devia ter seguido com a gravidez — Marina completa seu pensamento, como se Cristiano não tivesse acabado de falar. — Não devia. Existem leis, não é? Pra esse tipo de situação. Ela podia ter interrompido.

— Marina, ouve o que você tá dizendo! — Cristiano pede, bravo.

— A minha mãe... — Marina diz, caminhando pela cozinha. — Deve ter tido nojo de mim. A minha avó... Ela... me odeia. Claro, agora faz sentido. — A garota agita a cabeça, com lágrimas correndo de seus olhos. — *Eu* tenho nojo de mim. Ah, meu Deus! Eu sou filha de um monstro que violentou a minha mãe. Como alguém pode gostar de mim, Cristiano? Eu não consigo lidar com isso. Não consigo! — Marina coloca as mãos dos lados da cabeça num completo estado de pânico.

Cristiano caminha até ela, segurando-a pelos braços enquanto a força a encará-lo.

— Marina, para com isso! — Ele ordena, vincando a testa. — Não é sua culpa o que aconteceu com a sua mãe. Ela não tem por que sentir nojo de você, ninguém tem. Ninguém *sente*!

— Isso... Isso é só mais uma mentira, Cristiano. — Marina resiste, gaguejando. — Você tem nojo de mim.

O rapaz balança a cabeça, descrente do que acaba de ouvir. Como Marina pode dizer uma coisa dessas sendo que ele a beijou duas vezes? Sendo que ele gostaria de beijá-la uma *terceira* vez?

— Nojo... — ele repete, indignado. — Eu *gosto* de você, sua tonta — ele diz, ainda olhando-a nos olhos. — Pra caramba.

Marina fica em silêncio com a afirmação de Cristiano. Será verdade? E se não for, por que ele ofereceria consolo a ela? No entanto, por mais que o rapaz tenha dito que gosta dela, não há nada que dê a entender que esteja *apaixonado* como ela está. Gostar não é sinônimo de paixão.

Os olhos de Cristiano recaem sobre os lábios entreabertos de Marina, que respira profundamente. Poderia muito bem beijá-la nesse momento, mesmo sabendo não ser apropriado. Quer dizer, ela está ferida, assustada, sentindo-se perdida. Tudo em que acreditava desmoronou completamente. Aproveitar-se da situação não seria nada digno, mesmo para ele. Por mais que anseie tomá-la nos braços, não pode fazer isso. Deve se controlar. Deve oferecer o tipo de apoio que ela precisa. Afinal, foi para isso que Marina o procurou.

— A Ângela te ama — Cristiano fala, engolindo em seco e tirando as mãos dos ombros dela.

— Por que ela não me contou, Cristiano? — A voz de Marina exibe um leve tremor, como se, a qualquer momento, fosse perder a calma outra vez.

— Porque é isso que os pais fazem — ele responde. — Mentem para proteger os filhos.

— Ninguém pode ser protegido por uma mentira — Marina diz, movendo a cabeça. — O que ela fez não foi por amor, foi por medo.

— Não — Cristiano discorda, enrijecendo o queixo. — Não vou deixar que faça isso, Marina. Duvidar da Ângela. Do quanto ela te ama. — O tom dele é incisivo. Conhece a mãe dela muito bem, sabe da bondade que há em seu coração, da sinceridade do amor que sente pela filha. Afinal, não poucas vezes Ângela utilizou Marina como exemplo para tentar mudar o comportamento explosivo dele.

"Ela é um doce", disse em uma tarde enquanto conversavam na pracinha que ficava na Torre de TV, um dos cartões-postais mais famosos de Brasília. A fonte de proporções colossais jogava água a uma altura considerável, o que distribuía umidade para todas as direções da praça, contribuindo para diminuir a secura do clima àquela época do ano. Pessoas passeavam pelo ambiente, despreocupadas, enquanto Ângela fazia a melhor apresentação possível da filha. "Garanto que você vai gostar de conhecê-la."

"Se ela for tão chata como tá descrevendo, duvido muito", ele respondeu. O tom era sério, no entanto Ângela pareceu ter entendido como brincadeira.

"Não duvide das minhas palavras, rapazinho", ela pediu, batendo de leve no ombro dele. O gesto continha um tipo de afeto com o qual ele não estava mais acostumado.

"Bem, obrigado pelo almoço, Ângela, mas vou nessa. Tenho que começar lá na balada ainda hoje", disse, levantando-se, apressado.

"Sim. Depois me conta como foi." O sorriso que ela exibiu mostrando o orgulho em saber que ele iria finalmente começar a trabalhar foi enorme...

Cristiano assentiu num movimento de cabeça, então a beijou no rosto e saiu apressado, sumindo no meio das pessoas que passeavam pelo parque naquela tarde de sábado típica de verão.

— Como pode afirmar com tanta certeza, Cristiano? — Marina desafia num tom passivo enquanto se abraça, sentindo frio. O tipo de frio que sentimos na alma quando estamos tristes. Um frio que cobertor nenhum consegue aplacar. — A sua mãe morreu, né? Provavelmente nem deve se lembrar de como é o amor materno. — A frase da menina soa dura em seus lábios.

— Se tá tentando me magoar não tá dando certo — ele diz, dando um sorriso amargo. — Porque a verdade não pode me magoar. Não sei mesmo o que é amor materno. — Os olhos de Cristiano estão vazios de qualquer tipo de emoção. — Mas ainda que eu não saiba o que é o amor de uma mãe, sei reconhecer quando o vejo. Tem amor nos olhos da Ângela quando ela fala de você. Vejo o orgulho que ela sente por ser sua mãe. E, francamente, ela foi o mais próximo que cheguei de ter uma. — As palavras de Cristiano saem de forma automática. Não planeja falar tanto de si, mas não pode simplesmente testemunhar as acusações de Marina contra Ângela sem lhe mostrar o que é uma mãe ruim.

— Quer me fazer acreditar que sua mãe era ruim? — ela questiona, agitando a cabeça. — Só pra que eu me sinta mal por dizer que a minha não pensou em mim quando decidiu esconder toda essa sujeira sobre a minha origem?

O rapaz dá um sorriso sombrio, em seguida, aproxima-se de Marina o bastante para que ela possa observar seu rosto.

— Tá vendo isto aqui? — pergunta, apontando a cicatriz sobre a sobrancelha e parte do supercílio. — Foi quando eu tinha 17 anos, uma semana após a morte do meu pai. Eu fui demitido, a gente discutiu e ela me agrediu com uma luminária, gritando que eu estava possuído por algum demônio. — Cristiano respira intensamente. — Quer saber o que ela me disse no dia do enterro? Que o pai não tinha o direito de morrer e me deixar sabendo que ela nunca quis ser minha mãe. Sabendo que ela *odiava* ser minha mãe. Sabe quantas vezes tive que me ajoelhar no milho e orar, pedindo perdão por simplesmente existir? Sabe quantas vezes ela me privou de comida em nome de Deus, Marina? Quantas vezes tive de ouvir que a culpa de o meu pai ser um alcoólatra era minha por não orar com fé suficiente pra convertê-lo? Não importava o quanto eu tentasse agradar, ela não me suportava. Então, em um belo dia, ela mandou que eu arrumasse minhas coisas e fosse embora porque eu era um tipo de mal encarnado que a estava afastando de Deus. Porque sempre que ela me olhava, ela sentia ódio. — Cristiano respira profundamente, sentindo-se despido de todos os segredos dolorosos de seu passado. — Então, aquela mulher pode ter me gerado, mas nunca foi minha mãe.

Marina só pode imaginar o quanto Cristiano sofreu. Quem sabe, o motivo de ser tão rude seja o fato de ter sido renegado pela própria mãe.

— Eu sinto muito.

— Não sinta — ele diz secamente. — Eu não sinto. Nem um pouco. Por isso, prefiro fingir que ela tá morta e enterrada, mesmo que não seja verdade.

Marina examina a expressão dele tentando compreender o que sua declaração significa.

– Isso quer dizer que...

– Ela tá viva, Marina – ele confessa, num tom desolado. – Mas nunca me quis por perto.

A garota caminha até ele, pousando as mãos em seu peito, percorrendo lentamente os músculos, sentindo a pele firme sob seus dedos. Marina consegue sentir as batidas descompassadas do coração de Cristiano, provavelmente por todas as revelações que acaba de fazer. Sente que tem muito ainda a perguntar, como o fato de ele falar sobre a mãe dela com tanta intimidade, como se a conhecesse há uma vida. Mas não acha que esse seja o melhor momento. Está cansada demais de tudo que aconteceu. Precisa de um tempo para assimilar todas as revelações.

– Tá se sentindo melhor agora? – ele pergunta num sussurro rouco. A energia que as mãos de Marina transmitem para seu corpo está roubando toda sua tentativa de se controlar.

Ela não se sente melhor. Talvez nunca mais se sinta bem de novo tendo de aceitar a realidade de não ser filha do homem que admira, mas de um estranho que violentou sua mãe anos antes. Será que ele fez isso outras vezes com outras mulheres? Será que elas geraram outros filhos? Será que Marina tem irmãos? Será que esse homem ainda está vivo? Não. Ela não quer pensar a respeito dessas coisas ou a sanidade a deixará. Precisa desviar seu foco de todas essas coisas ruins. Precisa ser levada para longe da enxurrada de emoções confusas. Precisa esquecer, mesmo que momentaneamente, a verdade.

O esforço de Cristiano em animá-la é relevante e merece ser levado em consideração. Talvez essa tenha sido a razão pela qual Marina responde à pergunta dele com um movimento afirmativo de cabeça.

– Como você mente mal – ele diz, tocando o rosto dela quando vê uma nova onda de lágrimas se formando sob seus olhos. – Olha, Marina, não sou muito bom com esse negócio de relacionamento e tal, mas... queria muito poder acabar com a sua dor. *Muito mesmo.* Alguém como você não merece... não merece sofrer. E sei que não tenho nenhum poder pra te fazer se sentir melhor, mas...

– Quero que me beije – ela fala, interrompendo suas palavras.

– Como? – Cristiano indaga para ter certeza de que ouviu bem.

– Pode me beijar, por favor? – Marina repete, sem titubear. Porque a sensação dos lábios dele nos seus é a única coisa que faz com que ela perca o foco, com que pare de pensar. Será como um anestésico para toda a dor que sente.

Dessa vez, Cristiano não é age precipitado como foi nas outras vezes. Muito pelo contrário, é paciente. Quer explorar o território antes de tudo. Primeiro, ele examina os lábios de Marina, colocando as mãos em torno das maçãs de seu rosto. Ele acaricia suas bochechas com os polegares e sente a respiração dela se tornar baixa, quase como se ela não estivesse respirando de fato. Em seguida, traça os lábios dela com o polegar direito, sentindo a textura. Estão ressequidos, num sinal de desidratação. Os olhos dela estão fechados enquanto o peito sobe e desce, vagarosamente.

Marina sente as carícias de Cristiano como uma espécie de tormento. Sua pele reage intensamente, arrepiando-se enquanto ele percorre sua nuca. Devagar, ele ergue o queixo dela, puxando-a para a frente. Aproxima o próprio rosto com cautela, inclinando a cabeça, para que as alturas fiquem compatíveis. No entanto, Marina ainda precisa erguer os pés para envolver seu pescoço com os braços.

As testas se tocam e, em seguida, os narizes. Eles ficam, por alguns segundos, apenas sentindo a respiração um do outro. Os lábios encostam, mas somente como uma espécie de provocação. Um teste de resistência para ver quem cede primeiro.

Marina entreabre a boca, respirando fundo. Nesse momento, Cristiano preenche a dela com a sua, beijando-a calmamente, como se tivesse todo o tempo do mundo para fazer isso. O beijo tem gosto de suor e lágrimas, mas, ainda assim, há algo de doce nele. As mãos dele vão para a cintura dela, apertando-a contra seu corpo, e Marina toma a liberdade de envolvê-lo com as pernas.

Cristiano a ergue do chão sem interromper o beijo e a coloca sobre a mesa. A garota mordisca o lábio inferior dele, mas só percebe que o corta quando o gosto de sangue se mistura ao beijo. Afasta-se um pouco, permanecendo com a testa na dele e os braços ao redor de seu pescoço. Ambos estão ofegantes.

— Já percebeu que toda vez que a gente se beija você tá chorando? — Cristiano indaga com uma ponta de humor na voz.

— Sou uma manteiga-derretida — Marina responde, então o beija novamente. Cristiano corresponde, embora pareça hesitante. — O que foi? — Marina pergunta, arqueando uma sobrancelha.

— Talvez seja bom pararmos — ele fala, apesar de estar com uma expressão de total contrariedade com a ideia.

— Beijo tão mal assim? — ela pergunta num tom de brincadeira.

Ele sorri.

— Longe disso. Beija bem até demais pra quem é uma careta. E é o que me preocupa. Sabe onde isso pode terminar.

Marina observa o rosto de Cristiano sabendo que ele está coberto de razão. Ambos estão sozinhos, ela está emocionalmente abalada e, ao mesmo tempo, carente. E mesmo que sinta algo forte por Cristiano, não quer estragar tudo se precipitando. Sabe que o que sentem um pelo outro ainda não é o suficiente para pensar em dormir com ele. Sem citar o fato de que ele namora Joana. E como Marina pode fazer algo que repudiou ao ouvir de Joana poucas horas antes?

Suspirando, concorda num gesto de cabeça, descendo da mesa. Mas não antes que Cristiano possa beijá-la levemente sobre os lábios.

— Tô cansada – ela comenta, piscando os olhos com lentidão. O dia havia sido intenso e cheio de revelações perturbadoras. No entanto, o cansaço de seu corpo não lhe dá sinais de que conseguirá dormir sossegada. Ela precisa, na verdade, tomar um banho bem quente. Talvez, com isso, relaxe a tensão que toma todos os músculos de seu corpo.

— Sabe o que te faria bem? Um banho de banheira. Que tal eu preparar um pra você? – Cristiano propõe, sorrindo com suavidade. Marina nunca o viu tão afável. Seja porque sente pena ou não, é bom ser cuidada dessa forma.

— Acho uma ideia tentadora – ela responde, dando um rápido sorriso.

Cristiano estende a mão para Marina e entrelaça seus dedos aos dela. Leva-a pela sala em direção ao andar superior. No quarto principal, pede que ela espere e vai até o luxuoso banheiro, que mescla madeira e mármore branco entre as peças que o formam. A pia, de design moderno, está amparada sobre uma bancada enorme que se estende de uma ponta à outra da parede. No mesmo lado, um espelho quadrado está disposto. Há frascos colocados harmoniosamente na bancada, com tipos diferentes de sabonete e sais de banho, coisas que Cristiano nunca usou, mas que faz questão de manter ali apenas por achar conveniente. Na parte inferior da bancada da pia há armários e gaveteiros que armazenam, além de material de higiene e de limpeza, toalhas de banho e roupões nas cores branca e preta.

No lado oposto, além do boxe de vidro com uma ducha maravilhosa, na opinião do rapaz, há o vaso sanitário e a banheira, elevada um degrau acima do chão, de proporções que caberiam confortavelmente duas pessoas.

Cristiano abre as torneiras e vai até a pia, pegando alguns dos frascos e atirando os sais na água. O cheiro dos produtos é muito bom, embora ele não possa identificar exatamente o cheiro, certamente são notas cítricas.

Algum tempo depois ele retorna ao quarto, encontrando Marina debruçada sobre a janela que dá para a outra parte do lago Paranoá. A casa de Cristiano é um espetáculo em todas as extensões.

— Tá pronto – ele informa, aproximando-se dela. Marina se vira tranquilamente, analisando as feições de Cristiano. – Separei toalhas e um roupão pra você – ele diz, apontando o banheiro com o polegar direito. – Espero que o banho ajude.

Marina faz que sim com a cabeça e, em seguida, percorre a distância que os separa, fica na ponta dos pés e beija a bochecha dele, agradecida por tudo que ele está fazendo.

Nenhum dos dois diz nada, então ela vai ao banheiro, fechando a porta. Ela espera que Cristiano esteja certo e e que o banho realmente a faça se sentir melhor.

> Não seja o teu pesar pelo que fizeste senão o propósito de tua futura melhora; todo outro arrependimento não é senão morte.
> (Miguel de Unamo)

Arrependimento

Quando Joana era pequena e aprontava alguma travessura passível de punição, escondia-se dentro do guarda-roupa para evitar a bronca do pai. Não que João fosse uma pessoa que brigasse e usasse castigos físicos como meios de punição. Muito pelo contrário, ele sempre resolvia tudo com uma boa conversa. Talvez esse fosse o motivo de a garota ficar constrangida. Porque o pai sempre a fazia se sentir culpada somente pelo tom doce que usava para repreendê-la. Nunca o ouviu erguer o tom de voz, por mais grave que fosse a situação. E mesmo que Joana tenha se sentido envergonhada em várias ocasiões, nunca se sentiu tão mal quanto se sente agora. Pela primeira vez, ficou grata pela mãe não estar ali para ver a que ponto ela chegou. O dano irreparável que causou na vida das pessoas que, ainda que fosse difícil reconhecer, são a sua família. Ela se levanta da cama após uma noite tribulada em que dormiu muito pouco, em meio a lágrimas de culpa e tristeza, a culpa corroendo-a por dentro

Após a saída precipitada de Marina, Ângela e João a seguiram, mas voltaram pouco depois sem ela. Ângela então ligou para Heitor, desesperada. Ele chegou minutos mais tarde, também aflito. Os três passaram as horas seguintes ligando para os amigos de Marina em busca de notícias da garota. Mas nem Leo, nem Ayumi, nem Fábio ou qualquer outro próximo a ela soube dizer onde a menina havia se metido. No entanto, não foi com surpresa que Joana ouviu, com a porta de seu quarto entreaberta, a ligação que Ângela recebeu de alguém assegurando que Marina estava bem.

"Passe-me o seu endereço, Cristiano. Eu vou buscá-la", a madrasta pediu. Mas o rapaz disse alguma coisa do outro lado da linha que Joana identificou como negativa, pela declaração que se sucedeu: "Ela é minha filha e eu a quero comigo. Preciso explicar tudo pra ela". O tom de Ângela saiu como o de uma criança cujos pais não davam algo que ela queria muito. "Você não entende...", ela voltou a dizer. "Mas... Ah, meu Deus... Tudo bem", por fim, Ângela concordou num tom resignado. "Só me... prometa que vai tomar conta dela. Por favor. E diga que a amo mais do que qualquer coisa neste mundo. Obrigada."

Ao final da ligação, Ângela avisou, mais tranquila, que Marina estava na casa de Cristiano. *Na casa de Cristiano.* Um lugar onde Joana nunca foi porque ele não permitia. Sempre inventou uma desculpa qualquer, na maioria delas com relação ao fato de o relacionamento aberto que eles têm não poder ter visitas tão pessoais assim. A garota não sabia explicar por que, mas se sentia abandonada. Todos sempre estavam disponíveis para oferecer consolo a Marina, mas ela... Ela não tinha nenhum amigo para quem fugir nesse momento, e o rapaz a quem costuma chamar de namorado... bem, parece ter alguém mais importante a quem oferecer o ombro. Nem seu próprio pai se preocupou em procurá-la, mesmo que para cobrar algum tipo de explicação sobre o que tinha acontecido.

No fundo, Joana sabe que ela é quem deve apresentar suas justificativas por ter se intrometido num assunto que não lhe pertencia, ainda mais sem saber que havia muito mais por trás daquele segredo. Mas, ainda assim, ela sentia falta de algum tipo de conforto.

A garota junta os cabelos e os prende num rabo de cavalo. Em seguida, veste uma calça jeans e uma regata, vai ao banheiro e escova os dentes, tendo consciência de que o pai está na cozinha, preparando algo, enquanto Ângela está sentada numa cadeira da mesa redonda com o rosto apoiado nas mãos.

Quando finalmente está pronta, sai do banheiro e ouve a madrasta dizer algo num tom cansado, como se não tivesse dormido a noite inteira. E não surpreenderia Joana se isso realmente fosse verdade.

– Ela... Ela tem que voltar pra casa.

– Ainda são 7h, querida – João diz, entregando a ela uma caneca fumegante. Provavelmente é algum chá com propriedades calmantes.

Ângela segura a caneca com as duas mãos, percorrendo a borda com o dedo indicador.

– Eu... Eu devia ter contado a verdade, sabe? – lamenta-se.

– Do que teria adiantado, Ângela? – João pergunta, sentando-se ao lado dela.

– Do que adiantou guardar isso durante tanto tempo se agora a minha filha me odeia? – Os olhos ansiosos pousam na face do marido, como se ele pudesse realmente responder sua pergunta. – Do que adiantou fingir que... que aquilo não aconteceu, João? Do que adiantou fingir que... que o pai dela não é um monstro que se aproveitou de uma jovem de 18 anos?! – Ângela para de falar, engasgada com o choro. Durante muitos anos tentou disfarçar, esconder o que aconteceu. Chegou realmente a acreditar que fosse apenas um pesadelo. Construiu uma mentira tão bonita em sua cabeça que ela própria foi a primeira a acreditar nela. Quis que todos os outros acreditassem também. Porque quanto mais pessoas acreditando, mais distante a verdade estaria e mais distante o sofrimento ficava. Quando Marina fez 5 anos, já não restava mais nada desse passado sórdido em suas lembranças, exceto por um sonho ou outro, mas nada que os calmantes não pudessem resolver. Não havia mais tanta dificuldade em falar com homens, em lidar com eles. Não havia choros secretos. Não havia ataques de pânico na rua.

No entanto, como a verdade sempre acha um jeito de vir à tona, lá está ela, assombrando-a de novo, destruindo a sua vida de novo. É algo com o qual Ângela tem de conviver para o resto da vida. Não importa quantas vezes negue, para quem negue. Algo não deixa de ser verdade só porque você deseja isso.

— Meu amor, ouça bem — João pede, tocando a mão da esposa. — A Marina não te odeia. Ela só tá magoada. Dê um tempo pra que ela possa assimilar tudo e você vai ver, as coisas se resolverão.

— Mas preciso explicar pra ela que não foi... Não foi minha culpa! — Ângela soluça, largando a caneca sobre a mesa e apoiando o rosto nas mãos novamente.

— Foi minha — Joana sussurra, aproximando-se da mesa.

Ângela sobe os olhos castanhos, que estão com bolsas e olheiras enormes a sua volta, e encara Joana com um ar de censura. Depois de tudo que ela fez, sabe que não será capaz de olhá-la com os mesmos olhos de antes.

— Joana, agora não — o pai fala, estendendo a mão para a garota, pedindo a ela para se manter distante. — Já não chega o que fez?

— Eu... — A menina tenta dizer, mas é interrompida por Ângela, que se recusa a ouvir o que ela quer falar. Ela já causou sofrimento o bastante.

— Fico me perguntando — Ângela comenta, como se estivesse conversando consigo mesma. — Será que tá satisfeita, Joana? Ou vai procurar mais alguma coisa que possa estragar? Vai encontrar mais alguém pra ferir com as suas decisões ruins, mesmo com as minhas tentativas e do seu pai de fazer de você uma boa pessoa?

Joana ouve as palavras de Ângela em silêncio, pensando em como a madrasta tinha se referido a ela: uma garota egoísta e cruel, interessada em trilhar um caminho errado, diferente do que lhe é sugerido pelos pais, apenas para ser diferente de Marina, a pessoa de *decisões sensatas*.

Ela é a maçã podre da família. E recebeu esse título sem que eles ao menos tentassem entender como é viver, por um dia que seja, sem uma mãe. Não entendem a dor com a qual precisa conviver diariamente, fingindo que está tudo bem, que já superou, fingindo que não sente falta diariamente da mulher que a gerou. Fingindo que nunca se importou com todos aqueles Dias das Mães em que fez um desenho na escola, mas que não teve a quem entregar. Fingindo que se sentia bem quando virava para o lado oposto, simulando estar adormecida, quando Ângela se aproximava para beijá-la, como as mães têm o hábito de fazer com seus filhos pequenos, porque o beijo que queria ganhar não era o da madrasta, era de alguém que não podia ter. E isso é tão injusto que arranca dela qualquer vontade de ser alguém melhor, de ter amigos e se enturmar. Não ter uma mãe tira sua vontade de viver. Por isso, não, Joana não pode ser boa como Marina, que não conhece um sofrimento como o que ela conhece, a dor com a qual precisa lidar, querendo ou não.

– Sabe, você finalmente conseguiu o que sempre quis – Ângela diz, interrompendo os pensamentos de Joana enquanto apoia as mãos no tampo da mesa e se ergue da cadeira. Os cabelos desgrenhados e os pés descalços em conjunto com o robe de cetim amassado dão um aspecto triste à mulher que foi outrora cheia de vivacidade. – Acabou com a paz que havia nesta casa. Acabou com a felicidade que havia no nosso lar.

Joana sorri com tristeza, agitando a cabeça.

– Eu nunca fui feliz aqui – murmura, esperando que a madrasta e o pai se importem com o que ela sente. Talvez essa seja a pior ocasião para isso, no entanto não consegue evitar. Ela precisa expor tudo que se passa em seu coração; pela primeira vez, *precisa* se libertar de todos os sentimentos que tanto oculta. Há uma voz dentro dela que não pode mais se calar. Ela não quer, com isso, justificar a sucessão de erros que cometeu, mas, bem, talvez entendam um pouco como se sente.

– Porque não quis, Joana – Ângela fala rispidamente. – Não foi falta de oportunidade! Eu abri meu coração pra você, eu tentei ser... – Ela não completa a frase, embora Joana tenha captado o que ela pretendia dizer.

– Mas você não pode, Ângela – diz Joana, respirando fundo, desalentada. – Não pode tomar o lugar da minha mãe.

– Sua mãe... – Ângela fala, sacudindo a cabeça com um sorriso irônico na face. – Você não tem a menor ideia, Joana, de quem é a sua mãe, porque você nunca teve uma!

João respira fundo, mas permanece calado, olhando a expressão enraivecida da esposa. Sabe que não tem o direito de pedir para ela não dizer essas coisas à Joana, mas ouvi-la parte seu coração. Não é culpa da menina que Lívia não esteja ao seu lado. Porém não pode passar a mão em sua cabeça. Não depois do que ela provocou revelando um segredo que não lhe pertencia. E ele sabe que muito do comportamento de Joana é sua responsabilidade, porque tantas vezes se omitiu quando devia tê-la punido. E crescer sem a mãe não é uma justificativa para ser uma pessoa ruim. Então, apesar de lhe custar muito, precisa deixar Ângela ser dura com Joana.

– Eu nunca quis tomar o lugar da sua mãe – Ângela responde, arfando. – A única coisa que tentei foi ser uma boa madrasta pra você, alguém com quem pudesse contar quando precisasse. – Os olhos de Ângela se enchem de lágrimas, recordando-se de todas as tentativas frustradas de se aproximar de Joana. – Queria que me tivesse como uma amiga, Joana!

A menina morde os lábios com mais força, sentindo gosto de sangue.

— Eu sei — Joana sussurra. — Mas vocês não entendem como me sinto...

— Chega — Ângela ergue a mão, interrompendo-a. — Não se cansa de ser egoísta? Mesmo agora, depois de tudo que fez, só pensa em como *você* se sente? — Ela agita a cabeça, descrente. — Pois saiba que se a sua mãe estivesse aqui teria *vergonha* de você.

A afirmação de Ângela atinge Joana como centenas de agulhas mergulhadas na pele, perfurando profundamente. Imaginar, por um segundo, que isso é verdade, que Lívia se envergonharia de tê-la como filha, é tão insuportável quanto não tê-la ao seu lado.

A madrasta não dá oportunidade para Joana tentar se desculpar, a chance de dizer que lamenta. E por que, de repente, ela foi querer se explicar, mostrar seus sentimentos? Por que não pôde, simplesmente, ter dito: "Eu sinto muito. Eu errei e peço desculpas"?

Ferida, Joana caminha apressada em direção à porta, sabendo que, diferentemente do que aconteceu no dia anterior, quando Marina saiu, ninguém irá atrás dela. Nem o próprio pai tentou defendê-la. Não que mereça defesa, mas... ele é seu pai, não é?

Joana pega um ônibus que a leva ao único lugar em que pode conseguir algum consolo nesse momento. Depois de cerca de quinze minutos, ela desce, indo diretamente para um parque público. Senta-se num dos balanços e fica se empurrando vagarosamente com os pés.

Sentada ali, sozinha, Joana reflete se, ao contrário do pai e da madrasta, a mãe entenderia. Será que Lívia saberia por que, apesar de querer se tornar uma pessoa melhor, Joana não consegue? Não quando a vida arrancou a pessoa mais importante de sua vida sem nem lhe permitir o direito de construir qualquer memória com ela. Como uma pessoa pode superar a perda de alguém tão fundamental à sua formação como ser humano? São coisas que ela não consegue entender.

"Se sua mãe estivesse aqui teria *vergonha* de você" – a frase de Ângela martela em sua cabeça. Será verdade? Se Lívia estivesse viva sentiria vergonha dela? Provavelmente. Afinal, Joana é rebelde, desobediente e, em alguns casos, cruel. Não só com pessoas do colégio, mas com a família. Com o próprio pai. Óbvio que a mãe sentiria vergonha de uma filha assim. Joana é uma pessoa vazia, incapaz de demonstrar afeto, mesmo que o queira receber. Vive reclamando por Marina ser tão querida, mas nunca fez nada para ter todo o carinho que Marina recebe. E se o pai tentou se aproximar durante os últimos anos, a única coisa que ela fez foi rejeitá-lo.

Joana se entrega a um choro compulsivo. Um choro que mescla remorso, tristeza, saudade. Pessoas boas deveriam ter o direito de viver mais. De morrer de velhice e não vítimas de uma doença, como se estivessem sendo castigadas pela pureza que trazem no coração.

— Jo? – alguém chama, fazendo com que a menina levante a cabeça num ímpeto. É Vinícius. Analisando a expressão no rosto de Joana, ele senta-se no balanço ao seu lado.

— Estraguei tudo, Vinícius – a garota murmura, tentando conter o pranto. – Fiz algo muito ruim ontem. Algo que não dá pra consertar. – Lágrimas correm por sua face. – Tentei pedir desculpas, mas não quiseram me ouvir. E talvez a única pessoa que fosse me ouvir, que pudesse me ajudar a enfrentar tudo, tá morta.

— E o Cristiano? E o seu pai?

Ela deixa escapar uma risada pungente.

— É provável que o meu pai também me odeie, porque acho que acabei com o casamento dele.

Vinícius não entende o que Joana diz, no entanto sabe que não sofreria tanto se não fosse algo realmente grave. Ela é uma rocha praticamente impossível de ser atingida.

— E o Cristiano, bem... – Ela funga, passando as costas da mão no nariz. – Ele tem coisas mais urgentes pra se preocupar. Não é como se eu pudesse ligar pra ele quando algo não vai bem em casa – confidencia, com a voz num fio. – Não é nenhum segredo que nosso namoro é...

Joana não completa a frase, tampouco Vinícius precisa que ela faça isso para entender o que ela ia dizer.

— É só que... Às vezes você se cansa de se sentir sozinho, sabe?

— Mas você não está sozinha, Jo – Vinícius diz, sem saber o que dizer.

— Não? – ela indaga, voltando-se para encarar os olhos dele, com um sorriso triste nos lábios. – Então, me diga: por que é você, uma pessoa que mal me conhece, que tá aqui, tentando me... confortar?

Por um momento, Vinícius não sabe o que responder à garota.

— Foi o que pensei. – Ela suspira.

— A sua paixão é a dança e o seu tempo livre é devotado ao cara que costuma chamar de namorado, mas que, se me permite dizer, não te merece nem um pouquinho. – Subitamente, Vinícius começa a dizer, cheio de certeza: – Você morde a ponta do lápis toda vez que tá nervosa e eu diria que, pelo seu estilo, curte rock. Implica com quase tudo que não concorda e pegar no pé da Marina parece ser o seu passatempo preferido. Já te vi, algumas vezes, avaliando seu reflexo nos vidros do colégio com uma carranca enorme, o que demonstra que não gosta muito da sua aparência, apesar de ter o sorriso mais lindo que já vi – ele conclui, dando um meio-sorriso, e Joana fica admirada pelos detalhes que Vinícius dá a respeito dela, como se a conhecesse muito bem.

A menina desvia os olhos, constrangida pelas palavras dele.

— Se não quiseram te ouvir, Joana, a culpa não é sua – Vinícius fala, num tom cauteloso, imaginando que isso seja o que a preocupa de verdade. – Porque estava disposta, não estava? A se desculpar?

Ela concorda com a cabeça enquanto um novo silêncio, ainda mais pesado que o anterior, toma conta da conversa.

– Acha que isso basta? – pergunta, repentinamente. – Arrepender-se é suficiente?

O rapaz fica pensativo.

– É um começo – responde, afinal. – Quer dizer que tá disposta a fazer melhor. A ser melhor. Meu pai sempre me diz... – Vinícius se interrompe no meio da frase, fechando os olhos e comprimindo os lábios. É difícil atribuir verbos no passado todas as vezes em que vai citar algo que veio de seu pai. Difícil e doloroso. – Meu pai me *dizia* que não importa a quantidade de vezes que eu erre, desde que eu reconheça que errei, que eu assuma e dê um jeito de reparar o meu erro.

– E se o erro não puder ser reparado?

– Aí só nos resta aprender a lição. – É a única coisa que ele pode dizer.

Joana sacode a cabeça em concordância e comenta:

– Você é muito sábio pra idade que tem. Obrigada por ter vindo aqui.

– Obrigado por ter me chamado. Por confiar em mim.

Vinícius não fala, mas o fato de Joana o ter procurado o deixou agradecido de verdade. Significa que, de alguma forma, ele é especial para ela.

> Cada fracasso ensina ao homem algo que precisava aprender.
> (Charles Dickens)

Fracassando

Cristiano observa atentamente a tela de seu celular, monitorando as mensagens recebidas via WhatsApp, a fim de identificar se Joana já visualizou a mensagem que ele lhe mandou, cinco minutos antes. A resposta vem três minutos depois, e ele a encontra em um parque público, em companhia de um dos colegas de classe.

A garota se despede do rapaz com um abraço apertado e entra no automóvel, prendendo o cinto de segurança enquanto mantém os olhos no painel, o que Cristiano considera no mínimo estranho, já que a menina não costuma ser tão silenciosa. Silêncio não costuma significar boa coisa. Nunca.

Ele conduz o carro até o final da avenida W3 Sul, saindo para a via EPTG, em direção à região administrativa do Cruzeiro. O lugar mais tranquilo em que pode imaginar ter essa conversa com Joana é a Carpe Noctem, vazia a essa hora do dia.

Mesmo estranhando a direção que Cristiano toma, Joana não diz nada. Não faz questão de detalhes sabendo o que está por vir. Se pudesse avançar no tempo e pular toda essa situação, já o teria feito. Não aguenta mais o desgaste que tudo está causando.

Algum tempo depois eles descem do carro diante da balada. Em silêncio, seguem para dentro, passando pelo espaço amplo em direção a uma porta, aos fundos. A garota examina o ambiente rapidamente enquanto comenta:

– Você nunca me deixou vir aqui.

– Porque nunca considerei adequado – ele fala, com pouco-caso, ao abrir a porta da pequena sala que lhe serve de escritório. O espaço tem uma mesa com um computador, duas cadeiras e uma estante, com papeladas sobre remessas de mercadoria, notas fiscais e outras coisas do gênero. Cristiano gosta de estar a par de seus negócios, mesmo consultando um contador eventualmente. – Mas não foi por isso que te trouxe. Sente-se – pede, apontando a cadeira e rodeando a mesa para sentar-se do outro lado.

Joana estuda a cadeira como se pudesse haver uma armadilha sobre ela, então, cuidadosamente, senta-se.

– Já sei o que quer dizer, mas não vou te impedir – ela diz, pousando as mãos sobre o colo e mantendo os olhos no mesmo nível que os de Cristiano. Ele devolve o olhar, tentando entender quais as pretensões da garota. Porque tinha feito aquilo apesar de ele ter pedido para ela não se meter naquela história. Qual o intuito de ela expor algo que não tem a ver com a sua vida?

— Você consegue medir o tamanho do estrago que fez, Joana? Ou será que isso não importa pra você?

Ela dá uma risada sem graça e diz:

— Talvez não tanto quanto importa pra você, já que consolou a Marina a noite inteira. Me deixa adivinhar: ela ainda tá na sua casa.

Ele agita a cabeça, respirando num ritmo mais acelerado por estar estressado.

— Joana, não era direito seu contar a verdade pra Marina. Será que não percebe?

A garota analisa as feições do namorado, percebendo um ar protetor que nunca havia visto na fisionomia dele. Em relação a ninguém, nem mesmo a ela, que é *namorada* dele há quase um ano. Aliás, sendo franca com ela mesma, Cristiano nunca fez nada por ela. Não de verdade. E se estão juntos até então é porque é cômodo tê-la por perto. Pura e simplesmente isso.

— Quando foi que passou a se preocupar tanto com os outros? — Ela desvia o assunto, estreitando os olhos.

Cristiano aperta a borda da mesa escura tentando controlar sua raiva. Respirando fundo, fala quase em um rugido:

— O que fez é *grave*. Não consegue ver? Mexeu com a vida de muitas pessoas, incluindo a sua!

— Acha que não sei disso? — Joana responde, calma. — Como imagina que foi com a Ângela hoje? Ela me disse coisas dolorosas, Cristiano. Dolorosas *demais*. E quer saber o melhor? Meu pai nem se meteu.

— Porque ele viu a besteira que você fez — ele fala, agitando a cabeça.

Joana comprime a boca, fechando os olhos por alguns segundos. Não espera mesmo que ele a conforte. Quem iria, numa situação dessas? E, por uma fração de segundos, o sorriso de Vinícius cruza seus pensamentos...

— Se tivesse me ouvido — Cristiano diz, com repreensão — nada disso estaria acontecendo.

— Algumas coisas acontecem porque têm de acontecer — Joana fala, aleatoriamente, para se sentir melhor ante a censura do rapaz.

— Tá querendo justificar o que fez? Pois saiba que *nada* poderá justificar!

Joana sente os olhos se encherem de lágrimas e aperta a língua, sorrindo com amargura. Não quer mais chorar, mas não é fácil ouvir novamente as mesmas acusações.

— Não tô tentando justificar o que fiz, Cristiano. Até porque, se fosse fazer isso, a justificativa seria bem diferente — Joana comunica e, em seguida, acrescenta: — Seria *você*.

Ele franze o rosto sem compreender.

— Isso não se trata de nós dois.

— Claro que sim — ela contradiz. — Porque o que eu queria era que gostasse de mim da forma como gosta dela. Eu queria ser importante pra você como ela é.

Cristiano move a cabeça negativamente.

— Não se dê o trabalho de negar — Joana diz, limpando o canto dos olhos. — Você estava sempre fugindo de mim, mas abriu as portas pra que a Marina pudesse entrar. Queria me colecionar como uma figurinha no seu álbum, mas guardou uma página especial da sua vida pra ela. Meu Deus, Cristiano! Estive o tempo todo ao seu lado, vendo todas as suas canalhices, mas você nunca se importou com o que eu sentia! — Ela franze o rosto e mais lágrimas brotam. — E olha só como ficou abalado agora por causa da Marina!

— A situação é diferente. — Ele tenta se defender. — Nós combinamos, fizemos um acordo. A ideia do relacionamento aberto foi sua, lembra?

— Porque eu queria te ter por perto — Joana explica. — Ou acha que alguma garota gosta de ser "traída" na frente de todas as pessoas que ela conhece? Mas fiquei de pé, firme. Aceitei tudo, esperando que... que percebesse que eu podia ser alguém especial. Alguém que te conhecia e aceitava você do jeito que é.

Cristiano a olha como se ela fosse louca.

— Você arrancou toda a minha dignidade, mas não me importei — Joana diz, com a respiração rápida. — Nunca foi uma pessoa de virtudes e agora quer me condenar... Acha que tem esse direito?

O rapaz não responde porque sabe que ela está certa.

— Veio cobrar algo de mim porque tá apaixonado pela Marina. Não pensei que pudesse sentir nada além de ódio por alguém — confessa, sacudindo a cabeça.

— Não tô apaixonado pela Marina — Cristiano rebate, mas sua voz soa incerta.

— Olha, pode tentar enganar a si mesmo porque é mais cômodo, mais seguro até. — Ela dá de ombros. — Mas consigo ver a verdade. E tudo bem, Cristiano. — Joana balança a cabeça, sabendo que terá de aprender a viver sem ele, sem parte dele, porque nunca o teve por completo. E a abstinência passará, como tudo passa, independentemente da nossa vontade. Vestindo uma armadura invisível, capaz de protegê-la de toda a tristeza que isso já lhe causa, Joana fala, vagarosamente: — Fizemos mais mal do que bem um para o outro.

— Acho que isso nos coloca num ponto... delicado. — Cristiano suspira, passando as mãos no cabelo, bagunçando-o. Ele não fala sobre a possibilidade de estar apaixonado por Marina como Joana sugeriu, pois isso não vem ao caso e ele também não quer discutir algo assim com ela.

— Sabe, Cristiano, eu achei que pudesse te merecer — Joana diz, pousando os olhos nos dele. — Mas... bem, talvez eu mereça *mais*. — Seu tom de voz não é presunçoso, apenas honesto. — Mereça alguém que olhe pra mim e me enxergue.

Ele concorda.

— Olha, não vou me desculpar com você pelo que fiz à Marina — Joana diz. Em seguida, levanta-se da cadeira, tomando o cuidado de encostá-la à mesa. — Direi isso a ela, pessoalmente, se tiver a chance. Você pode até duvidar, mas eu *sinto muito*. Só que não posso mudar o que fiz. Infelizmente, a Marina vai ter de aprender a conviver com essa nova realidade. — Joana morde o lábio, sem saber mais o que dizer.

Ela vira-se para se retirar.

— Joana? — Cristiano chama assim que ela se prepara para fechar a porta. — Sei que não é a melhor coisa pra se dizer neste momento, mas... sinto muito.

A garota agita a cabeça negativamente, desprezando as palavras dele, pouco antes de advertir:

— Só tome cuidado.

— Com o quê?

— Com a Marina. Pra que ela não se machuque.

— Ela sabe que... Sabe como sou.

Joana sorri pouco antes de dizer:

— Eu também sabia. — E então, fecha a porta, deixando Cristiano sozinho com uma sensação ruim no peito.

༺ ✂ ༻

Marina abre os olhos e fita o teto branco do quarto por tanto tempo que sua vista perde o foco. O ambiente está à meia-luz, vinda de um dos abajures, do lado direito da cama. Devagar, vai se dando conta da realidade enquanto as lembranças inundam sua mente. Ela espera que, em algum momento, a pontada de culpa que preenche seu peito e incha sua garganta a ponto de deixá-la sem ar, passe. Embora saiba que a dor não passará com o tempo, talvez aprenda a conviver com ela. Acha difícil acreditar no que diz a si mesma dia após dia há quase uma semana, no entanto, se não tentar se convencer disso, não saberá como encarar os dias que virão. E ainda que ela tenha observado Cristiano seguir sua rotina – colégio, ACSUBRA e seja lá o que mais ele tenha feito enquanto estava fora –, Marina não tem forças para acompanhá-lo. Dessa forma, passa boa parte das noites chorando e, quando consegue dormir, tem pesadelos com um monstro de olhos azuis iguais aos seus.

Respirando profundamente, ela se senta na cama, abraçando os joelhos, envoltos por uma das camisetas de Cristiano, que ainda tem o cheiro dele, algo entre loção pós-barba e bala de menta. Engole o bolo que prende sua garganta, mas é em vão. O peso de tudo que descobriu sobre sua origem ainda a esmaga.

Marina levanta-se da cama, caminha até o banheiro e se detém diante do espelho, encarando sua imagem. Está um lixo com as olheiras e bolsas embaixo dos olhos. Mas não é assim que se sente? Um lixo?

Enquanto lava o rosto, a única coisa que vem em seus pensamentos é quem é seu pai biológico. Será um conhecido de sua família? Ou um estranho que, por acaso, encontrou sua mãe em hora e lugar errados? Será alguém que ela conhece? Não pode viver com essas ideias em sua mente. Precisa dar um rosto ao desconhecido que violentou sua mãe. Não saber não é uma opção.

Depois de escovar os dentes e vestir uma roupa, Marina desce as escadas e vai até a cozinha. A mesa, como de costume desde que chegou ali, está posta. Há uma variedade de frutas, pães e sucos. Do lado da jarra, ela encontra um bilhete com as letras pouco legíveis de Cristiano: "Espero que dessa vez coma alguma coisa". Pelo sacrifício que ele fez, Marina pega um cacho de uvas na fruteira.

— Ei, Ayumi. Você sabe por que o Leo e a Marina brigaram? — Dinho pergunta enquanto vão para a clínica em que ela fará a primeira sessão de psicoterapia. Apesar da ansiedade que a corrói, Ayumi tenta se manter aberta à experiência. E se não gostar do que ouvir, não precisará retornar, mas Dinho não poderá dizer que ela não tentou.

Ao ouvir a pergunta, Ayumi o encara, pensando no que pode responder. A briga entre os amigos dura mais de uma semana, porém ela duvida de que seja a causa da ausência de Marina no colégio, especialmente pelo fato de ela não responder mensagens com mais do que: "Depois conversamos".

— Acho bom perguntar para o Leo — Ayumi responde, depois de um tempinho.

— Já perguntei. Ele não diz nada — Dinho fala, o que a faz refletir se deve contar algo para ele, uma vez que o próprio Leo não quis compartilhar nada com o irmão. Ela não sabe se tem o direito de dizer alguma coisa. — Tô preocupado com eles. Nunca foram de brigar e agora o Leo não quer nem ouvir falar no nome da Marina. Justo quando ela precisa de apoio — ele lastima, suspirando.

— Como assim? — Ayumi pergunta, franzindo o rosto.

— Não sei as causas, mas a Marina e a tia Ângela brigaram feio. Parece que a Marina tá ficando na casa de um amigo desde então.

Ayumi fica um pouco decepcionada ao saber disso. Marina teve problemas em casa, no entanto não quis contar com ela. Pergunta-se quem será o amigo que a está abrigando. Pensa em Cristiano, mas descarta a ideia. Não pode ser... Ou pode?

— Você sabe quem é o amigo que a recebeu?

Dinho sacode a cabeça negativamente.

— Bem, vou tentar falar com ela mais tarde — Ayumi garante e, em seguida, morde os lábios, observando Dinho entrar no estacionamento do prédio comercial onde fica a clínica Bem Viver.

— Ansiosa? — o rapaz pergunta, olhando-a por alguns segundos enquanto desliga o carro.

— Bastante — Ayumi responde, inspirando profundamente, antes de acrescentar: — Quer dizer... E se eu não gostar do que ouvir?

— É uma possibilidade — Dinho fala. — Mas, aqui entre nós, o intuito da terapia é fazer você falar.

— Muito pior. E se eu não conseguir falar nada? — Ayumi contrapõe, franzindo o rosto, o que o faz sorrir.

— Ei, sem pressão. Não precisa ter resposta pronta nem nada disso. Você vai ver que eles têm uma forma de fazer a gente se abrir.

Ao ouvi-lo, Ayumi arqueia a sobrancelha, incrédula.

— Tá me dizendo que faz terapia?

— Não, desde que o meu pai cortou meu plano de saúde — Dinho explica, suspirando. — Mas fiz, sim. Como acha que consegui passar por cima do plano dele e largar o curso de Engenharia?

Ayumi fica chocada com o fato de Dinho precisar fazer terapia. Não o tomava como uma pessoa que tivesse problemas tão grandes a ponto de precisar da mediação de alguém para resolvê-los.

— Por que tenho a sensação de que ninguém sabe disso? — indaga Ayumi, observando-o hesitar alguns segundos antes de responder.

— Porque é verdade. Você é a primeira pessoa com quem comento isso — ele confessa. — É, o cara que você imaginava que fosse um poço de autoconfiança tem suas próprias frustrações — declara, olhando para o painel do carro. — Mas acho que todo mundo devia fazer terapia, sabe? É uma forma bacana de autoconhecimento. Parece clichê dizer isso, mas é verdade.

— Obrigada, Bernardo — Ayumi agradece, depois de alguns segundos em silêncio. — Por me contar isso.

Ele agita a cabeça afirmativamente e, então, diz:
— Pronta?
— Pronta.

⁂

Cinquenta minutos mais tarde, Ayumi sai da sala da terapeuta e encontra Dinho sentado na recepção trocando mensagens com alguém no celular.

Ao vê-la, o garoto se levanta, guardando o aparelho.

— E então? — pergunta, levemente ansioso pela resposta. — Qual seu veredito?

— Não sei. — Ela é sincera. Não se pode dizer que tenha conseguido chegar a alguma conclusão desde aquele primeiro encontro. — Acho que vou precisar de mais algumas sessões pra dizer — explica, sorrindo para Dinho.

Sem conter o alívio com a resposta, o garoto joga o braço ao redor dos ombros dela e diz:

— Tô muito orgulhoso de você, Ayumi. De verdade.

Essa é a primeira vez que ela se dá conta de que pode estar se permitindo sentir alguma coisa pelo garoto além de uma amizade desinteressada. E é a primeira vez que ela não se importa em destruir suas expectativas antes mesmo de criá-las.

Cristiano entra na casa e o silêncio faz com que imagine que Marina ainda esteja na cama. No entanto, ao cruzar a sala, nota que ela está sentada no sofá, olhando fixamente para o nada, provavelmente se martirizando por não ser filha de Heitor e por Ângela ter escondido isso dela durante tantos anos.

Respirando fundo, coloca as sacolas com comida pronta sobre a mesinha de centro e se abaixa diante dela, nivelando seus rostos. Os olhos azuis de Marina o sondam em silêncio. Seu rosto está inchado, o que o leva a concluir que ela andou chorando novamente.

Frustrado, Cristiano balança a cabeça. Não sabe mais como lidar com Marina. Tentou de tudo para arrancá-la desse martírio constante, seja mantendo-a ocupada com passeios convencionais com os quais não está acostumado – como quando a levou ao Pontão, na tarde anterior, algo mais adequado a um casal de namorados –, seja levando-a a lugares mais a cara dela, como uma livraria, mas nada surtiu efeito. Absolutamente nada. Todas as suas tentativas de melhorar o humor da menina falharam miseravelmente.

— Você prometeu, Marina – ele diz, num tom mais exigente do que gostaria de ter usado. – Assim que saí por essa porta, hoje de manhã, você me disse que ficaria bem.

Ela se lembra. Ele entrou no quarto, já pronto para ir ao colégio, e se aproximou da cama, tocando-a suavemente no ombro enquanto perguntava:

"Marina, não vai pra aula?"

Ela disse que não num gesto vago de cabeça, sem encará-lo direto nos olhos.

"Você já faltou ontem", o rapaz argumentou. "A sua mãe não vai gostar."

"Acho que ela pode lidar com isso", Marina reagiu. "Além do mais, são só alguns dias."

"Você que sabe", Cristiano falou, erguendo-se. "Eu, pelo contrário, não posso mais faltar, senão corro o risco de ficar preso naquele colégio por mais um ano. E eu me mato se isso acontecer."

Marina concordou pesadamente e disse: "Não esquenta comigo".

Suspirando, o rapaz sentou-se ao lado dela na cama. Ele sabia que ela estava sofrendo muito, o que era perfeitamente normal, considerando-se a sua recém-descoberta. O que o preocupava, porém, era a inércia na qual ela estava mergulhada. Não reagia, não avançava. Tudo tanto fazia. Ninguém vive desse jeito.

"Vai ficar bem?", Cristiano perguntou.

Marina não se deu ao trabalho de responder. Esse tipo de pergunta não era adequado pra se fazer a alguém que passou por uma situação como a dela. Isso a gente faz quando alguém corta um dedo, distende um membro, está com dor de estômago. Você vai ficar bem? Claro, faço um curativo e, em dois tempos, estarei ótima. Imobilizo o braço e fico nova em folha. Tomo um comprimido e a dor vai embora. Mas existirá um curativo, uma tala, um comprimido capaz de acabar com toda a dor que ela sente?

"Tem de me prometer uma coisa", ele pediu, tocando o braço dela, sério, roubando-a de seus pensamentos. "Tem de tentar aguentar o tranco. Lembra que vivia me dizendo que não é covarde? Então tá na hora de provar que isso é verdade."

"Vou ficar bem", ela respondeu simplesmente.

Em dúvida, Cristiano a encarou, mas nada disse.

⁂

— Me desculpe se não sou tão forte quanto você — Marina responde.

— Você não está nem tentando — ele comenta, franzindo o rosto.

— Não tô tentando? — Marina repete, sentindo a pele da face esquentar.

— Não, não tá, Marina — Cristiano se levanta, bravo. — Desde que descobriu tudo, a única coisa que te vi fazer foi ficar sentada nesse sofá *chorando*!

— Não é um choro injustificado e você sabe disso! — Marina rebate, erguendo-se também. Seu tom de voz sobe gradativamente, conforme sente a raiva aumentar.

— Não pode deixar o que aconteceu te dominar dessa forma — Cristiano diz, sabendo que em nada resultará sofrer tanto. — Não é assim que se enfrenta um problema.

— E tô ouvindo isso do cara que pichou o muro do colégio porque não queria que a alimentação mudasse — Marina zomba, mordaz. — Realmente, são situações *muito* semelhantes. Quem sabe eu também deva fazer uma pichação num muro por aí, né?

Cristiano a encara com rancor.

— Não, você tá ouvindo isso do cara que foi espancado pela mãe a infância inteira sem saber o motivo. O cara que morou na rua, que precisou roubar pra comer, mas que não se entregou como um *derrotado*. Isso aqui, Marina, não é uma disputa pelo título de quem tem a pior vida. A questão é como vai decidir encarar as coisas daqui pra frente. Vai ser forte ou vai ser uma menina covarde demais pra encarar o mundo? – O tom de Cristiano é frio como gelo.

– Às vezes você fala como se tivesse uma pedra no lugar do coração – Marina diz, movendo a cabeça.

– Porque não acho que ficar sofrendo pela situação pra sempre vai mudar alguma coisa.

– Acontece que *essa* situação não é *temporária*! – ela grita, escandalizada com o desdém dele. – Não vai passar! Eu não vou deixar de ser filha de um ser desprezível que abusou da minha mãe quando ela praticamente era uma adolescente!!

O rapaz suspira pesadamente, esfregando o cabelo, aparentando cansaço.

– Você sabe melhor do que eu que certas dores são permanentes – ela arremata, abafando a voz com as mãos. As lágrimas inundam sua face, tornando seu rosto uma mistura de umidade e vermelhidão.

– Mas ficar anestesiado não dá pra ser, Marina – ele fala, movendo a cabeça ligeiramente, diminuindo o tom de voz. – Você tem que reagir, deixar tudo isso de lado. Alimentar o sofrimento não é um meio de superação. Só vai te arrastar pra baixo.

Cristiano examina a face da garota, que respira com intensidade. Devagar, aproxima-se dela, parando bem perto. Toca seu rosto com gentileza e diz:

– Só quero que fique bem, garota. – Faz tanto tempo que ele não a chama desse jeito que Marina o encara. – E se isso significa que eu tenho que brigar com você, eu vou brigar até você me ouvir.

Mesmo tentando ficar séria, ela deixa escapar um pequeno sorriso.

– Nossos corações sempre serão partidos – Cristiano fala, descansando as mãos em seus ombros. – Não há o que fazer quanto a isso. Vamos sofrer, vamos nos machucar, mas o que vai fazer a diferença é a forma como a gente vai lidar com esse sofrimento.

– O que não me mata me fortalece – ela sussurra.

– Exatamente isso.

– Não sei se sou forte assim – Marina diz, fungando.

– Precisa ser – Cristiano responde.

Ela respira profundamente.

– Eu estive pensando e... Preciso ver a minha avó.

O rapaz a estuda, atento, pouco antes de perguntar:

– Por quê?

– Ela vai me dizer quem é ele.

– Não acho uma boa ideia – Cristiano refuta, de modo conciso. – Ela é sua avó, eu sei, mas é uma megera.

— É por isso mesmo. Ela não vai diminuir as coisas pra me proteger, diferentemente da minha mãe.

Cristiano ainda não está convencido.

— Não posso avançar se não souber quem ele é, Cristiano — Marina esclarece enquanto suspira. — A minha mente fica girando e girando, mas sempre volta ao mesmo ponto: quem foi o maldito que fez isso com a minha mãe. Eu sonho com os olhos dele todas as vezes que fecho os meus. E seu eu tiver herdado mais dele do que apenas isso? E se eu tiver traços da personalidade dele?

— Para de falar besteira, Marina — Cristiano ordena, movendo a cabeça. — Você é a pessoa mais pura que existe. O que quer fazer só vai alimentar seu sofrimento.

— Tudo bem, não tem problema — Marina fala, apertando os lábios. — Eu vou sozinha. — Ela se levanta e faz menção de sair da sala.

— Espera — Cristiano pede, suspirando. — Tudo bem. Eu te levo até lá, se é isso o que quer.

Marina está sentada no sofá da sala de estar, encarando um quadro na parede oposta, quando sua avó retorna da cozinha com uma bandeja equilibrando um bule, duas xícaras de porcelana e um pote de vidro com o que parecem ser biscoitinhos de polvilho. Mesmo que não esperasse, ou, nesse caso em particular, não quisesse receber a visita, Marta nunca foi uma anfitriã ruim. Por isso, coloca a bandeja sobre a mesa de centro e, enquanto serve chá de hortelã com limão nas xícaras, diz:

— Não pensei que viria aqui. — Seu tom é reservado e, ao entregar o chá à neta, tem o cuidado de não a tocar.

Os olhos de Marina capturam a atitude e ela se esforça para manter a expressão imparcial, mesmo que sinta uma pontada incômoda no peito. Desde criança sua avó nunca gostou de tocá-la.

— Quer dizer — Marta retoma, agora servindo sua própria xícara — de todos os lugares que poderia ter ido, depois de todos esses dias se escondendo... — ela não conclui a frase, limitando-se a beber um gole do chá quente.

Marina, pensativa, encara o líquido fumegando dentro da xícara que segura, e, pouco depois, fala:

— Desde que eu era pequena tento entender por que me detesta. — Sua voz é quase inaudível. O conteúdo na xícara se agita e a garota percebe que suas mãos tremem. — E durante muito tempo inventei justificativas bobas na minha cabeça para o seu desprezo: vovó deve estar doente, de mau humor, estressada... Cheguei a achar que tivesse te desapontado de alguma forma. Talvez você quisesse um neto e não uma neta, não sei...

Marta espera que Marina termine a frase, mas ela se cala. O silêncio perdura tantos minutos que, quando fala, sua voz parece ecoar no recinto:

– Você tem os olhos dele. Exatamente iguais. Consigo *vê-lo* em você.

– E é por isso que não consegue me encarar direito, vó? – Marina pergunta, engolindo com dificuldade.

– Não seja tola, Marina – Marta fala, num tom austero. – Se fosse apenas a questão da aparência seria fácil. Mas a ideia de ser sua avó... – Ela agita a cabeça, apertando os lábios. – Eu até tentei, mas confesso que nunca consegui aceitar a decisão da sua mãe. – Ao dizer isso, fecha os olhos. Sabe que fala algo horrível, no entanto, se Marina foi até ali é porque quer ouvir a verdade.

– Não é minha culpa – a menina murmura.

– E também não é minha – Marta responde secamente.

Marina encara as próprias mãos tentando pensar numa forma de perguntar o que precisa. Por fim, diz:

– Você sabe quem fez isso com a minha mãe? Sabe quem é... Quem é o meu pai?

– Sei – Marta diz, respirando profundamente. – E se realmente quer saber, se prepare, porque é uma história horrível.

> A vida só pode ser compreendida olhando-se para trás;
> mas só pode ser vivida olhando-se para frente.
> (Soren Kierkegaard)

Mergulhando no passado

Marta encara a garota por cerca de dois minutos, esperando que diga alguma coisa, no entanto Marina permanece silenciosa, espantada com o comentário que acaba de ouvir. Precisa escutar toda a história para que possa tirar as próprias conclusões.

– O pai da Ângela era melhor amigo do meu primeiro marido, o Érico. Por isso, fomos escolhidos para sermos seus padrinhos. Então, quando faleceram num acidente de carro, ficamos com a guarda dela. A sua mãe tinha 9 anos na época. Os dois não quiseram deixá-la com nenhum dos poucos parentes vivos, mas hoje me pergunto se não teria sido melhor que ela tivesse ficado com um deles – Marta respira pesadamente. – Certamente, nos pouparia de muitos transtornos.

Marina morde o lábio, tentando se acalmar. Será que aguentará ouvir a história toda? Será capaz de lidar com as revelações de Marta?

– Pouco tempo depois, o Érico teve um infarto e morreu. Você não sabe como é difícil cuidar de três crianças sozinha – Marta comenta. – Um pai faz falta, mesmo não sendo o melhor do mundo.

A garota ouve atentamente as palavras de Marta, imaginando como deve ter sido mesmo complicado equilibrar a maternidade, a viuvez e o trabalho no colégio.

– Eu me sentia muito sozinha. Achava que fracassaria sem o apoio de uma figura masculina. Então, quando tive a oportunidade, eu me casei pela segunda vez. – Marta parece estar falando sozinha a essa altura. – O Lúcio adorava os meus filhos. Levava no inglês, na natação, no futebol, pra passear. Nem o Érico foi um pai tão participativo. Eu tinha muito orgulho da nossa família. A Cláudia o chamava de pai. Foi a que se tornou mais apegada a ele. – Marta dá um sorriso triste enquanto gesticula os braços. – Então, alguns anos depois, a personalidade da Ângela mudou drástica e inexplicavelmente. Ela sempre foi extrovertida e começou a passar a maior parte do tempo calada, amuada, no quarto. Evitava fazer as refeições com a família, as notas caíram na faculdade. Eu achei que ela tinha arrumado um namorado. Tentei conversar, tentei castigar, mas ela nunca me contou nada. Até aparecer grávida, com a história de que o Lúcio havia... – Marta interrompe a si mesma. – Eu perguntei pra ele, quis ouvir a versão dele dos fatos. A sua mãe, Marina, aparentemente o provocava. Eu criei um monstro dentro de casa. – Marta acusa, franzindo o rosto para a garota. – Depois, o Lúcio sofreu um acidente de carro. Tentei tranquilizá-lo, dizer que tudo ficaria bem, mas não funcionou. Dizem que foi um acidente, mas... sei que ele fez de propósito. Ele não quis viver sabendo das consequências de seus atos. Então, Marina, se não consigo olhar você de forma diferente não é por falta de tentativas. Eu tentei, mas não há um só dia em que eu te olhe e não me recorde de tudo que aconteceu. Depois disso, o Heitor se casou com a sua mãe e o resto você já sabe.

A maneira como Marta fala exibe a aversão que sente pela garota. Infelizmente, esse não é um sentimento que ela consegue controlar. Ainda que Marina saiba não ser a responsável por tudo que aconteceu, ainda que saiba que é uma vítima tanto quanto a mãe, não consegue evitar a onda de desespero que invade seu peito. Enganou-se ao achar que teria estômago suficiente para ouvir toda a história da boca da avó. Enganou-se ao achar que precisava da verdade para seguir em frente.

– A senhora é uma pessoa horrível, vó – Marina diz, mantendo os olhos lacrimejantes nos de Marta. – Não por me desprezar, mas... por se atrever a dizer que a culpa do que houve foi da minha mãe quando foi a senhora quem... trouxe um predador pra dentro de casa.

Um lampejo de culpa atravessa os olhos da senhora enquanto Marina se ergue abruptamente do sofá, sentindo-se nauseada. Sem conseguir dizer mais nada, sai do apartamento o mais rápido que suas pernas permitem.

Apesar de tudo, Marta está certa. Não há como desvincular sua existência do que aconteceu no passado. Marina jamais conseguirá se encarar no espelho como antes. Não poderá ser a mesma, mesmo que Cristiano tenha dito que nada, absolutamente nada na garota mudou – nada mais será como antes.

Desorientada, Marina caminha para longe da casa da avó, tentando se afastar de tudo aquilo, tentando inutilmente afastar a sensação que a consome, mas é impossível. Apoia-se no muro externo enquanto vomita, remoendo cada palavra dita pela avó.

Em poucos instantes, Cristiano está ao seu lado, amparando-a pelo braço e dizendo-lhe coisas que ela não consegue processar. Suas pernas fraquejam e ela tenta manter-se de pé. Sua respiração está curta e irregular e ela tem a sensação de que o rosto de Cristiano sai de foco. Imediatamente, ele a carrega, amaldiçoando-se por tê-la levado até lá. Então ele a coloca no assento do carro, batendo de leve em seu rosto a fim de trazê-la de volta.

– Marina, sou eu, o Cristiano – ele fala, tentando manter a calma. – Eu tô aqui, do seu lado. Pode parecer ruim agora, mas vai passar. Confia em mim, vai passar. – O rapaz desliza a mão pelo rosto dela para transmitir tranquilidade.

As mãos trêmulas da garota agarram a camisa dele enquanto o rosto se esconde em seu peito. Como será que Cristiano conseguiu sobreviver aos traumas pelos quais passou? Como enfrentou tudo e continua firme?

Mas a verdade é que ele não sobreviveu. O garoto que ela imagina que ele foi não existe mais. Para aguentar tudo, ele teve de se transformar em outra pessoa. Alguém cujos sentimentos são inabaláveis. Marina reza para que, como Cristiano, possa se tornar inabalável também.

༺❀༻

Cristiano bate à porta do quarto com uma mão, equilibrando uma bandeja com frutas cortadas, um sanduíche e um copo de suco na outra.

— Serviço de quarto — fala, brincalhão, pouco antes de entrar. Marina está sentada em sua cama, abraçada aos joelhos. Já não chora mais, embora o semblante apresente a mesma tristeza de mais cedo.

Ele coloca a bandeja sobre a mesa de cabeceira e se senta ao lado dela. Os dois ficam em silêncio por um longo tempo até Marina dizer, num fio de voz quase inaudível:

— Eu não a culpo, sabe, por não conseguir olhar pra mim de outra forma. — Ela coça o nariz, fungando. — Afinal, sou filha bastarda do marido dela. Mas... dizer todas aquelas coisas horríveis sobre a minha mãe... — Marina morde o lábio inferior, franzindo o rosto enquanto as emoções de mais cedo a dominam novamente. — Eu sou a consequência de um crime, Cristiano.

O rapaz balança a cabeça, vira-se na cama e segura o rosto de Marina entre as mãos para obrigá-la a erguer a cabeça e encará-lo.

— Presta atenção — ordena com seriedade. — Você é muito mais do que isso, Marina. É uma *escolha* da sua mãe. A Ângela escolheu ter você — ele diz com convicção. — Ela quis você, Marina, porque sabia que essa seria, de longe, a melhor escolha que ela poderia fazer. Porque você ilumina tudo que toca e o mundo é melhor porque você existe. Eu... eu... sinto vontade de ser melhor por sua causa — Cristiano acaba confidenciando, com um olhar assustado na face.

Marina aproxima o rosto do dele, colocando os lábios nos dele com delicadeza. O beijo é mais um tipo de agradecimento do que qualquer outra coisa.

— Não quero que se esqueça do que eu disse — ele sussurra, o rosto ainda a poucos centímetros do dela. — Tudo bem?

Ela responde que sim num movimento sutil de cabeça.

— Eu queria te mostrar uma coisa — o rapaz diz, retirando as mãos do rosto de Marina. — Você vem comigo a um lugar?

Marina o observa enquanto esfrega a manga da blusa no nariz. Não é como se todo o seu sofrimento tivesse se esgotado, no entanto, lá no fundo, sente-se um pouco mais aliviada. Apesar de não saber a que isso se deve, se às tentativas de Cristiano de fazê-la sentir-se melhor ou se ao fato de saber tudo. Algum tipo de conforto poderia ser extraído daquilo, afinal? Não... Definitivamente, o conforto vem daqueles olhos penetrantes de cor avelã e do cuidado embutido em gestos algumas vezes bruscos.

— Claro que vou — responde, dando um leve sorriso. — Ah! Obrigada por tudo.

―――― ✄ ――――

Cristiano dirige do Lago Sul até uma das regiões menos favorecidas do Distrito Federal: a Cidade Estrutural. O rapaz conduz o carro por algumas ruas estreitas e, em alguns pontos, esburacadas. Algumas casas, Marina percebe, ainda são de madeira. Pensa no quanto as pessoas ainda sofrem apesar de tanto imposto arrecadado pelo governo. Pensa na Constituição Brasileira, nos direitos básicos de cada cidadão, e conclui que, na teoria, tudo é perfeito, mas a realidade parece não interessar a ninguém de fato. As pessoas se acostumam muito fácil a ver a pobreza ao redor, mas ela, embora veja pessoas morando em casebres, em vários pontos da cidade, e conviva com pedintes em todos os lugares, jamais se acostumará com a miséria e o sofrimento humanos.

Cristiano guia o automóvel por mais alguns minutos até parar numa das últimas ruas da cidade e, consequentemente, uma das mais necessitadas de melhorias. Ali, pelo cheiro forte, não há tratamento de esgoto. Marina observa pela janela uma casa pequena de alvenaria rebocada com cimento do outro lado da rua. Ela volta a olhar Cristiano, mas ele permanece encarando o painel do carro, perdido em pensamentos. Marina pressupõe que aquela casa significa alguma coisa para ele.

— Era aqui que você morava? — ela pergunta, depois de alguns minutos em silêncio.

Sem levantar os olhos, o rapaz confirma num movimento lento de cabeça.

— Eu me pergunto por que não consigo deixar de vir aqui — ele comenta, encarando as mãos. — Todas as boas lembranças que eu tinha foram sufocadas pelas ruins, mas simplesmente não consigo me desligar.

Marina olha atentamente para Cristiano, tentando imaginar a vida que ele levava antes de o pai falecer. E depois, quando foi expulso pela mãe. Será que ela se arrepende do que fez? Será que sente falta do filho?

— Você já tentou fazer algum tipo de contato com sua mãe? — Marina questiona.

— E por que eu faria isso? — Cristiano responde, olhando para ela.

— Porque talvez seja o que você tanto procura aqui. Uma razão pra voltar.

— Voltar... Não foi como se eu tivesse escolhido partir, não é mesmo? – ele fala. – Aquela mulher nunca me tratou como filho. É por isso que a odeio. Ela é quem devia ter morrido, não o meu pai.

— Por que me trouxe aqui então? – Marina indaga, tentando compreender o que se passa na cabeça de Cristiano.

— Não sei direito – ele responde com sinceridade. – Talvez eu só quisesse te mostrar que a Ângela é uma excelente mãe e que ela merece o seu perdão.

— Como você a conheceu? – Marina deseja saber, virando-se na direção de Cristiano.

O rapaz pondera por alguns instantes. Será que quer realmente contar a ela como foi que conheceu Ângela? Não foi exatamente algo digno.

— Eu a furtei – admite, por fim, observando o semblante de Marina ganhar um ar surpreso. – Naquela época, eu batia carteiras com frequência. Era a única maneira que tinha de conseguir dinheiro. As pessoas não empregam indivíduos em situação de rua. – Ele dá de ombros. – A sua mãe andava descuidada pela W3 Sul falando ao celular. Esbarrei nela e ela derrubou tudo que tinha nas mãos, inclusive o telefone. Peguei a carteira na bolsa enquanto fingia ajudá-la com as coisas. Ela me agradeceu com o sorriso mais sincero que eu já vi e foi em direção a uma papelaria. Eu sabia que tinha pouco tempo até ela perceber o que eu havia feito, então me mandei. Mas quando abri a carteira da sua mãe em busca de dinheiro vi uma foto sua. Você estava sorrindo como ela, da mesma forma, assim, como se o mundo fosse um lugar incrível. Imaginei como a Ângela devia ser uma mãe maravilhosa. Pela primeira vez senti remorso por roubar alguém. Mas sabia também que seria um erro procurá-la àquela altura. Só se eu quisesse ser preso. Fiquei alguns dias com isso na cabeça. – Cristiano não revela que, durante aqueles dias, olhou a foto de Marina várias vezes. Se dissesse isso, seria mal interpretado. – Eu notei que ela usava uniforme do Sartre, então, depois de uma semana, fui até lá. Esperei até vê-la saindo, no final do dia.

As lembranças de Cristiano o transportam até aquela ocasião, em que Ângela, com seu coque malfeito e seus óculos de aro branco, dirigia-se para o estacionamento quase deserto. Para variar, carregava pilhas de pastas e falava ao celular. Quando o notou, com roupas surradas e sandálias de dedo gastas, parou no meio do caminho.

"Eu te ligo de volta", disse para a pessoa do outro lado da linha, interrompendo o telefonema. Seus olhos, Cristiano reparou, correram para o guarda na portaria do colégio, a alguns metros de distância.

"Não vim te fazer mal", ele falou para acalmá-la e evitar um possível escândalo, embora duvidasse muito de que Ângela fosse do tipo que fizesse um.

"Você me furtou", ela falou com uma pontada de rancor na voz. "Não imagina o transtorno que me causou."

"Bem, eu não tenho muitas opções", Cristiano procurou se justificar.

Ela o observou com cautela.

"E o que quer de mim?"

"Eu só vim devolver a sua carteira", ele explicou, retirando-a de dentro da velha mochila em suas costas.

Arqueando as sobrancelhas, Ângela olhou para o objeto que o rapaz sujo mantinha estendido em sua direção.

"E por que está devolvendo algo que furtou?", Ângela perguntou, sem entender.

"Porque me arrependi", Cristiano confessou. "Olha, não peguei nada daí de dentro. Pode conferir", ele pediu, insistindo para que Ângela pegasse a carteira. "Só estava com fome."

Quando ele falou isso, Ângela pareceu um tanto comovida. Sem mais demora, pegou a carteira da mão dele, dizendo:

"Bem, se é assim, garoto, obrigada por sua... honestidade."

Ele balançou a cabeça negativamente, querendo dizer que isso não importava. Então virou-se para ir embora, mas a voz de Ângela o deteve:

"Qual o seu nome?"

"Cristiano", por algum motivo, ele sentiu-se à vontade de responder.

"Ângela", a mulher se apresentou. "Cristiano... Gostaria de comer alguma coisa?"

Foi a vez de ele estranhar a atitude da mulher. Ficou pensando se não era um truque para levá-lo até a delegacia mais próxima.

"Oh, não se preocupe. Não pretendo levá-lo a nenhuma delegacia", ela disse, como se tivesse lido os pensamentos dele.

Cristiano estava com fome.

"Ok", concordou ele, enfiando as mãos nos bolsos da calça surrada. Em seguida, Ângela o conduziu em direção ao colégio, conversando com ele como se o conhecesse há muito tempo.

— Ela foi tão boa comigo, me tratou como gente, mesmo desconfiada de mim. Daquele dia em diante, a Ângela me ajudou. Ela me deu uma bolsa de estudos, me arrumou um trabalho, uma quitinete para alugar... Aos poucos, as coisas entraram nos eixos. Eu devo minha vida a ela. – O tom de Cristiano sai carregado de emoção e, para disfarçar, ele pigarreia.

Marina olha atentamente para Cristiano, admirada com o que acaba de ouvir. Ele havia passado por tanta coisa ruim de uma só vez que não lhe espanta a forma como começou a enxergar a vida e as pessoas ao seu redor. Mas o importante é que não desistiu, não se entregou à dor. Mesmo que suas experiências o tenham tornado explosivo e cheio de reservas em relação aos outros, ele é forte o bastante para seguir em frente. Não dá a ninguém o poder de feri-lo. Não mais do que já feriram.

– Eu prometo, Cristiano – Marina diz enquanto dá um longo suspiro –, que vou ser forte como você.

– Era tudo que eu gostaria de ouvir.

> Embora ninguém possa voltar atrás e fazer um novo começo,
> qualquer um pode começar agora e fazer um novo fim.
> (Chico Xavier)

Projetando o futuro

Joana ouve o barulho da porta se fechando quando Ângela sai de casa para o colégio. É rotina agora. Ela sempre sai muito cedo, deixando a enteada, mesmo que estejam indo para o mesmo lugar. Instantaneamente, lembra-se da conversa que escutou atrás da porta, entre Ângela e seu pai dois dias depois de a verdade vir à tona:

"Decidiu ir trabalhar hoje?", João perguntou, puxando conversa.

"Talvez a Marina vá. Preciso vê-la, tentar reparar os estragos. Trazer a minha filha de volta."

Fez-se silêncio dentro do quarto, rompido apenas pela respiração pesada de Ângela.

"A Marina entenderá tudo, querida. No final das contas, pode ter sido bom..."

"Não!", Ângela contestou, irritada. "Não diga que o que a sua filha fez foi um favor pra mim, João, principalmente sabendo que a única coisa que a Joana quis foi ferir a Marina!"

"Não foi o que eu quis dizer", João falou, suspirando. "Sei que a Joana passou de todos os limites, mas..."

"Não tem 'mas' nessa história", Ângela o interrompeu. "Não me venha agora querer diminuir o que a Joana fez."

"Ângela, eu não estou tentando diminuir nada. Só quero que perceba que..."

"Tem ideia do que tá fazendo?", Ângela voltou a cortá-lo. "Nem depois de tudo o que aconteceu você consegue enxergar que a Joana não é a garota que você acha que precisa de proteção. A única coisa que aquela menina precisa é de um pulso firme, de limite. Um limite que você nunca se preocupou em dar!"

"Eu a coloquei de castigo", João notificou, como se isso resolvesse toda a situação, como se a vida deles pudesse ser reparada por causa disso.

"Colocá-la de castigo lhe parece suficiente?", Ângela indagou cética quanto ao que acabara de ouvir.

"E o que mais eu posso fazer, querida? Diga e eu farei", João falou como se estivesse perdido, sem saber no que se agarrar para atravessar a turbulência que os envolvia.

"Honestamente, a essa altura, já não sei", Ângela respondeu, suspirando pesadamente. "Estou saindo agora. Leve você a Joana ao colégio".

Naquela manhã, enquanto o pai tomava o café puro, em pé, na sacada do apartamento, Joana quis chamá-lo para uma conversa e para pedir desculpas. Mas, por alguma razão, não conseguiu. Hesitou por tanto tempo que João – de uma forma que Joana considerava mais distante que o habitual – perguntou se estava pronta para ir ao colégio, eliminando qualquer possibilidade de conversa. A trajetória foi feita em silêncio, como em todas as outras manhãs, e Joana percebeu que a distância entre ela e o pai havia aumentado desde que ela decidira contar a verdade à Marina. Antes, pelo menos, tinha certeza de que ele a amava. Agora, nem isso.

———✼———

Enquanto atravessa a porta de entrada da sala de aula, ela procura pelo rosto de Vinícius, o único que provavelmente saberá o que dizer para acalmá-la. Eles vinham conversando com certa frequência e o período de estudos fez com que nascesse um tipo de cumplicidade entre eles. Joana não sabe se pode definir o sentimento como amizade, mas é o que parece. Ele está concentrado em um de seus desenhos, sentado numa cadeira ao canto da sala.

– Vini, me diga uma coisa – Joana pede, nervosa, ao sentar-se na cadeira atrás dele e cutucá-lo para chamar sua atenção. – Não é possível que o meu pai me odeie tanto quanto a Ângela e a Marina odeiam, é?

O rapaz arqueia as sobrancelhas, estudando o rosto franzido da menina, que espera pela resposta.

– E então? – ela insiste. – Acha que ele pode me odiar da mesma forma?

– Você sabia que um ser humano passa, em média, oito anos em filas de espera? Arrisco-me a dizer que em Brasília passamos dez.

Joana olha fixamente para Vinícius, sem entender a conexão da sua pergunta com o que ele acaba de falar. Espera mais um pouco, disposta a obter sua resposta. Precisa dela para ficar tranquila.

Vinícius examina a expressão de Joana. Ela não desistirá. É mais fácil ele dizer o que pensa de uma vez.

– Não creio que seja possível um pai não amar um filho – responde. – Seria contra a lógica da natureza.

Joana reflete por alguns minutos, recordando-se do fato de Ângela ter dado à luz a filha apesar de tudo que aconteceu. Os pais são capazes de grandes sacrifícios pelos filhos. Talvez Vinícius estivesse certo, no final das contas.

———✼———

Ângela está sentada à mesa, examinando alguns documentos relacionados ao orçamento previsto para a reforma do laboratório de Química, além da ampliação do ginásio e da sala de música. Ela até lê o que está escrito, mas não entende uma única palavra. Quando, por fim, repete o quinto parágrafo pela quarta vez, desiste. Retira os óculos, esfregando os olhos cansados da noite maldormida, pensando no que pode fazer para que sua vida volte aos eixos.

Alguém bate à porta e Ângela repele os pensamentos, voltando à realidade pouco antes de a pequena figura cruzar a entrada com passos miúdos.

– Oi... – sussurra, fechando a porta às suas costas.

Num ímpeto, Ângela ergue-se da cadeira e percorre a pequena distância até a garota, abraçando-a apertado. Parece que não a vê há anos. De certo modo, essa é a sensação que tem. Teve medo de que ela nunca fosse procurá-la, especialmente depois de conversar com Marta. Ângela sabe o quanto ela é capaz de ser cruel.

– A senhora perdeu peso – Marina diz, ao examinar as maçãs ossudas do rosto da mãe.

– Você também – Ângela responde. – A Marta disse que a procurou.

– Eu precisava – Marina explica, sacudindo a cabeça. – Tinha de confirmar por que ela não consegue me encarar nos olhos.

Ângela encara a filha em busca do que dizer. Marta nunca foi a favor de que Ângela a tivesse. Nunca escondeu isso de ninguém, mesmo que muitos não soubessem o verdadeiro motivo. Durante todos aqueles anos fez de tudo para ficar longe de Marina porque ela é a lembrança constante do que houve. Heitor até tentou aproximá-las, todavia Marta nunca deu uma chance para Marina. As únicas opções restantes para Ângela era aceitá-la ou mantê-la distante. Por isso se afastaram, não convivendo mais do que o necessário, porque Ângela nunca quis expor a filha a situações desagradáveis.

– Ela é...

– Tá tudo bem. – Marina dispensa as palavras de Ângela. – Eu entendo que é complicado pra ela. Aliás, não é fácil pra ninguém – acrescenta, suspirando. – Mas não vim aqui pra falar da minha av... da Marta – ela se corrige, porque não se vê mais a chamando de avó.

Ângela a encara. Percebe, em seus olhos, uma fagulha de algo que só pode denominar como curiosidade – ela quer respostas.

– Quero saber como eu me tornei a filha do Heitor.

Ângela comprime os lábios e caminha de volta a sua cadeira. Ela fica de costas para Marina, refletindo no quanto tudo isso é difícil e interminável. Por fim, vira-se e diz:

– Eu vou te contar tudo, mas só se me prometer que essa vai ser a última vez que falaremos disso.

A garota concorda, então se aproxima e se senta na cadeira diante da mesa da mãe. Ângela hesita por longos minutos antes de começar:

– Quando o Lúcio se casou com a Marta ele me tratava exatamente como tratava a Cláudia. Mas as coisas mudaram quando entrei na adolescência. – Os olhos de Ângela se fecham enquanto narra os eventos exatamente como se recorda. – Uma noite acordei com ele no meu quarto, me tocando de forma estranha. Ele disse que só estava vendo se eu estava dormindo bem, essas coisas que os pais fazem pelos filhos, sabe? Então, na minha cabeça, eu tinha imaginado algum contato mais íntimo. Durante algum tempo, ele só me tocava. Na maioria das vezes, eu fingia que estava dormindo porque eu tinha medo... Eu não sei. Comecei a trancar a porta, mas ele fez uma cópia da chave. Algumas vezes, eu pedia para dormir com a Cláudia, mas sempre me perguntavam o que estava acontecendo, que eu estava estranha. Ele me disse que se eu contasse para alguém seria a palavra dele contra a minha, que ninguém acreditaria e que eu acabaria sozinha. Ele colocava tanta coisa na minha cabeça que... – Ângela hesita por alguns minutos, sentindo lágrimas nos olhos. – Um dia, ele se deitou ao meu lado. Disse que se eu... se eu falasse qualquer coisa, se eu gritasse ou se resistisse, ele iria atrás da Cláudia. Eu não podia deixar que ela... Ela o chamava de pai, Marina.

Ângela recordou-se da resignação com a qual teve de aceitar tudo que aconteceu porque não podia admitir que a melhor amiga passasse por algo semelhante. Recordou-se de se desligar do momento, de se transportar para outro lugar para não sentir nada além da dor física. Lembrou-se de que nunca mais foi a mesma depois disso. Marta a tratava como uma adolescente rebelde e Cláudia pensava que ela tinha um namorado secreto por quem estava sofrendo em sigilo. Heitor foi o único que desconfiou de que o padrasto poderia ter algo a ver com sua mudança repentina.

Então, quase dois meses e meio depois, começaram os enjoos. Ângela não tinha ideia de que as coisas pudessem piorar tanto. A única coisa que lhe trouxe alívio foi o acidente que Lúcio sofreu uma semana depois de confirmada a gravidez dela, quando Marta e Heitor descobriram toda a verdade.

– Por que você não... fez o que a Marta queria? Por que não abortou? – Marina quis saber, engolindo em seco. – Era seu direito, mãe – ela diz, tentando controlar o tremor na voz.

Ângela direciona os olhos para longe do rosto da filha. Suspira profunda e lentamente antes de dizer:

– Eu não vou mentir, minha filha. Pensei nisso. Várias vezes. Eu sabia que seria difícil criar uma criança naquela situação. Tinha consciência de que nada seria fácil, ainda mais pra uma garota de 18 anos. – Ângela ajeita os óculos enquanto encara o tampo da mesa, com medo de que o olhar no rosto de Marina a faça recuar. – Depois de algumas pesquisas, descobri que seria mais fácil colocá-la para adoção. Era o plano, sabe? Tranquei a faculdade, passei um tempo fora de Brasília até você nascer. O Heitor ficou comigo o tempo todo. Ele sempre foi uma pessoa maravilhosa. Aos poucos, durante a gravidez, com todas as sensações e... eu fui me afeiçoando, Marina. As minhas certezas, elas foram sendo derrubadas uma por uma e... Quando você nasceu, pedi pra te ver e... Me apaixonei.

Ângela encara a filha, recordando-se do dia seguinte ao parto, quando acordou de madrugada com o choro de Marina. Levantou-se da cama, no escuro, e foi até o berço onde ela se agitava aos prantos. Com cautela, recolheu-a nos braços, e o reconhecimento de Marina foi instantâneo: o choro cessou enquanto Ângela a acomodava em seu colo, buscando seu seio para se alimentar.

"Oi, pequena", ela sussurrou na penumbra, caminhando em direção à janela de persiana entreaberta, de onde vinha uma luminosidade artificial que emanava das lâmpadas fluorescentes do corredor. Do lado de fora, vozes distantes conversavam em meio a risadas, e Ângela se perguntou como podiam rir em um hospital, local em que tantos sofriam. No entanto, recordou-se de que pequenos milagres, como o que estava segurando em seus braços, podiam surgir dali também. Ao fitar os traços suaves de Marina, com o cabelo ralo e as bochechas enormes, além daqueles olhos infinitos que a encaravam quase sem piscar; ao acompanhar as batidas ritmadas do coraçãozinho dela, ao tocar suas mãos pequenas e observá-la segurar seus dedos, como se estivesse retribuindo um gesto de carinho, sentiu-se mal por ter cogitado abortá-la. Como tinha tido coragem de considerar essa possibilidade se a criança era tão vítima quanto ela mesma e dependeria dela, sua mãe, para ser protegida das atrocidades do mundo?

"Marina." De repente, o nome veio em seus lábios, como se sempre estivesse em sua mente desde que descobriu a gravidez. "*Minha filha*, perdoa a mamãe por tê-la odiado quando soube de você. Eu estava com medo. Ainda estou. Tanta coisa se passou em minha cabeça desde que tudo aconteceu, desde que descobri que você estava dentro de mim. Muitas coisas não foram bonitas. Mas você está me mostrando que tudo pode melhorar. Não importa o quanto pareça ruim, tudo ainda pode melhorar."

Ângela se interrompeu por uns momentos, acariciando o rosto da filha com o nariz.

"Eu sei que ainda vou errar muito até aprender a ser a sua mãe, Marina, mas vou dar o meu melhor. Vou te proteger de tudo e de todos. Não sei como será, mas estarei ao seu lado. Não vou permitir que te machuquem. Farei com que saiba que há beleza no mundo, que existem mais pessoas boas do que ruins e que ser bom é algo absolutamente recompensador. E assim, um dia, quando for mais velha, vai sentir orgulho de mim. Eu prometo isso a você, minha filha", concluiu, sorrindo suavemente para a criança adormecida em seus braços.

— Não foi uma decisão nada fácil — Ângela diz, suspirando. — Mas foi a melhor decisão que já tomei em toda a minha vida. Conversei com o Heitor, pedi ajuda pra lidar com tudo. Ele era o único em quem eu confiava.

Ângela se recorda de que foi dele que partiu a ideia de assumir a paternidade de Marina, mesmo tendo uma namorada, mesmo tendo planos com ela. Heitor havia renunciado a tudo por Ângela e por Marina sem hesitar. Por isso, seria eternamente grata a ele.

— Quando saí do hospital eu me casei com o Heitor — Ângela prossegue o relato enquanto coça o nariz, a essa altura, completamente vermelho. — Continuamos morando com a Marta por um tempo até estruturarmos a nossa vida. Ele terminou a faculdade, eu voltei a estudar. Aos poucos, a vida foi entrando nos eixos.

— Você e o meu... — Marina hesita por alguns segundos, decidindo reformular a frase. — Você dois só se casaram por minha causa?

Ângela suspira antes de responder:

— Nós fomos criados juntos desde os meus 9 anos. Antes disso, o Heitor era o irmão mais velho da minha melhor amiga — ela diz, percorrendo o "M" em sua mão direita com o dedo indicador esquerdo sem conseguir manter o olhar da filha. — Então era assim entre a gente: amizade. E durante todos esses anos foi o que fomos. Bons amigos.

— O casamento de vocês nunca foi verdadeiro, então?

— A nossa relação tinha o essencial, Marina: companheirismo, amizade, cumplicidade.

— Você sabe o que quero dizer — a garota comenta, deslizando as mãos pelo rosto. — A nossa família, ela... — Não quer dizer que é uma farsa, mas não consegue encontrar um sinônimo.

— Foi forjada na dor, é verdade, mas Marina, independentemente do que o Heitor e eu sentimos um pelo outro, nós dois somos os seus pais e te amamos acima de tudo.

— Vocês dois nunca se amaram? Como um casal deveria?

Ângela a encara. Por mais que queira criar uma história bonita, não pode. Marina precisa que ela seja honesta.

— A gente tentou — explica Ângela. — Mas simplesmente não dávamos certo como um casal. Então nos respeitávamos, mas... não havia nada além de uma forte amizade entre nós.

— Algum dia já se arrependeu da sua decisão? — Marina pergunta, porque é isto o que a amedronta: que sua mãe se arrepende de tê-la escolhido, contra tudo e todos.

Ângela se levanta e dá a volta na mesa, ajoelhando-se diante dela. Toca seu rosto pouco antes de falar:

— Marina, por tudo que te contei, fica claro que tive outras opções e optei por você porque eu quis. Eu te quis desde que te senti no meu ventre. Não foi fácil e nem tudo foram flores, mas... nunca, nem por um segundo, me arrependi de você. Filha, você só me dá orgulho e alegrias. É a pessoa mais doce e bondosa que existe no mundo. Não pense jamais que o Heitor ou eu nos arrependemos das nossas escolhas.

Ao ouvir as palavras da mãe, Marina não tem mais dúvidas de que tudo que Ângela sacrificou por ela a faz respeitá-la e amá-la ainda mais, se é que isso é possível. Sem esperar mais nada, Marina a abraça forte, sentindo as lágrimas descerem por seu rosto.

– Obrigada por tudo que fez por mim, mãe. E me perdoa por ter me afastado tanto nos últimos dias.

– Está tudo bem, meu amor – Ângela diz, aliviada por finalmente ter a filha de volta. – Só preciso de você comigo. Vai voltar pra casa, né?

Marina se afasta da mãe para encarar seu rosto. A resposta parece óbvia demais para que diga em voz alta.

– É por causa da Joana? – A mãe deseja saber. – Se for, saiba que eu abro mão de tudo pra ter você de volta.

A garota demora um pouco a entender o que a mãe quer dizer com essa declaração, porém, quando se dá conta, apressa-se em declarar:

– Nem pense nisso, mamãe! Você e o João se amam e são felizes juntos. Eu jamais me perdoaria se vocês se separassem por minha causa.

– E o que mais posso fazer pra que volte pra nossa casa? – Ângela insiste, segurando a mão de Marina com força.

– Eu preciso de um pouco mais de tempo – Marina fala, desviando os olhos dos da mãe. – Preciso de espaço pra aceitar as coisas do jeito que estão agora. Você me entende, né? – Marina pergunta, tocando a bochecha da mãe com delicadeza.

Depois de um suspiro, Ângela diz:

– Pode considerar pelo menos a possibilidade de ir para a casa do seu pai? Eu ficaria mais tranquila com isso.

– Eu prometo que irei, mas... agora não dá. Preciso resolver algumas coisas pelo Cristiano porque, pode parecer estranho, mas ele me ajudou muito. – Marina não dá muitos detalhes. – Encontrei uma forma de retribuir tudo que ele tem feito por mim.

– Vocês dois estão... – Ângela não completa a frase e Marina abaixa os olhos, sem saber o que responder. É óbvio que há mais entre ambos do que amizade, no entanto não é um namoro. Por hora, é melhor não atribuir nome nenhum ao relacionamento dos dois. – Prometa pra mim que vai ligar todos os dias pra me dar notícias suas até o dia em que decidir voltar pra casa? – a mãe pede, segurando o rosto de Marina entre as mãos.

– Eu prometo – Marina responde, secando uma lágrima que escapa do olho direito da mãe pouco antes de completar: – Mãe, eu te amo. E tenho muito orgulho de ser sua filha.

> Se você errou, peça desculpas... É difícil pedir perdão?
> Mas quem disse que é fácil ser perdoado?
> (Cecília Meireles)

Culpas e desejo

Tão logo o som da sirene ecoa nas salas de aula, Joana se apressa pelos corredores abandonando seus pertences, confiando em Vinícius para juntar tudo e lhe entregar mais tarde. Não sabe ao certo o que dirá caso consiga encontrar Marina, no entanto, perder essa oportunidade pode fazer com que se arrependa futuramente. Talvez as palavras fluam quando ela se deparar com a garota.

Enquanto pensa nisso, dobra um novo corredor e vai em direção à escadaria para o primeiro andar. Várias pessoas se juntam a ela rumo às saídas. Isso dificultará encontrar Marina, mas não a fará desistir. Pensa que, assim, talvez Lívia sinta algum orgulho dela, afinal, está se esforçando verdadeiramente para reparar o mal que causou à família.

Ela continua descendo os lances da escada, às vezes saltando dois degraus, até alcançar o primeiro andar. Caminha rapidamente, em busca da cabeleira rosa-ouro de Marina. A certeza de que Marina está na escola veio de ninguém menos que Cristiano, numa mensagem pelo celular: "Pensei que pudesse querer se desculpar", ele escreveu. Como se fosse do tipo de pessoa que pede perdão o tempo todo.

A razão pela qual a atitude a surpreende tanto é porque ele sempre fez a linha "não ligo para ninguém além de mim mesmo". Essa é a prova real de que o amor é capaz de transformar as pessoas em versões melhores de si mesmas, o que leva Joana a pensar se, na verdade, o que sente por Cristiano não seja nada além de uma paixão arrebatadora. Com ele não houve tentativa de melhora. O que houve, na verdade, foi uma grande depreciação de si mesma no intuito de agradá-lo o bastante para não ser trocada pela próxima. Sinceramente espera que, um dia, seja capaz de amar alguém de verdade a ponto de querer se tornar uma pessoa melhor.

Distraída com esse pensamento, Joana acaba esbarrando em Leo e Ayumi, no sopé da escada. Ambos compartilham um fone de ouvido. Ao vê-la, fazem uma careta.

— Tinha que ser você, né, garota? — Leo fala, revirando os olhos enquanto retira o fone da orelha esquerda.

– Não deviam ficar parados no meio do caminho – Joana retruca, usando seu melhor tom de civilidade. – Escuta – ela diz, aproveitando a ocasião. – Vocês viram a Marina por aí?

Estranhando a pergunta, Leo arqueia as sobrancelhas. No entanto, é Ayumi quem responde:

– Pelo que eu saiba, faz tempo que ela não dá as caras na escola. E, se não me engano, quem mora com ela é você. – Se Ayumi sabe sobre o que aconteceu, ela não demonstra pelo tom de voz ou pela expressão distraída que mantém no rosto. Leo, por outro lado, permanece em silêncio.

– Disseram que ela está aqui, mas, pelo visto, vocês não sabem de nada – Joana comenta, agitando a cabeça. – Eu me viro pra achá-la – fala e ruma para a saída que dá acesso ao estacionamento externo do Sartre. Por sorte, Marina está caminhando em direção a Cristiano, que, por sua vez, está parado ao lado do Jeep, digitando algo no celular, distraidamente.

– Marina! – Joana grita sem pensar enquanto para de caminhar, buscando recuperar o fôlego. Marina interrompe os passos, ainda de costas para Joana, parecendo pesar se deve ou não dar atenção a ela. Ela sente que tem todos os motivos do mundo para seguir em frente sem ouvir o que a outra tem a dizer, mas por ser Marina, vira-se.

Há tanto ressentimento condensado no olhar que lança a Joana que ela engole em seco. Como reunir forças para transpor a barreira que ela mesma criou? Tem tanto para dizer, contudo não sabe como nem por onde começar.

Leo e Ayumi se aproximam, estudando a situação com feições curiosas. Logo, outros também ficam interessados no que se passa entre elas, se não terminará em briga.

"É só pedir desculpas", lembra-se de Vinícius falando, pouco antes de ela sair da sala de aula. A forma gentil como o rapaz segurou sua mão, o aperto delicado que deu em sinal de solidariedade, pegou Joana de surpresa. Os gestos mais simples de atenção que ele demonstra sempre a pegam de surpresa, porque é algo com o qual não está acostumada. "Não precisa enfeitar com justificativas e palavras bonitas, desde que seja honesto", concluiu o rapaz enquanto mantinha um sorriso de comiseração na face.

Mas diante de Marina, Joana constata que "desculpe-me" parece simplório demais depois do que fez. A expressão soa em sua cabeça como algo tolo. Não é como se ela tivesse pegado uma peça de roupa da menina sem pedir. Não é como se tivesse estragado um par de sapatos dela. Quem perdoaria algo como o que fez?

Depois de alguns minutos, Joana encara os próprios pés, incomodada com a condenação evidente na expressão da irmã postiça.

– Até isso é demais pra você, né, Joana? – Marina fala, cruzando os braços sobre o peito. – E sabe o que é mais engraçado? – prossegue, com um sorriso de escárnio incomum para ela. – Você fez tudo isso não só porque queria me ferir, mas também porque queria me afastar do Cristiano. Mas o que fez foi justamente o contrário.

Joana permanece cabisbaixa e silenciosa. Não consegue falar, pois Marina tem absoluta razão.

Agitando a cabeça negativamente, Marina se afasta.

"Ela não vai me perdoar nunca", Joana pensa enquanto volta para o interior do colégio, passando por Leo e Ayumi, que aproveita a oportunidade para tentar falar com Marina, afinal, foram semanas de ausência. Ela corre até estar perto o suficiente para interromper os passos de Marina, segurando seu braço bruscamente.

– Marina, o que tá acontecendo? Você sumiu. Eu tô preocupada. Tentei falar até com a sua mãe, mas ela não esclareceu o motivo da sua ausência na escola. Até a Joana tá estranha de uns dias pra cá. Ela e o Cristiano terminaram? E o que você tá fazendo com ele? Poxa, sei que você e o Leo discutiram, mas não há razão pra romper comigo também, né? – A última frase de Ayumi soa cheia de indignação.

Subitamente, Marina a abraça forte, dando-se conta do quanto sente falta da amiga.

– Eu senti falta do seu abraço – sussurra, com a cabeça apoiada no ombro da amiga. Os olhos se enchem de lágrimas sem que possa se controlar.

– Marina, eu falei sério, mas não tô brava com você. Não precisa chorar – Ayumi diz, deslizando a mão pelas costas da amiga de forma carinhosa.

Marina não consegue evitar um sorriso.

– Não é por sua causa que tô chorando – ela diz, secando as bordas dos olhos. – É que aconteceu tanta coisa, Ayumi, que... – Marina para de falar, apertando os lábios.

– É por causa do Leo? Olha, entendo que esteja chateada, mas, poxa, você meio que o tirou do armário à força, e isso não foi certo, né?

– Eu sei. – A garota reconhece, sentindo um misto de vergonha e arrependimento. Embora tenha achado que estava fazendo um favor ao amigo na época, agora percebe que passou por cima da sua vontade, tomando para si uma decisão que cabia apenas a ele. – Eu fui uma amiga horrível pra ele e até entendo se o Leo nunca puder me perdoar.

– Também não é assim, Marina – Ayumi procura consolar a amiga. – Essas coisas levam tempo. Perdoar leva tempo. Mas daqui a pouco vocês fazem as pazes, aí vai ficar tudo bem.

– Você tem razão – ela assente, embora o semblante continue pesado. – Mas não é por causa da briga com o Leo que tô assim, é que... Bem, aqui não é o melhor lugar pra gente falar sobre isso. Eu sei que sumi por muito tempo, mas realmente precisava disso. – Marina acrescenta, segurando as mãos dela.

– Depois te explico tudo, prometo. Agora preciso ir – diz, e olha na direção de Cristiano, que as observa. Ayumi acompanha seu olhar.

– Tá bem. Mas me liga.

– Pode deixar – Marina fala, dando mais um abraço na amiga antes de se direcionar ao Jeep.

Ayumi observa enquanto Cristiano abre a porta do carro para Marina entrar. Ele fala alguma coisa para ela e, em seguida, vai até onde Ayumi está.

– Oi, Ayumi.

– Oi – ela responde, pensando no que ele pode querer falar.

– Escuta, a Marina está passando por uma barra e precisa da ajuda dos amigos mais do que nunca. – A preocupação do rapaz é evidente. – Acha que consegue ir até a minha casa pra falar com ela?

– Ela tá ficando na sua casa? – Ayumi arqueia as sobrancelhas, admirada. – Então a situação é bem pior do que pensei. Sem ofensas – acrescenta, logo após.

Cristiano dispensa as palavras da menina com um gesto de cabeça.

– Então você vai?

– Claro – Ayumi concorda. – Só me passa o endereço.

– Certo. Me empresta o seu celular que eu vou anotar o meu número. Mais tarde você me manda uma mensagem e eu te passo a localização.

– Ok – ela diz, entregando o aparelho para ele. Em poucos minutos, Cristiano anota seu número e devolve o celular à garota.

– Vou esperar sua mensagem.

Ayumi faz um gesto de cabeça positivo e enquanto ela olha Cristiano caminhando para o carro, Leo se aproxima.

– O que o Cristiano queria com você?

– Ele disse que a Marina precisa da gente – ela responde, observando o automóvel deixar o estacionamento. Pouco depois, vira-se para Leo. Ele está compenetrado e com aquela ruga no meio da testa de quando está pensando em questões complicadas na aula de Matemática. Exceto pelo fato de que não estão na aula.

– Bem, acho que ela tá muito bem servida. – A provocação do garoto soa vazia.

– Ah, qual é, Leo? – Ayumi franze o rosto, irritada com a atitude do amigo. – Será que não viu a cara da Marina? Ela emagreceu! É óbvio que não tá bem.

– E quem foi que ela escolheu pra ser o apoio dela? A gente é que não – Leo retruca, movendo a cabeça.

– E por que será, hein, Leo? – Ayumi rebate, cruzando os braços. – Você falou coisas horríveis pra Marina, deu a entender que não queria mais ser amigo dela, expulsou-a da sua casa quando ela tentou fazer as pazes e você esperava que ela fosse te procurar pra desabafar? Fala sério!

Leo não revida as palavras de Ayumi porque sabe que são verdadeiras. Foi ele quem afastou a amiga e não o contrário. Então a culpa de ela não o ter procurado é dele e não dela.

— Você sabe o que tá acontecendo com ela? — Ayumi indaga.

Desviando os olhos para longe, ele aquiesce.

— A minha mãe acabou contando.

— Ótimo. Então é coisa de família — Ayumi diz. — Seja lá o que for, nós vamos até a casa do Cristiano pra ouvir da boca dela. E não estou te dando opção. Tá mais do que na hora de você deixar de lado essa sua marra boba.

Suspirando profundamente, Leo concorda.

Joana está sentada no espaldar de um dos bancos do pátio externo, concentrada na disputa de dois pombos por um pedaço de pão. Vinícius chega silenciosamente e se senta ao seu lado, também observando as aves.

— Você tá bem? — ele indaga, após um minuto em silêncio.

Joana não responde.

— E como foi a conversa com a Marina?

— Não foi. Eu não consegui — ela responde ainda com o olhar distante. — E quer saber, vou deixar pra lá.

— Por quê? — Ele franze o rosto.

— Porque pedir desculpas não vai resolver a situação — Joana fala, demonstrando irritação com a insistência do rapaz.

— É uma maneira de demonstrar que se arrependeu pelo que fez.

— E daí? Acha que dizer "desculpa" é suficiente? Não é. Eu fiz tudo errado, tá legal? Mais de uma vez até. A Marina e a Ângela não vão me perdoar só porque pedi desculpas. — Os olhos de Joana faíscam de raiva.

Vinícius reflete sobre a fala de Joana. Quando volta a falar, seu tom é bastante cauteloso, pois teme chateá-la ainda mais:

— Tem certeza de que foi por isso?

— E o que mais poderia ser? — Joana questiona, virando-se para encará-lo.

— Acho que tá querendo achar uma saída fácil pra essa situação porque tem dificuldades em dizer "Eu sinto muito" — o garoto diz, afastando os olhos para um ponto ao longe. — Parece, Jo, que o seu medo não é não ser perdoada, mas, sim, *pedir* perdão.

O tom de Vinícius não é acusatório, mas Joana se sente recriminada.

— Pra mim é mais fácil continuar na dúvida, entende? E se disserem que não vão me perdoar nunca? Como vou poder conviver com a minha culpa pra sempre, Vini? Eu destruí toda a base da minha família. Não é de se admirar que tudo tenha desabado na minha cabeça, é?

– Você é muito dura consigo mesma – Vinícius fala, endireitando a postura. Pensa em abraçá-la, mas Joana é uma garota tão fechada que talvez não vá gostar da intimidade excessiva. – Age como se ninguém além de você fizesse coisas ruins às vezes. Joana, todo mundo erra. E nem sempre são coisas simples de resolver.

– Então concorda comigo que pedir desculpas por ter feito o que fiz é pouco? – ela indaga, encarando-o.

– Não foi o que eu disse – ele contesta. – Além do mais, ninguém pede desculpas porque é o bastante. A gente pede pra demonstrar que fizemos algo errado e que *reconhecemos* isso. Ser perdoado é uma consequência. Não depende da gravidade do ato, mas do coração da pessoa a quem pedimos perdão. E, se eu bem sei, a Marina é a garota mais doce desta escola.

– Ótimo! Mais um para o fã-clube da Senhorita Certinha! – Joana comenta, brava.

Ele a cutuca com o cotovelo.

– Ei, o que tô querendo dizer...

– Eu sei – Joana o interrompe. – Mas não viu como ela me olhou – completa, pesarosa.

O motivo de Joana ter recuado foi o olhar de Marina, tão duro e frio. Nunca a viu olhar daquela forma para alguém. Nem quando ambas discutiam a garota demonstrava tanta frieza.

– É normal que esteja zangada agora, mas nada dura pra sempre. Uma hora essa raiva passa e as coisas se ajeitam. Você vai ver. – O tom otimista de Vinícius faz com que Joana se sinta melhor, mesmo que não concorde com as palavras dele.

– Valeu por se preocupar comigo – ela agradece, apoiando o corpo no dele, distraidamente.

Ambos ficam se encarando por um tempo e Joana percebe um lampejo de desejo nos olhos de Vinícius. Está acostumada a identificar esse tipo de sentimento. No entanto, não quer que ele confunda as coisas. Os dois são amigos. Pura e simplesmente amigos. Misturar as coisas pode acabar com a amizade que está sendo muito importante para ela.

– Eu acho que já está na hora de a gente ir – ela fala, pouco antes de descer do banco e jogar a mochila no ombro.

Saindo do torpor, Vinícius concorda e acompanha Joana em direção à saída do colégio.

――― ✂ ―――

Marina percorre com os olhos a quantidade de coisas no quarto trancado de Cristiano. Chinelos, provavelmente uns trinta pares de cores e formatos similares. Vários relógios apenas com a cor das pulseiras diferente.

Sapatos que o rapaz não deve nunca usar. Muitos ainda estão nas caixas. Camisas, há milhares delas. Cintos. Jaquetas. Calças. Bermudas. É tanta coisa que Marina sente-se dentro de uma loja de departamentos.

— Aqui tem tanta coisa quanto na despensa — Marina murmura, tocando alguns cachecóis pendurados em uma arara.

Cristiano não sabe ao certo por que decidiu mostrar para Marina aquele quarto cheio de coisas espalhafatosas. Apenas... Sentiu vontade.

— Você sabe que... Bem, não precisa de todas essas coisas, né? — Marina mede as palavras porque imagina que falar disso não é tão simples para Cristiano.

Ele suspira, recostando-se na porta do armário.

— Às vezes, a única coisa que me acalma é comprar — confessa. — Uma das mãos está dentro do bolso, segurando o velho isqueiro de seu pai. — Mas a sensação logo passa. Então preciso voltar. Nunca tive muitas coisas quando era criança. Agora que é tudo mais fácil, eu... simplesmente não me controlo.

Marina imagina que esse é o mesmo motivo pelo qual o rapaz estoca comida. Velhos traumas de uma infância difícil e cheia de privações.

Ela desfaz a distância entre eles e o abraça, colocando-se nas pontas dos pés para alcançar seu pescoço. Ela acaricia os cabelos dele em sua nuca, despertando uma sensação familiar de consolo em Cristiano.

Ele inspira o perfume suave dos cabelos dela e sente vontade de ficar ali pela eternidade. Envolve sua cintura, enterrando o rosto em seu pescoço, desejando poder ficar desse jeito para sempre, pois se sente seguro.

— Marina? — Cristiano sussurra, ainda envolto nos braços dela. Não quer se afastar. Não ainda.

— Hum? — ela indaga, sentindo uma alegria silenciosa ao ouvi-lo proferir seu nome assim, tão cheio de intimidade.

— Agora que você e a sua mãe fizeram as pazes... Você vai... embora?

— Uma hora ou outra isso vai acontecer. — É a única coisa que ela responde.

Então ela sente os braços dele se apertarem ainda mais em sua cintura. Em seguida, os dois se encaram. A intensidade nos olhos dele faz com que Marina sinta a garganta seca. Com o polegar, ele percorre a pele do rosto dela, desenhando o contorno de seus lábios. É como se uma descarga elétrica atingisse o corpo dela, que sente a pele arrepiar. Ela fecha os olhos, tentando acalmar a mente.

Cristiano passeia os olhos pelos traços doces da menina, começando pelos cabelos ondulados, passando pelas sardas em seu nariz pequeno, pelas bochechas macias, até a base do pescoço delicado. Ela é bonita de um jeito simples. Como uma chuva de verão no final da tarde. Poderia ficar olhando para ela por muito tempo e, ainda assim, não se cansar. Ele sabe que está indo mais longe do que deve, no entanto não consegue controlar esse turbilhão de emoções que o domina quando ela está por perto, como nesse instante.

Inclinando a cabeça, Cristiano toca os lábios de Marina com os seus. Beijá-la é como recuperar uma parte de seu corpo que há muito tempo está morta. Nunca imaginou que seu coração pudesse bater tão forte. Nunca imaginou que pudesse precisar tanto de uma pessoa quanto parece precisar de Marina. Tudo isso vai contra seus instintos, mas é forte demais.

Marina equilibra-se nas pontas dos pés para corresponder ao gesto de afeto enquanto Cristiano a ergue do chão e a apoia contra a parede. Ela envolve a cintura dele com as pernas e ele beija seu queixo, indo em direção ao pescoço, traçando uma trilha ameaçadora enquanto Marina prende a respiração, apoiando as mãos com firmeza nos ombros dele, arranhando a pele com as unhas.

As mãos de Cristiano tocam a cintura de Marina sob a blusa, dispersando ondas de prazer nela. A maneira como ele a acaricia faz com que Marina conclua que, dessa vez, ele não vai parar. Da outra vez, ela estava magoada e triste demais para pensar com clareza e faria qualquer coisa para manter a dor distante. Por isso, Cristiano precisou pensar pelos dois. No entanto, nesse momento, Marina tem consciência do que sente. E, embora deva admitir para si mesma que o que sente é bom, não está pronta para dar esse passo, não com tanta coisa indefinida entre Cristiano e ela. Ela não quer se arrepender de sua primeira vez. Pensando assim, interrompe o beijo, afastando-o levemente.

— Desculpa... — murmura, mordendo o lábio inferior, ofegante. — Eu...

— Tá tudo bem — Cristiano diz. Seu rosto, Marina percebe, apresenta manchas avermelhadas. — Não é grande coisa.

— É que eu ainda não... Você sabe — Marina tenta explicar, tentando não ruborizar de vergonha. — Não quero que...

— A sua primeira vez seja comigo — Cristiano completa, respirando fundo e a colocando no chão.

— Não é isso que eu ia dizer — Marina replica de imediato, movendo as mãos na direção dele, mas o rapaz se esquiva do contato.

— Foi o que *eu* quis dizer — ele responde, passando as mãos no cabelo. A que ponto as coisas chegaram? Chegou mesmo a cogitar a possibilidade de que algo mais sério acontecesse entre Marina e ele? *Quis* que isso acontecesse?

— Isso não pode continuar — Cristiano fala, movendo a cabeça, e, sem esperar resposta, sai sem olhar para trás.

Nessa noite, Cristiano não dormiu em casa. Marina viu quando ele saiu de carro, cantando pneus de uma forma que ela julgou inapropriada para alguém que mora em um condomínio. A garota ficou deitada algum tempo numa espreguiçadeira da piscina, sentindo a brisa noturna em sua pele enquanto repassava as últimas horas em sua cabeça, procurando, em vão, a causa de ter deixado Cristiano tão aborrecido. A única conclusão a que pôde chegar é que ele esperava mais dela e, quando Marina mudou de ideia, ele se irritou. Provavelmente, achava que merecia uma recompensa por ter sido um perfeito cavalheiro nos últimos dias. Franzindo o rosto por causa desse pensamento, Marina decidiu que seria melhor conversar com Cristiano quando ele voltasse para acertarem tudo. Quis esperá-lo acordada, no entanto, quando o relógio dá 3h, acaba desistindo.

No dia seguinte, Cristiano chega por volta de 7h30. Ele passa pela porta da cozinha, observando Marina sentada diante de uma tigela com o que parece ser cereal matinal. Ela não levanta os olhos quando ele deseja bom-dia. *Deve estar brava por eu ter saído*, ele pensa e, sem dar importância, sobe ao segundo andar para tomar um banho.

Marina aproveita-se disso para examinar o automóvel dele. Como imaginou, está cheio de sacolas de compras. Lojas caras. Produtos inúteis. Por mais que queira entender que a compulsão de Cristiano tenha relação com seus traumas de infância, é difícil para ela aceitar que esbanje tanto enquanto lutam a duras penas para manter um lar de crianças surdas funcionando, enquanto pessoas morrem de fome e de sede em todo o mundo. É claro que ele não vê isso. As coisas em sua cabeça parecem funcionar de forma diferente. Ele só enxerga a necessidade de satisfazer algum vazio interior. Um vazio deixado pelo pai e pela mãe. Por todo o sofrimento de anos de rejeição.

— Tá procurando algo específico? — A voz de Cristiano a sobressalta. O garoto está parado bem atrás dela, apoiando uma mão na porta aberta do carro enquanto observa Marina examinar o conteúdo das dezenas de sacolas.

— Fiquei preocupada com você — Marina responde quando consegue acalmar o coração. Afasta-se um pouco, cruzando os braços para encará-lo. — Podia ter me avisado que estava bem — diz, olhando novamente para o conteúdo no interior do automóvel.

— Por que tá me julgando? — Cristiano pergunta, vincando o cenho.

— Porque não é fazendo isso que vai resolver as coisas — Marina responde, repreendendo-o, apontando o queixo para as sacolas.

— Você acha que tô tentando resolver alguma coisa? — ele pergunta. — Aliviar seria a palavra mais adequada — completa. *Aliviar* a cabeça, manter os pensamentos longe dela, queria ter dito.

— Por que tá agindo assim? — Marina pergunta, sacudindo a cabeça, desconsolada.

— Assim como?

— Não finja que não sabe do que eu estou falando — ela pede, irritando-se. — Você me deixou sozinha a noite toda e agora voltou como o babaca de sempre.

Cristiano bate a porta do carro para fechá-la e, suspirando, informa:

– Sabe o que é, Marina? Já fiz papel de responsável por tempo demais. Tô cansado disso. Só quero a minha vida de volta.

– Isso é por causa de ontem – Marina diz, encarando o chão. – Tá chateado porque eu... eu não quis dormir com você.

– Não se dê tanto crédito, garota – Cristiano diz, enraivecido por ela notar tão facilmente o quanto ele é suscetível a ela. Está se tornando um fraco.

As palavras dele a deixam magoada. A noite anterior, para Cristiano, foi apenas um momento passageiro. Como esses dias estão sendo. Da parte dele não há mais do que desejo envolvido. O relacionamento que ele tem com Marina deve ser basicamente o mesmo tipo de relacionamento que ele tem com todas as outras garotas com quem sai. Talvez por isso tenha passado a noite fora, provavelmente com uma delas, decididas o bastante para deixarem as coisas acontecer. Enquanto pensa nisso, o peito de Marina se aperta, pois, embora não fique surpresa que seus sentimentos por Cristiano não são correspondidos, dói de um jeito que ela não imagina que pudesse doer.

– Olha, o que quero dizer é que... – Cristiano tenta corrigir, a fim de amenizar a expressão ferida dela. Mas como explicar que toda essa raiva, toda essa tentativa de manter-se distante, emocionalmente falando, deve-se ao fato de ele ter sido imaturo o suficiente para colocar em segundo plano suas regras, acreditando que, a qualquer momento, poderia recobrar o controle sobre sua mente? Como explicar que ele não quer se comportar como um canalha com ela porque a considera especial? Pensar nessas coisas o está matando.

Observando a tentativa fracassada de Cristiano em consertar a situação, Marina diz:

– Não precisa dizer nada. Você tá certo. É tolice minha. – Com essas palavras, ela sacode a cabeça e vai para dentro da casa enquanto um Cristiano, frustrado, amaldiçoa-se em pensamento.

Há uma grandeza, há uma glória, há uma intrepidez em ser simplesmente bom, sem aparato, nem interesse, nem cálculo; e, sobretudo, sem arrependimento.
(Machado de Assis)

Tentativa de remissão

Do lado de fora, Leo e Ayumi examinam a propriedade de Cristiano com olhos abismados.

— É sério que essa é a casa do Cristiano? — Leo indaga a ninguém especificamente enquanto examina a casa pelos buracos da grade do portão. É muita sofisticação para um rapaz de 20 anos.

— Ele não era bolsista até há pouco tempo? — Ayumi acrescenta, admirando tudo com seus olhos puxados. — Agora entendo por que a Marina pensou que ele mexia com tráfico. Isso faz algum sentido — ela comenta e volta a tocar a campainha.

Não demora muito para que alguém venha abrir o portão. A primeira reação de Marina ao ver os amigos parados na soleira é de choque. Em seguida, uma alegria tímida faz com que exclame:

— Vocês... Como sabiam onde me achar?

— O Cristiano — Ayumi responde, sorrindo para a amiga pouco antes de estreitá-la num abraço.

Leo permanece encarando-a, na dúvida se um cumprimento seu seria bem recebido depois de tudo que disse a ela.

Os olhos de Marina recaem sobre ele, que parece tão desconfortável quanto na ocasião em que revelou para ela sua orientação sexual. Eles tinham 14 anos e estavam no quarto dela. Leo fazia uma trança embutida nos cabelos de Marina. Suas mãos eram tão leves que a garota mal percebeu quando ele terminou.

"Prontinho, prima", Leo disse, parando ao lado da cadeira em que ela se sentava. "O que achou?"

"Tá linda", Marina falou, examinando-se no espelho da penteadeira. "Queria saber como aprendeu a fazer isso."

"É mais fácil do que parece", Leo comentou, dando risada. Enquanto Marina continuou olhando-se no espelho, o menino se afastou com uma presilha de cabelos entre as mãos. Sentou-se na cama e ficou brincando com o objeto, contemplativo. "Quero te contar uma coisa."

"Diga", Marina falou, fazendo a cadeira girar para que pudesse encará-lo.

"Tô saindo com uma pessoa", o rapaz revelou, mordendo o lábio.

"Sério? É alguma garota da escola? Eu a conheço?"

Leo continuou abrindo e fechando a presilha de cabelos até o barulho seco indicar que a quebrou. Estava nervoso, porque esse tipo de conversa sempre o assombrava desde que era mais jovem. Desde que percebeu que era diferente.

"Leo, tá tudo bem. Pode falar", Marina disse, sorrindo, com comiseração. "Ela é do Sartre?"

"*Ele* é do inglês", Leo falou de uma vez só, receoso de que pudesse perder a coragem.

Num primeiro instante, Marina pensou que Leo havia falado errado. Ele. Ou talvez por ter falado rápido demais tenha dado a impressão de ter usado outro pronome. No entanto, ao notar que os olhos do amigo continuaram distantes de seu rosto, percebeu: Leo falou exatamente o que queria ter dito. Era *ele* mesmo. Muitos colegas de escola de Marina já haviam questionado a ela se o menino era gay. E desde que se entendia por gente, Leo havia sido alvo de piadas cruéis em que sua sexualidade era colocada à prova, no entanto Marina sempre o defendeu por achar que era maldade das pessoas. O motivo de o amigo ser tão delicado nos movimentos era por andar sempre em companhia dela e de Ayumi, que eram garotas. As duas influenciaram-no a gostar de coisas que poderiam parecer femininas à primeira vista, como bonecas e casinha. O resto era ignorância de quem não entendia que meninos e meninas podiam ser amigos, sim, e andar juntos, e trocar confidências, e falar sobre namorados e mudanças no corpo. Isso não queria dizer que um deles fosse gay.

"Fala alguma coisa, Marina", Leo pediu, mordendo o lábio. Ele achou engraçado como sua voz soou fina e trêmula, todavia não conseguiu rir. Estava nervoso demais para isso. "Você me odeia?"

Marina assustou-se com a pergunta do primo. Como poderia odiá-lo por conta de sua orientação sexual?

"Não seja bobo, primo. Por que eu odiaria você? Eu só...", Marina parou de falar, sem saber como completar sua frase.

"É que você tá fazendo uma cara estranha e...", o garoto não completou, pois sentiu os olhos encherem-se de lágrimas. "Não sei como lidar com o fato de a minha melhor amiga ter nojo de mim."

"Ei, Leo, não diga isso", Marina pediu, levantando-se da cadeira e caminhando até o local onde ele estava sentado. Apoiou-o contra seu corpo, acariciando seus cabelos castanhos. "Você continua sendo o meu *primo gêmeo* e eu te amo. Não é a sua orientação sexual que vai mudar isso."

"Fico tão aliviado por ouvir você falar assim. Imaginei tantas e tantas vezes essa conversa e, em todas elas, você me dizia que eu ia queimar no inferno", o rapaz riu, nervoso.

"Leo, presta atenção: Deus é amor. Na sua mais pura forma. É nisso que acredito. O resto pouco importa."

"Obrigado, prima. Seu apoio é muito importante pra mim."

"Quando foi que se deu conta?"

"Bem, eu sempre me achei diferente", Leo, ainda apoiado no corpo de Marina relatou, "Não só porque andava com você e a Ayumi o tempo todo, coisa que os outros garotos da minha idade nunca fizeram. E, se fizessem, pensariam em formas de seduzir vocês. Foi o Dinho quem me fez pensar a respeito. Ele perguntou se eu era a fim de uma de vocês duas. Eu disse que não, que eram apenas minhas melhores amigas. Mas quantos homens têm mulheres como melhores amigas sem que haja algo entre eles? Acho que a estimativa é pequena. Aí parei pra pensar: eu já tinha 12 anos, mas nunca me senti atraído por nenhuma menina. Quer dizer, eu achava algumas até bonitas, mas era algo do tipo 'queria ter o cabelo daquela garota'", ele falou, arrancando uma risada de Marina. "E eu já havia notado os amigos do Dinho. Primeiro pensei que fosse normal, coisa da idade, que outros caras pudessem ter passado pela mesma coisa. Uma curiosidade da juventude."

"Alguém na sua casa sabe?"

"Só o Dinho."

"Os seus pais..."

"Ainda não me sinto pronto. Você sabe, o meu pai é machista."

"Entendo", Marina assentiu. "Mas saiba que, se precisar de apoio, pode contar comigo, viu? Tô ao seu lado e sempre estarei."

"Obrigado, prima. Também estarei sempre ao seu lado."

– Marina, me perdoa por ter quebrado a minha promessa de estar sempre ao seu lado – Leo pede, mordendo o lábio inferior, nervosamente. – Eu fui um idiota esse tempo todo. Um amigo de verdade estaria presente...

– Leo... – Marina o interrompe, jogando-se nos braços do primo, já entre lágrimas. – Vamos esquecer tudo que passou.

– Nunca mais vou deixar alguma coisa ficar entre a gente. Eu prometo.

Ayumi se junta a eles no abraço. É bom saber que voltaram a ser a tríade de sempre.

Cristiano os encontra nesse momento. Por um instante, observá-los juntos faz com que sinta vontade de ter amigos com quem contar.

— Ei, pessoal — ele cumprimenta, ganhando a atenção dos três. Ao vê-lo, Leo sente o rosto ficar rubro. Afinal, agora Cristiano sabe a verdade sobre seus sentimentos. Isso é embaraçoso.

— Caramba, hein, Cristiano! Que mansão! — Ayumi comenta, tentando amenizar o clima desconfortável.

— É, gosto de espaço — o rapaz responde, tocando a parte detrás da cabeça. Desde a discussão naquela manhã, Marina e ele não haviam conversado. Para evitar mais conflitos, ele se enfiou no quarto até ouvir o interfone tocar. Ayumi já havia mandado uma mensagem dizendo que estavam a caminho. Ele julgou o momento perfeito, pois assim Marina não teria mais motivos para continuar brava com ele.

— E nós podemos conhecer o restante? — Ayumi pergunta.

— Claro. Vou mostrar pra vocês — o rapaz assente.

Meia hora mais tarde, Marina e Leo estão diante da piscina, molhando os pés na água fria enquanto conversam besteiras.

Ayumi havia acompanhado Cristiano até a cozinha para beber água.

— Como está, Marina, com tudo que aconteceu? — Leo pergunta, completando, logo depois: — Minha mãe me contou tudo.

— Bem, as coisas estão ficando mais fáceis agora — ela responde enquanto observa a água azulada da piscina. — Mas se eu disser que não tenho mais pesadelos com o meu pai biológico estarei mentindo. Dizer que saber a verdade dissolve todos os anos de mágoa pela rejeição da Marta também seria mentira. Sem contar toda a raiva que sinto da Joana. É tanta raiva, Leo, que parece que vai me consumir. Eu não gosto de sentir isso. Mas, só de imaginar estar no mesmo ambiente que ela, eu fico sem ar.

— É por isso que não voltou pra sua casa? — o garoto indaga, estudando-a com cuidado.

Marina hesita, desviando os olhos para longe dos de Leo. Não sabe o quanto pode conversar com ele sobre aquilo sem se sentir desconfortável.

— Ei, tá tudo bem, prima — Leo garante, dando tapinhas na perna dela. — Eu já sabia que vocês dois estavam bem próximos. Desde que descobri que tinham se beijado. Sabia que o beijo era só o começo. Eu sei que agi como um idiota por ficar com ciúmes de um cara que nem é homossexual. Mas faz parte do passado.

Marina agita a cabeça em negativa, franzindo o rosto e apertando os lábios. Em seguida, segura a mão do primo entre as suas.

— Leo, eu sinto muito. Muito, muito mesmo — prossegue, sentindo a voz embargar. — Aquele dia, eu agi de uma maneira horrível, e te expus de uma forma que nenhum amigo deveria fazer com outro. Que *nenhuma* pessoa deveria

301

fazer com outra. E eu me envergonho dessa atitude mais do que você pode imaginar. Me perdoa, por favor.

— Mas é claro, Marina — o garoto confirma, apertando a mão dela enquanto sorri. — Me perdoa também, pelas coisas que eu disse.

Marina devolve o sorriso, em seguida, os dois se abraçam apertado.

— Aê, até que enfim! Obrigada, Deus — Ayumi declara, batendo palminhas de excitação.

~ ✥ ~

— Quanto à pergunta que você me fez — Marina volta a dizer, secando o canto dos olhos. — Cristiano é só uma das razões de eu ainda não ter voltado. Mas não consigo mais morar na mesma casa que a Joana. Ela me faz mal. Então tô reunindo coragem pra contar pra minha mãe que vou pra casa do... do meu pai.

— Você sabe que isso vai destruir a tia Ângela, né?

— Ela vai entender. Eu sei que sim — Marina fala, parecendo tentar se convencer de suas palavras. — Bem, a outra razão é que... tenho que fazer algo pelo Cristiano. Algo tão grande quanto tudo que ele tem feito por mim desde que me abrigou aqui.

— Como assim? — O primo pergunta, franzindo o cenho.

— Quero que ele e a mãe dele se perdoem e façam as pazes.

— Espera aí! Ele não é órfão?

— É uma história comprida, mas não, Cristiano ainda tem uma mãe. Mas o pai faleceu quando ele tinha 17 anos. A mãe dele o expulsou de casa.

— Ah, meu Deus! Que horror, Marina! E será que o Cristiano quer uma reaproximação tendo ela sido tão cruel com ele?

— Acho que sim, Leo. Ele sente falta de ter uma mãe. Todos os dias, ele vai até a casa em que ela mora e fica parado, olhando com ar ansioso, esperando, quem sabe, que ela o perceba, que se redima por tudo de ruim que fez — Marina diz. — Mas sei que ele é orgulhoso demais pra tentar se reaproximar, então, se eu puder ser a ponte entre os dois, se fizer com que voltem a conviver, estarei satisfeita.

— Será que ela mudou?

— É o que quero descobrir. Só assim poderei sair desta casa, pois saberei que ele não estará mais sozinho. — Marina sorri com suavidade.

— Você gosta mesmo dele, né? — Leo comenta, compartilhando o sorriso da amiga.

— Eu gosto. Mas ele... Você sabe.

— Claro, aquele jeito indomesticável. — O rapaz suspira. — Mas Marina, ele já mudou tanto. Quem sabe, depois do que você tá tentando fazer, ele não aceite de uma vez por todas que vocês podem dar certo?

Cristiano serve água para Ayumi, mas percebe que ela não vai beber, pois o examina seriamente.

— Tem alguma coisa errada no meu rosto? — pergunta ele, estranhando a ruga no meio dos olhos dela.

— Bem, vou ser direta, Cristiano — ela diz, pousando o copo com água sobre a pia. — O que tá fazendo com a Marina não é justo.

— O que quer dizer?

— Já ficou claro pra você que ela tá apaixonada, né? E, não sou cega, vejo que também gosta dela.

— Eu realmente não quero falar disso com você — o rapaz responde, sacudindo a cabeça, desconfortável.

— Querendo ou não vai ter que falar — Ayumi fala, ainda séria.

Ele suspira.

— A Marina sabe que não sou o cara com o qual garotas como ela sonham. Não vou mudar por causa dela. Acredito que ela também não vá se tornar alguém diferente por minha causa, então...

— Então o quê? — Ayumi o desafia a prosseguir.

— Então nada — Cristiano diz. — Não há nada entre nós dois, tá bom?

— Ela sabe disso?

— Olha, Ayumi, não estou enganando a Marina, se é isso que quer saber.

— Acha que levar esse tipo de vida compensa? Afastando todo mundo de você?

— Pelo menos não sou como você, que dá aos outros o poder de te machucar.

Ayumi desvia os olhos.

— Isso não vem ao caso. Só quero que saiba que não vou deixar que você a use como fez com a Joana.

— Eu nunca pretendi usá-la — Cristiano diz, envergonhado. — Escuta, só tentei ajudá-la porque *ela* me procurou.

Antes que Ayumi pudesse responder, Marina chega.

— Ei, vocês estão bem? — pergunta, aproximando-se de ambos com uma expressão curiosa na face. Eles pareciam estar discutindo.

— Claro, amiga — Ayumi responde, sorrindo para Marina, ao passo que Cristiano desvia os olhos. — Bom, vou falar com o Leo. Acho que tá na hora de irmos. E você bem que podia vir ficar na minha casa, né? Talvez o Cristiano queira curtir a *liberdade* dele, não, Cristiano?

A crítica não escapa aos ouvidos de Marina.

— Você sabe que pode ficar o tempo que precisar — Cristiano responde, olhando para Marina.

— Você decide — diz Ayumi, também encarando a garota, cheia de expectativa.

— Eu já encontro vocês. Dois segundos.

Ayumi assente num gesto de cabeça, depois sai em direção à piscina.

— O que houve com ela? — Marina pergunta a Cristiano.

— Ela vê o que você não consegue — ele responde, suspirando.

Marina não compreende.

— Não sou quem pensa que sou.

Ela respira fundo, cansada de discutir sempre a mesma coisa.

— Não quero mais discutir isso — Marina suspira, sacudindo a cabeça. — Precisa reconhecer que você não é uma pessoa tão ruim quanto imagina.

— A Ayumi...

— Não te conhece como eu — Marina interrompe a frase que ele diria. — Você diz que é egoísta, Cristiano, mas já fez tantas demonstrações do contrário. Trouxe os meus amigos aqui, na sua casa, pra me verem. Fez por mim.

O rapaz não sabe como argumentar diante das palavras de Marina porque é verdade. Julgou que era dos amigos que ela precisava e que os ver melhoraria seu humor. Sequer considerou um encontro num lugar qualquer. Ao contrário, convidou-os para irem até a sua casa, como se fosse algo natural.

— Eles não são uma ameaça. — Procura desconversar, desviando o rosto para longe.

— Nem você é — Marina contrapõe, aproximando-se o bastante para tocar o rosto dele com as juntas dos dedos. — Para de querer me afastar dessa forma. Se quiser que eu vá embora, diga com todas as letras e eu irei. Mas não crie uma imagem negativa de você para mim porque eu não vou acreditar. Não mais.

Cristiano suspira, derrotado.

⁂

— O endereço é esse mesmo? — o motorista indaga, olhando para Marina pelo retrovisor do carro. — Tem certeza de que não se enganou, menina?

Ela olha pela janela do automóvel, examinando o portão de grades finas e enferrujadas, pensando no contraste com a residência luxuosa em que Cristiano vive. Como crer que é a mãe dele quem mora ali, em condições tão precárias, enquanto ele esbanja tanto?

— É. É aqui mesmo — responde. Em seguida, paga pela corrida.

— Caso precise, aqui tá o meu cartão — o motorista fala, devolvendo o troco para ela, acompanhado de um cartão com o número e o nome dele. — Pode me ligar e eu venho buscá-la.

— Ah, obrigada pela gentileza — Marina, agradecida, sorri ao notar a preocupação do motorista com sua segurança. Ela não conhece a região, a não ser a fama de perigosa, e, levando-se em consideração tudo que aconteceu com sua mãe, devia ao menos se respaldar minimamente dos riscos.

Se Ângela soubesse que ela estava sozinha num lugar estranho, provavelmente teria um ataque de nervos.

Despedindo-se do motorista de aplicativo, Marina desce do carro. Ansiedade e receio percorrem seu corpo enquanto atravessa o pavimento até parar em frente ao portão da residência. Suas mãos geladas tremem tanto quanto os passos incertos. Se perguntassem à garota se ela tinha certeza do que estava prestes a fazer, a resposta seria negativa. Contudo, bem no fundo, sabia que era a única forma de Cristiano se ver livre do passado que tanto o assombrava. Por essa razão, saiu cedo, certificando-se de que ele ainda estava adormecido. É domingo, e como ele passou a noite de sexta para sábado em claro, ela sabe que o rapaz dormirá até bem depois do meio-dia, como já o viu fazer outras vezes em que trabalhou na Carpe Noctem até de madrugada. Deseja voltar antes de ele despertar. Espera que com boas notícias.

Marina procura por uma campainha no portão, mas logo percebe que não há. Bate palmas, recebendo a atenção de vizinhos curiosos, na certa tentando descobrir quem ela é e o que faz ali. Uma mulher alta e magra, cujos cabelos curtíssimos são tingidos de um vermelho acaju, entreabre a porta da frente, olhando para Marina com olhos escuros desconfiados.

– Pois não? – pergunta, num timbre de voz pouco amistoso.

– Senhora Elaine? – Marina pergunta, apertando os dedos, nervosa.

– Eu te conheço de algum lugar por acaso? – A mulher ergue as sobrancelhas, que são finas demais, na opinião da garota, mas isso não vem ao caso.

– Oi – Marina fala, tentando sorrir para causar uma boa impressão, pouco antes de acrescentar: – Se a senhora puder abrir o portão e falar comigo por um instante, eu posso explicar tudo.

– Não abro minha casa para estranhos.

– Eu sou amiga do seu filho. – Marina muda de abordagem, esperando que a menção a Cristiano libere algum senso de maternidade oculto dentro dela.

Mas o efeito é claramente o oposto.

– Eu não tenho filho nenhum.

Marina aperta os lábios. Espera que a razão pela qual Elaine tente negar a existência de Cristiano esteja associada a algum tipo de remorso.

– A senhora sabe que sim.

– Vá embora daqui, menina – a mulher exige, sacudindo a cabeça.

– Não até você me ouvir. Eu realmente preciso conversar com a senhora.

Um ar pensativo se demora na face de Elaine, então, suspirando, ela abre a porta e caminha até o portão.

– Só vou te deixar entrar por causa dos vizinhos – diz ela, examinando as casas próximas, imaginando se alguém poderia estar ouvindo a garota falar de Cristiano. – Mas só tem cinco minutos.

Marina concorda, acompanhando a mulher para dentro da casa. Imagina que Cristiano tenha puxado todos os traços do pai, já que não há semelhança nenhuma entre ela e o rapaz.

Em uma rápida avaliação, Marina consegue notar que há apenas três cômodos na casa, mais o banheiro. A parte da sala é separada da cozinha por uma mesa de granito pequena e quadrada. Há um fogão próximo à única janela e, entre ele e a geladeira, há uma pia com algumas louças acumuladas. Do outro lado da parede há um armário de madeira antigo com coisas dispostas, como um jogo de mantimentos e um micro-ondas.

Na parte da sala há apenas um sofá e uma cadeira de manicure, além de alguns materiais para pintura de unhas em um organizador de plástico. No canto há uma porta, que Marina supõe ser do quarto dela.

– Você é namorada dele? – ela pergunta, cruzando os braços. – Ele te mandou aqui?

– Não. O Cristiano nem sabe que tô aqui, na verdade.

– E o que é que você quer?

– Ele me contou o que aconteceu no passado e... – Marina começa a dizer, mas é interrompida.

– E veio aqui me julgar? Acha que pode...

– Dona Elaine, eu não vim aqui para julgar ninguém – Marina procura se justificar. – Eu não conheço os motivos que te levaram a tomar uma atitude como a que você tomou, mas... Bem, talvez seja hora de abandonar o passado e se reaproximar.

Elaine dá uma risada irônica ao ouvir a última frase de Marina. *Francamente, essa garota não sabe no que está se metendo,* ela pensa.

– O Cristiano sente a sua falta. – Marina tenta uma nova tática.

– Ele não deveria – Elaine diz, arqueando as sobrancelhas. – Sentir falta de alguém que nunca conseguiu olhá-lo sem sentir... ódio.

O rosto de Marina fica estático ao ouvir as palavras duras da mãe de Cristiano.

– Ficou surpresa? A verdade é que três anos se passaram e só de me lembrar... Eu não consigo. – Ela agita a cabeça negativamente.

– A senhora não pode estar falando sério... É a mãe dele. Deveria amá-lo, protegê-lo!

– Eu não posso ser mãe dele, menina – Elaine responde fria como um bloco de gelo. – Eu tentei. Mas depois que o Túlio morreu... as coisas ficaram difíceis.

– As coisas já eram difíceis antes disso, não? Ou não acharia motivos pra espancá-lo – Marina contesta, sentindo o queixo trêmulo.

Por um segundo só, culpa parece atravessar o olhar da mãe de Cristiano. Mas é tão breve que Marina sequer pode afirmar ter sido real.

– Você não entende – diz Elaine, virando-se de costas para a garota.

— Então explique.

— É melhor você ir embora, garota. Essa história não tem nada a ver com você. No fim das contas, o Cristiano se deu bem, ao que me parece. Ele tá melhor sem mim.

— Ele vem todos os dias até a frente da sua casa e fica olhando o portão. Não me diga que isso não significa nada pra senhora.

Elaine não responde, porque não tem o que dizer. Aquelas palavras não têm significado algum para ela porque, de fato, não é mãe de Cristiano. E nunca quis ser.

— Quando ele me disse que a senhora não era uma boa pessoa achei que fosse exagero – Marina informa, amargurada. A garota quer que ela reaja, mas Elaine continua muda. – Fale alguma coisa. A senhora não pode simplesmente ficar aí, feito uma estátua de gelo.

— Bem, essa sou eu! – A mulher finalmente reage, virando-se para encarar Marina. – Quer saber realmente o que senti quando o expulsei daqui? Alívio. Pela primeira vez, eu podia respirar sem sentir o peso que era ter o Cristiano nesta casa. Eu podia fazer de conta que ele nunca existiu, que nunca fui casada! Eu podia ser *feliz*! – Elaine dá um sorriso que faz o estômago de Marina embrulhar. Não acredita que uma mãe possa ter tamanha repulsa pelo filho. Isso, mais do que nunca, faz com que se sinta grata pela mãe que tem.

— Eu não devia ter vindo – Marina conclui, engolindo em seco.

— Não mesmo – Elaine responde, encarando-a com frieza. – Ah! E avisa para o seu namorado pra ele nunca mais vir aqui ou vou processá-lo por perseguição.

Agitando a cabeça, Marina sai da casa, parando perto do portão, tentando controlar toda a raiva que sente da mulher. Renegar o filho não a incomoda de nenhuma forma. Como pode existir alguém tão cruel? Agora ela entende por que Cristiano insistiu no quanto Ângela é maravilhosa, ao contrário de Elaine. Ele está certo. Ambas são completamente diferentes. E Marina tem muita sorte, pois, se tivesse sido gerada no ventre dessa mulher, provavelmente não estaria viva.

Respirando fundo, Marina atravessa o portão e caminha até o final da rua, absorta nas declarações abomináveis de Elaine. *Eu não podia ser mãe dele. Eu podia fazer de conta que ele nunca existiu.*

Não acredita que tenha mesmo pensado que uma mulher tão ruim quanto a que Cristiano lhe descreveu pudesse mudar. Essa sua mania de ter fé nas pessoas sempre a leva a fazer besteiras.

Mas o rapaz não precisava saber desse fracasso. Marina guardaria para si essa decepção. Ele já tem o suficiente para se lembrar, não precisa de mais isso...

Enquanto reflete essas coisas, Marina vê que Cristiano está esperando por ela do outro lado da rua, encostado no Jeep, de braços cruzados. No rosto, um ar implacável.

> O grande problema do amor é que, por mais que existam mil e uma maneiras fáceis de ele surgir, ele sempre vem pela mais difícil.
> (Alice Moon)

Liberdade ou Solidão

Sentindo o gosto da bile na boca, Marina se força a caminhar até o carro, imaginando todas as coisas que se passam na cabeça de Cristiano e que não podem ser transmitidas através de seu olhar sombrio, ainda que ela consiga captar vestígios de raiva na forma como a mandíbula dele está travada. Se pudesse, fugiria dali a fim de evitar toda a recriminação que ouvirá do rapaz por ela achar que Elaine pudesse ter se arrependido de tê-lo abandonado. Por alguma razão, Marina sabe que dessa vez as coisas serão mais complicadas. A postura tensa dele, o modo como tenta manter a compostura, tudo isso indica que ela tinha ido longe demais.

Assim que está diante dele, Marina procura por um pouco de coragem, apenas o suficiente para iniciar seu discurso, mas não é preciso, não ainda. Cristiano fala primeiro, num tom sem qualquer tipo de emoção, boa ou ruim. Isso faz com que Marina chegue à conclusão de que a situação é bem pior do que supôs.

— Vamos conversar na minha casa.

Não há como recusar ou protestar porque Cristiano simplesmente caminha pela frente do carro até entrar no lado do motorista, ligando a ignição ao mesmo tempo em que prende o cinto de segurança. Marina respira fundo algumas vezes enquanto pensa que não é nada demais, que ele só está chateado por ela ter ido até ali sem consultá-lo, mas que depois que explicar tudo as coisas ficarão bem. No entanto, uma sensação estranha comprime seu peito, como um tipo de mau pressentimento. Se há uma coisa que ela aprendeu sobre Cristiano nos últimos dois meses é que o silêncio vindo dele nunca é coisa boa.

O percurso até o Lago Sul é feito em silêncio, e a cada quilômetro percorrido Marina sente-se cada vez pior... Ela não pode deixar de pensar no quanto isso parece errado. A tensão é palpável e o ar está pesado o suficiente para ser cortado com uma faca. Ela encara Cristiano, mas ele mal parece dar-se conta de sua presença. Ele já tinha erguido uma barreira invisível alta o bastante para manter Marina o mais distante possível. Assim seria mais fácil.

Quando finalmente estaciona no jardim da mansão, destrava as portas do carro e desce. Marina segue Cristiano em direção à entrada principal da casa, observando a força com a qual ele abre a porta, irritado. Marina morde os lábios quando ele não espera por ela para entrar. Ela hesita alguns instantes e, então, entra, procurando onde ele está: próximo ao aparador da sala, de costas para ela. Ela anda vagarosamente até estar perto o suficiente. E espera.

Cristiano tenta falar várias vezes, mas as palavras enganchan no fundo da garganta, pois ele está irritado demais para organizar as ideias da maneira correta. Vê-la deixando a casa de Elaine fez com que se sentisse traído, independentemente da intenção dela com aquela visita. Os fins não justificam os meios, ao contrário do que dizem.

— Imagina você que fiquei preocupado por ter saído sem deixar um aviso – ele fala, afinal, sem se virar para olhá-la.

— Minha intenção era voltar antes de você acordar – Marina revela, num tom quase murmurado. – Era para a situação estar toda resolvida até lá – completa, mordendo o lábio.

— Mas a surpresa maior foi achar, nas suas coisas, o endereço da Elaine – Cristiano continua a dizer num tom frio. – Não imaginei que fosse decorá-lo, já que quando te levei lá você estava no fundo do poço.

— Cristiano, eu... – Marina tenta dizer, no entanto ele a interrompe:

— Eu te dei liberdade demais. Isso fez com que pensasse que tinha o direito de se meter na minha vida. Essa não foi a primeira vez que fez isso, mas, com certeza, foi a última. Você foi *longe demais*.

Marina engole em seco, sentindo o coração disparar.

— Eu só... – ela tenta falar, mas outra vez é interrompida:

— Não, Marina! Chega das suas justificativas! Chega do seu papo sobre o que é certo e o que é errado e como as pessoas devem agir! – Cristiano passa a mão no cabelo em sinal de impaciência. – Você não aprende as lições que a vida te dá e acha que todo mundo tem de pagar o preço por isso!

Ela respira fundo, diante do tom glacial dele. Alguma coisa está diferente, conclui, enquanto respira intensamente, mortificada. Talvez porque ela tenha cruzado uma área que Cristiano considera pessoal demais para qualquer um além dele mesmo. Afinal de contas, ele nunca deu liberdade para ninguém se envolver em sua vida. Por que Marina julgou, então, em algum momento, que tivesse esse direito? Por que não parou para pensar nas consequências dessa invasão antes, em vez de apenas imaginar que pudesse resolver todos os conflitos entre mãe e filho e devolver a felicidade para Cristiano? Por que não avaliou melhor a situação?

— Eu pensei que, depois de tudo, você ficaria menos ingênua, mas me enganei tremendamente. – Cristiano finalmente se vira para ela, respirando fundo, numa busca inútil de se acalmar. Quanto mais a observa, mais sente as emoções virem à tona, mais sente *raiva*. – Que droga foi fazer naquela casa?

— Só achei que talvez a sua mãe pudesse querer se redimir e...

– Redimir? – Cristiano dá uma risada alta, andando diante da menina como se estivesse diante de alguém muito tolo. – Redimir. Que palavra bonita. Parabéns, Marina! – prossegue, batendo palmas. – Afinal, todos têm direito a uma segunda chance, né? *Todos* podem cometer erros. E já que você é assim, uma pessoa com um coração enorme, que tal perdoar o seu pai biológico? Quem sabe ele não mereça *redenção* pelo que fez com a sua mãe? – A declaração de Cristiano tem apenas o intuito de feri-la e, pela forma como os lábios da garota tremem, ele consegue atingir o objetivo.

– Eu sei que tá bravo comigo, mas isso não te dá o direito de dizer essas coisas – Marina fala, sentindo a voz vacilar em cada palavra. – Isso é cruel até pra você, Cristiano.

– Claro, porque só você tem o direito de se meter na vida dos outros, né, Marina? – o rapaz ironiza, pouco antes de completar: – Porque você é quem sabe o que é melhor pra todo mundo!

– Eu não procurei a sua mãe pra te magoar – Marina tenta se explicar pela milésima vez, piscando para afastar as lágrimas.

– E o que achou que fosse acontecer? Já sei, já sei. Como em um filme, a Elaine ia se arrepender de todas as coisas que fez só porque você falou de Deus pra ela. Não é isso, Santa Marina? – Cristiano continua zombando dela.

– Para de falar assim... – Marina suplica, irritada pelo excesso de ironia em cada um dos comentários dele. – Você pareceu tão perdido naquele dia que eu pensei que sentisse vontade de... se reconectar com a sua mãe. A única coisa que eu queria era...

– Aí é que tá, Marina! – Cristiano a interrompe novamente, parando de caminhar e apontando o dedo na direção dela – Este é o ponto: o que *você* queria! Não *eu*! Mas as suas tentativas de consertar o mundo não te dão o direito de passar por cima da vontade alheia, droga! – Ele respira intensamente, tentando recuperar o fôlego. – Eu confiei em você, contei coisas que nunca contei a ninguém. E o que você fez? Na primeira oportunidade que teve, foi atrás da pessoa que eu mais abomino no mundo pra implorar que ela me... – Cristiano não consegue completar a frase. Não consegue expressar a raiva que sente por Marina ter ido implorar que Elaine o perdoasse, como se ele tivesse errado em algum ponto, quando apenas queria ter uma mãe de verdade. – Por que tinha que fazer isso? – pergunta, depois de algum tempo em silêncio.

– Porque achei que fosse o melhor pra você.

– Não diga que fez isso por mim, Marina – ele fala, quase gritando. – Porque a *única* coisa que te pedi esse tempo todo foi pra que não se metesse na minha vida! *Na droga da minha vida!* – ele replica, apontando para si mesmo, a fim de acentuar suas palavras. Em seguida, continua, sem fôlego: – Quando é que vai entender que nem tudo são flores, hein, Marina? Que alguns têm sorte, outros não? Para de achar que pode mudar o mundo e as pessoas! De uma vez por todas, viva a merda da sua vida sem se intrometer no que não é da sua conta! – Ao terminar de falar, ele está arquejando.

Marina o encara, sentindo ferroadas no peito diante do olhar de desprezo que Cristiano mantém. Nem nos dias em que seu humor esteve mais sombrio o rapaz demonstrou tanta aversão a ela. Uma necessidade de convencê-lo de que seu único intuito foi ajudá-lo a restabelecer contato com a mãe surge no fundo de sua alma, fazendo-a falar, com a voz trêmula:

– Eu achei que eu... Você fez tanta coisa por mim que pensei que eu significasse alguma coisa pra você. – Ela hesita por alguns segundos, tentando enxergar alguma mudança no rapaz. Mas os olhos continuam severos. – E... se eu fiz o que fiz, Cristiano, foi porque você significa muito pra mim. Porque quando a gente se importa com as pessoas, a gente tenta melhorar a vida delas, sabe? Não importa o quanto custe. E você não faz ideia do quanto me dói te ver tão solitário, vivendo numa casa deste tamanho, achando que é feliz, que tá completo. Que tem tudo que precisa pra viver.

– Mas eu tenho tudo que preciso pra viver – Cristiano diz, sem vacilar. – Porque não coloco a minha felicidade nas mãos de outras pessoas, Marina. E você é uma boba se acha que assim vai ser feliz.

Os olhos dela possuem um brilho de lágrimas, mergulhados em uma tristeza tão intensa que Cristiano desvia os seus, incomodado por ser a razão do sofrimento dela. Ele sabe que Marina procurou Elaine na tentativa de restaurar o laço rompido entre eles por querer melhorar a vida dele. Quem sabe, torná-lo menos amargurado. Mas ela não entende como está enganada, imaginando que só se pode ser feliz se estiver preso a alguém. É ingênua de achar que ele poderá lhe oferecer seu coração. Não há nada ali dentro, além de dor e desprezo pela vida. Liberdade é o bastante. Cristiano se recorda das palavras de Joana no dia em que terminaram. *Só tome cuidado com a Marina para não a machucar.* Mas ele não tomou nenhum tipo de cuidado, nenhuma precaução. E agora está pagando o preço por isso. E, pelo visto, não é o único.

– Eu cometi um grande erro quando te acusei de ter pichado aquele muro comigo – ele diz, apertando os lábios por um momento, tentando seguir adiante com as palavras, que lhe são amargas, por mais que tente parecer duro. – Você não imagina o quanto me arrependo daquele dia. Mas o meu maior arrependimento, Marina, foi o dia em que te trouxe aqui.

O ar ferido na expressão de Marina mata qualquer raiva que Cristiano ainda estava sentindo. Amaldiçoando-se, ele morde a parte interna da bochecha até sentir gosto de sangue.

Quando era pequeno e ficava em casa esperando ansioso pela chegada do pai porque se sentia inseguro na presença de Elaine, Cristiano percebeu que não era a solidez da casa que lhe dava segurança ou a sensação de lar, mas a presença tranquilizadora de Túlio, que indicava que tudo ficaria bem. Desde que o perdeu, não houve um só dia em que sentiu outra vez conforto por estar em casa, independentemente do lugar em que estivesse. Até Marina aparecer. Sua companhia o fez se sentir seguro novamente. Como nos velhos tempos, mesmo sem Túlio por perto.

Não raras vezes, perguntou-se se Marina sentia isso também, como se tivesse encontrado a direção pela qual tanto ansiara depois de anos perdido. Mas todas as vezes a sensação foi substituída pelo receio de se prender, de perder sua tão preciosa liberdade, de se colocar numa posição em que ficasse vulnerável, incapaz de controlar as próprias vontades. *Lidar com a situação agora é o melhor,* diz a si mesmo em pensamento. Porque, quanto mais deixar que Marina permaneça em sua vida, mais difícil será. Para ambos.

— Não me olhe assim, afinal, nunca te prometi nada – ele pede, trincando o maxilar ao observá-la se esforçar para não chorar. – Não posso retribuir o que sente, porque tenho estado muito bem sozinho e não quero que isso mude. Gosto de ser um espírito livre – finaliza, engolindo em seco e imaginando, enfim, que não é assim tão diferente da mãe se foi capaz de ser tão cruel com a única garota com quem se importou de verdade na vida. Ele não consegue entender o misto de sentimentos que tomam sua cabeça. Ao mesmo tempo em que acha que talvez valha a pena, retrocede, pensando que será ruim.

Devagar, Marina sente-se sucumbindo, suas pernas ameaçando fraquejar. Imaginou que, em algum momento, Cristiano aceitaria tentar algo sério. Mas não. Estava enganada. As lágrimas embaçam sua visão e ela gostaria de ser forte o suficiente para detê-las, porém não consegue. Sente-se menor, mais frágil do que realmente é. Enquanto seus sonhos se despedaçam, o pranto irrompe, rolando pelo rosto e deixando uma trilha salgada até os lábios.

Marina olha para Cristiano por entre as lágrimas, captando o único sentimento que talvez ele seja capaz de sentir por ela: *pena*. Esforçando-se ao máximo, obriga-se a falar, a voz pouco mais que um sussurro rouco:

— Você me chamou de covarde várias vezes desde que nos conhecemos, mas agora eu percebo, Cristiano, que o grande covarde aqui é você. Você tem medo de se relacionar com as pessoas, medo de se envolver com elas. No fundo, toda a marra que demonstra é *medo*. O fato de a sua mãe ter te maltratado tanto quando era criança te deixou vazio, incapaz de sentir algo por quem quer que seja. É por isso que compra tantas coisas inúteis, é por isso que as ama. Porque um par de sapatos, um relógio de ouro, um carro novo, essas coisas não podem te amar de volta. Então você está seguro, *livre* de sentir. Livre de corresponder aos sentimentos. – Marina faz uma pausa, apenas o suficiente para recuperar o fôlego: – Eu quis acreditar que esta casca em que você se esconde pudesse ser rompida... mas não, ela não pode. Porque você simplesmente não quer. Eu acredito, sim, que precisamos dos outros para sermos felizes. Acha que isso faz de mim uma pessoa tola? – ela dá um sorriso, pouco antes de prosseguir: – Mas olha pra vida que você leva e me diz, sinceramente: para quem é que pode contar uma boa notícia? Quem é que sente orgulho das suas vitórias? Quem comemora com você uma data especial?

Cristiano fita o chão, sentindo um aperto por dentro. As respostas para as perguntas de Marina são tão nulas quanto sua vida tem sido. Não há ninguém.

– Você se isola por vontade própria, confundindo a solidão com um ideal patético de liberdade – Marina finaliza. Em seguida, vira-se para ir embora. Dá alguns passos em direção à porta, mas para, acrescentando: – Se a razão da sua vida é lamentar o seu passado, odiar o seu presente e destruir o seu futuro, sinta-se orgulhoso, porque tá fazendo um ótimo trabalho. – E então, completa o caminho para a saída.

Cristiano pensa em chamá-la de volta, o nome se formando nos lábios, contudo desiste no último minuto. Por mais que as coisas pareçam ruins nesse momento, por mais que ele sinta como se o chão estivesse cedendo debaixo de seus pés, sabe que é melhor desse jeito.

Então por que o vazio e o desespero em seu peito parecem estar aumentando mais rápido do que é capaz de suportar?

Diante do computador, Heitor se ocupa de atualizar a ficha dos alunos que atendeu na última semana. Seus olhos repousam na ficha de Vinícius e, de súbito, ele se recorda das palavras de Ângela, em uma das muitas conversas que costumavam ter nos intervalos do Sartre: "Nunca te passou pela cabeça que esse rapaz pode ser seu filho?". A verdade é que ele nunca considerou essa possibilidade, pois Elisa nunca lhe deu razões para que suspeitasse disso. Sempre se preveniram. E logo depois que ele rompeu o relacionamento com ela, Elisa passou um tempo fora de Brasília, onde conheceu o novo namorado e marido até pouco tempo. Agora, no entanto, quanto mais pensa a respeito, mais suas suspeitas aumentam. Há muita coisa em sua cabeça. "Agora que a verdade veio à tona, vocês dois devem conversar, Heitor. Vocês merecem isso." As palavras de Ângela ficam indo e voltando em sua cabeça, impedindo que se concentre no trabalho.

Cansado das tentativas infrutíferas de preencher a ficha dos alunos, levanta-se da cadeira e vai para a cozinha para preparar um chá para acalmar o excesso de pensamentos.

Uma chuva fina cai do lado de fora. Chuva sempre o deixa animado, no entanto, por razões óbvias, nos últimos dias não consegue se alegrar por nada e passa boa parte do tempo alheio a qualquer coisa. Além da dúvida quanto à paternidade de Vinícius, faz tempo que tenta falar com Marina, mas suas ligações não são atendidas e suas mensagens não são respondidas.

Enquanto Heitor coloca água quente em uma xícara com chá de camomila, a campainha toca. Ao abrir a porta, ele surpreende-se. É Elisa.

– Oi, Heitor – ela diz. – Será que podemos conversar?

– Claro, Elisa. Entra – Heitor pede, abrindo passagem. – Eu estava preparando um chá. Você aceita?

– Ah, sim, por favor.

Heitor indica um dos sofás para que ela se sente enquanto retorna à cozinha para terminar o preparo da bebida. Está surpreso com a visita, mas ansioso para descobrir o motivo dela.

Elisa entrelaça as mãos, aguardando por Heitor na sala enquanto se recorda da conversa com Ângela. Uma conversa difícil e dolorosa, mas igualmente libertadora...

"Não sabe quanto tempo esperei por este momento, Ângela", Elisa falou, olhando a outra mulher com o queixo trincado. "Por tantas vezes me imaginei diante de você, dizendo tudo que eu pensava da sua inocência fingida..."

"Eu posso entrar, Elisa?", Ângela perguntou, mordendo o lábio inferior. Estava com o aspecto cansado, como se não tivesse dormido bem.

"Eu não vejo motivo pra isso. O que quer que tenha pra dizer, pode dizer de onde está. Não quero que entre na minha casa."

"Eu sei que tem vários motivos pra me odiar, Elisa, mas só quero que me dê uma chance de te explicar por que o Heitor se casou comigo."

Elisa deu uma risada mordaz.

"Não entendo por que vocês imaginam que há uma explicação pra tudo o que fizeram. Mas tudo bem, Ângela, se é disso que precisa pra me deixar em paz." Dizendo isso, indicou o corredor para que ela entrasse.

Ambas caminharam até a sala de estar e Ângela se virou para Elisa, que mantinha os braços cruzados sobre o peito numa atitude defensiva.

"Nós éramos muito próximos", Ângela começou a dizer enquanto os olhos se encheram de lágrimas, e Elisa teve vontade de revirar os olhos diante de tanta falsidade. "Eu tinha 9 anos quando fui morar com os pais do Heitor, então, pra mim, ele era como um irmão mais velho."

"Claro, porque é bem natural que durmamos com o irmão mais velho", Elisa confronta, sacudindo a cabeça.

"Só me ouve, Elisa", Ângela suplica, enlaçando as mãos. "Depois você pode dizer e pensar o que quiser, mas me deixa falar primeiro porque não é fácil contar tudo."

A contragosto, Elisa se calou.

"Nos primeiros anos, enquanto o meu padrinho Érico estava vivo, a gente foi uma família saudável e feliz. Eu me sentia bem com eles, sabe? Era privilegiada, apesar de ter perdido os meus pais." Ângela faz uma pausa, respirando fundo. "Mas, quando o meu padrinho morreu, as coisas começaram a desandar. A Marta sempre fazia questão de me lembrar que eu era uma agregada, uma órfã, alguém que não pertencia àquela família de verdade. Era doloroso ser rejeitada assim, mas eu me forçava a aceitar que ela tinha razão, que eu não era filha dela." Ângela deu de ombros, fechando os olhos por alguns minutos. "Quando ela se casou de novo, eu pensei que talvez as coisas pudessem melhorar, mas... Eu não sei o que havia de errado com ele, só sabia que ele não me olhava como um padrasto, como um pai."

Enquanto Ângela falava, Elisa arregalou os olhos, tentando entender aonde ela queria chegar.

"Eu não contava para ninguém quando ele dizia que eu estava ficando uma mocinha atraente, nem quando elogiava uma roupa que eu usava, nem quando me tocava, fazendo parecer que era algo natural, porque pensava que eram apenas elogios e carinhos de alguém que se importava comigo. Não contei as vezes em que acordei com ele no meu quarto à noite, me tocando de uma forma não natural. E definitivamente não contei quando... Quando ele me garantiu que se eu não fizesse aquilo, a Cláudia teria de fazer."

Ouvindo as palavras de Ângela, Elisa sente o estômago embrulhar, recordando-se de todas as ocasiões em que jantou na mesma mesa que Lúcio, viajou com eles aos fins de semana, riu de piadas que ele contou. Como ele foi capaz de cometer tamanha brutalidade? Mas era óbvio que Ângela não inventaria uma história macabra como essa. Sua feição era de alguém que se recordava de eventos dolorosos, não de quem estava contando uma mentira doentia.

"Eu não queria que ninguém soubesse porque eu tinha vergonha e medo de que achassem que a culpa era minha. De que, de alguma forma, eu tinha provocado tudo aquilo. Mas quando os enjoos começaram, eu... não podia mais lidar com tudo sozinha. Então o Heitor me confrontou e ele foi a primeira pessoa pra quem contei sobre o abuso. A primeira pessoa que me garantiu que eu era uma vítima. Que me deu a segurança pra acreditar que tudo ficaria bem. O Heitor foi a única razão pela qual eu não tirei a minha própria vida, Elisa. Ele me mostrou que havia alternativas."

"Não teria sido mais fácil interromper a gravidez, Ângela?", Elisa indagou, sentindo-se mal pela mulher parada diante dela. Por que escolher carregar esse fardo?

"Teria, sim, em termos legais", Ângela concordou, secando o nariz. "E eu estava disposta a isso, mas... senti minha filha se mexer na minha barriga no dia em que tínhamos marcado o procedimento. Era como se ela estivesse me dizendo que queria viver. Então não consegui, a minha consciência não me permitiu. Não me leve a mal, não julgo mulheres que tomam essa atitude, eu só não... Não era o caminho que eu queria seguir."

"E a Marta? Como recebeu essa história?"

"Da forma como você já deve imaginar."

"A Marta amava aquele homem cegamente", Elisa recordou-se, olhando um ponto distante.

"Ela me culpou em diversas ocasiões, mesmo na terapia. Ainda culpa, mas pessoas como a Marta não mudam, então escolhi não me deixar contaminar por ela."

"O acidente de carro..."

"Acreditamos que foi intencional. E sinceramente? Eu meio que me senti *aliviada* quando soube que ele tinha morrido. Eu não precisaria nunca mais olhar para ele de novo."

Elisa concordou num movimento sutil de cabeça.

"Quando eu disse para o Heitor que queria criar a Marina, ele... Ele foi a única pessoa que não me julgou de louca ou incapaz, sabe? Mesmo achando que seria uma jornada complicada, ele disse que a enfrentaria junto comigo. Ele é o ser humano mais altruísta que conheço, Elisa, porque sacrificou a própria felicidade pra me ajudar a proteger a Marina, pra criar uma família pra ela. Quando ele me propôs o casamento, aceitei imediatamente."

"Você percebe, Ângela, que, apesar de tudo, você foi egoísta?", Elisa perguntou, encarando-a com um olhar triste. "Nem por um minuto pensou em como eu ficaria, ou no quanto o Heitor estava sacrificando pra que pudesse fazer o que achava certo?"

"Sei que fui egoísta", Ângela assentiu, sentindo as lágrimas descerem pelas maçãs do rosto. "Eu me senti confortada por saber que ele me apoiaria, que eu não precisaria explicar ao mundo que a minha filha nasceu de um estupro, que eu não seria uma estimativa. Eu seria uma mãe adolescente com um marido honrado, com uma família perfeita. E te peço perdão, Elisa, porque não, não pensei em você."

"E você nem permitiu que ele me contasse a verdade", Elisa acrescentou, ainda magoada.

"Eu não pude", Ângela confessou. "Porque estava assustada com a possibilidade de ele mudar de ideia e o meu conto de fadas se tornar o pesadelo que eu vivia todas as noites quando me deitava pra dormir. Então, em minha cabeça, eu só conseguia pensar em mim e no bebê que eu carregava. E se ele te contasse a verdade, talvez você o convencesse a não se casar comigo."

Ao ouvir a declaração da mulher, Elisa teve vontade de esbofeteá-la, mesmo depois de tudo que ela disse. Ângela tirou sua felicidade e não havia nenhum pingo de remorso no olhar dela.

"Eu queria dizer que me arrependo do que fiz, Elisa. Juro que sim. Mas a verdade é que não me arrependo, pois a Marina é a coisa mais importante da minha vida. Eu viveria tudo de novo mil vezes por ela. Você é mãe e sabe o quanto amamos um filho. As loucuras que somos capazes de fazer por eles."

"Por que tá me contando tudo isso agora?", Elisa desejou saber, sacudindo a cabeça.

"Porque devo isso ao Heitor. Com 17 anos de atraso, mas devo", Ângela declarou, dando um sorriso triste. "E saiba que ele é o melhor pai que o seu filho poderia ter."

———— ✖ ————

— A Ângela me procurou pra conversar — Elisa revela, encarando o conteúdo no interior da xícara que Heitor acaba de lhe entregar, refletindo com cuidado sobre suas palavras. — Ela me contou tudo.

Ambos ficam em silêncio por um momento enquanto Elisa bebe um gole do chá, percebendo o quanto suas mãos estão trêmulas.

— Quando me disse que a Ângela tinha tido um bebê, há dezessete anos, eu fiquei destruída. Tentei entender a razão de você ter feito isso comigo, com a gente. Na minha cabeça não fazia sentido. Ao mesmo tempo, a Ângela era linda, estava fora de Brasília e você a visitava com frequência, a gente mal se via por causa da faculdade, enfim, havia motivos pra vocês terem se conectado emocionalmente, mesmo que eu me recusasse a aceitar isso. — Elisa suspira, passando a mão no nariz e correndo os olhos pela sala. — Então considerei as possibilidades de a gente superar aquilo.

— Você estava disposta a me perdoar e a aceitar que eu fosse o pai da Marina — Heitor se recorda, encarando-a.

Elisa concorda com a cabeça.

— Mas você me rejeitou — ela diz, dando um sorriso sem alegria.

— Eu não podia deixar a Ângela sozinha naquele momento — ele procura explicar, pousando sua xícara sobre a mesa de centro, incomodado com o olhar de Elisa. O mesmo olhar ressentido de quando rompeu o relacionamento dos dois. — Ela precisava de mim ao lado dela pra encarar tudo.

— Eu achei que você a amasse e isso me doeu tanto que pensei que ia morrer — Elisa confessa, sentindo uma onda de nostalgia invadir suas lembranças. — Por um tempo, achei que fosse responsável por você ter se afastado, ter se apaixonado por outra mulher. Eu passei por tantos estágios, Heitor. Culpa, raiva, tristeza, depressão. Ter que seguir adiante quando não se entende o que aconteceu é muito complicado.

— Eu não pude te explicar — Heitor lamenta, cabisbaixo. — Mas eu também sofri muito, Elisa, porque eu te amava. Eu também fiz planos com você, mas a vida acabou me guiando por outro caminho. Mas não pense que foi fácil tomar essa decisão.

— Na época não me pareceu que tivesse sofrido — Elisa fala, suspirando. — E aguentar todo mundo que a gente conhecia me perguntando o que tinha acontecido, por que tínhamos terminado, isso tornava tudo muito pior. Meus pais não aguentavam mais me ver perambulando pela casa, então tranquei a faculdade e fui viajar, pra sair de Brasília e tentar te esquecer. Foi lá que descobri que também estava grávida.

Heitor sente a respiração aumentar enquanto o coração se acelera no peito. Ali está um dos momentos pelo qual ele esperava tanto. A hora da verdade.

— Isso quer dizer que... o Vinícius é... Ele é meu filho? — pergunta, ansioso pela resposta.

Elisa o encara em silêncio por alguns minutos e, então, agita a cabeça afirmativamente.

— Por que não me contou, Elisa?
— Porque não podia perdoar o que você fez — ela responde com sinceridade, sentindo lágrimas nos olhos. — Eu não conseguia deixá-lo ser o pai do meu filho depois de tudo que aconteceu, Heitor. Eu estava ferida, mas estava com raiva também. Não pude passar por cima do que sentia por sua causa. Não mais.

Heitor a olha, tentando assimilar suas palavras. Poderia dizer que entendia suas razões, mesmo que egoístas em certa medida, mas não conseguia. Ela o havia privado da convivência com o filho durante dezessete anos simplesmente para castigá-lo.

— Meu Deus, Elisa... — Heitor fala, levantando-se e caminhando pela sala. Passa as mãos no cabelo na tentativa de se acalmar. — Você preferiu deixar o Vinícius crescer sem pai do que...

— Ele não cresceu sem pai, Heitor — Elisa o interrompe, movendo a cabeça de um lado para outro. — O Vinícius foi um excelente pai para o Júnior. O melhor que ele poderia ter tido.

— Porque você me negou esse direito! — diz, irritado pelo egoísmo da mulher diante de si, que em muito se difere da garota que namorou no passado. — Eu poderia ter...

— Poderia o que, Heitor? — Elisa fala, num tom vencido. — Você fez a sua escolha, eu fiz a minha.

— Eu teria dado um jeito de fazer as coisas funcionarem, eu...

— Para, por favor — ela implora, secando os olhos enquanto também se levanta. — Você não tem o direito de me acusar assim. Não sem ter me contado a verdade antes.

— Sabe que eu não podia contar, Elisa — Heitor diz, parando de caminhar e a encarando. — A Ângela me implorou pra não contar. Ela só tinha 18 anos. Eu não podia permitir que... E depois, não queria que a Marina crescesse tendo consciência da abominação que aconteceu com a mãe dela. Eu precisava protegê-las.

— Talvez sim, talvez não — Elisa fala, dando um longo suspiro. — E, honestamente, tudo bem, Heitor. Levou dezessete anos, mas, finalmente, tive a explicação de que precisava pra deixar tudo isso pra trás. Eu só espero que você possa fazer o mesmo, porque estou cansada de viver na sombra desse passado horrível e doloroso. Nada do que dissermos um para o outro agora vai mudar o que aconteceu, então não temos escolha a não ser seguir em frente.

Refletindo por um longo momento, Heitor concorda.

— Tudo bem, Elisa. Você está certa. Não podemos mudar o que passou. — Lutando para não demonstrar a decepção que sente, ele acrescenta: — E já que tudo foi esclarecido, gostaria que me ajudasse numa aproximação com o Vinícius. Eu quero que ele saiba que sou o pai dele.

— Claro, Heitor. É seu direito — Elisa concorda. — Só preciso que me dê um tempo. O Júnior perdeu o pai adotivo recentemente, ainda está abalado. Não posso jogar essa novidade em cima dele agora. Não seria justo.

— Eu entendo. Não vejo problema em esperar desde que me permita atendê-lo na minha clínica. É uma forma de passar algum tempo com ele, de conhecê-lo e prepará-lo pra saber a verdade.

Ainda que a contragosto, Elisa aceita.

— Bem, preciso ir — ela diz, encaminhando-se para a porta. Heitor abre para ela. — Heitor... — Elisa para na porta e reflete alguns segundos. Por fim, toma coragem de perguntar: — Foi fácil pra você esquecer o que vivemos?

— Eu nunca esqueci, Elisa. Você foi uma parte importante da minha vida e isso não se apaga — ele revela, apoiando-se na porta. — Mas fiz o que precisava fazer e não me arrependo disso. Gostaria de ter sabido antes sobre o Vinícius, mas... — Ele não conclui a frase.

— A Ângela foi muito corajosa — Elisa comenta, sorrindo genuinamente. — Vocês dois foram. Eu não sei se no lugar dela teria encarado tudo aquilo.

Os dois se olham momentaneamente.

— Boa noite, Heitor — ela se despede, acenando para ele.

— Boa noite, Elisa — ele responde, observando-a se afastar no corredor do prédio. Espera sinceramente que, depois de tudo que foi dito, as coisas melhorem entre eles.

> Por tanto ter sido deixado para trás, aprendeu a dizer adeus antes de ser abandonado outra vez...
> (Augusto Branco)

Dizendo adeus

Enquanto prepara o café da manhã, Heitor escuta o barulho da fechadura da porta e imediatamente sabe que é Marina, pois, além dele, ela é a única que tem a chave do apartamento. A garota que entra está tão fragilizada que ele custa a crer que seja a mesma Marina que esteve ali poucas semanas antes, dançando uma música de Tim Maia. Seu peito se contrai ao encarar os olhos azuis apagados e vermelhos por causa de lágrimas que transformaram seu rosto, deixando-o inchado e vermelho. Os lábios comprimidos indicam que ela se esforça para não chorar mais.

Marina o encara fixamente e, numa comunicação silenciosa, ambos se abraçam intensamente. O abraço de Heitor é reconfortante e ela se dá conta do quanto sentiu falta da presença dele, forte e tranquilizadora. Interiormente, recrimina-se por não o ter procurado antes.

— Eu sinto muito, pai – a garota fala, com o rosto enterrado no peito dele enquanto soluça. – Eu sinto muito mesmo. – Não diz mais nada, contudo Heitor compreende o quanto ela se sente culpada por não ter aparecido antes. Além disso, percebe toda a angústia que a filha traz no peito, não apenas por ter descoberto toda a verdade, mas por algo que ele ainda não pode identificar. Talvez a causa seja Cristiano, pensa consigo, pouco antes de dizer:

— Tá tudo bem, Nina. Entendo que as coisas não têm sido fáceis.

— Mas eu devia ter vindo antes – ela fala, afastando-se para encará-lo nos olhos castanho-escuros. – Porque você é o meu pai, né? Meu pai do coração.

Heitor segura o rosto dela entre as mãos.

— Não duvide disso nem por um segundo, minha filha.

— Eu fiquei com medo, pai, porque a mamãe disse que talvez você tenha outro filho – Marina revela, mordendo o lábio. – Não é irônico? – Ela sorri com tristeza.

Heitor a conduz pela sala, fazendo com que se sente numa das cadeiras diante do balcão da cozinha americana.

— Marina, escuta com atenção o que vou te falar e nunca se esqueça: DNA não faz de uma pessoa filha de alguém. Isso o que faz é a escolha, a vontade. Eu *quis* ser o seu pai. Eu escolhi isso. Você sabendo a verdade ou não, nada vai mudar. Eu te amo e ninguém pode tomar o seu lugar na minha vida, querida.

— Promete, pai?

— Eu prometo. Nós seremos a família que sempre fomos. Não quero que pense nada diferente disso, por favor.

A menina o encara, emocionada. Em seguida, abraça-o, sentindo os lábios dele em seus cabelos.

— Tudo que a sua mãe e eu fizemos foi pra te proteger.

— Eu sei, pai – Marina diz, secando o canto dos olhos. – E agora entendo, de verdade. Imagino tudo que tiveram de sacrificar por mim e me sinto abençoada por ter vocês dois como pais.

— Mesmo tendo renunciado a muitas coisas, Nina, eu faria tudo de novo. Por você e pela Ângela, eu faria qualquer coisa.

Ela concorda com a cabeça.

— Aproveitando, eu quero ser o primeiro a te dizer – Heitor prossegue, encarando-a com cautela. – Ontem, a Elisa, mãe do Vinícius, esteve aqui.

— É verdade? Ele é seu filho?

— É, sim. Agora você tem um irmão. O que sempre pediu quando era criança, lembra?

— Eu achava que ter um irmão era como ter um bichinho de estimação. – Ela se recorda. – Lembro que prometi dar banho e comida pra ele.

Os dois riem.

— O Vinícius é um bom garoto. Eu tenho certeza de que vocês dois vão se dar bem.

De imediato, Marina se recorda do garoto em companhia de Joana e fica apreensiva. Espera que, diferentemente da irmã postiça, ele seja, de fato, uma pessoa boa.

———— ✂ ————

Mais tarde, Heitor e Marina estão jogando xadrez, sentados à mesa da cozinha, e ele observa o semblante dela, perdida em pensamentos enquanto o aguarda fazer o próximo movimento.

Marina recorda-se das palavras de Cristiano sobre como ela é tola por achar que ele pudesse retribuir os sentimentos que ela nutre por ele. Sobre a forma ingênua como se comporta, mesmo tendo passado por tantas tribulações. E lá está ela, querendo se entregar ao pranto mais uma vez. Tola, ele tem toda razão. É, de fato, tola e ingênua.

— Pai? – Marina fala, num sussurro, pigarreando para fazer a voz soar mais firme.

— Sim, meu amor.

— O senhor acha que o tempo pode curar qualquer coisa? – A pergunta soa melancólica aos ouvidos de Heitor. Agora tem certeza de que alguma coisa a mais aconteceu com a menina. Mas não perguntará. No momento certo, se assim Marina quiser, conversarão sobre isso.

— Infelizmente, filha, há coisas que não podem ser curadas — Heitor declara, movendo o bispo quatro casas pelo tabuleiro, e complementa: — Mas o que não pode ser curado, o tempo trata de amenizar para que se torne tolerável. Então a gente acaba aprendendo a viver com a dormência constante de certas coisas.

— Isso quer dizer que o tempo não é um remédio muito eficaz — Marina murmura, engolindo o bolo na garganta, que não se dissolve. Então, se é assim, como viver sabendo que, volta e meia, a ferida vai latejar? Que, de vez em quando, no meio de um ataque de risos, haverá a sensação de vazio corroendo o peito? Que tipo de vida é essa?

A voz segura de Heitor interrompe as reflexões de Marina enquanto ele segura a mão dela sobre o tampo da mesa.

— Você vai perceber, Nina, que não é o fim do mundo. Porque não há absolutamente nada que não possamos enfrentar nesta vida, por mais difícil que pareça. O tempo pode não ser um remédio muito eficaz, mas, em algumas situações, ainda me parece ser o melhor remédio.

Heitor não estava errado quando disse que não seria o fim do mundo, pois, realmente, mesmo sendo difícil encarar as coisas, a vida não parou. Dia após dia, Marina precisa se levantar e seguir a rotina de um dia como outro qualquer porque o mundo não lhe deu tempo para tentar se adaptar a situação alguma. Foi preciso ir às aulas e ver Cristiano sentando-se em seu canto rotineiro, aparentando nem se lembrar de tudo que tinha acontecido nos dias anteriores. Ele continua com as piadas idiotas, o humor sarcástico de sempre e as cantadas baratas às garotas da sala, que se derretem ao menor sinal de atenção que ele lhes dispensa.

Na ACSUBRA as coisas são piores, pois, não raras ocasiões, precisam desempenhar algum tipo de tarefa juntos. Marina sempre o faz em silêncio, ainda que Cristiano abra a boca o tempo todo, como se tudo estivesse bem. A situação é estranha e volta e meia os colegas e as freiras perguntam o que tinha acontecido entre os dois, mas nenhum deles explica absolutamente nada, apenas fingem normalidade.

Leo e Ayumi se mostram solidários, tentando melhorar o humor da garota sempre que ela fica fora da realidade por tempo suficiente para iniciar uma retrospectiva do tempo que passou na casa de Cristiano. Mas nada podem fazer quando as recordações de Marina vêm de alguma coisa, como uma música tocando na rádio ou um Jeep idêntico ao dele, trafegando pelas ruas enquanto ela volta para casa. Nada disso facilita, no entanto Marina tenta seguir adiante, mesmo que no escuro do quarto, durante as três últimas noites, tenha chorado até cair no sono.

No silêncio pesado das madrugadas é que as lembranças mais machucam, porque, quando fecha os olhos, consegue sentir os dedos de Cristiano deslizando gentilmente por seu rosto. Pode sentir a respiração quente dele próxima aos seus lábios enquanto se inclina para beijá-la. E se pergunta se, onde quer que ele esteja, sente todas essas coisas também. Se a saudade o afeta da mesma forma. Mas é óbvio que não.

Na última semana, a casa do pai tornou-se seu refúgio mais seguro. Ângela a visita praticamente todos os dias e, mesmo que não verbalize, um olhar de súplica sempre lembra à Marina como a mãe quer que ela retorne para casa. No entanto, sempre que se imagina fazendo isso, recorda-se da presença de Joana e desiste da ideia. Por enquanto, nada pode oferecer à mãe a não ser algumas visitas quando Joana está ausente.

⸻ ✂ ⸻

Cristiano observa Marina sempre que ela está concentrada em jogar xadrez com uma das crianças da ACSUBRA enquanto outras assistem, esperando para jogar também. Ele aprendeu a identificar o sorriso que ela dirige a cada uma quando as olha como superficial, pois, além de não apresentar as ruguinhas características ao redor dos olhos, Marina expõe mais dentes do que normalmente faz quando seu sorriso é verdadeiro. Conversar com ele parece ainda pior para ela. Não o olha nos olhos e a voz é sempre tão sussurrada que várias vezes ele teve de pedir que ela repetisse o que havia dito.

Mesmo que ele se negue a admitir, a verdade é que sente falta dela, mas se obriga a superar o sentimento. Ele reza para que ela faça o mesmo e as coisas voltem ao normal algum dia para que eles possam dizer adeus a tudo que passou.

Ao final daquela sexta-feira, Cristiano termina de recolher algumas bolas do quintal e as guarda na despensa. Então se despede de todos para ir embora. Percebe que Marina se ausentou nessa hora a fim de evitar algum tipo de cumprimento da parte dele. Sente um incômodo por dentro, mas procura ignorar, e caminha para a saída do casarão.

Quando chega aos portões, percebe, na verdade, que Marina está do lado de fora. Estranha a maneira como ela mantém os braços cruzados e morde os lábios, aparentando nervosismo. Caminha até parar perto dela, que anda de um lado para outro, na calçada da frente.

— Tchau, Tampinha — despede-se, evocando o velho apelido, que agora parece ter um som estranho aos ouvidos.

— Cristiano — Marina chama, antes que ele entre no Jeep. — Quero falar com você.

O rapaz se vira, examinando-a de alto a baixo, achando curioso o contato depois de cinco dias de pura indiferença.

– O que foi?

– Eu preciso muito que pare de vir aqui.

– Como é? – o rapaz indaga, franzindo o cenho, aparentando incompreensão.

– Não finja que se interessa pelo trabalho voluntário, por favor – Marina pede, encarando-o nos olhos pela primeira vez desde que discutiram na casa dele. – Isso é só um castigo pra você, mas significa muito pra mim – ela conclui, apelando para a consciência do rapaz.

Um sorriso arrogante surge nos lábios dele.

– Devia parar de me subestimar – ele diz, com descaso. – Eu disse que tinha que tocar a quermesse e *vou* tocar a quermesse. Se não percebeu, isso só tá acontecendo por *minha* causa. É *minha* ideia e *meu* dinheiro.

A presunção de Cristiano a atinge em cheio. Às vezes, é difícil acreditar que duas personalidades tão distintas possam viver dentro de uma só pessoa, o que leva Marina a crer que uma das duas seja disfarce. Tenta imaginar qual delas é a falsa, no entanto, a essa altura do campeonato, é impossível.

– Pode ficar com todos os créditos, se quiser – Marina fala. – Podemos fazer uma espécie de agradecimento formal no dia da quermesse. Mas isso em nada impede que encerre suas visitas.

– Eu gosto de vir pra garantir que o trabalho não vai parar sem mim – ele diz, imaginando qual será a reação da menina, que troca o peso do corpo de uma perna para a outra.

– Este lugar nunca precisou de você pra ir pra frente.

A primeira atitude de Cristiano é dar uma risada cínica. Em seguida, ele declara, cheio de arrogância:

– Jura? Porque até algumas semanas atrás, as portas da ACSUBRA estavam a um passo de serem fechadas. Então, admita ou não, Marina, este lugar precisa, *e muito*, de mim. Aliás, sem querer me gabar, precisa mais de mim do que de você, com sua Libras e seus sorrisos falsos – completa, apenas para aborrecê-la. – Portanto trate de tirar o seu cavalinho da chuva porque eu não vou parar de vir aqui só porque você quer.

Marina morde o lábio inferior, fechando os olhos por alguns segundos enquanto reflete sobre o que ele disse. Cristiano está certo. A ACSUBRA precisa muito mais do dinheiro dele que do trabalho voluntário dela.

Ao perceber que ela chega à mesma conclusão, isto é, de que aquela instituição precisa de seu apoio financeiro, Cristiano dá um sorriso ardiloso. Independentemente, Marina terá de aceitar sua presença. E, dessa forma, ele poderá vê-la e matar um pouco da saudade que sente da companhia dela. De longe, é melhor que nada.

– Você tá certo – ela concorda, encarando-o por alguns segundos.

– Isso não é nenhuma novidade – ele fala, sorridente. – Agora que já estamos resolvidos, vou nessa. – Cristiano se vira para ir embora.

– Eu saio – Marina diz, antes que ele dê mais algum passo.

O rapaz congela, ainda de costas, imaginando se entendeu bem as palavras que ela disse. Respirando fundo, questiona:

– O que quer dizer com isso?

– Hoje a ACSUBRA precisa muito mais de dinheiro do que do trabalho que desempenho aqui – ela explica, envolvendo o corpo com os braços. – Eu amo este lugar, mas não a ponto de me submeter à sua presença todos os dias.

– Agora a minha presença te incomoda? – Cristiano não contém a acidez da voz. – Enquanto ficou na minha casa pareceu que gostava. Você mente melhor do que eu pensava.

– Eu não quero mais brigar – Marina diz, agitando a cabeça. – Você deixou bem claro que nada vai acontecer entre nós dois, que você é alguém que se basta. Ótimo. Mas eu, Cristiano, ao contrário, *tenho* sentimentos. – Ela aponta para o próprio peito. – Ver você me faz mal. Estar perto de você me faz mal. Preciso cicatrizar essa ferida.

Ele entende o que ela quer dizer. Marina está apaixonada, no entanto Cristiano deixou claro que ambos não poderão ficar juntos. Para ele, vê-la no colégio e na ACSUBRA é como uma pequena dose de tranquilizante, algo que auxilia. Para ela, no entanto, é veneno. Mas ele é egoísta demais para renunciar a ela por completo. Contudo Marina o está boicotando.

– Você tá sendo ridícula e infantil – ele fala, com as pupilas dilatadas pela raiva.

– Entenda como quiser – Marina diz. – A sua opinião não me importa. Pode continuar desempenhando seu papel espetacular de *voluntário do ano*. Eu vou embora. Só espero que você faça mesmo as coisas funcionarem, que não abandone o barco. Por favor – Marina acrescenta, suspirando.

– Tá falando sério? – Cristiano pergunta, vendo-a se virar para entrar na ACSUBRA. – Ou é apenas uma chantagem barata?

– Eu não faço chantagens, Cristiano – Marina fala. – Virei pra quermesse, mas, a partir de segunda, não serei mais voluntária aqui. A gente precisa dizer adeus àquilo que não nos faz bem.

Cristiano dá uma risada amarga.

– Tudo bem, Marina. Você venceu. Vou te poupar de ter de conviver comigo. Aqui ou em qualquer outro lugar, inclusive na droga daquele colégio.

Nesse instante, ela se vira.

– Como assim, Cristiano?

– Vou sair de uma vez da sua vida, Marina. Não é isso que quer? Então pode ficar tranquila. Nunca gostei mesmo de estudar – diz, apenas para testá-la. Quer que ela mude de ideia, que ela peça para ele ficar.

– E a promessa que fez ao seu pai? – Marina indaga, sem crer que Cristiano possa ser tão radical a esse ponto. Uma coisa é parar de frequentar a ACSUBRA, outra bem diferente é deixar de estudar. Com o término do ano letivo se aproximando, não acha que ele precise abandonar o colégio, pois não precisarão conviver por muito tempo.

— E o que isso te interessa, garota? — Cristiano reage secamente. — Não foi você quem acabou de dizer que te faço mal?

A menina sorri, agitando a cabeça negativamente. Ele não muda mesmo, sempre se arma de agressividade para coibir as pessoas.

— Tem razão, não me interessa. Vai lá, arruíne a sua vida completamente. Afinal, uma pessoa tão destrutiva como você não vive por outro motivo, né?

Cristiano dá um sorriso sombrio para, então, dizer:

— Pode apostar que não. — Em seguida, gira nos calcanhares e entra no carro, batendo a porta com força. Marina ainda pensa em chamá-lo, mas desiste no último instante. Provavelmente, ele não se incomodará em responder, sobretudo porque está zangado com ela. Suspirando, observa enquanto ele arranca com o carro, saindo da ACSUBRA o mais rápido que pode.

⚜

Cristiano dirige com uma música alta tocando no som do carro. A velocidade aumentando ao passo que seus pensamentos passam por Marina, no que ela falou sobre ele ser uma ferida que precisa ser cicatrizada. Um sentimento de abandono o invade, como se ela tivesse retirado dele a única razão que ele tem para tolerar a sua existência. Não entende como pode se sentir dessa forma, pois sabe que ela está certa. No entanto, desde que ela se foi, nada é suficiente. Ainda que gaste fortunas com sapatos que mudam apenas na cor, relógios de marcas famosas e perfumes importados, ele continua precisando *dela*. Não há nada capaz de substituí-la, substituir a necessidade que ele tem dela. E ela desistiu. Levantou a bandeira branca. Ele conseguiu afastar a única pessoa que o queria por perto. E, depois disso, Cristiano morrerá sozinho, como Salete falou.

A velocidade aumenta ainda mais, cortando carros pelas ruas de Brasília e realizando ultrapassagens perigosas apenas pela sensação de perigo. *Destrutivo*, ela disse. Não há razão pela qual viver, então por que não colocar um ponto final de uma vez?

Os olhos castanho-esverdeados estão presos no asfalto, mas a atenção está bem longe. E isso foi suficiente para que tudo acontecesse: num segundo, tudo está em ordem e, de repente, uma bicicleta surge no caminho. Cristiano joga o carro para o lado, perdendo o controle e se chocando contra um poste, que desaba sobre o automóvel. E então, rápido como ele dirigia, tudo acaba.

> De tudo, ficaram três coisas: a certeza de que ele estava sempre começando, a certeza de que era preciso continuar e a certeza de que seria interrompido antes de terminar.
> (Fernando Sabino)

DE TUDO, TRÊS COISAS

— Cristiano, Cristiano, acorde. — Uma voz grave chega até o rapaz, como se vinda de outra dimensão. É tão familiar quanto a respiração, ainda que ele tenha demorado a reconhecer a quem pertence. Tem a sensação de que seus órgãos internos se tornaram gelatina e chacoalham ao menor sinal de movimentação. — Vamos, Cristiano — a voz insiste de forma paciente, porém firme. — Não pode ficar aqui pra sempre.

Lutando para abrir os olhos, Cristiano percebe que alguém se curva sobre ele, um semblante escuro contra um fundo cuja claridade é muito forte. Os olhos doem, fazendo-o franzir o rosto enquanto se protege da iluminação, e manchas coloridas pipocam em seu campo visual de uma forma que faz sua cabeça latejar. A boca está extremamente seca, como se não tomasse água há dias. Se havia bebido, essa é, de longe, a pior ressaca pela qual já passou.

— Acho que vou vomitar — diz, sentindo um gosto amargo na boca. Tem a sensação de não escovar os dentes há um prazo superior ao aceitável. Ou, provavelmente, já tenha vomitado. Sua voz lhe soa rouca aos próprios ouvidos. Pergunta-se por quantas horas não exercitava a fala. Tentar engolir é pior, pois um bolo estranho raspa o fundo de sua garganta, provocando uma dor aguda.

— Você estava dormindo há muito tempo — a voz lhe responde, como se Cristiano tivesse perguntado isso em alto e bom som. Acha que perguntou mesmo, mas não tem certeza. Está confuso. O que tinha acontecido, afinal? — Sente-se, moleque. Precisamos conversar — o estranho diz. Pelo timbre, identifica que a voz pertence a alguém do sexo masculino, de mais ou menos meia-idade.

Esfregando os olhos mais uma vez, Cristiano se senta. Quando seus olhos se adaptam, o rapaz nota que esteve deitado num banco de ardósia, num parque gramado cuja aparência não é das mais hospitaleiras.

— Como cheguei aqui? — pergunta, balançando a cabeça de um lado para outro lentamente enquanto, aos poucos, a sensação etérea se dissipa.

— Não se lembra do que aconteceu? — o homem indaga, examinando com calma o garoto, que mantém os olhos num Ipê roxo, a alguns metros de distância. Mas estão na época em que essas árvores florescem? Cristiano não sabe dizer.

– Não sei – responde, mordendo o lábio, ainda fitando a árvore florida. É de uma exuberância única e uma das razões pela qual gosta de Brasília é por haver tantas árvores assim.

– Cristiano, procure manter o foco – o homem pede, segurando o ombro do rapaz, que se vira para encará-lo. Só então reconhece os olhos, que não são castanhos nem verdes, o nariz aquilino, a barba cheia bem aparada, o queixo delgado e as maçãs altas.

– Pai? É você? – pergunta, arregalando os olhos, ainda duvidando do que vê.

– Sou eu – Túlio diz, intensificando a pressão no ombro do filho num gesto de afeto.

– *Pai!* – Cristiano lança-se nos braços dele, sentindo uma alegria inexplicável com o calor do contato. Quantas vezes ansiou pela oportunidade de abraçar o pai novamente. Mas alguma coisa está errada. Sua última lembrança é de estar dirigindo e, então, alguém de bicicleta cruzar seu caminho... – Houve um acidente – sussurra, capturando os olhos do pai, que balança a cabeça, confirmando. – Eu desviei de uma bicicleta, mas bati num poste. – Os fragmentos começam a se juntar, completando o quebra-cabeça. Cristiano chega à terrível conclusão. – Eu tô morto?

– O que você acha? – o pai pergunta, sereno.

– Eu tô morto... – Cristiano repete, desalentado. – Por isso estamos conversando. Eu sabia que era bom demais para ser verdade. – O rapaz encara o pai com olhos repletos de mágoa. – Você era meu pai e aquela doença horrível te tirou de mim. Não foi justo.

– Eu sou seu pai, Cristiano. Jamais poderão tirar isso de você – Túlio fala serenamente, mantendo os olhos nos do filho. – E não cabe a você definir o que é ou não justo. Lembre-se de que as medidas são idênticas tanto para o réu quanto para o juiz. – Alerta-o.

– Pelo visto, o senhor continua um tolo – Cristiano comenta, desviando o rosto para o outro lado, infeliz.

– É você quem é tolo, meu filho – Túlio diz, contemplando as costas do jovem. – Venha, vamos caminhar um pouco. – Então ele levanta-se e espera que Cristiano o siga.

O rapaz respira fundo, inseguro. Não sabe se realmente quer ter essa conversa. Ainda não absorveu o fato de que está morto. Como as coisas mudam de repente na vida das pessoas.

– Ande, rapaz. Não temos a eternidade toda – o pai diz, suspirando e demonstrando, pela primeira vez desde que começaram a conversar, impaciência.

Cristiano tem vontade de responder que, na verdade, têm todo o tempo do mundo, pois ambos estão mortos, mas mantém-se calado. É muito para assimilar tão repentinamente. Imaginava que depois da morte não havia mais nada e ali está ele, no entanto, conversando com o pai.

Observando enquanto Túlio insiste com um gesto de cabeça para que se apresse, Cristiano ergue-se e o segue pelo gramado vivo e bem aparado. Acha o clima sombrio e meio nostálgico e imagina que o sentimento provém do fato de não estar mais vivo. Um vento frio sopra as folhas das árvores, eriçando os pelos de seu corpo e, por um momento, deseja estar com uma de suas jaquetas. Depois fica pensando que não devia estar sentindo frio, já que morreu. Olha o pai, um passo à frente, que parece imune à temperatura.

— Você se acostuma — Túlio murmura, e Cristiano acha estranho o fato de ele ter acesso aos seus pensamentos. Mas talvez o pai só o tenha visto esfregando os braços e presumiu se tratar de frio.

— Que lugar é este, pai?

— Ainda não conseguiu perceber? — Túlio responde, e aponta para uma construção alta à frente, com dois pilares sustentando, cada um, uma estátua de pedra em formato de crianças gorduchas com asas. São querubins, supõe Cristiano.

Só então lhe ocorre que a construção é um mausoléu. Assim que se aproximam o suficiente, consegue ler o nome da família a que pertence: *Andrade*. Provavelmente, alguma família rica e prestigiada para dispor de tamanha estrutura. Por trás do mausoléu, Cristiano repara numa sequência de outros túmulos. Afinal, dá-se conta de que estão em um cemitério. Por isso a energia estranha e o silêncio sepulcral. Enquanto caminham entre jazigos que Cristiano teme profanar, ele questiona, num fio de voz:

— O que estamos fazendo aqui, pai?

— Por que fala tão baixo? Por acaso teme acordar os mortos? — O pai brinca, e Cristiano acha que essa não é a melhor hora para piadas, mas não comenta nada. Se ambos estão ali, por que outros mortos não podem estar também? O que impede que mais pessoas possam acordar de seu descanso eterno? Cristiano agita a cabeça para banir o excesso de pensamentos ridículos. — Quero te mostrar uma coisa — Túlio fala, virando à esquerda, com Cristiano a seu encalço. Eles caminham por cerca de dez minutos, até pararem diante de um túmulo recente. A grama recém-plantada demonstra sinais de que foi molhada naquele dia. Ao ler o que está escrito na lápide, o rapaz sente de imediato vontade de vomitar.

Cristiano Ferreira da Silva

Não há mais nada escrito ali. Nem uma prece por sua alma, nem um lamento dos que ficaram, por sua vida ter sido interrompida. Porque ele não tem quem possa se lamentar. Um nó comprime seu peito enquanto permanece encarando aquela lápide vazia.

— Valeu a pena, filho, a sua vida? — Túlio pergunta lúgubre, após alguns minutos em silêncio.

— Não era pra ter sido assim — Cristiano sussurra, com a voz trêmula.

— Não. Mas você tomou suas decisões, Cristiano. Você é responsável por elas — o pai responde com pesar, olhando para ele, que encara seu nome na lápide, hipnotizado. — Você deixou de acreditar. De ter esperança.

— Como alguém pode perder a única pessoa que o amava e ainda ter esperança, pai? Como eu podia acreditar em alguma coisa, se implorei tanto por um milagre, mas não adiantou? — Cristiano se vira para Túlio, os olhos cheios de água e a dor tomando sua face. — Eu *precisava* de você.

— Eu sei. E sinto muito por não estar lá, filho — Túlio lamenta, olhando os traços fortes ocultando o menino que um dia Cristiano foi. — Mas nunca te abandonei, Cristiano. Estou vivo em suas lembranças e em seu coração. E aí sempre estarei com você.

— Não é a mesma coisa — Cristiano responde, amargurado. — Se estivesse comigo tudo seria diferente.

— Acredite em mim, Cristiano, eu *sei*. Mas mesmo que eu não esteja ao seu lado, precisa aprender a carregar o seu fardo — o pai fala, tocando a parte detrás das costas do filho. — E se deixar as pessoas que te cercam te ajudarem, pode ser mais fácil.

— A única pessoa que eu tinha era você — Cristiano fala, no entanto, contrariando sua declaração, alguém vem caminhando pelo outro lado até parar diante do túmulo: Marina. Há um buquê de rosas em sua mão. Seus olhos estão vermelhos e o corpo se agita por causa do pranto. — Marina — Cristiano sussurra, admirado.

A garota se abaixa diante do túmulo, depositando as rosas com gentileza. Em seguida, deixa a mão descansar sobre a lápide.

— Ah, Cristiano. Por que fez isso? Tinha tanto pra viver ainda. Mas nunca se importou muito com isso, né? Nunca se importou em machucar as pessoas que te amavam.

— Não é verdade — ele responde, ainda que ela não possa ouvir. — Eu me importava com você, mas isso me assustava muito.

— Eu teria te amado se tivesse me permitido entrar... — Marina murmura, deslizando a mão pela lápide de Cristiano como se acariciasse seu rosto. — Eu teria estado ao seu lado e dividido o fardo com você. A gente poderia ter ajudado um ao outro.

— Mas eu... Eu não tinha nada pra oferecer — Cristiano declara, olhando de Marina para o pai, em busca de compreensão.

— Ela teria te ensinado a amá-la, Cristiano — o pai dá a resposta que ele procura. — Porque era só isso que ela queria. E era só disso que você precisava. *Amor*. Você pode ser tudo, Cristiano: corajoso, inteligente e rico. Você pode juntar todos os bens materiais que quiser ou pode doá-los à caridade, mas se não tiver amor, no fundo, você não é *nada*. Você não tem *nada*. E a sua vida e tudo que fez com ela terá sido em vão.

Cristiano sente o peso das palavras do pai atingi-lo. A sua vida não serviu para absolutamente nada. Apenas fez as pessoas sofrerem, principalmente Marina. Impingiu o sofrimento aos outros para evitar o próprio, sem saber que, se apenas tivesse demonstrado amor, não teria sofrido nem causaria sofrimento aos outros.

— Eu estraguei tudo, pai — lamenta Cristiano, sentindo as lágrimas embaçando os olhos. — Desapontei você e não vivi de acordo com o que me ensinou. Me perdoe.

— Todos nós caímos, filho. O importante é saber se levantar, seguir em frente e jamais ficar no chão.

— Eu a perdi — diz, voltando o olhar para Marina, que se levanta, ainda encarando o túmulo do rapaz.

— Você a ama?

— Eu acho que... Acho que... — Cristiano hesita, sentindo um peso no peito. — Eu a amo.

— E gostaria de estar com ela agora?

— Mas eu morri.

— Então está na hora de nascer de novo — o pai fala, tocando o rosto dele, sorrindo com honesta felicidade. — E lembre-se, Cristiano, de tudo, permanecem três coisas: a fé, a esperança e o amor. A maior delas, porém, é o amor. Nunca se esqueça disso e será feliz.

Cristiano abre os olhos, sonolento, e encara o teto branco do quarto. Devagar, toma consciência de cada membro do corpo, todos funcionando em harmonia. *Estou vivo*, pensa, respirando intensamente e sentindo uma espécie de agulhada na altura das costelas.

Corre os olhos pelo ambiente silencioso, examinando o quarto: a cama reclinável em que está deitado, o sofá ao canto, de frente para uma mesa redonda minúscula cercada por duas cadeiras, um gaveteiro e uma TV presa à parede, além de uma mesa para refeição, encostada na parede. Tudo em tons neutros e monótonos.

Inclinando-se, Cristiano tenta alcançar um copo com água sobre o gaveteiro ao lado da cama, mas sente novamente as agulhadas nas costelas e volta à posição original, segurando o lado do corpo com a mão direita. A mão esquerda, percebe, está imobilizada na altura do pulso, que também lateja de dor.

Respirando com cuidado, ele fecha os olhos, tentando se lembrar de como tinha ido parar naquele quarto de hospital. As imagens do acidente dançam em suas memórias, misturando-se ao sonho recente com o pai e a sensação de vazio quando imaginou que estava morto. Nunca se sentiu tão aliviado por acordar e descobrir que tudo não passara de um sonho. Contudo, o que sentiu provavelmente demorará a ser esquecido. O desespero por pensar que havia desperdiçado tudo. Muita coisa se passa em sua cabeça e ele precisa organizar os pensamentos.

Alguém entra no quarto. Cristiano desvia o rosto para a porta a fim de encarar a médica rechonchuda, que segura uma prancheta diante dos olhos, analisando o que está escrito ali.

– Cristiano Ferreira da Silva – ela lê em voz alta, marcando algo na folha com uma caneta azul pouco antes de olhá-lo. – Como está se sentindo?

– Como se tivesse batido com tudo num poste – ele responde. A voz arranha no fundo da garganta.

A médica ri, embora a intenção do rapaz não tenha sido fazer piada.

– De fato, meu jovem, foi um acidente e tanto. A pancada foi tão forte que o poste caiu sobre o carro. É um milagre que esteja vivo, se quer saber. Ainda mais com apenas um pulso fraturado e as costelas feridas – ela fala, agitando a cabeça. – Em vinte e cinco anos de carreira, poucas vezes vi algo assim acontecer. Considere-se um rapaz de sorte.

Sorte, reflete Cristiano, é muito pouco. Talvez escapar ileso desse acidente tenha sido algo muito além de sorte.

– Há quanto tempo tô aqui? – ele pergunta, observando a médica analisar a quantidade de líquido que desce pela mangueira de soro presa em seu braço. Os cabelos dela estão presos num rabo de cavalo alto e alguns fios brancos brigam com os negros em sua cabeça.

– Dois dias – a médica responde, abrindo a pinça rolete para aumentar a dose do remédio injetado na veia do rapaz. – Anteontem, quando chegou, precisamos fazer uma cirurgia para alinhar alguns ossos quebrados. Nada muito significativo. É claro que precisará de algumas sessões de fisioterapia, mas, fora isso, você está ótimo.

Ele assente, digerindo as palavras da médica.

– E quando posso ir pra casa?

– Se tudo der certo, te libero em um ou dois dias – ela informa, aproximando-se da cama. – Quero fazer mais alguns exames, embora as tomografias não tenham mostrado nenhum traumatismo craniano. Além disso, ainda precisa ficar em observação. – A mulher pega uma pequena lanterna no bolso do jaleco e lança um feixe diretamente nos olhos de Cristiano, um por vez. – Seus reflexos estão bons – diz. – Ah! Mais uma coisa, Cristiano. Não conseguimos localizar nenhum membro da sua família porque o seu celular ficou destruído.

Me passe um telefone para contato para que eu possa avisar alguém. Devem estar preocupados com seu sumiço.

Engolindo em seco, Cristiano responde, sem olhá-la nos olhos:

— Eu não tenho parentes.

— Ah... — A médica fica desconcertada por alguns minutos. — Bem, uma namorada... amigo?

Suspirando, ele agita a cabeça negativamente.

— Nesse caso, tem alguém que queira avisar?

Cristiano pensa por alguns segundos. Com um novo suspiro pesado, declara:

— Tem, sim. Uma pessoa.

Uma hora mais tarde, depois que Cristiano faz sua primeira refeição desde que chegou ali, alguém entra no quarto. Ela fica parada, por um minuto inteiro, olhando para ele, incrédula.

Cristiano se sente tão mal com o ar infeliz no semblante dela que desvia os olhos para o outro lado. Vagarosamente, ela caminha para dentro do quarto, encostando a porta. Então vai até a cama e se senta ao lado dele, segurando sua mão entre as suas.

— Ah, Cristiano... — murmura, comprimindo os lábios. Em seguida, abraça-o com força, ouvindo-o gemer em protesto por causa da dor que sente no corpo, em especial, nas costelas. — Quê que eu faço com você, menino? — Ângela diz, agitando a cabeça, desolada.

— Desculpe, Ângela, ter ligado pra você. É que... não me ocorreu mais ninguém que pudesse se... preocupar comigo.

— Você bem sabe que isso é uma mentira, né? — Ângela fala, olhando-o de cara feia. — A Marina teria vindo correndo, se soubesse. Mas é claro que, como mãe, não posso fazê-la sofrer ainda mais. — Ela sacode a cabeça, olhando-o. — Por que a magoou tanto, Cristiano?

— Eu sinto muito — ele diz, envergonhado.

— A culpa é minha também — Ângela reconhece. — Achei que ela te faria bem, que te faria ver que a vida é mais do que rebeldia desmedida. Mas vocês não combinam.

Cristiano morde o lábio.

— Eu... sinto muito — ele repete.

— Estou feliz que esteja vivo, Cristiano. Foi um milagre. Seu carro está praticamente destruído.

Ele sacode a cabeça afirmativamente.

— Eu trouxe algumas coisas de uso pessoal. — Ela muda de assunto, depositando uma bolsa sobre a mesa ao lado da cama. — As roupas são do João, então talvez fiquem um pouco grandes.

— Obrigado, Ângela — Cristiano agradece, sincero.

Ela move a cabeça, olhando-o profundamente.

— Aquele dia, eu te furtei — subitamente, o rapaz relembra, fitando o lençol da cama, sem coragem de encarar Ângela. — Mas, ainda assim, você me ajudou. Por quê?

— Porque você era só um garoto que precisava de ajuda — ela responde, suspirando. — Você só precisava de uma chance.

— Você me deu bem mais do que isso, Ângela. Não tenho como agradecer tudo que já fez por mim.

— Sim, você tem — Ângela fala, subindo os óculos com ar sereno. — Seja uma boa pessoa, faça a sua vida valer a pena.

Ele a encara enquanto Ângela segura sua mão sobre a cama.

— Prometo que vou tentar. A partir de hoje.

Ela assente, dando um sorriso largo.

Marina está sentada numa mesa do pátio, pensativa, o rosto apoiado nas mãos. As lembranças trafegam numa direção arriscada enquanto Ayumi relata um episódio engraçado que viveu na casa dos tios no último fim de semana.

Uma semana — é o que se passa em sua cabeça —, *sete dias* e nenhuma notícia do paradeiro dele. Por mais que Cristiano tenha dito que se afastaria de uma vez por todas da vida de Marina, incluindo nisso a desistência de concluir o ensino médio, e por mais que ela tenha ansiado pela distância física dele — algo que imaginou ser bom a princípio —, em seu íntimo acreditou que ele não seria capaz de ceder e deixar o colégio. Não faltando tão pouco para se formarem. Não tendo feito uma promessa ao pai de que, custasse o que fosse, teria um diploma. De ser alguém.

Ela acreditava que seria mais fácil arrancá-lo do coração sem conviver diariamente com sua presença, mas iludiu-se com essa perspectiva, pois, quanto mais distante fisicamente, mais o rapaz se enraíza em seus pensamentos, gravando-se em sua alma junto a cada memória dos dias que passaram juntos. E, com isso, uma sensação de vazio, como se tivessem arrancado uma parte importante de seu corpo, como um braço ou uma perna, abateu-se sobre ela, fazendo com que os dias se tornassem uma passagem de tempo que não faz sentido.

Uma dor que não é física, mas que incomoda tanto quanto se fosse, espalhou-se por seu peito, fazendo com que um frio esquisito a congele por dentro. Deu-se conta de que sente *saudades* dele. Quer vê-lo, ainda que isso a machuque, porque chegou à conclusão de que a saudade é mais cruel do que qualquer outro sentimento que a presença perturbadora de Cristiano possa provocar.

Leo dá um cutucão em Ayumi, que interrompe o que está dizendo com um gemido de protesto. Seus olhos escuros seguem os do amigo até encontrarem Marina, distraída, fitando Joana e Vinícius do outro lado do pátio, um casal tão improvável quanto a combinação entre pizza e café com leite. Marina, contudo, diferentemente de Ayumi, não os enxerga de verdade, ocupada com seus pensamentos. A garota sabe que estão em Cristiano.

— Ei, Marina — Leo chama, afagando-a no ombro para que volte à realidade. Como o esperado, a menina se sobressalta. Sente os olhos dos amigos, cheios de compaixão, lendo seu rosto como se pudessem enxergar sua alma.

— Em alguns momentos parece que vou ficar bem. Como disse o meu pai, não é o fim do mundo — Marina fala, apesar de nenhum dos dois ter dito nada. — Mas, em outros, eu me sinto perdida e desesperada, como se estivesse dentro de um duto de ar, buscando por uma saída que não existe. A minha esperança de superar vai ficando cada vez mais fraca e distante e eu me odeio por isso. — Enquanto fala, os olhos dela se enchem de água, lágrimas que Marina se obriga a não derramar.

Leo e Ayumi permanecem calados, pois não encontram palavras que possam oferecer algum consolo a Marina. Por isso, o rapaz a abraça, fazendo com que ela apoie a cabeça em seu ombro. Pelo sofrimento da amiga, dá-se conta do quanto Cristiano significa para ela. Gostaria de poder ajudá-la, no entanto, mesmo que arranque alguma risada de Marina ocasionalmente, o único capaz de mantê-la feliz por tempo indeterminado já deixou claro que não a quer. Não da mesma forma que ela, ainda que, no fundo, Leo tenha certeza de que Cristiano esteja negando o inegável: que sente o mesmo que Marina. Entretanto, ele se recusa a assumir isso a si mesmo e aos outros.

Quando esteve em sua mansão, Leo imaginou que seria difícil vê-los juntos, convivendo tão intimamente. No entanto, depois de ver a forma como se relacionavam, mais envolvidos do que se fossem um casal, sua visão mudou. Marina e Cristiano combinam mais do que qualquer um poderia imaginar. É uma pena que ele seja tão cabeça-dura a ponto de deixar a felicidade escorrer pelo ralo por um orgulho bobo.

— Marina, não deve deixar o Cristiano mudar quem você é — Ayumi diz, tocando a mão dela sobre a mesa. — Cadê aquela garota sorridente e que adora brigadeiro de panela? Cadê aquela menina com mechas rosa que ficava se benzendo toda vez que um palavrão escapava de seus lábios? Essa aí não é você de verdade.

— É que são tantas coisas acontecendo ao mesmo tempo — Marina procura justificar, passando as mãos pelo rosto. — Não é só o Cristiano, pra falar a verdade — revela, com a voz trêmula.

Leo e Ayumi aguardam até Marina falar:

— O Vinícius é filho do meu pai. A mãe dele o namorou na época em que a minha ficou grávida e... Eu sei que tô sendo egoísta, mas... sinto tanto ciúme disso. Ele ainda não sabe e eu gostaria que nunca descobrisse. — Marina esconde o rosto nas mãos, envergonhada pela declaração que acaba de fazer. — Sinto *inveja* dele. Tenho medo de que ele se torne mais importante do que eu, de que meu pai se sinta realizado porque finalmente vai ter um filho legítimo. Isso faz de mim uma pessoa horrível, não faz?

— Claro que não, Marina — Ayumi responde, aproximando-se dela. — Você é humana, amiga. Sentir essas coisas faz parte da nossa natureza.

— O que não quer dizer que precise se sentir mal por isso — Leo contrapõe, apertando a perna dela por baixo da mesa, num gesto de reconforto. — Marina, o tio Heitor tem verdadeira admiração por você. Quem dera o meu pai me tratasse da forma como o seu te trata. — Ele franze o rosto levemente. — E isso não vai mudar com a chegada de um irmão. Porque é isso que o Vinícius vai ser: seu *irmão*. Não por laços sanguíneos, que eu acredito que sejam muito mais fracos, mas por laços *afetivos*. Porque vão se amar como irmãos. E o tio Heitor amará os dois por igual. Então não gaste o seu tempo pensando de maneira diferente porque será um desperdício, ok? — Leo ergue uma sobrancelha, esperando que Marina responda.

A garota assente enquanto seca os cantos internos dos olhos.

— Vocês dois têm razão.

— Você vai ficar bem, Marina. Tudo isso vai passar e aos poucos vai aprender a lidar com todas essas mudanças — Ayumi diz, sorrindo com suavidade.

Marina concorda num gesto de cabeça e seus olhos voltam a olhar Joana, do outro lado, rindo de algo que Vinícius disse. Marina se pergunta como um rapaz como ele pode ter se aproximado de alguém como Joana, uma vez que ambos são visivelmente diferentes. E, então, lembra-se de Cristiano e obriga-se a desviar os pensamentos.

— Ela já tentou te pedir desculpas alguma vez? — Leo deseja saber e Marina move a cabeça negativamente. — Não que desculpas fossem bastar, mas... você sabe.

Dando um sorriso amargo, Marina declara com rigidez absoluta:

— A Joana não é capaz disso porque não se importa com o sentimento alheio. — O queixo de Marina trinca. — Como a pessoa egoísta que é, só é capaz de pensar em si mesma.

Enquanto diz isso, os olhos de Joana, que parece perceber que é alvo de comentários, encontram os de Marina, que não faz questão de esconder o desprezo.

> Dois horizontes fecham nossa vida:
> Um horizonte, – a saudade
> Do que não há de voltar;
> Outro horizonte, – a esperança
> Dos tempos que hão de chegar;
> No presente, – sempre escuro, –
> Vive a alma ambiciosa
> Na ilusão voluptuosa
> Do passado e do futuro.
> (Machado de Assis)

Dois horizontes

— Fico me perguntando o que ela pensa quando me olha desse jeito – Joana comenta, apontando o queixo na direção de Marina e os amigos, do outro lado do pátio do colégio. Vinícius também os encara e Marina desvia os olhos para longe para evitar contato visual.

— Não posso responder isso, mas acho que o que deve fazer é aproveitar a oportunidade que tem e ir à quermesse pra fazer as pazes e resolver toda essa situação de uma vez por todas. – Em seguida, o rapaz entrega à Joana o panfleto que traz nas mãos. Ela pega apenas para não ser indelicada, no entanto não se dá ao trabalho de ler o que está escrito no papel.

— O que te faz pensar que a Marina me quer num evento que *ela* organizou? – Joana indaga, franzindo o rosto com severidade para o rapaz, que não se deixa abalar.

— Você sabe que a única coisa que tem a fazer é pedir desculpas à Marina – ele fala, dando de ombros. – É a única coisa que ela espera que faça, Jo, porque não há mais nada a ser feito numa situação como essa.

— E por que acha que isso vai resolver os meus problemas? Por que acha que um simples pedido de desculpas será capaz de fazer com que a Marina volte e a Ângela me olhe sem ser somente com repulsa? – Joana pergunta, sentindo um nó tomar conta de sua garganta.

Vinícius suspira longamente enquanto Joana olha para longe.

— Viu como nem tudo é simples? – ela comenta amargamente.

— Não, a vida não é nada simples – ele diz, fazendo com que Joana volte a encará-lo. – Mas Joana, só há duas formas de encarar uma situação que a vida nos apresenta: ou você age como vítima ou como uma pessoa forte, capaz de lidar com as adversidades, como protagonista da sua história. Pare de se culpar, porque isso não resolve nada. Levante-se, vá até lá e peça perdão. E então supere. Mas não amargue derrota por uma batalha que nem teve coragem de travar.

Quando o rapaz termina o discurso, Joana está de queixo caído, assustada pela maneira contundente como ele fala. Vinícius não é uma pessoa dada a radicalismos, razão pela qual suas palavras fortes a surpreendem.

– Seu espírito otimista me dá náuseas, sabia? – Joana sussurra num tom de brincadeira, ainda que nem um deles tenha sorrido.

Olhando diretamente para aqueles olhos, que às vezes parecem castanhos e em outras negros como os seus, ela sente uma segurança honesta vinda do garoto. Lembra-se do modo como ele a abordou no ginásio, semanas antes, tentando ajudá-la. A franqueza quando disse que ela não precisava se machucar ou que não queria nada em troca. E depois, quando contou da morte do pai, oferecendo consolo a Joana quando era ele quem precisava disso.

A capacidade que Vinícius teve de se colocar em segundo plano para oferecer apoio para uma pessoa que até então só o tinha tratado com arrogância foi incrível. Desde então, está sempre perto dela, oferecendo conselhos, apoio e companhia, porque não há mais nenhum amigo de verdade em quem ela possa confiar.

Faz tão pouco tempo, mas parece uma vida. Uma cumplicidade que Joana jamais imaginou que alguém pudesse lhe oferecer, pois, honestamente, ela nunca foi uma garota boa para esperar algo de alguém. Também nunca deu mais do que algumas patadas gratuitas em todos aqueles que tentaram se aproximar.

A verdade é que ela nunca sentiu que podia confiar em alguém antes. Nunca pensou que pudessem se aproximar dela sem nenhum tipo de interesse, porque é chata demais para fazer amigos e as pessoas não gostam de sinceridade, então ninguém se sentia na obrigação de aturá-la, a ela e ao seu mau humor constante.

Mas Vinícius é diferente. Ele a aceita. Ele entende quando ela não quer papo ou reclama de pessoas que nem conhece quando demonstram algum tipo de comportamento que ela considera errado – como julgar as pessoas pela cor da pele ou pela roupa que vestem. Ele é capaz de ficar horas ao lado dela sem puxar conversa, observando a expressão frustrada em seu rosto, cansada do mundo, sem se preocupar em falar algo para acalmá-la e dizer que as coisas ficarão bem. O sorriso que ele dá é sempre sincero, pois Vinícius nunca ri de algo que não ache engraçado apenas para fazer a pessoa não se sentir mal por ter contado uma piada sem graça. Ele é franco demais para isso. Ele só oferece o que pode dar. E dá tudo de si por aqueles que ele ama.

Ele não tem vergonha de admitir suas falhas, não tenta ser o que não é. E talvez seja essa combinação o motivo pelo qual Joana se sente impelida a revelar partes de si que ainda não revelou a ninguém. Partes que ela mesma ainda não conhece por inteiro. Pensando nisso, confessa:

— Eu tenho medo de acreditar que tudo possa se resolver a partir do meu pedido de perdão. Tenho medo de ter esperanças e depois tudo dar errado.

A essa altura, os olhos da menina estão cheios de lágrimas, mas ela as contém.

— Como quando acreditei que o Cristiano pudesse me amar e fazer passar toda a dor que eu sentia. E esperar por algo que não se pode ter é a pior coisa do mundo.

Enquanto ela fala, uma lágrima escapa de seu olho, mas Vinícius alcança antes que escorra pela bochecha. Com o indicador, limpa gentilmente a face da menina, refletindo sobre como Joana é mais sensível do que deixa transparecer no dia a dia, com o rosto fechado para o mundo, como se não quisesse que ninguém se aproximasse. Talvez ele seja a primeira pessoa a vê-la desarmada, despida da armadura que ela imagina que a proteja de sofrer. Gosta de saber que ela gosta e confia nele tanto quanto ele gosta e confia nela.

— Eu entendo que não é fácil passar por coisas tão dolorosas e ainda se manter esperançoso. Mas o que seria do mundo, de nós, se a gente não conseguisse ter esperança em dias melhores? Sem esperança não há futuro. E sem futuro, Joana, não há nada. Por isso é que precisamos continuar em frente. E só Deus sabe o quanto você é maravilhosa e capaz de passar por tudo isso. Porque nenhum fardo é lançado a nós se não formos capazes de carregá-lo. Acredite em mim quando te digo isso. Você é forte e não precisa escolher o caminho mais fácil ou mais seguro.

⁓———�֎———⁓

Joana observa enquanto Vinícius examina seu quarto e por um minuto deseja ter guardado os livros no guarda-roupa em vez de simplesmente tê-los deixado empilhados num canto do quarto, ao lado dos calçados alinhados à parede. Gostaria de ser um pouco mais organizada, como as outras adolescentes convencionais.

— Quer beber alguma coisa? — ela pergunta, deixando a mochila sobre a cama e tirando o casaco do uniforme.

— Não, estou bem — ele responde, examinando fotos de apresentações de dança dela pregadas num painel perto da cama. — Eu me lembro desse dia — declara, apontando uma das fotos. — Você estava linda — acrescenta, como se pensasse em voz alta. — Quer dizer, vocês todas estavam. E dançaram muito bem.

Joana sorri.

— Você acompanha todas as nossas apresentações, né?

— É importante pra Tina, então...

— É bacana ver como vocês se apoiam.

— Meu pai sempre nos incentivou a isso — Vinícius comenta, dando um sorriso saudoso.

— Você sente falta dele pra valer, né? — Joana pergunta, sentando-se na cama.

— Diariamente — o rapaz responde, sentando-se ao lado dela.

— E como é que consegue não se deixar fraquejar? Como ainda consegue ser feliz com esse vazio dentro de você?

Vinícius fica pensativo por algum tempo, imaginando uma resposta para dar a ela. Por fim, fala:

— Acho que porque enxergo as coisas de um ponto de vista diferente do seu. A saudade que sinto do meu pai me faz lembrar os bons tempos que vivemos juntos. Cada lembrança que me permito ter são apenas as que quero recordar. O que me deprime, o que me faz mal, eu não deixo que entre no meu coração. Isso é como um tipo de veneno que nos mata por dentro — ele diz, encarando um ponto incerto na parede. Talvez seja mais fácil falar isso do que colocar em prática, mas não vai dizer à Joana que, apesar de fingir que sim, ainda não aceitou a perda precoce do pai. Que exemplo daria se revelasse isso? — Sei que o meu pai não ia querer que eu me entregasse a uma tristeza eterna por conta de algo que é a lei natural da vida. Ninguém é imortal. Como ele costumava dizer, ninguém vai ficar pra semente.

Joana move a cabeça em concordância.

— Sentir saudade não deve ser algo ruim. — Ele toca a perna dela com delicadeza. — Significa que a pessoa que perdemos foi importante pra gente.

— Acho que pra você é mais fácil porque tem lembranças do seu pai. Eu nem me lembro do rosto da minha mãe.

— Você não tem fotos dela — Vinícius diz. — Por quê?

A pergunta pega Joana de surpresa. Não é que ela não tivesse consciência de que nunca viu fotos de Lívia, mas ouvir alguém perguntando a respeito faz com que imagine se há um motivo plausível para isso. Recorda-se de já ter perguntado uma ou duas vezes para o pai a respeito e as respostas de João sempre se relacionavam ao fato de ser doloroso demais se recordar de tudo toda vez que via fotos ou qualquer recordação de Lívia. Para seguirem em frente era mais fácil não ter nada à vista.

— Meu pai as guardou — Joana fala, mordendo o lábio. — Ele acha mais fácil assim.

— Mas não gostaria de ter uma lembrança da sua mãe? — Vinícius insiste. — Não a faria se sentir mais perto dela?

— Nunca pensei muito a respeito — Joana confessa. — Acho que sempre estive muito ocupada odiando o mundo e... me esqueci de que havia formas de manter a lembrança da minha mãe viva.

— Talvez seja disso que precisa. Para torná-la real, sabe?

Joana concorda num gesto de cabeça.

— Mas chega desse tom triste! — Vinícius diz, juntando as mãos. — Vamos estudar que o nosso prazo tá bem apertado.

— Acha que ainda faz sentido tentar melhorar minhas notas? — Joana questiona, duvidosa.

— Você quer perder o ano? — O rapaz pergunta, erguendo uma sobrancelha.

— Não mesmo. Se isso acontecer eu nem sei o que será de mim.

— Então está aí a sua resposta.

Uma hora mais tarde, João entra em casa, largando a pasta sobre o sofá. Devia estar no escritório de contabilidade, fechando balancetes, mas não está com cabeça para trabalhar. Não enquanto a crise familiar que vivem não for resolvida. Suspirando pesadamente, caminha até a geladeira, pega uma garrafa de vinho e se serve de uma taça enquanto desfaz o nó da gravata.

Nesse instante, Joana cruza o corredor, parando perto da mesa, cabisbaixa.

— Não achei que estivesse em casa — diz, solvendo um longo gole da bebida e reabastecendo a taça. — Você nunca fica em casa — reformula.

Joana continua encarando o chão, tentando achar as palavras certas para dizer, mesmo tendo consciência de que elas não existem. Por fim, murmura:

— Pai... O senhor consegue me perdoar?

Depois de alguns minutos em silêncio, João suspira, sentando-se à mesa.

— Você sabe que não é a mim que deve pedir perdão, Joana. É à Ângela e à Marina, as pessoas que você feriu...

— Não é pelo que aconteceu — Joana procura explicar, atrevendo-se a encarar o pai, que parece ter envelhecido anos em dias. — É por tudo que fiz desde que se casou. Por todas as vezes que eu... te decepcionei como filha. Por ter te afastado de mim quando a única coisa que eu queria era que a gente pudesse se entender de verdade. Por ser uma filha horrível e egoísta.

— Eu não fui exatamente o melhor pai do mundo — João declara, num tom resignado. — Eu falhei com você.

— Não, pai! — Joana contesta, engolindo com dificuldade. — Eu é que...

— Eu não devia ter fechado os olhos todas as vezes que você precisava de limites — João interrompe a garota. Apesar disso, seu tom não é nada além de paciente. — Um pai de verdade não teria agido assim. Porque você é só uma adolescente que não sabe nada da vida. Ainda tem tanto a aprender, filha, e na minha ânsia de fazer as pazes com você, eu te privei de algumas lições importantes, quando deveria ter sido duro. Era disso que precisava. Não roupas, sapatos, maquiagem e todas essas coisas que comprei pra que gostasse de mim e me respeitasse como pai, pra que me perdoasse por ter me casado de novo, ainda que contra a sua vontade. Mas não era assim que eu ia conseguir resolver as coisas entre nós dois. Agora enxergo claramente. A Ângela tentou me alertar, mas eu não quis ouvir. – João para de falar, tomado pelo remorso. Se tivesse se manifestado antes, as coisas seriam diferentes agora.

– Eu vou pedir perdão pra elas, pai – Joana diz, respirando fundo. – Eu vou consertar o que fiz, de uma forma ou de outra, e prometo não ser mais um incômodo nem pra você nem pra Ângela. Só te peço uma chance... Uma chance pra me redimir. – Hesitante, ela caminha até parar diante do pai, temendo que ele a afaste. Mas João não faz isso. Apenas a encara. – Não desiste de mim, pai. Por favor.

João segura a mão da garota, apertando-a.

– Eu nunca vou desistir de você, Joana. Não só porque é minha filha, mas porque eu *te amo*.

Enquanto João a puxa para um abraço apertado, Joana senta-se no colo dele, agarrada ao seu pescoço, recordando-se do tempo em que era criança e eram eles contra o mundo. Como havia sentido saudade do abraço do pai, o lugar em que mais se sentia protegida de qualquer sofrimento.

– Eu também te amo, pai. Muito.

Eles ficam abraçados por um longo tempo, como se tentassem recuperar o tempo perdido.

– Se a minha mãe estivesse viva, o senhor acha que ela teria orgulho de mim por estar tentando? – Joana pergunta, ao recordar-se da voz cortante de Ângela: "Sua mãe teria *vergonha* de você".

Diante da pergunta, João suspira.

– Por que ela te faz tanta falta se mal a conheceu? – Apesar da pergunta, seu tom é gentil.

– Porque não é justo – Joana diz, ainda apoiando a cabeça no ombro do pai. – E eu não consigo me conformar com o fato de ela ter morrido e me deixado tão nova.

– Eu não consigo mais mentir pra você, filha... – João fala, fazendo com que a garota o encare. Ele segura seu rosto entre as mãos enquanto uma ruga surge no meio de seus olhos.

– O que quer dizer?

– A sua mãe não está morta.

– Como assim, pai? – Joana pergunta, tentando compreender o que João está dizendo.

– A Lívia não morreu. Ela só não nos quis como família.

Joana franze o rosto, sem compreender.

– Eu juro que não tô entendendo.

– Ela não conseguiu, meu amor – João responde. – Mal conseguia te amamentar. Algumas mulheres não nascem pra maternidade.

– Mas... Mas... Isso não faz sentido! – A mente da garota se recusa a crer na possibilidade que o pai lhe apresenta.

João suspira profundamente e, em seguida, tenta explicar:

— Bem, não foi uma gravidez planejada. A gente nem chegou a se casar legalmente. Eu suspeito que a Lívia estivesse comigo muito mais por capricho do que por qualquer outra coisa. Pra contrariar a vontade dos pais. Aí ela acabou engravidando e... logo deu indícios de que não seria uma boa mãe. — João se recorda de que praticamente teve de implorar para que Lívia não fizesse um aborto. — Ela era bailarina e imaginava que a gravidez fosse destruir sua carreira. Eu acreditava que as coisas pudessem melhorar depois que você nascesse, mas não melhoraram... Tudo só piorou... Até que... um dia, os vizinhos me ligaram e... Eu cheguei em casa e você estava sozinha, chorando no berço, chamando por ela. Não tinha nem 2 anos ainda. Ela deixou uma carta dizendo que não podia criar você, que não podia continuar fingindo que nos amava. Tentei ligar, mas a Lívia nunca atendeu. Eu nunca mais a vi. Mas foi um alívio, porque não sei o que faria sabendo que ela te abandonou sozinha em casa. Que tipo de mãe faz isso?

— Se isso tudo é verdade, por que mentiu que ela estava morta todos esses anos? — Joana pergunta, sentindo um bolo enorme se formar em sua garganta.

— Porque eu preferia que sofresse por ter perdido sua mãe do que por saber que ela não foi capaz de te amar, minha filha — João responde, apertando os lábios, imaginando a dor que Joana devia estar sentindo ao saber disso.

— Ela... Ela não me quis — Joana fala, os olhos enchendo-se de lágrimas conforme vai assimilando o significado das palavras do pai, aceitando-as como verdade. — Por quê?

— Eu não sei, Jo. Algumas coisas não têm explicação. Pelo menos não uma que faça sentido. — João suspira novamente, coçando a ponta do nariz.

Joana o encara por um tempo, mas sem enxergá-lo propriamente. Os pensamentos distantes, recordando-se da infância, sofrendo por uma pessoa que não a amava o suficiente para estar com ela.

— O que há de errado comigo, pai? — pergunta Joana, deixando escapar um soluço. — Por que é tão difícil alguém me amar?

— Filha, não há *nada* de errado com você — João diz, segurando o rosto dela entre as mãos. — E te amar não é difícil quando você se permite ser amada.

— A minha própria mãe me rejeitou — Joana comenta, piscando diversas vezes para afastar as lágrimas.

— Joana, não ouse se culpar pelo fato de aquela mulher ser superficial e egoísta — o pai ordena, ainda segurando o rosto da filha.

— Por todo esse tempo, eu... eu odiei o universo por ter me tirado a possibilidade de ter uma mãe, mas... foi ela quem não quis estar ao meu lado, pai. — A menina fecha os olhos, sentindo-se ruir. O pai tem razão, era menos doloroso quando achava que Lívia estava morta. Saber que ela não a quis como filha é como ter uma faca encravada no peito.

João a abraça forte, tentando oferecer o consolo de que ela precisa. Há muito tempo não vê a filha chorar daquele jeito. Tenta imaginar o que ela deve estar sentindo sabendo que foi rejeitada por alguém que deveria amá-la incondicionalmente.

Quase uma hora mais tarde, Ângela chega em casa e encontra a enteada e o marido deitados em sua cama. João acaricia os cabelos da filha, que está adormecida. Em silêncio, Ângela retira os sapatos e deixa a bolsa no guarda-roupas, prendendo os cabelos num coque enquanto retorna à cozinha para preparar o jantar, apenas uma forma de ocupar a cabeça.

Cinco minutos depois, João lhe faz companhia.

– Aconteceu alguma coisa? – ela pergunta, retirando um pacote de carne do congelador.

– Contei a verdade pra Joana – João responde, parado na entrada da cozinha.

– Como ela está?

– Em pedaços. Chorou até adormecer. Há muito tempo eu não via minha filha tão vulnerável.

Ângela assente, imaginando como deve ser difícil para a garota descobrir que a mãe não se comprometeu com a maternidade o suficiente para cuidar dela.

– Vou fazer macarronada para o jantar – comenta Ângela, sabendo que é o prato preferido da garota.

– Amor... – João chama, aproximando-se da esposa e abraçando-a. – Obrigado por ser uma madrasta tão maravilhosa pra Joana. Nós dois não te merecemos.

– Eu senti raiva de você, Chuchu – ela revela, apertando os braços em volta da cintura dele. – *Muita* raiva. Por tantas vezes pensei que, se tivesse sido um pai melhor, a Joana não teria agido da forma como agiu, movida por egoísmo, por vingança. Quantas vezes falei pra assumir uma postura mais dura? Quantas vezes apontei pra você que os filhos precisam muito mais de pulso firme do que de barganha?

– E você tinha razão – João concorda, com pesar. – Eu tive tanto medo de que a minha filha se afastasse ainda mais de mim se eu a contrariasse que... fechei os olhos pra sua rebeldia. E não percebi quando a implicância se tornou algo mais grave, capaz de ferir. Assumo toda a responsabilidade pelo que aconteceu.

Ângela se afasta, encarando-o.

– Você tem a sua parcela de responsabilidade, sim – concorda e, em seguida, acrescenta: – Mas também tenho a minha.

Surpreso, João a observa, esperando que explique o que acaba de falar.

– Eu quis fingir que nada do que aconteceu é verdade. Quis fingir que... o passado não era meu, que essa história não era minha. – Ângela esfrega os olhos com fadiga, pouco antes de acrescentar: – Eu aleguei que fosse pra proteger a Marina do sofrimento de saber sobre sua origem, mas, no fundo, eu queria *me* proteger. No entanto, não consigo deixar de imaginar que se eu tivesse enfrentado antes, se tivesse contado a verdade à Marina, por mais dolorosa que fosse, as coisas não teriam tomado proporções tão catastróficas. Porque inventar uma mentira e repeti-la milhares de vezes até você mesmo acreditar na veracidade dela não faz a verdade deixar de existir. – Ângela para de falar, emocionada. – E sabe que mais? Está tudo bem. Eu não mudaria o que aconteceu se não pudesse ter a minha filha, porque a amo mais do que tudo no mundo. Eu enfrentaria qualquer coisa por ela.

– Você é uma mãe extraordinária – João diz, dando um sorriso. – Muito melhor do que eu como pai.

Ângela move a cabeça e diz:

– O que eu tô dizendo, Chuchu, é que cansei de procurar culpados nessa história. Honestamente, nós podemos conviver com isso. Mesmo que a Marina não volte pra casa, podemos fazer as coisas funcionarem. De algum jeito. Só precisamos viver um dia de cada vez.

João concorda.

Nesse momento, Joana se junta aos dois na cozinha.

– Ângela... Você consegue me perdoar? – ela questiona, fitando o chão, com medo de encarar a madrasta e não encontrar nada além de rejeição em seus olhos. – Por tudo que fiz desde que você e o meu pai se casaram e... por ter me intrometido onde não devia?

A madrasta a observa e dá um longo suspiro.

– Eu não vou dizer que o que você fez foi algo bom, que não machucou e que foi a melhor coisa que aconteceu porque seria mentira – Ângela diz, fazendo Joana encará-la. Seus olhos estão cheios de lágrimas. – Mas, apesar de tudo, é como se eu tivesse me libertado de um fardo. Eu me sinto mais leve. E é claro que te perdoo, Joana. Você pode achar que não, mas eu te amo e me preocupo com você como se fosse minha filha também. E enquanto eu estiver aqui, você pode contar comigo sempre que precisar.

A garota assente num movimento de cabeça.

– A Marina te merece como mãe. E eu devo merecer a que tenho, né, depois de tudo que fiz.

– Ei, me escuta – Ângela pede, aproximando-se de Joana –, não pense que o que a Lívia fez foi uma espécie de castigo ou alguma justiça divina. Você não merecia ser filha de uma mulher assim. Mas quer saber? A vida não é justa. Só nos resta aceitar e lidar com isso da melhor forma possível. E de cabeça erguida. – Joana observa enquanto duas lágrimas escorrem dos olhos da enteada. – Você quer me dar um abraço? – pergunta, sorrindo de leve.

Afirmando com a cabeça, Joana se atira nos braços de Ângela, sentindo, de repente, esperança de que as coisas possam melhorar. Não ainda, mas o futuro parece promissor.

– Pronto! Agora chega, não quero mais ver lágrimas – Ângela diz, afastando-se e secando os olhos de Joana. – Tá na hora de essa família começar a sorrir.

— Pra isso ainda preciso resolver uma coisa – Joana fala, respirando fundo. Ante o olhar da madrasta, conclui:
— Preciso trazer a Marina de volta pra casa.

— Joana? O que faz aqui? – Heitor pergunta ao atender a porta e dar de cara com a garota. Sinceramente, ela não era a primeira pessoa que esperava encontrar.
— Oi, Heitor – ela cumprimenta, sem encará-lo nos olhos. – Eu queria que você soubesse que sinto muito por tudo. De verdade, eu...
— Olha, Joana, honestamente, você ter falado a verdade pra Marina não mudou nada em minha vida – Heitor a interrompe, seguro do que diz. – O fato de ela saber que não sou o pai biológico dela não faz a menor diferença pra mim. E tudo bem, não é a história mais bonita do mundo, mas o laço que nos une vai muito além do genético. Então não se sinta na obrigação de me pedir desculpas.
Joana concorda num movimento de cabeça que poderia ter passado despercebido caso Heitor não a estivesse encarando.
— Eu queria falar com a Marina. Pra ela, eu devo, sim, pedir perdão. – Enquanto fala, Joana torce as mãos, nervosa. – Não que isso vá ser o bastante, mas é que... não consigo pensar em mais nada pra... – a menina não completa a sentença.
— Joana, aprecio muito a sua consideração, mas não acho que seja uma boa ideia. Não me parece que a Marina queira falar com você. Não ainda.
— Eu sei, Heitor – Joana fala, trocando o peso do corpo de um pé para o outro. – E talvez levem anos até que a Marina queira falar comigo, porque tudo que fiz foi horrível e não tem perdão. Você não faz ideia do quanto eu sinto muito. Mas preciso dizer isso pra ela. Preciso mostrar para Marina que sou capaz de me arrepender. Mesmo que ela não me perdoe, isso é algo que eu *tenho* de fazer.
Observando o remorso nos olhos da menina, Heitor não tem como negar. Ela também está sofrendo com toda essa história.
— Ok. Entre. Mas se ela não quiser te ouvir, por favor, não insista. Eu vou dar uma volta enquanto vocês conversam.
— Muito obrigada – Joana diz, cruzando a porta de entrada.
Ela espera Heitor sair antes de se dirigir até a porta do quarto que imagina ser de Marina. Enquanto está ali, recorda-se de todas as vezes em que foi maldosa com Marina sem motivo, de todas as vezes em que ela tentou uma aproximação e foi rejeitada. Gostaria de ter agido diferente antes. Todavia não adianta remoer o passado. O que ela precisa fazer é encarar o presente em busca de um novo futuro.
Respirando fundo, espera até se sentir pronta para encarar o momento. Então bate três vezes e aguarda.

Marina abre depois de dois minutos. Sua expressão congela em choque quando vê Joana. Esperava que fosse um dos amigos ou mesmo a mãe, que a tem visitado frequentemente, já que ela se recusa a voltar para casa.

– O que faz aqui? – pergunta, num tom ríspido.

– Será que a gente pode conversar?

Marina dá risada enquanto agita a cabeça de um lado para o outro.

– Não tenho nada pra conversar com você – responde de modo áspero. – Se acha que tem o direito de vir aqui está enganada.

– Eu sei que não tenho, mas só queria que me ouvisse.

– Em troca de que eu ouviria uma pessoa incapaz de pensar nos outros?

– Você tem toda razão por me odiar – Joana diz, mantendo os lábios numa linha fina. – E quero que saiba que sinto muito, de verdade. Do fundo do meu coração.

– Não me parece que você tenha coração – Marina rebate, queixo rígido. – Se acha que dizer que sente muito pelo que fez vai apagar todo o mal que causou está redondamente enganada.

– Eu não sei mais o que fazer pra te convencer de que tô arrependida – Joana fala, fitando o chão, a face contorcida numa careta de sofrimento.

– Nem tente me convencer disso porque você não vai conseguir.

– Eu sei – Joana responde, sincera. – E entendo como se sente em relação a mim. Talvez, se fosse o contrário, eu nem tivesse ouvido você até agora – prossegue, fechando os olhos por um momento. – Hoje descobri que a minha mãe tá viva e que, na verdade, ela nunca me amou ou se importou comigo. Ela simplesmente foi embora quando eu era um bebê e... – Joana se interrompe, tentando evitar as lágrimas, e Marina percebe o quanto ela parece perdida.

– Por que tá me dizendo isso? – Marina pergunta, ainda tentando demonstrar indiferença.

– Porque quero que saiba que, embora sejam situações diferentes, sei o que tá sentindo. E se puder, eu queria que considerasse voltar pra casa.

– Não devo nada a você, Joana – Marina diz.

– Eu sei, mas... A sua mãe sente a sua falta e ela não tem culpa do que eu fiz.

– Não acha que é golpe baixo vir aqui e falar da minha mãe? – Marina pergunta, irritada. – Será que não percebe que não consigo viver debaixo do mesmo teto que você, Joana? A sua presença me faz mal! Não consigo olhar pra você sem sentir raiva! E eu odeio me sentir assim! Só Deus sabe o quanto tenho rezado pra tentar aliviar esse sentimento horroroso, mas não é fácil. – Marina está vencida. Fecha os olhos, apoiando a cabeça na porta. – Por favor, Joana, vai embora e me deixa em paz.

Diante desse pedido, Joana se vira e deixa o apartamento. Enquanto caminha em direção à parada de ônibus, reflete sobre tudo que aconteceu, concluindo que as coisas não foram tão ruins quanto poderiam ter sido. Ainda que não tenha conseguido o perdão de Marina, ainda que tenha descoberto a rejeição materna, há uma sensação de tranquilidade em seu peito, diferentemente do desespero corriqueiro e da vontade de se ferir para amenizar a dor. Talvez isso se deva ao fato de ter dado um passo em frente.

Ela não sabe como será dali em diante, mas conseguiu. Pediu desculpas. E a sensação é libertadora.

> *Quando eu estiver contigo no fim do dia, poderás ver as minhas cicatrizes, e então saberás que eu me feri e também me curei.*
>
> (Tagore)

Regeneração

O céu está tingido pela coloração avermelhada típica do pôr do sol. Como se o horizonte refletisse as brasas de um incêndio, pensa Cristiano, hipnotizado pela combinação de rosa, amarelo e vermelho em diferentes tonalidades. Se perguntassem a última vez que ele parou para observar um fenômeno como esse, Cristiano diria que não se lembra, porque faz muito tempo. Mais tempo do que pode se lembrar com precisão. Talvez o pai ainda estivesse vivo. A admiração que sente ao ver o crepúsculo chega a assustá-lo. É como se tivesse acordado de um sonho ruim e pousado numa vida que lhe é estranha.

Havia recebido alta havia dois dias e, desde então, uma crescente ansiedade por falar com Marina o domina. Quer confessar a ela tudo que se passa em sua cabeça. E em seu coração. Precisa dizer que errou, mas que está arrependido, e disposto a tentar novamente, se ela quiser, se ela lhe der uma chance. E precisa desesperadamente que ela lhe dê essa chance.

Só houve um motivo pelo qual não a procurou assim que saiu do hospital: porque precisava pensar em uma forma adequada para se desculpar. Uma maneira que valha a pena. Mas só percebe que não encontrará essa forma minutos antes, sentado diante de um caderno, com caneta na mão, tentando escrever um pedido decente de desculpas. Só então se dá conta de que não há jeito certo de pedir perdão. Você sempre parecerá um idiota, sempre estará nervoso e sempre correrá o risco de não ser perdoado e ter que conviver com as consequências de seu erro.

— Posso te ver? — A voz de Salete interrompe suas divagações enquanto ela termina de subir as escadas que dão acesso ao terraço e se aproxima de Cristiano, sorridente. — Você está bonitão — diz, analisando a camisa xadrez por baixo do paletó cheio de costuras imitando remendos, a gravata amarela mal-arrumada e o jeans surrado completando a fantasia de caipira.

— Devo estar mesmo — ele brinca, sorrindo de volta.

— Sabe de uma coisa? Você fica ainda mais bonito quando sorri — Salete comenta, tocando os ombros dele. — Como está o braço?

— Bem — Cristiano responde, apesar de estar usando tipoia. — Quase cem por cento.

— Ótimo! Vê se não chega tarde dessa festa, hein! Ainda precisa descansar. – Salete adverte, num tom maternal que faz com que o sorriso de Cristiano se alargue ainda mais.

— Pode deixar, Salete – concorda. – E você, por que não vem comigo? Vai ser bacana.

— Meu querido, eu não vejo a hora de chegar em casa e cair na minha cama – ela diz enquanto descem ao andar de baixo. – Mas aproveite por mim. E me faça um favor: resolva sua história com aquela garota de uma vez por todas.

Joana está parada em frente aos portões da ACSUBRA, indecisa entre seguir adiante ou dar meia-volta e ir embora. Havia combinado de se encontrar com Vinícius ali em frente para que pudessem entrar juntos, mas há dois minutos o rapaz mandou uma mensagem dizendo que irá se atrasar.

Ainda não sabe como se deixou convencer a ir até ali. Talvez a insistência de Vinícius ou a pergunta de Ângela, mais cedo, seguida de um: "Você devia mesmo ir, afinal, é por uma boa causa".

— Vai fazer um buraco no chão desse jeito. – Uma voz soa às suas costas, vinda de um ponto mal iluminado pela luz dos postes. Por um instante ela se apavora, mas, então, o estranho caminha para a claridade e Joana o reconhece.

— Nunca mais faça isso! – ela ordena, colocando a mão sobre o peito. – Quase me matou de susto.

— Desculpa, não foi minha intenção – Cristiano diz, colocando a mão sã no bolso da calça jeans.

— O que aconteceu com seu braço? – Joana indaga, estudando, em seguida, os ferimentos no rosto dele. A cor amarelada está desbotando, indicando que já está em processo de cicatrização.

— Longa história – Cristiano declara, movendo a cabeça, como se isso não tivesse nenhuma importância. – Mas o que tá fazendo aqui?

Joana franze o rosto e abre a boca, mas não diz nada por um tempo. Francamente, ela mesma não sabe o que faz ali. Não devia ter ido.

— Eu sei que não tinha o direito de vir, eu só...

Mas Cristiano a interrompe, movendo a cabeça negativamente enquanto procura explicar:

— Não foi isso que eu quis dizer. Me desculpe. Eu só estou... um pouco nervoso. Eu queria saber por que ainda não entrou.

— Ah... – Joana deixa escapar, depois se vira para olhar para dentro. Uma fogueira queima há uma distância e todo o quintal está decorado com bandeirolas e balões de São João. – Não acha mesmo estranho que eu tenha vindo? – indaga, apoiando uma das mãos na grade do portão.

— Nosso intuito era reunir o maior número de pessoas possível — Cristiano explica. — Sabe, precisamos arrecadar dinheiro.

Joana observa Cristiano com atenção e então sorri.

— Que foi? — ele questiona.

— Há dois meses, quem diria que ia gostar de trabalhar aqui. Era pra ser um castigo.

— Aprendi a me importar — ele fala, depois de alguns minutos considerando — com as pessoas além de mim mesmo. Como com você. — Cristiano se aproxima mais de Joana, parando a apenas dois passos de distância.

— Você se importa comigo? — a garota indaga, surpresa.

— Antes, não. — ele diz, honesto. — Eu só queria me divertir — confidencia, olhando-a trocar o peso do corpo de um pé para o outro. — Sinto muito.

— Você nunca mentiu sobre o que sentia por mim e o que pensava sobre relacionamentos — Joana diz, movendo a cabeça e descartando as palavras dele.

— Mas eu podia... ter feito diferente. Podia ter dado uma chance.

— Sabe, Cristiano — Joana começa a dizer, voltando a encará-lo —, eu percebi, depois de tudo o que aconteceu, que não podemos dar aquilo que não temos. Ou que a gente não sabe que tem. Você sentia desprezo por tudo, até por você mesmo. Como podia oferecer algo diferente?

Cristiano reflete sobre as palavras da menina.

— Você tá certa — conclui. — Anos convivendo com monstros me tornaram um monstro também.

— Você não é um monstro. Muito pelo contrário, é humano demais. Por isso é tão falho. Por isso nós temos tantos defeitos. A natureza humana é falha.

— Mas a gente pode melhorar, não pode? — Cristiano questiona, reflexivo.

— O bom de não ser perfeito é isso — Joana responde, risonha. — Sempre dá pra melhorar.

Ele também sorri. Ambos ficam em silêncio por alguns minutos.

— Durante muito tempo você foi a única que me compreendeu, que esteve ao meu lado, mesmo eu estando errado — Cristiano diz, olhando por sobre o ombro dela. — Obrigado por isso, Joana.

— Você tá diferente — ela comenta, analisando os olhos suaves dele.

— Diferente bom ou ruim?

— Ainda tô tentando descobrir.

Ele dá um leve sorriso. Em seguida, estendendo a mão para ela, pergunta:

— Amigos?

Joana ignora a mão de Cristiano e o abraça apertado.

— Vai lá falar com ela — cochicha em seu ouvido pouco antes de se afastar.

— Você não vem?

— Daqui a pouco. Só vou tomar mais um pouco de ar.

Coragem seria a palavra mais exata.

— Ok. Até mais, Joana.

Enquanto observa Cristiano entrar na ACSUBRA, Joana se dirige à calçada, sentando-se no meio-fio, pensativa. Cinco minutos mais tarde, Vinícius chega e se senta ao seu lado. Usa uma camisa xadrez, mas, como Joana, não está caracterizado de caipira.

— Por que ainda tá do lado de fora? — o rapaz pergunta, apoiando as mãos nos joelhos e a observando com cautela.

— Porque não queria entrar sem você — Joana responde, suspirando. — A cada minuto me sinto menos confiante.

— Ei, já veio até aqui. O resto é "fichinha" — Vinícius comenta, tocando a mão dela e dando um breve sorriso.

Ela ri, ainda que um ar de dúvida paire em sua fisionomia.

— E como você está, Jo? — pergunta ele, ainda mantendo a mão sobre a dela, referindo-se a tudo que a garota descobriu recentemente.

— Tentando ficar bem, apesar de tudo — ela responde, encarando um ponto qualquer a sua frente. — A propósito, estava errado. É possível, sim, um pai não amar um filho. A natureza não é perfeita, afinal. — Joana sacode os ombros e comprime os lábios.

Diante das palavras ditas por ele mesmo há alguns dias, Vinícius não sabe o que responder. Chega à conclusão de que nem todas as pessoas nascem para serem pais. Ao que parece, para uns é uma tarefa mais árdua do que para outros.

— Sabe o que é pior? — Joana continua. — Não paro de pensar que talvez ela possa estar arrependida, em algum lugar. Talvez tenha me procurado, mas não conseguiu me achar. Eu fico pensando nessa possibilidade, imaginando um encontro, como aqueles que a gente vê na TV, com ela dizendo que não teve escolha, que precisou me deixar, mas que se arrependeu disso. — Joana suspira, apoiando a cabeça nos joelhos. — Sou uma idiota, né?

— Ter esperanças não é idiotice, Jo — Vinícius contradiz com serenidade. — Qualquer pessoa no seu lugar se faria as mesmas perguntas. Talvez até procurasse por ela.

— Já considerei isso — Joana revela. — Mas meu pai diz que seria perda de tempo, que ela tinha como nos contatar se realmente quisesse.

— É normal que ele se oponha. Tem medo de que você se machuque ainda mais com essa história toda.

— O que acha que devo fazer? — Joana pergunta, encarando o garoto em busca de resposta para todas as suas dúvidas.

— Essa é uma pergunta bem difícil — ele fala, depois de alguns minutos de reflexão. — Acho que é muito pessoal, Jo. Há certas verdades que é melhor a gente não saber. Ao mesmo tempo, viver remoendo velhas questões não deve ser nada bom.

— Obrigada. Você só me deixou ainda mais em dúvida — Joana esclarece, arqueando as sobrancelhas para o rapaz, que abre um sorriso.

— Mas não precisa decidir nada agora, né? — ele diz, erguendo-se e estendendo a mão para ela. — É São João! A gente devia estar comendo cachorro-quente e canjica.

Joana sorri e concorda. Então aceita a ajuda dele para se levantar.

— Você é muito legal comigo. Obrigada por tudo que tem feito e pela sua paciência. Sei que nem sempre sou uma pessoa fácil.

— Tá brincando? Adoro quando você surta e briga comigo do nada, como se sempre estivesse na TPM. — Vinícius brinca, sorrindo. Ela envolve o braço dele com suas mãos e eles começam a caminhar em direção à entrada do casarão.

— Não sei como se aproximou de mim — Joana reconhece, envergonhada da maneira como o tratou na primeira vez em que conversaram.

— Porque gosto de você — o garoto confessa, depois de um minuto de silêncio, interrompendo a caminhada dos dois. Não consegue mais guardar isso para si mesmo, precisa falar a verdade. — Eu sempre te observava na sala de aula, mastigando a ponta do lápis, esforçando-se para entender a matéria ou revirando os olhos quando considerava alguma coisa muito idiota. Sempre procurei a desculpa perfeita pra puxar assunto, mas você era tão fechada. Não falava com ninguém que não fosse o Cristiano e... Aquele dia no ginásio foi a ocasião perfeita pra... me aproximar de você, pra fazer com que me notasse.

Joana fica em silêncio, pensando no que dizer. É verdade que Vinícius tem sido importante em sua vida, mas não mais do que um amigo. Ainda não está pronta para um relacionamento. E, mesmo que tivesse percebido olhares distraídos e desejo reprimido por parte dele, não achava que era mais do que um flerte inocente. Agora já não está tão certa.

— Não sabia que se sentia assim — ela diz, sem encará-lo.

— Então você é a única, porque é algo tão evidente que até a minha mãe já percebeu — Vinícius comenta, na tentativa de amenizar a conversa.

— Eu... — Joana tenta dizer algo. — Bem, qualquer garota ficaria feliz de ter um rapaz como você a fim dela, Vini, você sabe disso, porque é um cara bacana que não pensa só em si mesmo.

— Mas não você — Vinícius a interpreta, dando um suspiro.

— É que eu... não tenho nada pra te oferecer além de um coração partido — diz, sacudindo a cabeça, desolada. — Não ia querer nada com alguém assim.

— Não te contei ainda, mas sou muito bom em consertar coisas — ele brinca, procurando sorrir.

— Acho que, nesse caso, eu é que preciso consertar, sabe? E depois, não consigo me imaginar em um relacionamento de novo. Ainda estou muito ferida por conta de como as coisas terminaram entre mim e o Cristiano.

— E se você me deixar te ajudar, Jo? — Vinícius indaga, encarando-a nos olhos. — E se me der uma chance pra te mostrar que a gente pode dar certo juntos?

— Só tá me pedindo isso porque não sabe como é estar com alguém que não sente o mesmo que você, Vini — ela pondera, suspirando pesadamente. — Não posso cometer o mesmo erro de novo.

— Não. São circunstâncias diferentes — Vinícius tenta convencê-la. — Eu sei que posso fazê-la gostar de mim.

— Mas eu já gosto de você.

— Não do jeito que preciso.

Joana se cala por alguns minutos, desviando o rosto para a fogueira que arde ao longe. Há muitas pessoas do lado de dentro da ACSUBRA.

— Não posso — ela responde, por fim.

— Por favor, Joana. Só uma chance.

— Vinícius, o Cristiano me machucou demais e o que eu menos quero nesta vida é fazer o mesmo com você! — Joana é incisiva. — Acha que eu não tinha esperança de fazê-lo se apaixonar por mim? Acha que não me iludi? E eu jamais me perdoaria se a nossa amizade acabasse por causa de um erro que cometi tendo consciência de que *seria* um erro. E se eu te der essa chance vai ser exatamente isso.

— Você não pode estar falando sério, comparando o que há entre a gente com o que havia entre vocês dois. Diferentemente do babaca do Cristiano, eu te respeito.

— O Cristiano nunca me enganou — Joana fala, cruzando os braços, numa atitude defensiva. — Eu é que quis forçar um relacionamento com ele.

— Não acredito que ainda o está defendendo! — Vinícius revira os olhos. — Você realmente não se valoriza, né? Não quer nem dar uma chance pra tentar ser feliz!

Joana fecha os olhos, magoada com as palavras do rapaz, a última pessoa que achava ser capaz de magoá-la intencionalmente. Depois de alguns instantes, diz:

— Quando se ofereceu pra me ajudar você me disse que não esperava nada em troca, mesmo eu tendo dito que as pessoas *sempre* querem algo em troca. Você me fez baixar a guarda e agora tá me cobrando algo que não posso te dar. Isso não é justo.

Pego de surpresa pelas palavras dela, o garoto encara os próprios pés, constrangido com o fato de ela estar certa.

— Você tem razão. Me desculpa, eu não sei o que deu em mim — murmura, passando as mãos pelo rosto. — Acho que fantasiei demais sobre essa conversa e imaginei um desfecho diferente pra ela. Eu sinto muito de verdade.

— Tá tudo bem — Joana fala, estendendo os braços. — Vamos só fingir que isso não aconteceu — finaliza e, em seguida, encaminha-se para os portões de entrada.

— Eu não posso mais fazer isso, Jo — Vinícius anuncia, fazendo-a interromper os passos.

— O que quer dizer?

— Não posso ser seu amigo. Ficar perto de você sem estar com você — ele responde, sem encará-la diretamente nos olhos. — Eu achei que ia conseguir, mas... ver você só vai alimentar a necessidade que eu tenho de tê-la e... Preciso de um tempo. Você entende, né?

A despeito do aperto que sente no peito ao ouvir isso, Joana move a cabeça afirmativamente.

— Sim, entendo — diz, pois não pode se permitir machucá-lo.

Vinícius a encara em silêncio por alguns minutos, então, sacudindo a cabeça, caminha para dentro da ACSUBRA.

Ao vê-lo se afastar, Joana não consegue impedir que um nó se forme no fundo de sua garganta.

Ayumi observa de longe enquanto Dinho e a namorada compartilham um cachorro-quente, sorrindo de alguma coisa. Não pode deixar de sentir um misto de decepção e tristeza ao perceber que, ainda reclamando do relacionamento em mais de uma ocasião, o rapaz continua insistindo nessa história, que parece condenada ao fracasso. Mesmo que os dois demonstrem felicidade nesse momento, é óbvio que é apenas fingimento.

— Ayumi? — Marina chama, aproximando-se dela com dois copos de canjica.

— Oi, Marina! — ela cumprimenta, disfarçando a tristeza com um sorriso simulado.

— Você tá bem? — Marina pergunta, entregando um dos copos para ela. — Parece chateada.

— Não é nada demais — desconversa.

— Ayumi... — Marina dá um suspiro profundo. — Eu sei que nos últimos dias não fui exatamente a melhor amiga que você teve.

— Você tinha seus próprios problemas pra lidar — Ayumi fala, experimentando um pouco da canjica, que está deliciosa.

— Mesmo antes disso. Já tem um tempo que você não anda bem, mesmo disfarçando tudo com maestria. O Dinho me disse, mas eu queria que você me procurasse pra conversar, e dava a desculpa de que estava respeitando seu espaço. Isso não é uma atitude de amigos.

— Eu tô tentando lidar melhor com as coisas que sinto, se isso te deixa mais aliviada — Ayumi informa, desviando os olhos dos de Marina.

— Mas quero que você saiba que pode contar comigo, Ayumi, quando se sentir sobrecarregada, frustrada, magoada ou qualquer outra coisa. Não quero que se esconda numa concha e sofra sozinha. Promete?

Engolindo em seco, a garota encara Dinho e a namorada mais uma vez.

– Eu gosto dele – admite, apontando-o com o queixo. – Do Bernardo, quero dizer. Não se preocupe, sei que não tenho nenhuma chance, porque a Daniela é perfeita, mas...

– Ei, ninguém é perfeito – Marina a interrompe. – E a Dani é uma garota muito irritante. O Dinho só não descobriu como se livrar dela ainda. Mas é só uma questão de tempo. E eu soube pelo Leo que vocês dois têm passado muito tempo juntos ultimamente, então... – Marina não conclui a frase, dando uma cotovelada nas costas da amiga, cheia de insinuações.

– Obrigada por dizer isso, Marina – Ayumi agradece, sorrindo com sinceridade.

As duas fazem silêncio por um tempo, ocupando-se de comer.

– Marina... – Ayumi fala, assumindo um ar de seriedade. – Você realmente acha que um dia o Bernardo vai gostar de mim mesmo eu não sendo exatamente o padrão do qual ele parece gostar?

Marina a encara, silenciosa, pensando no que dizer. Mesmo que a amiga fale que está tentando lidar com os sentimentos de uma forma menos destrutiva, está claro que ainda precisa melhorar muito o modo como se enxerga para que possa ser feliz de verdade.

– Honestamente? Eu não sei. Mas de uma coisa eu tenho certeza: um dia, Ayumi, quando estiver *pronta* pra isso, algum rapaz vai gostar muito de você.

Mal Cristiano põe o pé do lado de dentro da ACSUBRA e é agarrado por duas irmãs, porque, ao que parece, a barraquinha da pescaria precisa de um responsável. Ninguém o questiona sobre onde esteve e porque demorou tanto a voltar, tratando-o ainda como um membro da equipe, e ele não pode deixar de se sentir contente por isso, pois aquele lugar é importante para ele.

Agora ele consegue entender a razão pela qual Marina se importa tanto com a instituição. Sentir-se útil para alguém é, afinal, muito bom.

Cristiano vê Marina do outro lado, na barraca de refrigerantes, acompanhada de Cássia. Está linda, com um vestido amarelo cheio de laços de chita e os cabelos presos em duas tranças, num estilo caipira. Se ela notou sua presença ela não demonstra, porque não o olhou nenhuma vez, até, pelo menos, às 23h, quando a festa está praticamente no fim.

Marina se despedira dos pais havia algum tempo, garantindo que Joice lhe daria uma carona para casa depois de organizarem toda a bagunça pós-festa.

Ansioso, Cristiano espera por uma oportunidade para falar com ela desde que chegou. Não teve muitas, seja porque estavam ocupados distribuindo lanches, seja porque estava receoso de se aproximar e ser enxotado. Cristiano, que sempre se achou corajoso, estava com medo de "levar um toco".

– Psiu... – Gabriel chama, capturando os olhos do rapaz, que examinam Marina ao longe, juntando copos descartáveis em um saco de lixo.

– Ei! – Cristiano responde, constrangido por ter sido pego em flagrante.

– Você devia ir até lá e falar com ela, sabe?

Ouvindo o outro, Cristiano sorri, nervoso.

– Eu não consigo. Acho que ferrei tudo. E sou covarde demais pra confirmar isso.

– Por que não mandou um correio elegante pra ela? – Gabriel brinca, pois, em algum momento da noite, Marina havia ficado responsável por distribuir as mensagens.

– Não sou muito bom escrevendo. Aliás, acho que não sou bom em nada.

– Eu não diria isso. – A voz de Marina soa tão próxima que Cristiano sente o pulso acelerar. – Você arruma encrenca como ninguém.

Cristiano tem vontade de rir com o comentário da garota, mas, como ela está séria, não o fez. Não quer piorar as coisas.

– Bem, vou deixar vocês dois conversarem – Gabriel fala, pegando o saco de lixo que Marina segura e se distanciando.

Os dois se encaram por alguns minutos em pesado silêncio.

– A Madre Superiora disse que recebeu a ligação de um advogado hoje mais cedo. Alguém interessado em apadrinhar a ACSUBRA – Marina começa a dizer, umedecendo os lábios. – É você?

Cristiano confirma num gesto de cabeça.

– Por minha causa? – ela questiona.

O rapaz reflete por alguns instantes. Poderia dizer que sim e talvez ganhar alguns créditos, mas não seria exatamente verdade.

– Porque quero ajudar essas crianças. Elas são... importantes pra mim.

– E sobre não criar laços? – Marina indaga.

– Fui um idiota, Marina – Cristiano responde, aproximando-se alguns passos. – Percebi isso quando saí daqui naquele dia. Eu estava lutando uma guerra estúpida há tanto tempo, tentando me poupar de sofrer, mas... A vida é isso, né? Amar, sofrer, chorar, sorrir. – O rapaz suspira pesadamente. – Bem, eu tô tentando melhorar e queria que me desse uma chance.

– Depois de tudo que fez acha que dizer que foi um idiota é suficiente? – Marina pergunta, encarando-o nos olhos.

– Você quer que eu me ajoelhe e te peça perdão? – ele pergunta, apontando o gramado. Como Marina não responde, Cristiano faz menção de se abaixar.

– Não. – Ela o detém, segurando seu braço, admirada por ele estar falando sério. – Tá louco?

— Por você — Cristiano diz, olhando-a, sério. — Marina, nunca me senti assim antes e não quero perder a chance de descobrir tudo a respeito desse sentimento. Sei que ainda não pode me perdoar, entendo isso. Só quero que me diga se pode me dar uma chance pra te reconquistar.

Marina suspira. Em seguida, estende um pedaço de papel em direção a ele.

— Esqueci de te dizer. Você recebeu um correio elegante.

No bilhete há três palavrinhas que são suficientes para deixá-lo em êxtase.

> O amor resiste à distância, ao silêncio das separações e até às traições.
> Sem perdão não há amor.
> Diga-me quem você mais perdoou na vida
> e eu então saberei dizer quem você mais amou.
> (Padre Fábio de Melo)

Epílogo

— Tem certeza de que preciso fazer isso? — Cristiano pergunta, respirando fundo enquanto passa desodorante e caminha de volta ao quarto. Marina está deitada em sua cama, observando-o se arrumar. Ela não se cansa de admirar o corpo atlético do namorado. Pensar em Cristiano como seu namorado faz seu estômago se contrair.

— Claro que sim — ela responde, alargando o sorriso pelo nervosismo sincero do rapaz. — E não tem nada demais, você já conhece praticamente todo mundo. Só falta o João.

— Que, com certeza, se pudesse, me matava — Cristiano fala, abrindo o guarda-roupa em busca de uma camisa.

— Totalmente. Com requintes de crueldade — Marina concorda, ainda sorridente.

— Você tá se divertindo com isso, né? — o rapaz indaga, virando-se para ela com uma ruga enorme no meio da testa.

Marina concorda, agitando a cabeça diversas vezes. Cristiano se aproxima da cama, vestindo a camisa social com cuidado para não a amassar. Apesar de não revelar à garota, Cristiano quer causar uma boa impressão na família dela. Só assim terá a certeza de que não vão se opor ao relacionamento de ambos, especialmente com seu histórico nada positivo com Joana.

— Meu sonho sempre foi ver você em um jantar com a minha família. Não nas circunstâncias atuais, mas, ainda assim, vai ser divertido — Marina comenta, levantando-se da cama e abotoando a camisa dele com delicadeza. Ainda sorri com divertimento.

— É mesmo, senhorita? — Cristiano diz, agarrando-a pela cintura e trazendo seu corpo para mais perto. — E se eu te fizer pagar por isso?

— Se acha que consegue... — Marina fala, envolvendo o pescoço dele com as mãos. Outra coisa da qual não se cansa é de beijá-lo. A sensação dos lábios de Cristiano nos seus é tão boa quanto sentir a pele dele contra a sua.

— A gente podia ficar aqui em vez de ir nesse jantar. Que tal? — O garoto sonda, mordendo o lábio inferior dela. — Posso pensar em várias maneiras de te manter entretida sem que precise me ver sendo arrasado pelo seu padrasto.
— Tentador... — ela responde, afastando-se alguns centímetros. — Mas a gente vai sim. Já estão nos esperando. Ah! E adivinha? O João odeia atrasos.

Cristiano desce do carro e respira fundo diversas vezes, contornando o caminho para se encontrar com Marina enquanto tenta acalmar as batidas de seu coração. Não se lembra de ter se sentido tão apreensivo assim em nenhuma outra ocasião. Está tão nervoso que acha que vai vomitar.
— Ei, Cristiano, o que foi? — Marina pergunta, segurando a mão dele, que está gelada. — Por que tá tão nervoso assim? — Ela se admira, sem acreditar que isso possa ser possível.
— E se acharem que eu não sou o bastante pra você, Marina? — Cristiano pergunta, encarando-a com preocupação. — Ou que eu não te mereço?
— Ninguém poderia me merecer mais neste mundo do que você — ela fala, apertando a mão dele entre as suas. — Os meus pais te adoram e o João só não te conhece ainda. Não há com o que se preocupar, você já sobreviveu a coisas piores na vida. Além disso, estarei ao seu lado o tempo todo.
— Promete que não vai soltar a minha mão? — ele pede, sério.
— Prometo — Marina assente. Então eles caminham em direção ao prédio. Com ela ao seu lado, Cristiano sente que é capaz de enfrentar qualquer coisa.

Do lado de dentro do apartamento há uma música suave tocando enquanto Ângela e Joana cozinham e Heitor e João conversam na sala, tomando vinho. Como prometido, Marina não solta a mão do rapaz quando o apresenta para João, que faz a melhor cara de paisagem que pode para não demonstrar nenhuma antipatia que possa sentir. Heitor acha engraçado o fato de o rapaz estar nervoso, todo cheio de cerimônia, ainda que tanto ele quanto Ângela o conheçam bem o suficiente para saber que essa timidez não é uma característica típica dele.

O jantar transcorre calmo e com uma conversa suave sobre trivialidades e promessas para o final do ano letivo, como vestibular e opções de cursos e faculdades. Joana e Marina ainda não são melhores amigas, mas estão se tratando com respeito, embora não haja conversas particulares entre as duas. Pessoalmente, Joana já é grata pela oportunidade de poderem conviver com o mínimo de civilidade. Essa já é uma grande conquista para alguém como ela.

— Então? – Marina pergunta com o corpo apoiado no de Cristiano. Ambos estão na sacada do apartamento, admirando a noite e ouvindo os outros conversando e bebendo na sala, num clima tão ameno que o rapaz não pode deixar de se sentir agradecido pela oportunidade de desfrutar da ocasião.

— A sua família é maneira – ele elogia, suspirando com alívio. – Acho que eles não me odeiam, apesar de tudo.

— Eles não têm motivo pra te odiar.

— Eu sei que fui o responsável por muitas das suas lágrimas, Marina. – Cristiano reconhece, apertando o braço em volta dos ombros dela.

— E pelos meus sorrisos mais sinceros também – Marina acrescenta, virando-se para encará-lo. – Não quero que fique remoendo o que passou e se sentindo culpado por nada. O que importa é o agora. E agora estou muito feliz por estar com você.

— Pronto! Acabei de ganhar a noite! – Cristiano comenta, colando a testa na dela. – Eu te amo.

— Não me canso de ouvir essa frase saindo dos seus lábios.

— Não me canso de dizê-la – o rapaz fala, pousando a boca na dela.

Nesse momento, Joana bate na porta da sacada para se fazer notar.

— Desculpa por atrapalhar vocês, mas é que... Eu queria saber se posso falar com o Cristiano por dois minutos – pede, olhando de Marina para o rapaz.

Marina devolve o olhar e, em seguida, concorda.

— Eu vou esperar no meu quarto.

Enquanto passa por Joana, diz:

— Joana, eu ainda não estou pronta pra perdoar você. Mas agora sinto que tenho uma razão pra tentar.

Sorrindo, Joana concorda num movimento de cabeça.

— Obrigada, Marina.

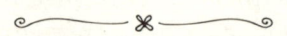

Muito tempo depois, Marina acompanha Cristiano até a portaria do prédio. Mesmo lutando contra a curiosidade, não resiste ao impulso de perguntar:

— O que a Joana queria?

— Pedir um favor – o rapaz comenta, erguendo os ombros. – Mas não posso dizer do que se trata. Não ainda.

As palavras de Cristiano apenas aumentam a curiosidade de Marina, mas ela se força a pensar em outra coisa.

— Eu percebi que, durante o jantar, o senhor não falou nada sobre o vestibular.

Cristiano evita os olhos dela quando declara:

— Não vou me meter na sua decisão. Você sabe do que realmente gosta. Se quer ser médica, apoio incondicionalmente.

Marina dá um sorriso ao perceber que ele está tentando sair pela tangente.

— Obrigada, namorado, é bom saber que tenho seu apoio. Mas tô falando do *seu* vestibular — responde pacientemente.

— Ah, não, Marina. Nem terminamos o ensino médio, ainda faltam vários meses para as férias, as obras na ACSUBRA apenas começaram, e você vem falar de estudos? Deus me livre. Podia ser menos chata de vez em quando, não acha?

— E você podia ser menos inconsequente e pensar na sua carreira para o futuro, não acha? — ela contrapõe, olhando-o com censura.

— Na verdade, meu bem, minha carreira para o futuro é continuar sendo milionário. — Cristiano repete esse discurso pela milésima vez. — E já que você é minha namorada, podia relaxar um pouquinho, não acha? Dez minutos? Temos um acordo? — Ele consulta o relógio de pulso.

Marina sorri.

— Tudo bem, namorado milionário. Vamos relaxar. Mas só se você me prometer que vai pra faculdade comigo.

— Nem morto — Cristiano responde, rindo com sarcasmo. — Depois que eu terminar o ensino médio não entro numa sala de aula nunca mais nesta vida. Ou na próxima. Eu prometi ao meu pai que ia estudar, mas, dadas as circunstâncias, acho que ele entende que o ensino médio é suficiente, já que é graças a ele que mudei de vida.

— E você não pensa que deve aprender a administrar as suas finanças? — Marina questiona.

Cristiano coça a cabeça, fazendo-se de pensativo.

— Como é que eu vou dizer isso pra você, coração... As pessoas pagam outras pessoas pra administrar seus bens, sabe? Além do mais, eu sou ótimo em cálculos. Viu? Tudo perfeito.

— Mas, Cristiano, não tem nada que desperte o seu interesse? Tipo Mecânica, Engenharia, Arquitetura, Veterinária... Já pensou se fosse um médico? Eu ia amar te ver de jaleco.

— Conheço outras formas de me vestir de médico. — Ele arqueia uma sobrancelha num ar de deboche enquanto Marina lhe dá um tapa no braço. — Linda, desiste. Eu não vou pra faculdade.

— Eu não vou desistir. Nunca! — Marina rebate, movendo a cabeça não concordando.

— Então já vi que teremos muitas discussões pela frente.

— E não é assim que tem de ser? — Ela sorri, virando-se para ele e envolvendo o pescoço dele com as mãos.

— Quer saber? Para de falar só um pouquinho e me dá um beijo.

– Ah, tão romântico... – Marina comenta, dando beijos em Cristiano.
– Feliz agora?
Ele sorri, pouco antes de dizer:
– Eu não poderia estar mais feliz.

SE|
TE
MA
ACH
te

UE
ETO,
ÜE
QUE
no.♥

grupo novo século

Compartilhando propósitos e conectando pessoas
Visite nosso site e fique por dentro dos nossos lançamentos:
www.gruponovoseculo.com.br

‹ns

facebook/novoseculoeditora
@novoseculoeditora
@NovoSeculo
novo século editora

gruponovoseculo.com.br

Edição: 1ª
Fonte: Crimson Pro